THE SOT-WEED FACTOR

烟草经纪人

下

〔美国〕约翰·巴思 著
徐朝友　李自修 译

译林出版社

二十五、约翰·史密斯船长的切萨皮克湾航行秘史中的其他线索：多切斯特郡被发现之经过以及船长踏上多切斯特郡的经历

“过来，把他绑上，”伯林盖姆又说了一遍，一边把会议记录摊开在桌子上，“他已经开始动弹了。”看到埃比尼泽仍然心神不定，难以行动，他便自己去拿来一根绳索，把神甫的手脚绑了个严严实实。“至少，帮我一把，将他弄到椅子上去！”

史密斯神甫回过神来，皱眉蹙眼，沮丧地盯着会议记录。诗人还未来得及说话，他就开口了。

“你是谁——是约翰·库德？”

伯林盖姆笑了起来。“只是蒂姆·米切尔，一开始我就是这么说的，是巴尔的摩一个忠实的朋友，如果够不上路易和教皇的朋友。你是个不灵活的家伙，弥补不了你缺乏信仰，我的朋友。”埃比尼泽慌乱的神色，表明他仍然心有疑惑。他进一步解释说，关于卡斯提纳在宾夕法尼亚边界的神奇传说，打一六九二年以来，就在马里兰流传着。塞西尔郡波西米亚庄园的奥古斯丁·赫尔曼上校，断然否定卡斯提纳以及所谓的斯特伯诺尔斯人的存在，或者是北方的“赤身印第安人”，人们太害怕法国人和印第安人的大屠杀——马里兰和弗吉尼亚一再拒绝帮一把被围困的纽约弗莱彻总督，所有地方政府之间都相互猜忌，从这个角度看，人们就更害怕了——这些谣言如今还在流传，而关于卡斯提纳传说的最奇特的细节，譬如他箱子上神圣的花押字，人们却广泛地信以为真。“我今天晚上在牛津用匕首抢来这些书信，”他最后说，再次在烛光下展示了一下，“看它们还是多么的新！这张牌，我不愿意在白天打！”

埃比尼泽四肢无力地坐在椅子上。“我的天哪，你可把我吓死了！我这会儿不知道你过会儿是个什么样子！”

“何苦呢。喝一杯这美妙的酒，好好想想几小时前我在客栈对你说的话。”他拍了拍神甫的肩膀，“客人把主人绑在椅子上过夜，可谓忘恩负义，但却没什么大不了。况且，这是为了你为之献身的事业，与被阉掉比起来，实在是小菜一碟的殉教——不是吗？”看到神甫表露出的厌恶表情，他笑了起来。酒满上，客人们开始阅读得到的宝贝的**反面**（实际上原本是**正面**）：

> 在那些阿考麦克的蛮人和那些委夫考克莫克河人手中受到如此礼遇之后［记录的残余部分以此开头］，我们又开始出海航行……

“他指的是西克萄皮克城镇，”埃比尼泽自愿解释说，尽管事实上，他对自己先前的老师感情错综复杂，他这样说，仅仅是出于某种戒备心理，“我告诉过你的那个哈哈大王。对其他的印第安人，我是一无所知。”

“在马里兰，有两条河叫*委考米克*，”伯林盖姆深思着说道，“一条位于西海岸的圣玛丽城附近，另一条在下多切斯特郡。我认为，他说的是后一条河，如果他是从阿考麦克沿切萨皮克湾航行的。”

> ……但是，由于缺乏淡水，两天之内，我们也许必须找到陆地，补充我们的供给。我们看到一些小岛屿，都是荒无人烟，到处是悬崖绝壁。

“也许，他碰到的是卡尔弗特悬崖，”埃比尼泽提出看法，想起了他的七城岛，“我们接着看。”

我们好不容易上了岸，就碰上一池淡水，味道太不好闻。我们非常饥渴，尽管我表示反对——也就是说，水不能喝——但没有谁能听进去。我的伙伴们一定要装满他们的水壶，喝个痛快，直到他们的肠胃里充满了泥浆。他们算是尝到了一点儿教训，但这类事，很快就又发生了。

从委夫考克莫克到这里，所有的海岸线一带，断断续续，都是些低矮的、布满沼泽的小岛，一两英里宽，十或十二英里长，臭水洼发出刺鼻的气味。不只是如此，空气中还到处是恶毒的蚊虫，吸人的血，好像它们以前从来就没有尝过一样。除了蛮人，那真不是人住的地方。

"这番描述，只对得上一个地方，"伯林盖姆笑起来，这一段他是高声读出的，"你知道是什么地方吗，神甫？"

尽管神甫当时的处境是那副德性，但他对历史的好奇感却油然而生，于是僵硬地点了点头："是多塞特郡的沼泽地。"

"嗯，"伯林盖姆表示肯定，"胡珀岛，布拉兹沃思岛，南沼泽岛。这里有你做史诗的一点儿素材，埃比尼泽——关于第一个踏上多塞特郡的白人。"

埃比尼泽敷衍地表示承谢，但是指出说，船长有可能没有上岸，而是仅仅路过多塞特郡。神甫表示对文件极感兴趣，同时对自己直到今日都没有注意到它的存在表示非常懊悔。埃比尼泽回答他时，脾气要好一点儿，并且为了他的缘故，把文件剩下的部分高声朗读出来。

一番装备之后，尽管我一再劝阻，我们还是向其他的岛屿驶去。我们遇上狂风和大浪，并且雷电交加，大雨滂沱。尽管我和我的士兵们拼命保护船帆和索架，我们的樯桅和船帆还是被卷到海里去了。我们坐的船不大，禁不起大浪的折腾。好说歹说，我才让我的先生们忙着用他们的帽子，把被浪打进船里的水往外舀，否则我们就会沉下去。我们抛了锚，附近没法找到安全的海港。我们在那里很凄苦地度过了两天，任凭狂风肆虐，几乎没有吃什么东西，除了喝点儿水壶里糟透的水。

水壶里的水，是那些人不顾我的劝告带在身上的，实在是脏透了，一喝下去，所有人都肚子咕咕叫，小便忍不住，五脏六腑都翻腾起来，小便大便没个完。白天夜里几乎没干什么事，船就停在那儿。他们一身臭烘烘的。后来天气变暖和了，还有点儿风平浪静的。我要他们扒下身上的脏衣服，实在是脏透了，干脆扔到海里。他们都这样做了，只是没少抱怨，尤其是我的对头伯林盖姆，他可是不放过任何机会挑拨离间。

“谢天谢地，他还在那群人当中！”伯林盖姆惊叫起来，“我本担心，过了阿考麦克，老约翰就把他给处理掉了。”

“处理掉，还是留下来，可不是一个容易的选择，”埃比尼泽说，“史密斯船长足智多谋，这一点无可置疑，没有哪个人可以在他手下平安无事地耍小动作。”

“对你来说完全正确，”伯林盖姆唐突地说，“他又不是你的先辈。对我来说，做出选择不成问题。”

“我们也不能确信他就是你的先辈，”诗人说，“该说的说了，该做的做了，真是一个微妙的机遇，不是吗？”

这种风凉话，很明显伤害了伯林盖姆，埃比尼泽马上感到后悔，于是表示道歉。

“没关系。”伯林盖姆向他挥了挥手，“接着往下读。”

他们光着屁股，我叫他们到船舷边去，切萨皮克湾海面够大的，总比在小船上方便些。可是，我们的困境并没有多大的改善。脏衣服倒是扔掉了，但四周的空气仍然臭烘烘的。吃了我们那位医生的药，病情也没缓解，我倒是希望上了岸，用枫香木树汁和各种各样的药草调制一些药，让他们两个星期止住不拉稀。实际上，事态在恶化，病人们饥渴难耐，忍不住又喝起带来的脏水，于是拉稀更严重了。我们只有两个人没拉稀，一个是我，因为没敢喝脏水，而是嚼生鱼解渴；另一个是伯林盖姆，他虽然足足喝了三个人量的脏水，但准是肠胃功能不一般，整整两天，一点儿没拉稀。

末了，狂风吹干了他们的身子，天气也好起来。我马上吩咐得把帆修好，大家很乐意，就用自己的衬衫做补帆的补丁。他们都急着想登岸——尽管像亚当一样一丝不挂——想找点儿吃的喝的，止住拉稀。因为尝尽了风暴、雷电、雨水等恶劣天气的苦头，我们叫那里的海峡为“林波”[①]。我想，从我们在那里受的活罪来看，最好叫它“炼狱”。

我们赶了一天的路，非常艰难，因为船员总是隔三岔五地去船边拉稀。我们来到东边近处的一条小河，叫库斯卡拉沃克……

“那是南梯库克人说的话，”史密斯神甫插话说，“过去，它指的就是我们今天所说的南梯库克河。”

“确实！”伯林盖姆笑起来，“在那些罪恶的日子里，他得到了这块珍贵的小地方。”他对埃比尼泽解释说，作为多切斯特与萨默塞特两郡分界线的南梯库克河，与委考米克河一道注入丹吉尔海峡。而记录似乎暗示说，史密斯于前几天就从委考米克离开了。

那一天我兴致颇高［埃比尼泽接着读］，因为伯林盖姆的肠

① 原文为Limbo，意为：地狱边缘。宗教术语，即地狱的最外围，是生前未信仰基督教之人灵魂暂时安息之地，在那里等待救世主的拯救。在但丁的《神曲》中，荷马、苏格拉底等先贤的灵魂都在此处。而炼狱（Purgatorio）为信仰基督教“灵魂已得救但不够洁净”之人涤罪的地方，涤罪后即可升入天堂。

胃显得有些不适了。他在小船里来回走动，脸上显得不好受，腿好像没地方放似的。他这副受罪相，我看了真舒服。他终于顶不住的时候，我想一定势头不小，因为他块头大，体内憋着的脏东西来头会更大……

“残酷的家伙，”伯林盖姆说，“如此品尝那个可怜的家伙的罹难！你也同样以津津有味的心态来读，埃本！”

“请原谅。”埃比尼泽笑着说，“我读的时候，正是对事情的奇妙感，让我投入了极大的兴趣。我猜想，他会在多塞特郡上岸。”

他继续用一种不太感情用事的语调往下读：

我们马上向岸边驶去，但是没有登陆，因为看到岸上森林里有一大群蛮人，满是敌视的举止。他们从来没见过我们这号人的架势，撒开腿惊奇地跑来跑去，有好几个爬到树顶上，手里拉开弓箭，一脸的杀气。我们抛下锚，艰难地向他们表示友好。他们冲我们放箭。尽管我拼命友好地冲他们挥手，我们一些人还叫他们勇士或先生，蛮人却当成是挑衅他们，箭放得更厉害了。

第二天，他们又回来了，这回没带武器，每人挎一个篮子，围成圈跳舞，引我们上岸：但是除了看到他们的恶行恶相，什么都没看到。我们就用火枪射他们，顿时，他们跌撞着趴在地上，这里爬那里爬的，爬到附近的芦苇丛里，他们的同伴就埋伏在那里。我们这边静候着。他们似乎撤退了，我们就慢慢靠近岸边，大家急着想上岸。我想，我们得悄悄地上岸，弄点儿食物和水什么的，然后再找较友善的地方。为此目的，我吩咐船员们不准往水里跳，那样蛮人会听到我们上岸的，而要顺船沿滑下水，然后潜下去游到岸上。第一个船员是一个士兵，屁股刚擦水，就叫一只大海刺——常在这一带水域成群出现的一种白色水母——刺了屁股，屁股上立刻红肿了一块，非常痛。我好说歹说，其他人才下去了。伯林盖姆呢，屁股擦水当儿，底下一阵猛拉稀，喷了一脸，他也不敢做声，怕上面说话引起震动，下面的门更关不住。海刺让他受惊不小，好歹脱开身，坚持一会儿就上岸。

我们的船头撞上岸（只是一片芦苇和污泥），我把锚尽量向内陆方向抛，我们就要登岸。我的一贯做法是，走近斜撑帆杆，在大家跳上岸之前，有权第一个跳上一片新土地，这一次也不例外。可是，伯林盖姆急着要放掉肚里憋着的东西，粗鲁地推开我，哪能管得上我是船长，又是他的救命恩人，他只顾自己打了头阵。这般鲁莽，我立刻来了气，正打算抓住他，可就在这当儿，一伙蛮人从附近灌木丛跳出来，抢走锚索，要釜底抽薪连人带货一起拿下。出了这档事儿，我很乐意让伯林盖姆做先锋，用他肥大的身体保护其他人。

“我的天哪，”伯林盖姆低声说道，“我担心，我的先辈遇到险情了！”

明智的做法［埃比尼泽继续读］是向异教徒开一枪，把他们冲散，但是他们太近了，我还得承认，我们没一把枪上了膛，因为我先前认为岸上的蛮人撤退了。本来，我可以切断锚索，从蛮人手里脱开，可是我舍不得锚，刚刚过去的暴风雨，我们是靠它才平安无事的，并且无疑还会用得着。同时，蛮人来得太突然，我也来不及想。上面两种方法我没有采用，而是抓牢锚索的这头，叫船员们一起与蛮人拔起河来，务必保住锚和我们的自由。幸运的是，蛮人没带武器，没料到把我们弄上岸会有多大的困难，因此，我们不会吃他们的箭。伯林盖姆吓得走了魂，顾不上帮我们，站在船头没了主张，也走不回船中间，因为我们挤在他身后，在拼死扯锚索。

随后的拔河比赛很带劲，要不是出了干扰，我想胜方一准是我们。但是，蛮人们又是叫又是嘶，吓倒了伯林盖姆。他守不住底下的城门，站在船头像冲着哪座船饰像，底下就放出了酿造了许久的宝贝。算我倒霉，我正好几乎贴着他，而且由于为了好使上劲，就蹲在他硕大屁股的下方，又正抬眼看伯林盖姆是否在帮我们。他的宝贝立马劈头盖脸倒在我身上，我既睁不开眼，也开不了口。这时刻，那头的蛮人一使劲，脚下甲板又弄脏了，我脚一滑，冲着伯林盖姆两腿之间的空当就冲了出去，一脸栽进岸边的污泥里。伯林盖姆随后也四脚朝天，冲着我的头压下来。

我一吐掉嘴里的粪块和污泥，就冲我的士兵嚷，要他们朝蛮人开火，可是，蛮人立马扑上我，还有伯林盖姆，把我们当了人质保护他们自己，打手势要我同伴们投降。我叫同伴们开枪，别管他妈的什么，可是他们不愿意，怕我挡了子弹。于是，我们就向蛮人投了降，做了俘虏给带进了他们的城。

这样，以一种我不习惯的方式，我踏上了这片下流的地方，这就引出下面一出更精彩的故事……

最后这些段落，埃比尼泽笑得几乎读不下去。就连被俘的神甫也控制不住自己的欢笑。伯林盖姆愣了一会儿，没有意识到记录已经读完了。缓过神来，他一骨碌爬起来。

“事情就这样完了？”

“这部分是完了，”埃比尼泽叹了口气，揉揉眼睛，“事实上，是如此勇敢无畏！我的家乡被发现，其方式是多么的神奇啊！”

“我的天啊，”伯林盖姆惊叫起来，“这可不是停留的地方！”他抓起会议记录，自己瞧了瞧。“那个不走运的恶棍——我为他受了多少罪！我告诉你，埃本，尽管我和他体格不一样，每一段故事都让我更加确信，亨利爵士是我的先辈。我第一次从我拯救的那些女人那儿知晓他的时候，我就感觉到有这茬事，后来，读了他的《私人日志》，我就更加确信了。这样看来，我们会发现他就在多切斯特郡。他在赶往切萨皮克湾的途中，不是吗？而正是在那里，撒尔芒船长把我打捞了上来！”

“确实是令人感兴趣的近亲关系，”埃比尼泽说，“但是，两件事几乎相隔五十年，如果我没弄错的话。既然我们知道约翰·史密斯不久就回到了詹姆斯敦，那么，我们没有证据说亨利先生被困在了后头。”

“你也不妨向这位耶稣会士证明，那个圣约瑟夫是一个缩头乌龟。”伯林盖姆笑了起来，“我相信先辈，就如同他相信耶稣一样，尽管准确的谱系还有待于挖掘。看来，要听故事的结尾部分，就少不了一番周折了。”

这一席话，引起了史密斯神甫的好奇心，他央求伯林盖姆，在离开之前，把神秘之处解释清楚。

“不要以为我们马上就会离开！”亨利回答说。他们的注意力全部被吸引到故事上，三个人之间的怨恨已经被冲淡。亨利接着说，虽然名字叫蒂莫西·米切尔，但他实际上只是威廉·米切尔船长收养的孩子，因此，有理由怀疑，亨利·伯林盖姆先生或许是自己的先辈。接下来，使神甫满足的是，他把自己刨根问底的经历以及迄今的收获，都一五一十地讲了出来。尽管这种谈话的气氛很融洽，他还是坚持，史密斯神甫在精心监督下，随便言行的时间不可太长。那个倒霉的神甫直挺挺地绑在椅子上过了夜，而那两个客人却不客气地睡了他的床。

蜡烛熄灭前的半个小时，埃比尼泽是小屋里唯一还没有合眼的人。他一向就不大容易很快入睡，整个晚上，朋友和那个不情愿的主人的表演，更是窝在心里憋得慌——具体地说，是由于前者（可以假设，是在睡梦里）用手紧紧地抓住诗人，诗人感到很窘迫，不好挣开，后者呢，则正打着呼噜。更大程度上说，原因是，对自己亲眼见识的伯林盖姆性格的诸多方面，他还不能够接受和消化，同时，史密斯神甫与法国人和印第安人之间明显有来往，却又不至于使人对巴尔的摩勋爵有什么怀疑之处，这都使那个绅士所从事的事业罩上了一层扑朔迷离的光环。使他不能平静下来的，还不仅仅是这些令他头痛的问题，琼·托斯特的影子，哪个时候都没有从心中抹去。虽然伯林盖姆持怀疑的态度，埃比尼泽还是相信，苏珊·沃伦是诚实的。他满怀渴望，自己到达莫尔登的时候，心上人就在那里等着他呢。一场奥德赛式的磨难之后——谁知道可怜的琼经历了些什么磨难呢——他们终究相会在属于他自己的土地上，可接下来，又会发生什么呢？这可是燃烧诗人想象力的素材啊！

只是因为他的脑子里思想还没乱，他才能找到合适的表达方式；他所创作的作品，不过是二十几行描写美洲印第安蛮人的诗句——仅仅是由于他以前在页面的反面记录过相关的笔记。这种伟绩，并没有给他带来什么宽慰，但是至少使他精疲力竭：眼皮实在撑不开的时候，他吹灭了蜡烛，把床留给伯林盖姆，自己头枕分类账簿，睡了起来。

二十六、剑桥之行以及桂冠诗人在路上的谈话

天亮了，伯林盖姆给史密斯神甫解了绳索，自己动手做早餐，神甫自个儿活动开酸硬的筋骨。但是，他一直把会议记录放在身边。尽管神甫表示不会再为难他们，埃比尼泽也请求对神甫宽容些，他还是坚持，吃过早饭，他们上路的时候，应当把神甫再绑起来。

“你从自身推想所有其他的人。”他斥责说，“如果你身在他的处境，你就不会为难我了，你就相信，他也不会为难我。对此，我的回答是，我的推理和你的推理一样，而在你到达乔普坦克河以前，我会拿回会议记录。”

“可是他会送命的！这简直无异于谋杀他！”

“没这回事，”伯林盖姆斥责说，“如果他是个好神甫，堂区居民不会耽搁查找他，那样的话，到不了中午，他们就会放了他。如果不是这样，他们就会以怨报怨，就像上帝容忍的那样，或者说，他的命数就该如此。”

最后这句话，他是微笑着冲史密斯神甫来的。神甫呢，坐在椅子上，一点儿表情都没有。伯林盖姆接着说：“我们感谢你为我们提供食宿，先生，还有你无可挑剔的赫雷斯雪利酒。你不久就会看到约翰·库德，并且明白，你做了该做的事，尽管是很不情愿的。”他把埃比尼泽引到门边，“再见，神甫。你如果打起圣战，别忘了饶恕我的这个朋友，他可是没少为你求过情。至于我，卡斯提纳先生自己是永远不会找到我的。再见。①”

---

① 原文为拉丁文。

“你和魔鬼再见吧。[①]”神甫回答说。

他们离开了。埃比尼泽一肚子羞愧，没好意思跟主人打个招呼道别。他们跨上马鞍，沿着一条小路往前走——伯林盖姆是这样说的——向南转一个大弯，去乔普坦克河上的渡口，从那里，再筹划渡河去剑桥，打探威廉·史密斯的踪迹，最后，去莫尔登。那是个美好的秋日，天高气爽，不管桂冠诗人的心情怎样，可以看出来，伯林盖姆是兴高采烈的。

“史密斯的经历，还有一点儿有待发掘！”他们的马沿着路小跑了起来，伯林盖姆大声说，“想想吧，或许，我很快就可以发现自己的身世！”

“但愿这位威廉·史密斯不至于像史密斯神甫那样桀骜不驯，”诗人回答说，“一个人打探自己身世时作的恶，打探的结果是抵偿不过来的。”

伯林盖姆骑在马背上沉默着，好一段时间才又开口说话。

“我认为，关于那个耶稣会士，巴尔的摩勋爵没有得到准确的消息，可话又说回来，一个将军不可能了解手下所有的官员。天主教徒中有一句常言，不要从一个神甫的情况来推断所有神甫的情况。”

“福音中也有一句常言，”埃比尼泽说，“凭着他们的果实就可以认出他们来……[②]”

“你太刻薄了，我的朋友！”伯林盖姆显得有点儿不耐烦，“是不是你昨天晚上没睡好？”

桂冠诗人羞得一脸通红。“昨天晚上，我构思出一些诗篇，并把它们记录了下来，怕给忘了。”

“那是自然，我对此感到非常高兴。你离开你的诗神，时间是太

---

① 原文为拉丁文。

② 出自《马太福音》，后一句是“荆棘上岂能摘葡萄呢？蒺藜里岂能摘无花果呢？”

久了。”

他朋友关切的语调，至少这会儿打消了埃比尼泽的心绪不宁。尽管他怀疑对方是在拿自己开玩笑，他脸上还是露出微笑，神态有些羞怯地说：“诗篇的主题，是关于野蛮的印第安人的，因为，他们给我留下了深刻的印象。”

“快说说，我得听一听！”

犹豫了一会儿，埃比尼泽表示同意，这并不特别因为他认为伯林盖姆的热切是出于真诚，而更由于，在自己心中体验到的对朋友的各色情感的冲突起伏中，只有自己的诗是与原来导师的关系中，唯一牢牢立于不败之地的。他从上衣的口袋里掏出笔记本，顾不上马朝哪个方向走，打开刚创作不久的双行体诗。

“昨天早晨看到一个蛮人，他激发了我的诗兴。”他解释，就开始朗读，嗓音随着胯下马的颠簸，一时大，一时小。

我刚刚离开船长的甲板，
跨上马，向切萨皮克出发，
突然，一只受惊的野鹿在奔跑，
一个面目可怕的人在追赶：一个蛮人
进入眼帘——
我们不再聊天，
端详他，他也把我们注视。
我惊讶不已，
细细把他打量。
他面目狂怒，一副身材透出异域风味，
气势粗野，服饰土里土气，
肩头强壮，露在外面油光光，
无毛的四肢闲不住摇摆，
皮肤涂上色彩，

袒露胸膛，向罪恶卖乖，
勾引各式太太；
她们花容凋谢，
丈夫不在，抑或新欢难耐，
急匆匆忘了美德
冲进森林，与野人苟合，
最终罚下地狱
谁叫他们共枕席，
淫荡不禁，通奸无敌，
刹那间……

“写得好！”伯林盖姆大声说，“只是你末了布起道来，我也是同样的感触。”他笑起来，“我倒是怀疑，你昨天夜里的心思，不只放在那个异教徒上：你一路讲了那么多甜的蜜的，我倒想念我的美人儿波希厄！”

“且慢，”诗人立刻提醒对方，“不要落了批评家的套路，一篇作品没读完，干脆下了结论来。接下来，我要寻求一番，究竟哪来的印第安人。”

“请原谅，”伯林盖姆说，“接下来还是和开头一样好，你做诗人就算够格了。”

埃比尼泽一高兴，脸红了，接着朗读，有点儿更使劲儿的架势：

这未开化的种族是从哪里来，
至今仍在**马里兰**游荡为害？
是从那些古老的祖先而来，
正如柏拉图以及类似的骗子们所说，
来自消失的亚特兰蒂斯，
沉到海底，冷冰冰、湿漉漉？

将他们的身世归之于那十个不幸运
的犹太人部落，从以色列逃脱，
直到今天消失得无声无息，
这样说是否明智？——
这些野人只是乳臭未干的犹太人？
或者，像有些人认为的那样，他们的祖宗
是嫉妒成性、犯乱伦的该隐，
乐意与孪生姐妹乱伦，不久就杀害了自己的亲兄弟：
然后逃窜，耶和华的愤怒
随他一路，向他诅咒，
一直来到**马里兰**，在那里躲藏着，
忏悔自己的杀弟之罪，
藏着藏着，就觉得生育异教徒最快乐，
管后代是麻还是秃？
还有人认为，这里黑皮肤的家伙们
逃脱了大洪水，没有被淹蒙，
带走了老诺亚的方舟，
久久地飘荡在水上嬉乐，
淹死各种各样的人，只剩下两个：
老诺亚船员——毕竟
为数不多——中的海员，
同一个强壮的蛮人客人，
早早地登上**马里兰**的海岸，
眼见着其他人淹没死亡，
他们自己却安然无恙。
另一些人坚持认为，
这光屁股的种族，
可以追溯到人类的童贞时代。

和淹蒙（soak'd）?"[①]

"当然啦。"诗人回答。

"可是，比如说，拿说法和喋喋不停（dispersions）、家伙们和淹沉（soak）押韵，岂不更好?"伯林盖姆热诚地坚持己见，"当然了，我算不上什么诗人不诗人。"

"知道蛋的大小，不一定非得做母鸡。"埃比尼泽说，"实际上，你提的韵律既比我的好，也比我的差：说它们好，是因为更押韵；说它们差，是因为这么写，不合眼下的时尚。喋喋不停和说法，没有什么特征，不是吗？而有人和说法，却出人意表，既形象又风趣，堪称绝妙的休迪布拉斯式诗。"

"休迪布拉斯式诗，是吗？我在洛吉特酒馆没少听人说《休迪布拉斯》，但总是觉得太乏味。你说休迪布拉斯式诗是什么意思?"

埃比尼泽难以相信伯林盖姆会真的不懂休迪布拉斯式诗什么的，但是，这回两人的师徒角色换了个位，颇令他高兴，他倒是很容易便打消了自己的疑虑。

"休迪布拉斯式诗，"他解释说，"就是用韵上很讲究，但又不仅仅是押韵而已。就拿名词马车（wagon）来说，你拿什么词和它押韵?"

"噢，这，让我想想，"伯林盖姆沉思起来，"我看，酒壶（flagon）或龙（dragon）蛮不错，你不这样认为?"

"一点儿也不。"埃比尼泽笑着说，"太没新意了。做诗的半吊子哪个不会用这个词——没有一点儿破格的味道，你是知道的。"

"一点儿不知道。"

"你得拿装进（bag in）或者垂下（sagging）和马车押韵：你差不多是明白的，只是不十分清楚。

---

① 因翻译原因，无法呈现出原英文诗的韵脚，故在文中将用韵的词原文注出。

“印第安人称他们的水上马车
独木舟，此船无人可夸耀（brag on）。

“马车，夸耀——听懂了吗？”

“关键的意思我懂，”伯林盖姆说，“我想起《休迪布拉斯》是这样用韵的，但是，我拿不准自己会这样写。”

“不会吧，你会这样用的！胆子大一点儿就够了，亨利。再看**口角**（quarrel）这个词：**那人和我发生口角**，我们又怎样用韵呢？”

伯林盖姆好好地想了一会儿。“你觉得**争吵**（snarl）怎么样？”他斗胆出一招。

“那人和我发生口角：
我争执，他争吵。”

“是好诗，”桂冠诗人说，“也有些风趣，但韵用得不怎么样。**口角，争吵**——唉，韵太实了。”

“**红鬃马**（sorrel），怎么样？”伯林盖姆问道，显然来了劲。

“那人和我发生口角：
他骑沙毛马，我骑红鬃马。”

“趣味大一点儿！”诗人鼓掌，“汤姆·特伦特写不出这样的诗，就算有迪克·梅里威瑟帮他！但是，你仍然不够休迪布拉斯的。**口角、争吵、口角、红鬃马！**”

“我同意。”伯林盖姆说。

“看看这么写：

“那人和我发生口角

是关于我们所穿的服饰（apparel）。

“口角，服饰：这才叫休迪布拉斯式诗。”

伯林盖姆做了一个怪相。“因冲突而铿锵作响！”

“完全如此。冲突越厉害，对子越工整。”

“噢，是这么回事！”导师喟叹，“我这一句，桂冠诗人有何高见？

“那人和我发生口角
谁骑沙毛马，谁骑斑点马（dapple）。”

“口角和斑点马？”埃比尼泽叫起来。

“难道够不上地狱里黄铜大钟叮当响？”

“不，绝不会！”埃比尼泽坚定地摇摇头，“我还以为你抓住了真谛呢。口角和斑点马是两个海洋上行的船，不可能相撞，而我们寻求的正是相撞。”

“那么再看看这一句。”伯林盖姆建议：

“那人和我发生口角
该谁拿到大酒桶（barrel）。”

“酒桶！酒桶，你是说？”埃比尼泽脸都红了，“是什么大酒桶？你怎么用？”

“它是休迪布拉斯。”伯林盖姆笑着作答，“我要用它解小便。”

“绝了！”他不舒服地笑起来，“这是我见到的最撒尿式的休迪布拉斯式诗！”

“你还想听吗？”伯林盖姆问道，“我学叮当碰撞的休迪布拉斯，可下了不少工夫。”

“冲它撒把尿，”诗人大声说，“你的课上完了！”

“不，我刚刚才知道个究竟。兴许，我改天得润色润色，它听上去太刺耳了。”

“但你是知道有这么一句话的，亨利：**诗人是天生的，不是学成的**。”

“对。”伯林盖姆冷言冷语，“一句像样的诗都没写过，你还不是成了桂冠诗人？我打赌，只要我上点儿心，我会写好的。”

“没有谁比我更了解你的多才多艺，”埃比尼泽话里有受了伤害的语气，“可是，说到做诗，你不见得有多高明。”

“那就试试看。”伯林盖姆不服气，“给几个题目，让我做一做。”

“得，可做诗不光是凑词语。你得对上我出的对子。”

“抛出你的大作，看看能撞上些什么！”

“当心了，”埃比尼泽警告说，“我这句挺难，别吓着了：**于是奈特爵士离了家（dwelling）**。”

“是从《休迪布拉斯》那里来的，”伯林盖姆说，“我一时想不起巴特勒是怎样配上韵的。**家，家**——噢，根本就没什么大不了的：

“于是奈特爵士离了家
不值得劳神把它卖（selling）。”

“韵太实，”埃比尼泽说，“来一句休迪布拉斯式的。”

“你的休迪布拉斯把我的耳朵都震聋了。你要是乐意叮当响，我倒不怕你耳朵受不住：

“于是奈特爵士离了家
骑马瞎荡像个恶棍（hellion）。

“你感觉怎么样？”

“倒是补了漏洞。”埃比尼泽承认，“真正的诗人与半吊子之间的

又讴歌他的今日，
外表的言行，内部的心思，
无论是短暂，还是稍纵即逝，
永恒的也不放弃，
他的荣誉和不光彩的斯文扫地，
他家的母爱父慈，
兄妹情谊，
他形形色色追求的出息，
还有各种各样相关的大事小事——”

“你是讨厌我！”埃比尼泽生气地说，“我不听了！”

“不，请原谅，”伯林盖姆笑起来，“不要这样搪塞我。”

“邪恶的傲慢！”诗人平静下来怒喝道。

“只不过开开玩笑，埃本。要是冲撞了你，我抱歉。这回是你做老师，不是我，你想怎么着就怎么着。实际上，你教了我许多以前我不知道的学问。”

“很清楚。你的天赋需要克制克制，而不是四面开花。”埃比尼泽说。

“那么，我们继续？”

埃比尼泽思考了一会儿，表示同意。“好的，但不是不正经。我要跟你说说检验诗人艺术最苛刻的一招：帕纳塞斯山上最险峻的一座石崖。”

“想怎么说就怎么说好了，”伯林盖姆说，“如果是关于诗，我敢说，没人能胜得过我，因为我标准英语学到了家。这会儿，让我们玩一玩，你觉得怎么样？横竖没什么输赢的。”

“我没什么好赌的，”埃比尼泽说，“再说，就是我打赌，你也不该打，因为我说的词是找不到类似的合韵的词语的。”他突然起了一个好玩的念头，“且慢，你讲过的那座渡口离这儿有多远？”

“大约五六英里，我想。”

“那就拿我们的路程打赌，如果你乐意的话。我给你出的对子，你要是合不上韵，你就得从这儿步行到渡口；合上韵，我就步行到渡口。说定了?”

“说定了，”伯林盖姆很高兴，“我还得加上一点：谁输了，不光是步行，还得跟在沙毛马的屁股后面走，它到晌午的时候，就臭屁连天了。这样的话，获胜者更有甜头。”

“好，”诗人同意，“就开始试试吧。我给你想出一句，你必须合上韵。记好了，不是一句休迪布拉斯诗行，而是一句十足的押韵诗。”

“莫非是**蚊子**?”伯林盖姆问，“我答是**聋子**。”①

“不，”桂冠诗人笑笑，“也不是**文学**。”

“我答绝对的对。”导师笑起来。

“也不是**行为不端**。”

“我答感谢救世主。”

“也不是**胡搅蛮缠**。”

“我答发狂发谵。”

“也不是**无聊闲谈**。”

“我答小路弯弯。”

“也不是**宽大马裤**。”

“我答冤家发福。”

“也不是**骗子拦路**。”

“我答塔勒坦布。”

“也不是**撒拉森人**。”

“我答辣辣面红。”

“也不是**镜子占卜**。”

---

① 两人文字游戏，只求英文单词（词组）或其中的字母合韵而已，汉译无法达之，姑且试而仿之。下同。

地抛开天真，却片刻离不开知识。”

刻薄话一出口，论战就此罢休，再说，渡船已抵岸边。船客们互相埋怨着，走上乔普坦克河与切萨皮克湾交汇处的码头，赶上枯潮时节，颇费周折地拉马走过倾斜度很大的跳板。

从远处看，剑桥城给人的印象不佳，走到近处，印象就更差了。实际上，根本无所谓什么城市：内陆方向很远处，是一座木屋子，伯林盖姆认出是多塞特郡法院，建了只有七年的时间。离河较近的地方，是一些修建时间更短一些的这样或那样的小客栈或者小酒馆。码头低处，似乎是一座货仓和普通商品储藏室合而为一的建筑，体积相对较大——见证着城镇和郡县的沧桑，无疑，也是埃比尼泽父亲早在一六六五年就熟悉的建筑。此外，看不到什么别的建筑物，并且，显然也根本没有什么私人住宅。

至少有二十号人，在码头和仓库周围走动着。人们聚集在一起，酗酒狂欢，声音从酒馆一路飘过来。众多的小船，三三两两地停泊在岸边，两只较大的远航船——一艘三桅船，一艘全装备的大轮——躺在乔普坦克河道里。这一派氛围，与城市规模和特征极不相称。埃比尼泽了解到，此处只不过仅仅发挥发挥一个郡府的作用而已，为周边种植园提供码头和仓库之便利，尤其是秋季法院开庭（时下正值此时），为人们提供了难得的消遣机会。

他们把沙毛母马和骟马拴在临湾的一棵小树上。旅客们在客栈草草吃了点儿东西，便分道扬镳；桂冠诗人终于惬意了。伯林盖姆留在小酒馆，租房过夜，打探威廉·史密斯的行迹，好一阵刨根问底的兴致。埃比尼泽呢，这会儿没人来搅和，便顺着路向法院方向溜达，一门心思想着什么。天气变暖，法庭又小，看别人打官司，在殖民地居民中又是如此一种广受欢迎的娱乐活动，因此只好在户外开庭，就在法院旁的一条小河谷里。埃比尼泽看到，法庭尚未开庭，到场的观众有将近百人。他们嘴里没闲着，吃吃喝喝的，隔着河谷围成的露天剧场相互打招呼，挥手致意，还有人在草地上摔跤闹着玩儿，唱粗俗淫荡的歌曲，或者，以诗人认为实在难以与法庭的庄严肃穆配上套的方式自娱自乐。随处可见，人们交换着烟草票子，埃比尼泽很快看得出，所有的人，实际上是在对审判的结果下赌注。他惊讶不已，甚至感觉到有些不祥的兆头，硬着头皮在露天剧场顶部找一个位子，坐下来，看看究竟怎样开庭。一者，与伯林盖姆最近的争执，使他起了兴致；二者，也指望，就马里兰法律的威严酝酿一些诗行，就像之前接受的建议——

“见鬼！”他心里想，又是皱眉，又是叹气：无论怎样，自己无法接受回忆起是伯林盖姆，而不是查尔斯·卡尔弗特，给他发布了委任状。这一想法太痛苦，着实纠缠不起。

不多会儿，庭吏从法庭门口走出来，一边嚷：“**肃静！肃静！肃静！**”未及走过第一丛灌木树篱，人们就乐呵呵地扔起小树枝和小卵石，把他逼了回去。接着，法官入场，没戴假发，没穿制服，亏得他到头来坐在露天里的那张法官席上，埃比尼泽差一点儿没认出，与随便几个观众聊几句，一边朝他们交换烟草票子点点头的家伙，就是法官。轮到陪审团入场（埃比尼泽不无怀疑地确信，他们只是在自己的圈子里打赌呢），后面跟着原告和被告双方律师。唯一没有登场的主要人物，是原告和被告。埃比尼泽眼光扫过人群，心里嘀咕着原告和被告的身份，眼光冷不防落到苏珊·沃伦的身上。她坐在靠前排的地方，身边有一个埃比尼泽从未见过的老年男人。看样子，她倒是花心思收拾了一番，原先那张脸脏兮兮的，棕色的头发一团乱麻，这会儿，满面红光，粉黛铅华，头发盘的样式一副娼妇的模样。破败的苏格兰布衣，换成了俗不可耐的薄缎子，花里花哨，领口开到胸部。言谈举止也与衣装合了套，狂笑不拘，一边和护花使者说着话，一边眼珠子从一个男人身上滚到另一个男人身上，色迷迷的样子；话说到起兴的份儿上，一只手不是摸一下伙伴的胳膊，就是拍一下伙伴的肩头，再就是摆一下伙伴的膝盖。

有一会儿工夫，埃比尼泽盯着她，一肚子说不出的感受：与自己对伯林盖姆曾经坦白的相反，他既感激又赌气，她把自己一个人抛在米切尔船长的牲口棚里；就是琢磨不透，她怎么就改了主意，再者，她是否重新回到父亲的身边（这样的话，为何还死守着这般淫荡的行为），并且——或许最急切——她是否有琼·托斯特的消息，再说，她讲的经历，为何与伯林盖姆讲的不大一致。同时，尽管恶心她厚颜无耻的外表，尽管十分关注琼·托斯特的消息，他还是因苏珊的护花使者，明确无误地感受到一阵阵嫉妒的刺痛，纵然后者对苏珊的卖弄风情并没看在眼里。埃比尼泽心里嘀咕开，是否要让她看到自己，是否过去和她说句话——姑且不论别的事，他不完全相信伯林盖姆不抓她的保证——但最终还是放弃了。

“我是彻底与她没了瓜葛，”他对自己说，“我勾引她，我良心不受用，但愿她抛弃我，她良心也有愧。明智的做法，既不要再搅入她逃跑一事，也不要再介入抓她一事，一切都结束了。”

桂冠诗人思忖着这些事，几乎没有注意到，法庭这会儿已开庭，两方已经打得火热了，观众的叫声才把他的注意力引到法庭上来。这公审的是件来自肯特郡的易地审理案。从证据看，明显对原告甚为不利，而多切斯特要获得一笔数目颇丰的款子，取决于原告的胜诉。观众高声压下被告律师的话。原来，被告是一对中年夫妻。

“再重复一遍，”律师慷慨陈词，“被告，我的委托人布拉德洛克斯——自身是个忠实的治安官——于事发前晚，与其太太玛丽·布拉德洛克斯端坐在屋内，突然间，原告索尔特，确确实实登上他家的门，拿着朗姆酒和扑克，确确实实邀此两位被告一起寻乐子。已近午夜时分了，布拉德洛克斯太太向两位男人道声晚安，回房间——”

“她是跑去上尿壶！”原告打那边嚷起来，观众也嚷着起哄附和。被告律师压低嗓门，同委托人说了些什么。

“根据布拉德洛克斯太太周密之议，现特更正先前陈述如下：她确实注意到自然力的呼唤，但是，从尿壶奔了床铺，就是这样。”

“撒谎！”原告再次叫起来，他四十好几，皮肤黝黑，身材瘦削，随身背着个小酒壶，“不一会儿，我上楼想试探试探她，只见她跷着二郎腿坐在窗框上，嘴里哼着什么曲子，肚皮里装着我的酒，冲着月亮放贱屁呢。”

“正如原告索尔特先生承认，”被告律师机警地接上话头，“他后来确确实实离开了欢宴——我的委托人给灌了个够——并且确确实实爬上楼，去了布拉德洛克斯太太的卧室，确确实实强行入了门，畏畏缩缩地侵袭了我的委托人——事实真相是，他好好地干了玛丽太太一场，并且确确实实由此给她的治安官丈夫戴了绿帽子！”

“嗬哟！”观众叫起来。

“作完孽以后，”被告律师接着说，“这位索尔特先生，确确实实又回到会客厅，利用主人酒喝昏了头，和他玩拉特卢[①]，骗了好几百英镑的烟草，一面还使劲灌酒，好掩饰自身欺诈行为。我可怜的委托人，让酒灌得够戗了，一头栽到地板上，鼻孔顿时磕出血，就是这位约翰·索尔特先生，冲他身上吐痰、撒尿，并且，缺德八辈子，不顾人家地主之谊，大言不惭说人家做了乌龟才不到两小时。一听这话，我的委托人顿时酒醒了一半，怒骂这位索尔特缺德狗屎王八蛋，又确确实实一股怒气奔楼上的卧室，骂妻子婊子贱货下三烂，和扒手杂种缠在了一块，又揪她的私处，从床上拖到地板上，说有多凶残就有多凶残。”

“丢人啊！”观众号起来，“拉他去坐班房。”埃比尼泽也吃惊不小，但与其说是因为内情的披露，还不如说是因为前面对原告行为的详细陈述，这种厚颜无耻，还是头一回听说。实际上，埃比尼泽搞不明白，为什么索尔特倒成了原告，而不是被告。

“夫妻俩大打出手，”被告律师接着说，“原告索尔特先生回过头进了房间，插手我两个委托人之间的事，出手帮玛丽太太对付其丈夫，勒后者的脖子，直到后者差不多翻了白眼，才肯罢手……”

---

① 拉特卢（lanterloo），又名卢（loo），十七世纪流行的一种纸牌游戏。

想起来究竟是从哪儿听说过这个名字：他们上路时，米切尔船长吩咐“儿子”去一个叫本·斯波尔德斯人的家，寻苏珊·沃伦，船长称本的家是“贼窝加淫窟”。

对埃比尼泽来说，更大的惊奇还在后头呢。应法庭盘问，史密斯回答说，约摸四年前一来到该州，自己就被迫跟被告订了契约，因为一路上为自己的女儿治病，耗尽了钱财，直到最近，契约才到期。

“我的天！”桂冠诗人惊讶不已，“他根本不是我们的人，而是苏珊·沃伦可怜的德高望重的父亲！”他怒气难消，不清楚苏珊为什么与被告缠在了一起。威廉·史密斯接着喊冤：他在四年契约期间，当修桶工和铁匠，踏踏实实地侍奉斯波尔德斯，但契约到期时，斯波尔德斯却对协议反悔。具体来说，斯波尔德斯只回报给他仅仅一英亩半的土地——并且很贫瘠，尽是些石子和水沟——而不是根据契约，给他二十英亩土地，并且，还告诉他将就着得了。

“可怜的家伙。”埃比尼泽起了同情心。他已经准备得再停当不过，要路见不平，发话相助，但终归觉得，还是听完了史密斯的全部不幸际遇后，再作打算。

被告证实说，原告的话多半是正确的，但是他，斯波尔德斯，并没有说过叫史密斯将就着得了的话。“我叫那头老山羊把土地插进屁眼里，别再烦我了。”他宣布。

“上帝，连他自己也承认有罪！”埃比尼泽心里想。

法官冲原告冷淡地皱皱眉。“你打算对法庭撒谎，先生？”

“或许，他就是这么说的，”史密斯承认，“我记得他是这么说的：‘将就着吧’。”

“得了，到底怎么说的？”法官质问。

“是*插进屁眼里*，”斯波尔德斯坚持认为。

“是*将就着*。”史密斯一口咬定。

“是*插进屁眼里*。”斯波尔德斯叫起来。

“是*将就着*。”史密斯嚷起来。

“是插进屁眼里。”法官命令道，捶着台子，要大家肃静。“你这位朋友请了一个油滑的律师，本，”他冲着被告说，“你的律师呢？”

斯波尔德斯冲着原告律师的方向嗅了嗅鼻子，此人是一个胖墩墩、身材矮小的男人，像贵格会教徒那样，穿得一身黑。“我才不需要理查德·苏托这样撒谎的人为我辩护。”

“那么叫你的第一证人，别磨蹭。”

除了埃比尼泽，似乎没有人看出在原告及其律师面前听证被告申辩有什么荒诞不经之处。看到苏珊·沃伦站在了斯波尔德斯一边，埃比尼泽的好奇变成了十足的惊讶。

苏珊的证词，荒诞不经之处与埃比尼泽下午听到的一切相比，有过之而无不及。她宣称，她过去逃到马里兰，一路受到卡尔弗特郡仁慈的米切尔船长的庇护，目的是要摆脱父亲，因为，父亲像头公山羊跟在她屁股后面，居然提出了乱伦的要求。“他偷偷追着我上了船，”她接着说，“倾囊而尽，收买米切尔船长。他的目的是，让船长拉皮条，使我栽倒在他罪恶的手里，好一路上作践我！”

苏珊一开始走向证人席位时，观众们对她淫荡地骂骂咧咧的，这会儿，倒显然同情起她的遭遇来。他们嘀咕着赞同苏珊的证词，说她父亲想拖她的监护人下水，真是白费心机，说她的监护人因此与斯波尔德斯订了契约。

“大好人本，只把他看成是我的一个恩惠，”她宣布，“我让他订契约，实在吃了亏，因为，我父亲瞧不起他这样做。他到底是一个游手好闲、专捅娄子的家伙，我光担心，也没奈何；斯波尔德斯出于纯洁的基督教慈善之心，给了他一英亩半的土地，因为斯波尔德斯不欠他修船费用一个子儿。他做我的父亲，我活该倒霉，我倒是乐得这个恶棍坐牢呢，我发誓，把他的下流坯子，从作践我的骨头里敲出来！”

法官对苏珊甚为赞许，没什么麻烦便打发了没信义的陪审团，自个儿宣布，就要定原告撒谎和游手好闲的罪过；但还未来得及下达官方判决书，埃比尼泽对苏珊证词的后半部分内容实在忍无可忍，早就跳了起来，这会儿，在草地上站了个笔挺，高声喝道："且慢！我要求结束这无行止的诉讼程序！"

苏珊倒吸一口冷气，转过脸去。人群一阵尖叫，扔起树枝，法官驴似的声音吼得更高，小木槌敲得梆梆响。

"肃静！**肃静**！去你妈的！你是哪号不信基督的家伙，为何妨碍本庭公务？"

人们劈头向埃比尼泽扔树枝，埃比尼泽偏头躲开的当儿，看到亨利·伯林盖姆绕过露天剧场那边，匆匆赶过来，匆匆挥手让自己克制住。但是，桂冠诗人的一腔正义怒火，实在憋得不轻了；实际上，看到导师也加入在场观众，眼前境况与他和伯林盖姆不久前一直争执的问题又有某种关联，他兴致更高，一定要慷慨陈词、一吐为快。

"我是埃比尼泽·库克，大人，蒙查尔斯·巴尔的摩勋爵之恩惠，受命为这整个州的桂冠诗人。我强烈反对刚刚提议的判决，此举是对正义的嘲弄，是对马里兰法律的公然玷污！"

"嘀哟！"一些观众嚷嚷，另一些干脆起哄，"把那个天主教徒撵出去！"埃比尼泽这番言论一公布，就见伯林盖姆立马打住，一只手搭在眉头上，耸耸肩就地坐了下来。

"得啦，"法官讥笑说，"不至于**那么**糟。"他睁大眼睛冲着人群。"这是老本·斯波尔德斯最受用的判决。"

伯林盖姆的警示，给桂冠诗人的自信浇了一瓢冷水，但是，这会儿打退堂鼓，为时已晚；结局难以预料，他的声音又平添一分怒气。

"你不知道你在非难谁，先生！比你更厉害、更十足的懦夫，也受到了体迪布拉斯式诗章的鞭策，傲气大挫！你能把正义还给那个可怜兮兮的原告吗？他不公的案件亟待洗雪。你能让被告以及那个背信弃义的婊子证人，为他们的诬陷承担法律责任吗？否则的话，桂冠诗人的正义之怒，以及一群有正义感的观众的正义之怒，你能担得起吗？"

人群中一片窃窃声，斯波尔德斯一脸煞白，他走近法官席，为着诗人叫他们下不了台，对着法官耳朵嘀咕了几句。

“我才不管他是哪里拉出来的狗屎!”法官语气坚定，对斯波尔德斯说，“这是我的法庭，我倒是诚心把它办好，不掏钱就拿判决书，没门!”

“原来如此!”诗人嗓门压过人群的笑声，“如果谁掏钱买了她，谁就暂且拥有本州之正义，那么，此刻，本人即出价买那婊子。”他盯着苏珊，眼神里有意味，“这个邪恶的斯波尔德斯，无论出了多少钱，我再添上一半的价，务必掌握裁决和量刑的主动权。”

“两百磅烟草钱。”法官回答。

“那么就三百磅。”桂冠诗人接下去。

“我反对!”斯波尔德斯叫起来，大为恐慌。

“我也反对!”苏珊附和，她恐惧的神情，叫诗人嘴唇上挂上了自豪的微笑。威廉·史密斯站起身，似乎也要表示反对，他穿得一身黑的律师连忙阻止他，冲他耳语了几句。

“驳回反对。”法官撂出一句，“这案子就归你管了，诗人大师。但要记好，不要弄得出人命。”

被告和苏珊对事态的进展颇为惊讶和愤慨。伯林盖姆也是，听到法官的裁决跳了起来，再次匆忙向埃比尼泽走过去；可是，他仍然在几百英尺开外，诗人不慌不忙地开了张。

“我也不希望弄得出人命，”他说，“我只关心正义。斯波尔德斯看上去没有对原告构成人身伤害；因此，也不得对被告造成人身伤害。这是一件土地偿还纠纷，我务必按罪行的性质主持正义。我的裁决如下：对被告指控成立，被告有罪。我的判决是，原告必须得到赔偿——除了原告拥有的一英亩半土地——不仅仅是原属于他的二十英亩土地，而是契据约定的一切财产，换言之，被告将拥有他不愿放弃的小额货币，原告则拥有聚集的钱财。至于苏珊·沃伦小姐，既然无需审判就可以给人量刑，乃本法院之常规，那么，我宣布，她犯了欺诈罪、诬陷罪、诽谤罪、色情罪、卖淫罪以及不孝罪，并特此勒令，她必须受其父亲（原告）的监护，同时，对她与米切尔船长所定契约的合法性进行调查。再者，其父亲应尽早适宜地为其安排合适婚姻，婚姻之羁，庶几教其行为端正，举止有节。凡诸限制、惩戒以及勒令，两星期之内务必执行，若有违逆，则判决、拘役有加。”

庭院那边传来一声嘲笑，几乎是歇斯底里的狂笑，伯林盖姆、斯波尔德斯以及苏珊·沃伦也顿时一齐哄笑，但是，法官说道：“法庭如是判决。”小木槌捶了一下桌子，“我要补上一句，先生，本人主持本庭数年，从未目睹如此荒谬慷慨之举!”

埃比尼泽弯一弯身。“抬举抬举。但是，最好称赞判决之公正，而非判决之慷慨。慷慨处理掉别人的财产，算不得什么大事。”

法官嘴里应了一声，却叫众人的嘈杂淹没了。这会儿，众人簇拥着埃比尼泽，肩膀扛着他，沿街向酒馆走去。

“你们应该敬重的，不是我，而是盲目的正义。”诗人并不是冲着哪个说，“但是，”他又补上一句，“也亏得你们对我高尚的工作，并不迟钝，我对此万分欣慰。我对剑桥的崇敬之情，整个儿恢复了。”

人群中较善感的人，确实虔诚地低语着；有一个妇女举起自己的孩子，让埃比尼泽吻一下，但桂冠诗人行止有度，挥挥手，示意着走开了。他举目四周，看看伯林盖姆在不在场，品味一下他对自己得意的反应如何；后者却不见了踪影。

他们进了酒馆，先前的原告威廉·史密斯，早在那里了，一见大恩人来了，马上为每个人叫啤酒。

“叫我怎么谢您呢，先生?”他大声说，把埃比尼泽抱得紧紧的，“您是马里兰最最基督式的人物，我发誓!”

“德性，”桂冠诗人应道，“我只希望他们别蒙你。”

“这也正是我害怕的，先生。”史密斯表示同意，从衬衫里掏出一张纸条，“我律师刚刚起草好这份文件，如果您肯在上面签个字，您的判决在任何法庭都生效。”

“好的，干杯。”埃比尼泽笑起来。他向酒馆老板要了羽毛笔和墨水，一挥手，在文件上签了字，交给史密斯，心里想，要是伯林盖姆、安娜以及伦敦的哥们在场，亲眼目睹他人生最辉煌的一刻该有多美。

“现在，”史密斯宣布，举起大酒杯祝酒，“为库克先生干杯，先生们，我们的桂冠诗人，上帝保佑的多塞特郡最最了不得的绅士！”

“嗬哟哟！”其他人喊起来。

“为史密斯先生干杯，”埃比尼泽礼貌地回敬，“他受了那么多苦，可谓最终有了正义的回报。”

“嗬哟！”

“为她涂脂抹粉的婊子女儿干杯，”嘈杂的人群中有人叫起来，“但愿上天保佑我们，离她远一点儿。”

“不，要为正义干杯。”桂冠诗人打断话，对提及苏珊，心里感到窘迫，“为正义，为诗歌，为马里兰干杯——如果愿意，为莫尔登干杯，它是我的目的地。”

“哟，为莫尔登干杯，”史密斯语调坚定，“您一定知道，先生，一旦我把监工恶棍斯波尔德斯剥得精光，就恭候您的造访，您将是我珍贵的客人，想做客多长时间，就多长时间。”他笑出声，眨眨眼，“说真格的，先生，万一卡尔弗特勋爵耍了您，不付你桂冠诗人差事的费用，我就自己掏腰包雇您，让您替代斯波尔德斯，管理莫尔登的事务。您才不会比他差。那家伙可没少骗您。”

埃比尼泽心里慌张。“亲爱的先生，我这会儿听不懂你讲什么！”

“那得，没事了，小伙子。”史密斯嘴角挂着笑意，又讨了酒馆老板一杯酒，“**诸多真理，以无知道出，诸多冤屈，凭机遇洗雪**。为莫尔登干杯！”他冲着众人说，显然是为桂冠诗人好，“它就是我的了，我会把它管好，本·斯波尔德斯没胆量做得到！”

“嗬哟！嗬哟！嗬哟！”大伙一起叫起来，情绪高潮，狂饮啤酒，没几个注意到高贵的客人晕倒在满是锯屑的地板上。

二十八、如果桂冠诗人是亚当，那么伯林盖姆就是蛇

埃比尼泽恢复过神志，发觉自己躺在酒馆屋角的一条板凳上；双脚底下垫着一只木盒子，眉毛上敷着块湿布。一想起自己为什么晕过去，又差点儿使自己晕了过去；闭上眼睛，巴不得当场死去，总比受大家的奚落好，总比面对自己愚蠢地丢了庄园的耻辱好。等到终于有勇气抬眼看四周，只见伯林盖姆坐在最近的一张桌子边，嘴里叼着烟斗，看着酒馆里的人豪饮。

“亨利！”吓坏了的诗人冲他喊。

伯林盖姆立马转过身来。“不是亨利，埃比尼泽——我名字叫蒂姆·米切尔。我发现你躺在地板上。”

埃比尼泽坐起身，摇摇头。“啊，我的主！亨利，我干了些什么？居然无视你的警劝！”

伯林盖姆笑笑。“你已经主持过了天真的正义，我得这样说。”

“别逗了，看在上帝的分儿上！”他把脸埋在双手里，“上帝保佑我还在伦敦！”

“老家伙安德鲁授权你当律师来着？不是的话，你就无权逞能耐送人礼物。”

“他才不会呢，”埃比尼泽接过话，“但木已成舟了。我把他的庄园，连同我的整个财产，都签给了那个贼头贼脑的修桶工！”

伯林盖姆吸一口烟斗。“谁叫你傻瓜自作主张，覆水难收，后悔也没用。感觉怎么样，和我一样做起了穷光蛋？”

埃比尼泽一时答不上话，眼泪下来了，耷拉着脑袋。“也是安娜的嫁妆，有一半：我得把李树街的房产过给她，请求她原谅。不知道父

亲会怎么说？”

“且慢，且慢，”伯林盖姆说，“病人没死定，无需话丧礼。我们了解威廉·史密斯些什么？你一晕倒，他就溜之大吉了。”

“他是个杂种，要不就不会欺负我天真了。”

“才证明他是个合格的人呢，你得学会他那一套。你认为，他就是我们一路寻找的威廉·史密斯吗？”

“怎么会呢，大不了一个修桶工。苏珊·沃伦回米切尔家时，我从那儿听到过他的情况。”

伯林盖姆皱皱眉。“他的情况不只那么多，她的情况也不只那么多，天才晓得个究竟。骗子可提防骗子呢。若是知道他是我们的人，是巴尔的摩的密探，我一点儿都不吃惊。”

“他若是本州总督，就于事有补？”埃比尼泽垂头丧气地问，“无论如何，莫尔登都是他的了。”

“或许这样，或许这样。再者，或许他打探到我们的使命，他会乖觉些。”

埃比尼泽眼睛一亮。“上帝，亨利，你相信？”

伯林盖姆耸耸肩。“世上没有不可能的事。交给我，我会干我该干的事。你最好认定，暂且你是穷光蛋，不妨就做个穷光蛋，只字不谈我们有什么希望。像大家一样，借酒消愁吧。”

到这会儿，酒馆里其他的主顾，注意到桂冠诗人已经醒了过来，非但没有讥笑他，反倒忙活着请客喝酒吃菜的。

“难道他们不知道我吃了大亏？”他问伯林盖姆。

“唉，才不会呢。有些一开局就知道，只是后来才知道你当时是无意的。”

“他们准认定我是活傻瓜了！”

伯林盖姆又耸耸肩。“比圣人短一截，比常人长一段。你无妨教他们施点儿恩，你不这样看吗？”

埃比尼泽从板凳上站起身，又沮丧地一屁股坐下去。“不，上帝，拱手让出我的莫尔登，我哪有心思闲在这儿喝酒？我手里拿的应该是枪，而不是啤酒瓶！”

“你吃的亏，是一记教训，”朋友回答，“可是犯不上我来教你。”他从椅子上站起身，“得了，现在你同我一样，无所谓什么地产不地产的了，你不想照我说的，一醉方休？”

诗人还是犹豫不决。“我一向怕烈酒像怕热病、怕毒品、怕做梦一样，它们伤了人看事物的眼光。人应当按世界本来的面目去看它，无论是好还是坏。”

“这一境界，你从来就没有受用过，我的朋友。今晚倒是指望起来了？”

“黑心窝的家伙！”埃比尼泽抗议，“只因为我从来就不喝酒。”

“而且从来就不是一个居无定所的穷光蛋。”亨利顶回去，“这会儿乐意干什么，随你的便。”他转开身，独自走向柜台，其他的主顾热情称呼他蒂姆·米切尔。埃比尼泽虽然反对喝酒，与其说出于诚意，还不如说出于警诫，却也很快加入伯林盖姆——不仅仅是因为他的损失大得没边，一时反正摸不到底，而且还因为，他压根儿肚里就不是滋味。无论是由于一路走得肠胃气胀，亨利虐待史密斯神甫又让他受惊不小，还是由于（对他来说，更有可能）患了“水土”症——所有新来殖民地的人，都免不了遭此一难，自己的母亲还送了命——从早上以来肚子里就不舒服，中午以来眉毛上就有点儿烫。

“嘿！”一个种植园主冲他走过来叫起来，“我们基督一样的桂冠诗人，终于屈尊了！”语调中并没有一丝恶意；其他人也和着叫起来，赶快给他让场子，甚至对酒馆老板发誓，要不给他们的新伙伴免费提供朗姆酒，大家将集体弃店。

他们如此热情，诗人眼眶湿润。“站在你们面前的，不配做一个桂冠诗人，朋友们，”他开了口，讲得不太利索，“绝对不是，而是头号糊涂蛋，把他当有知有识的人礼貌相待，对不住你们了。我会记住你们的好意的。”

伯林盖姆抬起眼，对他的开场饶有兴致，对他的收场倒似乎失望。

“**独傻不为傻。**”有人说。

“这是一次堂而皇之的愚蠢的馈赠，”另一个接下去，“惨是惨了点儿，还是蛮高尚的。我认为，你是不赔也不赚。”

埃比尼泽喝下一杯酒，又给递上一杯。“穷了一大笔，聪明了一丁点儿？”他摇了头，“我看不出有什么讨价还价的。”

“就是这样的方式，无论如何，”伯林盖姆以蒂莫西·米切尔的口音说道，“一个人，除非及早注册，否则，等到向生活这所大学交学费，那学费就高了。况且，你又是受人崇敬的。”

“受人崇敬！”诗人表示不同意，“要是你的意思是，我并不是在世上混的哪头傻驴，我倒是同意，但我看不到有什么值得人崇敬的地方！”

“喝干，我再来解释。”导师面带微笑，埃比尼泽也听从了。他接着说：“你的命数是什么，若不是人类命数的话？”

“或许，是朗姆酒昏了我的头，”埃比尼泽打断，“我听不出你话里的道道来。”他打一个嗝，住了嘴，惹得新朋友好不快乐。他又要了一杯酒。

“我的意思是，你在重演亚当的故事，”亨利接着说，“你看重你的天真，由于它，却失去了人间的乐园。不仅如此，我要进一步论述这种幻想。不但你的冒险活动使你无家可归，而且，像亚当一样，第一次肚子里装满了知识和经验；你不再采摘好摘的果实，填自己的肠胃，却以有罪之身，流着汗水挣面包，就如芸芸众生一般。你的父亲，要是我说得没错的话，会不失时机地把你撵出伊甸园。”

这一比喻，马上引得埃比尼泽及大家笑起来，即便笑得不是十分开心。埃比尼泽拿着酒杯说：“这类幻想，乃勇敢有加的骏马，若不用艺术绳索套住，会驮着背上的人，驰向回头无岸的远方。”

“你不喜欢？”

“问题不在——嘿，瞧！”埃比尼泽指手画脚表示不同意，酒水溅

个不懂事的孩子，拉伯雷只是个微不足道的清教徒。瞧瞧他的脸颊，一副混沌世界苍白渺茫的样子！瞧瞧他的眉头，深深刻上人类历史的沧桑！”

“我求你打住！”有人恳求。

“瞧瞧他的那双眼，先生们，阅历了人类欺诈灵魂梦想出的每一种亵渎行为，并旁观了同样的皮肉买卖！嗯，要特别瞧瞧他的眼睛！转过身来，亨利——蒂姆，我说的是蒂姆！——为我们转过身来，蒂姆，用你的眼神使我们打战！冷光逼人，像爬行动物一样老成，朋友们——实际上，实际上，它们是伊甸园里那条蛇的眼睛，窝在那棵知识的大树里，眼都不眨一下，迷住世上第一个女人！”

“闭上那张嘴，”伯林盖姆警告说，“瞧你胡说些什么！”

埃比尼泽酒喝得太多，火气又太盛，哪里能刹得住长篇宏论。“我的上帝！仁慈的先生们，看看那双眼睛！有多少少女，硬是给盯得莫奈何，于是不久就不再是少女了！多少天真无邪，硬是被那双手作践了！”

“你在对蒂姆·米切尔说话！”一个受惊的庄园主说，“你怎敢如此诋毁他？”

“我怎么敢？”诗人重复一句，他的眼神一刻没有离开伯林盖姆，后者面色显得越来够烦躁，他放下酒杯，眼里噙着泪水，“谁叫他不顾廉耻，耍奸诈伎俩，勾引了一朵天真的花蕾，一门心思要占有她。她对我太金贵了，她是贤淑贞洁之典范！”

“住口！”伯林盖姆以命令的口吻说。

“正是图这一点，他才假惺惺做我的朋友，好利用我天真无邪，对我的斥责也能厚着脸皮撑得住：他仍然坚持追求其罪恶的目标。但是，我自豪地告诉你们，迄今为止，他还是一无所获：这朵花蕾的贞操，是岩石铸成的，凭他怎样诱惑，就是死死守住。看看，事实真相多么让他恼怒！一副活脱脱的色狼相——看到那朵花蕾仍然没让作践，他就打心底里炸了锅！”

伯林盖姆叹口气，转过头，冷冷地冲着大家。“既然你乐意冲着大家嚷嚷这些私事，年轻人，并对这些绅士们如此夸奖我的天资，我必须坚持要求你把那朵花蕾的实情，原原本本如实道个明白。”

“你说什么?”桂冠诗人问道，不恭的口气里多少有点儿疑惧，“你甭想知道我知道的十分之一。”

“对此，我并不怀疑，桂冠诗人大师，但是，听你讲起她，诸位绅士们一定会认为，你的那朵花蕾该是野蔷薇一样多刺，或者，高山火绒草一般高不可攀。可是，十多年前，她还是小花苞的时候，就来找我替她拔掉花蕾，吩咐我第一个尝她的花蜜。我的这双眼，就是你不放过的这双眼，她多少次绽开花瓣，让它们欣赏啊！并且，这两只手，这张嘴，别的就不提了，多少回让她神魂颠倒，数也数不清——噢，让她快活得晕过去！她身子上的那一小块——你很清楚，就用不着我说在哪里了——要是你这样捏一把——”

埃比尼泽一脸煞白，面孔颤抖，热辣辣的。“住嘴!”他喘不过气来。

“她再斯文不过的镇定外表下——你一定比我了解得更多——掩饰着多少乖戾！她无需用嘴就可以说出鬼把戏话，她取之不竭的诓骗男色的伎俩——”

店里的人哄堂大笑，眼珠滴溜溜地转。埃比尼泽喉咙眼发哽，说不出话来，脸埋在撑在柜台上的双手里。酒是不再喝了，喝下的一股股往头上涌。掌心和额头渗出汗，涎液四起，肚子里翻江倒海。

“我几乎没有必要提最开胃的地方，”伯林盖姆不留情面地接着讲，“别的乐子不过瘾，她玩的那一招——你开过眼？我指的是，她称之为**天堂双胞胎**，或者亚伯[1]**和朱摩拉**[2]的玩意儿，可我倒称之为**向蛾摩拉进发**——”

“杂种!”埃比尼泽尖叫一声，就要向先前的导师扑过去，但是，种植园主们好歹按住了他，劝他控制住。他眼前冒金星，脚跟站不稳，听到的意象让他恶心得好一场呕吐。好像伯林盖姆的话是从另一间屋子传过来的：“该抽烟斗了。找个地方给他躺躺，醒醒酒，小心照料他，他可是个活宝。”两个庄园主动手把埃比尼泽往外抬，这当儿，伯林盖姆又说：“睡去吧，我的桂冠诗人；但愿你所有进气出气的地方，关好了我的罪恶!”

---

① 亚伯（Abel），《圣经》中的人物，亚当和夏娃的次子，被其兄该隐（Cain）所杀。

② 据伊斯兰教的说法，该隐与亚伯各有一个孪生姐妹，亚当欲让该隐娶亚伯的孪生姐妹朱摩拉（Jumella），亚伯娶该隐的孪生姐妹阿克丽玛（Aclima）。但该隐更喜欢阿克丽玛，向上帝供奉时便以供奉之物暗示心意。该隐所献之物为上帝所拒，他便杀死亚伯。

二十九、威廉·提克先生的不幸结局，由多塞特巡回供应的妓女玛丽·蒙格毛丽向桂冠诗人叙述

待到埃比尼泽一觉睡走了朗姆酒酒劲，太阳已经开始照耀马里兰的大地了。一夜间——碰巧是九月的最后一天——小阳春的天气就变为更典型的秋天气候了。清早的空气凉飕飕的。牙齿打战，全身哆嗦，这才让桂冠诗人醒了。

“我的上帝啊！”他叫了一声，立即坐起身。他发觉自己在马厩一头的玉米仓库里，可以想象，位于酒馆的后面；四肢和躯干埋在质地粗糙的玉米穗中间。不幸一个挨一个地呈现在眼前，永远丧失了莫尔登，疏远了伯林盖姆——伯林盖姆那番令人震慑的话，诗人这会儿最确信，是故意编出来，以牙还牙，来压倒自己当时的阵势的。

“实际上，都是我惹的！”诗人思忖着。

他身体状况也不好：酒喝多了，头一阵一阵发痛，灯光伤了他的眼，肠胃还是很虚。除此以外，先前是不适应，这会儿真正畏寒了：打战，打喷嚏，流鼻涕，每处关节都发痛。

“好生招待他们的桂冠诗人！”他拿定主意要训斥老板一顿，要是证据充分，就起诉他。直到他就要动身执行自己的决定，才意识到自己为什么发冷：上衣、帽子、马裤都不见了，只剩下紧身裤和短裤衩，身上只盖着玉米穗。他实在没了招，只好指望谁来马厩拴马，逮谁是谁，请他行行好，帮个忙；与此同时，他只好在玉米棒子堆里挖个井一样的窝，身体陷下去，再用粗糙的玉米穗四周围紧自己，抵御冷风。

“来人啊！”一小时后，他使劲嚷开来，“客人们在哪里？”

他试着吟诗挨时间，严厉谴责所有的店主，从把约瑟和玛利亚放

到伯利恒马厩里的那一位，到容许马里兰桂冠诗人睡在玉米仓库里的那一位——但是他心思并不在这上面，发觉自己做不到以恶魔入诗，就放弃了。从前一天中午以来，他就没吃过饭，太阳升起的时候，肚子叫开了。喷嚏打得更厉害了，找不到什么精致的东西，将就着用一个玉米穗擦了擦鼻子。他终于意识到，有人来搭救之前，自己会冻死，就高喊起救人来。喊了一遍，没人应声，到头来，才有一个大块头、邋里邋遢的中年妇女，凑巧往院子里停大篷马车，听到有人求救，就勒住马，向马厩走过来。

"谁在那儿?"她发话，"你撞上雷啦?"嗓门又大又粗哑，身材块头——现在站起身更如此——特大，穿一身干活的马里兰人普遍穿着的苏格兰布衣，脸色红里透棕，脸皮皱巴巴，灰色的头发像欧石南灌木丛般纠结在一起。她对着埃比尼泽嚷叫，非但没有受惊的样子，倒眯起眼睛，似乎碰上乐事的样子，掉了一半牙齿的嘴咧开着笑。

"别往前走!"埃比尼泽喊道，"别靠近，先听我解释！我是埃比尼泽·库克，本州桂冠诗人。"

"别跟我说这些！噢，我是玛丽·蒙格毛丽，曾经叫多塞特巡回供应的妓女，但我对此并不夸耀。你待在玉米堆里干什么，诗人大师?作诗呢，还是放尿?"

"上帝才不让我在这块圣地撒尿呢，"诗人回答，"把玉米堆变成艺术品，需要能耐比我强的家伙。"

女人咯咯地笑。"那么，十拿九稳，你是在干缺德的勾当了?"

"就我对马里兰人的理解来看，你这样想，我并不惊奇。但是，我渴求的只是你帮个忙。"

"得了，唉!"玛丽大声笑起来，向玉米仓库走过来。

"不，太太!"埃比尼泽恳求，"你误解了我的意思：我可没钱付你的服务费。"

"服务你妈的鬼。"大块头女人说，"太阳落山前，我可不干。看一眼诗人是什么样子，就够了。”她往玉米堆上爬，一路快活得闹嚷起来。

“别靠近！”埃比尼泽没命地拢玉米穗为自己遮羞，“我求求你，只是基督式的帮个忙，太太。”他扼要地说明了一下自己的罹难，末了，恳求玛丽立即给他弄点儿什么衣服来，要不他就要冷死了。

整个故事，她美美地听了一顿，使他高兴的是，她说：“这一丁点儿不算难事，年轻人，我大篷车里就有一两条裤子，我确信。”她解释说，她的绰号是她年轻时的骄傲，那会儿，她从一个种植园奔赴另一个种植园，兜售买卖。现在岁数大了，改行拉拉皮条混饭吃：她和小娘儿们，每月要跑一趟本郡所有的大庄园和种植园，只是遇上一年两度的法庭开庭期，才暂且中断一下既定的日程。

她从大篷车里取来鹿皮裤子、鹿皮衬衫，还有印第安软帮鞋，呼啦一下扔给埃比尼泽。

“接住了，先生。”她咯咯地笑起来，又接着往上爬，“是年轻的阿巴科豪侠汤姆·洛卡豪米尼留下的，他住在桉树沼泽地，昨天夜里，一群威瓦士武士袭击，他就匆匆道别，上了路。穿上吧。”

“我无法表达感激之情，”埃比尼泽说，等着她走开，“你算是我在马里兰遇到的最有德行的人。”

“快一点儿。”女人敦促，“我想死了要看看你们这帮勇敢的小伙子的模样，脑袋里装满了这样那样的情诗。”

费了好一番周折，埃比尼泽才劝说她从玉米堆上挪开，让他有足够的时间穿衣服。的确，要不是他特别的斯文，让她觉得很好玩，他的口舌本来就会是枉然的，而现在，她如此坚定地要满足自己的好奇心。

“本来的情况是，太太，我是个处子，并且打算保持下去。记忆中，没有哪个女人见过我的身子。”

“了不起的圣母！”蒙格毛丽小姐惊叫道，“我乐意付你两英担烟草，尝个鲜——我有一个小娘儿们，开的就是这个价！”

没有哪一天晚上不把她叫进卧室，给她长篇大论讲心灵的迷宫、原罪以及堕落的玫瑰。为了加固她对男人淫威的抵抗力，他设计了一套精神训练法，其中一个做法就是，当着她的面把自己衣服扒得精光，要她像抱圣物遗迹一样紧紧抱住他，同时口里不断念叨经文，以抵制肉欲的诱惑。他对她的贞操甚为关注，同时，无疑也操心她的意志力和诚实；出于这些考虑，逢星期天晚上，要求她向他忏悔一星期来头脑中掠过的任何淫思欲想，接下来，他就照例检查她是否还拥有处女膜，看她说话兑不兑现。”

“伪善的杂种！”诗人说。

“或许如此，”玛丽冷冷地说，“他是个和蔼而温柔的牧师，社区成员的骄傲，把我母亲当成家里人养。我想，他看不出他所做的一切里面有任何邪恶的地方。母亲到了十五岁上，还是个处女身，他把她训导得足以抗得住一切淫荡的欲火，可以无数个时辰，双双赤裸着挺坐在他床上，变换各种姿势的拥抱，嘴里一直谈论着最高尚、最陶冶人的事情。这样做，既是他的自豪，也是他的乐趣——母亲是这么说的——并且是神圣的一周里美德的压台戏。”

埃比尼泽摇摇头。“心灵确是一座迷宫！”

“不错的，”玛丽笑一声，表示同意，“但不久，那家伙就在里面迷路了。我母亲变得越成熟，他的控制欲便越强烈；他的进攻越到了火候，他就越操心她的贞操。她是如此一个求知欲旺盛、成就斐然的学生，他又给了她如此非凡的教育——哪个恶棍想逼她就范，不白费劲才怪呢；终于到了被干的快感能让她不再挂念贞操的份儿上。这一念头，让他自拔不能，终究不谈别的事了，并且，尽管我母亲发誓，对诸如通奸一类的想法，绝对一概欢迎，他还是安不下心来，直到设计出最最得力的精神训练法……”

“我的上帝，别说了！”

玛丽点点头，乐得前仰后合。“这只是前因到后果的自然发展过程而已。在一个安息日的晚上，他们跪着祈祷的当儿，他转到背后，猛地向她插进去。她喊叫起来，他解释说，这是控制肉欲的最后一课，并且吩咐她继续祈祷，就如置身教堂一般。尽管她心神不定，虽说无知，但断然不是傻孩子，她想，最好顺着他，不要显得对他过去的慈爱无情无义；因此，她没有再反抗，但只是希望他采取些措施，避免一些繁杂的后果，又开始祈祷起来。眨眼的工夫，一念到**在天上的**[1]，他便占有了她的处女膜，就算他有心思为了保护她，只干一下俄南犯的罪，他也没有时间了，因为，一念到**愿你的国降临**[2]，母亲就怀上了我。”

“天哪！”

“祈祷就此打住了，因为借着所有男人干完那事后都乏了味的冷漠的灯光，牧师意识到自己行为不正，把我的母亲轰出去了。从那里到做皮肉生意，用不着迈出多大的步子，因为，她已经被培训得像教会执事打点蜡烛一样，能够轻巧地翻做爱的花样，用不着什么心襟摇曳之类的前奏。我在纽盖特小巷里出生长大，还没等到十三岁，就两英镑把我鲜嫩的果实卖给了圣安德鲁的恩德沙夫特的一个绅士，和妈妈一起干起皮肉生意来。这就导致她犯了第二个过错，是与医生的事……”

“我不怀疑，这个故事值得一听，”埃比尼泽打断她的话，“但是，我倒是乐意你讲快点儿，不然的话，我没时间听你讲完了。”

“遵命。”玛丽咯咯笑，“我只说与妹妹凯特相关的事。我是她大姐，我母亲生她的时候死了。我当时不过十五岁，整夜整夜忙活，供养我们俩。我是把凯特当成自己的女儿养，到了她年龄还未大得能够拉得下脸皮，却又嫩得足以吊富人胃口的时候，我就让她与一个路过伦敦的苏格兰伯爵第一次天造人设了一番，并且叫她入了那个行当。听说女人在种植园挣钱容易，我就带她过来了，在马里兰安家落户，

---

① 基督教祈祷文，全句为“我们在天上的父”。

② 基督教祈祷文。

干了许多年的买卖。可是，小凯特非但不感激我多年来的关怀，反而诋毁蔑视我。逮住机会，她就耍贵妇人的派头，我卖皮肉，她倒心安理得地收起钱，还说，她做了婊子，都是我的不是。哪个男人都看不上，优雅的派头确实抬高婊子的身价，可话又说回来，一上了床，她又没有哪一次桀骜不驯过。小凯特太任性无常，时常勾引男人包她，事后，却当着人家的面把钱扔掉！

“小乔普坦克河上，住着一位富有的荷兰人，名字叫威廉·提克，是个乐呵呵的老鳏夫，胖墩墩，圆得像个球，狡诈得像犹太人，靠养牲口而不是种烟草发财。这个威廉有两个儿子，都成年了，威利和彼得，一个半斤，一个八两，一样没啥用，一样无所事事，整天就泡在巴巴多斯朗姆酒里，骑着马在多塞特到处闲窜。他们白肤、金发、碧眼，大块头，举止笨拙，一对活宝，奸诈甚于聪明。既然知道自己是老威廉仅有的继承人，就巴不得他早早累死进坟墓，一边就提前支用他们将要继承的财产。听到小凯特成了这两位绅士的宠儿，不足为奇，他们可谓气味相投。我警告她，那两个家伙凶残、粗俗、贼头贼脑，不是什么好鸟，不要赔本付他们酒水钱，她不爱听，听任他们随心所欲。

“过了一年，我才明白她究竟想干什么：原来，老威廉知道了两个儿子是吃白饭的败家子，才不管父亲的狗屁辛劳呢，经过好一番思想斗争，发誓要改变个活法。他决定，不再拼死拼活地攒财了，趁还没合上眼，好好享受自己拥有的一切，好好干一场男人取乐的事。

“大约就在这个当口，威利和彼得发觉凯特不理他们了，又是使钱，又是威吓的，终归不抵用。并且，直到今天，也没有哪个清楚，她怎么就能做得到，不出一个月，居然做起了威廉本人的新娘。老家伙才不知道娶的是个什么货色！兄弟俩头一回知道这茬事儿，是在他们家里发现她坐在威廉身边，并且父亲说：‘威利、彼得，这个可爱的女孩，是你们的新妈妈。我们一心相爱，你们要把她看成你们的生母那样，爱她，敬重她。’

“他们只得向凯特磕头，吻她的手，可是，威廉一走开身，两个家伙就围拢上来，夹住她的胳膊说：‘你对我们父亲说了些什么，弄晕了他那可怜的脑袋？你想偷走他的钱财，一个子儿也不留给我们？我们告诉他，你是个名副其实的婊子，后背上还有鞭子抽出的印子，多塞特每一个男人都干过了，他会怎么说？’但是，凯特对他们的威胁嗤之以鼻，因为她已经向威廉放过风声，她是一个孤儿，一个处女，曾经被没心肝的姐姐用鞭子抽打过，只因为自己不愿去卖淫。并且，以防自身受到伤害，又轮到她威胁说，他们胆敢伤害或中伤她，她就对威廉埋怨说，两个儿子决计要让老子做乌龟。这样一来，他们只好闷着不出声，听任父亲对凯特老不要脸地恩宠有加，而且反而争着讨起她好来。新婚之夜，她使尽我教过的百般姿势，让威廉再做回男人，但效果甚微，因为，不像薄伽丘《十日谈》里的韭葱——”

“薄伽丘！”桂冠诗人嚷起来，“你怎么会知道薄伽丘？真奇了！”

玛丽笑起来。“比你想的还奇呢，这一点，我待会儿再解释。不像薄伽丘的韭葱，我得说，头是白的，尾是绿的，可怜的威廉，倒更像他所谓的达克斯猎狗①，尾巴离头大老远，总是够不到头。但是，用这个或那个法子，凯特还是让他挺起一会儿，接着，是一阵猫叫，你可以想到，她是被那头白公牛干的帕西法厄呢。”

“哟，哟，太太！先是薄伽丘，这回是帕西法厄！”

“老威廉想是弄到她的处女膜了，她越是假装痛，他越是趾高气扬。没出一个星期，他就向威利和彼得宣布，鉴于凯特给他带来了多年来第一次尝到的快意，他已经对遗嘱的条款进行了修改：一半财产留给凯特，另一半由兄弟两人平分。

“对此，两个败家子可不答应，尤其是因为他们父亲在床上耕耘得太辛劳，身子骨一天不如一天；要不了多长时间，他就会死于那档事儿，他们一半财产也就会玩完。但是，凯特精于心计的癖性，与他俩

---

① 德国种小猎狗，特征为身长、腿短、耳垂，适于追逐獾、狐等。

可谓旗鼓相当，她十分清楚他们肠子里的算盘，定下计谋，非让他们吃亏不可。”

说到这里，玛丽脸上一向挂着的幽默表情消失了；她垂下头，用根燕麦秆摆弄地上的一块小石子。

“正是这时候，查理·马塔森步上了舞台。”她说。

“噢，”埃比尼泽眼一亮，“那个谋杀人的印第安人。”

“你不懂光瞎扯，”玛丽尖刻地说，“我想这会儿你该明白，了解事实真相之前就下结论，是再愚蠢不过了。查理是我的情人，一个女人能够碰上的最大福分。”

埃比尼泽脸上下不来，表示歉意。

“查理·马塔森，”她叹口气，眯起无精打采的眼睛，“我真不清楚，怎么才能让你了解他呢。”

“我已经听说过，他是一个蛮人国王的儿子，”诗人主动说，“对英国人的仇视非同一般。”

玛丽点点头。“他是契卡梅克的儿子，没有哪个白人当年见识过，还能够活下来讲述这件事。他的人民是南梯库克人的一种，自己称为**阿哈特瑚珀人**；他们在多塞特沼泽地最荒蛮的地方生活，与世隔绝，都城从一处到另一处，搬个没停。”

“哎呀！总督大人为什么不降服他们呢？”

“他从来就找不到他们，这是一个原因。除此之外，他们人口数量少，与外界一点儿不往来。索性忘掉他们，比冒死寻出并除掉他们更容易。这些阿哈特瑚珀人从不捅娄子，可话得说回来，要是哪个英国人落在他们手上，就算逃脱一死，末了也是太监的命。”

对此，埃比尼泽连想一想都打战。“拿这样一个人做情人，太冒险，不是吗？”

这时候，玛丽的眼眶里充满了泪水。“他是我第一个，也是仅有的爱人，就是查理。我第一次遇到他，我四十岁的人了，他也年轻不到哪里去，但是，我们第一次做爱，纯粹是出于爱情。他的父亲，契卡梅克，让他出使拜访另一个蛮人，叫夸撒布拉格——”

“夸撒布拉格！”桂冠诗人惊叫，差一点儿暴露了自己与那个逃亡的首领之间的关系。

“噢，那个了不起的安纳考斯汀王，最近越了狱。上帝才知道，这趟差事后面有什么鬼把戏，但是，这是马塔森去英国人中间的第一次冒险活动。他当时的计划是，乘小划子径直渡过海湾，但是，还没等赶到丹吉尔海湾附近的海峡，一阵狂风就把他吹到了多塞特。我真走运，当时，我正外出揽生计，碰巧在海峡边的一条道上赶路。马塔森——当时还没有英国名字，自然——在暴风中丢了小划子，看到自己到了英国人的地方，发誓要杀了第一个撞上的白种男人，抢走他的马。他藏在路边灌木丛里，我的大篷车一到，他就蹿上来，把我从座位上掀开。

“他最初的想法，是剥了我的头皮，但再一想，决定还是先干了我。”玛丽的眼睛亮起来，“你听得懂吗，诗人大师？我总共做了二十八年的婊子，叫人干了大约两万次——千把次上下的出入吧——并且几乎是数量相同的男人干的。没有哪种男人的模样或长短，我不一清二楚，我发誓，也没有哪样皮肉生意我不精通。有无数次我得去负责调教穷小子和胆小鬼，我也不只一次受雇去强奸年轻小伙子。”

“打住，”埃比尼泽惊叹，“这不可能！”

“别诱我，亲爱的，”玛丽笑着告诫，“我知道你在想什么，但是，枪口一抵住头，什么事都可能了。”她又是笑，又是哭，“我这就告诉你最精彩的部分：查理个头不高，但是，他是个坚实的家伙，肌肉很有劲；可是，就在他准备动手干的时候，我看到他那玩意儿只不过与小狗狗的差不离儿！他，我发誓，连大多数摇篮中小男孩一半的福气都没有，居然想凭此败坏玛丽的名声！简直是用针凿沉大轮船！

“我被他的阵势逗乐了，亏了他那把印第安战斧，才没能让我继续乐个不停。我抵抗他，不比一匹马抵抗一只虱子多使多大的劲。‘快干吧，查理，’我说，编个名字逗着玩，‘有两个打猎的和一个烟草商，在路那头等着我呢。'一听这话，他开始入港，我的天，还不知道是什么要撞门，我就敞开大门闹着玩！”

桂冠诗人眉头皱皱。“我不想打探这类事，不过这里头有什么**不当结论**[①]，或者学究们的一些谬误之说。”

呼吸的架势中，玛丽有些留恋往事的味道。“我见过的学者可多呢，可压根儿就没碰到过这样的小雀雀！”

“不，蒙格毛丽小姐，你误解了我的意思。”

“你也误解了我的意思，”玛丽笑起来，“因为你必须知道，先生，做了两万次婊子的人，不再是个小孩子：她能够表演欧罗巴的技艺，甚至后来居上了。但是，正如一个瞎子丧失了视力，鼻子和耳朵都格外灵光起来，或者，一个又聋又哑的人学会了用眼睛听话、用手说话，我的查理，我还是搞不懂究竟怎样学会了那些奇怪神奇的法子，干得如愿以偿！这样，善良的自然母亲就还清了欠他的债，正如俗话讲的：她剥夺了彼得的乐，给了保罗。”

埃比尼泽看不出那句俗话在这里有什么瓜葛之处，但是，他是理解她话里的意思的。

“我无从知晓他弄得是什么道道，也无法表达我当时是多么快活。干脆这样说得了，我身体里流淌着足够的母亲的血液，我的心就是一座城堡，那两万人中，没一个曾经走进这座城堡。但是，我的查理，甚至长矛都未使过，两分钟之内就跨过护城河，越过城墙，举起吊门，堵哑每一处枪眼，在我守卫的女墙上，竖起了欲望的大旗！”

“噢！”诗人压低声调。

“过了好一会儿，我才恢复了常态，我一缓过神，就揪住他的头发，充分发挥几十年风尘经历教给我的一切知识，向他的顽石投桃报李，弄得他半个小时爬不起来。最后结局是，他再没有见到他的小城和父亲，他离夸撒布拉格的距离也就是夸撒布拉格离我大篷车的距离。

---

① 原文为拉丁文：non sequitur。

我们住在大篷车里，成了热情奔放的吉卜赛人了。我不再接客了，用契约约束其他的小娘儿们跑生意，自己倒像一个不懂世故的新娘，离不开他左右寸步。”

“他怎么没了对英国人的仇视?”

玛丽咯咯笑，摇摇头。“那我就没能耐说得清了。他出奇的深不可测，就是查理，足智多谋：个把月的光景，他就既能读又能讲我们的语言，同任何绅士没有两样。他叫我跑遍全州买书，尽管我自己连一半都读不懂，他总是一眼就读懂其中的意思。似乎是他自己也和写书的人想的一样，并且，自己的思想还高一筹呢。但是，尽管书籍可以使他兴奋，他却不屑自己去读，而是要我去读，虽然不多会儿我就得停下来，问他这个字、那个词是什么意思。”

“确实！”埃比尼泽大为欣赏，“于是，你就学会了谈论薄伽丘和希腊人?”

“嗯。他既喜欢又讨厌他们，我自己也一样。给他读一个故事的一半，或者欧几里得一节书的一半，他动一动脑子，就能把剩余的一半讲给你听。如果有什么出入，很有可能，那就是作者写得不好。我时常觉得，他的想象力把所有的、各种各样的世界都抓住了，这些书所描写的，只不过是其中一个世界——”

“虽然这里那里不乏奇妙之处，”桂冠诗人插话，“他却不得不嫌恶这一个世界的样子。”

“说得对！”玛丽叫起来，眼神一亮，“你倒是说到了点子上！”

埃比尼泽叹口气，想起伯林盖姆。“我认识一个人，就有这样的天分，派头一模一样：他热爱这个世界，一眼就可以看穿它——有时候，连看都不用看——但是，他的爱带有蔑视的味道，出于同样的原因，这就叫他拿所爱的东西不当回事儿。”

眼泪扑簌簌地从妓女这会儿红润的脸上往下流。“他正是以同样的派头对待我的。”她说，“他爱我——对此我确信——但是，尽管我有一袋子锦囊妙计，毕竟只是个女人，横竖都是个女人。我的查理，好奇心和想象力超出了这些范围：我经常令他愉快，但从来没有让他惊奇过。我所做的事，没哪桩他没想到过。”

“你是想说，”诗人催促，甚有兴致，“我讲的这档绝妙的爱，在他的肌肉里，如同在他的想象里一样强大？我的意思是，他对惹眼的一切都有强烈的欲望，不论是男人、女人，还是曼陀罗草根，但是，却又鄙视这个世界可以一起睡觉的人太少？”

“是这样，还要多一点儿，”玛丽回答道，“他如此的陷在同样的欲望和想象力中，甚至也瞧不起自己不能想象得更多！哎呀，真是，世界历史上再没有第二个他这样的人了！”

埃比尼泽双手捂着脸，摇摇头。“过去有一个，现在有一个，看上去一样了不得。我的朋友及先前的导师，直到现在我还没有琢磨透，活脱脱地配上了这幅画像！你认识大家叫蒂姆·米切尔的？”

玛丽表情一变，一副惊恐状。“你是米切尔的一个探子，伏在这里套我的话？”

埃比尼泽很吃惊，向她保证没有那回事。见她还是忧惧不小，他进一步说：“我并不是说米切尔是我的朋友和导师，而是说这个查理在每个方面，都像我的朋友——除了他的肤色，还有你说到的那部位的天生缺陷——而这个蒂姆·米切尔，我三天前才遇到的，一些方面让我想起我的朋友。过去，我对这个人一无所知。”

“你不是他手下的人？”

“我发誓不是。你为什么这样怕他？”

玛丽吸一吸鼻子，向周围扫了一眼。“无所谓什么原因。如果你当他是朋友，你很快就会知道究竟的。”除此之外，她不愿再说什么，亏诗人再三请求，她才愿意把搁下的故事讲完。蒂姆·米切尔的名字，可让她心里忐忑不安了一阵儿。

“你的情人查理，怎样对待凯特和提克先生的？”他问道，“这么好的故事，只讲了一半，才叫人受罪呢。”

“结局并不远。”玛丽嘟哝一声，不太情愿地重新拾起故事的线索，“不久，凯特就风闻到我生活改变了，迫不及待要弄清来龙去脉。我清楚，只要一眼瞅到查理，她就会毫不掩饰地挑逗他，因此，我就变着招儿躲开她。实际情况是，直到他杀了她，我才得知，他俩已经勾搭上两个月了。”

“不会吧！”

“他没有给抓进牢的时候，亲口对我讲的，还连同许多别的事。不知用什么法子，凯特小姐寻出他，说她是我的妹子。她面孔不像我，却是白净净的，身体又是一块果脯，哪像我的身体，不过是一顿酒过三巡的饭食。但尽管她工于心计，终究单调乏味，找不到什么猎物，在床上也没有什么生气，心地又歹毒，耍起泼来蛮横无理。查理又爱又恨我的时候，他是满可以瞧不上凯特这类婊子的，他甚至向我亲口承认了这一点。说真的，这就解释了一切事情。”

埃比尼泽点点头。“一小时前，我摸不懂你的意思，现在似乎没有什么矛盾的地方了。他为什么总是可怕地谋人性命呢？”

“人们是那样看的，所以把他绞死了，”玛丽说，“但是，凯特是他唯一谋杀过的一个人，其他的人是自己相互残杀的，尽管可怜的查理是幕后操纵人物。”

她解释说，一做上凯特的情人，查理很快就了解清楚了提克的家事，并且出于某些不是直接很清楚的原因，千方百计要获得两个兄弟的信赖——算不上什么了不起的成就，因为俩兄弟是玛丽巡回供应妓院里的常客，对查理与凯特的关系，所知道的不比妓院老板娘对此的了解多。他领他们出门打猎，一起赛马，并应他们邀请经常去提克庄园做客，在那里的草坪上，和威利与彼得狂饮乱欢，时不时瞅隙溜开，让威廉做乌龟。没过多久，俩兄弟就对他掏心窝，他们很担心、很憎恶他们的后母，查理呢，一笑答之，马上摆下了双重谋杀阵。

威利叫道：“你在开玩笑！”

查理回答：“很容易干。彼得顺着屋后树林里的小路，一路向南走到头，然后，藏身在你们过去经常干凯特小姐的杜松树丛里。接着，威利随便诌条借口，打发凯特去那里，彼得一等到她走过来，立马扑上去杀了她。与此同时，乘老威廉一个人在屋里，威利杀他就容易了。用匕首或者印第安战斧，叫印第安人背黑锅。”

威利立刻拍手，称赞此计甚妙，可是彼得尽管表示时刻等着扒了凯特的皮，对弑父之举却没有多大热忱。“死一个普通的婊子算不上什么大损失，但是，我们难道不能让父亲寿终正寝，或者死于忧伤？他老了，在我们和财富之间，不会碍多长时间的事。”

查理回答说：“随你的便，横竖是你们自己的事；但是，在我看来，你一杀死凯特，他马上就会另娶一个婊子，还不是照样让婊子糊弄得云里来雾里去的。”

“对，对，”威利同意，“我们就去把他杀了。他不爱我们。”

最终，彼得被迫打消了不情愿心理，离开赛酒会，去小路尽头打埋伏，带着打猎匕首。但是，彼得一离开，威利——兄弟俩中脑袋灵光些的——就质问起分工的事。

“一点儿也不公平，”他冲查理埋怨，“吩咐我做没滋没味杀父亲的活儿，彼得却在杜松树丛里独占凯特，或许肏过了，才杀了她。”他越是这样考虑，越是觉得命运不公平，到头来，竟开始斥责起彼得来，倒把是谁出的馊主意给忘了。

“不要发怒，”查理劝他，“我这样计划有一个目的：先打发凯特去彼得那儿，然后报告威廉说，他俩在杜松树丛里干上了。三个当中，很快就会死掉两个，你接下去杀掉剩下的那一个，所有的财产，岂不都落到你一个人手里了？”

转眼一想，威利就领会了该计划的妙处，并且草草地找了一趟，却没有见到后母的影子，他乐意按照那个印第安人的另一条建议行事：“无论如何，你去通报威廉，我就跑去警告彼得，说他父亲要来一枪送他的命。结果会一样，与此同时，你再好好找找那个婊子，想怎么玩就怎么玩。”

威利向父亲账簿室走去，一脸喜气。查理抄近路，穿过沼泽地，跑向彼得手里拿着匕首打埋伏的杜松树丛。但是，哪里是告诫彼得说威廉来了，那个印第安人说的是：“凯特小姐正向这边急急赶过来，再没有哪次比这一次更迷人。既然横竖都要杀了她，何不先美美地干她一顿呢？脱裤子，好小子，埋伏好。”

“彼得可用不着人催，”玛丽笑起来，“脑袋迟钝，并不意味着情欲迟钝，学堂上的一个受气包，床上却是个采花的角儿：甚至查理还没有完全走开，彼得就脱起了裤子。架好大炮，等着猎物好开战。”

“但是，在布置这些阴谋的时候，你的妹妹又在哪儿？”埃比尼泽问。

玛丽咂咂舌头：“她既不无辜，也没闲着，你就放心好了。”实际上，玛丽解释说，打头策划这一阴谋的正是凯特，而不是查理。她详细告诉查理，自己是如何如何对俩兄弟放不下心，以及自己与威廉的生活情况——由于正常的做爱无望，他是如何强迫她每天晚上在账簿室里给他跳淫荡的舞，四周尽是烟草账票和生意文书——还对查理许愿，如果他肯帮她除掉另外两个财产继承人，她一定会嫁给他，使他成为提克庄园的主人。他们约会的地点在屋后小路不远处一丛茂密的番樱桃树丛里：无论白天或黑夜什么时分，只要一听到情人发出信号——像狐狸或印第安杂种狗的一声尖叫——她就马上溜到这里来。每每查理与那俩兄弟豪饮的时候，她总是在这里瞄着，等查理瞧隙来约会。也正是在这里，她度过了灾难性的一晚，观察着阴谋一幕幕地上演。她看到彼得沿着小路走向杜松树丛，甚至听见查理劝他先奸污后谋杀。不久，查理就来到番樱桃树丛与她会师，到这会儿，几乎没有必要叫查理告诉她，他们的阴谋已经上演了。不仅如此，他们的希望，不多会儿进一步地坐实了，因为威廉本人阔步沿着小路走过去，每只手里拎一把手枪，一脸杀气，显然，是对威利的告状做出了反应。遇着没穿裤子的儿子的时候，凯特和查理可见相当清晰地听见，他用荷兰语向儿子发出了一连串的诅咒。

“等等，慢，慢！”他们听到彼得哭了起来，“看在上帝分儿上。千万不要开枪！”

令他们失望的是，威廉并没有立即扣动扳机，而是问道：“你母亲在哪里，彼得？”

“我不知道！”

“你为什么这样站着？”威廉质问，“一手拿裤子，一手拿大炮？”

一定是威廉边说话，边向彼得靠了上去，并且用手枪威胁他，因为彼得嘟哝一阵，然后回答：“你可以看得出，我在这只是方便的！”

“威利告诉我，你从一个树墩到另一个树墩干凯特。”威廉说。

“啊？”彼得说，“但我没干威利说的事，哪个都能看出来。”

“那么，威利为什么叫我跑到这里来？”他的父亲想知道个究竟。彼得断言，不是自己，而是威利对凯特有打算，把威廉打发离开屋子，好单独逮住凯特，强迫她就范。

“啐！”威廉说着，稀里哗啦顺着小路往回赶。

所有这一切，两个阴谋家都听得清清楚楚，并且，父子对话接近尾声时，打屋子的方向传来威利呼喊凯特名字的声音。

“现在会发生什么情况？”凯特低声问查理。

“该是威利放弃寻找你的时候了，”印第安人回答，“如果一切顺利，他会沿着这条路走来，见谁活着就杀谁，彼得也会干同样的事。”

他不能做更多的解释，因为这个时候，老威廉已经走到了番樱桃树丛附近，挥舞着手枪，累得直喘气。实际上，又是发怒，又是忙活，够他受的了。他突然停下来不动，紧捂着胸口，在小路中央的一棵桉树墩上坐下来。

“那蠢货的心脏受不了！”凯特小声说，查理赶忙用手捂住她的嘴，差一点儿就被威利发现了。威利那会儿正手里拎着上了膛的枪，沿路跑过来。

“你怎么啦？”他问父亲。

威廉一把抓牢儿子的手臂，推搡得他头直摇。“为什么打发我没事找事？你兄弟只是在小便，没干任何别的事。”

“哼，”威利用讥刺的口吻说，“他为什么跑一里多路，去林子里撒尿，他一向都是在玫瑰丛里撒尿的。”

“你让我去杀彼得，而彼得让我去杀你，”威廉继续说，“两个都打我甜蜜凯特的主意。两头我都得死个儿子，也许，还有我的妻子！”

“她是婊子，你是傻瓜。”威利宣布，对准父亲的胸膛就是砰的一枪。

“这会儿，我同样要开他一枪。”凯特低声说，从裙子里掏出上了膛的手枪，瞄准威利。但是，查理还是挡住了她，因为听到枪声彼得已经急匆匆从杜松树丛赶过来，威利还未来得及上子弹，彼得就挥着匕首扑上了他的身。兄弟俩在泥土里扭成一团，滚过来，滚过去，不一会儿，威利就躺在父亲的尸体旁，喉咙被刺穿了。

彼得站起身，把刀刃在树叶上擦了擦。“那么……”他说，再没有说下去，因为凯特让他就地心口上吃了一枪。

“妙极了！”事情完毕，她大声叫起来，“我总算摆脱了一帮恶棍！”如此多的荷兰人惨死在小路上的壮观景象，令她如此激动，不爬上四周躺着尸体的桉树墩，并为查理狂舞一番，怎么也不甘心就离开。她跳的舞，就是与可怜的威廉做爱时跳的脱衣舞。

“现在，你算如愿以偿了。”查理说。

“你也会，”凯特从桉树墩那边回敬一句，“过来，庆祝我们得到的财富吧！”

不满足于只用跳舞来亵渎死人，凯特坚持他俩立刻就在桉树墩上，表演他们常在番樱桃树丛里偷偷摸摸干的勾当。又是嘶来又是号，印第安人做起爱，气势惊天动地的……

“打住！”埃比尼泽说，“你意思不是想告诉我——”

“一点儿不差，”玛丽说，“不仅如此，他要她学叫他们秘密约会时的暗号，他还做了我同他共同学会的一件事——一件我们发誓不让其他人分享的事……”

“我说——”诗人表示不满意，非常尴尬，但是，玛丽抬起一只手，示意他不要说话。

“她一学叫起约会的暗号，他就抄起匕首……”

“不！他当时就杀了她？”

玛丽点点头。“我只能这样说，他所干的，是世上士兵们耍的出名的把戏，基督徒也好，异教徒也好，对敌人的女人，都是这么处置的。”

“你再往下讲，我就要吐了呢。”埃比尼泽说。

“也没什么好讲的了，”玛丽说，“他走开，让他们一齐躺在那儿，总共四具尸体，因为没财产继承人，财产就转让给了国家。滑稽的是，正如查理一开始就清楚，但既没对凯特，也没对那俩兄弟说的，直到马里兰议会的下一届开会，老威廉提请获得外籍公民权的恳求才会被批准。”

“我怎么听不明白？”

“这意味着，他死的时候，还是个荷兰人，”玛丽解释说，“而外籍人是不能对财产立遗嘱的：英属地政府本来就可以随时接管财产！”她大声笑着，从地上站起身，“正是从这场恶作剧中所享受到的莫大乐趣，毁了查理。事发当天晚上，我一无所知，建议我们玩玩我的宝贝秘密，但是，他干着干着，爆发出好一阵大笑。我生来第一次，像个新娘似的哭起来！他发誓，他非常抱歉，接着就把你刚才听到的故事，一五一十地告诉了我，一边讲，一边大笑，一点儿细处都没有放过。他对我了解透了，就是我那个甜蜜的蛮人：他知道，我听到他欺骗了我，一定会伤透了心，尤其是他是和凯特混在一起的，更尤其的是，他杀了凯特；但是，他也知道，我一定会宽恕了他所有的一切——不只是这些，他知道这场惊愕过去以后，我还会打心眼里爱他。他算知道得对了！他所不知道的百里漏一，是我怎样珍爱我们的小技巧，不只是因为是我们共同发明的，而且还因为它是一个阳具如此蹩脚的男人，与一个对男人如此精通而不至于为任何别的什么类似的玩意儿留下印象的女人两者之间的秘密；我们的这一技巧，就是爱的全部世界。就好像你和你的情人共同发明了做爱，而世上别的人想都没想到过：如果她告诉你的不是她亲吻了另一个男人，而是说她把与你分享的那盖世秘密的一切教给了那个男人，想想看，你的感觉会怎样！”

“事实上，”埃比尼泽说，“我——”

“不错。你还是个处子，当然不知道。”玛丽叹了一口气，“那么就记好了，有朝一日，你会看得一清二楚的。话说回来，我的查理，错就错在告诉我他和凯特分享了我们的技巧，这么讲就足够了。上帝！我说不出话，再哭不出一滴眼泪！我爬下大篷车，顺着路一阵跑，一直跑到剑桥才停下来，过了一天半，告诉司法长官，提克一家人被谋杀了，谋杀者就是查理·马塔森！”

眼泪再次顺着她的脸颊簌簌往下落。

“他们去抓他，他还在大篷车里等我回来呢，做梦也想不到我干的事。他们把他押到大牢。那以后，我就再没和他说上一句话。但是，他们讲，我出卖了他，他倒看成是又一件恶作剧，一想到这件事，他就哈哈大笑。他们讲，带他上绞刑架的时候，他还在咯咯地笑。绞索套实的那会儿，我自己注意到两件奇妙的事。我首先告诉你第一件：活着时的小玩意儿，死时就非凡的大——有时候是这样的。第二件，他死的时候，脸上带有魔鬼般的笑意，一直带到坟墓里去。整个故事就是这样。”

“我从未听过类似的故事，”埃比尼泽发誓，“又可怜又可怕，这个印第安人，与我的朋友兼先前的导师如此相像，我仍然很惊奇！恕我冒昧说一句，如果你的查理生来就是个英国人，他玩这个世界，就会像玩羽管键琴[①]一般，就像我的朋友一样；同时，如果我的朋友生来就是一个印第安人，他死的时候，也会面带那样的笑意。”他摇摇头，“这背后到底有些什么名堂？你的查理和我的朋友，各以自己的方式，

---

① 羽管键琴，拨弦古钢琴，起源于十五世纪末的意大利，形制上与现代的三角钢琴相似，但琴弦是由固定在每个琴键末端木制支柱上的羽毛管拨奏而不是由琴槌敲击。

漂泊在这个我们熟悉的世界上。两个都天资聪颖，洞察这个世界，甚至要贪婪地占有它，并且玩傀儡似的操纵世人。我的朋友还没有同查理那般笑出来，但愿上帝不许他那样做，可他那样做的势头却是有的。听了你讲的故事，我清楚地相信了这一点。瞧他那耸耸肩的样子以及那没有快意的笑。好像雅各一样在沙漠地与什么邪恶的天使较量似的，是邪恶的天使打败了你的查理；它绝不是上帝的天使、上帝的信徒，对他们的耻辱，报以这样的笑，你认为呢?”①

玛丽冲着马厩的门，若有所思地说：“查理嘲笑的，是上帝创造的一切！我能够听到，他对凯特施展我俩那技巧时的嘲笑声，还能够听到，凯特猫叫时他的笑声，他用匕首捅死她时的笑声；我到处谋生计时，或者吃饭时，我听到了那笑声，那笑声给我眼里的世界涂上了色彩，让我肚子里的食物变了质！提克什么也没留下，只有他可鄙的鬼魂，有人说，夜间就顺着提克庄园里的小路游荡。查理呢，除了那笑声，什么也没留下。我在给你讲故事的时候，我听到他的笑声。每天夜里，我看到他脖子上套了绞索在发笑，必须喝一点儿酒才可以入睡；但一切都枉然，因为，一睡着就做起我那查理的狂热的梦，醒来的时候，耳边还回荡着他没有声音的笑声。上帝！上帝啊！”

她说不下去了。埃比尼泽陪她走向大篷车，搀她坐上位子，再次感谢她的慷慨相助以及给他讲了那段故事。

“只是受好奇心的驱使，”他懊丧地苦笑，“我第一次从托尔伯特的史密斯神甫那里听到查理的情况，我就对你的查理产生了兴趣，当时也说不清是出于什么缘故；但是，你讲的故事，却意想不到地触动了我。”

玛丽抖起缰绳，拿起鞭子。“那么，请不要再触动了，桂冠诗人大师，因为，到目前为止，你仍然是那笑声的一个听众。”

---

① 雅各（Jacob）是以色列人的祖先，《圣经》中记载，他与天使（一说神）所化之人摔跤，赢了天使，但天使快输的时候让他瘸了腿。

"你什么意思?"

她向他倾了倾身体，由于高兴，那张大脸鼓得老大，粗哑的嗓门压低说："昨天在法庭上，你训斥可怜的本·斯波尔德斯，把你的整个种植园签给魔鬼威廉·史密斯——"

埃比尼泽皱眉头回忆。"上帝，这么说，你也看到我丢人现眼?"

"我就在场。不只这些，库克岬从前是我行程中的一站。本·斯波尔德斯是我一个老实巴交的老朋友，我的主顾，侍奉你的父亲可是一把好手，一个监工能做的他都做了。我和本一样，巴不得比尔·史密斯完蛋……"

桂冠诗人目瞪口呆。"你的意思是说，你只管看着我胡来，明明知道我被蒙在鼓里? 我的天呀，你为什么不呼叫，或者，阻止我签史密斯那份罪恶的文件?"

"你一亮出身份，我看事情就来了。"玛丽回答道，"我看到老家伙本因为你的话脸都煞白了，恶棍比尔·史密斯乐得手都没处放。我本来是可以立马阻止你愚蠢行为的。"

"可我终归没听到你或其他人激昂的规劝，"埃比尼泽语带刻薄，"除了斯波尔德斯、他的荡妇证人、我的朋友亨利——我指的是蒂姆·米切尔——所有人都因其他原因恐惧不安。其他的人，只顾小声嘀咕，我甚至还听到没心肠的鬼叫——"他控制住自己，以怀疑的眼神冲着恩人皱皱眉，"当然不是你叫的!"

"我嘲笑的既是你的毁灭，也是我的毁灭，你要去问问蒂姆·米切尔，他或许会向你解释的。这是一种疾病，可爱的诗人，像天花或花柳! 查理在哪儿染上的，上帝才晓得，但是，昨天向我表明，是第一次，我从他那儿染上了!"她一抛缰绳，驱马上路，咯咯地笑，令人不快活。"能做到的话，就做处子吧，年轻人；把你的处男膜带到坟墓里去吧，或许，你永远不会被感染上什么病! 嗨，走吧。"她策马上路了，甩过头去，自个儿偷着乐。

三十、同意人除了背信弃义别无所长后，尽管未必同意法律是为顾客而定制的，桂冠诗人终于看到了自己的庄园

十分受触动，又十分仓皇，埃比尼泽在庭院里愣愣地站立了许久。提克的故事，让人可以更好地理解伯林盖姆，这足以让人惊恐不安：最后隐情的泄露，几乎是匪夷所思！

"必须找到伯林盖姆，"他决定，"不管他就自己和安娜是怎么说的。"

回忆起头天晚上伯林盖姆奚落人的自白，埃比尼泽不禁出了一身冷汗，腿肚发软，不得不在满是尘埃的地上坐一会儿，牙齿直打战，而且打起一阵喷嚏。折磨他的不全是心绪不宁：他确定无疑地发烧了，在玉米仓库里待了一宿，伤了风。上一餐以来，许多时辰没吃饭了，但这会儿还没胃口吃早饭。他起身想去找伯林盖姆，并就自己衣服被盗一事向店主讨个说法，只觉得脚底下直打转，脑袋嗡嗡响。他进了酒馆，很明显他的样子颇有些出人意表，人们都向他投来惊奇的目光，对此，他毫不买账，径直走向酒保——已不是前一天晚上招待他的那一个。

"上天！"他叫起来，"简直是宗教的末日，一个人连在玉米仓库里过夜，睡得都不安全！你开的店难道是个贼窝不成？领主大人要是知道这类罪行在他管辖下的本州如此嚣张，会不加法办吗？"

"穿上你的裤子，小伙子，"店主说，"这些时候，谈领主大人们可不明智。"

埃比尼泽绷着脸，很尴尬：他糊里糊涂忘记了，正像他越来越习惯的那样，巴尔的摩勋爵在本州没有管辖权，自己也从未见到过那位

绅士。

“有杂种偷了我的衣服，”他嘟哝说。酒馆里其他的主顾笑起来——其中有一个胖墩墩、黑黝黝、身材矮小的男人，穿一身黑，看上去面熟。

“啊，噢，”店主说，“这有什么好稀奇的。或许是哪个年轻人把你的衣服扔到火里闹着玩儿，或者去替换自己烧焦了的衣服，倒没有什么恶意的。”

“闹着玩儿！天哪，亏你们这些杂种想得出！”

“如果你闹了肠绞痛，我就不要你昨夜的住宿费了，够公平吗？”

“找一个睡在耗子窝里的人要住宿费？你要么还我的衣服，要么赔新的，并且马上就办，否则的话，桂冠诗人身份可他妈的不好惹，整个马里兰就会体验到我诗韵的锋芒！”

店主的表情变了，惊奇地注视着埃比尼泽。“这么说，你是库克先生，马里兰的桂冠诗人了？”

“正是在下。”埃比尼泽说。

“就是那个把财产白送了别人的人？”他扫一眼穿黑衣服的家伙，后者点头以示属实。

“那么，我有你一封信，是蒂姆·米切尔让人捎来的。”

“蒂姆？他人在哪儿？他说些什么来着？”

店主从裤子口袋里掏出一份折叠的纸张。“他昨晚很晚走的，就我所知，但是，写了这首诗让你读。”

埃比尼泽一把抢过纸张，惊愕万分地读起来：

致埃比尼泽·库克，绅士，诗人兼马里兰桂冠诗人

从谷堆里伸出你的屁股，
小店里也许来诉苦，
十月寒风凉个透，
打喷嚏，流鼻涕，又咳嗽，

勿唉声叹气学起驴，
勿寻沙毛老伴侣；
老伴侣过去不动摇，
这一回偏偏脱缰跑，
马驹随着它，我也给搭上，
留下你在地狱里荡，
拿腔拿调，胡闹不息。
这一切卑劣，
教会你叫人朋友，
只有自己吃苦头；
人之间的友情不过是一场闹剧，
还是吻吻我的臭屁，
可怜的埃比尼泽，傻乎乎的诗人——
从今以后务必醒醒！

蒂姆·米切尔

读完亨利临别的羞辱之言，好一会儿，埃比尼泽惊得目瞪口呆。

“友谊是人与人之间表演的一场闹剧！”他终于叫起来，“至于你我之间，亨利，我们可以这样说，连闹剧都算不上！啊，上帝，不要让我再碰上这么一个朋友！”

皮肤黝黑、穿一身黑的家伙，乐滋滋地观察埃比尼泽悲哀和沮丧的神态，插了腔：“不是好消息，库克先生？”

“确实不是好消息！”桂冠诗人痛苦地哼一声，“昨天我丢了整个庄园；今天，我的衣服、我的马匹、我的朋友，一股脑都丢了。我看没什么好操心的，只有操手枪了。”尽管很消沉，他还是认出了讲话的人是昨天在法庭为威廉·史密斯辩护的律师。

“凭圣布莱斯[1]的羊毛梳子起誓，真是个邪恶的世界。”律师发表看法。

“对它的罪恶，你可不陌生，在我看来！”诗人说。

“嘿，这会儿别拿我撒气，朋友：凭圣魏多林[2]的曲柄杖发誓，你自己毁了自己，不是我！我只是为我的主顾打点忙活，哪个律师不是那样做的？敝人叫苏托——理查德·苏托，打郡下来。我的意思是，先生，你的律师是个十分讲究实际的家伙，他寻求正义，只不过寻求到主顾契约的份儿上。他扯着查士丁尼一世[3]的胡须说**法律是为顾客而定制的**[4]，再说了，打官司不过是我诸多兴趣中的一种。咱俩喝杯啤酒，怎么样？”

“多谢你的好意，”埃比尼泽叹口气，但是拒绝了对方的邀请，自己前一天晚上喝的酒，酒劲还没下头，“原谅我的鲁莽，先生；我心烦意乱，心都冷了。”

“你这样无妨，凭圣阿加莎[5]被践踏的乳房发誓！这是个邪恶的世界，在其中找到一丝美德，才稀罕着呢。”

“这是一个邪恶的州，我敢保证。”

“唉，”苏托接着说，“就在上个月，或许在上上个月，一个瘦小个头的年轻人来看我，打郡下来的。他来到我铁匠铺里的办公室——我在那边开了个铁匠铺，你知道——走进来对我说：‘苏托先生，我要

---

① 圣布莱斯（St. Blaise），十四个神圣的帮助者之一，能给人医治咽喉病。据《诸圣传记》，其遭“铁梳子”（一种形似耙子，常用于拷问折磨人的工具）折磨致死。后因其受难工具与羊毛梳子形似，被视为梳毛工的主保圣人。

② 圣魏多林（St. Windoline），牧羊人的主保圣人。

③ 查士丁尼一世（Justinian，约 482—565），拜占庭皇帝（527—565），又称查士丁尼大帝，主持编纂《查士丁尼法典》。

④ 原文为拉丁文。

⑤ 圣阿加莎（St. Agatha，？—251），基督教圣徒、殉教者，火灾与某些疾病的保护者。据传，她因抨击罗马的宗教狂热而遭受割掉乳房的折磨。

请个律师。’‘凭圣胡德里克[①]的阴虱发誓，’我说，‘请律师干什么？’‘苏托先生，’他说，‘我一个小傻瓜蛋，我生活大手大脚，是这样，我欠了债。’‘哎哟，’我说，‘凭圣贾尔斯[②]的空钱包起誓，我不借钱给别人，孩子。’‘不，先生，’他说，‘情况是这样的，我的债主逼得可紧了，我怕被告上抓去游街，你说我该怎么办？我劝自己去找莫里斯·布恩，所多玛放高利贷的儿子。’‘凭彼得的手指起誓，孩子，’我说，‘你不要去！’‘我去了，’他说，‘我到莫里斯·布恩那里，我说，**莫里斯，我需要钱**。于是，莫里斯就按惯例借钱给了我：我一旦还了债，就要听任他牲畜般地取乐。’‘你是个十足的傻小子。’我叫起来。‘我是的，’小伙子说，‘现在，我偿还了一切债务，莫里斯正等着我去让他取乐呢。’‘孩子，’我说，‘向圣吉尔达斯[③]祷告吧，我帮不了你。’‘你必须帮我，’他说，‘我信赖你。’‘光有信赖可不够。’我说。‘我不只是信赖，’他说，‘我已经在你身上下了赌注。’于是，我就问他是怎么一回事。他回答说：‘我向老莫里斯下赌，你会救我出火坑的。’‘圣迪普娜[④]保佑你，’我说，‘你下了什么赌注？’‘如果你能救出我，’他说，‘莫里斯就再付我一笔他曾经借给我的钱，当然归你，因为是你救我的。如果做不到，莫里斯发誓，他就把我们俩玩个够。’‘杂种！’我说，‘你就非得把我缠进那桩肮脏的交易里不可？’

“生米煮成熟饭了。”苏托叹了口气，“第二天，小伙子又回来了，前脚进来，后脚就跟着莫里斯那个放债的。‘救救我。’小伙子说。‘自己救自己吧。’莫里斯说，一双眼睛上下打量我，‘得给我我们达成协议的回报。’但是，近两天我一直忙个不停，于是，我说：‘打住，先

---

① 圣胡德里克（St. Huldrick），驱赶老鼠和寄生虫的圣人。

② 圣贾尔斯（St. Giles，约650—约710），七世纪在法兰西的希腊基督教隐士，残疾人、乞丐和被社会遗弃者的主保圣人，十四个神圣的帮助者之一。

③ 圣吉尔达斯（St. Gildas，约500—570），英国修道院院长。当时在威尔士修士界拥有很高的威望。

④ 圣迪普娜（St. Dymphna），七世纪殉教者，疯子的主保圣人。

生，凭圣阿坡罗尼亚[①]的牙齿起誓，勒住你的马！你借给这游手好闲的家伙多少钱？’‘十二英担烟草钱，’莫里斯说。‘为什么原因？’‘让他还债。’莫里斯说。‘以什么条件？’‘他一还了债，这个月我什么时候想他，他就是我的。’‘好，得，’我对小伙子说，他那会儿吓得要尿裤子了，‘结了，绝不要还他十二英担烟草。’‘凭什么？’小伙子问，莫里斯也问。‘凭圣弗里多林[②]的眼镜发誓，’我说，‘难道你不明白？如果你不还他，你的债务就没偿还，这样，只要你承担着债务，你就没必要去莫里斯那里。实际情况是，你欠了债，你就是自由的！’

“先生们，凭圣沃尔夫冈[③]的痛风发誓，我可以告诉你们，老莫里斯一听立刻就泄了气，因为我公平地让他窝囊了一顿，他又是一个说话算数的人。他又给了那小饭桶十二英担烟草的钱，诅咒着打发了他；但是，莫里斯越想这件事，我出的妙计就越使他感兴趣，到头来，我们笑到流出眼泪的份儿上，凭圣肯蒂格恩[④]的鲑鱼发誓，我试图证明的是什么呢？”

“人除了背信弃义，别无所长。”埃比尼泽说，“男孩并不邪恶，你救他也不邪恶。”

“哈哈！你知之甚少，”苏托笑起来，“我实际上的目的并不是救那个小伙子，而是诓骗老莫里斯，因为他有许多次都占了我的便宜。

---

① 圣阿坡罗尼亚（St. Apollonia，？—249），女殉教者。因恪守教义，被迫害者敲出牙齿后，纵入火中自焚。

② 圣弗里多林（St. Fridoline），六世纪时一名修道院院长。爱尔兰人。

③ 圣沃尔夫冈（St. Wulfgang，约 934—994），巴伐利亚州的一名主教，基督教圣徒。

④ 圣肯蒂格恩（St. Kentigern），也称圣蒙戈（St. Mungo），英格兰西北部和苏格兰西南部的守护者，格拉斯哥主保圣人。据传，卡佐王国的王后遗失了戒指而被国王怀疑通奸，如果拿不出戒指，就会被处死。王后向圣肯蒂格恩求助，圣肯蒂格恩命人将从克莱德河中捕到的第一条鲑鱼交给他，将鱼腹剖开后，戒指即在里面。

至于那个小伙子，凭圣武尔斯坦[①]的牧杖发誓，从来就没有兑现过给我的钱，自己拿了烟草票子，准是去玩娘儿们鬼混了。人性里好的东西并不多。”他叹口气，“唉，这会儿，我的船舱里还有劳力移民[②]呢——”

“别扯啦!”埃比尼泽叫起来，双手紧紧抱着头，“再听故事，对我有什么用呢？我此刻渴求的，就是一把手枪，来结束我的痛苦。”

“噢，凭圣罗奇[③]的猎犬发誓!”苏托鼻子一嗤，“这只是人生游离不定的轨道，一时奢侈，一时潦倒。凑合着一天一天地过，十年以后，你仍然会在某个地方奢侈或潦倒，吃得饱饱的，照例贪着哪个婊子。”

“哪个不会提建议，”诗人说，“要知道，我今天就饿着肚子，因为我身无分文，也没有好去的地方。”

“库克岬航行几小时就可以到达。要是我兜了半个世界，只为找到一个地方，凭圣埃塞尔伯特[④]发誓，那么，不亲眼看到它，我绝不会自杀!”

这一建议，让埃比尼泽大为惊奇。“我的仆从在那边等着我，”他满怀心思地说，“还有我的未婚妻，我希望。可怜的琼，还有忠实的伯特兰！他们一定会怎样看我啊!”他抓住苏托的手臂，“你认为，恶棍史密斯已经叫他们滚蛋了?”

“得，得，凭圣皮兰[⑤]的石磨发誓，”苏托说，“你在发怒，发怒从来就是医治绝望的一剂良药。我一点儿不了解你讲的这些家伙，但是我确信，他们在莫尔登，准会受到蛮像样的接待。比尔·史密斯是有

---

① 圣武尔斯坦（St. Wulstan，约1008—1095），英国伍斯特主教，基督教圣徒。

② 原文为redemptioner，指出卖劳力来抵偿船资的移民。

③ 圣罗奇（St. Roque，约1348—约1376），基督教圣徒，能帮助人们免于瘟疫。据传，其生病被驱逐到森林时，一只狗为其衔来面包并舔舐伤口。

④ 圣埃塞尔伯特（St. Ethelbert，约560—616），英格兰七国时代肯特王国国王，是第一个皈依基督教的英国国王。

⑤ 圣皮兰（St. Pieran），六世纪初期圣徒，为矿工的主保圣人。

不是的地方，但却不至于撵你的客人滚蛋，让他们饿死，更不会让桂冠诗人本人饿死。唉，或许，你的朋友蒂姆·米切尔也在那儿，他们都打水漂玩，或者跳莫里斯舞呢。”

埃比尼泽摇摇头。“但是，即使是最后这个小小的游戏，也没我的份儿。我连租条船的钱也拿不出。”

“这样，凭圣古都勒[①]的灯笼发誓，你必须跟着我。”律师说，并且解释，他打算当天早晨就动身去莫尔登，欢迎桂冠诗人随行，给他押货。“我在那儿与史密斯先生有些业务，”他说，“必须把我今早廉价买的一个仆人送给他。”

埃比尼泽嘟哝了几句感激之辞。实际上，他几乎做不到专心听苏托的话，因为他的发烧热度一直在上升。离开酒馆向附近码头走去的那会儿，埃比尼泽眼里看到的景致，就似乎是一个醉汉眼里看到的景致了。

“这是个最难缠的刺儿头，”到达码头时，他听到苏托说，“凭圣格特鲁德[②]的捕鼠器发誓，他根本不是什么劳力移民，而是一个从托尔伯特来的贩卖仆人的，他叫人大大地耍了一场才落到这地步。”

“我这个人身体不好。”桂冠诗人说，“真的，我感到很不舒服。”

“从劳力移民那儿，我听说了不少稀奇故事，”苏托接着说，“但凭圣汤姆[③]的绳子发誓，如果这个家伙讲的故事不拿头奖，那才怪呢！喂，你相信——”

“是为了增添趣味，也许。”埃比尼泽打断对方的话，尽管难说他

---

① 圣古都勒（St. Gudule），七世纪左右的圣徒。常被描绘成手提一盏灯。

② 圣格特鲁德（St. Gertrude，626—659），驱散鼹鼠和田鼠的圣人，因其生前曾克制了田间老鼠造成的灾祸。关于她如何驱鼠并无确切说法，但有猜测是以捕鼠器为之。

③ 圣汤姆（St. Tom），即耶稣十二使徒之一的圣多马（St. Thomas）。他在印度马拉巴尔地区传教时，见河上漂来一根巨大的木头，便对国王说可以用它建一座教堂。国王使用大象也无法将木头捞起，圣多马仅用一根捆包裹的绳子就将木头捞起。

是在对苏托说，还是在对自己说。

“你会好的，只需在床上躺一天，”律师说，“我要说的——不，不在那儿：我的船是柱子旁边的小单桅帆船——我要说的，这个了不起的乡巴佬，自称自己是——”

“汤姆·泰罗！”单桅帆船那边传来一声，“托尔伯特郡的汤姆·泰罗，瞎了你的狗眼，你和老子一样清楚，迪克·苏托！”

“凭圣塞巴斯蒂安[①]的针垫发誓，听，听他胡说的！”苏托咯咯笑，“但是，他的名字写在契约书上，大家都能看清楚：他是*约翰·麦克沃伊*，一清二楚，从伦敦帕德尔码头来的。”

埃比尼泽就着一棵桩支撑自己。“我头晕得受不了！”

“噢，凭圣佩内尔[②]的疟疾发誓，你不舒服。”律师承认。

“你完全清楚，我不是麦克沃伊！”船上的那个家伙嚷起来，“麦克沃伊是那个诈骗了我的杂种！”

眼光集中到小船上，埃比尼泽看到，那个满口抱怨的家伙，一只手腕用镣铐铐在舷边。一头红发，胡须也是红颜色，但是，即便发烧烧得眼睛冒金星，埃比尼泽也能看清楚，那家伙并不是他害怕的约翰·麦克沃伊。一者，他年龄太大——至少四十多岁——二者，太肥胖：一堆横肉，是大胖子本·奥利弗块头的两倍，算是诗人看到的最肥胖的人。

“他不是约翰·麦克沃伊。”他宣称，苏托这会儿搀着他上船。

“喂，嘿，你这无赖！”被铐着的家伙嚷起来，“即使这个皮包骨头的家伙也承认，你一定是叫人收买了出卖我！”他恳求地看看埃比尼泽，“我受到了双重的迫害，先生：这个苏托先生，知道我不是麦克沃伊，但是，他低价买了那些文书，打算行骗！”

---

① 圣塞巴斯蒂安（St. Sebastian，？—约288），罗马殉教者。弓箭手、士兵的主保圣人。据传是被乱箭射死的。

② 圣佩内尔（St. Pernel），疟疾的主保圣人。

“去你的。”苏托顶了回去，吩咐两个船工开船。“我要到下层甲板起草几份文件，”他对埃比尼泽说，“你尽管在船舱休息，等我们看到库克岬。”

“我求你听我讲完，”奴隶请求说，“你说过，你知道我不是麦克沃伊；也许，你相信，这不公正。”

“不光是名字的事。”埃比尼泽嘟哝着，向船舱走去，“我得承认，我曾经碰到的约翰·麦克沃伊，也像你一样一头红发，但是，他身材瘦小，一脸的雀斑，比我还年轻。”

“一点儿不错！我的天，苏托，你还能将你那套邪恶的把戏耍下去？这人已经把出卖我的家伙的面目原原本本地画出来了！”

“喂，凭圣大卫[1]的韭葱发誓，”苏托恼火地说，“一赶到库克岬，你就可以向法院起诉我的一切。在这以前，你就是约翰·麦克沃伊，并且，我是用正当手段买到你的身份证件的。跟库克先生诉诉你的苦，要是他有耐心的话。”

说着，他就下甲板去了。铐着的家伙，这里是好一阵大骂。船一倾侧，埃比尼泽就感到一生中从未有过的难受，与此相仿的经历只有一次，那是在“波塞冬号”上，当时，船在离加那利群岛不远的海洋上，遇上暴风雨，他不得以待在背风的舷栏一边，可遭罪了。

“这个麦克沃伊，”他终于说出声，“不可能是我认识的那一位，我认识的那一位还在伦敦呢。”

“我认识的那一位也是这样，直到六个星期前。”那胖子说。

“但是，我认识的那一个，不是贩卖奴隶的！”

“我认识的那一个也不是，直到昨晚深夜：正是我，靠贩卖劳力移民谋生，但那个该死的爱尔兰人硬是把我骗了。苏托帮了他一把！”

埃比尼泽摇摇头。“不可思议！”但是他知道，或者相信，琼·托

---

① 圣大卫（St. David，约500—589），威尔士主教，为威尔士的主保圣人。其象征物，也是威尔士的象征物，是韭葱。

斯特已经来了马里兰——个中原因，他只能模糊地猜出一些——并且，他自己从伦敦出发的当儿，约翰·麦克沃伊已经好些日子没他情妇的消息了。“要是上帝让我头脑清醒，我会好好想想，到底有些什么名堂！”

铐着的家伙把这看成是邀他讲自己的往事，于是，开始讲起来：

“我的名字不是麦克沃伊，而是托马斯·泰罗，是托尔伯特郡剑桥人。托尔伯特的哪个种植园主都认识我——”

“那么，为什么不在法庭申诉呢？”诗人声音沙哑地打断他，“叫他们来做证人？”他坐在甲板上，虚弱得站不起身。

“不能拿苏托当被告，”泰罗说，“尽管他一派圣人的架势，却像朝臣那般刁滑，不光如此，那些杂种会撒谎诋毁我。”他解释说，他的买卖是贩卖劳力移民：渴望去殖民地的贫穷的英格兰人，为了省下买船票的钱，与有魄力的船长订下契约，船长反过来向船泊港口出最高价的买主出售他们的契约——一桩生利的投机买卖，因为奴隶的正常客运费不过五英镑上下，而工匠、未婚妇女以及健壮的劳动力的人身契约可以卖到客运费的三倍到五倍。那些不便直接出手，或者直接出手赚不到多大利润的移民，船长就“批发”给泰罗这样的代理商，这些代理商随后又把他们卖给离靠岸港口较远一点儿的种植园园主。泰罗自己的专长，看上去是以极低的价钱收买年老体弱、没技术专长、好出娄子，或者是船长尤其难以出手的移民，并且赶在供他们吃喝的开支还没有大大提高他的小小投资之前，就想方设法把他们“零售”出去。

“这是一种没人会说声谢谢的行当。”他承认，“要是没有我，那些拥有五十英亩田地的吝啬的种植园主们根本就没法弄到人手。可是，对一个骨瘦如柴的老家伙，他们只肯出六镑的价钱，反而怪我没给他弄到什么参孙①。那帮可恶的家伙嚷嚷说，我都不给他们填饱肚子，虽然明明知道是我救了他们狗屁不值的命：他们是伦敦码头上的渣滓，有一半是这样，醉醺醺地被船长拐走了。要不是我在剑桥把他们从船长手里救下来，他就会按照契约，雇用他们做返航的船工，一准的情况是，船往回开不出三天时间，就让他们去喂鱼。”

“你操的买卖很慈善，我相信。”埃比尼泽用悲哀的声音说。

“得，得，先生”他叫起来，“就在昨天，‘摩菲迪斯号’停泊在剑桥近岸，船上一大帮移民——”

“‘摩菲迪斯号’！不是斯莱和斯卡瑞的船吧？”

“正是。”泰罗说，“杰拉德·斯莱，是这个行当里最大的投机商，斯卡瑞也与他不相上下。他们是本州人们唯一可以预订移民的船长。假使你是种植园主，眼下需要个石匠，为你干四年的活：你去斯莱和斯卡瑞那里预订，下一趟船就会带给你石匠。”

“别再说了。我知道是怎么回事了。”

“得。昨天‘摩菲迪斯号’停泊在那里，我们就去开价买移民。我登船的时候，他们正在让移民醒过来，船员递给我们买主大杯朗姆酒。他们把一个红头发的家伙拉上甲板，他瞅了一眼岸上，冷不防挣脱水手，没人来得及阻止，纵身跳进大海。活该他倒霉，他落在‘摩菲迪斯号’备用小船的旁边。大副和其他三个人把他拽上来，给他带上脚镣，扬言要用鞭子抽他。我当时盘算，天黑之前我得把他弄过来。”

“可怜的麦克沃伊！”桂冠诗人咕哝。

“是他自找的，”泰罗说，“愿上帝让那个婊子养的淹死了，我就不会被铐在这里了！”他吸吸鼻子，朝船舷外吐口痰。“不管怎样，船长们完成了定购任务，带来瓦匠、补鞋匠以及修船工什么的，又排出一串细木工人和木匠以及一个修船工拍卖，总共卖了二十三英镑。按

---

① 参孙（Samson），《圣经·士师记》中的一个犹太人士师，拥有上帝赐予的神力。

常规，他们接着就得卖小姑娘了，但这批货中，只有一对四十岁的老处女，是出来寻男人结婚的。他们带出来在地里干活的人手，开价是十二到十六英镑。这之后带出来的，是那两个娘儿们，按做厨子的价钱拍卖，每个开价十四镑。都卖完了，最后只剩下五个人，其中就有这个红头发，另外三个身体太弱，不能干地里的活儿，又笨得别的事也不能干，第四个遭梅毒折腾得不像样，看一眼，色狼也会倒胃口。我那一天收获甚少，因为按习惯，我要买十来个或更多一些。可是，我跟斯莱和斯卡瑞讨价还价了好半天，最后花了二十镑买了五个——要是他们一路上每天吃过两顿饭，弄过来每人算是便宜了一镑，即使共计花了二十镑，也还是有点儿赚头的。可是，斯莱和斯卡瑞把他们饿得实在不成样，只能放在地里做吓麻雀的草人用。

“他们下了红头发的脚镣，吩咐他老老实实跟我走，否则当场九尾鞭伺候。我把他们五个带上岸，用绳子拴好他们的脚，装到大篷车上，已经傍晚了，我知道，天黑以前，哪怕卖掉一个，也是一笔好买卖。我计划第一站在牛津酒馆停下来，想试试卖给哪一个酒鬼他清醒时才不会买的一个奴隶，然后，再带着剩下的蹩脚货去多塞特。奴隶贩卖船很少能到达那儿，那儿的种植园主又少人手。那个爱尔兰家伙，嚷得什么似的要吃的，我照着他的肋下就是一拳，可是担心他们合起来对付我，我就说，在酒馆停下来，好给他们找点儿吃的喝的，还说，我一为他们找到主人，他们马上就有吃的了。在酒馆里，我看到两个绅士正在喝酒，双方对吹起自己的财富，就抓住机会推销我的商品。我算是把他们的虚荣心激发了，双方都热切表示，买几个奴隶是小菜一碟。我很小心地把五个家伙带出来，让他们俩看看。结局是，普利恩先生买了那个遭梅毒的乡巴佬，普夫先生也只好买了两个老糊涂撑面子。我开价的时候，他们眼都没有眨一下，虽然我敢打赌，两个家伙酒并没有喝多，还清醒着呢。

“趁两个家伙还没有缓过神来后悔做了蠢事，我赶忙带着另外两个剩下的奴隶匆匆离开，打道奔了剑桥。麦克沃伊比先前嚷得更凶，说我不给饭吃：就是斯莱和斯卡瑞，他叫开，也是隔三差五给他面包给他水。我又打了他一下，这次用的是马鞭子，告诉他，要不是我救了他，他早就喂了鱼了，犯不上人来喂他了。我不抱希望当天晚上能脱手这两个家伙。麦克沃伊尽管年轻，也壮实得很，可人一眼就看出他是个不安稳的家伙，没有哪个神志清醒的种植园主肯花一先令买过去。他旁边的伙伴，腰都佝了，身材矮小，约克郡人，扁桃体脓肿的样子，牙齿也落了，看上去活不到春播的季节。但是，在乔普坦克轮渡口，我又一回走了运。天早已黑下来，渡船已经开了，我把宝贝从大篷车上带下来，沿着河滩向不远处博林布鲁克小港的方向走，上船渡河之前，我们在那儿可以随便干点儿什么。走了还不上四十码，就听到前面一阵小骚动，就在一棵倒地大树后面。我走过去看个究竟，发现是剑桥法庭的哈梅克法官，与一个女人在沙地上正干着呢！让人家撞着，他大为恼火，命令我们走开。可是，当我一看清他是谁，叫了他的名字，并且请他转告对他夫人的问候后，他就乖觉多了。实际上，没过多会儿他就承认，他急需一个仆人。尽管他倾向于麦克沃伊，我还是劝他要了那个约克郡的老家伙。他同意一个老仆人抵得上两个年轻生手的时候，我就拿驼背先生要了他二十四镑——就算一个身强马大、能够在田里干活的家伙，也差不多才能卖到这一半的价钱。他了结得倒挺轻松。他干的那婊子看上去不眼生，虽然天黑，她又是遮遮掩掩的，我一时难以认得准；但是，当我一渡过河，和麦克沃伊到了剑桥，从酒馆喝酒人的口里，听到那天法院审理案子的情况后，立即就明白了我从前在哪里见到过那个婊子。她是艾丽·索尔特，丈夫在托尔伯特郡开家小酒馆——就是那个与治安官布拉德洛克斯打官司，易地到剑桥来审判并于当天下午就在老哈梅克手里胜诉了的约翰·索尔特。我几乎没有必要告诉你，他刚刚买好了两个新仆人，而且出价居然高达六十英镑，要是我及时听到这个消息……

“可是，我那天干得可顺呢。当天晚上，我卖出了四个饭桶，原指望最多卖一个；并卖出了十五英担多的好价钱，也就是六十三英镑，净赚了四十七英镑。这可值得庆祝一下，我这样想，尽管我还打算在酒客里物色一个可以买下麦克沃伊的，我还是超量喝了一大杯多朗姆酒，去岸上找玛丽·蒙格毛丽手下的小娘儿们。”

“我知道，我曾经见到过你。”埃比尼泽说，“我是库克岬的埃本·库克，就是昨天在法庭上拱手让出庄园的库克本人。我昨晚也喝了过量的酒：是那些好家伙们请着喝的，但是，笑料，我担心，是我自己付的钱。”

“我现在认出你了。”泰罗叫起来，“你换了衣服，让我看走了眼。”

埃比尼泽尽量简单地——因为觉得很难清楚而有条理地和盘托出——讲了一下，自己怎样在玉米仓库里被偷走了衣服，玛丽·蒙格毛丽本人又是怎样救自己的，丝毫没有透露自己之所以来到本州，麦克沃伊是有责任的——他倒是惊奇，怎么这么凑巧，那个爱尔兰人整晚离自己不远。

“唉，”泰罗说，“知道正是他偷了你的衣服，我不惊奇，他就是那种奸诈的杂种！从酒馆走出来，一肚子朗姆酒，我路都走不动。你在玉米仓库里凑合着的时候，我和麦克沃伊爬上大篷车，打发残夜。盖上毯子——这些场合我一向是带着的——之前，我掏出匕首威胁他，他要是敢对我心怀不轨，我就把他剁了做汤喝。后来，我就睡了，一觉睡到今天早上，屁都没放一个，醒来的时候，却成了苏托的仆人！”

“上帝！怎么会呢？”

泰罗骂了一声，摇摇头。“都是朗姆酒作的孽。”他说，“我错就错在把匕首放在脑袋旁边，以防他袭击我，但醉得不成样，没注意把匕首放得叫他够不着。我倒是把他的四肢捆在一起，但他还是蹭过来，不至于弄醒我，用那把匕首切断了身上的绳索。真是奇迹，他居然没当场杀了我，我睡得好安稳，像个娘胎里的崽子。他是没有杀我，却把我洗劫得一毛不剩，掏走了我的六十三镑——其中大多数，感谢上帝，是烟草票子，他不敢拿到托尔伯特或多塞特兑现，但却有五六镑现金——接着，掏出了我最宝贵的东西，他在我手里的契约证件！拿着这些，就我能够猜想出的，他大摇大摆地走进酒馆，买了一顿饭，把玛丽·蒙格毛丽的小娘儿们从床上挨个儿拖起，把我的银子花个精光。天亮时，我还死沉沉地没从朗姆酒劲中睡醒，他撞见苏托，我也就玩完了！要是他和任何别的人谈这笔交易，他只能遭一顿臭骂，但是，偏偏是那个苏托。那家伙你给他一个先令，他马上就会发誓说威廉王就是教皇。他尽管装腔作势，对我却非常熟悉。他们把我说成是麦克沃伊，花了两英镑，苏托就买了那份契约证书。他们的勾当——我先前了解到——是苏托的手下过来拿我，用绳子拴着我跟他们走，把我铐在这里的船舷上。按契约，我得给莫尔登的主人打四年苦工——我听说主人是苏托的老朋友——而那个真正的麦克沃伊藏起来，直到我离开才露面，准是坐我的马车逃路了。我也没有去法庭申诉，因为契约文书上说，麦克沃伊胡子头发是红的，身材瘦小。我的主人会力辩我现在的身体是他精心照顾的结果。不光这样，我要控告的这个苏托，在法庭上耍起来，可是条难抓的鳗鱼。要是我能找到一个朋友，发誓说我就是汤姆·泰罗，他就能找到三个忘恩负义的家伙，发誓说我就是约翰·麦克沃伊。再说，即使事情不是这样，我的案子会拿到剑桥法庭去开审，那法官席上坐着的，正是哈梅克本人！总而言之，我在危难中去莫尔登，和你一样惨兮兮的——让理查德·苏托害得不成样了！”

埃比尼泽叹口气。“听起来，确实令人同情，”他说，尽管实际上更同情麦克沃伊，并且在相当程度上认为，这个移民贩子是活该，“但是，你的情况会比我好一些——”他又是一阵晕船，之后，有气无力地抓住船舷，“我就是想哀叹自己的命运，体力也不支了。”

“没时间了，凭圣克里斯平[①]鞋楦发誓，”是理查德·苏托的声音，他从船舱走上来，正好赶上听到埃比尼泽的最后一句话，“再过一会儿，左舷冲着的就是卡索哈文岬，再过两个岬，就是库克岬了。”

---

① 圣克里斯平（St. Crispin），鞋匠的主保圣人。

埃比尼泽呻吟了起来。“那又会怎么样呢！敲丧钟一样，鬼才乐意看到我的家乡。它不再属于我了，看到它，我不死才怪呢。”

“噢，哈，”苏托说，“总是会有办法应付的。你或许至少这样安慰自己，使你沦落的不是朗姆酒、判断失误，或者是人群愤怒，而恰恰是你的傲气和天真，从前许多高贵的人，也是这么毁了自身的。看到远处杨树林里的房子了吗？”

船过了卡索哈文岬，略停了片刻，右舷抢风向西，扑面是一阵从海湾吹来的微风。从左舷船幅这边，可以看到岸上一座装有护墙楔形板的白色庄园。

“没这么快到莫尔登吧！”诗人叫起来。

“凭圣克雷芒[①]的船锚发誓，这是卡索哈文岬，过去是一个庄园宅邸的城堡，叫爱德华城堡，建起来是要遗传千秋的。这里也有一段因傲气而付出了沉重代价的故事，如果事实真相被披露出来的话。”

埃比尼泽想起那个年轻女人的故事，是自己的父亲救了她，她才免于淹死，后来做了自己和安娜的奶妈，一直到安德鲁回到英格兰。“我想，我听说过这个名字，”他情绪低落地说，“我鼓不起勇气听那个故事的。”

“再说，我也没时间。”苏托回答。他用手指一指西边五六英里开外的地方，是长满树木的一块小岬角，就在河口那边。“前面就是库克岬了。马上你就会看到莫尔登，只需再靠近一点儿。”

“上帝惩罚你撒谎的灵魂，迪克·苏托，”汤姆·泰罗叫起来，“你要把骗局演得多久？”

苏托笑一笑，似乎有些吃惊。“凭圣卡思伯特[②]的念珠发誓，先生，我不清楚你说的是什么骗局。失陪，我得去为史密斯先生准备好

---

① 圣克雷芒（St. Clement），即圣克雷芒一世，基督教使徒时代后第一位教父、教皇。被捆绑在船锚上投入大海而殉教。

② 圣卡思伯特（St. Cuthbert，约634—687），英国修道士、主教。北英格兰最负盛名的圣人。

文书。”

他再次走进船舱后，泰罗一把抓紧埃比尼泽的鹿皮衬衫。“你病了，可不是，想休养休养吗？”

“是的，很明显，”埃比尼泽回答，“但是，一个被毁了的人还要什么健康不健康的。我只想看一眼莫尔登，好了结我的一生。”

“才不呢，那才叫蠢呢！你栽在人家手里，就像我一样，但是，在大家眼里和法庭上，人们并不讨厌你。史密斯和苏托眼下是叫你完了，但是只要有时间，我想，并做慎重的打算，你的庄园终究可以夺回来！”

埃比尼泽摇摇头。“无谓的希望，只能让人更痛苦。”

“才不会呢！”泰罗坚持，“有总督大人可以求助，并且，或许你父亲在法院里还有些影响。只要有足够的时间和耐心，你一定会找到办法的。唉，我打赌，你还没见到过一个律师的奸诈可以比得上苏托。”

埃比尼泽承认是这样。“但毕竟是赔得一干二净了，”他叹口气，“我没有一个子儿维持生活，也没有任何朋友好借钱，发烧发得连路也走不动了。”

“这正是我的际遇。”泰罗说，“你知道，我不是麦克沃伊，被契约错误地定为仆人，我也向你表明了，我的情况是看不到出路的。一旦我踏上库克岬，我就会白送掉人生的四年——或许，还不止呢。苏托找个借口，在契约上延长点儿时间，不会是什么难办的事，他知道有哈梅克法官为他撑腰。”

“也许由于我的病，”埃比尼泽说，“我看不出什么干系来——”

“如果这个史密斯签了我的契约文书，我就完了，”泰罗绝望地说，“但是，如果你被签了契约……”

“我？”

“务必听我说完！”胖家伙要求，“如果你以我的身份服役，我们两个人的问题就都解决了。我会逃脱苏托的魔掌，而主人的义务就是供仆人吃穿住，仆人生病，还要照料他们。”

埃比尼泽脸都皱起来，似乎这有助于消化胖家伙的意思。“在自家的庄园上做仆人？”

“再好不过。你可以伺机报仇。一旦我获得自由，你想想，我会忘了你的大恩大德？上天入地，我都要帮你一把，通知你父亲——”

“别，别那样！”埃比尼泽一想到那样，脸上变了色。

“尼科尔森总督，那么，”泰罗连忙改口，“我会向尼科尔森本人请愿，鼓动多塞特的人关心你的事！他们的桂冠诗人做起仆人，他们才不会闲着不管呢！”

“但是，做四年的低级下人——”

“鬼事！长不到四周，一旦我行动起来。你契约订给的是莫尔登的主人，不是史密斯本人，而且，一旦莫尔登再次回到你手中，你的契约书就成了擦屁股纸。”

埃比尼泽不自然地笑起来。“不能说你的希望没什么道道——”

“会救你的命，也会救我的命！”

“但是，我设想不出来苏托肯把你的主意听完，更犯不上赞同了。”

“关键问题就在这儿！”泰罗急忙压低嗓门，把桂冠诗人向身边拽了拽，“较明智的做法是，由你提出请求——不是向苏托，而是向史密斯，他没有什么理由跟我作对。哪个做仆人，对他都一样。”

“但是，要换了我，”埃比尼泽若有所思，想起了他自己奶妈的事，“我更倾向雇一个身体健康的仆人，谁乐意雇一个病兮兮的仆人。”

“不见得，要是有病的仆人肯干活，”泰罗纠正埃比尼泽，“而身体健康的仆人好惹麻烦捅娄子。与史密斯谈谈，好像你的动机只是恢复你的健康，并为我申冤。”

埃比尼泽苦笑。“他倒是早了解了，我是个对正义尤感兴趣的家伙！并且有可能，他乐着庄园先前的主人这会儿给他做仆人呢……”

泰罗的架势似乎要拥抱他。“上帝保佑你。先生！你会干的，那么？”

埃比尼泽身体往后退。“我还没同意，听好了。是那样做，还是自杀，这才是要好好想一想的。”

泰罗抓起对方一只手，吻了起来。“哎哟，先生，你可是一个真正的基督圣人!”

“也就是说，很合适宰割的一块肉，”诗人应声，“偌大世界里狮子们的一小块佳肴。”

苏托再次来到甲板上，两人不讲话了。“尽管说，”他说，一副随随便便的样子，“真是太好的一份财产，丢了太可惜，凭圣马丁[①]的朗姆酒杯发誓，要是我处于你的境地，我就千方百计地夺回来——何况，还不至于难到上天入地的份儿上。”

他这样说着，眯起眼睛向海面上望，叫埃比尼泽好一会儿担心，他是否偷听到了他们的计划，正在琢磨报复手段呢。然而，苏托说：“看看远处，年轻人。”举起卷起来的文件，向西边他凝神的方向指过去。尽管离海岸还有两三英里上下的距离，船已经以“之”字形抢风航行，岸上的一棵棵树都可以辨得清了——地势较高的地方，是槭树和橡树，海滩附近是火炬松——可以看见一座船坞，由一片草坪那边向他们这边延伸出来，草坪后面，是一幢设计优雅、架式宽敞的木质房屋。

“那幢房屋也有一段故事啰?”埃比尼泽没兴致地问。

“凭圣维罗尼卡[②]的小毛巾发誓，你比我的眼力好，”律师笑起来，“那是莫尔登。”

---

① 圣马丁（St. Martin，316—397），又称图尔的马丁（Martin of Tours），原为罗马士兵，后受洗成为修道士。是士兵的主保圣人。

② 圣维罗尼卡（St. Veronica），巴勒斯坦一名虔诚的信徒。据《诸圣传记》，耶稣背负十字架走向髑髅地途中，该妇女将自己的面巾给了耶稣擦脸，面巾便留下耶稣的像。

三十一、桂冠诗人做起丈夫，却照样一身清白

苏托的单桅帆船离海岸越来越近，莫尔登庄园就显得更清楚了，埃比尼泽注视着它，肚子里一阵更沉的折腾。那幢房屋，说实在的，比他预先想象的多少要小一些，粉刷成白色的护壁板经不住风雨的腐蚀，不像人们通常期待的，墙壁是清一色的大卵石。房子的基础也表明，埃比尼泽的父亲并不讲究艺术布局，住在里面的人也没有做到很精心的护理。但是，透过发烧、丧失庄园以及童年时代的记忆这个三棱镜，莫尔登依然是辉煌的。

很奇怪，他首先想到的是他的姐姐安娜。“天哪!”他心里想，眼泪涌出，视线也纷乱了，“我让我们古老的家园从手指间丢失了！天杀的天真!”

最后一句激昂的话使他想起安德鲁，并且，尽管他一想到消息传到英格兰父亲那阵怒气时，就会浑身打战，他却不禁希望，让怒气和惩罚都冲着他一人来好了。此时，他好瞧不起自己，心情悲伤得不能再悲伤，说有多沮丧就有多沮丧。泰罗的建议虽说令人吃惊，但转念一想，却颇有可取之处：照他建议的那样去做，不但会衣食不愁，必需的医疗护理也是有指望的，更甚者，还会有机会——虽说希望不大——收复旧山河；把自己签给“莫尔登主人”，也是惩罚——确实，是一种契合自己本质上的诗意和同眼下的发烧一般异想天开的惩罚，甚至是某种赎罪——为自己的行为过失赎罪。自己的天真，让自己丢掉了庄园；不错，唉，他将成为自己天真的仆人——也许，甚至，正如**劳力移民**一词所暗示的，通过整垮那个修桶工，来抵偿自己的愚蠢之过。

船在船坞停稳当，苏托丢下锈在船舷上的泰罗，邀请埃比尼泽随他一道上岸去庄园。

“用不着我说你会受到怎样的欢迎，至少你可以打听一下你的仆人以及女朋友的情况，随处看一看。”

“噢，我也必须看一看史密斯，”桂冠诗人有气无力地说，“我有一件事要对他说。”

“噢，好，我们有些生意交涉，他和我，但是过后——看，凭圣高格尼厄斯[①]的针发誓！他来迎我们了。喂，来了！”

修桶工从门厅里向这边挥手，从草坪上向这边走过来，后面跟着个穿苏格兰宽松衣服的妇女。

“千真万确!”埃比尼泽惊叫，“这不是那个娼妇苏珊·沃伦?”

“史密斯先生的女儿。”苏托提醒他。

他们靠得更近的时候，苏珊不转眼地看着桂冠诗人；埃比尼泽这边呢，又是愤怒又是羞辱，躲开她的眼光。

“好，好，”史密斯叫起来，“这位是库克先生！你换了新衣服，我乍一眼认不出来你了，先生，但是，当然欢迎你来到莫尔登，一定留下吃个饭!”

“我看他是病了。”苏珊说，语气里有关心的意思。

“我病得要死了。”埃比尼泽说，再也说不下去；脚底下直打转，只好抓住苏托的手臂，防止摔倒。

“把他扶进去，”史密斯吩咐苏珊，“我和苏托办完事，苏托医生也许会给他颗药丸吃。”

女孩遵命，抓起他的胳膊就架在自己的肩膀上——让桂冠诗人好不尴尬——扶着他向房屋走去。除了似乎洗过了澡，她与他第一次看到她给米切尔船长放猪时的模样完全一致，蓬头垢面的，即使是厚着脸皮瞥她一眼，也足以看清，她的脸和脖子让疤痕和鞭子印弄得比以

---

① 圣高格尼厄斯（St. Gorgonius），四世纪时古罗马殉教者。

前更不成样子了。

“琼·托斯特在哪里?”喘上气，他就问，“你那个杂种父亲虐待她了吗?”

“她确实从未来过，”苏珊出语唐突，“我看，她怀疑你的意图：一个婊子，没有理由信赖男人们。”

“那么，一个男人也没有理由信赖婊子们！我向你发誓这一点，苏珊·沃伦：你要是插手伤害那个姑娘的事，你就会吃不了兜着走！”他想进一步追问苏珊，但是除了体力不支，还有两个不愉快的考虑阻碍他进一步往下问：第一，琼很可能了解到，她寻找的人突然变成了穷光蛋一个，于是在她的眼里，他再不值得寻找了；第二，她也许风闻麦克沃伊跟随着她来了马里兰，就转念入了他的行列。因此，当苏珊向他保证，即使有任何伤害琼·托斯特的事，也犯不着牵上她苏珊时，他就将就着问起伯特兰的情况，因为伯林盖姆打发他去圣玛丽城找回桂冠诗人的行李。

“你打发他取的箱子在这里，”苏珊回答，“从圣玛丽城由邮轮邮来的。你讲的那个人我可没见到影子，也没听说过。”

“**命运不顺了，整个世界都冲他落井下石。**”诗人叹口气，“如果两个家伙找到了新啃的草皮，那就再好不过，因为我已经一无所有，养不起老婆，养不起仆人。但是，他们对人缺乏忠诚，算是伤透了我的心！”

他们进了屋。尽管屋内同屋外一样，根本没谁讲究过，房间却很宽敞，家具也挺齐全。桂冠诗人对此景状，流下泪来。

“对我来说，莫尔登是怎样一座天堂啊，现在却不再属于我了！”他觉得有必要坐下来，苏珊就要过来帮他一把，他却愤怒地挥手叫她走开。“假惺惺地照顾一个又病又窝囊的穷光蛋，何苦呢?我不怀疑，你与你父亲和好了，现在，他可是个绅士种植园主了——滚开，在我的庄园里扮演贵小姐去吧！嘿，你还为我洒点儿泪，是吗?**一切都玩完了，忏悔也没用了。**”

苏珊就着破旧的衣服边，大手大脚地擦了擦眼。“那天在法庭上，受伤害的也不只你一个人。”

“唔，你父亲用桦树条抽你，谁让你反对他？”

苏珊伤心地摇摇头。“事情并不是看上去的样子，库克先生——”

“上帝！”埃比尼泽抱紧头，“少来老一套！我的庄园和安娜的嫁妆都泡汤了；最好的朋友出卖了我，管我饿死不饿死呢；我爱的女人，要么遭了脏把戏，要么笑死我穷光蛋，我算是给父亲逐出了祖籍，也被别人活活笑话死了；这还嫌不够，我在世上活的最后时间里，还要让一个无情无义的婊子指手画脚！”

“也许，你终归有一天会明白的，”苏珊说，“你自己害了自己，我可不想再害你！”

说着，女人哭着跑出了房间。

“不，等一等！”桂冠诗人恳求，并不顾忌身体虚，想追上她，为自己出言不逊道歉。但是，他做不到行动迅速或者利索，她马上就跑开了。他在许多空荡荡的房间里徘徊，走到哪儿就是哪儿。到头来，来到似乎是厨房的那一间。三个女人，都是仆人打扮，围在桌子上玩牌。她们很不友好地拿眼看看他。

“劳驾，太太们，”他说，靠在门框上，“我来找苏珊·沃伦小姐。”

“那你就在早早地找坟墓了。”发牌的人一句俏皮话，其他两个乐呵呵地笑，“先忙你的吧，这会儿，对于苏茜或者我们任何哪个人来说，天色还早着呢。”

“请原谅，”埃比尼泽连忙说，“我无意打扰你们玩。”

“不过是玩玩牌而已。”手里拿着牌的女人说。

“不过是耍花招！”另一个叫起来，有法语音调，“你干什么？骗我？”

“你敢叫我骗子！”第一个说，“仆役到期才不过两个星期，你倒逞起能耐了？”

“闭上你的嘴，干瘪瘪的口[①]！”法国女人咆哮，“我知道斯卡瑞船长干了你，省下你的船票，就在他从婊子院接上你，把你运来这里的当儿。”

“可比不上斯莱干你，”发牌的叫起来，“尽管只有上帝才知道，一个男人为什么要干头大母猪！”

“请原谅，”埃比尼泽插话，“如果你们是屋里的仆人——”

“不，绝对不是，我不是仆人！”

“实际上，”发牌的人说，“格雷丝是一个勾男人的婊子。”

“一个什么？”诗人问。

“一个勾男人的婊子，”女人重复一遍，使个眼色，“一个婊子，知道了吗？”

“一个婊子！”叫格雷丝的女人尖叫一声，“你叫我婊子，你——你这个下三烂！”

“婊子！”第一个说。

“杂种货！”另一个顶回去。

“没行止的东西！”

“不检点的货色！”

“娼妇！”

“骚兮兮的东西！”

“大母猪！”

“破烂货！”

“生下来卖的！”

“修不好的破烂！”

“贱货！”

“擦毛的东西！”

“被人量的大洞！”

---

① 原文为法语。以下格雷丝所骂的话均为法语。

“被人撞的大坑！”

“垫床的骚东西！”

“往上翻的骚东西！”

“骚山羊！”

“骚狐狸！”

“现眼的娘儿们！”

“招市的婊子！”

“肮脏的窟窿！”

“一塌糊涂的洞！”

“邋遢货！”

“堕落的婊子！”

“供人玩碎的渣！”

“叫人踩烂的花！”

“骗人的东西！”

“诓人的骚货！”

“闲不住的鸡！”

“不关门的鸡！”

“屙屎的洞！”

“流臭水的坑！”

“没脸皮的！”

“没盖子的！”

“婊子！”

“妓女！”

“让人操！”

“让人踏！”

“短脚的货色！”

“下流的杂种！”

“底下骚得轰轰响！”

“底下骚得直痒痒!”

“盼棒子戳的!”

“喜欢犁耙耙的!”

“挨插的壶!”

“急着放秤砣!”

“发情的种!”

“骚哄哄的货!”

“太太们! 太太们!”桂冠诗人怒喝道，可是，到这个份儿上，包括两个互相对骂的所有的打牌人，已经不亦乐乎了，哪里还顾得上诗人呢。

“操舵的骚货!”轮到发牌的女人说。

“离不开男人的脏货!”格雷丝回敬。

“骗子!”

“荡妇!”

“淌水的洞!”

“发臭的缝!”

“闭不了口!”

“关不起门!”

“变态!”

“骚过了火!”

“拖人下水!”

“婊子还自美!”

“收不住蹄子!”

“只想着拔人家的毛!”

“敲竹杠的家伙!”

“吸人血的泼货!”

“后背都睡出趼了!”

“贪食都贪成瘾了!”

“睡袋！”

“尿壶！”

“赶夜的货！”

“摸黑的种！”

“撅屁股的货！”

“搓杆子的货！”

“浪里浪气！”

“骚里骚气！”

“咸猪肉！”

“闷声壶！”

“乡巴佬！”

“毛都不知怎么竖！”

“扇屁股货！”

“挺肚皮的东西！”

“破口的家伙！”

“边都磨损了！”

“离不开床的东西！”

“少不了狼的东西！”

“屁股乱甩！”

“肚皮胡摆！”

“让人当靶子射！”

“让人当口袋揣！”

“塌屁股货！”

“大肚皮锅！”

“千人用的盒子！”

“万人踏的门槛！”

“没有瓢子的坑！”

“简直关不了风！”

“破鞋!”

“核子都没有了!”

“梅毒窟!”

“毒蛇窝!”

“关不上的门!”

“合不拢的缝!”

“底下骚得发颤!”

“腿子慌得没处站!”

“装野种的杂种!”

“婊子养的婊子!”

“作践的货色!”

“下流的坯子!”

“嚷着卖的东西!”

“敞着入的东西!”

“被人玩烂了!”

“叫人捅翻了!”

“门都不要找!”

“毛都没有了!”

“破罐子!”

“烂葫芦!”

“我的天哪，闭嘴!”埃比尼泽怒喝道。

“才不呢，凭耶稣作证，一定要战斗到底!”发牌的女人说，“你要向法语投降吗？哼，她不过是个煮肉的货色!”

“你是煮老鸟的锅!”另外一个女人很有兴致地接下去。

“骚狐!”

“骚狗!”

“拍马屁的骚种!”

“自命不凡的劣种!”

"肚皮倒不小!"

"底下大得不得了!"

"没正经的东西!"

"任人戳的东西!"

"让人捅!"

"没捅自己就打开!"

"一根棍子往里戳!"

"你也巴不得这样乐!"

"猪拱的洞!"

"压根儿不是缝!"

"流里流气!"

"屁里屁气!"

"淫妇!"

"烂货!"

"没盖子的水槽!"

"没有毛的皮货!"

"下贱的泼辣货!"

"下等的娼妇!"

"脏婆娘!"

"破槽口!"

"招摇卖的!"

"见男人就拽的!"

"挺着射的!"

"张开卖的!"

"脏货!"

"烂得叫人吐!"

"被烟斗捅条捅的!"

"被大炮轰的!"

“下贱的屁股！”

“不成样子的窝！”

“焖羊肉！”

“炖鸡汤！”

“回不了头的货色！”

“男人都上过了！”

“叫人睡烂了！”

“让人奸透了！”

“盖不起来的口！”

“整天嘴张着到处走！”

“没盖的水沟！”

“没边的水泊！”

“毒蛇圈！”

“肉陷阱！”

“装香肠的桶！”

“碾杵的磨子！”

“恋鸡巴的货！”

“一时都闲不住的狗！”

“罩鸟的套子！”

“晚上填起来的窟窿！”

“撞鸟！”

“插秤杆！”

“兜售皮肉！”

“只会耍大屁股！”

“在哪儿都干的货！”

“填不饱的胃口！”

“趴在地上就干！”

“管你妈的怎么看！”

“骚得到处走!”

“馋得淌口水!”

“淫妇!”

“荡妇!”

“发情的狗!”

“发情的猫!”

“肉罐子!”

“肉包子!”

“骚娘儿们!”

“馋嘴猫!”

“勾引人的洞!”

“诱人跳的坑!”

“男人的枕头!”

“男人的睡袋!”

“男人的尿壶!”

“男人的屎篓!”

“猪食槽!”

“马车道!”

“舔马桶的嘴!”

“擦鸡巴的脸!”

“入鸟的货!”

“装鸟的箩!”

“通奸的种!”

“偷人的种!”

“污水坛子!”

“死水罐子!”

“贱货!”

“烂货!”

"连神甫的路也挡!"

"连兄弟的门也撞!"

"泼妇!"

"悍妇!"

"手淫的骚货!"

"同性恋的骚货!"

"打嘴的老泼妇们!"埃比尼泽叫起来，从碰到的第一扇门跳出去，顺着门冲着的一条近路，回到了原来的地方。只见威廉·史密斯一个人坐在那儿，在炉边抽烟斗。"莫尔登堕落到什么样子，养起一屋子的泼妇!"

史密斯摇摇头，表示同情。"落到这等令人伤心的地步，得感谢本·斯波尔德斯。得花一点儿力气，使我的生意上轨道。"

"你的生意!难道你看不出我多么惨，你这个家伙?我毁了，成了一个穷光蛋，发烧烧得快死呢。只是一时厄运，我才把库克岬给了你:百分之百慷慨的心胸，铸就令人伤心的事故!我给你二十英亩地——你应该拿的，不，三十英亩——毕竟，我救了你的命!把莫尔登还给我，我卑恭地请求你，并且以此救我的命!"

"打住，打住!"史密斯插话，"你不会再拥有莫尔登，事情已完了。喂，我要重新使自己变成穷光蛋，放着富人不做?"

"那么就四十英亩?"埃比尼泽祈求，"拿两倍法律判定的东西，否则，就拿刀把我砍了。"

"整个问题就在于，我是拿法律判给我的东西:我们的产权转让证书上说得明明白白。"

埃比尼泽在椅子里往后一仰身。"上帝，要是我身体好端端的，或许可以把这个冒牌货带到英国的法庭上!"

"你得到的答复还会一模一样。"史密斯反驳说，"请原谅，朋友，我必须去看看迪克·苏托签给我的一个人。"说完便起身从前门出去。

"等一等!"桂冠诗人叫起来，"那个家伙是让人签了契约——被出卖的，同我一样，他吃了相信同伴的亏！他的名字，根本不是麦克沃伊，而是托尔伯特的托马斯·泰罗！”

史密斯耸耸肩。“他叫自己罗马教皇我也不在乎，只要他有一张肯干活的背，一副小小的胃口。”

“他两样都没有。”埃比尼泽宣布，并且非常扼要地解释了一下泰罗契约的由来。

“如果事情按你说的，那真是莫大的不幸，”史密斯承认，“但尽管如此，哭天哭地的该是他，而不是我。现在请原谅我——”

“等一会儿！”埃比尼泽硬撑着身体走过房间，来到修桶匠面前。“如果你不愿意以自己的代价伸张正义，也许以我为代价，你会办得到。放了泰罗，让我替代他。”

“什么蠢招？”修桶工叫起来。

埃比尼泽尽量做到有条理地指出，自己病了，需要些日子休息调养，作为对这些的回报，还包括自己得到的衣食，自己愿意做个仆人，随叫随到，随便以什么差使雇用自己都行——尤其干文书以及账目分类的工作，因为自己很有经验。另一方面，泰罗不光事实上是个自由公民，而且，又是个贪吃的懒汉，还一定会对其主子怀有恶意的，如果不是正当的怨恨。

“你讲的这些，有点儿道理。”威廉·史密斯若有所思，“但是，我可以饿一个贪吃的，鞭打一个捅娄子的，一个子儿都不用花，至于一个病人——”

“我的上帝！”诗人嘟哝，“难道要我求你，让我在自家庄园里做个仆人不成？好，那么——”他央求地跪在地板上，“我请求你以契约的形式，让我做个仆人，要多长时间就多长时间。如果你拒绝，那就等于当场杀了我！”

史密斯吸了一口烟斗，烟已经熄灭了，他拿炉子里一块余火未尽的木块重新点上。

“我既不是诗人，也不是绅士，”他终于说，“只是一个普通的修桶工，不希望丢掉自己的货物，但是，我自己很高兴地认为，我不是傻瓜，对这个世道也略知一二，并且还知道，你并没有为什么高尚的原因所打动才愿意做我的仆人，仅仅只是想养好身体，想寻出法子来整垮我……”

“我向你发誓——”

“打住，我不会给整垮的。我不要你，却保证让你身体养好，但有个条件。”

“说你的条件吧。”埃比尼泽说，“我已经病得路都不能走了。”

“我一直在为我的女儿苏珊找一个合适的冤家，她丈夫几年前在伦敦死了。如果你肯立契，今天晚上就娶她做妻子，我就以你在莫尔登白吃半年饭作为她的嫁妆，同时，还搭上迪克·苏托医生对你的照料，他可是多塞特最好的医生。如果你选择明天娶她，那就白吃五个月的饭，推迟一天娶她，就少吃一个月的饭。说定了?”

“该死的，你这东西!”桂冠诗人喘不过气来，“太不像话!”

史密斯略略躬一躬腰。“我们的交易做成了，祝你快乐。”

“不要走，这只是——上帝！我必须花点儿时间想一想!”

“给你我抽完这袋烟的时间。”修桶工笑着说，“一抽完，我就收回我的前言。”

“让我选择，你会把我逼疯的!”埃比尼泽抱怨，可是，见史密斯一言不发，只是抽烟斗，他便开始胡乱地权衡起两个选择，就是拿不定主意。

“你选择什么?”史密斯很快就发问，在壁炉中的薪架上磕烟斗。

“我没有任何选择，”埃比尼泽又叹气，“我得娶你的堕落婊子女儿，好救自己一条命。上帝保佑我，不要被她染上梅毒，不要给她卖了！但是，我必须看到你把交易写进契约里，我们两个人的名字附在后面。”

“这公平。”修桶工同意，在桂冠诗人面前摆了张小桌子，上面是一支笔、一瓶墨水、一卷文书，很像理查德·苏托在船上拿在手里指莫尔登的那一卷。“一式两份结婚契约，我让迪克·苏托为苏珊结婚准备的，我会因不发布结婚公告而被罚款。在两份上都签上你的名字，事情就算结了。尊敬的苏托立即主持婚礼，并且给你一颗药丸。”

“还是个牧师！”埃比尼泽感到惊奇，在精神半失常的状态下，觉得这很好玩，拿起笔来就在其中一份上签字，第二份刚签到一半，忽然心生疑窦，史密斯何以这般随需随拿地备有这件文书，不但约束了婚姻，而且为新郎提供疗养？可是，相关的条件只是刚刚才由那个修桶工提议的。他刚停住笔，觉得其中有蹊跷，理查德·苏托、苏珊·沃伦以及托马斯·泰罗就打外面走了进来，后面跟的不是别人，正是亨利·伯林盖姆。

“住手！”苏珊看到眼前的一切，嚷了一声，“不要在文书上签字！”她冲向桌子，但史密斯赶在她冲过来之前，就一把抢走了两份文书。

“为时已晚，亲爱的，他已经签了四分之三，这里的蒂姆先生，很容易把剩下的四分之一仿签出来。”

埃比尼泽从一个人看向另一个人，面孔抽搐着。“亨利！什么鬼花招？你回来偷这些印第安娘儿们，或者又要拿诗来打趣我？”

“你的法庭裁决中有一处缺陷，库克先生，”苏托说，从史密斯手里拿过几份文件中的一份，“这里是这么说的，**威廉·史密斯必须尽早出嫁其女**，等等。凭圣温妮弗雷德[1]的处女膜发誓！没哪个神志清醒的人会愿意娶一个害梅毒、抽鸦片的婊子，因此，那个捣蛋鬼法官有可能会依据这一款，撤销这一裁决！”

“但是，”史密斯补充，手里挥着契约，“这份文件补了这个漏洞，我认为。”

---

① 圣温妮弗雷德（St. Winifred），七世纪威尔士贞女，据传她因决定做修女而拒绝了求婚者，遭其砍头杀害，头颅落地之处即生喷泉，复生后入深山修行。

“比圣威尔弗雷德[①]缝的碎布还要好作证!”苏托同意。

“我卑恭地请求你原谅，库克先生。”托马斯·泰罗说，“打开始，就是苏托出的主意，叫我让你顶替我。他说，这是他看好我的唯一的价码。”

“你倒是被原谅了，”埃比尼泽说，狂笑起来，“麦克沃伊牺牲你，是为了他自己获得自由；你牺牲我，是为了你自己获得自由——我又与谁做这笔交易呢？亲爱的伙计，他们诓骗了你两次：你还不是一个自由公民。”

“怎么会呢?”泰罗问。

“没有必要给库克先生订契约，”史密斯不慌不忙地说，“苏珊，你和蒂姆一道，去厨房把结婚证人带来，打点好新郎官。我们把麦克沃伊带到仆人住的地方安顿好了，尊敬的苏托马上就主持婚礼仪式。”

泰罗立即提出强烈反对，但是被两个人领开了。整个这一番口舌期间，伯林盖姆一直一言不发。埃比尼泽称呼他亨利而不是蒂姆的时候，他脸上的表情一直没有什么变化。可是，史密斯和苏托一走开，他的态度截然不同起来。他冲向似乎晕过去的埃比尼泽坐着的椅子，一把抓住埃比尼泽的肩膀。

“埃本，埃本！上帝啊，醒醒，听我讲!”

埃比尼泽瞟了一眼，转过脸去。“我见到你恶心。”

“不，埃本，听我说！他们马上就回来，我必须讲快点儿：史密斯不是普普通通的修桶工，而是米切尔船长的一个特工，后者又是库德的头号代理人！眼下正在实施一项再罪恶不过的阴谋，要用梅毒和鸦片毁了这个州，这比推翻它更高一招。大规模的妓院和烟馆都建起来了，莫尔登将是本州最大的黑窝。这一切，我都是通过假扮蒂姆·米切尔才得知的。米切尔的工作，就是找个借口，在所有的郡里巡游，

① 圣威尔弗雷德（St. Wilfred，约633—约709），英国主教、圣徒。他曾经致力于改善祷告仪式，此处隐喻为补碎布。

提供鸦片，并且主管妓院。”见埃比尼泽丝毫没有表示任何明显的兴致或信任，伯林盖姆接着解释说——声音急迫起来——好一段时间了，米切尔船长一直与史密斯策划着，要毁掉本·斯波尔德斯（既忠于政府又忠于主人），好把具有战略要冲地位的库克岬弄到手。他，伯林盖姆，却一直在努力颠覆他们的阴谋，尽管直到苏珊逃跑时（可以肯定，是由米切尔船长一手策划的），他才准确摸清了打算新开张的妓院的位置，以及米切尔的多切斯特特务的身份。

“直到我们到达剑桥，你闲溜达，而斯波尔德斯找到我的时候，我才得知，苏珊并不忠诚于她服务的事业。收到我们特工人员专用的碰头信号后，他们两个都赶到我那里，索尔特的案子正在审的那会儿，他们对我说，他们找到了法子，做史密斯契约的文章，整垮他，并且收买好了哈梅克法官。我们已经用苏珊的证词叫那个杂种快玩完了，我的天哪——可是半路杀出你的判决，我的计划当然泡了汤。”

埃比尼泽仍然不吭声，但是，眯起的眼睛里有了眼泪，顺着憔悴的脸庞往下流。

“因此，对你的损失，我不敢表示多大的同情，”亨利接着说，“我立即同史密斯交了朋友，把你搁在玉米仓库里，免得遭危险，直到我和他一道离开去莫尔登，并进一步摸一摸他的计划和情况。我想，苏珊出卖了他，他会把可怜的苏珊打得不成样子，然而，他对她却礼遇有加。直到几分钟前，苏珊告诉我你来了，并且从苏托那里听到约翰·麦克沃伊及汤姆·泰罗的故事，我才看穿了那个恶棍的计谋，但尽管我们匆忙赶来，还是没能及时阻止你。”

“现在无所谓了，”桂冠诗人说，闭上眼睛，“我无论如何活不到看见父亲发怒的那一天了。”

“我为什么不能够拒绝接受他？”苏珊问，在伯林盖姆讲话的当儿，她一直眼泪汪汪地坐在埃比尼泽签字桌子边的地板上，“那会毁了契约，使库克先生非常高兴，我确信。”

伯林盖姆回答说，他怀疑前者，因为契约会向法庭显示，史密斯在其权力范围内，履行了婚姻裁定。“至于后者，与我无关，但我这会儿看不出怎样照顾埃本……”

“我无所谓。”埃比尼泽说。

“不，不要绝望！”伯林盖姆摇摇他的臂膀，使他醒过来，“我的看法是，你应该娶苏珊，埃本，让她照料你恢复健康。我知道你的心思，你是怎样珍视你的贞操的，但是——千真万确，这就是答案！你被迫结婚，但是不被迫圆房。身子骨恢复好了，到那时候，我们也找到了整垮威廉·史密斯的良方，苏珊可以申诉取消婚姻，理由就是，你还是个处子！”

苏珊耷拉着脑袋，一言不发。从屋子后部传来史密斯和苏托一起大笑的声音。没过多会儿，厨房里玩牌婆娘们吵闹的声音也掺和了进来。

“看，埃本，”伯林盖姆马上说，“我口袋有一颗苏托给的药丸——他是个医生，尽管他一身无赖气。吃下去，撑着应付完婚礼，我向你发誓，到不了年关，你就是这个屋子的主人！”

埃比尼泽强打精神，呻吟起来，双手捂着脸。“耶稣！但愿哪个热心的神下凡，把我带走吧！那将是一段大为不同的旅程，要是我能从洛吉特酒馆重新起步！”

“精神点儿，嘿！”威廉·史密斯兴致勃勃地喊，大步走进房间，后面是苏托和三个老妇女。“把他扶起来，现在，蒂姆，把事了结了吧！”

“哎呀呀，”其中一个娼妇叫起来，冲着苏珊跑过去，“我就是喜欢婚礼！”

“我也是，”格雷丝说，“但总是流眼泪。”她掏出手帕做好准备。

“你就在他坐着的地方，给他主持婚礼，”伯林盖姆对苏托说，打的是蒂姆·米切尔的腔调，“现在，新郎大师，嚼嚼这个药丸，到时候作应答。过来站在你丈夫身边，苏茜，抓着他的手。”

“真要命！”第三个娼妇叫起来，又嘲弄又惊讶，“你以为他像个让她昏了头的男子汉？”

“闭上你的乌鸦嘴，”苏珊甩出一句话，“趁我没从你脸上撕下来！”她紧紧抓住埃比尼泽的手，注视着在场的人。“快一点儿，理查德·苏托，瞎了你的眼？这个人病得重，必须马上卧床休息。”

婚礼仪式开始。尽管可以清楚地听到苏托的话，还有苏珊愤忿的应答话，埃比尼泽无论如何也没有法子睁开眼。轮到他盟誓，也不过哼哼唧唧。他嚼着药丸，味道很苦，但是虽说还是昏头昏脑的，他却感到比先前受用一点儿；确实，当苏托说“我现在宣布你们为丈夫和妻子”时，他感到一阵身心轻松的冲动。

“快签证书，”苏托催他，“趁你没栽倒在地板上。”

“我来握住他的手。”伯林盖姆说，实际上是代签了桂冠诗人的名字。

“你给他吃了什么？”苏珊问，用大拇指绷开埃比尼泽的一只眼睛。

“只是保证他好好休息一下，库克夫人。”伯林盖姆回答。

听到这一称呼，埃比尼泽张开嘴要笑，尽管没有笑出声。他对结局倒满意。

“鸦片！”苏珊尖叫一声。

这个消息，桂冠诗人比在场的人更受用，却没有机会再愉快地笑一笑。说真的，他的椅子从地板上升起，穿过莫尔登屋顶，飞入乳白色的天空。马里兰呢，一片蔚蓝，一片碧波荡漾的广袤，在海鸥声里，平静地向西北方流淌。

三十二、《马里兰纪》诞生了，但其作者的际遇却同其他章节中一样，没有任何改善

“向帕纳塞斯山进发!”桂冠诗人大笑一声，坐椅越过塞萨利①，降落在两座光滑的条纹云石姐妹山峦之间。此处的峡谷，数以千计的世界居民挤在那里，在山脚下忙活着。

“嘿，”他询问旁边一个人，那家伙正在努力赶前面的一个人，“哪一座山是帕纳塞斯?”

“右边的。”那人略微侧一下脸回答。

“我想的不错，”诗人回答，“但要是我从那边过来呢?右边将是左边，左边将是右边，不是吗?我只是臆测地问问。”他补充说，因为那个陌生人皱了皱眉。

“右边就是右边，见鬼。”那人嚷起来，消失在人群中。

从埃比尼泽站的地方看，两座山之间距离很大，两座山很相像，两座粉红色的山峰都笼罩在云雾中。山坡上一点点儿就是山脊，从这儿开始，横竖都是登山者的障碍。首先，他看到相貌丑陋的男人，围作一圈，手里拿着棍棒，敲断登山人的手指。于是，登山的人要么彻底放弃再往上爬，要么原地刹住不动。就埃比尼泽目力所及，山腰上每隔一段距离，尽是类似的围作一圈的人，有些手里拿的不是木棒，而是轻便的斧头，或者是匕首。圈与圈之间的地方，也少不了危险重重。比如，这里或者那里，成群的妇女勾引登山者放弃他们的目标;

① 塞萨利（Thessaly），希腊东部一城市。位于马其顿南面，伊庇鲁斯高地和爱琴海之间，是新石器文化的发源地之一。

床铺和席位摆在酒食桌子的旁边，引诱困倦者躺上去进入死一般的梦乡；惩罚囚犯的踏车多的是；到处是误导人的路标，标的是通向山峰，实际上（从山谷里可以清楚地看出来）是引向悬崖、沙漠、丛林、监狱以及疯人院。无以数计的登山者跌倒在各种类型的障碍面前。那些终于设法过了第一道卫兵关的人——无论是打冲锋过去，还是发明一种分神术，把他们的注意力从自己身上引开，还是用呵痒、爱抚或是其他的什么法子讨好那些拿木棒的人——多半也过不了女人、床铺、踏车或者错导路标的关，或者，如果逃脱了这些关，却过不了下一站卫兵的关，等等。为数甚少的几个幸运家伙，通过这种那种手段，或许所有手段合并一起施展，安全地越过了最上面的障碍，其他的人就都冲他们热烈地鼓掌，有时候不凑巧，掌声足以使登上山顶的人失手没抓住条纹云石，一骨碌脚朝下又栽回到山谷里。其他接近了山顶的人，被那些先前鼓掌的人用石块砸倒，还有一些人没有被砸倒，倒是被遗忘了。少之又少几个十分安全的人，有的是亏了粉红色的大雾，才没让人当靶子瞄准上；有的仅仅亏了山峰的凸出结构，他们坐在上面，别人没奈何；还有的是亏了应下面人群的要求，扔给他们葡萄和橘子吃。

最要紧的事情，当然，是首先选择好哪座山，但是，既然无论怎么打听都得不到确实的消息，埃比尼泽最终只好胡乱地选了一座，和大家一道往上爬。无疑，他盘算着，人们边爬边长见识，并且无论怎样，抵达哪一座山顶都算是了不起的成就。但是，他首先发现的就是，面对面地对待那些障碍，要比从远处作壁上观感觉到的难多了：手持棍棒的人，他到达他们眼前时，面目丑陋得多、凶恶得多；待在远处的女人，还有席铺，诱人得多；那些路标，外表又真实得多。实际上，他能做的就是鼓足勇气，向最近的卫兵们冲过去；但是，他还未来得及摆好姿势准备发动攻势，就有一个声音命令把他的椅子升到山顶，并且用不着一路攀登，自己就和一群孤寂的人一起，端坐在山顶上了。

他挑出一位最年长，并且显得最智慧的人——正在修剪脚趾甲呢。

“劳驾，先生，恕我冒昧地问一句，您能告诉我这是哪一座山吗？”

“你真将我的军，”老人回答，“有时候我想是这一座，有时候我想是另一座。”他咯咯地笑，又低声旁白似的补上一句：“有什么关系吗？”

“恕我直言，您怎样来的？”埃比尼泽进一步问。

“这根本不算难事，”老人说，“山往上长高的时候，我就在这儿，我和我的朋友们，山往上长，我们位置也往上升。他们永远不会把我们撞下去——他们把我们升得这么高，他们再也看不到我们了。”

“他们在下面为你鼓掌呢，您是知道的。”

老人耸了耸肩，架势与伯林盖姆差不多。“在这么高的地方，是听不到他们的掌声的。这是由于高度和空气稀薄的缘故，我始终这样以为。我可不讲究什么。”

“啊，”埃比尼泽说，“我真的好生羡慕您。您从这儿看到些什么？”

“确实景色不错。”老人承认，“从这儿，你几乎可以看到全部的景致，虽说景致都差不多。跟你说实话，我是看厌了。坐在这儿，比攀登要舒服得多，如果你喜欢舒服的话。你想攀，就去攀登好了，如果不想就别干。这里可谓一无所有，除了宜人的音乐；如果你生来就喜欢这类东西，你就会从中得到乐趣的。”

“噢，我一直就确实喜爱音乐！”

“真的？”老人没有兴致地问。

埃比尼泽斜着身子观看山下的纷争。

“了不起，但是，他们看上去不是很愚蠢？”他叫起来，“多么无礼，你推我，我推你，屁都放出来了！”

“除此之外，他们没有多少事干。”老人说。

“也没有什么值得爬到这里的。您刚才自己是这么说的。”

“唉，也没有别的地方好去，他们不妨坐着等死算了。”

“我要跳下去！”埃比尼泽突然宣布，“我一刻也不想看这些事了。”

“你没有道理不这样干，也没有道理这样干。”

桂冠诗人并没有拉开往下跳的架势，而是坐在顶峰的边缘，叹口气。“这真是一片空虚，不是吗？”

“确实空虚，”老人说，“但无所谓是好还是坏。为什么叹气？”

“为什么不叹气？”埃比尼泽问。

“为什么不，嗯？”老人叹口气，埃比尼泽发现自己躺在一张床上，理查德·苏托正弯着腰看自己。

“凭圣魏尔格佛提斯[①]的胡子发誓，这到底是我们的新郎了！苏托医生的药从没有过不灵验的。”

“草芙蓉是我的屁股，”厨房里的一个女人说，她就在床边，“是圣苏茜的大蓟药让他苏醒过来的。”

苏托把了埃比尼泽一下脉，向埃比尼泽嘴里灌了一勺糖浆。

“这是什么房间，我怎么在这里？”

“是比尔·史密斯的一间客房。”苏托说。

“鸦片！”桂冠诗人叫起来，愤怒地坐起身，“我现在想起来了！”

“是蒂姆·米切尔给你的鸦片，让你好好休息一场。但是你病得太重，鸦片并没有什么效用。”

“他要把我整死，不管诚心还是无意。他现在在哪儿？”

“蒂姆？啊，他早就走了，回卡尔弗特郡他父亲的地方了。”

“虚伪的朋友！”诗人小声抱怨。他停了一会儿，然后无力地向后仰身，靠在枕头上。“上帝，我忘了，我结婚了！苏珊在哪里，婚礼夜晚，对我的病，她说了些什么？已经过了一天了吧？”

那厨房里干活的女人笑起来。“你在生死之间已经荡了三个多星期了！”

---

① 圣魏尔格佛提斯（St. Wilgefortis），十四世纪的女圣徒，因矢志不嫁而祈祷自己相貌丑陋，因此脸部长出胡须，求婚者随之告退。女人视她为保护她们免受丈夫纠缠的保护者。

“说到库克太太，”苏托说，“我说不准她感觉如何，因为我们一把你抬到床上，她就在蒂姆的陪伴下，去了米切尔船长的家。或许，他为你代劳了。”

“回到米切尔家！”

“唉，按法律规定，她要给他放猪的，这你是知道的。”

“太过分了！”埃比尼泽满腔怒火地喊起来，“她粗野是粗野，但桂冠诗人的太太总不该去放猪！把她叫到这儿来！”

“喂，不要烦躁，”那个女人安慰说，“苏茜已经逃了两回回来，看你身体怎么样，并且给你制了大蓟药。我不怀疑，她还会这样做的。”

“晕了三个星期！实在难以想象！”

“凭圣克里斯托弗[1]的噩梦起誓！朋友，想想恢复健康吧，”苏托兴致勃勃地建议，“到那时，你就能干苏珊小姐了，如果你乐意。我会告诉你的岳父，你已经苏醒过来了，但是，还要等几个星期，你才会完全康复。许多穷光蛋都识相地进了坟墓。”他收拾药箱子，准备离开。“噢，蒂姆·米切尔留给你一个礼物。”

“我的笔记本！”桂冠诗人惊叫起来。苏托递给他熟悉的绿封面分类账簿，由于一路风尘，已经打皱破损了，弄得脏兮兮的。

“你在剑桥的酒馆里丢掉的，蒂姆上次来找苏珊时拿出来的。他说，你要闲着六个月，或许要用它写写诗。”

“上帝，我原以为它随我的衣服一起被偷走了！”他紧紧抓住它，非常激动，“这可是个忠实的老朋友，这个分类账簿——我唯一的朋友！”

单独一个人的时候，他觉得身心仍然太虚弱，没法从事艺术创作，只好以阅读往昔的创作来自娱——一切都似乎很遥远了。实际上，他

---

① 圣克里斯托弗（St. Christopher），三世纪时的殉教者，被视为旅行者的守卫者，其画像可祛灾免难。

更容易认同脏兮兮、破旧的笔记本，而不是这类对句：

你问，我们快乐的人儿吃什么
在前往可爱的**马里兰**的途中？

这些诗行，生疏得像是出于另一个人的手笔。他碰巧先阅读的是最迟写的诗，因此，慢慢向前翻，最后读到的，是他计划中的《马里兰纪》。当初，写这首诗，巴尔的摩勋爵（也就是说伯林盖姆）接见他的场景，他是历历在目：马里兰美德绝世无双，诗这样写道，她的居民最仁慈，他们的教养盖世无双；她的住所最宏伟；她的客栈最殷勤、最舒适；她的田野最富饶；她的法庭最威严；她的商业最旺盛，等等，等等。笔记本署名，用的是埃比尼泽的手迹，埃比尼泽·库克，绅士，马里兰桂冠诗人。

他向后一躺，闭上眼睛；花了一点儿脑筋读自己的杰作，头一阵阵发痛。“千真万确！”他心里想，“这个桂冠诗人做得好累好惨！这里一无所有，除了恶棍和变节者、简陋小屋和妓院、腐败和卑怯！多么光荣啊，讴歌这一派肮脏！”

他越想自己的坎坷经历，就越是悲哀与愤怒交加，到头来，强打精神，把分类账簿里所有歌颂海洋的诗歌一股脑撕掉，用主人提供的笔墨在空白纸上写下：

命运多舛，举步维艰，
朋友无义，钱财骗完，
重重罹难，潘多拉的盒子也嫌小，
我离开了阿尔比恩[①]的岛，

① 阿尔比恩（Albion），英格兰或不列颠的雅称，源出希腊人或罗马人对该地的称呼。

心情忧伤，
无奈离开故土，远走他乡，
与这熟悉的旧世界说再见。

刚写下这些诗行，他就诗兴大发，虽然没有力气再写下去，却立马构思了一个宏伟的计划，打发自己未来几个星期的时间——要是找不到办法夺回自己的庄园，那这就可能是毕生最后一项事业了。他将以诗的形式，记述下自己来马里来的整个历程，虽说原来也做过这样的计划，但这次写的绝对不是赞歌，而是用休迪布拉斯的鞭子抽打本州，就像鞭打绑在示众的柱子上的妓女一样，数落她的每一种罪恶，谁叫她为守信义、不奸诈以及天真的人设下了重重陷阱！

“这样，其他人或许可以从我的失败中受益，”他坚定地思考，“但是，且慢——”他记起在“波塞冬号”船员手里遭虐待的种种细节，“西普里安号”上的强奸事件，伯林盖姆的猪以及他一路上遇到的各种难堪的事情，“这是绝对不会印刷出版的。”

他痛苦地泄气了好一会儿，因为这一想法意味着一种不可调和的矛盾：一面是邪恶给人带来苦难和折磨，一面是人不容许把它们公之于众。但没一会儿，他就找到一种方法来规避这一困难。

“我要把这个素材写成虚构的故事！我的角色将是一个商人——而且，是一个到马里兰来经商的代理人，对马里兰一片诚心，商品和财产却被骗得一干二净。我经历的一切磨难，将重新构思，以适应故事情节的发展，适当地变更，好过印刷商一关！”

故事的头绪马上在他的想象里展开，他立刻拟定一份提纲，以防忘记了。他当时只能做到这些。经过这一番折腾，他一连睡了好几个小时，梦都没做一个。他再度醒来时，景致在头脑中仍然很清晰，而且，他打算将其描绘出来的休迪布拉斯式双行诗，现成地就在手边。他几乎等不及写：身体一硬朗，他就起了床，但仅仅是因为房间里的写字台用起来更舒服。他在写字台前度过了一天又一天，一个星期又一个星期，不断地写下长诗篇。他如此吝啬自己的时间，断然拒绝了史密斯、苏托以及厨房里那几个女人的好奇打探以及偶尔的关怀。他要求——而且，某种程度上自己也感到惊奇——他就在写字台上用餐，大门不出，二门不迈，从未离开房间，除了在十月和十一月傍晚的阳光里，为了身体健康出去散散步。那时候，一切自杀的想法都已经打消了，正如另一方面，夺回自己庄园的一切想法也打消了一样。任何亨利的消息都没有，他对此并不感到不安或好奇。他从昏迷中苏醒过来，过了一星期或十天左右的时间，法定妻子苏珊·沃伦又来到莫尔登。他简慢地感谢她帮助自己恢复身体。尽管他从厨房里的几个女人那里得知，她按米切尔和史密斯的吩咐，做了只对印第安人卖淫的婊子，但他一方面不反对她的行为或她回到米切尔身边，另一方面也不试图取消他的婚姻。

莫尔登本身，一天天很明显地变成赌窝、旅馆、妓院以及鸦片窑。苏珊随身带着从卡尔弗特郡带来的棕色小药瓶，玛丽·蒙格毛丽——诗人听说，曾经抵制过米切尔把她拉进他的圈内——带着整个一班子娼妇搬了过来，并且接受了屋子女主人的职务。每天晚上，整个海岬好不忙活：种植园主们骑马或坐马车从多塞特四面八方赶来，还有乘船从托尔伯特赶过来的，整个屋子回荡着他们荒淫放纵的声音。从郡中部的淡水沼泽地，甚至是东南面二三十里开外低地的盐沼泽地，阿巴科人、威瓦士人以及南梯库克人等印第安人赶来，在一间烤烟叶的小屋子里，包了苏珊和玛丽的两个最受冷落的婊子。埃比尼泽索然无味地走过赌桌，穿过销了魂的、昏了头的以及胀了筋的马里兰人待的房间，又走过烟草地，还未昏头的印第安人正打这儿一拨一拨向烤烟房走去。很快，他就成了主顾们取乐的对象，但是，他们的打趣，遇到了他给苏珊的同样的漠不关心——他一走进哪间房间，苏珊总是用被惊动的、打探的眼神看着他。

整个十一月份，他苦苦地劳活着，把自己旅程的一段段伤心往事注入诗歌：

满载着傻瓜，从普利茅斯海湾起航，
踏上马里兰的旅程：
惊涛骇浪，一路风尘……

他想起在圣玛丽城遇上的种植园主们，自己把他们误以为是种地的人——

……一群当地人，
一色的苏格兰布衣衬衫和长裤，
不穿袜子、鞋子，也不戴帽子……

——附在后面的是很久以前写下的诗行，现在想起来令人悲痛：

身影，奇怪的身影，
上帝造不出的人类身影；
而调皮的造化，永不懈怠，
嘲弄地铸造了这易碎的泥胎。

用大师级的冷漠，从四音步转到五音步，他接下来痛斥他诗国里的居民——

……这片土地上的人无情无义，
无法用言语沟通，举止无所谓廉耻……

——随后，又用四音步诗行描写乘独木舟横渡帕图克森特河的情景：

将一棵杨树或松树，
做得像饲料槽来喂猪……

遇上放猪女苏珊的一档事儿：

我一阵惊怕，
怕被活活吞下……

自己的法定妻子放猪女：

……她衣装不整，邋里邋遢，
活脱脱疯人院的疯人……

他在牲口棚里的守候：

骑在一根树枝上，
夜幕和树枝将我遮掩，
魔鬼和毒蛇也对我干瞪眼……

露天里的审判：

……人们向那集中，
在明断的法庭上，
正义要扶正，
法律要施行，
还无妨互相调调情……

审判过程：

乌合之众从种植园赶来，
他们敬仰的昏头昏脑的家伙们就座，
庭吏要求肃静，
律师们立刻大发操行，
各为其主强词夺理，
我看他们会没完没止，
一派胡言，证词尽是漏洞，
谎话遮天，肆无忌惮指控……

哈梅克法官其人：

……叫天下的法官汗颜，
他倒可以大书特书一笔自己的头衔……

诗人在玉米谷仓里：

我躺下，犯不上争扰，
鼾声如潮，直到东方破晓；
一觉醒来，坐得笔挺，
我的鞋子却不见了踪影，
还有帽子、假发、袜子，一股脑消失，
只留下这张印第安人的床席……

莫尔登厨房里的妓女们：

……一伙快活的娘儿们，
一门心思玩牌，

穿着白色睡衣，举止粗俗，
英国少见又少见：
原以为他们是哪里的巫女，在哪座修道院，
捣鼓邪恶的勾当；
……屁里屁气，
精通辱骂和诅咒的技艺……

他自己的病情：

脉搏一阵阵抽动，
我感到刺骨的痛；
是该死的水土不服，
一直持续到十二月结束；
亏得女医生配药很精心，
医道又是蛮精通，
否则，我父亲的儿子早已远行……

他受诡计多端的苏托诈骗：

……骗子中的骗子，
精于制药把人灌肠榨干，
炮制契约，催人立遗嘱……

末了，他用烟草经纪人之构想叙述自己的苦难身世，他想象自己奔向远行的大轮，愤愤地收场：

登上船，等待着风起，
抛开这等苦难的记忆。

愿漂洋过海的杀人越货者，
惩罚这些蛮人，就像他们对待我一样的制裁；
愿船只不要来马里兰，
挨近这片无情无义的海岸，
就让他们去饿死完蛋，
愿他们总是这样活该受难：
愿他们变成奴隶，或者印第安野人，
杜绝贸易，脱离交流，也没有幸福可寻；
不知道上帝，愿他们去敬仰太阳，
陷入异教徒迷信的恐慌，
惶惶不可终日——
愿上帝发怒，把这片土地夷为蛮荒，
因为这里没有男人的忠诚，
更没有女人的贞洁！

他持久的创作热忱，一定要么增大了他的天赋，要么调和了批评的敏锐，因为他从来没有感到过像作这首讽刺诗时如此的能干、自信和诗兴大发。十一月头两个星期，他都在润色这首诗，使它更精炼——这里调整一下抑扬格，那里合拍一下休迪布拉斯的喧嚣声——到了圣露西[①]节，十二月十三日那一天，他就要视自己的作品完美无缺了。诗前面这样写道：烟草经纪人：或马里兰州行纪。一首滑稽模仿诗。里面记载着这个地区的法律、政府、法院和宪法，以及该地区民居、宴会、庆典、娱乐和醉汉的逸闻趣事等。后面，他不无轻蔑地附上自己的全称——埃比尼泽·库克，绅士，马里兰桂冠诗人——心里

① 圣露西（St. Lucy，283—304），基督教殉道者，盲人的主保圣人。据传其双眼被迫害基督徒的当局挖出后又复生。故下文有“血红的荆棘”之隐喻。

完全清楚，倘若寄给哪个出版商，诗一出版，他就失去了事实上接受那个头衔的任何机会。

但是，出版那首诗，这会儿并不使他十分感兴趣。他放下笔，审视一下分类账簿里那一千多行手迹。

“凭圣露西血红的荆棘起誓，就算是写完了！”他叹了口气，模仿起苏托的口吻来，“事总算完了！”

接下来会发生什么，他心中没有一点儿谱，也毫不担忧什么。他骨子里都乐着确定无疑的巨大成就，可以说是一分喜悦九分轻松。他实在是不能自已，就想闭上眼睛，就在写字台那里睡一场；可早冬的天色才刚刚黑呢——实际上，吃过午饭还未出一小时——他倒反而想用某种不招眼的方式庆祝一下，不是为了《烟草经纪人》，因为它的存在就是它自己的庆典，而是为了它问世的分娩式的苦痛。

“喝一杯朗姆酒，再合适不过。”他打定主意，下了楼梯，向刚刚拉开序幕的好一派夜晚活动的地方走去。他打算去厨房——除自己的卧室，那里是他有把握自己在莫尔登受到欢迎的唯一地方——但是路上遇到威廉·史密斯和苏托。入秋以来，两个人已经成了亲密的朋友了。

“凭露西血红的荆棘发誓，确实！”苏托一见到他就开了口，“我们的诗人来了。”

“是他，”史密斯说，“你今晚倒精神和快乐了。”

“两样都是，”埃比尼泽承认，“却两样都没有多大理由。”事实上，一看到毁了自己的人，自己定稿时的那份幸福的愉快情绪，就失了大半。“你们是在谈论我？”

“确实如此。”史密斯说，“我们正在泛泛讨论手头上的法律事务，我倒是拿你做起比方来。”

“史密斯先生提出这样的问题，”苏托插了进来，“对一份约束在规定的时间内完成工作的契约而言，是工作一干完文书立即失效，还是直到规定的时间到了头才失效。我的答案是，这完全取决于契约文字是怎样起草的，它的到期，是否取决于单一的或者可供选择的偶然事件。”

埃比尼泽不能全然理解地笑了笑。“看上去是合理的答案，可惜，我不是律师。”

“我也不是，”史密斯说，“为了得到一个较明晰的概念，我叫他拿你我之间订的契约试一试，考虑到你健康不佳——”

“照直说，”埃比尼泽态度僵硬，“我知道你打的什么算盘。”

“噢，哟，我可不想骗你该得到的东西，”史密斯坚持，“家里有个桂冠诗人做客，并让他休养恢复健康，可是莫大的荣耀和快乐。但是，你也能看得出，我在莫尔登开了一个生意蛮红火的小小客栈，对店主来说，哪一间房间没用上，就好像对种植园主来说，哪一块地还闲着。”

“简言之，我现在能走动，你就要撵我了。”

“消消火，”苏托劝道，“作为你的医生，我的意思是，你已经强壮得能给娘儿们编辫子了。而作为史密斯先生的律师，我还得说，他跟你的契约，可以可供选择的偶然事件为终止条件，也就是说，你恢复健康，或者是六个月的食宿以及良好的照料。”

“别说了，”埃比尼泽说，“剩下的就很清楚了，我不辩驳。如果仅仅许我两个小小的恩惠——不，是三个——明天就不会再看到我了。”

“不，听我把话讲完——”

“不要害怕这些请求，”埃比尼泽不屑地接着说，“它们无论如何也不会有损你的利益。第一件，你们给我一壶朗姆酒，我要庆祝一下我写的诗；第二件，你们把我的诗送给伦敦一个出版商，他的地址，我会给你们的；第三件，借我一把装了子弹的手枪，朗姆酒喝完了，就会派上用场。”

“狗屎用场的手枪，”史密斯叫起来，“你根本不是个好天主教徒，我看，连说的资格都没有，倒是会找最坏的权宜之计。我可没打算撵你出门。”

“什么?”

“凭圣邓斯坦[1]的钳子起誓，”苏托笑起来，“我想对你说的是这些！史密斯想用你的卧室做生意，但是，非但远不希望你生病，而且他倒是提出做你的保护人，事实也是这样。”他解释说，修桶工吩咐他起草一份了不起的契约，签了它，诗人就可以自由地在仆人的住所拥有食宿，并且做一些负担微不足道的打杂工作。

“只不过是临时起草供签字的一份文件而已，”史密斯让他放心，“剩下的就看你的了，同意也行，不同意也行。”

埃比尼泽耸耸肩。“这样那样，对我都无所谓。拿出来，我要看一看。”

“这会儿就在这儿，”苏托说着，从大衣口袋掏了一份文件，“只是挂名差事，我发誓!”

再多一些写诗的良机，实际上对埃比尼泽很有吸引力，尽管那会儿还不清楚将来要写些什么。他也考虑到，伯林盖姆神秘兮兮地离开了，或许与整垮史密斯的某个计划有关系，尽管认为还有别的什么原因，或许，他终究是逃跑了。并且说到底，自然，手枪总是在那里，总是能派上用场的：推迟一下使用，他看不出就有什么大损失。因此，草草地看过一遍，觉得其中条款与苏托说的没什么上下后，他就一式两份地签了四年契约，无所谓什么感触不感触的。

“现在，你就是我的保护人了，”他对史密斯说，“或许，你可以用一壶酒犒劳一下被保护人。”

“不是一壶，而是一大桶，”修桶工高兴地回答，“喂，那边就是你的结发妻子，刚从米切尔那边回来!”

---

① 圣邓斯坦（St. Dunstan，909—988），修道士及改革家，坎特伯雷主教。其曾做过铁匠、画匠，金银首饰匠及锁匠视其为主保圣人。故此处以他的钳子起誓。

“你看上去冷冰冰的，圣苏茜，”苏托笑出声，“到火炉边热一热你的屁股，和我们的诗人小饮一杯，再去烤烟房干活也不忙。你父亲签了他做四年诗的契约。”

“我去把厨房里的姑娘们叫过来，”史密斯大声说，“趁晚上还没开工，庆祝一下。”

苏珊走进小客厅，盯着埃比尼泽，没有什么高论。

“要么选择这，要么选择手枪。”他说。她表情里某种东西让他惊恐，他的声音就畏畏缩缩起来。史密斯带了厨房里的两个女人，大家饮酒的时候，那个法国女人坐到苏托的膝盖上，另一个坐到史密斯的大腿上。

“看来，你又从主人那里跑开了？”苏托兴致很高地冲苏珊说，“我凭圣马丁的水痘发誓，你主子对婊子够宽松的！”

“对，我是跑开了。”苏珊说，不掺和大家的取乐。

“像我这样蠢的家伙，你再没碰到过第二个吧？”埃比尼泽尖刻地问，“为你的逃脱掏盘缠，还在米切尔的牲口棚里等着你来取乐？”无论是她邋遢的外表——她在打战，衣服和脸比先前更不成样子——使他想起自己的法定妻子是个放猪的，吸鸦片的，并且是最劣等的娼妇，还是仅仅因为还没捞上机会好好感谢她把自己的身体照料好了，她奇怪的模样使他感到内疚，因为自己一直忙于做诗，冷落了她。

“不，我又遇到了一个。一个老糊涂，老得蔫了吧唧的，尽管没有哪个法律禁止人做白日梦。”话虽轻浮，语调和表情都很严肃，“我眼里的小鸡，可比他裤裆里的小鸡多，我还不是斗鸡眼。[1] 他是一个罩眼镜的老糊涂，一只手臂都蔫了。”

“不！”埃比尼泽喘着气，“不要对我说他手臂蔫了！”

“唉，他是的。”

---

① 小鸡英文为cock，该词又指男性生殖器，斗鸡眼英文为cock-eyed，此处为戏谑之语。

“但是，他准是左臂蔫了，不是吗？”

苏珊犹豫了一下，以同样的声调说：“不，我想起来了，是他的右臂：在大篷车里，他坐在我左首，我告诉他我的不幸经历。我记得，他不得不伸过他另一边的手臂来搓我捏我。”

埃比尼泽顿时一阵恶心。“但他是个土包子，不管怎么说。”他坚持认为。

“才不呢。从他的服饰和举止看，他是一个相当有品位的绅士，并且他还说，他是于当天从伦敦赶来的。”

“千真万确，”厨房里的一个妇女说，“在烤烟房里，可遇不上伦敦绅士，苏茜。你应当让他好好干一顿！”

“不，上帝！”埃比尼泽哭起来，哭得如此伤心，所有在场的人都打消了乐意，愤愤地看着他。

“他该干的是我！那人是米德尔塞克斯的安德鲁·库克，我的父亲，来看看自己儿子怎么样了！手枪！”他跳起来，“一切都结束了！”

“住手！”史密斯命令，“拦住他，苏珊！”

“手枪！”诗人又叫起来，没人来得及拦住他，他就向自己的卧室冲去。

三十三、桂冠诗人离开庄园

他卧室里的写字台上还亮着他离开时点着的蜡烛。桂冠诗人情绪太激动，直到冲进了自己的卧室才想起来，哪来的自杀用的手枪，甚至连一把短刀也没有——他自己的匕首，连同他剩下的衣服，在玉米仓库里给偷了，再没有人还给他。听到人们从客厅挤上楼梯来，他绝望地扑倒在床上。

第一个赶到他门口的是苏珊。她看了他一眼，叫别的人待在后面。

“我们在下面等着，”史密斯抱怨，“但要当心，不要出娄子。我可不想他傻瓜脑袋的脑浆溅我的房子一地。”

这一切，诗人都是脸冲着被子听到的。苏珊关上门，在床沿上坐下。

“你想脑袋搬家?”她问一声。

“省得活受罪，”他回答，“我没有手枪，也没有钱买一把。今晚你做不成寡妇了，看情形。”

“你父亲发怒，就这样可怕?”

“基督啊，简直无法想象!”埃比尼泽呻吟起来，“他就是再万分仁慈，我也没脸见他。”

苏珊叹口气。“哪来的鸟事，毛都没碰我，就叫我做寡妇。”

“将来也不会碰的!”埃比尼泽愤愤地坐起身，“还是多关心关心你烤烟房里的蛮人和你的鸦片！让我的朋友伯林盖姆娶了你，他会连你的猪一同娶过去——那才叫成双成对呢!”

“这个世上真怪呢，到处都少不了缺德的事。”苏珊嘟哝开。

“至少这个污秽的州是这样。我原想能来到这里是三生有幸，还要歌唱一番呢！”他摇摇头，“哎呀，我没有必要伤害你。原谅我的话。”

“你这一跤摔得是太惨了，但是，求你别再说什么手枪不手枪的，”苏珊说，“逃走，如果必要的话，在别的地方另起炉灶。”

“往哪儿逃，”埃比尼泽叫起来，“最好是给枪毙了，也比在马里兰再待上一天强！”

“回英格兰，我的意思是。先躲起来，直到大轮起航，你就永远摆脱你父亲了。”

“不错，”桂冠诗人苦涩地说，“吻一下船长，才能免掉买船票的钱？”

“库克先生！”苏珊突然压低声音，她侧过身子，抓住他的肩膀，“不，埃本！我的丈夫！”

“什么？你做什么？”

“别动，听我说！”苏珊说，“不错，我是个娼妇，一个下等的供人睡的睡袋，被人用烂了。不错，你当时娶我，没有选择余地，而且也没有道理要爱我。但是，我再说一遍，人生是奇怪的，到处是你做梦都想不到的事情——并不是一切都如你所想象的那样，我的鸽子！”

“屁话！”

“我爱你！”她从牙缝里挤出，“我们一起逃脱这所活地狱，在英格兰重新开始！一个穷人，在伦敦也有许多余地施展的，我知道得可多呢！”

“我的天，”埃比尼泽反对，寻思出最能推脱得开的借口，“一个人的盘缠都没有，不用说两个人的盘缠了！”

苏珊并不泄气。“你娶的是一个小贩子的便壶，”她宣称，“为了我们的利益，我不妨再索性厚厚脸皮，使我们永远摆脱马里兰。”

“你的打算是什么？”

“我马上就去烤烟房，做婊子弄点儿钱。”

埃比尼泽摇摇头。“真是高尚的计划。”他叹口气，“这样的卖淫多半是殉身，我看，令人敬畏。但是，我走不了。”

女人松开手。“走不了？”

“不光如此，即便我改了姓名，换了面目，也永远摆脱不了我父亲的愤怒。活人是他们记忆和天良的奴仆，就算我俩都逃脱掉了，第一折磨我的，将是想到父亲和我的姐姐安娜，第二——”他顿了一下，“我只能这样唐突而刻薄地说：九个月前，我对伦敦女孩琼·托斯特发过誓，说我爱她，并把我的童贞呈现给了她，遭到她的唾弃。打那以后，我发誓，一定要像一个神甫那样，坚守住童贞，并且忠贞于诗歌之神。这个琼·托斯特，有一个情人，也是个恶棍，并且，正是因为他捣的鬼，父亲才把我派到马里兰来的。我有各种理由认为，他的情人是讨厌我的，但是，我脑海里自始至终就是忘不了她；打那以后，就是遇到天大的困境，我也从未违誓过。想一想，听说她完全出于爱，跟我过来了，我是多么受感动！我早就决定要娶她，使她成为我庄园里的太太，而实际上，要是本来一切都顺顺当当的话，我是会毫不犹豫那样做的，我是多么的爱她啊！现在，莫尔登已不再是我的了，我的琼也不见踪影了，但是，无论是因为她想躲避嫁给一个穷光蛋，还是因为她到他情人麦克沃伊那里去了，她终归是因为我的缘故过来的，就像麦克沃伊一样，不弄清他们情况怎样，是死还是活，我怎么能和你逃到伦敦呢？”

苏珊抽泣起来。“和你的琼相比，我就这么讨厌？不，用不着撒谎。我看到过她的姿色，也知道我自己讨人嫌。你才不知道我是怎样羡慕她！”

“这世界太亏待你了。”埃比尼泽说。

“你连一半都不知道！我是它的象征和标记！”

“但是，你是仁慈和勇敢的，救了琼·托斯特和我的命。”

苏珊抓紧他的胳膊。“你会说什么，如果你得知琼·托斯特就在这屋子里？”

“什么?”埃比尼泽叫起来，一下跳起来，“怎么会呢，我怎么没看见她？你说什么?”

“她此刻就在这屋里，并且，打从米切尔船长手里逃脱后，就一直在这里！这就是证据。”她从胸前掏出一条脏兮兮的项链带子，上面穿着鱼骨戒指。是安纳考斯汀王夸撒布拉格给埃比尼泽的东西。

“上帝，是我叫你给她抵船票的！她在哪儿?”

“别急，埃本，”苏珊提醒他，“见她之前，你得把所有情况了解清楚。”

“去他妈的！别想把我和她隔开!”

“只是依她自己的吩咐。”苏珊说，拦住门厅，“你想想，为什么她到现在还不露面?”

“见鬼，我不知道，我才不想呢！我想见她，想死了!”

“应当是这样，她想见你，也不差于你想见她。”

埃比尼泽停下来，像是挨了一锤子。泪水涌出眼眶，只得在离自己最近的一张椅子上坐下来——正好是写字台前的那一条板凳——要不然就会摔倒。

“唉，她死了!”苏珊说，“死于梅毒、鸦片和绝望！我是看着她死的，景状可不好看。”

“上帝!”埃比尼泽叫起来，面部肌肉在抽动，“上帝!”

“你已经知道，她是如何爱你，如何爱你的童贞，从她在你房间作践了你以后。你知道，麦克沃伊给你父亲写了信，她就和他翻了脸。她始终做着一个梦，如同任何一个娼妇都容易做的那样，和你生活在一起，干干净净地度过自己的余生。她一门心思抱着这个梦，很快，她就发誓，要跟着你来马里兰——尤其是想到，是因为她的缘故，你才被打发来马里兰的——并且甜蜜地希望你会接受她。但是，她没有盘缠，尽管发誓永远不再卖淫，但情况似乎是，她不得不卖淫赚盘缠。”

"呀，呀，这可要了我的命了！"埃比尼泽大哭起来。

"和后来发生的相比，还不至于呢，"苏珊说，"见惯了的事是，一个漂亮的女孩，可以叫大多数男人忙活得团团转，如果有足够的花样和精气神，哪个男人都能够玩得上——这个世界就这样，没有法子的事。琼·托斯特的计划是，找一个愿意接受她的船长，就像许多其他的姑娘那样，让她在出海的头一个星期陪他睡觉，以抵偿乘船费。但是，她太讨厌再次做妓女，于是另想了一招，从各方面看都更险、更难受，唯一的长处在于，如果成功了，她到马里兰海岸的时候，就没让人干过。她在码头一带听说，美洲缺少妓女，就像红衣主教学院里缺少犹太人一样——诸如此类——还听说，任何哪个姑娘如果愿意，都可以免费乘一只船渡过海洋，但条件是，一到达那里，就得把自己卖给某个接船的妓院老板。"

埃比尼泽痛苦地呻吟起来。"我不敢往下想象！"

"她新定的计划是，签契约上这一条船，实际上船上装的不是旅客，而是去他乡寻乐的人，这样到达美洲时，就不会被人干过了。一上岸，她就会使点子，找到某种办法，逃脱自己的契约——这样做，她看不出有什么好害怕的，因为那里对妇女需求十分热切，女人们又十分热衷索高价，才不会有什么契约或其他的文书要求她们坚守誓言。"

"这条船，"埃比尼泽插话，"听到它的名字，我身子也打战，但是，要是她跟你说了，我必须听一听。"

船的名字叫"西普里安号"——就是在离马里兰海岸不远处遭海盗洗劫的那只船，船上所有的妇女，除了一个，都被赶到舷栏上强奸了！

"除了一个？我的天，我敢想——"

"你不敢。"苏珊说，"琼·托斯特就是那一个，千真万确，没有在舷栏上被强奸，原因是她逃上了后桅索具！"

"基督，基督，是她！"埃比尼泽叫起来，"要知道，苏珊，这些人是托马斯·庞德手下的海盗，就是他早些时候按约翰·库德的命令，从‘波塞冬号’上抓了我的仆人和我自己。我不知道琼跟你说了多少，但是，趁我还没有后悔死，我现在必须向你坦白：我亲眼目睹了那场洗劫；看到‘西普里安号’的妇女一个挨一个被绑在舷栏上；我看到一个不幸的女人挣脱开来，往后桅绳梯上爬，尽管我当时做梦也想不到就是她；我看到那个摩尔人追着爬上去——”

“那个摩尔人！”苏珊打了个寒战，“我通过琼的叙述已经很了解他了，想起来就浑身起鸡皮疙瘩！听我讲事情的经过——”

“我还没有坦白完呢。”埃比尼泽反对对方打断。

“也没有什么好坦白的，难道还有什么我不知道的，”苏珊冷冷地说，只顾接着往下讲，“海盗们原形毕露，船长就建议妇女们不要抵抗，而要乖觉点儿，希望海盗们大发兽性后，总会给她们留下皮肉和一条船。但有两个姑娘，藏在底舱最远的角落里：一个是琼·托斯特，因为她已经发过誓，要像修女一样保持贞洁；另一个早被花柳病和梅毒糟蹋得不成样子，活不了几天，不想进坟墓前再遭一次劫。”

“那个摩尔人还是发现了她们！我真要吐了！”

“他发现了她俩，”苏珊肯定，“发生了每个姑娘做梦都要打寒战的事：她们蜷缩在黑暗里，头顶上一片淫荡的攻击声音，这时候，底舱的舱口被打开，那个魔鬼摩尔人进来了！他手里拿着一个小蜡烛，借着光线，她们看到了他的脸和他硕大的黑黝黝的身体。看到两个女人，他鼻子哼了一声，向最靠近的一个扑过去。碰巧是活不了多久的那一个。活该他倒霉，琼·托斯特也少不了厄运，微弱的蜡烛光里他没看出那个婊子的病，因此，不多会儿他干完那个婊子，去干琼的时候，琼将面对双重的灾难。”

埃比尼泽只能呜咽和摇头。

“他干那个有病女孩的时候，琼准备逃跑，但是，他抓住她的脚踝，猛地一抽，她什么都不知道了，直到他扛着她和另外一个女人上梯道到甲板的时候，才醒过来。她设法挣脱开，往索具上爬的时候，抱的最后一线幼稚的希望是，他会放弃追逐，和甲板上的娼妓玩玩算了。但帆装的摇动和角度使她非常害怕，只好停止往上爬，像落网的苍蝇一样，四肢叉在索具上。正是在那里，大块头的摩尔人把她干了，直到她晕死过去，也正是在那里，她悬挂了天知道有多长时间——被强奸，被染上梅毒，并且被种上了那个魔鬼的种子！”

“啊！不！”

“还不止这些，”苏珊肯定地说，“过了一段时间才清楚，那个摩尔人使她怀上了。但是，所有这般禽兽的遭遇，与她下一次的不幸比较起来，算不了什么。她几乎还没有醒过来，自己还挂在索具上，突然听到又一个海盗爬上来，一边爬一边淫荡地叫她。要是还是那个摩尔人，她就打算跳进海里算了，可当她转过脸来一看——”

“那是我，”埃比尼泽哭了起来，“但愿我在地狱下油锅！平生第一次，我像一只发情的山羊，性欲勃起。我当时也不抱希望再次见到琼·托斯特，再说她也看不上我。上帝，仅仅因为庞德开船离开，才免了她第二次遭强奸，而且是对她的一切不幸负全盘责任的那个家伙的强奸。直到今天，我就是不明白我那次失足，也不明白另一次失足，也就是我在米切尔船长家里时强行要与你干那个那次。”

“对你来说，只是情欲，凡胎男人都是这样，”苏珊回答，“但是，对琼·托斯特来说，那就是世界末日了，因为她爱你何止是爱得要命。‘西普里安号’在费城停下来的时候，她把自己签约给码头遇到的第一个妓院老板，碰巧就是卡尔弗特郡的米切尔船长。”

“我的上天啊，你的意思是——”

“我的意思是，从一开头，她就是他的婊子！从那个摩尔人那儿染上的梅毒，不久就表现出来了，没有哪个绅士肯雇她。同时，她知道自己怀上孩子了。不久，她就抽起鸦片，想缓解自己的痛苦，于是又通过签订终身契约，永远落入了米切尔的魔掌，做定了给蛮人传染梅毒以及各种各样的家庭粗活。就在那个时候，你一个坐船失了事的人，来到米切尔的门上，仿佛是梦里出现的一般。但是，她太羞于自己不成样子，又气你背叛了她，同时又对前途绝望了，她就发狠心做个了结，就自尽了。带着这个戒指来到莫尔登的，不是当年洛吉特酒馆里漂亮的琼·托斯特，而是她可怕的遗体。"

"我害死了她!"埃比尼泽放声痛哭，从椅子上跳起来，"我要去看看她的坟墓，也索性死了算了！她埋在哪里?"

"打秋天以来，不知搬了多少次，"苏珊说，并把手放在胸口上，"这里就是你琼·托斯特的遗体，就在你的眼前!"

"唉，不，这不可能!"但是，意识到确实如此，眼泪又顺着脸颊流了下来。"不可思议！亨利——亨利会知道，基督！而且，史密斯，你的父亲——"

"你到达米切尔家的当天晚上，亨利·伯林盖姆就认出了我，应我的要求才没讲出去。"

"但是苏珊·沃伦和伊丽莎白·威廉斯的故事——"

"全是真的，从头至尾，除了一个细节：那故事是我被带到米切尔家时，那个贫穷女孩的苦难遭遇。正是由于我同她长得很相像，她又长得很像伊丽莎白·威廉斯，米切尔才花大价钱在码头买了我。他用鸦片迷倒我以后不久，在一次发怒中，杀死了苏珊，并把她当伊丽莎白·威廉斯埋了!"

"狗娘养的!"

"当时这样做，是必要的，"琼说，"为了掩盖他的罪行，因为他不想招致任何注意，影响自己的生意。因此，他在莫尔登找到威廉·史密斯，告诉他那个女孩已经死于梅毒了。接着，为了做到万无一失，他保证让史密斯做个发财的妓院老板，只要他公开认我是他的女儿。那个修桶工的贪婪，让他晕了头瞎了眼，自然，在这件事上，我只有照着做。"

"我的天!"埃比尼泽叫起来，"这个米切尔比他的主子库德心还黑！”

“我不知道谁是米切尔的主子，或者实际上是否有个主子，但是，我知道有某个罪恶的阴谋在施展。米切尔把他的鸦片运往本州的各个地方，像我这样的女孩子，被有意地派来把梅毒传给不幸的印第安人。”

这一意象以及想起自己在米切尔家的行为和自己为她的苦难所应当承担的责任，叫埃比尼泽实在受不了，好一阵想吐又吐不出，精疲力竭地横躺在床上。

“我提及琼·托斯特的名字，只不过是一次小考验，想探一探你对她的感情。还有一次，我和你讨价，要跟你干，以取得船票钱。要是你唾弃我，我就会认为是因我相貌丑，因为，你在‘西普里安号’上想干我的时候，我是较标致的。但是，你却要在卧房里干我，这可不是小小的荣幸，因为你发誓说，你要把处子角色留给莫尔登的琼·托斯特呢。”

“真把我羞死了！”埃比尼泽哀号着诉说，“从楼下拿把手枪，为你所受的一切痛苦报仇！或者，叫约翰·麦克沃伊来，对他讲因为我的缘故，你受了什么罪——我倒乐意分享他宰了我的乐趣！”

“我已经见过约翰·麦克沃伊，”琼回答，“就在这个屋子里，不到六个星期前。他听说了你丢掉莫尔登的事，你生病那会儿，通过伯林盖姆找到了我。”

“他一定非常讨厌我！”

“早在我这副德性之前，他就讨厌你了，”琼若无其事地说，“他巴不得杀了你。”

“那么，把他叫来杀了我，了结完算了！”

“听我说完。”琼要从床沿上站起来，“我告诉他，我们已经是夫妻了，尽管你还是处子，我也爱着你，虽然我的爱引起你的反感。我告诉他，对于你的不幸、我自己的不幸以及他的不幸，我们之中用不着怪哪个人，大家都有罪过的份儿。最后，我说，我还仍然爱着他，但比不上爱我的丈夫，如果他伤害了你，也就只能是同时伤害了我。后来，我打发他走了，吩咐他不要再回来，因为，**一个女人同时可以有六十个情人，但一次只能深深爱一个**。打那以后，就没了他的消息，我也不希望有什么消息。”

埃比尼泽惊讶得一时说不出话来。

“这里有你父亲给我的六镑钱，叫我摆脱米切尔，你可以派上用场。”琼尖刻地收场，把钱放在床罩上，“够买一张船票的，烤烟房里辛苦两个小时，可以再买另一张。三桅帆船‘朝圣者号’每天早潮时候从剑桥起程，在吉考夫坦加入船队。”

“你待我太好了！”诗人抽泣起来，“我能说什么或做什么来表白我的爱呢?”

“没有人会喜欢你娶的烂货。”琼回答，“如果你诚心想减轻我的重担，有一件事情我要你做。”

“不论是什么事！”埃比尼泽发誓，马上惊愕地意识到，她有可能要自己干什么事。

“我从你脸上看到你的恐惧，”琼说，“别恐惧了。我渴求的不是你的童贞。”

“我向你发誓——”

“请不要，那是无谓的背信弃义。我只要你戴上这个你给我的鱼骨戒指——它对于有些种植园主具有一种奇怪的价值——把你的银戒指交换给我戴，这会使我觉得更像一个妻子，少像一个暗娼。”

“这算不上什么酬报，”埃比尼泽说，尽管实际上要他让出姐姐给他的戒指，他感到非常痛苦，他还是把它从手指上取下来，琼把较大的鱼骨戒指套在原来的位置上时，他还是不敢表露自己的情感。

“向我发誓，你是我的丈夫！”她要求。

“我对天发誓！你是我的妻子，永远，永远！”

“不，埃本，我的恳求以及你的发誓，让我实在受不了。我不敢奢望你会等着我的。”

“如果我不等，那就天打五雷轰！你怎么能这样想？”

琼摇摇头，把戒指套在手指上。“无论如何，我现在都必须去烤烟房，”她尖刻地说，“戒指会起作用的。”

她走后，埃比尼泽穿得齐齐整整地横躺在床上好一会儿，仍然没有从那天晚上了解到的事情中回过神来。那支蜡烛——午饭后新点起的，好写完自己的诗——已经烧短了很多，琼出去的时候，从门厅里刮进来的风把它吹灭了。他一只手里抓着她留下来的钱，拨弄着鱼骨戒指，向不论哪一个神默默地祈祷一番，感激给了他这样一条出路：一方面逃脱了父亲的盛怒，另一方面避免了自杀，同时，也消偿了——某种程度上——他对琼·托斯特的可怕的责任。

“一个诗人的事务，与尘世的俗事有何相干？”他心里振振有词地嘀咕开，“与财产田庄、政府间纠缠不已的争执以及爱的巢穴有何相干？它们仅仅是他的素材，他越是介入了，对它们就越看不清、越看不全面。这就是我从一开始就大错特错的地方。诗人必须投入生活的怀抱，甚至如我曾经说过的，像情人一样窥探她最隐秘的诱人之处和秘密之处，但是，他必须收起自己的心，永远不要交出去，冷漠得像靠妓女养活的无情郎，他与女人打交道的艺术来源于他的超然；或者，像失足的神甫们，最好匆匆赶回他们的小屋，胸有成竹地拒绝这个世界。因此，诗人必须投入他出生的无论什么世界，但是，要在世界给他套上枷锁之前摆脱它。他是一个目光犀利、巧于心计的旅行家，身在异国他乡，就模仿那里的服装和礼仪，最好目睹他们野蛮的习俗。但是，一个旅行家总是不能在外停留得太长。他可以小试爱情，略涉学问，或者无妨赚点儿钱，或者偶尔做个官——唉，甚至还谈谈道德和玄学——只要他记好，这只是闹着玩的游戏，成功也好，失败也罢，都无所谓。我是诗人，不是凡夫俗子；我只能感悟到自己的艺术，事情这不就得了！”

这样想了一番，只是在为自己和琼·托斯特双双逃脱打掩护。但是，到了带有点儿宣言味道的份儿上，突然来了个新的念头，如此低俗，马上给抛出脑外，可是，又如此吸引人，一次又一次地闯进脑海。

“上帝，居然能想出来！那个可怜的人儿，为了挣钱，还在哪个蛮人的怀抱里卖命颤抖呢！”

尽管他认为这个想法不可思议，毕竟是已经想出来了，越是抱怨和谩骂它，它就越是挥之不去。四五十分钟后，他已经不自觉地如是嘀咕开了：“千不该万不该，那个大块头摩尔人干了她，传给她梅毒，怀上个黑种。尽管吸鸦片、卖淫，终归还是我爱的琼·托斯特。米切尔的百般蹂躏，虽然毁了她的头发和牙齿，也没动摇她的品性。她出于圣徒般的真诚和贞洁，给我留下这份钱——尽管是从我父亲那儿弄到的，而且还是骗到的。要紧的是，她是我的妻子。理查德·苏托也许无权主持别人的婚礼，或者我娶她是别人胁迫的，她嫁给我用的是假名，或者，从法律的角度来看，她犯了无数的通奸罪，而我们却从没有圆过房，但是，这一切在上天的眼里，又算得了什么呢。我一定要等她回来，如果她传给脏兮兮的蛮人梅毒，没有传到赚到六镑钱的份儿上，我一定讲良心，把父亲给她的钱还给她，就等着受他的辱骂好了——再加上对她遗弃他的迁怒！我们基督教的荣誉法典都是这么安排的，尽管以诗人的身份我仅仅是个客人，可以这么说，在基督的天国里，客人也注定要遵守那里的规定。”

但是，是由什么所注定，如果不是由所谓的法典？他尽可能地算了算，他的时间不多了。他从床上起身，肩上披一件厚大衣，去找他的分类账簿。虽然在黑暗里看不清诗文，他头脑里却在歌唱讽刺诗愤世嫉俗的结论，紧紧地把笔记本抱在胸前。

走到黑了下来的门口，一阵羞愧感使他汗颜。“不，瞧我做的！尽管我现在比以往任何时候都更是个诗人（并且因此不再听命于任何人，除了我的诗神；不再听命于任何习俗，除了我的诗艺），尽管我的盟誓有违于诗人的信念，有违于很久以前对安娜的誓言，但是见鬼去吧，我已经许了诺，并且以戒指为证了!”

这是最后的苦楚。他蹑手蹑脚下了楼梯，从后门走出房子，一路仿佛看到姐姐绷着脸，越来越严肃。他大步走过黑洞洞的庭院，来到马厩前，想着赠送戒指的场面，那会儿，自己还紧张地发誓，要让她的嫁妆丰盛起来。等到他找到哪个客人已经上了鞍的马匹爬了上去的时候，琼·托斯特的形象，不知怎么，与伯林盖姆的形象模糊在一起，而自己的形象，倒某种程度上与安娜的融在一起。两对人儿面对面站着，哪一对都不少一份坚定，至少这会儿是，虽然并不十分明晰。

一阵十二月寒冷的风扫过库克岬，诗人脸颊上的泪水一阵透凉。他双腿夹紧胯下马，叫一声“天打五雷轰的!”，还是捏了捏银行票头，防止摸黑弄丢了。

第三部　收复莫尔登

一、桂冠诗人遇上个没有什么好丧失的人，并且需要别人解救

从库克岬到剑桥码头，要冒着寒冷赶十五英里的路。一路上，埃比尼泽一直颤抖着，可不只是风太冷，也不只是伴着一阵阵痉挛性的抽搐，自己也实在激动得难以自已——确实，他一时意识到自己艺术价值非凡，一时又肯定自己必然独立脱俗。使他打战的主要原因是，恐怕琼·托斯特会跟上来，或者被别人认出来，抓起来，作为不履行契约的逃犯遣回到莫尔登。他抵达郡府的时候，天还没有亮，客栈和城里还漆黑一片。小港口的入海处，停泊着“朝圣者号”，舷窗口和桅顶灯还亮着。码头上以及甲板上，人们正借着灯光辛苦地忙着装备船，等待涨潮。月亮差不多要落下去了，除了晨星，月光几乎笼罩了一切。埃比尼泽很高兴地想象，就像那颗古老的星星照耀在伯利恒上空一样，它照耀在伦敦的子午线上，指引着他奔向命运的摇篮。

“要是撞上亨利·伯林盖姆，那就惨了，”他想着，拴了马，紧紧张张地向码头走去，“我这算东方三博士之一[①]，还是弥赛亚[②]，还是拉撒路，还是回头浪子[③]呢？”

他在正忙活着的装卸工之间没走多远，有一只手轻轻在他肩上一拍，只听身后有人问：“你这么快就离开库克岬，桂冠诗人先生？”

埃比尼泽猛地转过身，面对自己的捕获者，但是，他看到的那个

① 东方三博士（Magus），《圣经》中由东方来朝见初生耶稣的三贤人。

② 弥赛亚（Messiah），犹太人盼望的复国救主，也指基督教徒心目中的救世主耶稣。

③ 回头浪子（Prodigal），《新约圣经》中《路加福音》记载的一个耶稣的比喻：一个年轻人挥霍了从父亲那继承的财富之后又回到了家中。

人尽管不怎么太熟悉，诗人确信，是并没有什么恶意的。脏兮兮，精神委顿，胡子拉碴，没戴假发，瘦得皮包骨，正在旁边缠着线。

“你是谁?”他问。

那家伙一惊。“连我也不认识了?”他叫起来，好像根本不可能。

埃比尼泽很不舒服地仔细打量他。除非外表令人惊奇地彻底变化了，否则，眼前的人绝对不是伯林盖姆、麦克沃伊、苏托、史密斯或者安德鲁·库克，无论从他的服饰，还是从他的职业，也看不出来是法官大人。

“我不认识你，你为什么招呼我?”

“啊，不要害怕，库克先生。我不在意你是否乘船，更不在意你乘船到哪里去，再说，就是我在意，也没有什么大关系。你自己看得一清二楚，我只是码头上的一个常客，没能耐碍你的事。”

“那就让我过去，”埃比尼泽说，“我必须立刻到那边的船上去。”

“真的?”装卸工咧开没牙齿的嘴笑了笑，捏了一把诗人的胳膊，“库克夫人也同你一道，还是她莫尔登买卖撒不开手?”

“马上松开你的手，放尊重点儿，”埃比尼泽威胁，“否则，我把你扔到海里去!”声音很愤怒，但实际上，他是害怕自己被人抓着。这时候，装卸工身后几步开外，已经有一个绅士站在那里，很有兴致地向这边看。

“你没有什么好伤害我的，”装卸工吸一吸鼻子，“我敢打赌，扔到海里威胁不到我，我已经在最底下了，不会再沉得更深。你不妨这样说，我是一个没有什么可丧失的人了，因为我失去一切，已经有一段日子了。”

“那太可惜了，”埃比尼泽接上话，“但是我不明白——”

“不久前，我还算个绅士，诗人大师，有马有狗的，有假发戴，有大衣穿，还主管足够多的烟草地。瞧瞧现在，多亏了你，先生，日子过得可好呢，干活干得腰酸腿痛，哪怕饥肠辘辘倒头也立马睡得着，衣衫只够遮遮丑的，收获的只有虱子、冻疮和水疱。”

埃比尼泽不大相信地皱皱眉。“多亏了我？”突然间，他认出了拦他的人，吓了一跳，“你是斯波尔德斯，我父亲的监工？”

“正是本人，上了你父亲的当，中了你邪恶的朋友蒂姆·米切尔的圈套，又被你亲手毁了！”

“不，不！”埃比尼泽抵赖，“事情比你了解的复杂！”他忧虑的是看到那位感兴趣的绅士向这边靠过来，“是我不抵用的天真毁了你！”

“是你，而不是我，愚昧无知。”装卸工坚持，“我知道你糊里糊涂把莫尔登拱手让了人，我也和你一样知道，蒂姆·米切尔不是蒂姆·米切尔，苏珊·沃伦也不是苏珊·沃伦。我还知道，米切尔船长虽然从前是个老到的恶棍，最近却受到了你朋友蒂姆的控制。正是蒂姆·米切尔，才是那个妓院的主要后台老板，不管他是谁，还有为谁干活。是他监控从纽约到卡罗来纳殖民地的鸦片贸易，是他同卡斯提纳先生及赤身印第安人勾结在一起，是他同你父亲及其他的人签了契约，把他们的庄园变成妓院及鸦片馆。现在，烟草市场萧条了，诚实的监工如果不愿意沾那些坏事，就要倒霉走厄运了。”他又抓起埃比尼泽的另一只手，抵着他向堤岸方向往后退，“就算他不是毁在你这样一个连黑白都分辨不出来的傻瓜手里，他也会被奸诈的主子开除了。他要是揭露那些罪恶，所有的邻居会串通一致攻击他，怕他们不能继续寻乐。如果他竟敢给你那叫不出名字的朋友惹麻烦——”

“留心堤岸，先生！”正靠过来的绅士喊了一声，拔出短剑。

“我阻止不了！”埃比尼泽喘着气，意识到自己的危险，“这个人——”

“放开他！”那陌生人命令。

斯波尔德斯愤愤地看一眼对方手里的剑。“我没有什么好丧失的，见你妈的鬼！这个恶棍以及他的一帮人——”

陌生人扬起剑背，照着他的脸就是一下，他还没来得及缓过神，咽喉就叫剑头抵上了。

“对那个话题，不要再提一个字，”陌生人说，“这会儿不要，以后也不要，不然的话，那就是你在世上说出的最后一个字。”他冲着围过来的装卸工说，“这个疯子袭击库克先生，马里兰的桂冠诗人！要是他是你们的朋友，趁我还没带他去见司法官，把他拉开。”

尽管从情形看，自己已经被认出来了，但埃比尼泽听到宣布了自己的名字，还是大吃一惊。陌生人的举止让装卸工们很敬畏，走过来两个，帮着把受了伤的斯波尔德斯搀扶到小旅馆，另外一个主动提出把两个绅士渡到“朝圣者号”上。

“真的，你救了我的命，先生！”埃比尼泽说。

“是我的荣幸，库克先生。”陌生人回答。他身材短矮，皮肤黝黑，块头匀称又结实，比诗人岁数大不少。一头铁灰色的头发，短胡须也是同样的颜色，上衣、靴子以及裤子款式虽然简单，看上去却都是由昂贵的料子做成的。

“那边就是‘朝圣者号’的小艇。”他说，“我是托尔伯特的尼古拉斯·洛，去圣玛丽城。”

但是，陌生人还没有自我介绍完，一个路过的装卸工手里的灯笼照亮了他的眼睛。埃比尼泽认出他那明亮的眼睛和倒霉的牙齿，倒抽一口凉气。

“亨利！”

“*尼古拉斯*才是我的名字，”伯林盖姆重复一遍，“尼古拉斯·洛，托尔伯特郡的。你是一个人外出吗，先生？我知道，你是有妇之夫。”

埃比尼泽脸红了。“我——我得向你解释一番，亨利，以后有时间的时候。但是，上帝，你揍斯波尔德斯，可不是为了我！”

“就是为了你，”伯林盖姆说，“*一个人可以忍心看着他朋友受罪，却不会忍心看着他流血*。称呼我尼古拉斯，如果乐意，因为尼古拉斯才是我的名字。”

“那家伙说的你的事、我父亲的事！我的心乱作一团！”

“微不足道的胡扯淡。”

但是埃比尼泽摇摇头。“他胡扯又有什么目的？正如他自己说的，他又没什么好丧失的。”

“不好充分地相信一个人没什么好丧失的，”伯林盖姆回答，“那样说，倒是可以赚一些实惠。”

“他也没有什么实惠可赚，”埃比尼泽刻薄地说，想起了斯波尔德斯挨的那一顿揍，“倒还是有不少可失去的。”

“你少摆实惠和丧失的龙门阵，纵然你那个证人以真理为他的主帆，奇思怪想却是他的船舵，摇摆不定的机遇就是他航行的海风。”

“你是叫我认为，没有人值得信任，是吗?”埃比尼泽问，“在我看来，这种玩世不恭是有原因的。”

“圣徒叫玩世不恭的东西，”伯林盖姆耸一耸肩，“凡人叫感知力。事实上，**所有的**人都可以信任，但信任的东西却不一样。正如我可以信任一个船长保全我的性命，但却不可信任他保全我的妻子；我信任本·斯波尔德斯的意图，却不能信任他提供的信息。只有傻瓜和小孩，或者被爱冲昏了头脑的可怜的琼·托斯特一类的婊子，才相信一个男人的一切。”

埃比尼泽脸上火辣辣的。“你知道我的丑事！”

伯林盖姆耸一耸肩。“这是人类的丑事，不是吗？我们又不是天使。除了知道你是男人，而琼·托斯特就是我说的那种傻瓜，我还能知道什么?”

“我是另一号傻瓜！”诗人抽泣起来，“这些月来，仅仅由于我喜欢你，才让我眼里生了水垢，辨别不清你的行为，对你的意见以及其他人口中骇人的消息都充耳不闻，并且使我的理智如此乱了方寸，认为你彻头彻尾的卑劣还有道理呢。”

“你相信那个傻瓜监工的话，”伯林盖姆鄙夷地说，“你为什么不连鱼钩和接钩绳一起吞下，索性就将信就信了，说是我把库德和雅各布·莱斯勒带到一起，引发了一场场叛乱？还有人封我为教皇或路易国王，或者詹姆士二世、威廉·佩恩，或者魔鬼本人，为什么不信呢?”

“我不再相信任何人，”埃比尼泽说，“我不相信世上的任何事，除了相信巴尔的摩是善的真正根基，库德是罪恶的绝对化身。”

“那么，我必须让你失望失到家，”他的导师说，“但这会儿我们还是上船去，船开不等人的。”他向“朝圣者号”的小艇走过去，但是埃比尼泽从背后拽住他。“接着讲，什么事让你不想讲？”

埃比尼泽用手捂上眼睛。“羞辱和恐惧？出于同样的原因，也让我急着想离开！”

“任何一番事业都少不了这两点，我们必须将就着。”

“不。”埃比尼泽说，“这次谈话，剪了我决意的翅膀：我不能逃往伦敦。”

“我也不指望你逃往伦敦，而是和我一起到圣玛丽城，处理要事。”

埃比尼泽摇摇头。“不论是什么要事，对也好，错也好，没我的份儿。”

伯林盖姆轻轻笑了。“你姐姐安娜的事也没份儿？我希望在圣玛丽城见到的正是她。”

“安娜在马里兰！作的什么孽？”

“这会儿没法说得清，”伯林盖姆笑起来，拉起埃比尼泽的手，向等在那里的小船走去，“看到那边‘朝圣者号’悬着短索没？就要涨潮了。”

好一会儿，诗人抵制着先前导师惯有而紧迫的蛊惑，但安娜的消息——尽管他想，有可能完全是编出来的——太令人惊讶，太有吸引力，不能不当回事。他们被渡到入海口的那会儿，他心不在焉地摸了一下手上的戒指——他每次一门心思想起姐姐的时候，都是这样做的——可是，令他有点儿陡然后悔的是，他摸到的是鱼骨戒指，而不是银戒指。

“琼这会儿一定在干什么呢？”他心里嘀咕，把鱼骨戒指滑进口袋，省得又惹起伯林盖姆问这问那的。

除了一本分类账簿，埃比尼泽没有带任何别的行李，要不了几分钟，就办完了上“朝圣者号”的手续。到太阳边沿擦地平线的时候，“朝圣者号”已经侧左舷离开了卡索哈文岬，准备稳稳驶进切萨皮克湾的开放水域了。一者是为了暖一暖身体，二者是为了省得再看到库克岬，埃比尼泽坚持他们到甲板下去，要听伯林盖姆讲讲安娜的随便什么消息。

“从你在剑桥酒馆对我说的来看，”他疲乏地说，“她和琼·托斯特做双胞胎，倒比和我做双胞胎更像些。但是，如果她确实渡海过来了，依我看，她的追求不会比琼的贞洁到哪里去。你有她的一些什么消息，亨利?”

“该有的都有。”伯林盖姆说，“但是，你真的必须叫我尼古拉斯·洛。你的朋友兼导师伯林盖姆已经不复存在了，只是死于自己的手而已。”

“不，亨利。”埃比尼泽困乏地挥挥手，“我已经受够了装腔作势和玩弄权术，才不管你怎样或者为什么乔装打扮。”

“这一次不一样。”他朋友坚持，“尼克·洛是我法定的名字，我发誓。你还记得我第一次去多塞特为的是什么差事，除了送你去莫尔登?是为了找一个威廉·史密斯先生，他手头有约翰·史密斯生平的一部分秘密资料。”

“哎呀，像是过了十年时间！你的意思是，你从你朋友，那个修桶工那里拿到了那些文件，它们证明你的名字是尼古拉斯·洛?”

“慢点儿，慢点儿。”伯林盖姆笑起来，“比这要棘手得多。我还没有拿到那些文件，但是，当初我听到文件在史密斯手里的时候，我就好像是仅仅出于好奇心那样，问他在故事的最后部分，亨利·伯林盖姆到底发生了什么事，尤其是其中是否提到了他的子女问题。他回答，就他所能记起的，伯林盖姆什么事都没有发生：约翰·史密斯想办法得到了那个蛮人娼妇的处女膜，不久之后，两个人就回到了詹姆斯敦。”

埃比尼泽皱一皱眉。“什么处女膜不处女膜的？你在那个耶稣会士那里抢到的片段资料，我最后读到的，是以他们被捕结束的。”

“那才叫可惜呢，”伯林盖姆说，“修桶工手头的资料，与史密斯的生平毫无关系，倒是亨利·伯林盖姆爵士的《私人日志》中的一个片段，谈到了史密斯与波卡洪塔丝的奇遇经历。你在去普利茅斯的马车里读到的，就是该片段的前一部分。你看得出这一消息双重的重要性吗?”

“我明白，它意味着你的探索一无所获，除非在马里兰还有更多的有遭阉割危险的史密斯们。”

伯林盖姆笑起来。“你没想明白你说话的关联性。但是，噢，其中倒有一个含义：就我所知，我们最后读到的地方也就是史密斯故事结束的地方。剩下的部分，要么丢了，要么没有写，亨利爵士的名字在记录中就再没有提起了。我了解到这一切时，就知道自己是白忙了一场，放弃了证明自己身份的希望，决定直接编出一个来。我去找托尔伯特郡的亨利·洛上校，许多年前我曾经把他从汤姆·庞德的海盗们手中救了出来。我找到他，解释过我是谁之后，说服他也要救我一命，认我做他的儿子。这样一来，尼克·洛就问世了，无根无绊，无痛无痒。”

“我必须承认，我看不出有什么必要这样做，”埃比尼泽说，“更谈不上救你的命。但是，上天知道，你也不是头一回神秘兮兮的了。”

“如果你觉得神秘，请考虑一下这个事实，也就是，那个修桶工手里的不是史密斯的生平资料，而是亨利爵士的《私人日志》。你还记得我是如何弄到那份日记的前半部分的吗？当时，我在伦敦从库德的信使本·里科那里，偷了库德的书信！《私人日志》是约翰·库德的私人收藏，不是巴尔的摩的私人收藏！”

尽管不情愿对伯林盖姆的私事感兴趣，埃比尼泽还是掩饰不住对这番隐情公布的好奇心。

“首先，我从本·斯波尔德斯那里打听了消息后，”伯林盖姆接着说，“我似乎对库德把那些书信交给比尔·史密斯保管并不感到惊奇，因为史密斯是米切尔船长在东海岸的头号代理人。但是，我越想事情就越糊涂：我从巴尔的摩那里弄到的名单上，何以有那个修桶工的名字，如果他是库德的一个同党？并且，库德，同巴尔的摩一样，把他的文件托付给姓史密斯的人保管，怎样解释这种巧合？直到你举行婚礼后好几天，在剑桥酒馆，我凑巧向斯波尔德斯提到这件事，我才了解到，库德从来就没给过史密斯什么书信——是修桶工很久以前从本·斯波尔德斯那里把文件偷走的。这个斯波尔德斯是库德的代理人。正是凭着这件宝贝，比尔·史密斯又成了巴尔的摩的代理人。实际上，正是这一行为，才触动巴尔的摩下了决心，把他宝贵的立法会议记录分成两部分——不是像我们想象的三份——托付给姓史密斯的另外几个朋友保管。他喜欢这类故作姿态，但这一举措，让他付出了巨大的代价。”

“那么，史密斯就是巴尔的摩的人，斯波尔德斯就是库德的人了?”埃比尼泽不大相信，“这怎么可能呢，一个是如此十足的无赖，另一个，尽管脾气不好，终究是一个诚实的人。巴尔的摩的一个走卒，为米切尔船长——也就是为库德——干起经营卖淫和鸦片的行当，又是怎么回事？得，在我看来，这是为自己打算，而不是尊重事实，托词是这则故事的经，耍花招是纬，而你就在我过去容易轻信这台机子上，用阴谋的梭子织出这则故事来。简言之，它是整匹布上的一块，连我也看得出来，并不是精美的布匹，倒是各种自相矛盾的组合。”

“确实，”伯林盖姆承认，“如果从我俩都为其左右的假定的角度来看。但是，我俩就像我曾经在巴塞罗那遇到过的一个导航员，他奇妙地想出一个根据星辰测量经度的巧妙方法，在所有方面都出奇地准确，唯有一方面没跟上：至死他都记不清，大火是否在天蝎座，大角是否在牧夫座，或者方位反过来。结果是，他把从大角角度看到的方位，当成是从大火位置看到来测量纬度，于是把船开进了古德温暗沙[①]！用简单的话说，我知道米切尔有某个很有势力的人物撑腰，后者的动机要比仅仅赚钱恶劣得多；因为他的买卖很邪恶，我一开始就认定，库德是真正的幕后人。直到斯波尔德斯和比尔·史密斯的事发了，我才想到有可能——”

埃比尼泽一直没精打采地坐在那里，这会儿，他挺了挺身体。“自然，你就要对我说，巴尔的摩也介入了米切尔的买卖！”

伯林盖姆从容地点点头。“不仅仅是介入，埃本。他就是整个事情的首脑，主心骨！他的计划，至少是用鸦片使在美洲的英国人堕落，用梅毒叫友善的蛮人城市垮掉，这样，用不了多久，好几个地方政府就要落到法国人和卡斯提纳先生手下的赤身印第安人手中。那时候，教皇就宣布介入此事，联合所有的殖民地组成一个了不起的天主教国家，巴尔的摩呢，凭实绩，将会被加封为终身美洲帝王，死的时候，则被追认为神圣的天主教圣徒！”

“太荒唐了！”埃比尼泽反对。

伯林盖姆耸耸肩。“米切尔背后人物是巴尔的摩，我是确信了。通过这点来看，马里兰的整个历史就不是原来的面目了：谁知道老威廉·克莱本，以及佩恩、冯道尔和其他人是英雄，而巴尔的摩一向就是魔鬼呢？我了解的库德的所有情况是，他与马里兰的每一届政府都过不去：政府人员可能与巴尔的摩本人一样堕落，而库德就像弥尔顿的撒旦，也许更值得我们同情，而不是谴责。你想到过这一点吗？”

埃比尼泽用掌心压着前额，不禁打了个寒战。“这种可能性，让我受不了！”

“并不是说事实不俱全——这四年来，我一直是巴尔的摩阴谋的主

① 古德温暗沙（Goodwin Sands），在英格兰多佛海峡北海口处的沙洲。

要策划者，对实际情况的了解，比萨鲁斯特[①]对喀提林[②]的了解还要多。困难在于，从表面上看，事实不明朗——退一步说，如果你承认，像明智的人必须做到那样，恶劣的行为意图可能是善良的，善良的行为意图可能是恶劣的。再退一步，如果你认为，对与错如同顺风与背风，是随着观察点、纬度、环境以及时间的变化而变化的。历史，简言之，就像我听说过的非洲沙漠里的水泉：最不相干的各种各样的动物，都可以一个接一个在那里饮水，吸取等量的养料。”

“但是，究竟是什么意思？”埃比尼泽说，“除了说事实在我们做判断的过程中对我们没有什么用。这难道不是去年秋天我在剑桥那会儿坚持的观念，为此还白白搭上了我的产业？”

“一点儿也不是，”伯林盖姆回答，“因为法官给他们的价值观念穿上的长袍和假发，是由大批的被审判者为他们缝制和制造的，而陪审团除了依据事实下结论，没有什么别的事好干。除此之外，他们观看诉讼双方面对面地对簿公堂，听他们的证词，并且由此判断他们的性格。但是，尽管库德臭名远扬，我却从来没有碰到过哪个面对面地看到过库德的人，并且，尽管巴尔的摩勋爵名气响、势力大，还给了我莫大的信任，我见到他本人，并不比你见到的多。”

“怎么会呢？”

伯林盖姆回答说，他与领主大人的一切来往，都是通过信使渠道，因为巴尔的摩总是托病深居简出。

“现在没办法看到巴尔的摩了，”他说，“但是，我最近对自己发了个重誓：如果确实活着像约翰·库德这么一个人——天主教神甫、英国国教牧师、司法官、船长、上校、将军以及上天才知道的一些什么别的名堂——我一定要面对面地会会他，并且一次性搞清楚他到底

---

① 萨鲁斯特著有《喀提林的阴谋》一书，将罗马贵族喀提林描述为法律、秩序与道德的敌人。

② 喀提林（Catiline，前108—前62），古罗马政治家，因竞选执政官失败而策动武装政变，遭执政官西塞罗镇压，在率部反抗中战死。

代表什么事业！也就是说，要找到他，还有安娜，我这就上了去往圣玛丽城的路。”

一听到自己姐姐的名字，诗人脑海里所有马里兰政界的事都消失得无影无踪。他再次要求伯林盖姆告诉他，为什么安娜和安德鲁这么早就来到了马里兰。

“你父亲的目的是清楚的，”伯林盖姆说，“一旦我告诉你他们并没有一道过来。他是为了找她才过来的，或许和米切尔协商过了。他做梦也想不到，我上次看到他的时候，在马里兰他已经没有庄园了——但是，到现在他或许知道了……

“那么，斯波尔德斯的指责是真有其事，我父亲是与米切尔一路的！”

“现在还不是，就我所知，但要不了多长时间就会千真万确的是。由于战争、缺乏国外市场、不合时令的气候、缺少船只和耐寒的植物，再加上蝇类昆虫、土里的害虫、角质害虫、烤房烧[1]、霜冻，还有航海和对手的危险，你那位现任的烟草种植园主正焦头烂额呢。一些种植园主卖了一半的占用土地，清理剩下的部分。有些转向了种植别的植物，本钱都捞不回来。有些搬到了宾夕法尼亚，因为那里的土地生产力还没有被榨干。还有一些不喜欢再做类似的选择，干脆放弃种植，干起别的更赚钱的行当。我有理由认为，安德鲁在来到这里之前，就这一问题同巴尔的摩勋爵进行过磋商，否则的话，他没有道理从皮斯卡塔韦直接就来到米切尔家。我和琼两天前在那里看到他。正是于那个时候，我们两个逃开了——她去警告你，你父亲来了；我去同亨利·洛上校谈交易，然后，同你们俩在这儿相会。我不能再和米切尔待在一起了，不光光是因为我的探索已经没戏了，同时还因为那个真的蒂姆·米切尔——我是这么听说的——正在回马里兰的途中。同时，

---

① 烤房烧（house-burn），由于烤房内湿度过大，真菌繁殖侵入烟叶而致的病损。

那个耶稣会士托马斯·史密斯——我们在剑桥附近拜访的家伙——已经向巴尔的摩勋爵告了我滥用职权的状，无论从哪个方面看，我都遭人怀疑了。”

“见鬼！”埃比尼泽叫起来，“我姐姐怎么样？她现在在哪里，她来马里兰干什么？”

“个中究竟，你和我一样很清楚。”伯林盖姆说。

“是由于她爱你！”埃比尼泽抱怨，“上帝，这消息曾经会让我多么高兴啊！但是现在，我知道你骨子里都流着淫荡，我的感觉就像普路托[1]强迫娶普罗塞耳皮娜[2]时，母亲刻瑞斯[3]的感觉一样。令人羞辱啊——千真万确，真让我痛心，当初，她赞美我的清白，在伦敦驿站那里，还把自己的清白吻到我的清白上，还用她的银戒指为我保持贞操的信誓一锤定了音！这一切都是手段和诈骗。你早就在那凉亭里占有了她的处女膜，背着我在伦敦又干了她。哪怕就在我离开伦敦的当天，我还在本·布拉格店里处理事务，你们两个就在大庭广众之下，不顾廉耻，卿卿我我。伪善！她向我发誓要保住自身贞操那会儿，她体验到的淫荡的快意，真是实打实的；甚至在她向我发誓的时候，她仍然感觉到你的手在摸她，而且还渴望在你的床上再滚一次呢！现在清楚了，我们最后的道别为什么令我感到窘迫，还有戒指的事：你当时乔装打扮就站在不到十码开外的地方，她为你如此发了情，她想象着她摸弄的正是你的手，并且，那种想象差一点儿叫她晕了过去！”

“够了！”伯林盖姆说，“如果你真相信这种堕落，你的愚笨就要超过你的无知了！”

“你不承认？”诗人叫起来，“你不承认，是我父亲知道了你们淫

---

① 普路托（Pluto），罗马神话中的冥王，即希腊神话中的哈迪斯。

② 普罗塞耳皮娜（Proserpine），罗马神话中朱庇特和刻瑞斯之女，为冥王普路托劫走，强娶为后。即希腊神话中的珀尔塞福涅。

③ 刻瑞斯（Ceres），罗马神话中谷物和耕种女神，即希腊神话中的得墨忒耳。

荡的关系，才把你撵出圣贾尔斯的？”

“不，完全不是。”

“还有在剑桥酒馆里下三烂的胡吹！”埃比尼泽愤愤地追问，“她求你干了她，向你展示她的私处，在你们好色的把戏里快活得发疯——这些还不承认？”

“大体上是事实，”伯林盖姆说，“但是，你没能明白——”

“那就是我的愚笨之所在，除了能明白一点：我太看重她，就没想到，正是她对你劣等的情欲，才让她来到泰晤士街我们的房间，而且，相同的汹涌的情欲又使她跑遍了半个世界，来给你热床铺？”

“住口，你这个傻瓜！”伯林盖姆叫起来，“是这种爱驱使她来到了这里，或者说是情欲，随你怎么说。但是，爱也好，情欲也好——天，埃本！——这么些年，你就没能看出，它的目标正是你！”

二、宇宙哲学家亨利·伯林盖姆为一个门外汉编撰双子占星术百科全书

埃比尼泽的面部肌肉出奇地抽动着。“我的天哪，亨利！你说什么？”

伯林盖姆一只拳头在另一只手的掌心里搓动着，眼睛看着甲板，皱一皱眉，说：“你姐姐中了魔，魂都散了，朋友。她灵魂的一半渴望与你的灵魂合二为一，另一半在这种想法面前局促畏缩。她对你感受到的，既不是爱情，也不是情欲，而是一种原始而雄壮的渴求联姻的冲动，与其说值得谴责，不如说令人敬畏。正如阿里斯托芬[①]所认为的那样，男人和女人是一块古老的完整实体的两半，追逐着他们无谓的联姻，因此安娜——我早就做了结论——无可奈何地渴望孪生姐弟在娘胎里那种不明不白的统一，渴望他们童年时期那种近乎胎儿似的亲密。”

“想一想，我都要发颤！”埃比尼泽小声说。

“安娜也是——她的幻想只能用乔装的形式抱着不放——但是，除了这一想法，再没有别的心思驱使她到凉亭里来见我！那是一个五月美妙夜晚的午夜时分，就是你们十六岁生日的那一天夜里，天上的宝瓶座撒下一阵流星，虽说有些不合时令。我在外面徜徉，观看这些撒落的星辰，并在我自己设计的地图上记录下它们的轨迹。我太专心，安娜突然出现在背后——”

---

① 阿里斯托芬（Aristophanes，约前446—约前385），古希腊诗人、喜剧家，有“喜剧之父”之称，相传写过四十四部喜剧，现存《阿卡奈人》、《骑士》、《蛙》等十一部。

“不要说下去!”埃比尼泽叫出声，“你占了她的处女膜，上帝诅咒你，就是这么多!”

“恰恰相反，”伯林盖姆回答，“我们谈论了你好几个小时，你在房里睡觉呢。安娜把你比成启明星，那颗晨星，把自己比成长庚星，那颗终究要陨落的昏星。当我告诉她，这两颗星是同一颗星，并且根本不是一颗恒星，而是金星这一事实的一些迹象，差一点儿使她晕过去！那一夜，我们在凉亭里逗留了很长时间，并且打那晚以后，又逗留了许多美好夜晚，但是，我向你发誓，我让她开心，充其量是作为你的一个替身。”

“上帝，你认为这番巧舌就解脱了?”

伯林盖姆微微一笑。“有两个事实你得吃下去，埃本。第一，这个世界的任何部分我都不喜欢，这一点你或许猜测到了，但是，除了颜色适合的整体，包括她所有的极端和矛盾对立。库德和巴尔的摩，我都一样迷恋，不管两个家伙代表的东西是什么。你也知道，是什么各种各样的土地种上了我的种子。出于同样的原因，我永远不会爱你，也不会爱你的姐姐安娜。你俩合起来我才爱，单独哪个绝不行。这就引出第二个事实。她谈起你的时候，热血不知沸腾过多少次，我吻了她也不知道有多少次，但总是把她看成是你们俩的象征，玩了她发明的许多令人难过的把戏，但是，尽管发生了这一切，你姐姐仍然是个处女!”

埃比尼泽一副惊愕和信不过的样子，伯林盖姆冲着他笑了笑。“啊，现在，需要消化消化，不是吗？美美地想一想，像孩子一样，她会向你这个帕里斯扮演海伦呢，但却不小心叫你波吕丢刻斯[①]！想想那

① 波吕丢刻斯（Pollux)，又叫波卢克斯，与卡斯托耳（Castor）为一对双生子，二人合称狄俄斯库里（Dioscuri)。希腊神话中宙斯化身天鹅与勒达亲近，后勒达生下四个蛋，孵出波吕丢刻斯和卡斯托耳、海伦和克吕泰墨斯特拉。波吕丢刻斯和卡斯托耳死后成为天上的双子座，下文中的天堂双胞胎即指此二人。

一天，在泰晤士街，你教训她缺少追求者，还调侃地叫我试一试——”

埃比尼泽捏捏喉咙。“天哪！”

“她的回答是，”伯林盖姆接着往下讲，“寻找男人是不会有什么果子的，**因为，她最钟爱的男人，不幸地做上了她的孪生弟弟！**再想想，顺着我刚才告诉你的一切，你母亲的银戒指的事，安娜在驿站把它给了你。你不知道，她习惯把字母 ANNE B 读成 ANN 和 EB 吗？一个诗人，对那份礼物及其馈送方式的含义，居然会木头木脑的？”

“想这件事，就意味着我的午饭吃不下了，”埃比尼泽抱怨，“但是，我必须承认，你讲的话也有一点儿道理——”他的脸绷起来，“除了一点，她现在仍然还是个处女！太不可思议！”

他的朋友耸耸肩。“信不信由你。我们很快就会找到她的，我保证，如果你愿意，你可以请个大夫验证一下。”

“可是，你在剑桥酒馆里又吹什么牛呢？”

“**洗牌的，不一定就是打牌的**。我可以轻而易举地在比尔·米切尔的牲口棚里干了你，但事实上，正如我讲过的，我感兴趣的不是你或她，而是作为一个整体的一双。或许，有一天安娜埋在心里的情欲会战胜她的理智，你也发生同样的情况（尽管你会否认，但我看，明显是避免不了的！）。如果这么一天来了，干吗不可能，我会像卡图卢斯干他的情人一样，还像那个灵敏的诗人按着你写诗一样，一连串地干——喏，把你俩一块干了，像串在一根烤肉叉上的一对雏鸟一样！”

诗人打了一个寒战。“这实在难以接受，亨利：库德是个英雄；我父亲在马里兰寻找安娜，与那个恶棍巴尔的摩结了帮；安娜自己现在还是处女。你尽管发生了那么多事——你完全还是清白的，仍然是我的朋友！哎呀！你要求我姐姐的情欲应当得到回报，反而一点儿没把事情弄简单！这种淫思色欲，我从来想都没想过！”

伯林盖姆眉头一跳。“你在圣贾尔斯愚弄你的仆人们，特维格太太经常对我说——”

“她是个怪声怪气的老泼妇。”

“他们做了首小诗，说的是——”

“我知道他们那些下流庸俗的小诗，不管写的是什么。”埃比尼泽不耐烦地说，“这些诗，打小我听过的有一打。你邪恶地诋毁人的德行，我也并不陌生，尽管说起来仍然要令我大为惊愕。可怜的安娜和我，自从来到这个世上，就没有哪一天逃脱过诽谤和影射，这经常让我们脸红，抬不起头。打我十岁时候起，我父亲的用人们，就认定我俩干了最见不得人的事，不为别的原因，就仅仅因为我们是双胞胎。算是安娜的不幸，她的身体发育很早，就连她最要好的女朋友们——甚至也包括从泰晤士街替你送信给她的梅格·布罗姆利——她们都说，她的成熟是我催成的，交头接耳议论，安娜都哭了。所有这一切，请注意，不是因为任何别的什么原因，只是因为我们是双胞胎，并且我们不像一般的兄弟姐妹那样，我们从来不吵架，但我们是乐于姐弟相伴，而非耽于色欲！我简单不明白那些流言飞语。”

“尽管你在剑桥读过书，”伯林盖姆笑起来，“你的学识可不到你姐姐的一半！我第一次猜出她有麻烦的时候，她自己还蒙在鼓里呢。我们就双胞胎问题，进行了漫长而秘密的探索——他们在传奇中、宗教中以及世界上的位置。我这一调查的目的，与其说是想治好安娜的渴望症——我一点儿也不相信这是一种病——还不如说要认识它，把它放到人类淫荡历史的背景中研究它，好构想出最开明的方法来对付它。我无需说我的兴趣同她自己的一样，是真心实意的。她经常对我发誓，说爱我，我却看得清清楚楚，那是在发誓爱你，只是这种爱被有操守的意识扭曲和变形了。她跑来凉亭找我，就像一个被遗弃的少女跑向修道院做基督的新娘。我心里不是滋味地担心，她的病情不及时医治，就会完全使她丧失理智，或者一时发作了，随便找一个替代者，绝不像我这样配得上她的贞洁。”

“我的上帝啊！”

“因为这个原因，我才引导她，”伯林盖姆继续说，“我宣布我爱她——有一半是真的，你是理解的——并且一起探索传说中的那块雾蒙蒙的天地，基督教的传说也好，异教徒的传说也好。我们研究了四年——从你们十四岁到十八岁——都是在秘密中进行的。表面上看，我们的探索无可厚非，我希望你也来加入我们，但是，安娜就是不允许。说真的，埃本，你姐姐是怎样一个孜孜不倦的学者啊！”他以一种回味往昔的敬畏摇摇头，“我给她找航海和旅行的书，或者关于异教徒的礼俗的书籍，怎么也找不够。她扑在上面，就像母狮子扑在猎物上一样，大口大口地吞噬，总是吃不饱！我可以拿性命打赌，到了十七岁，她就成了世界上关于孪生问题的最前沿的权威，就是今天，也没谁能超过她。”

“我一点儿都不知道！”埃比尼泽摇摇头，不大理解地笑起来，“但是，对我们这些双胞胎，又有什么好知道的，不就是干了就怀上了。”

“嘿，双子宫是你的相，春天是你的节令。”伯林盖姆回答。

“对此不需要做什么学术研究的。这是常识。”

“正如事实那样，春天——尤其是五月份——是繁殖的季节，又是一年中开始打雷的季节。”

“别逗了！”诗人厌烦地说，“今天一天一夜，是我人生中最糟糕的时候，我差点儿被吓死，又瞌睡死了，还不说别的什么遭遇。如果你的学术研究只能拿出这一点儿东西，那就得了，我们休息了。一派荒谬。”

“恰恰相反。”伯林盖姆说，“我们的研究太相关了，依我看，你不妨就着安娜的研究，除非你听说过：误入歧途，也比被不称职的救世主拯救强。”他的态度和声调变得严肃起来，“你知道，春天是起风暴和繁殖的季节，但是你知道——就像你姐姐知道的那样——在所有我们淳朴的前人所害怕的事当中，最主要的三件是打雷、闪电和双胞胎吗？你可曾知道，你们双胞胎被全世界敬奉着，要么被谋杀，要么被神化，如果不是两者兼有？贯穿最愚昧的蛮人之敬畏中的，是风暴和通奸这条双线，而最明智的智者在你们身上却看到了两重性、对立性以及互补性。你们是天堂里的双胞胎，是雷神[①]的双生子狄俄斯库里，是半尼其[②]；你们是阴阳的一对基本成分，说不上不朽，却也很神圣，集善恶于一身，是光明与黑暗的合二为一。你们的树，就是神圣的橡树，就是打雷的树；你们的花，就是双叶的斛寄生小枝树，就是橡树生命的支柱，两颗连理浆果孕育着神圣的精液，让腐朽的复生，使荒芜的结果，并使羞答答少女的幻想变成性冲冲的求爱思想。你们的鸟，是那红色的大雄鸡，光明与爱情的歌唱家。你们的徽章是众多的：两个圆圈代表你们，无论是太阳月亮、太阳战车的车轮、勒达下的两个蛋、所罗门新娘的两个乳房、爱情与知识的一双眼睛、男人的睾丸，还是上帝两颗明亮的眼睛。连理的橡树果实代表着你们，既因为它们是雷树的种子，又因为它们两个部分像男女一样结合在一起。连坐的大山象征着你们，自然母亲的一对乳房。人们围绕着五朔节花柱和它上面的环，载歌载舞，为你们欢呼。你们神圣的字母是A、C、H、I、M、O、P、S、W、X，以及Z——”

“基督！”埃比尼泽打断，“字母表占了一半！”

“每一个字母，都有独立的含义，”伯林盖姆解释，“但是，都与性交、风暴以及自然的双副面孔有共同的血脉关系。比如说你们的字母A，就是全部字母中最原始、最雄壮的字母——本身就是一个神，全世界的异教徒都崇拜它。它象征着男人叉形的胯部、种子的源头，同时，它的顶端与两条相交的线，代表着合二为一，这一点我马上就要谈到。如果把两个A排在一起，你就会看到大地母亲神圣的乳头状连峰，以及神圣的阿湿波[③]的符号，东方民间传说中的双子驾车人。你们的C，象征着弯月，而弯月又被看成是代表了男人的肉欲之剑，一

---

① 即宙斯。

② 半尼其（Boanerges），意为“雷子”，耶稣赐予门徒雅各和约翰两兄弟的别名，见《圣经·马可福音》。

③ 阿湿波（Asvins，又写作Ashvins），《梨俱吠陀》中记载的印度教神话中的双生驾车人，象征着日出与日落。

旦出了鞘，就要去磨炼。两个 C 交织在一起，就是天地的配合，或者说，是基督和他人间教堂的合一——”

“凭上帝的名义，亨利，你灌我的这些猜不透的难题是什么？”

“别急，别急，”伯林盖姆说，“你们的 H，描绘了相同的合二为一：它是双子宫黄道的符号；是黑暗与光明，爱情与学问，或者随便你拥有的什么的两根柱子之间联结的桥；它也是第八个字母，而既然 8 是赎罪的神秘的标记（由于两个交会在一起的圈），那么，毫不惊奇，H 就是人和上帝的**合而为一**——是两个成为一个。”

“又来了两个和一个的神秘！”诗人抗议。

“知道了关于 I 和 O 的情况，就没有神秘的了。”伯林盖姆说，“在任何国家、任何时候，人们都认为，我们看到是**两个**的东西，都是某种古老的**一个**东西分化而来的——黑夜和白天，天和地，或者男人和女人，很久很久以前，就被它（他）们邪恶的天性分开了，直到天国到来的时候，那分化的两半才可成为幸福的一个整体。这就是隐藏在夏娃和亚当的故事、柏拉图的寓言、路西法的堕落以及天知道有多少的其他可爱的谎言背后的东西。上帝自己也谈到了这一点，是在克雷芒教皇第二封使徒书信中：他宣布说，**当两个变成一个，外面变成里面，男和女合而为一**，天国就会来临。因此，所有的男人，视通奸行为为描绘了两个相对面的圆满的结合：天堂的双胞胎拥抱在一起，两个变成一个！”

埃比尼泽身体一颤。

“你们的 I 和 O 的含义，这就很明白地揭示出来了，”伯林盖姆微笑着说，“一个是男性，另一个是女性；两个结合在一起，就是埃及伟大的艾奥神①，就是少女们快乐的五朔节花柱上的环，就是花萼中的橡树果子，就是犹太人割下的包皮，就是象征生殖器的字母 P 和 Q——

① 艾奥（Io），即希腊神话中为宙斯所钟爱的少女伊娥。她在埃及为宙斯生下一子厄帕福斯，并与其子一起统治埃及。

还有安娜在驿站套在你手指上的银戒指！”

“上帝！”

“至于其他的字母，你们的M，是我已经说过的连襟的山峰乳房。S是两个面对面连在一起的C，来源于神圣的字母Z。W——是两个你，就像M是两个我——W，我说，就是一对V的一连串动作：因此，它是印第安天堂双胞胎的符号，叫做沃特拉哈那[1]，是德鲁伊特人对他们的神祈祷的第三部分内容，整个部分是I. O. W. X，像A和H，是合二为一，远在基督被杀之前，就受到世人景仰。Z是宙斯——或者你随便叫什么神——之字形的闪电，在古代的图案上，经常两侧翼夹有天堂双胞胎的形象——”

“够啦！”诗人叫起来，“这叫我头晕！究竟有什么意思，与安娜和我又有什么相干？”

“是这样的，世界上没有什么，”伯林盖姆回答，“无不在向你表明，人类的脊髓里，深深地打上了对双胞胎的畏惧和崇拜，以及他们与性交和天气的关系。在非洲各地，双胞胎一出世，人们就跳起最淫荡的舞蹈，有时候旨在证明母亲是通奸的，因为丈夫通常情况下，一次只能让妻子怀上一个孩子。其他的民族认为，母亲是让圣灵干了，或者父亲拥有无规律的灵根[2]。在西方海洋各种各样的岛屿上，双胞胎生下地，当地的蛮人们冲着房子墙壁扔咖啡豆，是常有的事情。他们认为，不这样做就会死人的，因为双胞胎在娘胎里的时候，就破坏了贞洁的法则！在若干国家，根本就没双胞胎活下来，因为生下来的时候，其中一个就被杀死了。可话说回来，杀还是不杀，到处都崇拜他们，时间之悠久，已经追溯不清了。古埃及人在孟斐斯[3]有他们的萨拉

---

① 原文为Virtrahana，出处不详，应为印第安神话中的双胞胎神灵。

② 原文为lingam，指印度的男性生殖器像，为印度教大神湿婆的象征物。

③ 孟斐斯（Memphis），古埃及城市，废墟在今开罗之南。

皮雍[①]双胞胎塔奥斯和塔尤斯[②]，还有底比斯[③]那里的守护圣鹮的孪生姐妹塔肖提斯和塔厄比斯[④]。在印度，有阎摩和阎密[⑤]，还有我先前提到的神圣的阿湿波，他们在天堂里拉战车。波斯人崇拜阿里曼和奥马兹德[⑥]。希伯来古老的神话，讲述乌斯和布斯、户品和书品的故事，还有歌革和玛各的故事，就不用提以扫和雅各，该隐和亚伯的故事了[⑦]——或者像伊斯兰教徒所说的那样，是关于该隐、阿克丽玛、亚伯及朱摩拉的故事——"

"哇!"埃比尼泽惊叫起来。

"有些人认为，"伯林盖姆接着说，"路西法和米伽勒[⑧]是双胞胎，就像大多数光明和黑暗之神的情形。出于完全同样的原因，美索不达

---

① 萨拉皮雍（Serapeum），古埃及神庙，供奉塞拉皮斯神，其形象为阴司府之神欧西里斯与孟斐斯主神普塔的牛型化身阿比斯的结合。

② 古埃及人相信，神牛是孟斐斯保护神的化身。祭司会挑选一头毛色乌黑、两角间有白斑的公牛当做神牛供奉，直到它死去，由另一头神牛接替。神牛死后会被制成木乃伊葬于萨拉皮雍神庙。下葬时需由一对双胞胎处女担任祭司，引导神牛前往身后的世界。神牛下葬后，这对双胞胎姐妹将一直祭拜神牛的灵魂，直到下一头神牛死去，由新的双胞胎女祭司接替。塔奥斯（Taues）和塔尤斯（Taouis）是古埃及法老托勒密六世时期的一对神牛女祭司。

③ 底比斯（Thebes），古埃及城市，古埃及中王国和新王国时代的首都。

④ 埃及圣鹮在古埃及被认为是月神透特的化身，很受尊崇，死后会被制成木乃伊。塔肖提斯（Tathautis）和塔厄比斯（Taebis）是守护并祭祀圣鹮的双胞胎女祭司。

⑤ 阎摩（Yama），印度神话中的冥王，相当于中国的阎罗王。太阳神毗婆萨婆和娑朗由之子。阎密（Yami）是他的双胞胎妹妹。在《梨俱吠陀》中有兄妹两人的诗歌对话，阎密要求与阎摩同房以延续后代，但被阎摩拒绝。

⑥ 阿里曼（Ahriman）和奥马兹德（Ormuzd）都是琐罗亚斯德教的神，前者为恶与暗之神，后者为善与光之神。

⑦ 乌斯（Huz）和布斯（Buz）、户品（Huppim）和书品（Muppim）、歌革（Gog）和玛各（Magog）、以扫（Esau）和雅各（Jacob）、该隐（Cain）和亚伯（Abel）都是希伯来传说中的兄弟。

⑧ 米伽勒（Michael），《圣经》中率领众神击败撒旦的天使长。

米亚地区古老的埃德萨[①]，习惯认为耶稣和犹大是从一个蛋里孵出来的。”

“不可思议！”

“不出于上帝和撒旦自己——”

“我才不信！”埃比尼泽反对。

“这可不是你信不信的问题，”伯林盖姆笑笑，“实际情况是，许多人都这么认为。这只不过是把塞特和何露斯[②]，或者是堤丰和奥西里斯[③]的故事重讲了一遍而已。有些埃及人认为他们是双胞胎，另一些仅仅认为他们是对头。但是我讲的是希腊人……”

“你可以跳过去的。”诗人叹口气，“我知道卡斯托耳和波吕丢刻斯，是光和雷的双生子，还知道海伦和克吕泰墨斯特拉是一道从勒达的蛋里孵出来的。”

“那么，你也一定知道林叩斯和伊达斯[④]，是他们杀了狄俄斯库里的；也知道安菲翁和泽托斯[⑤]，是他们洗劫又重建了特洛伊；也知道赫拉克勒斯和伊菲克勒斯[⑥]，他们在东一个故事里是双胞胎，在西一个故

---

① 埃德萨（Edessan），美索不达米亚西北部古城，在今土耳其东南部的乌尔法。

② 塞特（Set）和何露斯（Horus），皆为古埃及的神，前者为黑暗之神，后者为太阳神。

③ 堤丰（Typhon）和奥西里斯（Osiris），前者为百头巨怪，邪恶之神，后人认为其即为古埃及的塞特神。后者为古埃及正义与冥府之神。

④ 林叩斯（Lynceus）和伊达斯（Idas），希腊神话中的双胞胎兄弟。林叩斯是阿尔戈英雄（希腊神话中跟随伊阿宋乘坐快船“阿尔戈号”取金羊毛的五十位英雄）之一。神话中把兄弟二人合称为阿法瑞伊代兄弟。

⑤ 安菲翁（Amphion）和泽托斯（Zethus），希腊神话中宙斯与安提俄珀所生双胞胎。根据希腊神话，他们洗劫又重建的应为忒拜城。

⑥ 赫拉克勒斯（Heracles）和伊菲克勒斯（Iphikles），希腊神话中阿尔克墨涅所生双胞胎，但两者实为同母异父，前者为宙斯之子，后者为阿尔克墨涅丈夫安菲特律翁之子。

事里是同天不同地的兄弟；也知道赫斯珀耳和福斯福耳[1]，就是昏星和晨星。”

“这回，你要讲到罗马了，我发誓，要谈谈罗慕路斯和勒莫斯[2]了？”

“对，”伯林盖姆说，“更不用说庇孔努斯和庇隆努斯[3]，或者穆图姆努斯和图图姆努斯[4]了。正是人们给予这些古代的双胞胎的敬意，才使他们登上了基督教的教堂，在那里，他们可是没少被供奉。希腊和罗马天主教徒，把罗慕路斯和勒莫斯，圣卡斯多洛斯和圣波利尤克特斯，甚至还有圣狄奥斯科罗斯[5]，当圣人供奉。更轻信的教徒们，甚至还把圣克里斯平和圣克里斯皮安，圣弗洛鲁斯和圣劳鲁斯，圣马库斯和圣马塞里安努斯，圣博罗塔苏斯和圣乔瓦苏斯当双胞胎供奉[6]。”

“太多了！”诗人叫起来，“多得撑死人了！”

“最绝的你还没听到呢。”伯林盖姆说，“圣约翰和詹姆斯[7]也被看成是双胞胎，还有圣犹大和多马[8]也是，因为‘多马’意思就是‘双胞

---

① 赫斯珀耳（Hesper）和福斯福耳（Phosphor），金星之神。金星在黄昏出现时叫长庚星，即赫斯珀耳；在早晨出现叫启明星，即福斯福耳。

② 罗慕路斯（Romulus）和勒莫斯（Remus），罗马神话中的孪生兄弟，前者为罗马城的创建者。

③ 庇隆努斯（Pilumnus）和庇孔努斯（Picumnus），罗马神话中的孪生兄弟，丰产与新生儿的守护神。

④ 穆图姆努斯（Mutumnus）和图图姆努斯（Tutumnus），疑指古罗马宗教中的阴茎崇拜性质的婚姻神穆图努斯·图图努斯（Mutunus Tutunus），其是穆图努斯和图图努斯的结合。

⑤ 圣波利尤克特斯（St. Polyeuctes，？—259），古罗马圣徒。圣卡斯多洛斯（St. Kastoulos）与圣狄奥斯科罗斯（St. Dioscoros）无可考，疑同为古罗马圣徒。

⑥ 以上所举之人均为古罗马圣徒。

⑦ 詹姆斯（James）为雅各（Jacob）的异体。

⑧ 多马即托马斯（Thomas），在阿拉姆语中意为 twin，即“双胞胎”。

胎之一’。我就不拿土富撒和土非拿[①]让你生厌了，保罗[②]已经在给罗马的书信中向她们致敬过了。单只说雅利安的英雄人物巴尔彻姆和辛彻姆[③]，考提斯和考托佩提斯[④]，北欧传说中的齐格琳德和齐格蒙德兄妹，就是齐格弗里德[⑤]的乱伦的父母，或者巴尔德尔——古代斯堪的纳维亚的光之神，和他的对手黑洛基[⑥]，后者用一根棍棒打死了他。”

“半个地球尽是神圣的双胞胎了！”埃比尼泽惊讶地说。

伯林盖姆笑笑。“可是，两个半球才能合成一个整球。安娜和我把目光向西转去的时候，我们发现，在西班牙和英国的传奇中，也不乏天堂双胞胎的故事，各种各样的蛮人都敬奉着他们。太平洋和印度洋的航海日记中，也有许多类似的记载。老科尔特斯[⑦]洗劫阿兹特克人[⑧]的时候，发现那里的人敬奉羽蛇神和特斯卡特利波卡神[⑨]，就像他们的

---

① 土富撒（Tryphosa），罗马城的女基督徒。名字与土非拿（Tryphona）同列，两人可能是姐妹。

② 保罗（Paul，约3—约67），即耶稣十二使徒中的圣保罗，曾参与迫害基督徒，后成为向非犹太人传教的基督教使徒。

③ 巴尔彻姆（Baltram）和辛彻姆（Sintram），日耳曼神话传说中的一对双胞胎英雄。

④ 考提斯（Cautes）和考托佩提斯（Cautopates），古罗马密特拉教的主神光神的侍者，持火炬者。前者火炬上举，后者火炬向下。

⑤ 齐格弗里德（Siegfried），著名的北欧神话中的英雄人物。瓦格纳据其传说创作《尼伯龙根指环》

⑥ 洛基（Loki），北欧神话中的火与恶神，巴尔德尔（Baldur）为光明之神，两者为兄弟。

⑦ 荷南多·科尔特斯（Hernándo Cortéz，1485—1547），西班牙殖民者，1518 年率探险队前往美洲大陆开辟新殖民地，1521 年征服阿兹特克帝国。

⑧ 阿兹特克人（Aztec），墨西哥印第安人，有高度文明，约自公元 1200 年起在墨西哥中部建立帝国，1521 年为西班牙殖民者所征服。

⑨ 羽蛇神（Quetzalcoatl）和特斯卡特利波卡神（Tezcatlipoca）都是古代墨西哥阿兹特克人与托尔特克人的重要神灵。前者为文明与秩序之神，后者为命数与运气之神。

邻居敬奉乌－乌纳普和沃库布－乌纳普[①]一样。皮萨罗[②]和他的士兵们，要是有兴趣打探一下，会了解到在南方的众神中，帕恰卡马克和委考马，阿波卡特奎尔和皮奎拉奥，塔门多纳尔和阿瑞库特，凯鲁和瑞鲁，提瑞和凯鲁，克瑞和凯米[③]，都是双胞胎。还有，我自己在这里那里了解印第安人的这些情况时，从阿尔冈昆人[④]那里了解到，他们敬畏门纳博兹欧和乔坎尼波克，又从北方赤身印第安人那里了解到，他们是拜贾斯科哈和塔韦斯卡拉的。从耶稣会士那里我了解到，有一个民族叫祖尼[⑤]，崇拜阿哈伊尤塔和马特塞勒麻。还有个民族叫纳瓦霍[⑥]，他们崇拜托巴狄兹尼和纳耶涅兹坎尼。还有个民族叫麦都[⑦]，崇拜佩姆撒托和奥考托。还有个民族叫夸扣特尔[⑧]，崇拜卡尼格伊拉克和涅墨考斯。还有个民族叫阿韦肯诺[⑨]，崇拜马撒拉尼克和诺阿夸阿——所有这些被崇拜的人，一律都是双胞胎。还有呢，在很远的日本那里，

---

① 乌－乌纳普（Hun-hun-ahpu），根据记载玛雅人传说的文献《波波尔·乌》，是玛雅神话中的英雄双胞胎的父亲，沃库布－乌纳普（Vukub-hun-ahpu）是他的兄弟。两人被掌管地下世界西瓦尔巴的神灵困在冥穴后处死。乌－乌纳普的头被挂在树上，后化为一棵十字叶蒲瓜树，树的汁液渗入掌管西瓦尔巴的其中一位神灵的女儿体内，她逃离地下世界并孕育一对双胞胎。二人打败了地下世界的神灵，找回了乌－乌纳普和沃库布－乌纳普的尸骸。

② 弗朗西斯科·皮萨罗（Francisco Pizarro，约1475—1541），西班牙冒险家、秘鲁印加帝国的征服者，曾参加探险队，发现太平洋，率远征队征服秘鲁，擒获并处死印加皇帝。

③ 上文所述皆为印加神话崇拜的双胞胎神灵。

④ 阿尔冈昆人（Algonkians），居住在加拿大渥太华河河谷地区阿尔贡金语族的印第安人。

⑤ 祖尼（Zuni），居住在美国新墨西哥州西部的印第安部落。

⑥ 纳瓦霍（Navaho），散居于新墨西哥州、亚利桑那州及犹他州的北美印第安部落。

⑦ 麦都（Maidu），居住在美国北加利福尼亚内华达山脉中心一带的北美印第安部落。

⑧ 夸扣特尔（Kwakiutl），北美洲西北部沿海的一个印第安部落。

⑨ 阿韦肯诺（Awikeno），居住在加拿大英属哥伦比亚省中央海岸的印第安部落。

有一个身上长着毛的矮人部落，崇拜双胞胎神式阿茶和摩阿茶[①]。在南方海洋里，掌权的是斯·阿德耶·唐达·哈塔瑚坦大神和他的孪生姐妹斯·托匹·拉德亚·纳·乌阿散[②]……”

“你这一套，要让我晕倒了！”

“他们确实是那些名字，我发誓！”

“随便怎么说！随便怎么说！”埃比尼泽光摇头，似乎要使自己透口气，“你已经向岩石和云彩证实过了，在这个世上，崇拜双胞胎没什么好稀奇的！”

伯林盖姆点点头。“其中有些双胞胎是敌对的死敌——像撒旦和上帝、阿里曼和奥马兹德、巴尔德尔和洛基——他们之间的较量，展示的是光明与黑暗之间的较量。有一些是人的两种状况，一半是天使，一半是畜生：这样的双胞胎第一个是凡夫俗子，第二个是神圣的。还有一些是有不正当关系的神，像穆图姆努斯和图图姆努斯，或者庇隆努斯和庇孔努斯。即使比神低一档，凭他们的那股通奸的劲头，人们也可以记住他们，像该隐和他的阿克丽玛，甚至还有齐格琳德和齐格蒙德。安娜可是最爱齐格弗里德的故事了！”

这一番考古让诗人昏了头，对最后这句话他只能摇摇手作罢。

“但是，无论是爱还是恨，或者还是死亡把他们的命运连在一起，”伯林盖姆做总结了，“他们的结合总是完美而彻底，富有启示意义——既叫人仰慕，又让人害怕！安娜一心要得到的，就是这种结合，无论她的理智怎么厌恶它。正是由于这个原因，她才不辞劳苦地跑到这儿来找你，你父亲也是冲着这一点要找到她，把她带回家。这也是你的心思，你自己是没奈何的——就像花儿渴求太阳一样——使你们合二为一，就像回到娘胎里一样，或者像探针指向矿藏一样，奔向命

① 指日本最早的本土居民阿伊努人（又称虾夷族）的双胞胎神，前者性情暴躁，后者性情平和。

② 巴塔克人（东南亚印度尼西亚一民族，主要分布于苏门答腊岛中部和北部）早期神话中的一对双胞胎神灵。

运的港湾。这也正是我渴慕的，我再不渴慕其他的东西：我是完美和彻底之求爱者，对立之拥抱者，一切创造物之丈夫，全宇宙之情人！亨利·莫尔和艾萨克·牛顿是我的男妓，是我的床笫之友。我熟透了我新娘那美妙的地方，对着她叉开的部位干起来，还有她各处美妙的角落。可是，我还是渴望整个——就像榫里面的榫头，两极的连接处，无丝无缝的宇宙——你们姐弟俩就是象征，冲突融合吧！我在大自然里无根无绊，也无所谓什么目标不目标：这倒好——我立身局外，就做她的丈夫和情人吧！”

伯林盖姆也为自己的口才感到激动，一阵侃侃而谈之后，在船舱里来回走动，还伴着手势，嗓门的高度和音高带上了宗教狂热者的味道。即使埃比尼泽对怀疑论怎么不安也不为过，他也几乎不能质疑他先前导师的真诚。他目瞪口呆，既由于惊愕不已，又由于明白了事实。他双手捧着脑袋，悲叹起来。

伯林盖姆在他面前停下脚步。“这样，你就不抵赖你也有一份罪恶了？”

诗人摇摇头。“我不否认，人的心灵像上天一样深奥，而且变化莫测，”他回答，“也不否认，人类在初始状态的时候，就孕育了诸多对立性和可能性。但你说我和安娜的那番话，还是让我惊讶不已。”

“除了说你有人性，我还说了什么？”

埃比尼泽叹口气。“那就足够了。”

这时候，东方天际的太阳光芒四射了，“朝圣者号”已经稳稳地离开港湾，向瞭望岬和圣玛丽城航行了。其他的旅客起了床，在卧室里忙活开来。应伯林盖姆的建议，他们穿上披肩和大衣，来到甲板上，较适宜谈谈悄悄话。

“你怎么就知道安娜在圣玛丽城？她为什么不直接来莫尔登？”

“这就是你那伯特兰伙计的不对了。”伯林盖姆应声，冲着埃比尼泽迷茫和惊奇的神情直笑，承认说，自己九月份打发伯特兰从米切尔船长家回到圣玛丽城时，吩咐那个仆人，不但要找回桂冠诗人的箱子，而且，如果可能的话，就以桂冠诗人的身份认领了那只箱子，好使他们自己去马里兰的时候，约翰·库德闻不到风声。“为了这么做，我冒昧地把你的委任状借了他——”

“我的委任状！这么说，你是在英国时背着我偷的！”

伯林盖姆耸耸肩。“它是我签署的，不是吗？而且，要是庞德确认了你的身份，你的情况不是更糟糕吗？不管怎么说，你仆人的差事中多少有些风险，我的想法是，如果他身上带着那委任状，被库德杀害了，或者绑架了，库德会认为你是个骗子——他兜圈子才活该！但是，伯特兰可闲不住只是取了你的箱子——似乎是这样——而一定要以桂冠诗人的身份在圣玛丽城招摇撞骗一番，在每家酒馆和旅馆里都啰唆起自己的头衔。”

因此，伯林盖姆说，一些时日前，安娜一到达圣玛丽城港口，就一股劲地想，她的弟弟就在那里，于是上岸去找他。“我自己没有听说这件事，直到老安德鲁来到了米切尔船长家。他在伦敦就打听到了我的行踪，和你一样认为，安娜来了这里，是为了做我的妻子。但是，他相信你也插手了这件事，一定程度上为我们做了淫媒：他要是了解到莫尔登事情的状况，今天也好，明天也好，他会认定你和我俩一道逃到了宾夕法尼亚——所有躲避责任的人都逃到那儿——并且很有可能的是，自从他上了岸，就再没有见到过安娜和假桂冠诗人的影子，也没有他们俩的消息。”他嘴角咂了一声，“我打算和安德鲁待在一起，乔扮成蒂姆·米切尔，这样便于给他消消火气，打探打探他和巴尔的摩勋爵的关系。但是，我到处打探自己的身世，一无所获，这一打探过程又惹了太多的怨恨，没办法再安全扮演那个角色了。”

埃比尼泽问先前的导师，他目前的计划是什么。

“我俩一起在圣玛丽城上岸，”伯林盖姆说，“你在公共场合打探安娜或埃本·库克的消息，我独自一个人去寻找库德。”

“马上？趁我姐姐没发生什么不测找到她，难道不是更紧迫些？”

“只是通向一个目的地的两条路而已。”伯林盖姆回答，“没有哪个人比库德更了解马里兰发生的变化，并且，他有可能抓获了他们两个，也未可知。除此之外，如果我能赢得他的信任，他可能唆使我们重新夺回你的庄园。毕竟，听到马里兰的桂冠诗人是他的同伙，对他来说是件快乐事！”

“别这么匆匆下结论，”埃比尼泽表示反对，“我或许已经没有了对巴尔的摩勋爵的信赖，但是，我绝没对约翰·库德宣誓过效忠。无论怎么样，你也非常清楚，我从来就不是什么桂冠诗人——即便我过去是，很快也就不是了。看看这，”他掏出那本分类账簿，把写好的《马里兰纪》给伯林盖姆看，考虑到其反颂扬的格调，已经重新命名为《烟草经纪人》，“如果你乐意，就叫它一篇蹩脚货，”他语带挑衅，“但它却是忠于事实，还可以省了其他人遭我的磨难。”

“**内容丰富的东西，可能艺术欠缺些，**”伯林盖姆饶有风趣地肯定，“或者相反。”他就着船舷打开分类账簿，仔细读了好几遍。这时候，“朝圣者号”出了海湾，驶向瞭望岬，在这里，波托马克河与切萨皮克湾相会。尽管他没有发表什么高论，他们要转到去圣玛丽城的驳船上的当儿，他却坚持由“朝圣者号”船长把它托管给派特诺斯特街乌鸦招牌的本·布拉格。

“他会毁了它！”诗人叫起来，“你记得我三月份是怎样失而复得这个本子的？”

“他不会的。”伯林盖姆让他放心，“布拉格欠我的人情可不是一般。”

没有时间再多考虑伯林盖姆的建议，虽然有些疑虑，埃比尼泽还是同意他先前导师把《烟草经纪人》托管给三桅帆船的船长。船长退了他去英国的票（扣下这一段路程的票钱）。两个人乘渡船去上游的圣玛丽城。

三、两位马里兰桂冠诗人之间的谈话，详尽地讲述了露西·罗博特姆的磨难，最后给的看法并非很容易不可信

几个月前，来到马里兰后不久，弗朗西斯·尼科尔森总督就宣布，要把马里兰首府从圣玛丽城搬到塞文河边的安妮·阿伦德尔城，因为圣玛丽城使人不愉快地联想起巴尔的摩勋爵、詹姆士一世时期和法国卡洛林王朝国王以及罗马天主教教会，而安妮·阿伦德尔城既便利地占有切萨皮克湾的中心位置，又享有一段纯粹新教徒的历史。然而，尽管政府案牍的搬迁以及官方把安妮·阿伦德尔城改为安纳波利斯作为首府名称两件事直到二月末才上马，但是，这一决定所引起的轰动早就在圣玛丽城看出来了：街上行人稀少；州政府以及其他的公共机构实际上已经没人办公了；有些小酒馆和私人住宅已经没人住，或者关门封起来。

在州议会的拱门前，伯林盖姆说："我们分头行动，工作进展就会快一点儿。你在码头和旅馆附近打听，我上城里较偏的地方去打听。傍晚时，我们在这里会合吃晚饭——上帝保佑，你的姐姐会和我们一起共进晚餐！"

埃比尼泽对此建议表示同意，也默认伯林盖姆的愿望，因为尽管经伯林盖姆一挑明，自己面对安娜会有些尴尬，但他到底还是为姐姐一个人在该州的安全担忧。

"要是万一找到了她，"他脸上带着一丝微笑问，"接下来怎么办？"

"哎，也许库德会想出点子来，从威廉·史密斯手里把库克岬抢回来。到那时，安德鲁安安稳稳回到英国，我们三人就在莫尔登安家落户。或者也许，我们逃亡宾夕法尼亚，正如你父亲已经怀疑的那样：

安娜如果愿意接受我，她就会成为尼古拉斯·洛夫人，你呢，就是笔名威廉·佩恩的桂冠诗人！这是一剂医治失败的补药，让旧的自我灭亡，新的自我诞生！可是，数小鸡前，我们必须赶紧孵蛋。”

两个人分开来，伯林盖姆奔内陆方向去了，埃比尼泽朝离他们刚才站的地方不远处的一家小酒馆走去。一走进去，只见十来个城里人在那里吃吃喝喝，他一时攒不起勇气去打探。首先，他没有一点点儿当记者或推销员所具备的厚颜无耻；再说，还在被刚刚发生的一切弄得稀里糊涂，并不十分清楚自己对目前际遇的感觉是什么。在莫尔登是什么时候写完《烟草经纪人》的？仅仅在前一天晚上，尽管看去像两个星期前。但是，从前一天晚上以来，他得面对和消化不下于十二个令人愕然的事实，每一件都需要最慎重的思考，都牵涉自己位置的调整，其中有些需要立即采取重大的行动：

他成了莫尔登主人的契约仆人。

他父亲到了马里兰，正在奔向库克岬。

他的妻子苏珊·沃伦，是他在伦敦结识的琼·托斯特。

但她却是鸦片鬼，染了梅毒，供给多塞特印第安人的婊子。

不光如此，她还被那个摩尔人博阿布迪强奸过，并且，差一点儿被埃比尼泽自己给干了。

遗弃她，他做了一生中最地道、最不含糊的耻辱事——确实，是严重的头一件事，自然不包括在“西普里安号”船上以及米切尔船长庄园里被挫败的邪思淫念。

巴尔的摩勋爵或许根本不代表——和自己当初预料的相反——善之真正所在，库德也并不代表恶之真正所在，而是恰恰相反，如果伯林盖姆说的是事实。安德鲁也可能是一场巨大的罪恶阴谋中的一个走卒。

他的导师伯林盖姆，也许一直是一个忠诚的朋友，并且为埃比尼泽和安娜合二为一而充满激情。

他的姐姐，这会儿在马里兰的某个地方。

到现在，她还是个处女，尽管和伯林盖姆亲热过。

她爱的不是伯林盖姆，而是自己的弟弟，爱得太邪恶、太深奥，她认识能力接受不了。

对自己未来的方向、目标或前景什么的，他心中无主，倒是和伯林盖姆一个样，是世上的一个孤儿，却没有伯林盖姆肉体的、金钱的、知识的、经验的或者精神上的靠山。

这些命题几乎扰乱了他的理智，他怎么能够走近眼前的陌生人，不慌不忙地向他们提出问题呢？他一走进来，哪怕是他们不大不小好奇的目光，都使他胃里翻了一下，脸上也火辣辣的。他本来就不大的决心一下子消失殆尽。他用琼·托斯特给自己的钱买了打前一天以来的第一顿饭，吃完了，就离开了小酒馆。他在城里好几条荒凉的街道上荡游了一会儿，好像希望能够瞥见安娜的影子。如果天气容许，他无疑就会这样逛个一整天，因为他没有勇气不担心，自己的姐姐会在怎样不幸的际遇中遭受磨难；这样，到了太阳落山的时候，就无疑会叹口气对伯林盖姆报告说，自己的打探一无所获。可是，圣玛丽河面吹来潮湿的风，一会儿就使他凉透了。他只好去另一家不知名字的小酒馆——他能看到的唯一的另一家小酒馆——要了朗姆酒，好镇住牙齿别打战。

这家酒馆，他注意到，与他先前去的那家相比，布置陈设要差一些：地板是用牡蛎壳铺成的，桌子也没桌布，空气中悬浮着烟、啤酒以及海味搅和在一起的气体。海味的气味似乎不是从厨房里飘出来，而多半是从主顾们潮湿的大衣上发出的。主顾们从其他方面看，也像是捕鱼的。他们压根儿没注意埃比尼泽，只顾谈围网和天气，或者用手捋胡须，冲着酒杯出神。虽然他们的冷漠打消了埃比尼泽从他们那里打探消息的任何可能性，但同时却让埃比尼泽在他们的面前感觉到不那么不自在。他把椅子向火炉移近一些，甚至胆子更壮了，呷着朗姆酒，更仔细地打量其他的顾客。

他注意到，在屋子一角有个人趴在桌子上睡着了。是酒精、绝望，或仅仅是困乏做了他的催眠药，诗人没法说个准，但是，一看到那副模样，他的心跳就加快了，因为尽管那家伙不比其伙伴们干净整洁多少，他穿的衣服虽然现在不大好了，可不是劳工们穿的普通的苏格兰布，而是青紫色的哔叽以及银灰色的普鲁涅拉厚呢子——与埃比尼泽曾经穿着去拜谒巴尔的摩勋爵，并于第二天装箱带去马里兰的那一套衣服极其相像！说有两套这样的大衣，是绝对不可能的，因为是埃比尼泽自己选的料子，请裁缝按着当时流行的款式缝制的，除了在伦敦，别处很少见到这种款式。但是，他不敢惊动那个家伙惹一场麻烦，便打手势又要了朗姆酒，问招待那个熟悉的家伙可能是谁。

"也许是尼科尔森总督，或者是威廉王。"招待回答，"打探客人的私事，一向不是我的做法。"

"当然，当然。"埃比尼泽说，往招待手里塞了两个便士，"但是，我了解这件事，是有些重要的。"

招待仔细看了看便士，似乎觉得挺满意。"实际上，"他宣称，"没有人说得出那家伙是谁，他只是在楼上要了个床铺，就坐在那边的桌子旁吃饭。"

"什么！拿两个便士，就给这消息?"

招待警告地举起一个手指，解释说，睡觉的家伙可不是圣玛丽城的生人——不错，过去几个月，他经常光顾本小店——但是，人们最近的说法是，他公开的身份是假的。

"他让每一个人相信，他是马里兰桂冠诗人，名字叫埃比尼泽·库克，可是，要么他是在圣玛丽城闲逛的天字第一号骗子，要么他就是担心自己不出名。"

对这话，埃比尼泽掩饰不住极大的兴趣，为了能让对方详细说下去，又塞给对方一个便士。

"他是九月或十月来到圣玛丽城的，"招待接着说，把钱装进口袋，"没人知道他打哪儿来，怎样来的，因为在此几个星期之前，船队来了又走了。他穿着你现在看到的衣服，像圣保罗的纨绔子弟的服装，他一副谁都看不上的派头，宣称他是马里兰的桂冠诗人，埃本·库克。”

“基督啊！诈骗犯！”埃比尼泽叫起来，“就没有人怀疑过他？”

“他也没少受人盘问，的确是这样。”招待承认，“人们一叫他来首诗，他总是说‘诗神可不在酒馆里放歌’，或者诸如此类的话。问他不久前怎样从伦敦来的，他就说，吉姆·米奇的‘波塞冬号’还没到海岬，他就被冲到船上的海盗绑架了，后来被抛到船外去淹死，但自己游上岸，于是就来到了马里兰。能言善辩，又风趣，蛮好玩，只是苦了他自己花一番脑筋。但是不久，罗博特姆上校——就是那个议员——证实了他的故事——”

“不！”

招待坚定地点点头。“上校和他的女儿，与他一起乘‘波塞冬号’渡海，亲眼看到他被绑架，他的仆人及三个水手也遭绑架了，之后就再没了他们的消息。有些好怀疑的人仍然不相信那家伙的故事，因为几个月来，那家伙没说出过一句诗，要是想让他慌慌手脚，只需提一下他父亲安德鲁的名字，或者是他丈人的名字。”

“丈人！”埃比尼泽从椅子上站起来，“你指的是威廉·史密斯，那个修桶工？”

“我不认识哪个名字叫史密斯的修桶工，”招待笑起来，“我说的是托尔伯特的罗博特姆上校。上校一开始不愿意，但最终还是让他做了女婿，但是后来听说，别处另有一个家伙叫埃本·库克！上校打算起诉那个骗子，但是，这里的这个家伙如此害怕他——”

“不要再说了。”埃比尼泽语气坚定。他丢开刚上的一杯朗姆酒，沉着地迈向那个熟睡者的桌子，看到睡在那里的，确实是伯特兰·伯顿。他双手摇摇他的肩膀。

“醒醒，杂种！”

伯特兰马上坐起身，先是吃惊被这样无礼地叫醒，接着，看清楚是谁在摇自己，大为恐惧。

“卑鄙的骗子！”埃比尼泽低声辱骂，“你干的好事！”

“住手，住手，埃本先生！”仆人小声回答，沮丧地向四下扫了一眼，掂量一下自己不妙的处境，但是其他的客人们就算是注意到了这番场景，也只是带着最无聊的好奇和寻乐的心态，冲这边看着，“离开这儿，别再多说一个字！我有许多话要对您讲！”

“我也是。”诗人不高兴地回答，“看来，你有些为生计担心了，桂冠诗人大师？”

“有道理。”伯特兰同意埃比尼泽的话，眼光仍然往四下里扫，“但是，先生，更为您的以及您姐姐安娜的生计担心！”

埃比尼泽抓紧那家伙的手腕。“诅咒你的灵魂，你这个家伙！你知道安娜些什么？”

“不好在这儿说，”仆人乞求，“去我楼上的房间，在那儿说话，没有什么好害怕。”

“你说话害怕，我可不怕。”埃比尼泽说，但还是让伯特兰在前面领路去楼上。他注意到，仆人从假发到拖鞋没哪件不是自己箱子里的，只是由于磨损和肮脏，已经有些不像样子了。但是仆人尽管由于没睡好，加上受了惊，目光显得呆滞，却明显看得出来，通过扮演桂冠诗人的角色，大大地改善了他的命运。他发了福，即便衣冠不整，也显得甚是庄重——毫无疑问，比起他的主子来，让人看得舒服些。埃比尼泽进了他的客房，只见除了一张床、一把椅子、一个水罐架子，什么家具也没有。埃比尼泽再也按捺不住心里的怒火。

可是仆人先开了腔：“您怎么来了这里，先生？我还以为您在莫尔登囚禁着呢。”

“你知道！”埃比尼泽脸都白了，“你知道我的不幸际遇，倒是利用上了这一点！”他的愤怒使自己支持不住，只好在椅子上坐下。

“求您听听我的情况。”伯特兰恳求，“不错，我一开始是出于虚荣心，扮演了您的角色，但是不久，就实在是别无选择了——我愿意也好，不愿意也好——打我听说您被囚禁的消息后，我唯一的目标就一直是想帮您一把。”

“我知道你帮的那些忙！”诗人怒喝，“你是这么帮的，在‘波塞冬号’上，你把我攒下的钱输个精光不算，还为我挣了诱奸女人的名声！”

但是伯特兰少有让步的表示，坚持要把自己的际遇充分地解释清楚。“没有哪个人比我更希望，”他说，“我就和我的贝茨待在伦敦好了，就是面对她的丈夫伯索尔也无妨——**丢掉一片面包，总比整块丢掉强**，大家是这样说来着。但是，命运偏偏做出别样的安排，于是——”

“少在这儿兜圈子，”主子命令，“讲你扯谎的故事。”

“我想说的是，先生，为了了结我的心愿，我几乎跑了半个地球，可是却遭了那该死的海盗们的洗劫，给抛到海里淹死，不光这样，我小海岛的丧失，又使我大为失望——”

“你小海岛的丧失！”

“唉，先生——我的意思是，并不是每个人每天都可以看到七座黄金城从他的手指间滑过，姑且这么说，更不用说我那些皮肤白嫩嫩的婊子们，她们会做鬼才知道的他妈的一切来讨好我，一小时一小时地给我送蛋糕和啤酒——”

“得了，得了，你都流下口水来了！”

“我就遇到了高贵的德雷克派克，祝福他的胸怀——黑黝黝的，像一头苏格兰公牛般壮实，足以干垮巴比伦大淫妇[①]，而且还温顺得像任何哪个神都会赞美的一个教堂居民——您却轻易地放弃，让他去照顾一个名声不好的仆人——”

“他妈的，你这家伙，省了这些，讲你自己胡诌的事吧！我当时就

---

① 《圣经·启示录》中提到的寓言式的邪恶人物。有人认为她象征的是古罗马，也有人认为其象征天主教。

在场，知道的呢！”

埃比尼泽这么一说，伯特兰表示没有任何意见。“我讲出来的唯一目的是，”他说，“只是好使您理解我处境的艰难，就在那个女猪倌告诉我们这是马里兰的时候，我不得不从天堂跌入地狱，可以这么说。”

“不管有没有你可怜的困境或你胆小的脖子，”诗人回答，“我可不要你帮什么忙，就可以理解人的。至于那个女猪倌——”他犹豫了一下，没有讲出自己的婚事，而是要求仆人从他差不多三个月前抵达圣玛丽城的经历讲起，并且在涉及如此一连串圈套的地方，尽量把他随后的行为讲得简短明了些。

“我唯一的愿望，就是做那一件事，先生。”伯特兰表示不满，“只是那一次头一回装腔作势，我才请求您原谅，并且想借这个开场白来掩饰一下——剩下的事，值得称赞的地方要比该受到斥责的地方多，我会非常乐意向您和盘托出，就像我过去对您姐姐说的那样，并且也乐意对安德鲁先生本人讲，是他第一次派我到布丁巷去找您，在这个广阔而又邪恶的世界上，没有任何别的目的——”

“除了什么目的？”埃比尼泽叫起来，“除了窃取我的名声和职位，把一个议员的女儿弄到手？我要是不剥了你的皮，就算我他妈的遭了瘟！”

“——除了给您提建议并保护您。”伯特兰说，主子做出姿势要朝自己扑上来的时候，他退到床的另一边，赶紧讲自己的故事。他解释说，当初，了解到他们是在马里兰，而不是在西波拉岛，随后又意识到自己已经不吃香了，只不过仅仅一个普通的仆人，这就使他足够消沉，所以当蒂姆·米切尔要让他同另一个仆人去取埃比尼泽的箱子时，他就抵不住诱惑，扮演桂冠诗人，时间限在这趟差期间。他就向他的同伴宣称，自己才是真正的埃比尼泽·库克，留在米切尔船长家的是自己的仆人，并且还说，他们之所以暂且交换角色，只是出于以防不测的考虑。然而，他接着说，他们在马里兰受到的款待是如此的热诚，已经没有必要再乔装了。他们以埃比尼泽·库克的名字取了箱子，以主仆的身份安顿好了当晚的住宿，伯特兰就独自要干番事业，充分利用一下他的短期任职。

“一切都进展顺利，”他叹口气，“直到我离开凡斯沃宁根酒馆，沿着街道往前走。太阳还在西边老高的，朗姆酒弄得我有点儿晕。我站了一会儿，辨别方向，这时候，一个年轻漂亮的女人走过来，哭哭啼啼的，样子要多好看就多好看，双臂抱住我的脖子，大声叫起来：‘亲爱的埃比尼泽！’她是露西·罗博特姆，不是别人，就是那个在‘波塞冬号’上缠我的婊子。她原以为我很久很久以前就被海盗杀害了！”

伯特兰接下去说，念在往昔之情，他为罗博特姆小姐在凡斯沃宁根酒馆买了饭。她父亲可是圣玛丽城的议员。她脱下大衣吃饭的时候，他惊奇地注意到，她怀孕了。他一问起原委（埃比尼泽脸部肌肉抽搐了一下），她就再一次哭了起来，说，一到马里兰，就受蒙骗嫁给了乔治·塔布曼牧师，就是那个凭借其投机天赋让“波塞冬号”船上一半的旅客都变穷了的家伙。他在烟草港堂区教区长住所里使她怀上了孩子，但她不久就了解到，他们的婚姻是非法的，因为塔布曼牧师忘了跟自己在伦敦的妻子离婚。罗博特姆立即安排取消这桩婚事，并且向主教起诉塔布曼和佩里格林·考尼牧师，因为罗博特姆坚信后者是有意识地批准了塔布曼的重婚，但是上校在马里兰的影响还没有达到为露西提供另一个丈夫的地步，也没有大到推迟女儿不断挺出来的肚子的份儿上，再加上她从行为不检中得来的名声，这一切的结果只不过让绅士们从手中中意的少女名单上划掉了她的名字而已。

“我当时就看出来，她发现我还活着为什么挺高兴的，”仆人说，“我很是表露了一番同情，尽管我没有以伯特兰·伯顿的身份，更不用说以埃本·库克的身份娶她！*房子已经盖好了*，正像俗话讲的，*只需讨个做妻子的名分*。但是，我不表露我的感情，言行上也丝毫不表露我猜透了她的鬼把戏。相反，我满怀正义地充当起骑士风度的桂冠诗人，索性看看那个婊子袖筒里还能变出什么鬼花招。”

“这样一来，就接上你在‘波塞冬号’上中断了的那一茬了，我相信。”

伯特兰举起一根手指。“我不否认，天黑之前我们就来了一点儿乐事，”他理直气壮地说，“我喝得昏头昏脑，是这样，渴望再看一眼露西自豪地拥有的图案。尽是些斑斑，千真万确，而且——”

“我知道，我知道，”埃比尼泽不耐烦地说，“和大熊星座什么的情形差不多。”

回味往昔，伯特兰舌头咂得啧啧响。“而且，和刚刚怀孕的女孩子干，快乐的滋味非同寻常——”

“不要说了，上帝，你叫我恶心！”

“无论怎样，”仆人耸耸肩，收场说，“我寻思着，那婊子只不过是活该，谁让她用鬼把戏押赌骗了你的钱。”

“呸！”埃比尼泽叫起来，“说上了押赌——”

“不多说，不多说。”伯特兰笑着打断对方，“打从第一眼见到她，我脑子里就一直寻思着同样的问题，时间一合适，我就照直问她，是谁赢了最后一局一船人的赌注。我在其中就押上了整座库克岬，想把我输掉的钱扳回来。一开始她还不愿意讲，但是当我猛搓她两条大腿的时候——贝茨什么时候想找乐我就这样对付她——哎，我就这样从她那里搓出事实真相来。原来，是她自己通过与塔布曼以及那个婊子养的米奇船长串通一气，赢了那一笔横财！”

“基督啊！”

伯特兰接着讲，赢的钱在三个合伙人之间分，塔布曼通过使罗博特姆怀孕并与她结婚的方法（现在清楚，是分别进行的），使自己的份额增大了。一旦财产交割完成了，他就抖搂出那场婚事的重婚性质，希望由此摆脱她。但是，他打这一算盘没有顾及他丈人的盛怒，后者立刻就揭穿了其中的把戏，并采取了上面讲到的法律行动。

“但是，是些什么财产？”埃比尼泽问，“塔布曼对它拥有所有权吗？”

仆人笑了笑。“当时其中的大部分是这样，但是现在，或许，我看正好相反。除了我自己的赌注，他所有赢来的东西，都是现金或者动产，诸如马匹、双桅平底船以及装烟草的大桶。库克岬是他赢到的唯一一份地产——”

“上帝诅咒你拿它押注！”

伯特兰抬起眉头。“也许这根本算不上什么蠢事，先生。那家伙从前从未赢过这样一笔横财，尤其是他以为我们被海盗杀害了，他就不敢急于兑现我输的赌注，担心法院摸到了他的恶行。”

“如果法庭那样做了，倒会增加他成功的机遇。”埃比尼泽说，语调里一点点儿轻松的口吻，“一个诚实的人在马里兰的法庭里是捞不到什么好处的。接着说。”

伯特兰说，因此，那位塔布曼牧师满足于以收绅士们债务的名义，从打赌的人那里，背着法庭能收多少就收多少，并且为了平息罗博特姆上校对取消婚姻一事的怒气，就把库克岬所有权的证书转给了露西。这件事，离她再次遇到该证书原始作者没多少天。

“她也和塔布曼一样，拿不准法庭会怎样受理此案，”仆人说，“她希望我能像一个绅士一样，把地产转让给她，尤其是考虑到她当时的处境，但是见我一点儿这样做的迹象都没有，她除了哭泣和威胁，还是哭泣和威胁。”

他说，他接下来的举措就是按照蒂姆的吩咐，把另外一个仆人打发回米切尔船长那里，自己想办法乘渡船把箱子带到莫尔登。但是，考虑到他的主人会容许取箱子和运箱子过程中可能有些意想不到的耽搁和复杂事务，他就在圣玛丽城做了罗博特姆上校的客人，又逗留了一日，并且打那天以后，是一天又一天，对职责的迷恋以及露西的狂热实在割舍不掉。在此期间，他的情妇及情妇的父亲对他是软硬兼施：他们的主要目的，是通过婚姻把库克与罗博特姆房产连在一起，这样就可以一举解决他们的问题；他们还信誓旦旦地说，不然就要把问题摆上法庭——尽管不确定他们的要求是否有合法性——希望有库克岬做嫁妆，即使一个怀了孕的婊子也不怕找不到一个有头有面倒插门的丈夫。但是，因为哪一方也没有明显的优势，所以，争执仅限于微妙的暗示及含糊的反驳。伯特兰呢，一些日子前把箱子发出了以后，美美地享受了一个星期乐滋滋的娱乐和消遣，大多数仆人只能在梦里尝尝那般滋味呢。

但是，一星期后，他从一个值得信任的凡斯沃宁根酒馆招待口里得知，一个叫埃本·库克的人，在东海岸把他自己整个的庄园，签署给了一个修桶工——是出于某种神圣的正义感，还是为了履行某种邪恶的职责，还是仅仅由于过失，大家可没少争论一番——并且此项签署明显有法律效用。库克本人也大病不起，正在自己失去的田庄上养病，作为他与修桶工婊子女儿结婚一事的回报。

“这一消息几乎让我玩完，”仆人说，“没有人怀疑我就是真正的埃本·库克——您必须同意，先生，不管您的原则是什么，我可有一套扮演诗人的本领——所以他们期望我马上去多塞特，戳穿那个修桶工和恶棍骗子的真面目，让他们滚蛋。而且，听到您的遭遇，太可怕了。更可怕的是，想到您就躺在死亡的门槛上，可以这样说，并且被迫娶一个侍奉人的小婊子——”

埃比尼泽抬起手。“滚你了不起的同情，”他说，“我确信，让你在上校家吃饭不香了，干露西小姐也蔫了吧唧的了。”

“不比这少，”伯特兰承认，“尽管我表面上一点儿不敢露出声色。”

“当然不敢。”

相反，伯特兰宣称，他向罗博特姆吐露，计划让海盗绑架并谋杀自己的那帮背叛国王的家伙，正试图在马里兰让自己完蛋，以免自己用手中力量无比的笔，把他们的邪恶阴谋公诸光天化日之下。正是为了挫败他们的阴谋，他才派人乔装成桂冠诗人，先去侦察一番——就是那个服侍过他的秘书，根本犯不上请的——没想到计策走了火。当时，上校急于想方设法讨好他的客人，主动提出要向尼科尔森总督求情出面调停。总督是一个对口舌之争都绝对愤恨的人，哪里能容得下暴乱。但是，伯特兰建议了一个完全不同的袭击计划，对罗博特姆一家人是如此的有利，以至于他们一致中止尤克牌戏，腾出手来激动得眼泪汪汪地拥抱伯特兰。

“我倒是准备被吓死的。”诗人说。

“计划既简单又有效，”仆人叹气，“或者说，在我策划的时候是这样。我建议，让事情*你知我知*[1]——”

“*我知我知*？我的天，你要学着用法语耍阴谋呢！”

伯特兰脸红了起来。“露西一瞅着机会打算叫别人上当，说的就是这个词。我的打算是，听我说，让事情*你知我知*，好使我有时间更多地了解您的困境，想出帮您的最好法子来。我看不到让罗博特姆一家人知道我的名字与身份，或者冒伪装的风险要总督出面干涉我的麻烦有什么好处。我宣称，我已经授过您做代理人的权利，您可以索性乔装成桂冠诗人，并且这一权利使那个修桶工对库克岬的拥有权的理由显得多少能站住点儿脚，如果事情拿到一个不公正的法庭上了断。尽管转让是由一个假桂冠诗人批准的（我就是这样对上校说的），可是，那个骗子是我合法的代理人和替身，有权以我的名义为我办事。”

“我发誓，你倒像理查德·苏托，一个了不起的诡辩家！”埃比尼泽说。伯特兰咧着嘴笑。

“这些只不过是下面内容的杂碎调味品，先生。紧接着，我就建议马上娶露西小姐，理由是尽管她这类要求没有多大法律依据，但是却赶在了任何背叛国王的人诈骗的前面，同时以证书的起草者、申诉者的丈夫以及诚实的马里兰桂冠诗人的身份做后盾。那么，就是在魔鬼自己的审判庭上，也能胜诉！”

“哎呀！”诗人惊叫，“你打算窃取我的田庄，好与你窃取我的名字和职务配上套！”

---

① 原文为法语。

“已经被窃取了。”伯特兰提醒他，“我打算再把它窃回给他真正的主人。如果我能做到，到那个时候，我会宣布我自己的真名实姓，露西·罗博特姆呢，也就将就着做我的法定妻子了！”他补充说，上校很满意这个建议，露西可不只是满意而已。婚礼马上按宗教仪式举行，圆房圆得无可指责，并且，尽管他没有做到——像他希望做到的那样——在露西的文书上加进一条对其丈夫有利的解除性条款，他还是认为库克岬得救了。

“我简直叫这种欺骗弄晕了头！”埃比尼泽说，“你欺骗的那个可怜的人在哪里，还有她可怜的父亲？你怎么蜷缩在小酒馆，而不到莫尔登耍耍派头？”

“罗博特姆上校这两个月去北方办差事，”伯特兰叹口气，“他的女儿应我的要求和他一道去了。我宣称叛徒们会给她带来危险，她必须与父亲待在一起，至少要待到分娩的时候。但实际情况是，我一直完全拿上校的钱过日子，他一离开，当天我就会暴露为一个彻头彻尾的穷光蛋。也算我走运，露西攒了几镑钱托我保管：只刚刚够买饮食，支付这脏兮兮房间的租钱。”他说，他就是想多打探些埃比尼泽困境的情况，施展他设计的合法计策，也是徒然：他既没有钱，也没有势，只好等上校回来了。

“况且，无论怎样游戏已经结束了，”他沮丧地总结，“罗博特姆上校下个星期就要回到托尔伯特，就算是没从你父亲那得知真实情况，看到我这副德性，也会猜出个究竟。或者，安德鲁先生本人得知您不在莫尔登，也会来这儿找出我来的——要不是您姐姐提前通知我您父亲来了，我上一次就给他逮着了——”

“你在哪里见到安娜的，她现在在哪里？”

“是她找到我的，”伯特兰说，“是她一到马里兰的那一天。她来这间房里找您——所有圣玛丽城的人都知道桂冠诗人住在这里。一开始，我几乎认不出她，她老多了。”

埃比尼泽脸部抽动了一下。

“她一看到我就吓了一跳，我看到她也是。我把我了解到的您的困境跟她说了，根本没提及我自己的困境。尽管我恳求她不要贸然行事，可是没有办法阻止她，她要在当天下午就渡过切萨皮克湾，不顾有撞上叛徒的危险，要么把您身体照料好，要么在您的坟前遭谋杀。”

“天哪，亲爱的安娜！”埃比尼泽哭起来，一想到伯林盖姆早晨讲的话，脸红了，“后来发生了什么？”

“她上了一艘去小乔普坦克河的单桅帆船，”伯特兰说，“后来我在楼下和她的船长说起她，他告诉我她在一个叫烟草嘴的地方下了船，那地方是靠库克岬最近的泊船地。无论是我还是任何别的人，就我所知，知道她的消息仅限于此。”

“仁慈的上帝！再没有别的消息了？”一个念头突然闯进他的脑海，太可怕了，他的咽喉都往上升：威廉·史密斯，对自己没有履行契约从莫尔登逃跑，一直甚为愤怒，琼·托斯特对她自己被抛弃更是义愤填膺；假使可怜的安娜落入了他们的魔掌，他们会因她弟弟的行为报复她！

“上天保佑她！”他喘着气对伯特兰说，有气无力地从坐椅上站起来，“他们可能逼她卖淫！就在此时此刻，也未可知，某个满身臭烘烘的种植园主，或是某个大块头的黑蛮人——”

“嘿，先生！您在说什么？”伯特兰惊愕地跑过来，捶主子的后背。主子一阵干呕。

“给我们租条船。”一喘过气来，埃比尼泽就命令，“这会儿就去莫尔登，别在这里瞎逗留！”他没有提及抛弃了琼·托斯特，尽量简洁地向受惊不小的仆人解释了一下莫尔登堕落的状况，他离开时的环境，亨利·伯林盖姆对他的搭救，马里兰上演着的巨大阴谋，而尤其是安娜面前的险情——不论安德鲁是否在她之前赶到了库克岬。“上了船，我再细细说，”他许诺，“一分钟都不能耽搁！”

“我认识一个船长，他可以租船给我们。”伯特兰说，“被您那个修桶工杀掉，与罗博特姆上校找到我把我杀掉，没什么两样。但是，说实话，露西留给我的钱，只不过剩下一便士……”

经这么一提醒，埃比尼泽心中又重新燃起对面前这个家伙的怒火，早就准备训斥他虐待了露西·罗博特姆，但这时，自己却感到一阵羞愧，于是立马打住。“我的钱够。”他嘟囔说，没有就自己钱的来源给出任何解释。

在水边，他们找到了伯特兰所说的那个船长。尽管天已擦黑，天气很不理想，那位绅士索要了破天荒的三英镑后，还是同意用自己的小渔船送他们去库克岬。他们就要上船，埃比尼泽突然记起说定在议会前与伯林盖姆碰头一事。

“真是的，我差点儿给忘了——我得给亨利·伯林盖姆留个信。他去找约翰·库德求助，还没回来呢。”他冲着伯特兰吃惊的神态笑了笑，“说来话长，我只对你说一句：那位派你到这里来的蒂姆·米切尔，压根儿不是米切尔船长的儿子——他是亨利·伯林盖姆。”

“您绝对开玩笑！”仆人一脸恐惧。

“凭基督作证，绝不是别的人。”诗人语气断然。

“那么，您需要消息，更需要祈祷。”伯特兰说，“上帝保佑我们所有人！”

“什么烂话?”

“要找约翰·库德，您的朋友，眼光连他的眼镜都无须越过。”仆人断言，“他就是约翰·库德。”

四、诗人横渡切萨皮克湾，但是，并非是向他意想中的目的地进发

“这和福音一样真实无疑，我发誓!”伯特兰坚持，“要打听消息，可没有比圣玛丽城酒馆更好的去处，这好几个月来，我的眼睛和耳朵可张得大大的。受他雇用的人都知道，蒂姆·米切尔就是乔装打扮的约翰·库德，您现在告诉我伯林盖姆先生是蒂姆·米切尔——千真万确，我早就该猜到的！看那家伙的一副德性!”

埃比尼泽摇摇头。“这个观点，其难以置信，可谓出类拔萃。”但是，他没有表示任何愤怒，以往仆人中伤他导师的时候，他总是大发雷霆。

“不，先生，相信我，这像小孩子的算术题一样清楚！只是想想：您是从哪里头一回听说到这个魔鬼约翰·库德的?”

“从巴尔的摩勋爵那里，我动身来马里兰之前，”埃比尼泽回答，“那是——”

“库德又是什么时候开始在马里兰拉帮结派，制造动乱的？难道不就是伯林盖姆来到这里的那一年吗？无论哪一次，伯林盖姆先生一到英国，他就告诉您，库德也在那里，难道这不是事实吗?”

“上帝不容许——”

“您认为伯林盖姆先生在斯莱和斯卡瑞面前假装库德能混过两分钟吗？更不用说三个月时间在一起渡海了。真是不可思议!”

“说起装东装西，他可是很有一套的。”诗人不同意。

“啊，他是有一套，千真万确！从您以及其他人那里我了解到，他化装过巴尔的摩、库德、塞耶上校、蒂姆·米切尔、伯特兰·伯顿以

及埃本·库克，别的就不提了，并且从来都没给发现过！但是，约翰·库德最大的天赋是什么，如果他不是库德？他难道没有装过神甫、牧师、将军以及别的什么？难道隐姓埋名，东边造谣西边撞骗，不是他的习惯？这样，连他自己的助理们也少有人知道他的真面目。”

“可是，他做了我六年的老师！我知道他的为人！”说是这样说，埃比尼泽意识到，是没有多少事实真相的。虽然他一味地摇头，似乎不相信仆人的话，但在摆渡人的建议下，他还是放弃了回酒馆给伯林盖姆留个口信的念头。打鱼的小船沿圣玛丽河出发了。

“真是变幻莫测，叫人迷惑！”不多会儿，天气不好，他和伯特兰退到桅杆后面的小舱里。他考虑的，除了伯林盖姆以及导师当天早晨如何有说服力地对巴尔的摩勋爵和库德的重新评价（经伯特兰一说，越发理不出个头绪了），还有伯特兰、约翰·麦克沃伊以及实际上每一个其他人的事。“没有哪一个是我认为的那样子！”

“还有许多呢。”仆人神秘地点点头，“像您和我这样的，对此一无所知。事情可不是他妈的表面看上去的样子。”

“唉，基督——”埃比尼泽愤愤地猜测起来，“我怎么知道，和我一道游历的就是伯林盖姆，既然我每次遇上他的时候，从五官到世界观，他都整个变了样？或许伯林盖姆六年前就死了，或者成了巴尔的摩的阶下囚，或者是库德的，并且，所有这些其他的人，都不过是骗子！”

“并非是不可能的事。”伯特兰表示同意。

“让巴尔的摩和库德去死斗吧！”埃比尼泽刻薄地笑起来，“我们怎么知道谁是谁非，或者压根儿是否有死斗？有什么让我不能说，他们是勾结在一起的，而所有这一切虚张暴乱的外表，只不过是掩饰某种令人恐怖的拉帮结派的烟幕弹？”

“我一点儿不感到奇怪，如果您想弄清楚。我信不过伯林盖姆先生，也从来信不过詹姆士二世党人巴尔的摩。”

“*詹姆士二世党人*，你是说？见鬼，你变成了一个多么天真的乡巴佬！你想想，威廉王不是与他同路易王和罗马教皇秘密地联手那样，与詹姆士也秘密地勾结在一起吗？**这个世界上，更多的历史是由秘密的握手握出的，而不是由所有的议会议出来的**，这难道不是有目共睹的事实？”

“有许多事情会吓倒一个诚实的人，哪怕他只对此略知一二。”仆人嘟哝着，但是不自然地转过身来，望着低垂的天空出神。

“千真万确，你是比苏格拉底还要高一筹的智者，你这家伙！你的这些名言，应当用烫金字刻在公共建筑的柱顶上，以防哪个家伙给忘了！除了小孩子气的天真，还能有什么让芸芸众生相信，教堂不是靠婊子院支撑起来的，或者，上帝和撒旦四只手，本来不是放在同一个小甜品罐里？”

“哇，哈，先生，您扯得太远啦！”伯特兰的声调放低了，“有些事情，您清楚得就像清楚您自己的名字一样。”

埃比尼泽又笑了一声，好像高度兴奋的样子。“看来，你真的相信，你对着说话的就是埃本·库克了？你怎么从来就不怀疑，我就是约翰·库德？”

“别，别，先生。”仆人请求，“您走厄运，走晕了头，不知道您在说什么！别，别！”

诗人只是瞥了一眼，眼光更凶险。“你可以扮演哪个笨蛋仆人，糊弄住其他的人，但是唬不住约翰·库德！我知道，你就是埃比尼泽·库克，这一回，你可得留下小命一条！”

“我要叫船长把我们立刻送回圣玛丽城，先生，”伯特兰哼哼唧唧地说，“找个医生给您放放血。无论怎么说，这会儿乘船赶路，时间太迟了，哎呀，看见远处海湾里的白浪没？安顿下来睡一觉——这样，明天早上您就会恢复常态，相信我的话。看看船尾方向，先生，要起风暴了！我得去和船长说——”

“不要，你这家伙，回来。我不再逗你了。”他闭上眼睛，用大拇指和食指揉了揉，“这只是——啊哈，我头脑中有一幅画，差点儿给忘了，并且想——”他顿一顿，恶狠狠地拧自己的前臂，痛得嘟哝了一声，又叹口气。

“唉，先生，一场可怕的暴风雨从远处袭过来了！这个可怜的玩意儿会像石头一样沉下去！”

“你倒认为我们真的在这里，并且要给淹死？我说的这件事，刚刚才闯入我的脑海——要回到去年五月份布丁巷中——似是五年前！大家要我同本·奥利弗押了一注，一桩邪恶的交易，我羞愧得赶忙跑回房间——”

“天，体验一下她怎样翻滚、怎样嘶叫吧，先生。现在我们已经远远地离岸了！”

诗人根本无视仆人的恐慌。“我一个人回到房间，好一阵羞愧；很想回到酒馆去，在琼·托斯特面前做个像模像样的男人，可是我没有那份勇气。想着想着，就趴在写字台上睡着了。”

船一摇摆，叫伯特兰跪下了。他一脸煞白。

“不错，先生，一切确实蛮不错。但我，我必须喊了，叫船长把船开回去！天气好的时候，我们可以另挑时间接安娜小姐。”

埃比尼泽声明，他们现在就去接她，并接着讲回忆的往事。“我刚刚记起来的事就是，”他说，“琼·托斯特怎样就敲了我的门，把我惊醒了，我看到她，自己又是如何的吃惊，我还睡意正浓呢，我当时横竖也说不清，那是不是一场梦。我想起来了，当时我清楚地琢磨着，无疑是一场残酷的梦。因为，正常生活中不会有这等奇妙的事发生。我所有的快乐和磨难，都是从那阵敲门声开始的。它们是多么的奇妙啊，我这会儿不清楚我是不是仍然在布丁巷，仍然睡意浓浓，而这一路充满危险的经历，只不过一场梦而已。”

“上天保佑不是，先生！”仆人大哭了起来，“听听这风声，基督，天已经黑了！”

“我做过看上去更真实的梦，”埃比尼泽说，“安娜也是，有许多许多次。我们小时候，很清楚有一个玩法：当努米底亚[①]的狮子扑向我们，或者，从喀尔巴阡山脉[②]的一块悬崖下摔下来的时候，我们就会说，**这只是一场梦，现在我们醒过来；这只是一场梦，现在我们醒过来**——并且千真万确，我们就在菲尔兹圣贾尔斯自己的床上醒了！唉，我们甚至总是想弄清楚，我们深夜隔着卧室交谈的时候，所有的生命及世界，是否仅仅是这样一场梦境。无数次，无数次，我们差一点儿用我们神奇的颂歌来做一下尝试，认为我们醒来后，会看到这样一个世界，没有人，也没有地球和太阳，有的只是在混沌里游荡的灵魂。"他叹口气，"但是，我们从来不敢尝试——"

"现在就试试，先生，"伯特兰请求，"要是淹死了，什么符咒都说不成了！上帝！先生，快点儿试试！"

诗人笑起来，不再激动的样子。"那无论怎么说都没好处，伯特兰。我们之所以从来没有尝试尝试，是因为我们知道，我俩中只有一个人可以是**世界的梦幻者**——我们给起的名字——并且害怕，如果它真的灵了，我们中有一个冲着一个奇怪的新宇宙醒过来，那么，他就会发现，除了在梦中，就没有孪生姐姐了……要是我拯救了自己，却让你在这里淹死，对你究竟有什么好处？"

但是，伯特兰恶狠狠地拧起自己，声嘶力竭地大叫："**这只是一场梦，现在我们醒过来；这只是一场梦，现在我们醒过来。**"

他对小船安全的担忧是有根有据的。突然，从西南方向刮起四五级大风，切萨皮克湾开阔水域的海水就堆了起来，诗人先前只见过一次这种可怕的景象，是在亚速尔群岛离科尔武不远的海洋上碰到过的。但是，他这回乘坐的可不是当年的那艘两百吨、有二十四位船员的"波塞冬号"，他这回的命，此时就操在这艘有斜桁装备的、不足四十英尺长的单桅帆船手里，船员只有一个白人和两个高大强壮的黑人。

---

① 努米底亚（Numidia），北非古国，在今阿尔及利亚北部。

② 喀尔巴阡山脉（Carpathian），欧洲中部一山脉，在多瑙河中游以北。

天早就开始黑了，尽管最多不超过下午五点。在这样的海面上，摸黑航行大约五十英里的路程，似乎无异于自杀。最终，尽管埃比尼泽找安娜的心情十分急切，他还是向船长请教——一位头发花白的绅士，名字叫凯恩——是否最好打道回圣玛丽城。

“半个小时来，我也一直这样想着。”船长没好气地回答，解释说，即使降下了三角帆和上桅帆，收起主帆，也做不到让船远远避开障碍物，顶风驶回波托马克河。要抢风航行，就必须张开小帆，但是，一阵阵大风足以折断船的桅杆，甚至把船打翻。唯一的选择是就地抛锚，而即使是这样，照船长看来，也不过是权宜之计：就算海底吃得住锚，大风一起，悬着的锚索也会断裂，因为他们会被快速地向下风拖去，很快整个锚索就会绷得过紧。

“远处就是瞭望岬。”他说，用手指指上风方向一片模糊的陆地岬，“那就是今天——如果不是永远——你见到的最后一块陆地。”

埃比尼泽吓得一身冷汗。“天哪！你是说，我们玩完了？”

凯恩船长头一翘。“我们要顶风停船，把浮锚装备好。以后的事就归上帝了。”

表露了这番感触以后，他就和两个黑人把一具斜桁帆装到主桅上去，好使船头顶着风，又把那派不上用场的铁钩换成帆布制的浮锚，只要海水一直退潮，浮锚就会延缓船只向东南方向下风处漂移。再没有什么别的事可做了，活干完后，船长拴牢船柄，就来到船舱里和两个旅客一起休息，这可让船员不幸了，因为船舱只够待三个人。瞭望岬很快就消失了，并且仿佛它的消失就是发出的一个信号，黑暗随后立即围上来，风雨也似乎增大了。一阵阵黑黑的海水把小船抬高，随后的波谷又叫小船突然降下去。浮锚虽然在阻止小船突然横转上发挥了作用，却也使船头吃水相当深，并且船前部舷侧进了不少水，两个黑人船工只好用一台粗糙的舱底污水泵往外抽。

“可怜的家伙！”埃比尼泽同情起来，“我们不应当换换他们，让他们到舱里来喘口气？”

“没有必要，”船长回答，“只不过三个小时，捣鼓捣鼓，也省得他们身子发冷。”他的意思是——经诗人进一步追问，才了解到——如果风暴停不下来，不改变方向，也不淹死他们，那么，以目前的速度和背风的航线，三小时左右，他们就会被吹过海湾，船尾在前地飘到东海岸。

“哎呀，我们毕竟还有希望，不是吗?”就连伯特兰，早就又冷又怕得牙齿直打战了，听到这一消息，也露出喜悦的表情。

“我们还有可能在近海岸被淹死，至少，”船长说，“拍岸浪涛，转眼之间会让船灌水下沉，也许还会把船打碎。”

仆人又痛苦地呻吟开来，埃比尼泽的面颊和前额都一阵阵刺痛。但是，尽管被淹死的可能性使他感到的恐惧，不下于他当年在锡达角外，海盗们要他走跳板的恐惧——那地方在他们现在的位置西北方向十二英里左右——死亡本身，他敬畏地注视着，倒没什么更好惊骇的。相反，他虽然不乐意死亡，尤其在安娜的幸福还是如此不确定之时，但是一想到无须再次面对丧失的田庄、父亲的愤怒，以及各种各样的内幕和人物（比如伯林盖姆），心里还是乐滋滋的。美妙的死亡！他成长过程中，那些郁郁沉思的夜晚，他本来就会在忧伤和迷恋中停止呼吸，倒不至于痛苦地抱着自己的头，热血在周身沸腾，却又愚蠢地并且也是枉然地试图中断自己的心跳——在这个时候，淡淡的溟没，也是最给人慰藉不过了。

接下来的一段时间，除了对海水时不时的剧烈撞击以及小船的倾侧抱怨几声外，没有哪个愿意对哪个大声说话。风暴尽管只是隔三差五地发作，却丝毫没有缓和下去的迹象。说不准在哪个时刻，船就灌水沉下去，或者他们就被掀翻到海洋里；海水可是又冷又凶暴，就是有最过硬的水性，也难以在其中活上二十分钟。但是，亏了海锚，亏了一点儿不松劲抽水的两个黑人，以及船整体上还能够经得住风吹浪打，再说上帝也许又帮了一把，小船终归顶住了一阵又一阵大风的袭击，依然顶风漂航，漂过一片又一片海域——并且，稳稳地，稳稳地，如果不是很明显，向下风处滑行。过一段时间——埃比尼泽有理由认为，两个小时等于二十个小时——船长不再捋胡须，而是神情关注地抬起头。

“听。”他举起一只手，示意大家不要出声，“听到了吗，现在?”他拨开舱门，迈步来到甲板上，冒着船可能被淹没的危险，吩咐两个黑人停一会儿抽水，也不要再喊劳动号子。埃比尼泽绷紧耳朵，但由于舱门一打开，暴风雨的声音就更大了，同时还涌进不少的雨水和寒冷的空气，他辨别不出任何新奇的声音，也看不到任何新奇的东西。

船长吩咐船工接着抽水，但不要再喊号子，把淋着雨水的头伸进船舱来。

“背风不远的地方有陆地，”他宣布，“可以听到船尾那边的拍岸海浪。”他再次重复了一下几个小时前他那阴郁的预言，也就是以这样或那样的方式，他们的磨难很快就要结束了。他消失在前面的黑暗里。

这时候，伯特兰一再表示自己宁愿待在原处被淹死，也不愿意走到外面冷风雨水中。埃比尼泽顾不上这些，一再坚持他们得离开船舱，要是在拍岸海浪中船沉了，或是船被打碎了，索性游水逃命。他们发觉，雨水已经小多了，整个船身都能够看得清了。但是风却仍然肆虐地吼叫着，把黑洞洞的海水吹得老高，在船壳四周撞击和振荡着。现在，他们的新危险是什么已经很清楚了，埃比尼泽也听得清楚——下风处看不见的碎浪，撞击的声音更深沉，更有节奏地轰鸣着。

船长跨过去，卸下浮锚——因为海潮，它的效用已经不大了——用铁钩换下浮锚，不怎么指望铁钩能紧紧抓牢沼泽地带没有石块的海底，只是仅仅保持船的头部顶着风，同时尽量延迟小船碰到碎浪的时间。接着，他加入了船后部的旅客中，又捋起他的胡须，与他们一道听船尾方向有不祥兆头的隆隆声。

“我们为什么不能不用锚，而借着波浪开到岸边?”诗人询问，“我似乎在书里看到过有这么个做法。”

船长摇摇头。“你那直角形船尾在顺风的大浪里偏了航，你不知道，正需要适当地抬一抬呢：第一阵大浪，要么使你突然横转，要么冲上你的屁股。”他没有劳驾自己把后一种灾难讲得清楚一些，倒是通知所有的人脱掉靴子、大衣、假发、衬身服，站到大概是船中部的地方去。

“我不干。”仆人反对，“如果我从船尾这儿跳下去，上岸要省下十码。”

船长耸耸肩，回答：“那么，就待在那儿等着去见鬼吧。我们可以借借你的重量，使船平衡些，但是，要是整个船撞碎你那个懒脑袋，我可不负责任！”

明白了自己小算盘的失误，伯特兰如此乐意接受船长的吩咐，以至于光走到船中部还不满足，一直走到船头最边缘的地方，还要试一试斜撑帆杆，亏得一个黑人船工赶紧警告说（也许是闹着玩），船头分量太重就会让船一头栽进海里，因为那里已经有铁钩锚和索具，船已经很难随海水上下浮动了。

“打住，听！”船长插话，“你们听见了吗？”

他们又一次绷紧耳朵。“没什么，还是先前的风暴和远处的碎浪声。”埃比尼泽说。

“啊，可是不在船尾那边，是在左舷四十五度那边！”面对着船尾，他向右指着大约四十五度的地方。确确实实，碎浪的声音已经向看不见的那边方位移动了，尽管听起来比先前更近了。

“这意味着什么？”埃比尼泽问，“风向已经转了？”

“一点儿也没，”船长说，“是西南偏南风，本来是可以把我们吹到胡珀岛，和岛尾成直角。或许，海岸线一带只是些小海湾或苇草——”他打断自己的沉思，吩咐其中一个黑人去船后部听一听，碎浪声在右舷还是在船尾方向。但是，随着声音从左舷四十五度方向移开，他们只能听到，是在东边的方向，接着是在东南偏东的方向，接着是在正东南的方向。一开始，浪声以令人可怕的速度逼近他们，这会儿，声音紧挨在身边，反而浪声并没有大多少，同时，暴风在船尾肆虐着，就同船在海湾中部遇到的情形一样。很清楚，不论海浪打在什么陆地上，他们正在朝左舷方向离开。

“是浮锚里潮水的作用。”凯恩船长心思沉沉地说，“它拖着我们大约朝东向船尾方向退——也就是说，大约朝胡珀岛以南的方向。我猜测，我们现在是在林波海峡，远方海浪冲击的地方。是一片沼泽，叫布拉兹沃思岛。如果情况是这样——基督，现在，让我好好想想！”他用力地拽自己的胡须，这边，埃比尼泽和伯特兰以敬畏的心情望着他。“船尾已经没碎浪了，或者在右舷了？”他再次问那两个黑人，得到的答案是否定的。左舷方向的碎浪仍然缓慢地向前移动，现在浪声从正南方向传来——离左舷船头大约四条束帆绳长度的距离。浪的势头小了，海水的深度也降低了。

“我们是要玩完了，还是得救了？”诗人问，同时，努力回想自己先前在哪里碰到过这个海峡的名字。

“两者都有可能。”船长说，“如果远方是布拉兹沃思岛，对，那么岛屿的顶端有一处小海湾，叫奥卡哈尼坎，正横冲着我们的船身，我们可以去那里避一下。或许，我们可以漂过林波海峡，在多塞特的海浪那里碰碰运气。你可以看到，海浪小一些了，我们已经过了那块陆地的岬：如果远方是奥卡哈尼坎，并且船顶风离开它，你就会看到海浪又会增大，同先前一样……”

“那么，请你让我们靠过去！”伯特兰乞求。

“另一方面，”船长推断说，猛地拽了一下胡子，“如果我们靠上去，而它**不是**奥卡哈尼坎，或者错过了它最深的地方，我们就等于搁了浅，让船沉下去。”

“我说，我们得试一下。”埃比尼泽力主，“这样肯定会冻死，那样却未必会淹死。”其实，脱掉了靴子和其他的外套，他从来没有这样挨冻过。他的大下巴直打战；他搂紧自己，两条腿在上下颠簸的甲板上不停地搓动。他想起了多年前伯林盖姆讲的一席话。曾经有一次，听到麦哲伦，或者另一个闯入副热带无风带的旅行者受热带酷热折磨的故事，他们姐弟俩大为惊讶，他们的导师就说，只要有遮盖的衣服和充足的水，再严酷的热也只不过或多或少令人不舒服而已，总是可以对付过去的。但是，寒冷在本质上是与生命为敌的。酷热气候的意象中，占中心位置的是那些拥挤的产床，是广袤的雨林。可是，想一想北极圈那儿有些什么，就等于想到混沌、淹没，尽是生命的对立面。因此（伯林盖姆对他教育的人如是说），人们谈论热烈的激情，把各种情感及社会关系，以肯定的态度称之为温暖，因为生命新陈代谢本身是温暖的；但是，恐惧、蔑视、绝望以及极度憎恶——不用提事实、逻辑、分析以及衣着和举止的得体——无论与人类的生活经验如何相关，经人类的鼻子一闻，却永远有一种坟墓的恶臭，并且在人类的语言中，总是拿与寒冷相关的词语来形容。总而言之（埃比尼泽记得，亨利笑了笑，用墙上一把西班牙滑膛枪的通条，扒开他改建成的凉亭里的壁火，结束了谈话），热天气可能引发汗水和祸根，但是，寒冷的风穿透时间的大衣和裙环，是人类原始记忆中的一把匕首，让我们灵魂洞穴中酣睡的野兽发颤，并且冲着它毛茸茸的耳朵耳语一声："危险！"拍岸海浪，现在就是闷闷的雷声。船长吩咐扯上三角帆和主帆，自己亲自操舵。两个黑人满手拿好了帆和帆索后，船长给旅客安顿位置，叫伯特兰用个杆子测水深（小船自身桶板做的底，吃水深度不足三英尺，龙骨再长不过两三英尺），叫埃比尼泽去观察，留心前面会有什么麻烦。帆的前缘在风中，像手枪开火一样，甩得啪啪响，帆沉沉的吊杆像鞭子一样在甲板上方摆来摆去。锚索收缩，直到铁钩仅仅维持船头顶着风的时候，船长丢开手中的舵，撑起帆，使船改变航向：船头一下向左舷偏向下风，两张帆刷地涨满，使船猛地一倾，差点儿把桅杆折断，赶紧起锚。一时间可谓吉凶未卜：一定会发生的情况是，埃比尼泽想，要翻船了，或者船突然横转，或者桅杆、侧支索、舷侧支索扣板、船帆，总有要报废的。但是，巨大的海浪再一次在船底滚动的时候，船长松开舵，船头只是略微向顶风方向颠了一下，伴随着船工们欢快的笑声，小船位置调整到一个合适的倾侧度，以五十五度角轻松地迎接下一次峰浪，并缓缓地右舷抢风调向，取得正南方向的舵效航速。

几乎在同时，他们发现来到了相对平静的水域，尽管风还像先前一样肆虐着。很清楚，他们是处在他们驶近的那不论哪块陆地的背风处，虽说无论怎么说麻烦都还远远没有结束，但他们总算暂时松了口气，船总不至于沉到海里去了。同时，上风的陆地，或是别的什么，挡住了风，他们的航行可以做到更谨慎，更有控制。突然间，几乎与船掉头向南同时，伯特兰手中的杆子触到海底，他马上嘶叫起来——实际上，前方黑暗里芦丛和树林中的风声，可以很清楚地听见。两个黑人立即把帆索放松，小船浮上了一片宽广的地带，与可以看得见的海岸平行，船速只够操开舵。有十分钟时间，水深保持不变，大约在九至十英尺之间，离右舷不远地方的树林里传来一阵阵的风声。不一会儿，四周都是从陆地方向传来的这种声音——事实上，除了从船尾，这种声音似乎从四面八方把他们包围了起来——一听到船的龙骨擦海底的声（除了船长，再没有别的人听到、感觉到），船长就下令抛锚，船头冲着风。

“我的天！”埃比尼泽叫起来，“可以说我们安全了？”

“**只有睁眼乌龟，才不承认自己是乌龟。**”船长说，讲起了埃比尼泽先前听到过的一则民谚，“只有死人，才没有死亡的危险。”但是，他捋胡子的样子，明显是松了一口气的神态。他说，为了防止船向下风方向漂移，似乎没有什么理由不抛下锚，将就着过夜。

“有点儿像小海湾的架势，一点儿不错，”小船稳下来，船长宣布，“要不然，船尾方向会传来海浪声，而不是树林子发出的声音。是奥卡哈尼坎，还是别的什么地方，很快就会清楚的。”

天亮之前没有别的事好做，埃比尼泽简直不能相信。所有的人动手穿他们先前脱下的衣服，将就着暖和暖和，休息一下。站岗放哨，以防天气变化以及其他危害的苦差，落到筋疲力尽的船员肩上。埃比尼泽表示反对，两个黑人已经勇敢而无私地辛劳一整夜了。自己自愿让出船舱的位置，同伯特兰一道顶替船工的位置。

“你做什么随便，”船长回答，“放好岗，以免锚被拖动，在船尾测水深，看船位置是否随潮水变化。其他的事一概不要吵醒我，除非风过来，向小海湾里吹。”

下过这番命令，他就进舱休息了。那两个黑人，虽然埃比尼泽一片好意，却一点儿不领情。他们听刚才埃比尼泽与船长讲的话，表情冷淡，仿佛一个字眼都听不懂，而实际上，从他们的沉默不语、听英语的难度以及羞怯的样子——笑的时候，目光移开，眼珠不断地转动，脚来回移动，他们就是这样拒绝了他让出船舱的建议——诗人推测，尽管他们做海员的手艺还不错，他们离开丛林的时间不会太长。这一印象，不一会儿就进一步加强了，是在他和伯特兰开始放哨的时候：两个黑人在他们之间的甲板上铺上一块备用的帆布，一个人在这头，另一个人在那头，从后缘卷到前缘，把自己裹在帆布里，遮挡天气。他们干这件了不起的事，动作非常灵巧，有一种举行古怪仪式的样子。接下来，他们面对面地躺着，十分舒适，像别画轴的两根别针一样，一动不动，还咯咯地笑了一阵，相互说了几句话，嗓音低沉而粗哑，不知用的是哪种外地语言——英国人听不懂，只听明白他们重复着什么停泊地的名字，*奥卡哈尼坎*，此外，还有一个一再出现的词语（尽管埃比尼泽没有绝对把握），伯特兰十分激动地宣称是*德雷克派克*。实际上，伯特兰被自己的判断深深打动，他表示一定要立刻向两个黑人打听德雷克派克的情况和下落，看他们是否会提供一些自己不知道的信息，但是被埃比尼泽拦住。埃比尼泽提醒他，那个同样背运的家伙很明显一直是个这样那样的逃亡者，对他谈得越少，他就越安全。仆人非常感激他审慎的建议，然后很不情愿地去船尾当差，岗位是在船舱的下风。一刻钟后，埃比尼泽第一次巡视甲板时，发现伯特兰用一块帆布裹着自己，已经睡着了。

“哇，千里眼的哨兵!”他要走过去唤醒他，但是却停下脚步，心想，只要一切顺利，就一个人守岗得了。他们从圣玛丽城出发的时候，自己对伯特兰就多有鄙夷和愠怒，这会儿呢，确定无疑的是，也没有什么新的理由喜欢他。他感觉到这一点——或者至少，感觉不到与其相对立的东西——不光是对仆人，而且也对亨利·伯林盖姆，他只能把这种心情归咎于暴风雨的肆虐，而尤其是归咎于在死亡的门槛上经受了三个小时赎罪式的煎熬。

他又迈开大步向前走。雨完全停了，风虽大，却是一阵阵的，一阵过后，天气还算温和。暴风雨大为肆虐所带来的最好迹象是，低垂的云层裂开来，成了一块黑黑的疾驰的云块，第一次留下空隙，让月亮突围出来。接着，云块撤退、溃散，在风之鞭的抽打下，像军队撤退时的乌合之众一般，全线崩溃。自夜幕降临以来，第一次，埃比尼泽可以看到小船斜撑帆杆以外的地方：时隐时现的月光，让他看清他们确实是在一个小海湾里，一块面积足够大的沼泽地海湾里。海湾后面的岛屿也足够大（诗人不妨就认为是大陆），地势全是平的，并且就一个人在那样的月光里能够看清的来说，全是沼泽地带，只有火炬松算是为其风景增添一些亮点。黑色的是活树，银色的是死树，稀稀疏疏地一丛丛、一丛丛散落在沼泽草丛中。再怎么说也算不上优美的景致，但是在微弱的月光下，却有一种荒凉的美。埃比尼泽甚至认为它很平静，狂风一吹，一切都倒向一边，正如他对自己灵魂之岛的感触，尽管算不上静谧，却也是尤为平静，纵然过去命运多舛，一个劫难接着一个劫难。

他品味自己的思绪，以及带来这种思绪的精神上的安宁，好长一段时间忘却了风的存在、天气的变化以及时间的流逝；要是潮水把船卷上哪一个沙洲，或者风向改变了，他才管不了那些呢。最终，使他醒过神来的是左舷方向沼泽地里的一个动静。他吓了一跳，只见月亮在天空中升高了一大截，拿不准是否要唤醒其他的人。但是，那个动静再次发出的时候，他的恐惧就平息了：好像是鸽子或者是猫头鹰的唧喳声，沼泽地里的什么鸟正同自己一样，为暴风雨的过去而高兴呢。

“吐呼！”叫声第三次传来，声音更大更清晰。“吐呼！”一声清脆的回应声——不是从附近的沼泽地，压根儿就在埃比尼泽背后的甲板上。他吓得倒竖汗毛，刷地转过身，看看是什么鸟栖在了船舷上，可立即就被两个黑人船工抓个正着。原来不知什么时候，那两个家伙就不声不响地卷起帆布出来了。一个家伙剪着他的双臂，没等他喊出声，就死死地堵上他的嘴；另一个家伙拿把索具刀抵上他的脖子，侧着身子叫“吐呼！吐呼！”——立刻，像鬼现身一样，三只独木舟从芦苇丛里附近暗藏的水道滑出来。一会儿，让诗人感到难以言传惊骇的是，一群不声不响的蛮人就拥过船舷，偷偷爬近了船舱。

五、林波海峡里的对抗与宽恕

由于拥有军事上的每一种优势——武器、数量以及出奇制胜——开战的神奇的印第安人一方很快就完成了其作战目标，似乎是连人带船一块儿要。伯特兰和船长醒来的时候，咽喉上抵着矛头，被带出来，前者吓得话都说不清，后者大吼大叫——首先是冲着抓他的人，接着是冲着埃比尼泽，怪他没有报警，最后也是最猛烈的，他一明白是怎么回事，冲着那两个背信弃义的船工。

“我要你们上绞架，五马分尸！”他宣告，但是，两个黑人只顾笑，眼光转过去，似乎对他的威胁感到有些尴尬。那边领头的家伙用一种外人听不懂的语言对手下一个帮手凶巴巴地说了几句，帮手用另一种语言传达——对黑人船工同样是陌生的语言——对方以同样的语言回答。他们谈话的当儿，埃比尼泽注意到，尽管登船的人穿着几乎都一样，都是鹿皮印第安斗篷、海狸毛皮、浣熊毛皮或者麝鼠毛皮，其中几乎有一半根本不是印第安人，而是黑人。船长也注意到这个事实，开始辱骂他们是逃犯和懦夫，但是，他的听众毫不表示他们听懂了。很明显，十拿九稳，船上再没有别的旅客，海湾也再没有别的船只，偷袭者们开始绑囚犯的手腕和脚踝，然后把他们整个身子滑过船舷，要他们脸朝下，一人躺一个独木舟，由短而曲折的水道驶进沼泽地里。就像早先发动突袭一样，一切都是在鸦雀无声中进行的。独木舟一系在一丛杨梅树上，囚犯脚踝上的绳索就换上了一根更长的绳子，连脖子一起捆在同一根绳子上。接下来，那帮家伙赤着大脚，沿着同水道一样弯弯曲曲的一条小道往前走。小道窄得连一个人走过去也不容易，一脚踩空就会掉到两边的淤泥里。

“肆无忌惮!”埃比尼泽抱怨，“做梦也想不到，这等事居然会发生在一六九四年，而且就在马里兰的中部地区!”

“我也是。”船长从载囚犯的独木舟那边接下话头，“从没听说过，布拉兹沃思岛上有个印第安人小镇。基督！这里什么都不是，一片一片的沼泽，连一块落脚的干地方也没有。”

“上帝保佑我们!”伯特兰嘟哝——这是几小时前睡着以来，他的第一句话，“他们会剥了我们头皮，用火刑处死我们!”

“究竟为什么?”诗人询问，“我们又没有害过他们，这一点我清楚。”

“这些蛮人的习惯做法，”他的仆人坚持认为，“你只要晚上散步时遇到他们哪一个家伙，那么，**砰**！他剥你脑袋的皮，就像你剥一个桃子那么容易！唉，在凡斯沃宁根酒馆，人们还在谈着一件事，一个叫克斯莱的娘儿们，在查尔斯郡遇上了印第安人。是在前年，当时，她正穿过一块烟草地，从娘家往自家赶，太阳还没下山，手里还抱着个小孩，没等她赶到自家的门，就给剥了头皮，用的是匕首，而且被奸得好惨哟！还有，离波西米亚庄园不远——”

“别说话，”船长突然打断他，“防止叫自己的故事吓得拉出屎。”

“一言不发就让人家剥了你皮，对你最合适不过，”伯特兰顶回去，“是你把我们运到这儿的——”

“**我**！扯你妈的淡，你这个家伙，算你走运，那蛮人绑了我的手，不然的话，老子亲自剥了你的皮!”

“先生们!”埃比尼泽插进来，“用不着说这个，我们的处境就已经够悲惨了！是我雇的船；如果你们觉得让我负责心里好受些，那就让我全兜着好了。但是，我觉得，现在的上策，不是纠缠是谁把我们诓进来，而是怎样才能骗出去。”

“阿门。”船长嘟哝一声。

“话说回来，”伯特兰闷闷不乐地说，“我必须多少怪点儿贝茨·伯索尔，要不是她三月份用这般美妙的方式搭救了我，这会儿我哪会被鳃线扎得像条鲑鱼。”

“真的！”船长叫起来，“你精神错乱了！”

“打住，请你们打住。”埃比尼泽恳求。打船长第一次骂伯特兰，诗人就一直眉头紧锁，他的规劝也是心不在焉的。他这会儿问船长：“我们是不是经过林波海峡来到这个小湾的，还是我没听清你的话？”

“那是我的推测，先生，”老人说，“除非潮水把我们向南带到了荷兰海峡或凯奇海峡，我怀疑。”

“但是如果不是，那这个海峡的名字就是林波海峡？并且，离这儿不远，有一条河口，是印第安的名字？”

“有一窝呢，”船长回答，并没有显出多大兴趣，“都带有蛮人的名字：宏加、南梯库克、委考米克、马诺金、安纳梅塞克斯、伯克莫克——”

“*委考米克*！对，委考米克——就是史密斯在《秘史》中提到的名字！”

船长气愤地嘟哝了些什么。为了防止被看成像自己的仆人一样吓掉了魂，埃比尼泽用尽可能简洁的方式解释了一下，自打船长第一次提到林波海峡，自己就一直在急切地寻思着什么，并且只是听到“吓得拉出屎”一词，才想起来了：弗吉尼亚的约翰·史密斯船长，在几乎九十年前，在沿切萨皮克湾探险的旅程中，发现了同样的海峡，并且，像他们一样在海峡里遇上了暴风雨，又碰到额外的麻烦，随行的人都拉肚子；由于有这一茬难，就给海峡起了名字叫“林波”；最后做了俘虏，其余人也是同样的命运，是由一群好战的印第安人干的——也许，就是眼下抓他们的那些人的爷爷们呢！

“你不要对我说这些。”船长说。伯特兰也没有显得被这种巧合吓倒，他单独问了主子一句“他们结果怎样”，主子承认，一点儿也不知道。仆人又陷入原先的沮丧状态。

但是，一旦埃比尼泽绞尽脑汁地想起《秘史》，他就不得不惊讶，约翰·史密斯的经历与他们之间有相似之处。而且，《秘史》本身留了下来，这一事实就证实，史密斯以及至少其中一些随行人员逃脱了，或者是被释放了。他的思路，这会儿被他们来到印第安城打断了。城只不过是一些低矮的小茅屋的汇合，密密麻麻的，在一块地势相对较高的土地上围成一圈，足足超过一百座，都是用小木头和缠着稻草的树枝盖成的，屋顶呈圆形；四周尽是沼泽地，与一群麝鼠窝相比，再相像不过了，还不用说屋子的主人一律穿戴的是皮货。居民们看上去正在睡觉，一个站岗的哨兵看见他们走近，就从附近树丛里的哨所里发出一声“吐呼！”，这边也同样回答了一声；除此之外，整座城安静得像是被遗弃了。

“这真是邪了门了。”船长嘟哝，“从来没见过哪一座印第安城，周围没有成群的恶狗。”

但是，如果说村庄的沉寂让人感到窘困，那么，一会儿后，打破这一沉寂就绝对少不了出奇的事情。他们穿过一串房屋，来到一块空地，或者是城市中心的广场，领头的与一个手下的黑人耳语了几句。就在这当儿，从不远处一间小茅屋里，突然传来一阵号叫声，使诗人疑虑重重。在他想象的空间里，没出半分钟，就掠过了从亨利·伯林盖姆那里听来的各种各样的印第安人的酷刑：怎样咬掉他们罪犯的手指甲，绞下他们的手指，用针棒刺他们剩下的残肢，抽他们胳膊上的筋，撕下他们的头发和胡须，把烧热的斧头挂在他们颈子周围，把滚烫的沙子倒在剥过皮的头上。

“圣母保佑！”船长低声说。伯特兰的牙齿开始打战。号叫声改变了音高和音色，过了一会儿，又改变了，后来又改变了，直到号叫的人再次换气，又重新号叫的时候，囚犯们才终于明白究竟是什么声音。

“我的上帝呀！”埃比尼泽倒抽口气，“是人在唱歌！”

尽管太离谱，囚犯们还是辨别出，显然是一个男人唱歌的声音——准确地说，是男高音。这本身就够奇妙的。更不相称的是，歌词（应当历史地往后看）根本不是哪种蛮人语言，而是清晰的标准英语：**我……看到我的太太哭泣……**就是他唱的歌词，并且，换了口气后，他又继续唱：既忧伤，又自豪……被如此钟爱……

“千真万确，也是个英国人！”

“他惨到这个份儿上，”船长说，“我们也好不到哪里去。”

“在那双美丽的眼睛里，”歌唱家接着唱，“在那双……美丽的眼睛里……”

“我搞不懂，他还有胆子唱歌，”伯特兰不理解，“恐怕是经看守人批准的。”

批准的待遇——至少看上去——歌唱家根本没有享受到，因为在他接下来的郑重声明中——珍藏着所有的完美……——他一下子滑入不成旋律的诅咒，主要内容是，如果某某蛮人必须要他把他们的杀猪声塞到他的某某比B降低半音的音调里，才允许一个可怜的遭罪的某某唱某某歌，他们最好还是立刻把他的某某喉管切掉，见他们妈的鬼。

“我发誓，”埃比尼泽说，“我以前听过这个声音！”

“兴许是你爱叫什么就叫什么的船长的鬼魂。”船长没好气地说。

“不，上帝——”他就是想往下说，印第安人也不会让他说了。印第安人议论了一阵之后，这时候走过来，猛抽了一下囚犯们颈子上的绳索，领着他们向关着那个有不满情绪的男高音的小屋子走去。到了门口，他们被解了绑，又和在独木舟上一样，被绑了脚。整个过程中埃比尼泽斜侧着脸，难以置信地摇着头。另一个全副武装的印第安人一从小屋子里出来，里面的男高音立即又重新唱起来，诗人又悲叹了一声“我的上帝！”，全身都发抖。

两个人抓住伯特兰——他离茅屋入口最近，按着他跪下来，用矛尖逼着他爬过小小的门道。伯特兰扯起嗓门反抗，请求宽待。接下来该轮到船长了，他嘴里好一阵威胁和海员惯有的咒骂，也无济于事，最后跪倒在地上，跟在伯特兰后面，爬过小黑洞。

“我说！”小屋先来的居民抱怨说，骚乱声打断了歌声，“这么不像样子！什么？见鬼！我听到英国人在诅咒吗？哈喽，又一个！”该轮到埃比尼泽爬进去了。“你是让我们凑上四个，打硬币游戏吗？你们这些绅士是谁呢，这么晚才嚷着进来？”

“两个旅行的，加上一个无辜的船主，”船长回答，“叫暴风吹到这儿，让两个黑鬼船工他妈的卖了！”

“是这样，那就是你的罪过了。”对方说。茅屋里黑漆漆的，尽管在小小空间里几个英国人躺得像小木条放在木盒里，他们连模糊地看看同伴的脸也办不到。看守他们的人接受了那个印第安头目的一番吩咐以后，在外面留下站岗。袭击他们的团伙散开了。

“什么罪过？”船长表示不同意，“打我买了他们那天起，我就从来没有发怒揍过他们。”

“你买他们就足够了，”男高音回答，“岂止是足够。我一生从来没买卖过一个黑人，或者伤害过一个印第安人——我怎么能做到这一点，我只不过是个逃亡的移民？——但我的肤色就足够了。”

“奴隶和肤色，讲的是什么意思？”伯特兰问道，“你是说，他们要剥那些像我一样可怜的、不走运的仆人的头皮？”

“还不止呢，朋友。”

“还有什么不止呢？”仆人叫起来。

“就你的说话声来看，我判断，你唱的是颤抖的低音，”对方说，“不过，如果他们决意要那花招，一星期之内，我们都要用颤音合唱了。”

新来的三个囚犯中只有埃比尼泽听懂了这话里的含义；但是尽管受到这话的惊吓，他还是被先前的吃惊弄得太仓皇失措，或者太困惑，一时半刻做不到为同伴解释其中的含义。可是，屋子的主人，那位看不见面目的男高音，马上就用再明白不过的英语解释起来，让伯特兰和船长大惊失色。

“我来到这个该死的州，没有多少月，”他说，“但是我知道，总督四面都有敌人。内部有詹姆士二世党人以及约翰·库德新教徒们，往南有安德罗斯，往北有法国人。因此，他没有哪一天不害怕暴动和入侵。但是，他最大的危险是他做梦都想不到的：马里兰每一个白皮肤人都有灭顶之灾！”

“胡扯！”船长叫起来，“小小一个屁大的城，对付一个州！”

“远不是这样，”男高音回答道，“很少有白人知道有这么个城市存在，可是，它隐藏在这儿有些年份了。就我猜测，它是许多谋反的蛮人头目的总司令部，是逃亡的黑人的避风港。所有对政府不满的头目，这个星期都偷渡到这里，召开一个部署作战总会议，我们自己呢，绅士们，他们会把我们阉掉并烧死，好让他们开开心。”

一听这么说，伯特兰号叫得可厉害了，放哨的卫兵探进头来，用矛屁股在黑暗里乱捅一气，抱怨说如果再这样，就如何如何惩办。男高音以欢快的诅咒回答他，卫兵一撤，他就说：“我说，你们有三个人，但是我只听到两个人说了话。那一个是病了，还是晕了，还是别的什么原因？”

“可不是因为害怕说不出话来，约翰·麦克沃伊，”诗人不自然地说，“而是因为震惊和丢人！”

对方倒吸口凉气。“不，千真万确！真不可思议！啊，哈！太好了！啊，哟，太妙了！告诉我，说话的是不是埃本·库克其人！”

“正是。”埃比尼泽承认，麦克沃伊接下来好一阵狂笑。卫兵又对他们一阵威胁。

“咳，哦！太好了！著名的处子诗人以及伦敦婊子们的道德改革家！看到你在我旁边烤干，真是一件乐趣啊。嘻，啊，哈！”

“你可没什么好乐的。”诗人回答，“你刻意要毁了我的一生，但是，你在我手里所尝到的那些伤害和不幸，压根儿不是我希望的。”

“哎呀？”伯特兰惊叫起来，“莫不是布丁巷那个软蛋货，先生，那个给安德鲁先生打小报告的杂种？”

“我想，你们这些先生们是熟人，”船长说，“还有些什么过节？”

“哎，不，”麦克沃伊说，“什么过节都没有，仅仅是因为我让他发了财——虽说是偶然——出于感激之情，他就毁了我的人生。赶着让我死，又毁了我爱的女人！”

“但是，一点儿都不是精心设计的，并且几乎根本不知道，”埃比尼泽反唇相讥，“同时，你会高兴地知道，你的报复大大超过了你最邪恶的意图。我在恶棍和海盗手里遭了罪，让最亲密的朋友给骗了，我的田庄也被诓骗了，不得不永远耻辱地避开我的父亲。不光如此，为了找我，我的姐姐也陷入了上帝才知道是什么样的险境，至于可怜的琼·托斯特——”他情绪激昂，说不出话来。

“她怎么了呢？”麦克沃伊突然开口。

“我只能说出我猜想你已经在莫尔登见到的一切。她遭罪了，并且还在遭罪，不可思议的、数不尽的磨难和羞辱，因此，她的外貌已经给糟蹋得不成样子，没有多少日子好活了。”

麦克沃伊呻吟起来。“你为此斥责我，杂种，别忘了她是跟着你的。基督！要是我的手能动弹，看老子不拧下你的脖子！”

“我确实有点儿负疚感。”埃比尼泽承认，“可话又说回来，要不是你给我父亲打了小报告，你就永远不会失去她。或者，就算你失去了她，她也应该待在布丁巷，而不是马里兰。无论怎样，她也不至于被一个大块头的摩尔人干了，染上梅毒，也不会吸上鸦片，自己作践自己了，也不会每天夜里向一帮蛮人卖淫！”

每听到一件不幸，麦克沃伊都发出一阵痛苦的呻吟。热泪打诗人的眼眶簌簌流下来，直流到太阳穴和耳根才变凉。

“不管你们有什么过节，先生们。”船长插话，“这会儿说这些，又顶什么屁用呢。我们所有的罪恶很快就会遭报应的，总会有一个了结。”

“哎哟！”伯特兰号起来。

“一点儿不假。”麦克沃伊叹口气，“不愿意原谅邻居的人，必须好好地和良心做笔交易。”

“我们的天良中，”埃比尼泽同意，“有一些阴郁的记忆，让他羞愧得全身出汗。曾经，在洛吉特酒馆，我原谅了你给我父亲写的信。

但那是某种吹牛式的谅解，是就你的所作所为似乎已经使我发了大财来说。现在，我失去了头衔、财产、爱情、荣誉以及性命本身了。让我再一次原谅你，麦克沃伊，同时也请求你的原谅。”

那个爱尔兰人表示赞同，但是承认说，既然埃比尼泽没有在任何时候刻意伤害他或者琼·托斯特，那就没有或者很少有什么要原谅不原谅的。

“不是这样，朋友——基督！不是这样！”埃比尼泽哭泣起来，并且尽量有条理地讲述了自己在庞德船长那儿的磨难，“西普里安号”上的强奸案，自己与放猪丫头的交易，田庄的丧失，以及被迫与琼·托斯特成婚。他尤其详细地讲述了自己对琼堕落所负的责任；他长期养病期间，她是如何呵护他；她又无私地为他们制定了逃往英国的计划；直讲得不光是自己和麦克沃伊，连所有在场的囚徒都为她的善良所感动，抽起鼻子，哭了起来。

“作为回报，”埃比尼泽接着说，“她别的什么都没提，只是要我以我的戒指换她的戒指，好使她少一点儿做妓女的感觉，并且让她有幸为我在伦敦提供给养——”

“就像她曾经对我一样。”麦克沃伊充满敬意地插了一句。

船长抽抽鼻子。“她是一个天主教圣人式的婊子！”

“想起来，我在米切尔船长家对她讲得太放肆了，”伯特兰感到惊讶，“当时，我们以为她只是一个下三烂放猪的臭婊子！”

“打住，先生们，”埃比尼泽难过地要求，“你们根本还没听到我丢人的事。你们认为她做出这种献身的建议时，我会拒绝听下去，倒是吩咐她拿着她自己的六英镑逃往英国，我可能的时候会去找她？或者，至少又至少，在这个慈爱的女人面前跪下来，去吻她那褴褛的裙子？想想我作孽到什么程度吧，先生们：你们以为，我仅仅是充满感情地谢了她的一番好意，让她去烤烟房里，从印第安人那里赚足卖淫的钱，好买她去英国的船票，然后就和她一道乘船去伦敦，靠她养活？”

“上帝会饶恕你这样做的。”船长嘟哝一声。

“就是上帝饶恕了我三次，”埃比尼泽说，“我内疚心情之沉重，也足以把十个人拖进地狱。实际情况是，先生们，我拿了那六镑钱，打发她去了烤烟房，独自一人逃往剑桥上了船！对此，你怎么说，麦克沃伊？

“原谅，原谅！”爱尔兰人叫，“上帝饶恕我们所有的人！我看，烤我们皮肉的烈火，会在烤我们灵魂的烈焰旁边冷却下来！”

好一会儿，没人说话，大家都在思考刚才讲的事，还有等待着他们的命运。突然，埃比尼泽用一种较平静的声调问麦克沃伊，是什么厄运把他带来了布拉兹沃思岛。这一打探引发了他又是唉声叹气，又是骂天骂地，做了几次牵强的开场白之后，麦克沃伊就如是解释起来。

“我只有二十二岁，先生们，几乎像人们可以猜测的那样，根本不知道自己的生日是哪一天，但是，千真万确，我一生一直都很老成。我最早的记忆是我在巴尔金教堂边为挣半个便士卖唱，养活一个没有腿的家伙，叫帕切尔，他说他是我的父亲。我冻得半死，几乎饿晕了过去——我他妈的只能有一块面包皮，而老帕切尔却拿我赚来的钱买起大面包块——原因我能够回忆起来，我得卖唱使自己活下去，是这样的，否则，就只有栽倒在雪地里。我不敢放松牙关，怕它们打战，毁了我的歌。老帕切尔一准是个音乐大师什么的，因为只要我走了一点点儿调子，他就用山核桃木拐杖打得我合上拍。有许多诗琴弹奏师可以闭上眼睛弹琴，但是，我打赌，让一个男高音硬着腮帮唱一首民谣，实在是稀罕又稀罕！

“但是，我确实是那样唱的，而且听起来像福音。我也不抱怨我的苦难，心里也不骂帕切尔。实际上，让我发誓要摆脱他的，并不是他的残忍，而是他为我伴奏时，他琴弹得老是出错。又过了几个冬天，我身体更强壮，他更虚弱了，我们冒着大风雨在纽盖特市场卖唱，帕切尔的手指僵硬了，他琴弹到了我用脚趾都能弹出的份儿上。我耳朵实在受不了，于是勃然大怒，抓起山核桃木拐杖，一棒打在他的头边上，他就应声倒下了。这一回，学生让老师尝尝老师常常给学生的教训!”

“你杀了他，看来?”埃比尼泽问。

“我可没时间瞅个究竟，”麦克沃伊笑起来，“我抄起他的琴就跑了。但是，纽盖特市场当时几乎没有人，天气又极寒冷。打那以后，我在伦敦乞讨了许多年，唱的是他教给我的歌，弹的是他留下的琴，但却再没有看到老帕切尔。我的学徒生涯就这样结束了。我加入了那些在街道上谋生的人的行列，做起一个自由自在的吟游歌唱家及乞丐大师，直到今天，我骨子里还是这么个人。”

“不幸的孩子!”

麦克沃伊嗤之以鼻。“处子诗人自然会这样说。”

“不，约翰，你历经磨难，仍然是狼群里无辜的一只。”

“最好说成是老狗群里的一只幼崽，根本谈不上狼不狼的。我的童贞，丢给了我小时候生病时照顾我的那些婊子们，但是，我的天真却从没有丢失过，包括我对上帝和人类的敬畏和忠诚——因为一个人不可能丢失他从来没有的东西。我在旅馆里卖唱，好得到床铺和伙食，而无论何时我缺钱了——但是，桂冠诗人对此了解得很清楚，你的真正的艺术家没有一张漂亮的脸蛋，也照样可以讨好女士们；他的天赋，把脸蛋、地位及优雅活全揽了；虽说他是一个没有腿的乞丐干了下贱的婊子后养下的，可是，他的艺术发挥起来，倒也做到了让公爵们供酒供饭，同时呢，也无妨绷一绷年轻的公爵夫人们的裤裆！简言之，当我喜欢上创造美妙的音乐时，我就开始投资贵夫人们的爱——”

“投资!”伯特兰叫起来，故事讲到这儿，他才来了兴致，“凭空头支票兑付红利，真是一项绝了的投资。”

“不，不要误解我，”麦克沃伊一本正经地说，“时间就是我的资本，就是人们浪费在求爱上面的宝贵时间；我的回报，也还是时间——省得再花时间为买饭去卖唱，省得再花时间干一个穷光蛋必然要做的那些成百件的杂活。这种投资，与其他哪种投资没什么两样，我选择它，是出于一个称职商人的考虑：我投资于此，资本所获收益比任何其他的投资收益都来得高。”

“你必须承认，那样干，是有些缺德的成分。”诗人斗胆说。

“成分不会比任何正派的交易多。”麦克沃伊坚持，“如果心灵受了伤，唉，那是自己作的孽。我什么都不许诺，于是就守了诺，这就得了。”

“但是，琼·托斯特——”

“我根本没说琼·托斯特的任何事。”爱尔兰人语含责备，“我做生意的对象，是那些富人家的妻子和女儿，她们叫拉皮条的**赞助人**，并且还要以高贵的艺术的名义拼命地通奸。琼·托斯特和我一样，是身无分文的街头股票掮客——同时也是个艺术家，有她自己的方式，只不过她的工具与我的不同而已。”

“哈！说得漂亮！”伯特兰叫道。埃比尼泽一言不发。

“我十八岁上，第一次遇上她。那会儿，她受雇服侍某个淫逸的年轻贵族。他的妻子不甘心让丈夫占了便宜，就雇了我，自己干起与丈夫相同的勾当。我们四个人坐下来，吃野鸡，喝干白葡萄酒，活脱脱两对新婚夫妇，准是满足了大人的想象力。实际上，酒上了他的头，他就提出了一系列淫荡的建议，一个比另一个更古怪反常。堕落同文雅一样，是一道弧，你只需把它拉到足够的程度，它就又会缩回去。晚上闹完了，没有什么比带妻子上床的想法更让那大人乐得受不了。琼·托斯特和我一下子被拒之门外，因为为赚租金，我们除了在那里吃了一顿饭，别的事什么都没干，所以我俩就在她鲁德门附近的小房间里痛痛快快地干了一夜。即使在当时，她只有十七岁，她也是尘世的精华所在：像个清新活泼、充满锐气的良种马驹，但是她的眼睛像情欲一样古老，而她的仪态里隐藏的是一部人类的历史。难怪大人对她垂涎了：她是女性的精髓，谁干了她，谁就不是干了哪一个女人，而是干了整个的女性！

“我们在她房间里待了些日子，饭都叫人送进来，直到我们的雇佣期满为止。我们一道再走到街上的时候，我们之间已达成一项协定，有效期直到你和本·奥利弗打赌的那天夜里。”

“用通俗的英语说，”船长发表看法，“你就是替她拉皮条的人。”

“更通俗一点儿说，”麦克沃伊顿都没顿地说，“我俩耍弄爱的艺术，就像琴手弹音乐。我俩一起上班，都能够叫天穹颤抖；其他一切活儿，都是生存的一般性事务，还时常要为十分迫切的事打断。我从来不反对她的安排，要是那样做，就不啻于跟历史的真谛过不去，或是挑天空中星星布局的毛病。”

“尽管如此，”伯特兰说，“你当初出发时离马里兰有多远，你现在也并未近多少，再说，这一夜总不会永远持续下去。”

“让他接着说。”船长说，“要么是一个传说，要么是这类海峡里发生的令人毛骨悚然的怪事。”

“喂，约翰，接着讲。”埃比尼泽给他打气，“你怎么知道托斯特来找我？你又怎么落到了汤姆·泰罗的手里？”

“泰罗！你听说过泰罗和我的事？”

埃比尼泽解释了一下他结识那个贩卖契约奴隶的胖家伙的情况。麦克沃伊大为喜悦，他听到泰罗契约定身给修桶工威廉·史密斯的消息，笑得如此开心，好像他是在洛吉特酒馆里，而不是在监狱茅屋里。船长被触动了，说：“我看，高兴的应当是**他**，而不是你，先生，毕竟是他占了便宜！”

“啊，对，对，是他。”埃比尼泽同意，“实际上，即使我们现在不濒临死亡，我们也不适合拿那个家伙的不幸取乐。”

麦克沃伊又笑了起来。“瞧，死亡孵出多少人文主义者啊！你忘了，汤姆·泰罗是怎样一个废料杂种，对主子和仆人都下得了手！”

“也许他是个杂种，”诗人同意，“值得你耍闹戏弄。但是，他的日子也不比我们的日子长多少了，再减掉他四年，玩笑开得过头了。”他叹叹气，“基督！想想我浪费的这些岁月！宝贵的时间啊！我哪一天不写诗，哪一天就白过了！”

“在伦敦，我每一天夜里都是一个人睡的。”伯特兰热情地说。

“说到这一点，”船长插话，“一个人活上七年或者七十年，又有什么区别呢？他的阳寿横竖都有个头，管他妈的怎么过呢——是操轮舵还是涂写诗，是建城还是烧城——时辰一到，就像一只五月的苍蝇玩完，而天上的星星还不照样在运行。忙忙碌碌的，又得失了多少？不妨就一直待在床上，或者，屁股干脆不离板凳。”

尽管埃比尼泽听到这些话有些心神不宁，想起了自己在马格达林学院以及在布丁巷房间里的那些德性，但是，他还是再次肯定了人类生命的价值，拿宝石和珍贵的金属打比方，争辩说，这些商品的价值，在需求稳定时随供给成反比增长，在供给稳定时随需求成反比增长，因此，生命时间，由于在供给上微不足道，而在需求上却无边无垠，所以，对逃不了一死的人来说，是无限珍贵的。

“我的乖乖！”麦克沃伊叫起来，很不耐烦，“你俩使我想起曾经在圣巴多罗买①集市看到过的孩子，排队等着一辆红马驹马车……”

他没有劳神解释自己的比喻，但是，埃比尼泽马上就明白了，或者认为自己明白了，因为他接下去说：“你是对的，麦克沃伊，船长和我之间并没有什么争执。我想起我姐姐和我刚刚五岁的那一天，我们被允许洗过澡后不像往常紧接着就上床睡觉，可以自己打发一个小时。特维格太太把她的沙漏就放在婴儿室里。我们可以随便做什么来打发时间，但是，沙一漏完，就得上床睡觉，不许磨蹭。确实，那一小时是多么的宝贵啊！一百件乐事里，可以随便拿一件来玩。我们拿出扑克，玩这样或那样的游戏——可是，什么单纯的游戏可配得上这美好的一小时？我发誓，我要用积木做一座城堡，安娜开始在一张纸上画三个士兵——可是，我们两个没有一个能坚持自己的游戏多长时间，因为都认为对方的选择更有把握，因此不久我们就互换了游戏，结果同样不满意。我们在玩具和游戏道具中间没命地捣鼓着——在白天的

---

① 圣巴多罗买（St. Bartholomew），耶稣的十二门徒之一，又名拿但业。

早些时候，其中任何一件足够玩上一个小时——但是一个都不行，而沙漏还在漏着！除了这最宝贵、最令人珍惜的一个小时，哪个小时我们都可以快快乐乐地闲谈，或者观察婴儿室窗外的世界。但是，当我喊‘重重的，头上重重的’，开始一个猜谜游戏时，安娜干脆哭了起来，我一会儿也随她哭了起来。可是，我们的眼泪也没缓解我们的窘境。实际上，它们只是恶化了窘境，因为我们哭的当儿，我们的一小时照样在流失。上床时间到了，注意，我们从来不厌恶上床睡觉，但是，沙就像从哪个伤口里流出的我们生命的命脉。我们坐在那里哭，看着它往下漏，结局是我们两个都觉得恶心，呕吐起来，特维格太太把我们抱到床上，我们最后十五钟时间还没有漏掉呢。”

“这教给我们?”麦克沃伊问。

“这教给我们，”埃比尼泽忧伤地回答，“从我们不会死亡这一事实中推测出任何东西来指导我们的行为。但是，要是莫尔登归了我，我会放掉汤姆·泰罗的。”

“与此同时，我想怎么嘲笑他，就怎么嘲笑他，”麦克沃伊补充一句，“这——人生哲学见鬼去吧——就是我无论如何都要做的事。你想听我的故事不?”

埃比尼泽表明他确实想听，尽管实际上他对麦克沃伊冒险经历的兴趣随着那一夜每一分钟的消逝而逐步减少，同时他心里又觉得他打岔的内容与他们的困境有更密切的关系。

“好，那这么说吧，”爱尔兰人开始讲，“实际上，我一开始根本不想来马里兰。琼·托斯特离我而去，我就知道我俩没戏了——她的习惯是，要么全部付出，要么一点儿不给，你也是知道的——但是，对孤注一掷的情人来说，无所谓什么愚蠢不愚蠢，也没有什么相反的事实，明显到让希望不能按照自己的颜色来描绘事实的本色。简言之，我害怕她跟你去马里兰。为了阻止她，我就在驿站住了下来，放出我最大的海口，对所有的人说我是埃比尼泽·库克，马里兰的桂冠诗人……”

“我的天，又一个!”埃比尼泽惊叫，“马里兰可谓桂冠诗人成灾了！”

“而且是一个了不得的骗局，”麦克沃伊用幽默的口吻说，“上帝才知道，要是琼·托斯特找到我，我会做什么！但是无论怎么说，我的任职期短得出奇。我还没来得及让大家对那位马里兰大诗神举起杯子祝酒，一伙霸道的家伙就闯了进来，说是什么分类账簿被盗了，他们得到消息，我就是那个埃本·库克诗人大师本人，于是他们就径直赶来，拖我入了牢房。”

“噢，哈！”伯特兰笑起来，“一个秘密总算揭底了，先生们，这许多月来，我一想起就怎么也琢磨不过来。我当初到驿站躲避拉尔夫·伯索尔的匕首——我现在倒希望当时挨上一刀，做一个活太监，免得在这里做死活人——我的意思是，我打听桂冠诗人的消息时，人们告诉我，他被抓进了局子。正是这一出悲剧，才使我动了念头，代替他逃往普利茅斯。但是，埃本先生在‘波塞冬号’上发现我的时候，他发誓说，他从未被本·布拉格的人抓过，自然就认为是我撒了谎。这位先生的消息是不是为我开释了，先生?”

“没有什么好怕的，”诗人回答，“一切都为时过晚了，只有全部开释还来得及。但是，你蛮不错的故事的文本里，有一些小小的纰漏，可以这么说——不过不要纠缠了。你后来干了些什么，麦克沃伊？但愿你不要因我小小的盗窃事件，被扣了很长时间。”

“只扣到第二天早晨。”麦克沃伊说，“这时候，布拉格过来，看到他钓错了鱼。到那个时候，我已经没有兴致再胡闹了。我决定，放弃寻找琼，开启遗忘她的伟大工程。我又在有钱人中间干起我的老行当。尽管一开始还小有成就，然而我和琼待的那些年已经把我宠溺坏了：太太们在我的发情中感觉了一些不屑的意思，或者听出我声音里有点儿不热情的味道……无论怎么说，我很快就没人雇了，又很快只好到街角弹琴谋生路了，到波托尔夫码头和斯梯尔广场，还有我人生开始的地方——纽盖特市场。我赚的钱花在了婊子身上，结果却令人失望：一个男人和他心爱的女人，而不是任何别的女人，睡了一千夜觉，凭他的直觉，从头到尾地了解了她——每一块肌肉，每一个毛孔，每一声叹息；她四肢心脏及大脑的每一项活动，他都了如指掌，都像了解自己的一样。黑暗中把别的哪个婊子放在自己的身旁，她仅仅是对氛围的替代，他立刻感觉到是陌生的东西；她仅仅向床铺上一压，就让他感觉到不适应；她的呼吸让他吃惊，音高节奏都与以往的不同！她伸出一只炽热的手，他的肌肉就萎缩，就像碰上了一只森林里野兽的爪子。它们一齐冲过来：基督！多么粗陋！——他们的手臂，可以拥抱，撞击肘部，或者根本找不到地方放；他们的腿缠在一起，也可以盘绕在一起；他们的下巴和鼻子却不能配套。他可以抚摸她，他却戳她的肋下，或者用指甲抓搔她。某一句色情的话，或一个手势，让他大为吃惊：他已经没有男人气了，或者像一个愣头兵，架势还没有摆好，子弹就已射出去了。简言之，他对他的老相好，犹如一个鲁特琴大师弹他的鲁特琴，现在他却发觉，他是骑在一架大提琴上，分不清哪是鹅颈管，哪是 F 孔。他乱拉一气，手指漫无目的，到头来，是拉得一阵头晕脑痛。”

所有在场的人，不管是什么来历，都觉得这一呼语挺好玩。爱尔兰人再接着往下讲的时候，声音却严肃了一些。

“清楚婊子不是我的药，我开始酗酒，每夜都喝得不省人事。我的手弹琴不利索了，我的嗓音变粗变哑了，我的听力也变得迟钝，并且一晚比一晚喝得多。因此不久，我就乞讨不上足够的钱来继续喝酒，只好行窃来维持我的需求。后来，有一天晚上——你离开整整三个月——一个海员给我一个便士，让我唱《琼的内裙撕破了》，我唱完的时候，他说他非常满意，要掏钱请我喝朗姆酒。我猜想，他有某种鬼把戏——我才不在乎呢，我就让自己灌了个够！但是，我想错了……”

“只有上帝保佑你了，”船长嘟哝一声，“我可以猜出剩下的：你被绑架了？”

“我倒在贝纳德城堡附近的一家小酒馆里，不省人事，”麦克沃伊说，“醒来的时候，发觉自己脚被捆着，躺在一艘上了路的船的二层舱里。一开始，我根本不知道我们航行去哪里，绑架我又有什么目的，但不一会儿，我们中间的一些人——他们脚没有被绑——就讲得很清楚了，他们是去马里兰的移民，并且解释说，某些船长常干的事，是用像我这样的码头无业游民以及五六个其他的醒来发觉自己被铁链锁在船上的人，来把船货配齐。

“不一会儿，大副给我们讲了一顿话，主要意思是说，我们欠他的人情，是他把我们从放荡中拯救了出来，一分钱不交就给渡到一个大陆，在那里可以重新建设我们的新生活，并且如果哪位宣誓自己听话，哪位就当场解除脚镣。所有其他的人都十分乐意发大副让他们发的任何什么鬼誓，但是，当我看到这个大副就是前天晚上诓了我的那个家伙，我是好一阵诅咒，惹得他用靴子踢烂了我的嘴巴，还发誓说，在赶到大陆前，一定叫我饿到听话，或者是下地狱。

“像我这样一个人，一生都是个要饭的孤儿种，无所谓什么羞辱和贫穷，要多自由就有多自由，难怪大副对我的自由极其嫉妒。我小偷小摸，被抓起来做牢，时间并不长，装桂冠诗人也被抓了一次；但是，这两次进监狱都是我自己惹的祸，并且，既然**自由**的意义就是享有权利，那么，犯了罪正当地坐牢，就无所谓什么丧失自由。相反，违背自己的意愿，又没有正当的理由就被上了脚镣，却是对自由莫大的挑衅。发了丢脸的誓以卸下脚镣的那些家伙，非但远远没有获得自由，反而放弃了所有自由中最为宝贵的自由——反抗非正义的自由。”

“你说的很在理。”埃比尼泽说，对麦克沃伊的话留下深刻的印象，并且再次感到自惭，不光是自己疑虑在类似的情况下，自己会不会表现出这样的正直，而且自己还坚信——虽然当前关系不大，却没少让人不安——麦克沃伊与自己相比，更配得上琼·托斯特，并且从一开始就是这样。

“明智也好，愚蠢也罢，我当时就是这种态度。”麦克沃伊说，“尽管随后的日子里我尝够了那个婊子养的的皮鞭，却至少不是舔他的靴子才尝到皮革味儿的。他并没有像他说的那样死命地饿我，要么是因为他可以从多踢我几脚中享受到乐趣，要么是因为他不希望让我毫无悔意就死去。我从二层舱被转到隐蔽的地方，以防我发挥榜样作用，引起哗变。我是再没有见到一线阳光，直到航行结束，被带上甲板，和其他的人一起出售。”

“接下来，”埃比尼泽插话，“如果泰罗对我说的没错，你一下子跳到河水里，追求你的自由去了——但是，他们把你捞了起来。”

“唉，并且救了我的命，因为我知道得太迟，我已没有足够的力气让手臂划上十次。经过考虑，跟泰罗走，似乎是一个恰当的选择。我揣摩着，他的脑袋该和他的举止一样贪婪，就猜想在适当的时候想点子骗过他，不算什么难事。我只希望我的朋友迪克·帕克不要太轻率——我没给你们讲迪克·帕克的情况，不是吗？没关系。我们在故事的海洋里游渡，只需一小杯水，就可以解渴。再说，夜就要到头了，不是吗？那就结束吧，先生们：我用泰罗换了一匹马，埃本已说过了——一匹得跛足的老马，但是要值二十个贩卖奴隶的掮客——既然我知道我是在马里兰，我就打算偷偷骑马到库克岬去，只是想在那里见到琼，并且看到她日子过得很舒服，我就满足了。”他笑了起来，“哈，多蠢啊！我骑着马，心里合计着，她可尝够了天真的滋味！我知道，我可怜兮兮的样子会叫她同情的，我祈求，她能把那份同情错当成爱。这真是一个绝望的希望，两方面证明是不成立的：她的境况，我发现要比我的惨得多，再说，无论是梅毒，还是鸦片，还是残暴，还是濒临的死亡——多么没有同情心啊！——都不可扭转她选定的路。

“我没有耽搁。汤姆·泰罗，我猜想，会把该郡找个遍，要找到欺骗了他的逃犯。我决定到弗吉尼亚去——如果能找到，或者是卡罗来纳——也许可以加入哪个海盗组织。为此，我同一个逃亡的黑人奴隶搭伴，他曾经和我一起被拴在那只船上的隐蔽处——是帕克手下的一个助手，名字叫邦迪·卢，懂不少英语。他拿主意，我们得去布拉兹沃思岛，他听说那里聚集着像我们一样的逃亡犯。我们不知道他们喜欢白人，就像魔鬼喜欢圣水一样，待到知道的时候，一切都晚了。邦迪·卢，他们当自家兄弟欢迎，我呢，不论卢怎么祈求，却被五花大绑，抛在露天下——”

“喂!”船长插话，“我听到了什么?”

麦克沃伊撂下半截话，犯人们都绷起耳朵听。从沼泽地远处传来一阵阵尖叫声，像是乌鸦的尖叫，茅屋外面的卫兵也以同样的尖叫回应。

“又有人来参加大型黑弥撒[①]了。”麦克沃伊嘟哝，“这个星期，他们每夜往这边赶。”

信号叫声再次重复，接着，犯人们听到远处有一阵低沉而有节奏的持续的声音，好像是许多人一起赶路，唱着歌。外面的卫兵一下跳起来，冲着熟睡的村庄草草地发出了报警声，那些茅草屋里立即就骚动起来。人们在广场周围小声说话，走来走去；严厉的命令发出了；火堆上添上了新木柴，噼里啪啦的；远处的歌声越来越清晰，越来越有力。

“千真万确，这不是我以前听到的任何印第安人歌曲。”船长小声说。

“不，是一首黑人歌曲，从音高和节奏听，”麦克沃伊回答，“我听过迪克·帕克和邦迪·卢在那只船上的隐蔽处唱过类似的歌，而且，这里的非洲人前几天夜里也是这么唱的。见鬼，真叫人疑虑重重！对我们可不是什么好兆头，我看。”

“为什么?”埃比尼泽警觉地问。

“他们一直等着两个头目偷渡到海湾来，”麦克沃伊说，“一个黑人的头目，另一个是被总督赶下台的蛮人王中最强大的王。我是从邦迪·卢那里了解到的，他几天前隔着这茅屋的墙对我说的。他们从没

---

① 黑弥撒（Black Mass），撒旦崇拜者仿效罗马天主教的弥撒或基督教的礼拜形式而举行的幽暗弥撒，借着举行咒诅仪式咒诅敌人，并借着仪式帮助人毫无罪恶感地接受肉体需求，比如在撒旦节里举行性仪式。

有这么嚣张过，用这么大嗓门唱。我打赌，是他们的大人光临该城了，马上可有热闹看了。”

确实如此，新来的人鱼贯而入广场的时候，村民们又唱起那首歌，拼命地嘶叫起来，和着节奏打鼓，并且——犯人们最多只能借着声音辨别——开始围着火，跳起某种强劲的舞蹈。伯特兰呼吸不自在，低声抱怨。埃比尼泽全身不自觉地颤抖开来。就是麦克沃伊也无法完全控制住自己，他以嘘嘘的低声，发出一连串诅咒和咒语，像是咬着牙齿念叨祈祷文。

只有凯恩船长仍然保持冷静。“等着他们来折磨是愚蠢的。”他清醒地说，“那一节歌唱完，我们都得死。我们何苦让那些异教徒寻乐趣，遭十倍的罪呢？”

“你的建议是什么？”埃比尼泽问，“自杀？我想，我倒是乐意自杀，免得遭他们的罪。”

“我们自己没办法做到这一点，”船长说，“但是，我们仍然可以做到死得很利索，或者一次死一个。如果他们把我们一个一个带出去，那就没有希望了，可是如果他们把我们的脖子用绳子串起来，解开我们的脚走路，就像他们从前做的那样，那么，我们必须一道跑，一个都不能拖后腿，但愿他们用矛和剑来阻拦我们。”

“不可能干成，”麦克沃伊不认同，“他们只会追上我们，拖回到大砍刀上。”

伯特兰呜咽了。

“不光如此，”麦克沃伊补充说，“我是天主教徒，虽不是标准的堂区居民，无论怎样我可不会自杀。”

“那么，还有一个更好的计划，”船长说，“你可以既帮我们一把，也无损你的信仰。我们的手脚都绑了，但我们的膝盖还可以动。叫库克先生的仆人把脖子扭进他主子的两条腿间，我把我的脖子扭进你的两条腿间，我们两个立刻就会结束自己的苦难。接着，你让库克先生也那样做，他完事了，就剩下你，按你的愿望，让印第安人宰杀好了。

你觉得怎么样?”

“上帝!”埃比尼泽小声说，尽管为老人的建议感到惊愕，他却难以否认，被夹死总比被先阉了再活活地烧死要少痛苦一些。

实际情况是，他没有被迫做出选择。庆祝活动很快就结束，天亮的时候，他们仍然平安无事。由于太焦虑了，无法感到多大的快慰，他们你看我，我看你，谁都不说话——麦克沃伊，埃比尼泽注意到，体重减少了四分之一，几颗牙齿也掉了，也必然地长起了胡须——他们也不再像前一天晚上那么健谈了。时间一天天过去——一两天、七天、十天——尽管犯人们没有哪一天被允许出茅屋，但他们可以听出来，城里的活动是一天比一天繁忙了。

“真的，像红衣主教的集会!”麦克沃伊说。

没有人再提船长的提议，但是就像埃比尼泽一样，每个人一定都还放在心上，因为有一天清早，他们听到卫兵以某种代表身份的方式走近时，他们一齐屏住气，呆若木鸡。

“快点儿!”船长催促，“他们来带我们了!”

“就让他们带好了，”麦克沃伊抱怨，“我可不做杀人的事。”

就在此时，藏着的吊门打开了，寒冷的空气灌进来，火堆上摇动的光线也射进来。借着灰白色的晨光，他们看到外面男人们黑黑的、板实的块头。

“你，那么，用上帝的名义!”船长向埃比尼泽扭过去，嗓子发尖，“我求求你，先生，把我夹死吧，就这会儿，趁他们还没带我出去!快快动手，看在上帝的分儿上!”

他猛地扭动身体，过了伯特兰，爬向诗人颤抖的膝盖。埃比尼泽发不出声来对他说不，他只能摇摇头。但是，就算他既愿意，又能做得到，也没有时间了：黑影子已经逼近，俯视着他们，黑手抓住他们的脚踝和腿；低沉的声音咯咯地笑，嘟嘟哝哝的。一个接一个，受惊的白人被抓住脚踝和腿，拖了出去。

六、前程未卜，诗人思考尘世的两种奇事

那块被印第安城圈住的庭院或广场，寒星般撒落着薄薄的湿雪。所有土墩似的房屋的屋顶上，也覆盖着一层雪。空气凉飕飕、湿漉漉的，虽说不至于寒冷。实际上，一团温暖的空气飘过海湾，整个岛屿都笼罩在一片巨大的云雾中。一团团雾气从沼泽中升起，夹杂着看不见的海鸥的叫声，向海峡那边飘去。

尽管雾气蒙蒙，又是大清早，埃比尼泽还是看到四周走动着许多人，有些穿着苏格兰土布和英格兰毛料衣服，但是大多数人穿着动物皮毛及印第安斗篷。女人们在屋子旁边生起小小的火堆，准备着早餐。男人们多半围在广场上的几堆大火旁，抽烟聊天，不分谁是黑人，谁是印第安人：人们赶着来参加讨论，谈起话来，少不了打手势、画符号的。广场中央，夜间那堆放哨用的篝火一直添加着树脂松，它的火焰一接触雾气，射出橘黄色的光亮，与其说有什么实用价值，还不如说更具有仪式意义。篝火的热度融化了周围好大一片地方的雪，就着这块雪融化了的地方，是二十来个庄重的大人物，既有黑人，也有印第安人。在他们身后等距离的四个点上，分别有一群男人，往地上齐腰深的柱洞里插十二英尺高的柱子。

所有的犯人站起来的时候，受指派把他们带出的那个黑人笑嘻嘻地走到麦克沃伊面前，用英语说：“不用再在那里过夜了，嗯?”他转动眼珠，向那间监狱茅草屋看看。

“你这个撒旦的小黑魔鬼，”麦克沃伊愤愤地说，“但愿你和迪克·帕克喂了鱼!”

那个黑人——埃比尼泽想一定是麦克沃伊先前的伙伴邦迪·卢

——快活地龇出牙，向手下的人发出严肃的命令，手下人于是切断犯人脚踝上的绳索，领着他们向柱子走去。诗人的膝盖开始支持不住了，他的狱吏只好一边领着他，一边搀着他。四边嗡嗡的说话声变成一阵小嘟哝，接着静下来。除了火堆上木柴的毕毕剥剥声，广场上一片寂静，犯人们走过去的时候，黑色的面孔们冷冷地冲着面前的白种男人。这时候，中央火堆四周的人转过身来，其中一个浑身涂着颜料的年长家伙，冲着正在夯实的最靠近的一根柱子点点头。

“你要被三王会审。”那个笑嘻嘻的黑人对麦克沃伊说，“其他人待着不动。”

没有一个犯人张口说话。看上去，那可怕的三王根本不在火堆旁，因为爱尔兰人被领着穿过人群，走向一个更大的麝鼠窝式的房屋。埃比尼泽和伯特兰，一人一个柱子，脚踝和手腕被绑在柱子上。这一姿势几乎让诗人晕了过去，它清楚地使人想起大批人殉身的场景。自人类问世以来，有数以百万计的人遭到类似的捆绑，又因多少说不清的原因而遭受那不可名状的火刑的煎熬？但是，他努力控制自己不昏厥，希望在最为迫切需要的时候，重新召唤昏厥出来。

船长在第三、第四根柱子被竖直夯实的时候，被迫站在一边。他静静地站着，低着头，似乎叫眼前的情景吓蒙了。看守的卫兵一门心思夯大柱子，没有再注意他。突然间，他往后一跳，摆脱了他们，跑过广场。人们一阵大叫，赶紧爬起来，抓起矛，匆忙追过去。埃比尼泽伸长脖子观看，期望那个老人能逃脱，但是印第安人把他堵住了。船长向两堆篝火之间的空地跑去，前面却是矛排成的墙，一时间矛就要派上用场了。船长犹豫了一下，猛地转过身，遇到的是类似的一堵墙。这一次，他似乎放弃了某种抱着不放的逃脱的希望，回到自己原先的计划，索性挺直胸膛，径直扑向矛丛。可是操矛的人却往后退，仅仅用胳膊和矛杆阻挡他。他又转过身来，双臂还绑在身后，向另一个方向撞去，结果还是一样。印第安人现在围着大圈，向他靠过来，很清楚，他连逃到沼泽地都是不可能的，他们开始嘲笑他发疯的蛮劲。

一次又一次，老人扑向矛；最后，再也无法鼓足他孤注一掷的决心，船长叫了一声，瘫倒在地。折磨他的那群人散开来，还在咯咯地笑。卫兵们把他带回柱子，要开始安顿他了，并开始在三个人的脚下都堆上大大小小的树枝。

埃比尼泽一身汗毛都竖了起来，向别处看看，只见麦克沃伊同那个笑嘻嘻领路的家伙，从王宫里走了出来。爱尔兰人的脸皱成一团，表情十分奇特——到底是愤怒、厌恶，还是恐惧，埃比尼泽说不上来，但是，当他看到他的伙伴被紧紧地绑在剩下的一棵柱子上时，他猜测，那项奇特的“判决”不是开释。

但是，他错了。“这是一次魔鬼都感到巧合的巧合！”麦克沃伊高声冲着他喊过来，声音奇怪得离谱，同他的脸部表情一样，“他们带我到三王面前会审，其中两个也是下三烂的蛮人，但第三个是我的朋友迪克·帕克，就是那个和我一道给捆在船上秘密处的家伙！我原以为他淹死了，就给忘了，但是，千真万确，他是这帮黑人异教徒的王！这个恶棍邦迪·卢这些天一直很清楚，可就是只字不提；他是迪克·帕克在非洲时的头号助手！”

埃比尼泽连对这一巧合感到惊讶都做不到。实际上，他怀疑麦克沃伊是不是吓得魂走了壳。脚边的柴堆就要点燃了，哪个神志清醒的人还会唠叨这些鸡毛蒜皮的事？

直到这个时候他才注意到，尽管自己的柴堆已经架好了，就像伯特兰的以及不省人事的船长的柴堆那样，麦克沃伊的柱子那儿，一根树枝都没有架，看上去卫兵也不会架。

“上帝帮了我，埃本！”爱尔兰人嚷，“他们打算放了我！迪克·帕克饶了我的命！”他眼睛眨呀眨，泪水往下流。“上帝作证，”麦克沃伊继续嚷，“我为你拼死求情，埃本，凭我和迪克·帕克之间的一切交情。你是我的兄弟，我对他说，我少不了你，但是，其他两个主张把我们四个全给烧了，迪克·帕克只能做到救我一个。我只能眼巴巴地看你今天明天受两天活罪，等他们会议一结束，我就会看到你被烧死!”

“那个软蛋拿我们的皮换了他自己的脑袋!”伯特兰隔着柱子尖叫。

“不,我发誓!”麦克沃伊觉得冤枉,“我们过去的一切恩怨已经过去了。你不该认为我算计你,或者在迪克·帕克那儿捣你的鬼!”

“我相信你。”埃比尼泽说。实际上,他有一会儿对麦克沃伊的消息感到愤慨。要不是当初麦克沃伊出卖了自己,自己能离开伦敦吗?但是,他很快就压住了自己的怒气,因为尽管自己的处境很危急,或者正因为处境很危急,他却能理解,麦克沃伊只能按照他自己的原则行事,自己不也一贯是这么做的?他还可以同样很轻易地指责,老安德鲁反应过于强烈,琼·托斯特不该引起打赌,本·奥利弗不该提议打赌,安娜不该只身来到马里兰,伯林盖姆不该——其他的事不算——劝说自己在圣玛丽城上岸,或者埃比尼泽自己,就是在十万件其他的行动中任挑一件,也会彻底改变自己人生的方向。他整整二十八年的人生历程,只使自己沦落到此时此地这番境地。但是,如果这一人生历程从大的程度上讲,不是由于受到自己接触的人的影响,才铸就了这样特殊的模式,那么,反过来,又有谁的生活是受到了无数人的影响而铸就的呢?简言之,他被绑在柱子上,难道不就是被人类历史的精华绑上的,而且还是被整个宇宙历史绑上的吗?就像被一条有无数接头——没有哪一个接头比另一个接头更值得责备——的一条链条绑着一样?在埃比尼泽看来,他就是被这样绑着的,并且,麦克沃伊并不比——比如巴尔的摩勋爵,马里兰的殖民者,或者说发现了旧世界眼中的新世界的热那亚冒险家[①]——更该受多少谴责。

这一结论,与其说是由深思,还不如说是由洞见推出来的。紧接着这结论,又是另一个结论,逻辑过程是这样的:世界历史把他带到

---

① 指美洲的发现者哥伦布,他生于意大利热那亚。

了这个时间和空间点，要不是此时此地的印第安人和黑人心怀敌意，那就不会有什么危险的事。但是，正是因为受到他们英国殖民者的剥削——也就是说，受到了历史事件赋予他们以优势的一个民族的剥削——才使这些印第安人和黑人怀上敌意的。埃比尼泽并不怀疑，抓他们的人如果实际情况倒过来，会做英国人正在做的一模一样的事。那么，历史过程是身在其中的人民的意志的表达，从这个意义上讲，埃比尼泽是抓他的人的一个正当的捕获目标，因为，他属于——比麦克沃伊几夜前的讲话所含的意义更深刻——剥削阶级，作为西方世界一个受过良好教育的绅士，他分享了它的文化权力的果实，因此，也必然分担这一权力所招致的罪恶。但是，这并不是他应当承担的责任，因为如果是权力和地位的偶然事件导致了剥削者与被剥削者之间的不同，而不是双方精神的神秘分工造成的，那么，白种人侵略和剥夺别人就是“人道的”，正如黑人和印第安人仅仅根据肤色大肆屠杀是“人道的”一样。把要给他点上火把的蛮人，与曾经使某个蛮人做了奴隶的某个商人相比，不见得就跟自己疏远多少。总而言之，诗人注意到，就他现实的原罪而言，尽管要亲自坦白赎罪，他也得需要某种代受的赎罪；他已经对自己犯了大罪，而正是他自己，很快要惩办那个罪犯。

领会这两条精辟的见解，只不过动了几十秒时间的脑筋，并且尽管在他自我心灵的全部历程中，打动他只需很短的时间，他对伯特兰和麦克沃伊所说的全部话只是：“无论如何，把责任划分得一清二楚，已是为时过晚了。瞧那边。”

他用眉头示意麦克沃伊从其中出来的那间茅屋方向。集会的人的眼光也一起转向了那个方向，说话声逐渐小了下去。三王出来发布裁决了。透过雾气，埃比尼泽最多只可看到一个是缠着绷带的黑人，一个是同样健实的印第安人，第三位也是印第安人，年长而衰朽，行动很艰难，胳膊要年轻人搀着。和他们的属下相比，三个人穿着可谓考究：衣服都装上缘饰，配有流苏；镶有五光十色的贝壳和珠子；颈子四周挂着熊牙和贝壳；脸上用血根草染料涂着线条，画着圈圈。两个印第安人戴着配有镶缀小珠子和火鸡羽毛的头饰，那个黑人的头饰是用装饰上皮毛的两个公牛角精心制成的。两个健壮的人，都是用一只手拿着一柄尖头由骨头制成的标枪。年长的家伙右手拿着某种类型的节杖，或是顶端装上麝鹿皮的礼杖，左手里是一只毕毕剥剥燃烧着的北美油松的火把。

他们的步态使他们走过来时显得更加庄重。麦克沃伊侧着脸看他们，眼睛睁得圆圆的。伯特兰开始痛苦地呻吟了。埃比尼泽吓得脸都红了，他紧紧地咬住嘴唇，但是脸部的其他部分都哆嗦抽动着。

最靠近三王的是麦克沃伊，他们绷着脸看着他。那个黑人举起矛，发出这样或那样的声明，下属们的反应是一阵低声的嘟哝。接着，印第安王中较年轻的一位显然用自己的语言又重复了一遍，他的话引来了同样的反应。埃比尼泽注意到，那位年老头目的脸上有某种不愉快的表情，而站在旁边的麦克沃伊的伙伴邦迪·卢脸上的表情倒是非常惬意。三个王接着来到胡子拉碴的船长面前，他刚刚开始醒转，转了转头。再一次以两种语言下达了判决，同时还伴以举起手中的矛。那个老王微笑着，集会的人高声喊着赞同，判决的意思很明朗，诗人不禁打了个寒战。

轮到伯特兰了，他转开头，眯着眼睛。印第安王中那个较年轻的冷冷地看着他。那个岁数较大的一边听着那个黑人侧身对他耳语着什么，一边点着头，脸上露出恶毒的喜悦。所有的眼睛都注视着那位了不起的黑人王，前面两个案例都是他首先宣布判决的。他与老王结束了交流，举起标枪，抬眼看着伯特兰的脸，开始宣判。

但是，他突然中断宣判，冲上前扭过伯特兰的脸，和自己的脸打个照面。埃比尼泽的肌肉一阵紧缩：既然那个黑人操着矛，又非常无礼地放开老王的手臂，诗人有理由猜测，伯特兰立刻就要来个穿膛过，谁让他把脸扬过去的。他的恐惧还未来得及缓和，那个黑人就大叫一声，从附近一个手下的皮带上抄起一把骨头刀，冲向伯特兰。随行的头目皱起眉，近一点儿围观的人惊得往后退。他没有结果犯人的性命，或者就地将他肢解，而是切断所有的绳索和脚铐，踢开齐膝盖高的柴堆，一下子扑倒，匍匐在摇摇晃晃的犯人脚下。这时候，围观的人愤怒地嚷了起来。

“埃本先生！”伯特兰尖叫一声，往后退，靠到柱子上。老王咆哮起来，那个年轻的王似乎在严厉地责问是怎么回事，对此，黑人王用印第安语作答，声音里充满激情。一时间，广场鸦雀无声。印第安王表情更严厉地皱起眉，吩咐手下人搀扶他的老伙伴，然后尽量用威严的步伐，不是走向伯特兰，而是走向那位大为困惑的罪犯，他还没有被判决呢。他只迈了一二步，埃比尼泽马上就辨认出来——透过作战时涂在身上的颜料、盛装以及新近恢复的健康的外表——他就是当年悬崖边洞穴里那个病兮兮的逃犯。

“我的基督！现在看清了！”他叫起来，“伯特兰！这是夸撒布拉格和德雷克派克！那边麦克沃伊的迪克·帕克是你的德雷克派克，这里夸撒布拉格来营救我啦！”

实际上，那个印第安人好好端视埃比尼泽的面孔时，眼里严峻的神气就没影了。应他的命令，两个卫兵走上来解了诗人的绳索和镣铐。

“我放了你，并请求你原谅。”夸撒布拉格声音低沉地说，“算是万幸，我的救命恩人没受到什么伤害。”

像伯特兰一样，埃比尼泽一时说不出话来。他泪水出来了，晕乎乎的，声音嘶哑地笑起来，摇着头，看看麦克沃伊，一副不相信的神态。与此同时，那位老王可没闲着，一直在那边辱骂着。显然，他并不比他的臣民或者是其他另外的两个犯人对刚刚发生的一切多明白多少。夸撒布拉格微微向埃比尼泽欠一下身，建议诗人在原地再多待一会儿，然后转过身去安慰那位老王。那位黑人王——使人们大为惊愕的是，伯特兰认出了他的身份，就上去拥抱了他一把——这会儿也抽开身，加入了三人领导小组。从他们交谈的神态可以看出来，老王死活不同意释放犯人。一会儿后，夸撒布拉格招埃比尼泽过去，抓起他的左手，小声说："你带了夸撒布拉格给你的戒指吗？"

诗人从口袋里摸出鱼骨戒指，感谢上帝和琼·托斯特，多亏用自己的银戒指换了琼的鱼骨戒指。夸撒布拉格首先把戒指给老王看，接着嘴里不满地宣告什么，一边把戒指举得高高的，让大家看。与此同时，迪克·帕克——或者说是德雷克派克——对站在附近、咧着嘴只顾笑的邦迪·卢发出命令，于是，所有的犯人——除了船长——都被推搡着回到那间茅屋监狱。到这时候，老王才捞到机会再表示反对意见。

"说直的！"埃比尼泽绷着脸笑着说，"这间茅屋现在看上去倒是所宫殿了。"

广场上，雾气已经被太阳照亮了，但还没给驱散开来，人们紧张地骚动着。透过屋外卫兵两腿之间的空隙，埃比尼泽看到三王朝原先出来的屋子走去。很明显，老王无论怎么说也没有平静下来，这回由两个头饰与老王相似的印第安人搀扶着。

"这真是圣书上写的奇迹！"麦克沃伊叫起来，眼睛和嘴巴上的肌肉仍在因为震惊抽搐着，"不，是奇迹中的奇迹！迪克·帕克怎么还活着，而且还认识你？哎，他伏在地上，你的仆人仿佛就是一个神！"

"差不多，谢谢你，"伯特兰自豪地说，"神却不容易做一个好的教区居民！除非他出类拔萃！你看到他在老王面前保护我，要多勇敢就多勇敢的样子？"

为了让麦克沃伊摸着头脑，埃比尼泽讲述了怎样为德雷克派克解了绑缚，怎样发现伤口感染的逃亡的夸撒布拉格，并且让那个黑人满足了自己的需求。

"作为这一切的回报，他给了我们鱼骨戒指，尽管对戒指的意义他们一句话没提。戒指象征着什么？一个像德雷克派克这样的穷光蛋奴隶，又怎么做起了大王？"

麦克沃伊看不出戒指有什么意义。"你叫做德雷克派克的家伙，就是我以前讲到的那个家伙，我叫他迪克·帕克。从伦敦绑架我的那只船在卡罗来纳捎上了他，还有邦迪·卢和其他四十多个奴隶，去马里兰出售。他们都是不久前从某个非洲城市抓来的，这个迪克·帕克就是他们的头儿。出于同我一样在那里会惹出麻烦的原因，大副把他和邦迪·卢用链子锁在船上的隐蔽处。”爱尔兰人咧着嘴笑，“迪克·帕克试图引发哗变。大副想杀了他，船长的看法是，如果他们能够用鞭子把他正过来，就可以利用他来叫其他的人学乖点儿。他们每天打他两顿，把他绑在前桅上的时候，他冲水手吐唾沫，解下来的时候，他还是朝水手吐唾沫。我一次又一次建议他——通过邦迪·卢在中间传话——在被卖掉安顿下来之前，忍着点儿屈辱，到时候再逃跑，帮其他人一把。他的回答是，我的建议对邦迪·卢和其他的手下人是最好不过的，但是，对一个王来说，买了又卖，可是王者之风扫地。我要是说没有过哪个死了的王能够打赢一场仗，他会回答，狮子不会扮演豺狼的角色，一个死了的王也会仍然是其臣民的活楷模。他吩咐邦迪·卢照我说的去做。他们又一次带迪克·帕克去鞭打时，他居然朝大副本人吐唾沫。就在那个时候，他们把他扔向船外，手脚都绑着。有一半的奴隶第二天在安妮·阿伦德尔城被卖出去了。又过了一天，剩下的一半连同我们这些移民，在牛津被卖掉了。那家伙怎么没沉到海底，我从来不清楚。”

埃比尼泽摇了摇头，想起了他们在海滩上发现他时，他背上的鞭痕。“这会儿，他就是逃亡奴隶的王，夸撒布拉格就是不满的印第安蛮人的王！他们要是作起乱来，只有上帝帮英国人了。”

“让他们见魔鬼去吧，我说，”麦克沃伊说，“是他们自找的。”他和伯特兰两个都表示，要尽可能早点儿请求或偷着跑回伦敦，这样，他们一面可以祝愿叛乱分子们成功，一面又不至于自己丢掉脑袋。埃比尼泽没有忘记自己绑在柱子上时的一番思考。尽管他同情奴隶和印第安人的苦难，却坚信像他自己一样的白人的罪恶，只是在于容忍这一苦难，并没有促成它，因此无论如何，他还是做不到津津有味地品尝集体大屠杀的想法。相反，他两次差一点儿被执行死刑使得生命变得更为愉悦了，生命的滋味这会儿对诗人来说就是非同一般的甜了，一想到哪个人就要被剥夺了生命，他就打寒战。

“我们必须想个法子救船长，”他表示，“和我们相比，他更没有理由待在这儿，他落到这步田地，既不是想寻找什么，也不是想逃脱什么。”他补充说，尽管他非常清楚自己的话不够中肯，“如果他死了，我必须为此负责，是我雇他渡我到莫尔登的，而且不顾天气与时间，硬多给人家钱，催人家上路的。”

麦克沃伊和伯特兰两人都反对这样把责任往自己身上揽，麦克沃伊进一步表示，尽管自己十分希望老人平安无事，却绝不打算牺牲或危及自己的生命来拯救老人的生命。

“无论怎么说，”伯特兰建议，“哭鼻子也好，庆幸也好，都为时尚早。如果德雷克派克办得顺，我们都会平安地逃脱；如果不顺，我们也免不了要被烧死的。”

他的伙伴们表示他讲得在理，开始一门心思猜测那个印第安老王的职位和势力，他可是极不情愿看到他们被释放的。麦克沃伊把那个叫邦迪·卢的人叫进来——他们的英语最多只能略微沟通沟通——回答了他们好几个问题。无论提供的消息是使人振奋，还是使人沮丧，还是使人无动于衷，他说起来总是挂着一张巨大的不可战胜的笑脸。

那个老印第安王是谁？

“他是塔雅克契卡梅克，阿哈特瑚珀人的王，和英国人作对，说来有八十四个年头了。这座岛屿是他的。”

埃比尼泽问起三王之间的权力划分以及每个王的权限范围，邦迪·卢回答说，夸撒布拉格是切萨皮克湾西边所有有不满情绪的印第安人的总司令什么的，契卡梅克在东岸拥有同样的权力，德雷克派克则是所有逃亡黑人的王。他接着非常直率地断言，尽管理论上说，三王都赋予了相等的权力，但正是夸撒布拉格——那个安纳考斯汀王——操纵着实权，不仅仅是因为他手下的族长——比如说，皮斯卡塔韦人的奥考陶马卡思、乔普提考人的汤姆·卡尔弗特、马塔渥蒙人的马奎昂塔——数量更多，势力更大，并且比契卡梅克手下的人更好战，而且还因为契卡梅克手下的一些人——像乌马考卡西蒙大王的儿子阿斯奎阿斯，其人由科普利总督任命为南梯库克人的领袖——更倾向于跟着更年轻更健壮的夸撒布拉格，而不是他们年老的总司令。并且，最大的潜在权力，依邦迪·卢来看，是握在德雷克派克手里的，因为尽管更好战的印第安人的数量比逃亡的黑人数量多，但夸撒布拉格的权力必然地局限于本州，而且，他的臣民——除了一小群皮斯卡塔韦人——主要效忠于几个部落首领，而仅仅间接地效忠安纳考斯汀王。另一方面，德雷克派克在很短的时间内就成了每一个逃亡的非洲人的直接的、当仁不让的领袖，并且鼓舞着数以千计的没有解放的奴隶。不光如此，他没有与他争部落地盘及领导权的对手：从非洲不同部落来的黑人，通过奴隶市场的买卖，没有区别地分布在各州里，德雷克派克，任何人都知道，是他们唯一的正统王权拥有者。因为这些，再加上他的睿智（他跟夸撒布拉格学了三个月，就学会了皮斯卡塔韦语）、他那令人敬畏的外表，还有他既不是白人又不是印第安人的优势，便利了他与法国人和北方部族的一系列谈判，这一切都使德雷克派克的势力范围一天天扩大，有可能很快就会包括美洲全部黑人人口，其数量随着从非洲西岸驶来的每一只船不断地扩大着。人们从邦迪·卢那嗓门里毫不掩盖的傲慢语气猜想，他已经给他的美洲皇帝加冕过了。埃比尼泽浑身直哆嗦。

“但愿他权力还大些，”麦克沃伊没好气地说，“要是迪克·帕克真有这么过硬，我们可没有什么好怕老家伙塔雅克掷骰子，或者鸡脖子，或者别的什么。[①] 难道你不这么看，邦迪·卢？这是一对大人物对付一个小人物。”

“这会儿，”那个脸上挂着笑的黑人警告说，“事情没有那么简单，

---

① 此处掷骰子（Chuck a luck）、鸡脖子（Chicken-neck）都是利用与契卡梅克（Chicamac）的谐音作戏谑之语。

因为尽管契卡梅克手中操的权力，行使的也好，潜在的也好，要比他两个同党中的任一个权力都小，但是他在各州印第安人心目中，可是白人的一个夙敌。在他们中间，他实际上是一个传奇式的人物。三十年来，他的名字就是不妥协地抵抗的同义词。除此以外，他的阿哈特瑚珀人的小城，就是全州有组织地武装对付英国人的最牢固的堡垒，他的岛屿，就是最安全、位置最中心的总司令部。简言之，尽管不过是一个有名无实的首脑，他却是一个极其珍贵的人物，除了最重大的政策问题，在其他事上，他的同谋都让着他——既然十分之九的军权都握在他们手中，小事就由着他点儿吧。”

“我的天!”伯特兰嚷起来，“你的意思是，他们或许就让他把我们烧死?”

“我可不希望。”邦迪·卢令人高兴地说。一个卫兵从外面用方言叫他，他补充了一句，还是那副笑容：“等着吧，很快就见分晓的。”

七、阿哈特瑚珀人怎样选他们的王

后来，埃比尼泽、伯特兰以及麦克沃伊，当天早上第二次被带到雾气笼罩的广场上。尽管现在光线很充足了，但天空还是阴着，雾蒙蒙的盐沼泽地免不了还是那么阴森森的。做早餐的火堆已经熄灭了，妇女们忙活着各种各样的家务事，大多数男人，可以想象到，都去了沼泽地和水道，寻海味、捕海鸟去了。几十号人——埃比尼泽认为是小头目及其手下——仍然围着广场中间的火堆，抽着烟斗，讨论着什么。犯人走过时，人们的表情很冷漠，从这一点上不难猜出他们讨论的是什么内容。

这回，没先前那么心惊肉跳了，诗人可以更有兴致、更超然地往四周看看。他注意到，村庄要比他先前估计的大得多。麝鼠屋一样的住房，不只一百座，差不多有三百来座，那些干活的黑人们正在城市的整个外围部分建盖新的住房。实际上，地势高的地方已经用完了，盖房子的人不得不将就着各式地形。村子的一侧边缘，是一座到处撒满牡蛎壳的平坦山冈——这些牡蛎壳是多少代阿哈特瑚珀人堆起来、聚在一起的，他们可想不到，建筑地会像今天这样稀罕——黑人们忙着把牡蛎壳铲进邻近的沼泽，既开辟了新的地面，又清理了老的地面。其他地方，房子盖在沼泽里面的一些矮桩上，堪称非洲和印第安两派建筑的奇特结合。同时，诗人还第一次注意到，人口中男女性别严重失调：即使考虑到当时因害怕而不够准确，他也判断出，有差不多一千个男人——少说也有七百——那天早上挤在广场上，其中夸撒布拉格和德雷克派克带来的人绝对不会超过两百人；而妇女呢，却很容易十几十几地（而不是成百成百地）就数得过来了，除非有些在睡懒觉，但这是不大可能的。但是看上去，小孩子倒不缺。茅屋之间的空地上，小蛮人多得是，数量之大，肤色之丰，向埃比尼泽暗示的，不光是一妻多夫制盛行，而且是地域文化的联姻比政治或建筑的同化要深入得多。

这一次，犯人没有在柱子前停下，而是径直朝监狱对面的宫殿茅屋走去。老船长愠怒地从柱子上看着他们，就像头目们愠怒地从广场上看着他们一样。埃比尼泽冲着老船长嚷："千万不要害怕，老伙计，我们不会出卖你。要么一块儿活，要么一块儿死。"

"屁话。"旁边的伯特兰嘀咕一句。麦克沃伊断然补充："你爱怎么玩命就怎么玩，但不要玩我麦克沃伊的命。要是他因为我死了，我会沉痛地悼念他，可是，我因为他死了，我就恨他的五脏六腑。"至于船长，要么没有听到诗人打气的话，要么吓得心神无主，听不懂什么意思，再要么根本不理会，因为他的表情一点儿没变化。

在宫殿茅屋入口处，邦迪·卢咧着大嘴笑着说："我们站在这儿，你们进去吧。"他指指动物皮做的活板门。犯人们犹豫了，每个人都不愿意打头阵。后来，埃比尼泽牙关咬得铁紧，推开门，领头走了进去。

除了尺寸大些，还有更多的皮货做地毯和墙饰外，契卡梅克的宫殿与那间监狱没多少不一样。沿后墙壁站着一排卫兵，个个手持长矛。地板中央，小石头围成小圈子，里面生着一堆火。火的后面坐着一脸皱巴巴的老王，嘴唇绷紧，目光邪恶，两侧是两位毫无笑脸的同党。英国人面对他们很不自在，坐也不是，站也不是，欠欠身好，还是站着不动好，说话呢，还是不说话呢，一时拿不定主意。邦迪·卢不在场，埃比尼泽看看夸撒布拉格，看有什么指导的。但是，开腔对他们说话的是德雷克派克，显然，流利的英语又在他的资产名录上加了一条。

"德雷克派克希望的是，"他一副铁板脸，"四个白人都释放，或者，要是一个人必死无疑，就该是那个老头，或者，仅仅有一个人活下来，那就是德雷克派克救命恩人中的一个。"

麦克沃伊沉下脸。埃比尼泽和伯特兰互相避开对方的眼神。

“夸撒布拉格希望的是，”德雷克派克接着说，“老头和红头发的歌唱家必死，饶了你们两个；或者，如果仅一命可存，那就是戴兄弟戒指的高个子。”

“我说——”麦克沃伊不服气。伯特兰的脸也蔫了。一个卫兵把矛放低，拉开架势，爱尔兰人随即闭了口。

“契卡梅克希望的是，”非洲王继续说，“大凡世界上的一切白人都得用矛刺死，然后肢解。考虑到那个高个子是夸撒布拉格的兄弟，姑且饶了他。”他看着伯特兰，声调和表情仍然很严肃，说，“我很抱歉你丢掉了夸撒布拉格的戒指，也很抱歉我曾经跪在你面前，把你当做一尊神，而没有按我们人民的习惯，把你看成是我的兄弟。但是，我跟契卡梅克说过了，你和那个高个子救过我的命，谁杀你，就必须先杀了德雷克派克。契卡梅克对此没发话，因此，你会被释放的——千万注意，不要笑，否则他会怀疑我讲的话，无论如何都要把你给宰了。”

对麦克沃伊，他说：“你是我的朋友，也是邦迪·卢的朋友，我不愿看到你死。但是，契卡梅克的怒气实在太大，他只认救过我们当中哪个人命的人为兄弟。你必须和你的朋友说再见了。”

“不，见鬼！”麦克沃伊叫起来。卫兵靠过来，契卡梅克的眼睛也发出凶光。“我的意思是，”麦克沃伊用一种更平静的声音继续说，“如果你够得上是你自己认为的那种朋友，并且拥有像邦迪·卢所说的那般人马，你干吗要让那个杂种老腌猪做法官，当陪审团？把我们都放了，让他见鬼去吧！”

夸撒布拉格一直皱着眉头，听了爱尔兰人的一席话，眉头皱得更深了，他大声回应道：“夸撒布拉格和德雷克派克是强大的，但是我们的强大，不是在契卡梅克的岛这里。如果阿哈特瑚珀人同德雷克派克的人开战，我们的事业会失去一支强大的联盟军，还有一个强大的王。契卡梅克是不会开战杀死德雷克派克和夸撒布拉格的兄弟的，但是，为了杀死任何一个白人，契卡梅克一定会开战的。你必须死。”

“那就让我必须死吧！”埃比尼泽突然开口。他的眉头时皱时开，双手抽动着，鼻子也还起作用。夸撒布拉格和德雷克派克冲他转过身，大为惊讶。伯特兰和麦克沃伊觉得不可思议。“要么四个人一起走，要么四个人一起死！”诗人宣布，“这些人给弄到这里，是我的错，我绝不允许只顾自己逃命，不管其他三个人的死活。”他看着德雷克派克，有埋怨的意思，“也许，德雷克派克不保卫自己的朋友或是别的什么人，但埃本·库克一定要这样做。”

“我请我兄弟再想想，”夸撒布拉格说，为了照顾契卡梅克的面子，还是一副严肃的神态，“如果必要，我会先把你打昏，再救你。”

但是，埃比尼泽显然早预料到这种可能性。“千万别这么干。”他立刻回答，由于自己大胆的举止，说话时兴奋起来，“千万别这么干，亲爱的夸撒布拉格。你一说我们必须有一个人死，我就想跳过去，掐死契卡梅克，好让他那些狗仗人势的家伙把我当针垫刺。不，不要警告让他们离开，否则的话，我马上就扑上去。”

“我的天，埃本！”麦克沃伊叫起来，“留住你的命，其他事情无所谓。”

“我们的朋友，说得既慷慨，又明智，”德雷克派克补充说，“不要把四条性命都抛掉，留下两条吧。”

“不要再说了！”埃比尼泽尖刻地发起号令来，他脸都红了，声音颤抖着，热血从心脏涌向四肢，“你是把你兄弟的人放了，还是要我扑矛头？答应我，还是不答应我，给个痛快话！”他转动脚跟，甩开臂膀，似乎就要兑现自己的威胁。契卡梅克朝这边一瞥，两个卫兵立即靠了过来，矛举得笔直。德雷克派克和夸撒布拉格两人眨眨眼，互相使了个眼色。

“没有答案，兄弟们？”诗人的嗓门发尖了，“**再见**，夸撒布拉格兄弟！愿你走好运，而你杀人的计划遭厄运！**再见**，德雷克派克兄弟，**再见哪，再见**！真可惜，你们永远见不到我的朋友亨利·伯林盖姆了：

你们两个一定会出人头地的!”

他真的竖起身子就要跳过火堆，但打住了，因为契卡梅克听到亨利·伯林盖姆的名字，就向夸撒布拉格发了一通盘问，亨利的名字在其中被提到好几次。

“等一等，兄弟!”夸撒布拉格嗓门都尖了，同时听着他年长的同党兴奋地询问，埃比尼泽呢，一股冲劲过去后，晕晕乎乎，一身冷汗。

“塔雅克契卡梅克认为，你刚才说到了某个人的名字，请你再说一遍。”

“某个名字？噢，是亨利·伯林盖姆!”埃比尼泽放声大笑，像是神经错乱的样子，斜着身体向老王靠过去，老人的眼睛就像鱼鹰的眼睛，发出刺人的光，眉毛蹙得像鸟羽。“亨利·伯林盖姆!”他又叫了一声，眼泪就顺着脸庞往下流，“你听说过他，是吗，杀人的？或者，你就是化了装的伯林盖姆，在这里又胡闹起你那出了名的恶作剧?”激昂的情绪冲动差一点儿使他晕过去。他的下颚耷拉着张开，不得不一屁股坐在地上，免得一头栽倒。

契卡梅克又一阵急促的询问。

“这位亨利·伯林盖姆是谁?”安纳考斯汀王翻译过来，“是你的一个朋友?”

埃比尼泽肯定地点点头，说不出话来。

“这里有一个就是他?”夸撒布拉格问道，“不？那么是在白人的城市了?”

肯定的答复，又引起了老契卡梅克一阵兴奋，嘟嘟囔囔地说了一番印第安语。为埃比尼泽翻译过来以后，埃比尼泽解释说，伯林盖姆从前是自己的老师，要是自己猜得没错，他四十岁上下，不知道自己的出生年月、出生地点，父母是谁也不知道。

契卡梅克最后一个询问没有借助语言：他的整个躯干都由于惊愕而在颤抖，他伸手在火堆里取出一根烧焦的木柴，在一块干净的鹿皮垫上，画出一个符号Ⅲ，用他那令人可怕的打探个究竟的目光，再次盯住诗人。

“噢，就是这个了。”埃比尼泽叹口气，精力上太困乏，做不到像其他人一样，既蒙又惊讶，“亨利·伯林盖姆三世。我说，夸撒布拉格，怎么回事，他怎么认识我的亨利?”因为他是刚刚才想起，在自己老师多年的冒险和阴谋生涯中，伯林盖姆的一贯做法是从不使用他小时候使用过的名字。问题被准确地翻译了过去，但是那个印第安老人没有直接地回答——他脸上的恶意已完全让位于天大的好奇——却吩咐两个卫兵，打小茅屋的一角取出一个刻有各种图案的箱子，径直放在被弄得摸不着头脑的诗人面前。

“塔雅克契卡梅克要你打开箱子。”德雷克派克说。

埃比尼泽打开箱子，很惊讶的是并没有看见什么明显让人喘不过气来的东西（他没有翻箱倒柜），只不过是一些黑衣服（明显是英国工艺，这让他注意到，就连小箱子本身，纵然有印第安人的装饰图案，却也是海员和旅行者使用的那种，不是蛮人使用的那类箱子），四个盖着盖子的玻璃瓶，看上去装的是水，最奇特的东西要算一个差不多是八开本的笔记本，用脏兮兮的破小牛皮包着。

契卡梅克通过安纳考斯汀王翻译，说起话来。

“有一本——”夸撒布拉格看着德雷克派克，意思是要他帮着翻译一下。

“书。”非洲人说，“一本书，就在上头。”

“书。”夸撒布拉格重复了一遍，“契卡梅克要我鲁莽的兄弟打开书，看看里面的符号。”又用同样的翻译家的口吻补充说，“夸撒布拉格希望的是，我的兄弟会从其中读出一些魔力，治治他的癫狂。”

诗人按吩咐捡起书。一时间，契卡梅克身后的一排卫兵哗的一声全部跪下，好像对着一个神物跪下。埃比尼泽发现，它事实上只是一部英文书稿，用一种绅士们规范的字体写成，墨汁太粗糙、太简陋，不像是欧洲产的。扉页上很谦逊地写着书名**阿哈特湖珀人怎么选择国王**，开篇内容，快速看一眼，似乎是对多切斯特郡沼泽地的描写文字，或许就是这个部落现在还居住着的同一座岛屿。

“这也够吸引人了，我承认，”诗人不耐烦对夸撒布拉格说，“但是真的，不是时候……基督！现在……”他打断自己，继续往下看，真是不可思议，开头一行——我们队伍打败以后，像母牛一样被牵着进了蛮人的城，城在内陆好几英里的地方。一路上，我有幸目睹乡村的景色——一切仓皇和疑虑都烟消云散。

“约翰·史密斯的《秘史》!”他惊叫起来，“见鬼，看来绝不是巧合了……”他心里想着林波海峡，眼光却扫到《秘史》的下面段落。他的下巴耷拉下来。因为这手稿的存在，尤其是还有塔雅克契卡梅克后来所讲的故事，对他的判决永远不会结束：这两件事叫埃比尼泽撞上了，算是埃比尼泽一生中最令人惊奇的功绩。

为了照顾到大家，他大声读起来：

这里太荒凉、太孤寂，看上去极恶劣，要记述下来，我的笔力和想象力实在不配。四周是湖泊和水洼，水域比陆地多，大多数地方水地和陆地交错在一起。潮水来了又去，淹上又退出附近整片整片的污泥。岛上什么也不产，只有些绿色的芦苇和松树灌木丛。潮水退了的时候，到处都剩下小水洼，马上就生出了蚊虫，一串串缠在一起，饥饿极了。整个地区很平坦，多数低于海平面，四周是看不完的这等荒凉的景象。空气湿漉漉的，散发着恶臭味。脚一踩，土就往下陷。水脏得也不能喝。算得上是地球上最难看的地方，根本不适宜英国人住。我不巧来到这里，虽说离我们的地方（譬如弗吉尼亚）不是很遥远，但是，除了十足的傻瓜什么的，谁愿意到这里来呢。

至于那些抓我们的蛮人（这得感谢我早先提到的涅墨西斯以及对头伯林盖姆——就是那个饭桶），他们活脱脱的是该地方的一幅画像，与我们以前碰到的人相比，身材矮一些，面貌丑一些……

埃比尼泽不大相信地从日记本上抬起眼，夸撒布拉格和德雷克派克对日记上的话没有任何反应。他接着念：

同时，他们似乎不大愿意说话，我问他们是哪个民族的，挨我最近的一个说是阿哈特瑚珀，根据波瓦坦人的语言，意思是吃饱饭后肚皮就胀起来的意思。我拿不定这个蛮人是在回答我问题，还是在羞辱我，或者在耍什么其他的粗俗花样。他再没有说什么。我很高兴，他们说一种与波瓦坦人差不多的语言，这样我就可以和他们对话了，这样我们的束缚就会少一些。尽管他们不说话，对我们倒是蛮客气的，一路上并没有伤害我们哪个人。我想，要是他们想杀我们，在海岸伏击我们的时候是太容易了，但他们并没有那样做。兴许他们饶我们不死，想等一等。可是，推迟一天，明天死，总比这会儿死好，于是我心情好了一些，同时瞅紧他们，看有没有机会逃脱他们的伤害。

末了，我们到了城里，是我见到的最粗陋的城市，不过十几座树枝和泥巴筑成的房屋，一律盖在一块干地上，比四周沼泽地地势高一丁点儿。看到我们来了，十来个男蛮人从小茅屋里走出来，大多数老弱病残，还有十五个上下的女蛮人，丑得不能再丑。还有许多讨厌的小狗，从各个角落冲我们嚷嚷。

一个大块头的胖蛮人从小茅屋走出来，跟抓我们那帮人的头头说话，说了好长一段时间，主要意思我听得懂，他对把我们带到城里非常生气。抓我们的头头（个头小，嘴挺厉害）回敬说对方又不是什么威罗旺斯（就是王的意思），因此，在角逐没进行之前，应当闭上嘴。他抓我们白皮肤的人——他认为是苏斯克罕诺人——是为了加入角逐的，因为苏斯克罕诺人是能够创造奇迹的民族，又是出名的勇士。那会儿，我不知道他说的角逐指的是什么，也不知道胖家伙是谁，矮个子又是谁。但是，我从西克蓟皮克那儿听说过苏斯克罕诺人的情况。西克蓟皮克是阿考麦克哈哈大王得比代翁的兄弟，他说过，苏斯克罕诺人是遥远的北方一个强大的民族，就在我们航行过的大湾的那头。其他民族的蛮人很害怕他们，因为他们是勇士和强悍的捕猎者。对我来说，被误当成苏斯克罕诺人是个蛮不错的消息，我才不劳神戳破这一点。

两个蛮人之间接下来是好一场争执，都想对对方发号施令，都不想听命于另一方。我心里就嘀咕开来，他们的王在哪里？在我看来，这些异教徒要么有两个王，要么没有王。就在这个时候，又一个蛮人出现了，是打外边哪个地方来，头上顶着一罐水，向附近的一个小茅屋走过去。我发誓，她是我见到的最漂亮的蛮人，身体矮小，脸蛋和体形都很诱人，光着上身，抬臂拿稳水罐的时候，一对奶子挺得非常美。一见到她，两个蛮人停住口角，都盯着她看，我和同伴们也一样。她太美丽了。她一走开，两个家伙又吵起来，又是到底把我们安顿在哪儿，又是怎么看管我们，要不是我打圆场，两人就干上了。我用波瓦坦人语言说，我是弗吉尼亚的约翰·史密斯船长，应当放我们回小船上去，他们那里没有安顿我们的地方，让我们平安地回去得了。我说，我们不希望打搅他们，烦他们供吃供住的。我这样说，是为了打打趣，明明知道不是人家邀请来的，而是被人家强抓来的。蛮人很惊讶，我能说他们听得懂的话。那个胖家伙对我的提议没有一点儿不快的表示，当场就要我们离开，这就该我惊讶了。矮个子死活不依，说我们必须待到第二天的角逐。两人又吵起来，末了，我们被关进一间小茅屋，小得连身体都躺不直。矮个子和他的喽啰们看守我们。

我的同伴们听不懂两人说了什么，情绪很低落，牢骚满腹，唉声叹气，因为不知道自己的命运会怎样，是死是活也没个说头。再说，我们是早上被抓的，这会儿已经黄昏时分，一点儿东西都没吃，虽说押我们的蛮人也一天没进饮食。我想，这就奇得没谱了，再凶恶的狱吏也得给囚犯一点儿东西吃。我还有点儿担忧，就我同狱吏谈话了解的情况来看，我们是吉凶未卜。狱吏们对究竟怎样处置我们似乎也心中无主。两个蛮人发生的摩擦和争执，再加上狱吏们心中无主，我认为是个好的迹象。只要敌人内部有不和，未开战就算赢了半场。因此，我向我的人讲了好几句，要他们打起精神，像个男子汉。但是没有什么效果，他们都希望回到詹姆斯敦，或者最好回到伦敦，都诅咒倒霉八辈子来了这里。伯林盖姆呢，正像我早就预料到的，抱怨得最起劲，尽管依我看正是他懦弱的德性才让我们落到如此的境地。我讨厌他，就是他老是捣我的鬼，坏我的事，在詹姆斯敦也没少挑拨离间的。我倒是巴不得他待在伦敦，或者沉到海底——我干脆就对他这么说了。他只是睁大眼睛瞪着我，一言不发，我猜想，他心里想的是，要是我再不给他留情面，他就把我和波卡洪塔丝之间的那档事抖搂出来，因为他过去常常这样威胁我。我于是就没再去惹他。我开始考虑，大家的这种局面不能撑多久，必须有所改变。要是真的发动哗变，不在我引导下，大家一准会死在蛮人的手里，因为大家太愚蠢、太无知，哪里还谈得上什么回詹姆斯敦呢。

一天来经历了这么多事，又是滴米未进，大家很快就倦得昏睡起来，犯不上恐惧和抱怨了。只有我一个人和卫兵——就是那个矮个子——套近乎，想从他嘴里掏出点儿信息，我们的命运究竟如何，兴许还会博得他的好感，或者挑动他和胖家伙进一步发生摩擦。

我这一次比上一次幸运些。要么是因为只有我们两人闲着没事，要么是因为他想拉我入他的伙，矮个子很乐意并且很诚心地回答我的问题。我问他，他叫什么名字，他说叫韦朋特，意思是乌龟，人家这样叫他，是因为他的女人被老威罗旺斯（就是老王）弄到床上去了。再细问，我了解到，这个老王最近死了，他名字叫克卡陶夫塔撒坡克斯库诺夫马斯（意思是九十条鱼）。我猜想，正是乌龟出于嫉妒杀了老王。城里没有王了，老王只留下一个小老婆，没留下继承人。蛮人们必须自己选举出一个王来，他们明天就要以一种特殊的方式选出个王来。

阿哈特瑚珀人个头都特别的矮小，因此十分羡慕大块头的人。他们相信，一个人饭量越大，身材就会长得越大；国王块头越大，城市就越安全。因此，要是哪个国王死后没有后嗣，所有的阿哈特瑚珀人就要聚集在一起开个食宴，要是谁吃得最多，他们就选定他做王，并且另给他起个名字，纪念他获得王位的功绩。前面的老王名字叫克卡陶夫塔撒坡克斯库诺夫马斯，是因为他当年吃下了九十条鱼。我于是猜想，那里的人之所以叫阿哈特瑚珀，是因为食宴的时候，大家的肚皮撑得都要破了。

这就是那里奇特的风俗，我了解到的时候，我和我同伴的困境就有些眉目了，尽管我还不确信为什么要抓我们来。进一步交谈以后，我了解到，城里有两个人觊觎王位，一个就是老王的谋杀者——就是和我说话的乌龟——他希望坐上王位，或许仅仅想把被老王夺走的女人弄回来，因为老王留下的女人应该配给新王。另一个是乌龟的对手，名字叫阿托斯奥姆，意思是箭靶子，因为他太肥，很容易被射中。这个家伙也同样瞄上了乌龟的女人，叫波卡塔沃图丝，意思是烧着床，因为她做起爱来，热乎劲高得不得了。

看来，箭靶子与乌龟之间的食量角逐不会很火热，乌龟或许是输定了，因为他骨架小，箭靶子却肚皮大、胃口大。但是，依风俗习惯，任何蛮人都可以找个代理人进行角逐，要是代理人获胜了，代理人和被代理人就共同拥有王权，共同分享王后的垂青，只是代理人没有发号施令的权力。这样，他们就改变了古代的做法，他们终究相信胖家伙最适合做王，同时又避免了这一信仰带来的不良后果。

正是按照这一风俗，乌龟和他的喽啰们才把我们抓了来，因为我们面目奇特，乘坐的是那等神气的船，他们认定我们能够创造不凡的奇迹，就打算从我们中选一个人做他的代理人。乌龟说，从岸上放箭，把我们赶开，是箭靶子的一伙人。亏了伯林盖姆大人和身后的先生们纠缠在一起，才把我们硬拉上岸，虽然我当时拼命抵抗，但因为岸上情况很险恶，所以还是不奏效。乌龟称呼我们苏斯克罕诺人，只是想吓唬他的对手倒胃口。

从乌龟那里我还了解了许多其他的事。了解到我是我们一伙人的头目后，他向我讲起条件来。第二天我做他的代理人，要是进食角逐战胜了箭靶子，我的同伴们全部自由，我和他共同掌管城市，共享烧着床的床。要是情况相反，我被箭靶子打败，我和同伴则一个不剩，统统要被箭靶子处死，因为这是阿哈特瑚珀人的习俗。

我说，我非常高兴他看中我，可是我肚皮不大，胃口也不大，不适合进食角逐。要是他非选代理人不可，他可以从我的同伴们中另请高明，挑中最肥、肚皮最大的家伙。乌龟马上就采纳了我的建议，挨个审视我的士兵和先生。他们还睡着呢。末了，他眼光落到伯林盖姆身上（正如我想的一样），他居然能拉出那么多的粪便，四肢展得那么开，又粗又重地打鼾，活脱脱一头泥沼里打滚的猪。乌龟向我打个手势，表示那就是他选中的人选。我说他眼力不错，并向他保证，有这样一个代理人，他是稳操胜券，明天他就会占有烧着床。随后，我们抽了几袋烟，谈了一整夜无聊的事。

我看到屋子外面有光亮了，趁其他人还没醒，就叫醒伯林盖姆，把干女人一类的事向他数落起来。我是怎样当他面开了波卡洪塔丝的苞，又怎样耍了西克萄皮克的王后，叫西克萄皮克认定了王后是婊子种。伯林盖姆愤愤地问，干吗又说起这些陈芝麻烂谷子。我说，在这类场合，我比他顶用，因此我乐意再干一次：早晨有一场角逐，得胜者可以同一个漂亮的娘儿们睡觉，而且是老王留下的小老婆。伯林盖姆一听就来了劲头，咬牙切齿、骂骂咧咧的，末了，又耍起一贯的威胁，要是这一次我再不罢手，不给他个机会代替我干一下哪个蛮人婊子，他就立马把我跟波卡洪塔丝和西克萄皮克王后的两档事捅出去，不光是在詹姆斯敦张扬，而且还要给伦敦法院写信举报。我说，我才不在乎呢（尽管让人风闻到了，会对我不利）。我还说，这件事我别无选择，因为按阿哈特瑚珀人的习俗，所有的蛮人以及我的同伴都可以报名参加，为争夺漂亮的娘儿们一决雌雄。他就问起来，是什么样的大角逐。一听我告诉他谁吃得最多，谁就赢得女人，他别提有多来劲，发誓说任何两个蛮人加在一起都吃不过他，我或者同伴中的任何三个加在一起也吃不过他。他可是食欲没边没尽，又是两天没进食，赢女人是赢定了。我非常高兴，赞同他证明自己不是吹牛皮，心里合计着，获胜者总得是我们的人，而不是昨天碰到的那个胖家伙，不然的话，我们都得成为箭下鬼。不光如此，要是伯林盖姆获胜了，我们也就保全了性命，不但他可以带着我的祝福尝尝那个女人的味道，而且我还会让过去的就过去，不再吹捧自己那方面的功绩，或者再嘲讽他那方面的欠缺。除此之外，我们回到詹姆斯敦，我还可以与波卡洪塔丝协商，容许伯林盖姆也试一试她。

伯林盖姆很受用我这一番话，一想起来他又性欲大发。我对他讲清楚，要是箭靶子赢了我们会有怎样的下场。他说，他一点儿不担心自己会败给箭靶子，他可以把任何哪个英国人或异教徒吃趴在桌子底下。他用大手拍一拍大肚皮，立刻一阵轰鸣——本来里面装了鬼才知道是些什么的货色。我和伯林盖姆的谈话用的是英语，乌龟不会听得懂，更猜不出我使的点子。

一会儿，同伴们都醒了，大家都抱怨一点儿吃的都没有。蛮人们聚集在茅屋外，生一堆火，乌龟把我们领出去，依半圆形坐下，他自己坐在伯林盖姆的后面。我们对面坐的是箭靶子，又肥又难看，还有他的十来号喽啰们，围成另一个半圆。打附近的茅屋里走出烧着床，在两个半圆中间落下座，屁股底下垫的是块毛皮什么的，等着领回家与自己睡觉的男人。她就是昨天看到的那个女人，举一下胳膊打旁边走过，就平息了一场争执。她袒胸露乳，身上涂着染料，一副蛮人娘儿们的德性，肌肉紧绷绷的，令人销魂。我倒是希望自己是海量，可以博得她的欢心。一看到她，箭靶子发出一声大叫。除了我，伯林盖姆和我的同伴们一律赤身裸体，因为他们的衬衫补了帆，裤子扔进了林波海峡。伯林盖姆为她昏了头，浑身都在颤抖，口水都流到下巴了。他小声对我说，不要对其他人讲我们到场的目的，这样他们就不会同他争，我也真诚地答应了他，我也不希望任何别的人获胜。

箭靶子开始拍打自己的肚皮，好激起自己的海量。见此情状，伯林盖姆也照着做了：他的肠胃轰鸣起来，像沼泽地里暴风怒吼的声音。箭靶子双腿交叉坐着，屁股在地上上下颠动，进一步为自己开胃口。伯林盖姆也照着做起来，不输对手半寸。他们屁股底下的地面都颤动了。伯林盖姆接下来抹抹嘴唇，双手指关节捏得咯咯响。箭靶子也照着做了。箭靶子十分利索地活动活动上下颚，伯林盖姆也一样。两人就这样比下去，没少折腾，非把胃口吊上来不可。我的同伴们光傻看着发愣，不清楚哪门子不对劲。蛮人们拍手舞蹈起来，烧着床色迷迷地从一个人看到另一个人。

末了，打城里每一座小茅屋里，女人和老头们端出各式各样的食物，已经准备好几天了。我们每个人分一个盛有各式食品的盘子，仅仅只是一个，因为除了伯林盖姆，我们没哪个是角逐者，一个盘子想必是够吃了。伯林盖姆和箭靶子面前，摆上一个又一个。接下来的几个时辰，我们其他人只有看着发愣的份儿，眼见着两个饭桶你一盘我一盘地角逐起来。吃的食物主要是：

黄肚皮的鱼，每人十条。

鲟鱼，每人一条。

炒海星，每人三只。

干尖嘴鱼，每人四条。

煮青蛙，每人几只，用青菜和北美雨蛙等调制。

河豚，每人两条，烤制。

水龟，每人一只，炖制。

还有牡蛎、蟹、石首鱼、岩鱼、蛤蜊、多鼻鱼以及切萨皮克湾产的其他海鲜。

他们接下来吃的是：

绿头鸭、帆布背潜鸭、巨头鹊鸭，肉一块块掺在一起，每人数量相等。

冠顶秋沙鸭，每人一只，用叉子叉着烤成。

幼鸽，每人一只，脱水，上面撒上粉。

烤鹅，每人半只。

黑白相间的刺嘴莺，每人一只，被闷死的。

红喉蜂鸟，每人两只，去皮后加调料腌制。

去了喙的大喙鸟，每人一只。

棕色短脚鸡，每人一只。

长喙沼泽地鹪鹩，每人一只，内脏去掉。

北美猫鸟，每人一只。

还有各种各样的蛋，火鸡的爪子翅膀，等等。鸟类吃完了，他们接下来吃肉食，包括：

沼泽地大老鼠，每人一只，油煎。

小浣熊仔，每人半只。

狗（西班牙猎犬的一种），每人一样多。

干鹿肉，每人一大块。

烤熊仔肉，每人三四片。

一种猫科动物肉，每人一块腿腰肉和一块脊肉。

蝙蝠肉，每人两块，用水煮。

没有兔子肉。两人吃肉的时候，人们给端来五样素食：豆子、洛卡豪米尼、茄子、野谷子以及嫩芦苇。还有各式浆果，但没有水果。肉和素食和着浓汤以及沼泽地提炼的一种水吞下去。

盛宴中，乌龟对伯林盖姆的后背和肚子又是拍又是捶的，要夯实伯林盖姆的肠胃，箭靶子的喽啰们也仿着对箭靶子做了。每吃完一道菜，两人都把嘴张得大大的，乌龟就把手指伸进伯林盖姆的咽喉抠，箭靶子也把自己手指伸进自己的咽喉抠，或者，两人喝一种糖浆，务必要使吃下的东西呕吐出来，使肠胃再装下一些别的食物。蛮人们又是跳又是蹦的，烧着床在垫子上扭动起身子，两个男人的男子气让她来了骚劲。

最后一道菜，蛮人们准备了红浆果。箭靶子嘴里只含住一颗，另外两颗从嘴里掉下来，实在没有场子搁了。他的喽啰们对着他的胃部最后猛地一击，箭靶子嘴哇地一喷，人还坐着就立马断了气：他塞得太满，连倒下都不可能了。我们这边的蛮人们叫起来："阿哈特瑚珀……"意思是箭靶子取消了角逐的资格。可是，尽管他死了，伯林盖姆也还不是获胜者，因为直到最后一道菜，他和箭靶子吃得都是一样多。伯林盖姆只要再咽下一口，我们就有救了。我们冲着他嚷起来，求他撑一撑，可他就是一动不动，眼睛睁得大大的，脸都乌了，面颊也浮肿了，满嘴浆果，我们好说歹说，他就是不买账。我于是跳过去，从大锅里抄起一只蝙蝠，撬开他的下颚就塞了进去，然后硬把下颚往上一推，与此同时，在他头顶猛地一拍，让他吞了下去。

很明显，伯林盖姆获胜了。乌龟跳过去，用自己的鼻子蹭伯林盖姆的鼻子，在他的肚子上轻轻地拍拍。伯林盖姆哇的一声，把吃下的东西吐出来，溅了乌龟一身，他得去河边洗一洗。所有的人宣布伯林盖姆是王，可伯林盖姆实在受不了，听不懂他们的意思了。

到这个时候，天色已晚了，食宴摆了一整天。伯林盖姆受人景仰地被抬进老王的小茅屋，安顿在那里，一点儿都不能动弹。烧着床跟在后面，浑身打哆嗦。这边，乌龟要求箭靶子原来的喽啰们效忠自己，并吩咐他们把死人尸体（还坐在那里）搬走，用火烧掉。我告诉同伴我们自由了，明天早上就可以出海，同伴们很高兴，尽管对发生的一切摸不着头脑。

太阳上山的时候，我们醒来了，带上乌龟送我们的礼物，准备往小船上赶，继续中断了的航程。乌龟情绪很不错，我问他为什么，他说将近半夜的时候，他正在睡觉，烧着床就来了他的小屋，尽管按习俗第一夜她得跟他的代理人过。我心里犯嘀咕，伯林盖姆却在最后时刻赶来了。我们沿着岸边走，我问伯林盖姆，烧着床名不虚传吧？他顿时对我一顿臭骂，说最后一只煮蝙蝠几乎送了他的命，他一整夜都不清楚哪对哪，还看什么蛮人婊子不婊子，更谈不上干她了。他对我塞他蝙蝠吃感到义愤填膺，尽管我一再解释，我那样做只是为了救我们的命，他还是又威胁说要把我的事抖搂出去，给伦敦法院写信，等等等等。我说，我事先和他是有约定的，他要是赢了，他想干什么就干什么。我转过身，领我的人马沿着小路往前赶。伯林盖姆跟在后面，冷不防叫蛮人抓住了，他又号又叫，喊破嗓子也不顶用，他被带回老王的小茅屋，与乌龟共同做蛮人的王。

我的士兵和先生们非常惊奇，我就对他们说，大家应该乐观些才是，蛮人是拿伯林盖姆换我们的自由，我们人手少，又没有武器，实在爱莫能助，还是留下他，老老实实往回赶为上策，只是不要忘了伯林盖姆。一番劝说终究奏了效，尽管大家还是很伤心，尤其是先生们。我们和乌龟挥挥手，向小船走去。国王们总是翻手为云、覆手为雨的——在蛮人之中也不例外——我们不能奢望乌龟的德行能撑多长时间，还是抓紧时间赶到小船上去才算稳当，赶紧离开此荒蛮之地才算安全。我不会再回来（靠上帝），也没有哪个英国人愿意来这里（上帝保佑）。

要是这番奇遇从我或者同伴的嘴里漏出去，哪怕在我了不起的《通史》上记下来，那就干脆让上帝把我在船板上天打五雷轰得了，因为：

抛下伙伴送死，
怎能让他人得知？

八、耶稣会约瑟夫·菲茨莫里斯神甫的命运进一步披露，使与其说富有意味，毋宁说更难以琢磨的相关的神秘之处真相大白

埃比尼泽读完《秘史》后面的双行体诗，抬起头来，仍然一副目瞪口呆的样子。这时候，契卡梅克命令他——通过德雷克派克的翻译——把书放回到箱子里，那些卫兵在埃比尼泽看《秘史》的时候，一直都跪着，这会儿站起来把箱子搬回到原来的角落。伯特兰和麦克沃伊两个都对手稿中提到伯林盖姆感到惊奇，但是对现在这个亨利·伯林盖姆的过去，或者该手稿的内容与现在这个亨利的关系，由于毫不了解——况且，死亡判决就在头顶——所以，他们对这段叙述，与其说感到惊讶，还不如说给弄昏了头脑。埃比尼泽呢，一肚子好奇，心里的问题还没来得及清楚地阐明，老王就要求诗人就他先前导师的情况再描述一番。

“他的相貌怎么样？”夸撒布拉格翻译说，“说一说他的肤色以及其他方面的情况。”

“说实在的——”埃比尼泽皱起眉头，回忆起来，“他的皮肤，没有那边的麦克沃伊那么白皙，也没有伯特兰的那么黑；颜色上，比较接近我的肤色，我敢这么说。至于说他的脸——基督！他可有不少面目——我只能说，他的身材比我们任何人都要瘦一些，相当矮小。事实上，他身材相当矮小，可是，有了副宽厚的胸膛和肩膀，就不显得怎么矮小了。他的脖子和四肢壮实得很。啊，对，还有他的眼睛——黑洞洞的，有时候像蛇的眼睛一样，闪闪发光。”

契卡梅克一边听，一边满意地点头。他接下来提出的一个问题，让安纳考斯汀王眯起了眼睛，德雷克派克的脸上则掠过一丝愉快的微

笑，不过转瞬即逝。

“塔雅克契卡梅克渴望知道关于你朋友的……”他打住，寻找合适的词语。老王则似乎要助他一把，举起他那短小的手指中的一只，并捏着第二个关节。夸撒布拉格语气坚定地接着说：“他希望了解一下那个部位——”

“人们叫它为私处。”德雷克派克打破尴尬。

夸撒布拉格对这一帮助并不领情，但却据此使自己的意思表达清楚：“那家伙是否尺寸小，并且不会由于爱的作用变成一个正常男人的样子？”

埃比尼泽脸红了，回答说，恰恰相反，伯林盖姆应当为那家伙尺寸的过分，而不是为肉资源的缺陷而受到谴责。事实上，他就是性欲的象征。无论是说他那家伙的长度，还是说他那家伙的施展方式和目标，就它的征服历史来看，一般男人是无法企及的。

塔雅克听到这一消息，既不惊讶，也不失望，只是询问得更具体，问埃比尼泽自己是否亲临过那些令人叹为观止的场合。

“当然没有。”诗人说，有点儿不高兴，他感到整个的询问既不舒服，又令人生厌。

但是，自然，夸撒布拉格的兄弟亲眼目睹过他老师那淫荡的家伙？

“没有，我也不想！问这些问题究竟是什么目的？”

德雷克派克听着他年长同党说话，然后对埃比尼泽宣布：“你说到的这个人，是亨利·伯林盖姆三世。这个书里提及的胖英国人——”他指指屋角的箱子，“是亨利·伯林盖姆一世，是你朋友的父亲的父亲。”

“真的？乖乖，亨利一开始盼望的就是这些，但从来没能证实！”他酸里酸气地笑起来，“多么快活，以这样的消息叫朋友开心！亨利和我朋友一场，我却没什么好给他的。现在，我打探到这样美妙的消息，反而没有可给的朋友了，因为——”他就要说，伯林盖姆不但出卖了他，而且还出卖了正义的事业。他没让自己讲出口，因为他心里合计着，至少，他不再确信正义是否就在巴尔的摩或者约翰·库德一边——就算这些绅士们真正存在的话——事实上，是否正是伯林盖姆或现实出卖了自己，或是相反；或者更简单，从某种深刻的意义上讲，正是自己出卖了自己。“事实是，”他改口说，并且一边说，一边就认识到自己命题的真实性，“我的朋友已经步入神秘复杂的境界，我是追不上了，我已经和他没了联系了。”

这种情绪无法译出，即便是渊博的德雷克派克也做不到。德雷克派克一开始解释为，伯林盖姆已经死了。

“没关系，”诗人笑笑，“我还爱着他，还巴不得把我发现的一切告诉他。但是，且慢——我们找到了爷爷和孙子，看上去是这样，但中间一个呢？并且，亨利被发现漂流在远方的切萨皮克湾，又是怎么一回事？问问塔雅克契卡梅克，谁是伯林盖姆二世，他生了谁。”

德雷克派克没有必要传达，老契卡梅克一直都在用心地听着，一听到**伯林盖姆二世**，就嘟囔了一声，点点头。

“**亨利·伯林盖姆二世**。”他清楚地念出这几个单词，一点儿印第安口音都没有，并且用拇指敲敲自己萎缩了的胸腔，“亨利·伯林盖姆二世。”

埃比尼泽在叫自己相信对方能讲出那样的话的当儿，甚至就在对方那高高的颧骨和蛇蝎一样明亮的眼睛里，看到了与自己朋友相似的鬼魂。“啊，不！”他大叫一声，“干脆说他是安德鲁·库克的儿子。告诉我，他的名字是埃比尼泽，马里兰的桂冠诗人——太容易相信了！不，先生们，这出了范围，没谱了！”

但不管怎样，契卡梅克实际上回答说，他是亨利·伯林盖姆三世的父亲，是他自己要淹死自己儿子的。接着，他讲了一段极让人惊奇的故事，夸撒布拉格——显然是他宠幸的那个——为此提供了同声翻译，在最难的地方，不情愿地停下来，让德雷克派克做帮手。

“塔雅克契卡梅克是白种人的一个劲敌！”他开始讲，“愿灾难降临到每一个踏上这片岛屿的白种人头上，哪怕这里只住着一个阿哈特瑚珀人！阿哈特瑚珀人可不像德雷克派克的人那样，他们绝不会被卖为奴隶，也不像阿诺夫塔夫人和潘夸斯人那样，他们绝不会为英国人走私枪炮和白酒，也不会逃离他们的家园和狩猎地点——"

"就像夸撒布拉格的人民一样。"德雷克派克体贴地说。

"他们会把每一个闯到这里的白种人烧死，率领大军把魔鬼英国人赶下海，或者在自己的岛屿上与他们血战到底，绝不让步一寸！"

埃比尼泽在这里插话："你必须问一下塔雅克契卡梅克，哪来的这么大的怨愤，夸撒布拉格。我从那本日记簿里看得出，八十个年头过去了，他的人民并没有在英国人手里吃多大的苦头，他的灾难不到夸撒布拉格或德雷克派克的十分之一，却表露了十倍于他们的愤恨。"

"我兄弟问了个带刺的问题，"夸撒布拉格带着笑容说，"我要把那些刺去掉，对塔雅克契卡梅克讲。"

夸撒布拉格做了。契卡梅克用蛮人典型的不直接回答问题的方式来回答，吩咐再次把箱子抬出来，以代替正面回答。这一次，他亲自取出日记本——卫兵立刻跪下来，低垂着眼睛——伸直胳膊端庄地捧着。

"这就是《英国魔鬼书》，"他通过夸撒布拉格翻译说，"你知道它讲的故事：我那神一样的父亲亨利·伯林盖姆一世，替乌龟打败了箭靶子，后来把来我们岛上的英国魔鬼赶走了。"

"不，等一等——"诗人抗议，但还是改了口，"我的意思是说，他确实是个有雄才大略的人。"

"他把英国魔鬼赶上船，"契卡梅克接着说，"接着，沿海滨亲自追赶他们，因为他发誓，一直要追到他们的下一个营地，在那里把他们杀个精光。他乘独木舟渡海到北方的大岛，从早到晚，沿着尽是沼泽地的宏加岛海滨奔驰。没有防备的英国魔鬼还在那片海域航行呢。当魔鬼在这里上岸扎营的时候，塔雅克伯林盖姆就可以扑上去宰了他们，什么武器都没用，只凭一双手。可是，乌龟不相信这个白皮肤王的英勇和神一样的力量，带着一对人马紧随其后。因为这个缘故，神就用看不见的绳索把我父亲捆得严严实实。最终，魔鬼们杀了乌龟及许多其他的人，我父亲还没来得及除灭他们，他们就轻而易举地逃脱了。在匆匆逃脱中，他们丢了这本书，其中记录了塔雅克伯林盖姆的文治武功，他便保留下来，以提醒未来的阿哈特瑚珀人，英国人是这些魔鬼的种子，谁看到他们就得宰了他们。

“现在，你一定知道，我那神圣的父亲，在皮肉行当上可是一把好身手。但就像风暴神攒足了好多天的劲，一夜之间可以把乡村夷为平地，亨利·伯林盖姆一世也有个——”

“部件。”德雷克派克打圆场，是第二次了。

“比小狗狗的大不了多少，用处也大不了多少，婚礼之后整整三天，都没入王后波卡塔沃图丝的港。但是，到第四天晚上——我们的传奇故事是这样说的——他把她招到床上，举行了圣茄子仪式，之后，他猛烈地让她怀上孩子。她再没有离开她的床，生我的时候死了。

“以后的二十六年中，”契卡梅克的故事继续着，“在我父亲的统治下，阿哈特瑚珀人民过着平静的生活。我们的打鱼人带给我们英国魔鬼向遥远的南方进发的许多故事，我们也有许多次看到英国人巨大的白色船只沿着海湾向前航行，但他们从来不上我们的岛，或者哪座附近的岛屿。我父亲对他们的愤怒，说有多强烈就有多强烈。就在我母亲波卡塔沃图丝王后临产的时候，他发誓，要是生出的是个白小子，那么，脐带没切断，他就会杀了出生的婴儿。他给我起名叫亨利·伯林盖姆二世，但叫我一个阿哈特瑚珀人的名字——契卡梅克。每天，他都读《英国魔鬼书》，进一步激怒阿哈特瑚珀人，宰杀任何落入手中的白人。我二十六岁那一年，他去世了，临死前还告诉我们的人民，塔雅克契卡梅克会保佑他们的城市，抵制英国魔鬼的进犯，并且要我发重誓，碰到任何白皮肤的人，我都会宰了他们，哪怕是从我小老婆的肚子里出来的白小子。

“他走的时候，阿哈特瑚珀人上下恸哭一片。我代替他成了威罗旺斯的时候，我祈祷神给我一个惠顾的征象。即刻，起了一场可怕的暴风雨，扫平了周围的一切，并且从魔鬼英国人那里刮来个行医的，不省人事，淹得半死——这一征象使我们知道，神是保佑我的统治和事业的。为了防止我们当中有哪个怀疑他不是魔鬼，却误把他看成和我们一样的一般人，我拿出我们的图腾要他拜谒，但是由于他是魔鬼，他向上面吐唾沫。为此，我们向他提供了魔鬼特号的权益。第二天，就在那边的广场上把他烧死了，就同你们所有人——除了夸撒布拉格的兄弟——将要被烧死一样。”

“请打住！”埃比尼泽叫起来，脑海里苦苦搜索着日期和回忆，“史密斯船长是一六〇八年出航的，你杀了这个英国魔鬼，是在你二十六岁头上。我说，夸撒布拉格，问问他，那边那只箱子是否是那个他讲的行医人的……”

问题被翻译过去，得到的回答是肯定的。

“果然如此，那么——再一个问题：除了我的朋友亨利·伯林盖姆，塔雅克契卡梅克是否还有其他的儿子？”他努力回忆从耶稣会士托马斯·史密斯以及玛丽·蒙格毛丽那里听来的故事，“他是否有过一个已经死掉的儿子，叫查理……**茂卡森**？**马金纳克**？……不，不是的……是**马塔森**，我想。”

一提到这个名字，契卡梅克的脸就板了起来，他的回答是——经夸撒布拉格翻译过来——“塔雅克契卡梅克没有任何儿子”。

埃比尼泽大为失望。“噢，呀，没关系，看来，仅仅只是神奇的巧合。”

“夸撒布拉格的兄弟确实误解了我们。”德雷克派克愉快地插话，“安纳考斯汀王只是把契卡梅克的话转成了英语，但意思没有转过去。”他冲埃比尼泽转过身来，“实际上，塔雅克是有儿子的，只是两个儿子都抛弃了他，去英国人中间生活了，他于是就不认他们做儿子了。一个就是你提到的那个人，名字我无需重复。他杀了一家英国人，被处了绞刑。”

“那么，我是对的。”诗人好不欢喜，“那个行医的是个耶稣会传教士，那边箱子里是他的法衣和圣水。并且——”他的想象力又跳到事情新的关节上，“伯林盖姆是这个杀人的查理·马塔森的同父异母兄弟，可以这么说吗？”

自然，屋子里没有任何别的人，感激这种对事实真相的披露。查理·马塔森的名字再一次提起，引起契卡梅克的强烈斥责。

“在我看来，你应当为他感到自豪。”埃比尼泽斗胆进言，“实际上，他杀的是荷兰人，不是英国人，但是不管怎样，他们都是白皮肤。”

“当心，兄弟，”夸撒布拉格警告，“我要对塔雅克契卡梅克说，你为说马塔森是他的儿子而道歉。”

一番周折过后，老王继续他的故事，并且第一次，从他的声调里嗅不出愤怒及恶意的口吻。

“许多年以来，塔雅克契卡梅克不允许自己享受拥有妻室和儿女的快乐，”夸撒布拉格翻译，“他神圣的父亲亨利·伯林盖姆一世让他知道，他的种子是混合的，并且要他发誓，要毁灭任何白皮肤的后代；因此，为了使自己免遭亲手杀死亲生孩子的痛苦，他选择了没有娶妻生子之乐的一生。

“碰巧，那个行医的英国魔鬼，在处死前的头一天晚上，和好几个阿哈特瑚珀女人睡了觉——一个判了死刑的人应享的特权，但像你一样的战犯不得享受——让三个女人怀了孕。第三个女人生的是个女孩，皮肤比她父亲要红一点儿，比她母亲要白一点儿，于是，阿哈特瑚珀人带走孩子，准备淹死在切萨皮克湾里，但是塔雅克契卡梅克让他们住了手，对他们说，孩子的肤色同自己的肤色一样。他把她带回自己空荡荡的屋子里，当成女儿养起来，这就对神犯下了不赦之罪，但塔雅克契卡梅克并不知道。

“就这样，那个魔鬼的女儿被看成阿哈特瑚珀人的公主抚养起来，随着一个季节又一个季节的流逝，越发出落得漂亮起来。于是，城里所有的小伙子都成了她的求爱者，纷纷请求塔雅克契卡梅克让她做自已的新娘。但是，邪恶的魔鬼在塔雅克心里放了一把火。尽管他那会儿已经四十四岁了，而她才十五岁，他却爱她爱得着了魔，渴望自己娶了她。欲火爬上他的头，居然叫他相信，既然公主的血液同自己的血液一样是混血型的，他就可以叫她养出肤色同其父母一样的儿子来。这样，他就打发了那些求婚者，向公主披露，虽然他把她当自己的孩子养，她实际上却不是他身上掉下来的肉，并且打算娶她做王后。女孩死命地反抗，要么是在城里的年轻人当中已经有了相好的，要么是因为已经习惯了把塔雅克契卡梅克当成自己的父亲。复仇诸神的力量是如此之大，她的眼泪只是进一步为塔雅克的欲火添加了燃料，多少年没有妻子都这样过来了的他，变得如此——”

德雷克派克也不得不停下来一会儿，寻思合适的英语词汇。“奴役？不，不是像一个奴隶……无法抗拒，但却不像戴着枷锁的情形……”

“迫切？”埃比尼泽头脑很灵光地建议，“兴奋？不能自已？”契卡梅克对此延迟不耐烦得鼻孔出火。

“他实在是欲火难平。”夸撒布拉格说，“如此这般，像一头发情的野兽，他全身的每一块肌肉都在颤抖。圣茄子的秘方，已经叫波卡塔沃图丝王后送了命，又随着她神圣的丈夫一道消失了，但是塔雅克契卡梅克无需祈助于它，因为他可是个什么都顶呱呱的人。年轻姑娘跪在他脚下，求他动动恻隐之心的那会儿，他实在迫不及待地要使她成为王后。不光如此，他当时就爬了上去，第二天晚上就在她身上种下了种子。”

尽管夸撒布拉格在翻译的过程中一直不动声色，契卡梅克的声音却变得激动起来，呼吸变得急促，老眼也发出光亮。他顿了顿，面孔和声调又变得严肃起来。

“到早上，谁都不知道她已经怀上了孩子；塔雅克让她做了王后。附了他身的邪恶的魔鬼，终于离开了他。她肚子一天天长大，其间，他再没有碰过她，怕染了晦气，一想到要生下个白净净的娃娃，让自己亲手杀死，浑身就打战。但是，神的报复可是神奇而彻底！她给他们生了个皮肤很黑的儿子，阿哈特瑚珀人中活脱脱的一个王子，一个标致的男孩，只是有一点儿不尽如人意，塔雅克马上看得出，孩子是……”

“**承袭**。”

“……承袭了祖父亨利·伯林盖姆一世的血脉——那个王者风范的人的唯一缺陷。并且很清楚，他祖父的圣茄子秘方已经失传了，这孩子是不能传递王家的香火了。因为这个缘故，没有叫他亨利·伯林盖姆三世，而是代之以**马塔森马鲁**，也就是铜匠。还是由于同样的原因，尽管已经没有多大的情欲，塔雅克契卡梅克还是斗胆第二次上了王后，干了她整整一夜，要她再怀上一个儿子。同样，一想到要生出个该杀的白净净的小子，就浑身直打战。她肚皮在外衣下面一天天大起来的时候，他没有接近过她。像前一次一样，王后又生了一个儿子，皮肤既不像阿哈特瑚珀人那样黑，也不像英国魔鬼那样白，而是他父亲绝妙的复制品，但有一点例外：像他的哥哥马塔森一样，身上找不到使男人成为男人的玩意儿的影子，并且，既然除了上帝再没有谁向男人们传授圣茄子秘方，看来这个孩子就是花上一百年，也不会让塔雅克契卡梅克抱孙子。这样一来，他没被称为亨利·伯林盖姆三世，而是代之以**考宏科普利兹**，也就是鹅之喙，因为他的母亲，那个王后，一看到他缺少男人的东西，就宣称说，**一个鹅啄了他**，还说，**但愿那只鹅饶了他，去啄了他的父亲**。

“塔雅克契卡梅克等着王后慢慢地恢复体力，第三次在她身上撒下生出男人的种子。直到收获季节，他一直吓得像暴风雨里的大齿杨。但是，第三个儿子既不像马塔森马鲁那样黑，也不像考宏科普利兹那样是金色的，而是从头到尾白得像一具英国的船帆，眼睛不是黑色的，而是像切萨皮克湾一样，是蓝色的！他是祖父的转世再生，甚至连他哥哥们的毛病也没错过，就算神会在合适的时辰把圣茄子的秘诀传给他——就像他们传给他神圣的祖父一样——也是无济于事了，塔雅克契卡梅克必须履行自己可怕的誓言，把亲生儿子当成英国魔鬼杀掉……

“注意，作孽的家伙是怎样付出了三重的代价！当塔雅克契卡梅克向全城人宣布那个白皮肤的孩子必须死时，王后抄起一把矛，对准自己猛地就是一下，干脆死了拉倒，免得亲眼目睹自己亲生孩子被宰杀，或者再怀个孩子，再作孽。塔雅克契卡梅克独自一个人，带着白皮肤婴儿来到水边，要淹死他，心情很沉重。王后死了，他已白忙了三场，可不敢再让那些小老婆怀上孩子，种上谋杀的种子，尽管她们在王后死后就要登他的床了。最后，他实在不忍心亲手淹死自己的孩子，就用赭石在小孩的胸膛涂上他从父亲以及《英国魔鬼书》那里学来的符号——**亨利·伯林盖姆三世**；然后把小孩放在独木舟船底，让他随汹涌的切萨皮克湾潮水漂流而去。他向塔雅克亨利·伯林盖姆一世的灵魂祈祷，保佑孩子不要被淹死，并且传授给孩子圣茄子秘方，让他续传王家的香火——哪怕就在英国魔鬼中间，也行。”

“上帝！”埃比尼泽惊叹不已。但是，尽管他记起了玛丽·蒙格毛丽对自己讲过的她与查理·马塔森的奇特韵事——这会儿，他才能充分理解那个故事——还有亨利的一些令人震惊的话（比如，他从来没有过跟安娜“做爱”）——但是，他还是觉得，契卡梅克子孙的“某种缺陷”，与他朋友的令人吃惊的性行为，很难说到一处。

“塔雅克契卡梅克要求夸撒布拉格的兄弟回答，”德雷克派克说，“被你叫作亨利·伯林盖姆三世的那个人，家里是否有许多儿子？”

埃比尼泽脱口就要说“没有”，但突然改变主意，改口说：“亨利·伯林盖姆三世做我老师的时候，还是个小伙子。尽管我知道他住在哪儿，这么些年倒是没见过面。但我知道，他是女人们出名的情人，想必他一定有一大群儿子丫头。”实际上，他早就在盘算一项不太明确的营救同伴和自己的计划，他这会儿说起话来深思熟虑咬文嚼字的，不像先前那么鲁莽了。契卡梅克显然对这一回答感到失望，通过夸撒布拉格的翻译，结束自己的叙述。

“在随后的岁月里，塔雅克契卡梅克把其他两个儿子抚养成人，黑皮肤的马塔森和金皮肤的考宏科普利兹。尽管他们的缺陷令人痛心，他们还是与本地的松树一样，长得强壮挺拔，勇猛得像敢于袭击猎手帐篷的熊一样，奸诈得像浣熊一样，又像雄鹰一样不知疲倦，并且坚定得——坚定得像鳄鱼一样，是水禽的劲敌，宁愿丧生，也不愿丢掉自己的颚逃命，就是头被砍掉了，牙齿还死死咬着。”

老王的声音里回荡着自豪的神气，只是最后一个比喻让他明显地感到有些痛楚。现在，他脸上的皱纹更深了，话说得更沉重。

“不到他们报复起来，”夸撒布拉格翻译，“谁知道神视什么样的行为为罪孽呢？在塔雅克的家里养一个英国魔鬼的女儿，成龄以后，叫她怀上儿子，真就是那么严重的罪过？或者，发誓杀死自己白皮肤的孩子，并逼得王后自杀，就又添了一桩罪？要是其中一件是罪，另一件不是赎罪吗？或者，他最终饶了孩子的命，孩子毕竟活了下来，这又犯了罪？只有一件事人们是知道的：不管他犯了什么罪，他一定会痛苦，因为恐惧就是他摆脱不了的惩罚，而且是无穷无尽！塔雅克把第三个儿子送进波浪，失去王后，目睹他的香火从这个岛上熄灭，这一切还不够。他还必须丧失其他的一切，连他两个勇敢的、下不了籽的儿子也丧失掉。他们的健壮是多么讨他欢心，他是希望他们率领阿哈特瑚珀人与英国魔鬼恶战的。马塔森和考宏科普利兹啊！难道他不是日日夜夜教他们痛恨英国人？难道他不是一遍又一遍给他们讲《英国魔鬼书》，一遍又一遍给他们灌输他们祖父气冲斗牛的骁勇？他们不是爱冲动的孩子，或者发情的狗，碰上什么母狗或灯心草篮就爬上去。可不是，他们是四十岁成熟的男人，精明强干，判断力健全，并且发誓和其父亲一样，与英国人不共戴天！没有谁比他们更愿意把我的事业与皮斯卡塔韦人和南梯库克人的事业联合起来。第一个黑奴逃到这个岛屿的时候，正是马塔森亲自迎接他的，让这个城市终归成了所有逃脱英国的人的安乐窝。最先想起与卡斯提纳以及北方赤身勇士们联合起来，把英国人赶下海的，不是塔雅克契卡梅克——而是金色的考宏科普利兹：没有妻子，没有孩子，一心渴望着和英国人战斗！皮斯卡塔韦人、南梯库克人、乔普提考人、马塔渥蒙人——所有的人都羡慕阿哈特瑚珀人，羡慕他们自豪地拥有一对神勇的领袖。契卡梅克年岁太高，不方便离开这个岛去与我们的首领第一次会晤，不是自豪地派了马塔森去代替他的吗？”

塔雅克契卡梅克停了一停，往事令他伤怀。埃比尼泽乖巧地说，他熟悉马塔森后来的生涯。同时，他表示对老王另一个儿子考宏科普利兹的情况十分好奇，因为老王就此提供的信息，可能对自己头脑中还没有眉目的营救计划有些影响：他当然不会被杀人的英国魔鬼吊死吧？

“他们没有吊死他。”契卡梅克通过夸撒布拉格翻译说，这次，契卡梅克的怨恨使脸部前所未有地扭曲起来，“他们对考宏科普利兹犯的罪，十恶不赦的程度要十倍于他们对马塔森犯的罪。漂亮的、金皮肤的儿子呀！他也是塔雅克契卡梅克派出去的，就在整整一个月前，去执行一项重大的任务：与德雷克派克一道去北方，与卡斯提纳签订协定；尽管德雷克派克对他严厉相劝，神也没有放过他，还是叫他走了歧途……”

他刚才谈到城里的黑人，就像人们谈到一件幸事，但无论如何，都不能说是一点儿水分都没掺，他还提到他的同盟军对他两个儿子的嫉妒。现在埃比尼泽清楚了，契卡梅克对夸撒布拉格的偏爱，可以说不仅仅只是停留在表面上：它背后隐藏的，是对非洲人深深的不信任心理，尤其是对德雷克派克，这可以明显地追溯到他派人出使卡斯提纳先生那件事上。实际上，诗人甚至这样想，契卡梅克认为，德雷克派克对考宏科普利兹的失足负有部分责任。

“简而言之，”夸撒布拉格继续说，“德雷克派克王不得不在小乔普坦克河附近的大陆上和考宏科普利兹分手，由着他与一个白皮肤的女人鬼混，于是，塔雅克契卡梅克这些天来就一直没见到儿子的影。”

“多么相似的不幸，”埃比尼泽以同情的口吻说，“倒霉透顶！但是，塔雅克说的十恶不赦的罪，指的是什么？”

“我最好自己回答你，”夸撒布拉格说，“不要再惹塔雅克契卡梅克发怒。人们谣传说，考宏科普利兹换上一个英国人的名字，娶了一个英国女人。他和英国人住在一所英国房子里，说他们的话，穿他们的衣。从任何方面来看，他都不再是一个阿哈特瑚珀人了，倒蔑视起自己的人民来，或许，他会把我们卖给英国国王。”

这会儿，不耐烦地保持着沉默的契卡梅克又开始说话了，夸撒布拉格只好又艰难地翻译起来。

“现在看看他，塔雅克契卡梅克，”他说，“八十年的风雨，他的身子骨已经虚了，他的岛上住着陌生人，四周尽是英国魔鬼，就连他昔日与英国人开战的梦也得由外地的王来实现了。他的名誉，受到了背信弃义的儿子的玷污和诋毁，而他王家的香火注定在他身上断了。夸撒布拉格的兄弟，必须向他的朋友们解释清楚，是什么原因要让他们丢了肢体，走向火堆。夸撒布拉格的兄弟，必须找到叫亨利·伯林盖姆三世的人，告诉他这些事，告诉他赶紧逃离那个地方——带着儿子，如果有的话；因为，当年塔雅克契卡梅克就违背神的意愿救过他的命，而这会儿，这片土地上的每一个英国魔鬼只有死路一条！”

九、历经周折，至少一件神乎其神的事略见端倪，只是未见分晓

这会儿，埃比尼泽对自己计划的主要内容已胸有成竹了。趁他的想象力还没有把他淹没在选择和恐惧的海洋里，他赶快说了出来。

“塔雅克契卡梅克吩咐我的差事，亲爱的夸撒布拉格——是否是我获得自由的条件?”

最后这句话花了一点儿时间，同时还要德雷克派克帮一把，才翻译过去，随后是好一阵印第安语的讨论。末了，德雷克派克冒昧一句：“不能实现的事情绝不可能是条件。但是，我们一致认为，如果你够得上夸撒布拉格的兄弟，你一定不会推卸这个差事。”

埃比尼泽斗起胆来。“如果契卡梅克杀了我的三个朋友，我不会给亨利·伯林盖姆三世带任何消息，要是那样的话，我倒乐意死在这里。就对他这么说。”

“我的兄弟——”夸撒布拉格表示反对，但是德雷克派克照直译了过去。契卡梅克的眼里射出愤怒的目光。

“尽管如此，”诗人接着说，“如果塔雅克契卡梅克认为，同意他的明智而强大的两个兄弟王仁慈的建议是合适的，把我们四个人放了，我向他保证如下：我一定找到亨利·伯林盖姆三世，告诉他高贵的身世，以及留了他一条命的父亲的情况。而且，我一定把他带到这里来，到这个岛上来看望塔雅克契卡梅克。他会皮斯卡塔韦和南梯库克语，父子可以单独谈谈，无需人翻译。”

这些话，让夸撒布拉格和德雷克派克感到吃惊。他们断断续续地翻译过去，冷漠地交换着眼神。埃比尼泽怕他们由于惊讶或故意曲解而歪曲了自己的意思，就站起来，近距离地直接向老王本人表达，声

调也清晰讲究起来，还用准确的强调语调和手势辅助着："我——带亨利·伯林盖姆三世到这儿——见契卡梅克。契卡梅克和亨利·伯林盖姆三世——谈——谈——谈。不要夸撒布拉格。不要德雷克派克。契卡梅克和亨利·伯林盖姆三世谈——谈——谈。并且为了表明我的诚意，先生们，我要叫亨利·伯林盖姆三世找——找——找他的哥哥考宏科普利兹。亨利·伯林盖姆三世会找到考宏科普利兹，并且谈——谈——谈，或许，亨利会指出他做法的错误之处。你觉得怎么样，老家伙？契卡梅克在这儿，考宏科普利兹在这儿，亨利·伯林盖姆三世也在这儿！"

无论是否理解了埃比尼泽的条件，契卡梅克倒是足足地理解了埃比尼泽建议的意思，他热切地对着夸撒布拉格喋喋了一阵。

"我想，这不会让你不高兴。"埃比尼泽坚定地说，又回到原来的位置，"但是告诉他，要么四个一块儿走，要么一个都不走。"他对夸撒布拉格又补充了一句。他的价码开完了，自己反倒对此天价惊得要晕过去。伯特兰和麦克沃伊一直绝望地听着这些冗长的谈话，这会儿活过劲来，心悬在嗓子眼，脸上直抽搐。

接下来，是好一会儿争论，从声音看，不是怎么尖锐的牛皮账，到头来，夸撒布拉格说："我兄弟听到他成功了，其鲁莽的毛病不会轻易给治好的。"

"基督！你是说我们给释放了？"

"塔雅克契卡梅克渴望见到他早年失散的儿子，"德雷克派克宣布，声调和夸撒布拉格的一样严肃，"尽管他已经不认考宏科普利兹做儿子，他还是认为，有一个迷了途的儿子比没儿子强，因此，接受了要求开释的请求。夸撒布拉格的兄弟将乘独木舟渡过海峡，准备整整一个月的时间兑现他的保证。其他的人留在这儿做人质。一个月时间到了，要是他既没把考宏科普利兹又没把亨利·伯林盖姆三世带回来，所有的人质必死无疑。"

所有英国人的脸都拉长了。

“唉，不!”诗人表示不同意，“如果塔雅克契卡梅克不信任我，干脆杀了我；如果相信我，就没有必要扣留人质。”

听到这一反对意见，契卡梅克笑了笑，反驳说，如果夸撒布拉格的兄弟诚心诚意地兑现诺言，那就用不着为人质的安全担惊受怕。

“很好，”埃比尼泽不顾一切地说，“至少你必须允许我带一个随从，如果你限定我时间。假如我在大陆上迷了路呢？我可是对那里一点儿都不熟。假如亨利·伯林盖姆三世不在家，我必须上别的地方去找他，或者，假如他坚持要把考宏科普利兹找到后一块儿来呢？当这类差，两个人总比一个人跑得快。”

夸撒布拉格皱皱眉。“你讲的不无道理。这样，就丢下两个人质了。”

“你的仆人，我的恩人伯特兰，做你的随从，”德雷克派克补充一句，“以防你时间不够用。”

“哎，”伯特兰叫起来，终于开口讲话了，“我发誓，我就是一只找人的大猎犬，再说，伯林盖姆还欠我一点儿小小的人情。”

契卡梅克唠叨个不停，骂骂咧咧的，直等到埃比尼泽的条件被翻译了过去，征求他批准。他皱皱眉，但对新修改的条件没有公开表示有什么不同意的地方。

埃比尼泽一只手抓住伯特兰的手臂，对德雷克派克说：“这个人做过我一段时间的仆人，以前在英国还做过我父亲的仆人。他有好几次出卖或者欺骗过我，但是多数是权宜之计，而不是出于歹意，我呢，也不记恨他。但是他太自行其是，胆子又忒小，一有机会，又像酒鬼一样酗酒。我不敢把这桩差事放在他手里。”

伯特兰一脸煞白，但是，他还未来得及轻声说一声“天地良心”，埃比尼泽就指着麦克沃伊讲了起来。

“这个人曾经是我的对头，不管我是怎么无意地对他造成了什么伤害，他都蓄意地回报了三重。但是，该做的他都做了，而且做得很有原则，从来不屑于装腔作势或者有其他的欺诈行为。不光如此，他还浑身是胆，脑袋灵光，再说我们之间的是非已经过去了。我选这样一个人和我一道走。”

这一建议，无论是契卡梅克还是夸撒布拉格，都未置可否，很默契地留给德雷克派克拿主见，因为在这件事上，他牵涉的利益算最大。他用目光仔细打量了一下埃比尼泽和惊呆了的麦克沃伊，点头表示同意。决定下来，囚犯们得回到监狱去，午饭过后，两个幸运的人将渡过林波海峡，上多切斯特郡大陆。留下的一对，在阴历一个月之内，将免于任何伤害或骚扰，如果不迟于这个期限，伯林盖姆或忏悔的考宏科普利兹，只要能有一个人出现在本岛屿上，两人将被即时释放。

“好一场骗局和出卖！”伯特兰对埃比尼泽抱怨，“我为你受了那么多罪，换来的就是这么个回报？你倒好，谋杀你唯一的朋友，去拯救那个撒谎的软蛋麦克沃伊？”他眼里涌出自怜的泪水。

“不，朋友，”埃比尼泽回答，卫兵引他们走出宫殿茅屋时，埃比尼泽伸出一只胳膊，按住伯特兰的肩膀，“如果是一个诡计，我会选你的，但不是，我发誓。我决意救出我们所有的人，就像我保证的那样。”

“唉，你倒容易发伟大的誓言，什么时候不会呢！你怎么找到伯林盖姆，或者另一个蛮人，你从来就没看到他们？再说，就算你过海峡时，在那边的沼泽地就撞上他们哪一个，你以为他们会对这些地狱的魔鬼就范？但是，这不是你所担心的，可曾经救过你命的人，情况会怎样呢！”

实际上，埃比尼泽实在回忆不起来任何这类救命的事，只好由着伯特兰了。“请你不要不信任我，伯特兰。如果我不能在规定的时间内履行自己的保证，你一定会看到我就绑在你旁边的柱子上。”

仆人哼哼鼻子。“我不怀疑，你一向都是那么傻！但是，我们是绝不会在柱子那里看到麦克沃伊了，你可以打赌。”

看到不可能安慰伯特兰，埃比尼泽就不再说话了。他们在广场中央稍事停歇，这边，卫兵们把凯恩船长从柱子上解下来。老人又是困乏，又是肌肉痉挛，又是难以置信，没人搀扶根本站不起来。埃比尼泽和麦克沃伊把他抬到监狱茅屋。要么是苦刑毁了他的理解力，要么是缓期执行的判决实在是太虎头蛇尾，没法让人高兴，麦克沃伊告诉他如此这般、如此这般的时候，他根本没有表露出任何感情。

麦克沃伊自己也一言不发，两小时后才开口，同埃比尼泽一道向无精打采的船长以及仍然一肚子怨气的伯特兰道别。他们被渡到岛北面方向一个沼泽地岬，是多塞特的最南端位置，在这里，林波海峡与切萨皮克湾会合，两股水流撞击得波浪滔滔，浪声传得老远。两个人被带上岸，来到像是被长久遗弃的一座码头，前面的路就只好步行，并且好自为之了。

"运气不错。"爱尔兰人毫不夸大地说，"这正是邦迪·卢和我一路上了那个岛屿的那条路。从这儿到剑桥，五十英里的路途，但是，你不要走错了路，沿途有许多农庄和捕兽者的小木屋。"

"谢天谢地，"埃比尼泽回答，"我们得赶快赶时间。伯林盖姆在圣玛丽城，比在剑桥更有可能，也许我们路上还可以碰上考宏科普利兹，只要我们充分地打听。"

他们沿着泥泞小路走了一段，谁也不说话，各想各的心事。就十二月下旬来说，下午天气算是暖和的。四周，盐碱沼泽地及开阔的水域平坦地延伸到地平线；棕色的沼草和香蒲在潮湿的西风里沙沙作响；秧鸡和幼鸽沿着浅洼沼泽地寻找着食物；浸渍着盐的松树的银色枝干上，有一些鸟巢，鹗和鹰在那里盘旋着。

埃比尼泽并没有疏于注意到伙伴的精神状态有点儿仓皇，并且并非不带上一丝快意地推测，麦克沃伊的问题是，得找到合适的方式来表达自己的感激之情及人情债。实际上，埃比尼泽自身的精神状态也远远谈不上宁静。他开始反思自己战术的鲁莽性，现在已经被拴住了：没粮、没钱、没交通工具，对他们寻求目标的踪迹，也不过只是有个大概的印象，他们怎么能够盼望成功地完成寻找目标的任务呢？而且，既然已经摆脱了悬在头顶的危险，以前所有的问题和焦虑都一股脑冒了出来：庄园的丧失，抛弃琼·托斯特，父亲的盛怒，姐姐的安全……绝望的情绪就像四周棕色的沼泽地一样，弥漫着周身，吞噬着自己，一直延伸到自己想象之地平线的远方。

麦克沃伊在路上捡起一根树枝当拐杖，比划着，扫断一株香蒲。

“唉!”他愤愤地说，“我真没有男人气!”

“哦?”埃比尼泽惊奇地看过去，“怎么了?”

麦克沃伊阴沉着脸，语气很严厉。“你救了我的命，这就是怎么回事，我永远脱不了这档人情了！更有甚者，你有任何一种理由来恨我，但你却救了我的命!”他抬不起眼来看埃比尼泽的眼，“真的，一个男人怎么能承受这种事呢?如果那些蛮人把我阉了，至少我可以像一个英雄一样号叫，然后死去；可是，偏偏是你阉了我，我还得匍匐着，对你唱赞美歌，活得像一头阉公牛，直到天晓得什么时候为止!”

“太荒谬了!”脸红了的诗人反驳，“只是一条讲究实效的权宜之计，谈不上什么恩惠不恩惠。”

麦克沃伊摇摇头。“你没有必要这么摆谱。是我的良心叫我跪下来，而不是你叫我跪下来。你越是反对我感激你，我就在感激的泥潭里陷得越深。**我必须喜欢你**，我的良心说，但这声音让我瞧不起你，可是，瞧不起你，又叫我越发厌恶自己天大的忘恩负义。”

“哎，求求你，不要这样用鞭子抽自己！抛开这些想法吧!”

“我就要陷下去，只差一只手宽度的距离了!”麦克沃伊嘟哝着，目光还是避着埃比尼泽的眼睛，“要是你要求我感激你太过分，我倒蛮可以恨你的，就此拉倒！可以这么说，我完全上了圈套，成了一个奉承讨好的阉人歌手。”

直到这之前，诗人与其说是感到讨厌，还不如说是觉得尴尬，因为麦克沃伊的坦白使自己认识到，自己实际上非常不符合基督教教义地享受着一种高于同伴的道德感，因为自己救了同伴的命。可是，到这会儿，他的尴尬就为恼怒所取代，或许，既冲着麦克沃伊，也冲着自个儿，他也拾起一根拐杖，把自己身旁路边的两株香蒲扫倒。

“亨利·伯林盖姆有一次对我讲，”他冷冷地说，“在伦理哲学课上，老师们讲动机道德规范和行为道德规范。他们的意思是，一个人可以出于坏动机去做一件好事，或者出于好动机去做一件坏事。”他用拐杖扫倒一株香蒲，又去扫另一株，“今天，头脑简单的人，习惯于珍视行为，而忽略了行为背后的动机，有学问的人则习惯于给行为打折扣，非得把行为者的心灵琢磨个透不可。伯林盖姆说，乏味的悲观主义者与像模像样的绅士之间的区别，恰恰就在于此：前者凭动机道德准则来判断好行为，凭行为道德准则来判断坏行为，于是把两者一起宣判了死刑；而你的绅士们所做的恰恰相反，总是有足够的理由宽宥反复无常的伙伴。”

“太深奥了，真的太深奥了，”麦克沃伊开口，“但是，怎样就关系到——”

“听我把话说完，”埃比尼泽打断对方，“关键意思是说，在我看来，从你陷于其中的愚蠢的泥坑里，我看出两条路。第一条是从一种动机的道德准则来评估我的一切所言所行，你就会找到更多地蔑视我，而较少地感激我的理由：我选择你取代伯特兰，纯粹是出于报复心理，既使你承受良心烈焰的烘烤，又摆平了伯特兰以往对我所干的那些勾当；我劝你不要过分地感谢我，目的是驱使你越发感谢我……”

麦克沃伊直叹气。“你以为我还不明白你肚子里的算盘？”

“哎哟，毫不见效吗？你还因为感激而不像个男人吗？”拐杖嗖地一扫，另一株香蒲从枝干上垂下来，“那么，你还有另外一条路，朋友：用你的动机道德准则审视一下自己，你就会看到，在这种虚假的尴尬处境背后的，是彻头彻尾的懦弱。”

爱尔兰人第一次抬起头，眼睛直闪。“这是什么胡言乱语？”

“啊，*懦弱*，”埃比尼泽说，“你为什么没有任何表示，支持我对契卡梅克所做的保证？忘掉这种谁感激谁的良心学，把你的命和我的命一起押上！一个月后，到这儿来，如果我的寻找毫无结果，就和我一道交给契卡梅克处理！觉得怎么样，嗯？少来这一套关于灵魂的站不住脚的小玩意儿，立即就摆出你有血有肉的家伙，就像我一样，我们向永恒进发！”他一边笑，一边得胜回朝似的甩动着拐杖，“这作为一条路，怎么样，约翰·麦克沃伊？基督，一条宽敞的大道，一头是你虚伪的真诚的泥坑——用真理地图上的标记说——另一头，是历史名城……在那里，责任哺育着她卓越的城民……”他期期艾艾地说，有一会儿，他的声音里没了借之营造出比喻的那种讽刺味道，但很快又恢复了过来。“得，现在，向**那个**方向迈出一大步，如果你发誓还是匹阉马，干吗不唱起歌，见你的鬼去！”

麦克沃伊没有回答，但很清楚，他感觉到了诗人的挑战。他脸上没有怒气了，拄起拐杖来。至于埃比尼泽，一通激情洋溢的讲话后，脉搏跳动加快了，出汗了，体温也升高了。他迈起步子，简直是一跳一跳的。精神振奋让他眯起眼睛，耳际在想象中嗡嗡作响。他解开大衣，晾干汗，拐杖一扫，扫到一丛香蒲。

冬日微弱的阳光暗下去的时候，他们开始东张西望找住处。指望在这般荒凉的农村找到一家小客栈，是毫无根据的。他们注意到路远处那头的一个谷仓，两人一致认为，天黑之前不可能再找到更合适的投宿处了。埃比尼泽的看法是，该请求谷仓的主人容许他们在谷仓的顶阁宿夜，这样主人就可能要他们在屋内就寝；麦克沃伊则主张偷偷地钻进干草堆，理由是如果先恳请主人的容许，主人会打发他们滚蛋。两人正在就各自主张的长处互不相让的当儿，身后来了一辆马车，算是整个下午遇到的第一架车辆。

“吁，那边，阿佛洛狄特[①]，**吁**，娘儿们！小伙子们攀上来，歇会儿脚！”

隔着一段距离看，赶车的似乎是一个男人，但是现在看得清，是一个胖乎乎、皮革脸色的妇女，帽子和上衣都是捕兽者的装束。光线

---

① 阿佛洛狄特（Aphrodite），希腊神话中爱与美的女神，罗马名为维纳斯。

很暗，可是，就是摸黑埃比尼泽也能认出她来。

“上帝，这是哪门子的巧？”他难以置信地笑起来，跨前一步，使自己相信眼前的一切，“不是玛丽·蒙格毛丽吧？”

“正是姑娘本人。”玛丽快活地回答，“上车，告诉我上哪儿去？”

他们迅速爬上前室，坐下来，终于能休息一下腿脚。麦克沃伊讲明他们的目的地和意图。

玛丽摇摇头。“哎，小伙子们，在哪儿过夜是你们自己的事，但总归要小心。那边谷仓的主人是个刻薄而古怪的家伙。你们可以随便在后面的车篷里过夜，如果你们愿意。我没有必要带来被子床单什么的，到教会河之前没有谁用得上。驾，阿佛洛狄特！”

她抽自己的母马，他们沿着路往前赶。

“玛丽·蒙格毛丽！”埃比尼泽再次叫起来，“这真是十足的奇遇！你怎么赶到这沼泽地的地狱入口[①]来了？”

“这可是多塞特的一条主道，一点儿不错，”女人说，“可是我常跑的一条路。这会儿，我手头没有小娘儿们，”她对麦克沃伊解释说，后者显然不知道怎样揣摩她，“但是，教会河那儿有一个，我听说出落得能够入行了。”

“哟，玛丽！”埃比尼泽笑起来，仍处在吃惊中，“我盼你盼了一整天，你却忘了我！瞧我给你带来什么好消息！”

“盼这辆马车走过小巷的小伙子可多呢，”玛丽撂出一句，更仔细地瞧了一眼说话的旅客，“哇，上帝！不是埃本·库克大诗人吗？我说，是的，你可怜的妻子对我说，你逃往伦敦了！”

麦克沃伊一皱眉，诗人臊得一脸涨红。“你见过琼？”

玛丽咂咂舌头。“就这个星期，我见过她，叫梅毒和鸦片弄得快死了——更别提那副伤透心的样子。我不是跟她说，上我的车，我给她

① 原文为Avernus，是意大利那不勒斯一座火山口的名字，在古罗马被认为是地狱的入口。

治治？不是说有什么法子救好她，而是让她躲开点儿蛮人，至少。啊，库克先生，你可冤了那个女孩，她可没少问到你。你是去莫尔登，像个像模像样的男人？”

“我——我是，”埃比尼泽伤心地说，“我一抽开身就会的。我可有许多事要给你讲，玛丽，我们一边赶路……哟，我没规矩！约翰·麦克沃伊，这位是玛丽·蒙格毛丽。”

“多塞特巡回供应的妓女。”玛丽神气地加上一句，雄赳赳地同麦克沃伊握手。

“她就这样称自己，”埃比尼泽说，“但是，她可是本州最最基督式的太太，我发誓。”他接着介绍，麦克沃伊是从伦敦来的自己一个亲密的老朋友。尽管迫不及待地想告诉玛丽印第安人策划中的造反的事，她死去的情人查理·马塔森的兄弟们的情况，还有自己承担的急迫的使命，但他的好奇心和内疚感驱使他先打探一番莫尔登的情况。

玛丽翘起头，又咂了一回舌头。“打你逃跑后，可发生了不少事。各等怪事都发生了，无论是琼·托斯特，还是哪个，都摸不着头脑——也包括我。蒂姆·米切尔一消失，我就离开了我的小娘儿们，和比尔·史密斯道了拜拜。”

“我父亲在那儿吗，你知道？安德鲁·库克？那个修桶工情况怎么样？”

“是有一个家伙，叫自己安德鲁·库克，不错，”玛丽说，“他是不是你的父亲，琼无法搞准，我也是，她以前在英国没有见过他。横竖怎么说，他都是个硬心肠的家伙，我发誓！比尔·史密斯也在那儿，仍然拥有莫尔登，尽管我听说已经打起了各种各样的官司。基督！我不再多说了。许多事正在发生，你还是自己去打探个清楚。”她咯咯地笑，“你一到那儿，那儿就热闹了。”

“最后一个问题，”埃比尼泽恳求，“我必须知道，我的姐姐安娜是否和父亲一起在那里。”

“你的意思是你确实有个姐姐？”玛丽若有所思地扫了他一眼，催马在暮色中赶路。

“你有她的消息？她在哪儿？”

“不，”玛丽回答，“我没听到她什么。情况是这样的，自称是你父亲的家伙，告诉比尔·史密斯的律师——你记得那个渎神的小偷迪克·苏托？——你是库克岬唯一的继承人，没兄弟，也没姐妹。后来，有人想起说，你是孪生的，他就改口发誓说，另外一个孩子遭瘟疫死了。”

“一派胡言！”埃比尼泽急着要女人描述一下安德鲁·库克的外貌。右臂不顶用了，这一细节让他相信那就是自己的父亲。但是，对此奇怪的断言，她提供不了什么别的线索。

“你很快就会看清哪对哪的，我敢打赌。”她又重复了一遍。到这会儿，他们原打算的投宿地已经给远远抛在后面了，沼泽地带再次出现，离路不远。暮色苍茫中，刮起一阵冷风。

“玛丽，我有许多话要对你说。”诗人又来了兴致，“简直不知道从何说起！”

“那么，得了，夜里好好理一理，明早再说吧。”玛丽回答，她举起鞭子，指指远处一扇灯火照亮的窗户，“那就是我们落脚的地方：是我一个老朋友的家。”

“上帝，不要敷衍我！如果我说的有什么叫你不高兴，请原谅我；但是，我必须要说的事，不仅关系到我，也关系到你。”

“是吗，先生？怎么会呢？”

埃比尼泽犹豫了一下。“是这样——你知道查理·马塔森有个兄弟吗？”

她看着他，一副心事重重的神态。“噢，布拉兹沃思岛那边的一个蛮人。你知道他些什么？”

埃比尼泽心烦意乱地笑了起来。“说来话长呢！听好，这会儿——你知道他有两个兄弟，而亨利·伯林盖姆——也就是蒂姆·米切尔，我曾经说过，他的性格和你的查理一样古怪——我完全被牵连进去了！

告诉我，玛丽：你什么时候最后一次见到蒂姆·米切尔，现在他在哪儿?”

玛丽一肚子诧异，回答说，她没看到蒂姆·米切尔已经有好多星期了，甚至好几个月了。实际上人们传说，他压根儿不是米切尔船长的儿子，只是这样或那样的一个骗子，是某个有势的帮派的一个特务。该集团与米切尔船长的另一个同样有势的帮派对着干。蒂姆的消失，在该组织的米切尔船长、威廉·史密斯以及其他人中引起了不小的惊慌，并引起了彼此间的猜疑。但是，对玛丽本人来说算是一件大幸事，因为经她自己批准，他曾经是她在莫尔登的小娘儿们的严格监督人。

“那么，你是不知道他在哪儿了?”埃比尼泽打断对方，“我必须在两个星期之内找到他，否则，我以及三个伙伴都要完蛋——到时候我会解释的。你得知道，玛丽，你叫他蒂姆·米切尔的家伙，实际上是亨利·伯林盖姆三世，阿哈特瑚珀人，塔雅克的儿子，查理·马塔森和考宏科普利兹的兄弟。我们也必须找到考宏科普利兹，否则也是死路一条。我们所了解他的一切情况是，他被父亲派出去执行一项使命，就像他前面的马塔森的情形一样，并且也像马塔森的遭遇一样，被哪位英国卡吕普索[①]截留了——”他笑一笑，好向玛丽表明，他并没有把她的机密出卖给麦克沃伊，“是有些日子或一些月以前的事了，我猜想，塔雅克打那时候起就再没有见过他。我指望你也许听到过郡里什么传闻，一个混血蛮人变成了一个正儿八经的英国人。”

“我的天!”玛丽头往后一仰，闭上眼睛，“你是说，他装英国人，库克先生?”

“契卡梅克是听人这么说的。那家伙起了一个英国人的名字，娶了一个英国老婆，住上一所英国房子。”

“你说他起的英国名字是什么?”玛丽的嗓子粗哑起来，脸色煞白。

---

① 卡吕普索（Calypso），荷马史诗《奥德赛》中的海上仙女，曾将特洛伊战争英雄奥德修斯截留于其岛上七年。

“我不知道。**考宏科普利兹**，我们是这样听说的，意思是鹅之喙。你有什么不舒服，玛丽？看来，你见过他啰？”

玛丽颠颠簸簸地把阿佛洛狄特赶进了那间亮着灯的小屋所在的小路。屋主人手提灯笼迎了出来。

“不，库克先生，没见到过他，但我听说过一个叫朗姆比利的混血儿：比利·朗姆比利——”

“是吗？哎哟，约翰，这个圣人似的太太又要救我一次了！”他捏了一把她胖乎乎的胳膊，但是这一次，她没有像惯常那样发出耐人寻味的笑声，而是抱怨了一声，同时躲开他热情的举动。

“以上帝的名义，你怎么啦，玛丽？”他问。他们投宿的主人已经认出了帆布盖的马车，打路那头招呼了。

“现在没时间跟你说，”女人小声抱怨说，“明早我们去教会河的路上，我会对你讲——据说，比利·朗姆比利就住在教会河，遇上你们之前，我正往那里赶呢。”

“往那里赶——”埃比尼泽的笑声越过沼泽地，“你听到了吗，约翰？这个女人是上帝的一个天使，我发誓！她不光听说过考宏科普利兹勋爵，她还打算看他去呢！”

玛丽缓缓地摇摇头。“得啦，得啦，库克先生。得啦。”他们已经接近了主人的灯笼，埃比尼泽可以看清她脸上的怒气，并且，尽管他想象不出是什么让她如此惊惧，他的心还是凉了半截。

“你倒是想不起来我是谁，我到教会河又是干什么？我是多塞特巡回供应的妓女，库克先生，我最近听到那个婊子的风声，她或许会加入我的巡回供应公司——吁，阿佛洛狄特！吁，姑娘！——我有一个想法，听好了——这个婊子可能是你的姐姐……”

十、多塞特巡回供应的妓女说起比利·朗姆比利学英国人的德性一事，纯粹根据道听途说

埃比尼泽无论怎样恳求、哄骗，还是威胁，就是说服不了玛丽·蒙格毛丽就安娜的踪迹和情况提供进一步的信息。她与主人打了招呼。主人是一个独来独往的捕兽者，花白头发，身着鹿皮，半咧着嘴笑，可听不下诗人缠死人的规劝。

老伙计抬起灯笼，对灯光下显露的一切显然非常高兴，因为他跳动得像个青蛙，快活得呱呱叫。

“玛丽·蒙格毛丽！我就知道是老伙计玛丽。”

玛丽咕哝着。“你夜里这会儿在多塞特沼泽里等着见特洛伊的海伦？”她声音大得不能再大，像是冲着个半聋的人。她声音粗俗，充满热情，不论他是否听懂了那个典故，老人倒是美滋滋地跳来跳去，鼻子呼哧呼哧的。他爬上马车的一侧，向里面探探头，那边，玛丽把阿佛洛狄特向小屋赶过去。

“别难为眼睛了，老不正经的，”她大喊，“不到教会河，不会装上姑娘们的。”她很快换了话题，“这些是我的朋友，倒了霉，哈维。如果你给我们三个提供食宿，下一趟我绝对亏不了你。”

“搞什么玩意儿?”哈维叫起来，“你以为，你不来我的房子，我就不会追你去？三天前，我就看月亮，我是这样想：该是玛丽马车来的时候了。”他从马车上跳下来，马车刚好到小屋前，“进来，暖和暖和。山鹑和鸭子多得是，苹果酒多得能把你们全部淹死!”

“我们谢谢你。”麦克沃伊大声说。埃比尼泽心烦意乱，除了点一下头，没法用别的法子感谢老人的慈善。主人跑在前头开小屋门的当

儿，诗人最后一次小声恳求玛丽解释一下，就算减轻一下想象对自己的折磨吧。

“在多塞特，再没有比哈维·罗塞克斯心肠更好的人，”她说，根本不理会诗人，“很少有人不感到他对伙伴的仁慈的。他是教会河哈里·罗塞克斯爵士的兄弟。”

她的声调暗示，最后这句话旨在起启发作用。这会儿，大家走进简陋的小屋，埃比尼泽失意地打着哈欠，浑身还颤抖着，这句话对他什么意思也没有。

“我这就给我们在火上烤两只山鹑。”哈维说，“或许，你们得传着苹果酒壶喝，玛丽。老哈维没有酒杯给绅士们用。”他忙乱得像个刚上任的新郎官，不一会儿，两只鸟就在火炉上的松树枝上烤了起来。屋子里只有一把椅子，但是木块地板上有两张黑熊皮，别提有多么暖和舒适。

“如果你不认识磨坊主哈里·罗塞克斯，”玛丽接着说，“你就属于那些有福的人了。”她对埃比尼泽说，诗人脸转向别处，对她的话无关痛痒而皱眉蹙眼，她就翘起鼻孔，转向麦克沃伊，“这个哈里·罗塞克斯，会是你碰到的最扯谎的、手脚最不干净的、最吹牛的狗仗人势的家伙。自以为是伦敦的一个贵族，脸都不知往哪儿搁，对邻居吹胡子瞪眼，非让人叫他‘哈里爵士’不可，一边还对人家磨的面粉食物缺斤短两。实际上，他比他这里的兄弟哈维，贵族不到哪里去，作为一个普普通通的家佣的后代，哈维可不觉得承认自己的身世有什么好丢人的。实际上罗塞克斯太太（磨坊主的妻子）是一个贵族的孤儿，一个上好的女人，就像她丈夫是个上坏的男人一样。最令人痛心的是，她的父亲是一个绅士，磨坊主的父亲就在他那儿伺候他，但是，她命苦，他们的处境变得乱七八糟：她成了个要饿死的孤儿，哈里成了生意兴隆的磨坊主。他娶她是有目的的，为的是满足自己的虚荣心。”

“可不要这么说！”麦克沃伊摇摇头，虽说惊讶，还不至于失礼，非常不舒服地从埃比尼泽瞅到主人，主人干着一些琐碎活，全然不在意玛丽说些什么。

“他听不见我的话，不要害怕，”玛丽让他放心，“卑鄙的魔鬼把他两只耳朵掴得耳膜都破了，人家是这么说的。你很容易猜得出，是谁掴他耳刮子。”

“磨坊主?”麦克沃伊问。

玛丽咬咬嘴唇，点点头。“兄弟两人都和我提到的那位太太一起长大，打头就一起爱上了她，人家是这么说的。但是，哈维太怕羞，又尊敬她的地位，只是夜里为她遗遗精。她讨饭那会儿，他照样是那副德性，可哈里就骚得要光起屁股了。正是哈里娶她的时候，哈维才搬到沼泽地这里来过日子。又过了若干年，他斥责哈里爵士没有善待姑娘，还经常摆架子，那个杂种掴了他，还差点儿把他碾成玉米粉。”

爱尔兰人咂咂舌头。

“她怎么成了孤儿，本身就很有讲头。”玛丽坚持往下说，“她是一个有血性的太太，罗克西·罗塞克斯，可不要认为为了讨好而任那个粗野的乡巴佬随便吩咐！得，我给你说一两件她计划出来的事情——”

“够了!”埃比尼泽叫起来，双手捂紧耳朵，连重听的捕兽人也转过身来。“我谦恭地感激你的盛情款待!”埃比尼泽冲着他大声嚷，“对此，我丝毫不想显得不领情或不感激！但是，这位小姐知道我失踪已久的姐姐的情况，如果她再拖着不告诉我，我就要急死了。”

哈维以询问的眼神望着玛丽。“这家伙哪儿不顺当?”

“屁股下有火的，又不只是他一个人，”玛丽出言直爽，“与他相关的消息我放在心上，但是说来话长，故事又错综复杂，这会儿没时间讲清楚。让他等到我们明天上路的时候，我再对他说。”

但是，捕兽人也附和埃比尼泽，表示反对。

“没有什么快活事，能比一个讲得漂亮的故事更让我快活了，不管是伤心的还是开心的，肤浅的还是深奥的！只要讲的是人的私事，或是不合意的，其他的谁还在意呢？通往天堂的路，尽是大蓟草，而且，我还认为，上面有许多牛屎！说到有多长，呸！呸！”他举起一根粗硬起趼的手指，“好听的故事，从圣斯威辛瞻礼节[①]讲到米伽勒节[②]也嫌短；不好听的故事，讲一眨眼的工夫也嫌长。哈！故事情节一团糟，你说呢？难道比生活的盘根错节还要乱，还要让人迷惑？一个好的故事，越是纠结，不就越好吗？嘿，讲出来，就这会儿，还有你的也讲出来。先生，你们两个还不开始讲，真为你们俩害臊！说吧，解疙瘩吧，一直讲到天狼星落到海湾后面。一个组织得好的故事，就是众神的闲谈话，讲透了人间的是与非，世界的来龙和去脉…… 基督！我就是喜欢听故事，先生们！”

就连玛丽也显然对老朋友的口若悬河留下了深刻的印象，他说完的时候，尽管她脸色更阴沉，却不再是那副倔犟的神色，而是不情愿地同意了的神态，她表示，等山鹑吃完就开始讲。

“本来，”她大声地冲哈维说，“也许，你可以讲的，不比我们中任何哪个可以讲的少。我们感兴趣的是混血儿朗姆比利，姑且不扯进其他的事。库克先生可以开个头，他与那家伙有一档神秘兮兮的关节，接下来，我们每个人知道多少，可以补充多少，但要等到山鹑吃完了。”

一提到比利·朗姆比利的名字，哈维·罗塞克斯眼睛就一亮，对提及埃比尼泽的姓，略微皱了一下眉头。“你就是让出自己财产的那个诗人小伙子？”

“正是。”埃比尼泽回答，被人认出不再感到尴尬，“你们都不妨等着晚饭。既然要我开头，我这就开头，谁愿意听就听。我要告诉你们，不光是我自己的性命，还有本州每一位白人的性命，都取决于我能不能找到一个叫考宏科普利兹的人，而且是在一个月之内，还要劝

---

① 圣斯威辛瞻礼节是纪念温彻斯特教堂主教圣斯威辛（St. Swithun,？—约 862）的节日，为每年的 7 月 15 日。

② 米伽勒节，纪念天使长米伽勒的节日，为每年的 9 月 29 日。

好他按人道的理性办事。”接下来，他告诉他们有关自己和同伴给抓到布拉兹沃思岛上的经过，逃亡的黑人和心怀不满的马里兰印第安人的大阴谋，自己与德雷克派克及夸撒布拉格的关系，以及塔雅克在三头政治中的特别地位。尽管故事十分复杂，他还是尽量简要地讲述了契卡梅克与英国人不共戴天的故事，他三个儿子具有讽刺意味的命运，以及当前他自己在这场阴谋中的不稳定的结果。玛丽和哈维听了这段故事，惊得脖子伸得老长。亏了麦克沃伊对故事的大部分内容都熟悉，这才可以不时地岔开来注意其他的事情，不然的话，两只山鹑就得在烧肉叉上烧焦了。

“我的乖乖，先生，我没听错吧?”他用不能确信的口吻问，“你必须在一个月之内，把考宏科普利兹或者另外一个家伙送到布拉兹沃思岛，否则的话，蛮人们一定会把两个人质烧死?”

“是要烧死我们三个，”埃比尼泽语气肯定地说，“都怨我，他们才到了布拉兹沃思岛的。”

他的两个听众以询问的目光扫了一眼麦克沃伊，只见他垂下眼睛看着食物，嘴里说道（对捕兽人来说，声音一定是太低了）：“库克先生救了我一命，千真万确，上帝知道我会不会胆子大得不领这份人情债。”

“实际情况是，”埃比尼泽最后说，“一开了战，我们所有的人都有可能被剥掉皮，而且有理由认为，我的这一个月期限一到，战争就会开始。他们似乎对我是否会宣扬他们的阴谋无动于衷。看上去，他们觉得我们的军队根本不是他们的对手。”

“他们想的一点儿不错。”主人说，“科普利和尼科尔森，两个人不愿意给纽约救急，哪怕斯克内克塔迪人也惨遭杀戮，他们也未曾伸出手。指望弗吉尼亚安德罗斯或者贵格会教徒威廉·佩恩出兵救急，也是不切实际的想法：看到我们被蛮人和黑人屠杀，是他们巴不得的事，尽管下一批上断头台的可能就是他们自己。”他摇摇头，“最糟糕的是，一个正直的人不能憎恶蛮人和黑人干这种事。一个可怜的人被赶出本该属于他自己的地方，并且赶了又赶——还不说他们被绑着捆着，在码头像拉车的马一样出售——说实在的，他反击赶他的人，仅仅是出于天性，如果他还剩下一点点儿血气的话。我不希望被剥了头皮，先生们，但是我发誓，在这个问题上，我一半站在印第安人一边。”

“我也是。”玛丽表示同意。

“我也是。”埃比尼泽说，“不仅仅是因为他们的事业中有正义的成分，而且还因为我们所有人身上都有野蛮的成分。但是，正如你说的，最好还是留住头皮。正是出于这个原因，我必须找到契卡梅克的儿子们。伯林盖姆我知道，是个难以听进别人话的塞壬[①]，而这个考宏科普利兹，如果他确实信仰英国人的事业……我的计划，如果能够构想出的话，是诉诸他新的忠实的情感，把他作为一个悔过的浪子，带回阿哈特瑚珀人那里，让他在那片嗜杀的国土上做王，可以尽力影响夸撒布拉格和德雷克派克，或许这样会预先阻止那场大屠杀。这是没有胜算的一着，可话又说回来，重病需要下猛药。玛丽，或者你们两个人，告诉我你们知道的事，我对考宏科普利兹是一无所知，只知道他抛弃了他的人民，去追哪个英国女人，就像他前面的马塔森的情形一样——”他停下来，一脸涨红，“原谅我，玛丽。”

女人挥手打发了他的歉意，高声叹了口气。“没有什么原谅不原谅的，库克先生。爱查理·马塔森，我没有感到有什么不好意思的地方，对他的结局也没感到什么伤心或者愤怒。如果我能够相信他的弟弟也像他那样——嘿！没关系！我们很快就会清楚的，并且无论如何——”她顿了顿，一阵战栗，“我想起了查理在他的荷马和维吉尔中谈到一些老恶棍，我们俩总是冲这些老家伙咯咯地笑——他们的名字我记不清了，但是，有一个是阿喀琉斯的父亲，另一个是埃涅阿斯的父亲——”

---

① 塞壬（Siren），希腊神话中半人半鸟的女海妖，以美妙歌声诱惑过往海员，使驶近的船只触礁沉没。

埃比尼泽回答，他们的名字是珀琉斯和安喀塞斯。使埃比尼泽再次感到惊讶的，不光是那个印第安人对西方文化小有涉猎，还有玛丽的回忆是如此的切题。麦克沃伊根本不清楚其中的道道，张着大嘴发愣。

“就是这些家伙，”玛丽肯定，“每个人的皮肉都撞上了一位女神，都为此断送了性命。无疑，这是一笔昂贵的交易，而且是一个人一生只能做一次的交易。你们明白我的意思吗?”

他们明白——无论如何，埃比尼泽和捕兽人明白——玛丽接着往下说。

“听好了，我不是说这个比利·朗姆比利是马塔森的弟弟：我从来就没有见过他，哈维也一样，而查理又从来不过多地谈论自己的家事。但是，我听说的那个家伙以及他英国女人的情况，我能猜个透。其中有一些是库克先生刚刚说明的东西——我们所有人身上都有一些野蛮的成分。对蛮人来说，野蛮的成分更多。这与他们的黑有关系，我知道。是什么东西迫使那么多的种植园主的太太们，为哪一个了不起的黑人小伙子或印第安小伙子撩起了裙子，就像《一千零一夜》里的王后？我认为，是对我们为了做正经的人而丢失了的东西犯痒痒——我们内心深处，苦苦地渴望着那黑色的无法无天的孩子。”

她一直看着火炉里的松树枝，这会儿，她挺挺肩膀，用劲捏捏鼻子，似乎它发痒了，又有意识地抽抽鼻子。“但是，这算不上什么故事，是吗，哈维?”

“一点儿都不算。”哈维回答，“讲故事的人说起哲学什么的，告诉我们他故事的含义是什么，可犯了大忌了；或许，故事的含义压根儿就不是他以为的那样。”但话说回来，捕兽人还是明显地被玛丽的分析打动了，埃比尼泽和麦克沃伊也同样如此。

“这就是我所想的，无论怎么说，”她兴致勃勃地说，“当罗克西·罗塞克斯告诉我比利·朗姆比利以及教会河圣母情况的时候。”

埃比尼泽咬住嘴唇，玛丽急急地讲了起来。

“就在两个星期前，或者是差不多的时间，这个女人来到教会河，就她一个人，没带行李或什么别的东西，只带了一些随身用的东西，挨门逐户地找地方住。她是个三十岁上下的老处女，人家是这么说的；她对人家说，她刚刚打英格兰来，是伦敦的布罗姆利小姐。”

“我的天！”埃比尼泽叫起来，“我知道那个女孩！是我们李树街上的邻居！”他大声叫起来，别提多轻松了，“哟，答案就在这儿！她提到我，你就当她是我姐姐！布罗姆利小姐到马里兰有何贵干？”

“听我把话说完。”玛丽阴沉着脸，“我前面说过，她说她的名字是梅格·布罗姆利小姐，但是，当人问她来教会河做什么，打算租多长时间的房子时，她一时答不上来。有些人当她是逃亡的移民，另一些人认为她是哪个种植园主的情妇，打算在教会河养上她，还有人相信，她身上有了，要么被父亲赶了出来，要么被打发到乡下生孩子——尽管肚子没有任何怀孕的迹象。一个三十岁的女人还是个处女，到哪儿都是稀罕事，尤其是在种植园一带。她还是单身一个人外出，既没仆人，也没像样的行李，连自己要干什么也不清楚，就更稀罕了。这还不算，她长相一点儿也不丑，身体也好端端的，说起话来斯斯文文，不比哪一个太太差——她满可以从一大堆人中选个丈夫，我敢说——这就难怪，不管她求助于哪个太太，也不管她们的看法是什么，所有的太太都一嘴咬定她是个坏女人，就算不是老妓女，也是做妓女的坯子，于是巴不得躲着她。说到男人们，他们跟在她后面，就像公猪跟在发情的小母猪后面一样，又是奉承，又是淌口水，就是有哪个怀疑她是个卖淫的，到了她在罗塞克斯的小客栈里安顿下来的当儿，也就不再怀疑了：实际上，不是什么客栈，只是那个恶棍——哈维的兄弟——磨坊里的店铺加小酒馆。上面有一层楼，不过是一间阁楼，用木板隔成马栏一样的小阁子。我们到剑桥和库克岬之前，我的那些小娘儿们就在那里摆门面。

“唉，她对他们很冷漠，派头别提多大了，但是他们认为，她撑着是为了好讨高价钱。到头来，他们问她价钱是多少，谁承想，她立马从口袋里掏出一把手枪，回答说，要是哪个男人敢碰她一下，她就要他的命，还说就是威廉王本人也休想买下她的处女膜。说完就向阁楼上走，屋里的男人没哪个敢跟上去。打那以后，他们就叫起她教会河圣母，只是打打趣，因为大伙都认为，她是尼科尔森或约翰·库德或某个大人物的情妇。她想来就来，想去就去，没有哪个男人敢碰她。她时不时地向他们打探，是否知道库克岬那边莫尔登的情况，自然，大家都知道莫尔登是多塞特郡酒池肉林的场所，所以，就越发当她是高等妓女了。

"没过多少日子——罗克西对我这么说的——那混血的印第安家伙就来了教会河。依常例，蛮人进城，总是成双结队，但这个家伙只是一个人。他大步跨进罗塞克斯的店铺，那股冲劲就甭提了，一枚硬币往桌上一抛，吩咐上朗姆酒！"

"咳，那不会是考宏科普利兹，对吗，约翰？"埃比尼泽问麦克沃伊，"我怀疑他英语懂到能叫出朗姆酒。"

但是，麦克沃伊说不准。"他兴许是跟迪克·帕克学的，你知道，迪克·帕克一两个月之内就学到了蛮不错的英语。"

"查理·马塔森学的时间还更短呢。"玛丽补充，接着往下讲，"这个蛮人面目太凶残，哈里·罗塞克斯二话没说就给他朗姆酒。他像喝水一样一饮而尽。很明显，他从来就没有尝过烈性酒，因为他马上就呛得呕起来，但呕过后，他又要第二份（这都和我的查理一个模子，库克先生——勇敢无比，注定一口就学会）。到这会儿，在场的男人们瞅准一个机会，来寻他开心了。他们给他倒朗姆酒，问他叫什么名字，他回答是鹅之喙——"

"是这样！"埃比尼泽和麦克沃伊异口同声。

"塔雅克契卡梅克告诉我们，*考宏科普利兹*就是*鹅之喙*的意思。"埃比尼泽解释说，"他为什么有这么个名字，在此我不能透露，只是因为——"他脸涨得通红，"我只能这样说，玛丽，你说他的架势与马塔森的相像，那么，要知道，除了他皮色略微淡一些，鹅之喙身上的每一部分，都和马塔森相像。”

玛丽眼里充满泪水。“见鬼，那他真是可怜的查理的兄弟了!”她摇着头，“原来是这么回事！哎呀呀！重演我和查理的戏，依葫芦画瓢!”

她流着眼泪继续说，鹅之喙还没来得及喝第二杯朗姆酒，布罗姆利小姐，教会河的圣母，正好穿店铺出门去，和他碰了个面对面。到这会儿为止，纵然男人们发嘘起哄、淫声浪语，她一直保持最冷冰冰的举止；但是，凭罗塞克斯小栈里当时每一个在场的男人作证，当她看到那个印第安人时，她就向后退，尖叫出一声人们听不懂的名字，跌跌撞撞，几乎要晕倒。可是，一个好心人上去要搀住她的那会儿，她恢复了镇定，与失去镇定一样神速，手伸到披肩下——全城的人都知道，那里放着她著名的手枪——把那个撒马利亚人逼得连往后打退。她咬着嘴唇威胁对方，走了出去。鹅之喙同所有在场的人一样，眼光打后面跟着她，到看不见她的时候，第一个开了口。

“鹅之喙不想再做鹅之喙。”他大声宣布，“你们告诉鹅之喙，他必须勇敢地面对哪些磨难，才能成为一个英国魔鬼?”

这些话，玛丽发誓说，是她从人家那里听来的鹅之喙的原话，所有人一致承认他就是这么说的。人们之所以记得这么准，是因为鹅之喙当时很难找到一个词来形容入会仪式，根据许多印第安部落的习俗，年轻小伙子必须行了这些仪式之后，才可正式成为成熟的男人。一个在场的捕兽人末了想出**磨难**一词；大家一明白过来印第安人的意思，一副欢天喜地的德性。

“你是说，想成为一个英国人?”其中一个人乐呵呵地问。

“是的。”

“一个**英国魔鬼**，你是说?”另一个问。

“是的。”

“你想知道，一个蛮人要过了哪些关，才可以让我们当兄弟看?”

磨坊主问。

“是的。”

男人们交换眼色，在相互的眼里都找到了一致的方案。大伙心有默契，磨坊主继续玩游戏。

“那么，得，”他若有所思地说，“首先，你必须表明你是个有钱的人，我们不接纳穷光蛋——除非他有一张圣母的漂亮脸蛋，嗯，绅士?”

印第安人听不懂这些话，但是，当他经人帮忙听懂了大家要他拿钱，他就掏出五镑钱，是各式各样的英国货币——没人知道从哪儿弄来的——以及一大把沃坡皮格项链，磨坊主罗塞克斯马上统统装进口袋里。

“那么，这会儿，你得起个合适的英国名字，不是吗，小伙子们?”

可没费什么周折，大伙就把**鹅之喙**换成了**比利**[①]，但是，选一个合适的姓，倒是争论了一场。有些人对取乐对象身上涂着的熊油的恶臭印象深刻，建议**比利·狗特**；有些人考虑到他的天真，更倾向于**威廉·傻鹅**。他们在深入讨论的当儿，鹅之喙喝下朗姆酒——这回困难小一些——并被吩咐再来一杯，理由是要做他们大人的合适的臣民，必须做到一点儿事都不出地喝光半桶朗姆酒。印第安人这会儿已不得不抓牢桌子边，以稳住自己，他端起第三杯酒，像仪式上举着圣杯似的，仰脖子倒下去。正是这第三杯酒以及举杯的庄严性，又叫磨坊主想出了第三条建议。

“他倒是个酒鬼的坯子，看我们的比尔。”他评论说，并且补上一句——就在这会儿，印第安人以所有阿哈特瑚珀人的方式，打了一个喧闹的、毫不掩饰的大嗝，“他已经被酒灌得轰隆轰隆了!”

既然在场的人没有哪个在意在起名字的问题上以自己的偏爱顶撞

---

① 鹅之喙英文为 Bill-of-the-Goose，比利英文为 Billy。

磨坊主，那么，鹅之喙的新英语名字就成了**比利·朗姆比利**[①]。授名仪式是一阵渎神的无意义的咒语，外加用苹果醋洗礼。

“接着，他们给他剃了头。”玛丽说，埃比尼泽认为，讲前面故事的过程中，她声音中没有出现过这会儿这样的尖刻味道，“一直剃到头顶，又给他灌了一杯朗姆酒，告诉他，没有哪个文明的英国绅士身上涂熊油。这倒不算是什么问题，他们说，但是他必须马上到湾里去——是十二月中旬，听好了——扒掉衣服，蹚水蹚到脖子，拿他们给他的马刷子，把自己身上的气味刷得一干二净。是磨坊主出的主意，自然——呸呸！我恶心那狗仗人势的杂种——把比利打发走，就算圆满演完了他们的恶作剧，做梦都没打算再看到他。就算冻不死，淹不死，他们盘算，他也会被湾里的水惊清醒，偷偷摸摸地滚蛋回家。”

但是，实际上，她说，他们还未对自己的聪明小算盘笑上半个小时，恶作剧的靶子就回来还马刷子了，还要喝朗姆酒。皮肤刷得都要破了，一点儿熊油的影子都没有，酒气也没有了，没有一点儿寒冷或其他不适的迹象。他们还在惊讶，比利就催他们给自己进行下一项磨难。可不幸巧得很，布罗姆利小姐偏偏在这个节骨眼上不知道打哪个地方回来，穿过屋子，不屑于同任何人说话，奔着楼梯就上了阁楼。即使是这样，本也不会生出什么别的事来。可正是比利自己找事，倒问起那个女人是谁。

“噢，比利·朗姆比利，那是教会河圣母，”磨坊主回答，“她不是任何人的女人，只是她自己的女人，那个婊子。”

“现在，他就是比利·朗姆比利的女人了。”印第安人宣布，从皮带上抽出一把匕首，“一个英国魔鬼怎么娶妻子？我必须要和哪个男人拼命？要在什么地方把她交给我？”

直到这时候，男人们才对摆在面前的新的乐事舒了口气。毫不奇怪，是哈里·罗塞克斯先开口。

---

① 朗姆比利英文为 Rumbly，即是上文中的轰隆轰隆意。

“你说——你叫教会河圣母做你的妻子?”

立刻，比利手里拿着匕首，向他凑过来。“她是你的女人?你替她说话?”

“你看，你看，”磨坊主让他镇定，“收起刀，比利·朗姆比利，做个体面的英国绅士，否则的话，她可不理你。她就要成为比利·朗姆比利太太，是吗?好，得啦!”罗塞克斯又一次重复了先前讲的话，布罗姆利小姐除了自己的良心，谁都不理，接着就宣布，自己对这桩婚事大为满意，惹得在场的人也没有哪一个不表示满意。

“但是，难道你不知道，比利·朗姆比利，”他接着说，“并不是任何哪个英国人，都**配得上**布罗姆利圣母这样的姑娘的。你知道——怎么称来着，山姆?**磨难**:那才要命呢!——你知道一个英国新郎的磨难，不是吗，小伙子?”

正遂了大家的愿，比利·朗姆比利承认说，他对英国的婚礼仪式一无所知，需要罗塞克斯点拨一下，罗塞克斯呢，就用一种庄重而甚为机密的语调说起来:

“首先，你得至少喝十二杯朗姆酒，让你的激情燃烧起来，否则，你是不敢头脑中想着婚事，接近一个英国处女的。她们像厌恶梅毒一样厌恶头脑清醒的情人。我们伦敦的姑娘们都是这样!第二，你必须一言不发:记好了，哪怕说一个字，你的婚事就泡汤了!听清楚了，比利·朗姆比利?这是我们英国魔鬼的习俗，你不知道，以防狗屎小伙子偷走了我们的女人。不要出声，那会儿，悄悄地爬到她身上，就像一条猎狗爬上一只母鹿——天哪!冷不防扑上去，她还摸不着是哪个家伙爬上去，就给戳穿了**处女膜**，她不爱死你才怪呢!因为这里面有一个窍门，聪明的比利，老小伙子:我们的法律宣布，男人干他的新娘，必须像公猁干母猁，不管她愿意不愿意，她反抗得越凶，叫得越烈，到你强奸她起来，她就越看重你!难道我对他说的不是这块土地上的法律，伙计们?”

大家这会儿一门心思只想搞恶作剧(后来对他们的妻子也是这么

说的）。他们唯一的想法是以那个高傲而不屈的布罗姆利小姐为代价，拿一个喝醉酒的印第安人取乐子。于是，或者是因为他们不敢顶撞哈里爵士，或者是因为他的计划太逗人欢喜，实在难以拒绝，他们肯定——只不过略微点点头，而且嘟哝了一阵——这样的行为确实是英国人的习俗。比利喝起必不可少的朗姆酒，这边，那些家伙劝说自己——后来又劝说他们的妻子——一个喝了十二杯巴巴多斯酒的男人，对任何哪个女人处女膜的伤害比一个太监对它的伤害大不到哪里去。酒喝完了，他们庄严地为哈里爵士让开路，后者正无声地最后给比利指点迷津，领着他踉踉跄跄地到了楼梯口，看着他蹑手蹑脚上阁楼，醉鬼偷婆娘。

“天哪，想想，”玛丽抱怨，中断了故事，“他们玩弄的正是与马塔森一样的那金色的玩意儿——噢，上帝——这像是你把圣杯做了尿壶！”

“这恶作剧太残忍，”埃比尼泽同意，“但不仅仅只是对鹅之喙！我担心的是可怜的梅格·布罗姆利。”

“还是接着说吧，”他们的主人建议，“我已经听人们讲过多少遍了，但是，关于比利·朗姆比利的故事，这些日子人们却有多种其他说法。叫一个家伙收集起来，那就像线穿的角贝一样。”

“我是打罗克西·罗塞克斯那里听来的，”玛丽说，“没有多大的水分，是事情发生后不到五分钟她从哈里爵士那里听来的。亨丽埃塔从磨坊那边清清楚楚听到传来枪声，跑出来看看是从哪个方向来的——尽管她要是敢在窗口露个面，哈里爵士都会把她打个皮开肉绽——但是，看到人们向父亲的店铺跑去，她不得不叫母亲来了解情况。罗克西赶到那里的时候，印第安人已经离开了，身后留下一串血印……”

“开了枪！”埃比尼泽插话，“你是说，布罗姆利小姐开枪打了他？”

玛丽竖起肥肥的食指。“我是说，那个可怜的蛮人受了伤，离开了，一路滴着自己的热血：我就说了这些。”

“但又是谁——”

“罗克西赶到店铺的时候，”她接着讲，“地上有血，门廊上有血，地板上全是血。在场的男人们这会儿都清醒了，你可以打赌，但是，羞愧得不敢看她的眼睛。至于哈里，因为自己的恶作剧，正像公驴一样在驴叫，她从他那儿根本打探不到什么消息。‘天哪！天哪！’他只能说出这些来，‘你看到那个傻瓜跳着叫着，像刚剁了腿的青蛙没？’接着他又驴叫起来，什么都不说了。”

“布罗姆利小姐！”埃比尼泽问，“我必须知道，布罗姆利小姐怎样了！是她向可怜的家伙开的枪？”

“是教会河圣母。”玛丽草草地说，“实际情况是，她一开始就揣摩着，如果哈里爵士不在哪一天亲自去试一试她的处女膜，他也一准会打发哪个醉醺醺的色棍去替他代劳的。因此，那把手枪就一直上了膛，随时都可以开枪。只要一下楼梯，总是揣在大衣下，睡觉的时候就塞在床垫下，好一听到楼梯上有脚步声就抄起来。麻烦的是，即使是一个醉醺醺的蛮人，也仍然可以蛮人蛮到根。比利·朗姆比利爬上楼，不比一个捕猎能手潜近猎物时的声音大多少，她一发现自身危险的时候，他的匕首已经抵上了她的喉咙！”

麦克沃伊咂咂舌头。“她怎么掏出了枪？”

“难就难在这儿。”玛丽笑笑，“墙被钻得没法防御，她一无所有，只好大开城门，交出城堡，待侵略者烧杀抢掠的时候，再伺机报复。”

“啊，上帝！”埃比尼泽叫喊，“你的意思是，可怜的女孩到底丧失了处女膜？”

“还没有，尽管每个男人都那样想，我从罗克西那儿听到的时候，也是这样想，并且搞不懂，比利·朗姆比利怎么就没有给朗姆酒撂倒。你不要忘了，库克先生，我们现在了解的情况，他是马塔森的兄弟，按你自己的说法，他也有我查理的那个缺陷：他的男人气不是在裤裆里，而是在他的奇思妙想中，在想象空间里，朗姆酒多半是一个方便，少半是一个障碍。”玛丽身体又颤了一下，“不，我想起来了，完全是你说的那个词的意思：查理的兄弟没一个能用常规的办法干她，也许，她现在还保留有处女膜。但是，我十分清楚，他一开始就冲着她的处女膜，并且既然她被迫让他按在床上，那么你或许可以确信，在她抓到枪的时候，她的宝贝处女膜已经被弄破了。接下去，自然，她抽出手枪，瞄准了射他。然而，她枪口瞄低了，从我的推测来看。子弹射在他大腿内侧，他惊吓得像一只受伤的兔子似的跑开了。就是到了这个份儿上，哈里爵士还不肯结束他该死的游戏，他一定一路追着比利·朗姆比利，喊道：‘你不配做男人，去你的，比尔！两星期后再来干她！’”

“可是布罗姆利小姐……”诗人说。

“我的故事就讲到这儿了，”玛丽态度坚定，“接下去就是哈维的活了。罗克西了解到丈夫玩了什么样的恶作剧后，就跑上楼去找布罗姆利小姐。只见她躺在床上，一副让人很是糟蹋了一顿的少女的样子，手里的手枪还在冒烟。她顾不上先前贵妇人的派头，像一个小孩跑向母亲一样，跑向罗克西，又是哭，又是号，折腾个够，向罗克西宣称，虽然自己还是个处女，可蛮人在自己身上动了不少手脚，弄得自己简直羞死了。毫不奇怪，罗克西显然不相信她的话——我听说到的时候，也是不相信——于是说：‘得，得，布罗姆利小姐，覆水难收，撑着也没用。你现在不是处女了，就算你过去确实是处女，但是，我也不相信你是个婊子。和我及我的女儿住到磨坊那边去吧，’她说，‘我们会教会你，一个女人怎样在找乐子的同时，既不妨害到钱袋子，又不伤自尊或者宝贵的名誉。’”

“嘿，玛丽，”他们的主人提醒，他一定一直在读她的唇语，“不要瞎扯，这会儿。”

玛丽回答说，库克先生，她知道是个正派绅士，麦克沃伊也不认识有关人士，她看不出引用罗塞克斯太太的话有什么不妥。“你十分清楚，她既是你最亲密的朋友，也是我最亲密的朋友，哈维，并且，我喜欢亨丽埃塔，就同自己的女儿一般。这些绅士们已经听过了，哈里爵士是个什么样的畜生，倒无妨让他们再多了解一些相关的事——罗克西和亨丽埃塔，既有勇气，又有智慧，老是把羊毛套在那个大蠢猪的眼上，大蠢猪可没少上当。”

捕兽人还没有完全感到安慰，但是埃比尼泽——尽管一段比喻让他皱了皱眉——还是肯定说，那两个不认识的女人都有权利犯一些小过失，想把玛丽引回到原来的故事线索上。

“唉，布罗姆利小姐，”玛丽叹口气，“罗克西对我说，我现在可以劝说她学我的行当。”

埃比尼泽再也按捺不住自己的悲愤。“这就是你一个伟大的、慈善的女人的想法，吸收一个可怜的女孩，把她培养成婊子？不幸的布罗姆利小姐！在我看来，你的罗塞克斯太太比她的丈夫也好不到哪里去！”

“别上火，别上火，库克先生。”玛丽心平气和地说，“你别忘了，我不是去哈里爵士的磨坊接她，而是到她英国丈夫——朗姆比利——的屋子里去接她……”

“上帝！”

“先让我说完。那女孩遭强奸后——或者，你随便说它是什么——精神错乱，开始像疯子一样语无伦次。她的名字根本不是什么*梅格·布罗姆利*，她宣布，而是*库克岬的安娜·库克*，桂冠诗人的姐姐，而袭击她的压根儿不是什么蛮人，而是她小时候的老师——”

“哎呀，我看出来了！”诗人吼起来，“自从我们小时候在李树街起，她就是安娜和我的朋友。某种事情让她来到马里兰，她还计划在莫尔登拜访我，后来听到我的丑闻和我父亲的愤怒，就拉倒了。啊，清楚了！她不敢去那个臭地方，就在教会河住下来，一边打探我的消息。千真万确，我良心上的又一个亡灵！可怜，可怜的布罗姆利小姐。要是安娜知道了，她会怎样迫不及待去帮你啊！”

实际上，埃比尼泽的感触是复杂的。想到教会河圣母不是自己的姐姐，有说不出的如释重负，但同时又感到很消沉，不光是因为当事人是他姐姐的朋友，而且还因为，这一事实表明安娜不过像以前一样消失了。但一刹那间，他通脸煞白，因为，他忽然起了一种念头。

“不，更糟糕了！布罗姆利小姐怎么会在马里兰，若不是随安娜一道来的？啊，见鬼，她们一起来的——还有什么比这更可能的？并且，她们听到了莫尔登的情况后，或者我的父亲赶上了安娜，不让安娜离开他，布罗姆利小姐就单独挑起担子，出来找我。是这样，我确信：要么琼·托斯特根本没提到我，要么她们不相信她的话。见鬼！见鬼！可怜的女孩！因为我的缘故，还有多少女孩要遭殃？至于现在，要么是她耍花招博得人们同情，要么是遭强奸吓得她精神错乱，于是就用最好朋友的名字称呼自己，并且认为是亨利·伯林盖姆毁了自己！”

“她确实有时称她的丈夫为亨利。”玛丽同意，“罗克西就是这么说的。”

“打住，现在。”麦克沃伊说，“你只讲到那个丫头待在阁楼上，冲罗塞克斯的女人胡言乱语，而现在她又成了干了她又被她开枪打了的那个家伙的妻子！你的故事跳过了某一个环节，女士，不是吗？”

“是的，先生，”玛丽点点头，“因为该轮到哈维讲了。那女孩一阵胡言乱语之后，就在罗克西的怀里昏了过去，被不省人事地带到亨丽埃塔的卧室。罗克西像照料生病的孩子一样照料了她三天，可第四天，她就不见了。除了这里的哈维，打那天起，就再没有别的人见过她……”

十一、比利·朗姆比利的故事由一个目击其变成英国人的人来结束。玛丽·蒙格毛丽提出问题，文明的外表下潜藏着本质性的野蛮，还是野蛮的外衣下潜藏着本质性的文明？——但是没有给出答案

玛丽故事讲完了。她用期待的眼神看着哈维·罗塞克斯。埃比尼泽和麦克沃伊也一样眼巴巴地看着他。可是，她最后一句话比前面讲故事的声音低，又是特别冲着麦克沃伊的，捕兽人就错过了，没有听见，反倒冲着他们愣愣地发笑。

“告诉他们，哈维，”她催了，“教会河圣母晕倒在罗克西怀里的时候，到底发生了什么，后来又发生了什么？”

“啊，确实。”哈维笑起来，仍没有准确地领会她讲的话，埃比尼泽推测，老人的心思准是一直就放在别处，因为他曾立刻赶上了关于罗塞克斯太太的话头，“那天，我一清早出了门，沿设下的捕兽陷阱往前走——沼泽上都结了冰，你们不知道，麝鼠都在罗网里冻僵了——我看到沿线有一堆篝火，就走过去想暖暖关节。那里躺着一个蛮人，裤子上尽是血迹，头发剃得精光，身体像死人一样冰凉。我一开始就想，他死了，又过了两个小时，实际情形证明我判断是正确的。但是，我觉得他血脉里还有点儿活气，就决定把他带回家，能做点儿什么，就做点儿什么。我发现伤口没什么大不了的，虽说尽是血；我给洗了洗，包扎了起来。他一能张开嘴，我就逼着他喝一点儿热乎乎的肉汤。说真的，他是多么强壮的一个家伙！尽管离死亡门槛只有一步，一小时后，他就恢复了神志，虽说他的体力还没有恢复。我赢得他信任以后，他就一五一十把自己的故事讲给我听。听到教会河圣

母的事，了解了我兄弟的古怪念头，其他的事不用动多少脑筋就可以猜出来了。

“我告诉他，他做了低级趣味恶作剧的靶子（我一解释，他就看得清楚了）。我主动提出，要替他把哈里抢劫他的五英镑要回来。他诚心诚意地感激我，说的是我从蛮人那里听到的最浅易的英语，还表态说，如果钱能要回来，那就全部归我，以报答我救了他一命。你是不敢拒绝一个蛮人的礼物的，以防他认为你侮辱他，因此我说，我要两英镑，剩下的还归他。我们说着话，他眼睛一直往屋子里四周看，一会儿就问我，我能不能把房子卖给他！五镑钱够吗？我回答说，一半钱都不值，但是我不想卖，见他十分迫切想住在一个英国房子里，我告诉他，我在烟草嘴海湾还有一处小房子，离教会河不算远，没人住，快要荒废倒塌了，并且说如果他不嫌麻烦修一修，房租都不要，白送给他住。你们或许认为，交情这么浅，未免太慈善过分了，但是这个混血儿周身有一种气质——我找不到词儿来形容，先生们。好像……你们知道穿着苏格兰布衣，在街上晃悠的那些国王和王子的故事吗？或者，老尼克[①]假装一个会死的人买灵魂的故事吗？他脑袋灵光非凡，就是这个蛮人，他给我的感觉是，要是他打小就在英国长大，他准是另一个克伦威尔什么的。布罗姆利小姐当他是自己老师装扮的，我看也没有什么神秘的；用上半个月的功，他就能被看成是剑桥的老师，我有把握，花两年时间，就是一个晒得黑黑的亚里士多德！有许多人，我犯不上同他们打交道，先生们，而且，打一开始我就想，这个蛮人可能会为了自己的目的骗我。他有魅力——怎么说呢？——由不得你不信任。愿意也好，不愿意也好，你觉得如果他的目标与你的目标不一致，那你只能怪自己鼠目寸光，目标不远大，并且如果他低估了你，那是因为你的货色只配得当小卒子，而根本不是做英雄的料。到这会儿为止，他没有在任何方面伤害我，但是，我那一天就从内心里不得

① 指魔鬼撒旦。

不提前原谅了他有可能对我干什么不公的事！”

“啊。”埃比尼泽说。

“不论怎么说，他那一夜睡在这儿，我第二天醒来，就发现他走了。我马上就想到，他是寻我兄弟报仇了——”捕兽人脸涨得通红，眼睛却眯着，“上帝会不会原谅我，那就随他便了：我没有采取任何行动警告哈里有危险，倒像往常一样出门去陷阱沿线。那天早上下了霜，我还记得，在那边浣熊湾附近，淡水沼泽与盐水沼泽之间的一块高地上，我开始看到一路有熊的脚印，粪便是刚拉的，所以还没冻上，还在那里冒热气。不久，在陷阱线的尽头，我看到食鱼蝮的印子和熊的脚印缠在一起，看来，它们从那离开不过半小时光景，我就打算跟到底。

“不一会儿，我顺着地上的脚印进了一片阔叶林，并且听到熊在前面低沉地吼着。除了一把剥皮刀，我身上没带其他武器，所以，我尽量不出声地向声音方向爬过去。不需要多费事，就找到了它，它还在吼呢。我来到一块不大的空旷地，它就在那儿，一头肥肥的、黑色的家伙，还没躺下入冬呢。是一头公熊，还没怎么成熟——要是用后腿站起来，还不到你的肩膀——它正在拨弄一根朽木，弄里面的幼虫。我正开始嘀咕那个蛮人上哪儿去了，突然间，有一只手放在我的肩上，站在那里的原来是比利·朗姆比利本人，看上去别提有多精明、有多快活了。他把我领到下风更远一点儿的地方，并且是熊听不到我们动静的地方，对我说，他打算杀了那头熊，除非我说熊是我的。

“‘咳，比利，’”我说，‘只要我头脑清醒，我是不会只用一把剥皮刀就去捕一头熊的，我也不鼓动任何人干这样的事。’因为我看到他两手空空，什么武器都没有。但是，他只是笑笑，说要给我露一手，是打一些西方蛮人那儿学来的，据说，要是两个男人争哪个女人相持不下，就拿它检验一下各自的勇气。我猜测会很有看头，这我并没错——而且，天啊！是我一生中看到的最奇特的捕猎方式。

“他做的第一件事是找来两棵直直的小树，一棵不比你大拇指粗多少，另一棵是前一棵的两倍粗，然后不清楚究竟用什么法子，把它们咔嚓咔嚓折断，到了只不过手掌宽度一样长。我要递上我的刀给他削，但是他说要是使用手中的刀或任何一种武器，就违反了规则。他把短枝上面的杈枝掰掉。一根他做成一个矛一样的东西，另一根掰短，当匕首用。接着，我们爬向空旷地，熊先生用背蹭着树。尽管霜还没有怎么开始化，比利扒掉所有的衣服，除了屁股上围着遮羞的衣服，一丝不挂，抄起自己的小短枝，走进空旷地。”

埃比尼泽注意到，玛丽咬住牙关，闭上了眼睛。

“熊停止抓挠，看着他做某种蛮人的祈祷。比利向它移步过去的时候，它慢慢地绕着空旷地走动。比利向前一冲，含混地吼着什么，可是熊呢，并没有冲他撞过来，或是沿着路跑开，而是跑向场地中央的一株结实的没多少年份的橡木树，往上爬。我走过来，高喊：‘不走运，比利。’因为我绝不怀疑，打猎已经结束了，但是熊还几乎没有完全离开地面，比利就跟着爬了上去，手里拿着杆子，匕首咬在牙齿间，才不管粗糙的树皮怎么叫自己难受呢！在第一丛枝杈——有你两人高——那里，熊停了下来，往下看看，吼了起来，甩动着前爪。比利往上爬了一截，近了些，脚下还没有踩上什么稳固的立足点，就使劲地用棍子杵，一番周折，只唤来熊的一阵吼叫。我提出要给他拿根较长的杆子，他却对我说，一旦碰了熊，接受任何人帮忙，或者换武器，都有违于他的猎杀规则——我承认我当时就觉得，而且现在也觉得，他是一边忙活，一边编出这些规则，可是他自己倒是像履行圣职一样履行起这些规则来。

“他没有换武器，却改变了攻打的计划，开始戳熊的脸部，同时提防着不要让它用牙齿咬住杆子，或者把杆子打得从他手里掉下来。我猜想，他的目的是把熊往上赶，好使自己占有那些树杈，站在树杈上，自己的矛就会对熊发挥更大的作用，但是熊却绕着树干转，保护自己的脸，用自己的大屁股罩着比利的头。但是，比利非但远远没有放弃较量或者爬下树，反而似乎很高兴，像是收到了预期的效果：他呐喊一声，尽可能地把杆子插进去，我就无需说从什么地方了！熊尖叫一声，试图用前爪抓住矛，但比利插得更深；熊向上爬上一截，但是往下一滑，更玩完了，最后从树上摔了下来，一声惨叫，你从来都没听过那样的叫声。一眨眼，比利已骑在它身上了；他把匕首刺进熊的喉咙，我还没缓过神来明白熊已经掉下来，他就跳开了。

“待我自己找到一棵树，藏在背后的时候，熊已经站起来，拍打着插在后面的杆子。这会儿，比利就赤手空拳，没遮没掩地站在熊面前不到三码处，挑逗熊袭击他。熊果然向他发出攻击，比利就领着它绕橡树绕了五圈，可怜的家伙就倒地死了。”

“天哪！”麦克沃伊说，“我从来没听过这么勇敢的一招！”

“而且令人毛骨悚然。”埃比尼泽补充说，为了迎合捕兽人，故意声音说得很大，“真是一个精彩的故事，罗塞克斯先生，但是——你一定要原谅我的鲁莽——我只是纳闷，这一壮举与我可怜的朋友布罗姆利小姐有什么关系？”

“不，朋友，没有什么原谅不原谅的，”哈维回答，“就在我在旁边的那会儿，我自己也纳闷，一个身体没有完全恢复的人，一定要拿自己的力量和一头熊的力量较量一番，而前一天晚上他却一直在谈英国人的法律和习俗。他是那样一个热诚而灵光的学者，你们可以认为，通过训练，他可以在法庭上弄个位子坐，可是你看看他那会儿，跨在熊身上，喝热乎乎熊血的样子——熊还没有彻底死掉呢——地地道道的野人德性！

“但是，我可没纳闷多长时间。比利喝了个痛快，就走到湾里，从头到脚洗身子。他被树皮刮得成了一个受过拖刑[①]的水手，同时，身上又脏兮兮、汗漉漉的。就是这会儿，他自己制定的规则还在发挥作用。他绝不用我的剥皮刀，而是用从湾里捡来的一只牡蛎壳开始剥熊皮，并且，尽管允许我生一堆火，他却仍然像亚当一样光着身体，直到把

---

① 一种在海上时对水手的惩罚，将水手捆在系于船体下方的绳索上。

活干完。用一个破贝壳剥完这样一只动物，可是半天的活，我担心活没干完，他就冻死了。他把熊皮和肉都送了我，他说，他剥熊尸体，只想攒一点儿脂肪而已。他从毛皮上脚掌一样大小的地方剐下这一块脂肪，自己留着用，然后用棒串着在火上熬油。他的目的，我看得出来，是用熊油从头涂到尾，就像蛮人习惯的那样。他在忙活着的当儿，我就担心起来，这一捕猎活动与前天发生的事之间有某种不妙的联系。我没有猜错，因为他涂得就像猪脊肉，像老内德的灯一样发出呛人的臭味时，他吃下大部分脂肪，然后抄起牡蛎壳，把熊给阉了——"

埃比尼泽和麦克沃伊显得很迷惑，但是玛丽一直沉默不语，让人怀疑她是着了迷，还是睡着了。她这会儿睁开眼，同情且知道内情似的叹了一口气。"这就是我预料的，但离我期望的还差一截，哈维。罗克西错了——我去看她是浪费时间。你不这样认为吗？啊，得了，无论怎么说，故事是清楚了。"

"也许对你是清楚了，"诗人抱怨，"可我什么都没听懂。"

"这没什么神秘的，"捕兽人说，"公牛一向对文明人象征什么，公熊就对野蛮的印第安人象征什么。但是，他们不光是把它看成是男性生殖力的象征，他们还进一步认为，它的尸体是房事的一剂重药。因此就有了那等杀熊的方式，比利先前解释过。他用熊用于冬眠的脂肪涂自己的身体，他们说，正如那脂肪在冬月给熊保暖，那脂肪可以给爱火添加燃料。至于另外一件事，野蛮民族普遍相信，如果哪个男人抓住了公熊的私处，放进一个生皮做的袋子里，再用一根熊皮带子系在自己的私处，那么，他的男性生殖力就会因熊的私处而加倍增大，于是，只有上帝能帮上第一个碰上他的可怜丫头！我问他：'你要去找的是教会河圣母吗？'他尽管没有直接回答我，却魔鬼般笑了一笑，说，如果隔几天我能去看他，他会非常高兴的，那时候，他和朗姆比利太太就已经找到了我烟草嘴湾那边的房子，开始理家过日子了！听他的话，你可以把他看成是快乐的英国绅士了，但是他却活脱脱的一副野人发情的德性！虽然我十分担心那个可怜的女孩子的声誉，我还是请求比利·朗姆比利行动要小心，因为我猜想，她会提防着，要把他射死。但是，他说：‘没有哪把英国人的枪，曾经杀死过一头熊。’然后就上路了。”

“现在很清楚，”麦克沃伊说，“他带走了她，藏在你说的小屋里！可是，司法长官怎么就没有采取措施找到她？”

“同样也很清楚的是，你对本州的司法一无所知，”埃比尼泽尖刻地插话，“只有有德行的人，才与马里兰的法律发生冲突。”

“不，你把问题言重了。”捕兽人说，“原则上，我们的法庭与英国的法庭是一样健全的，但是它们处理的是一个野蛮的、无法无天的行政区的事务——尽是诈骗犯、海盗、婊子、冒险家以及罪犯和罪犯苗子。法庭不公正，或者，一两个法官出售正义，我不奇怪；至少，还有法官和法庭，我们有能耐使他们忠于职守的话——也就是说，当公民的斗志普遍地被勒着并套上嚼子，我们就会使他们的判决做到公正。”

埃比尼泽的脸颊有些发红，不仅仅是因为他觉得自己的控诉言过其实了：剑桥法庭那一天的情形，还在他记忆中清清楚楚地作痛，而付出的代价，想起来每个毛孔都出汗；他的积怨来了劲，变成了某种性情，他还惊讶地意识到，正如捕兽人所说的，最近只要一听到某些话题，就陷入这种性情难以自拔了，更多地出于习惯，更少地出于正当的气愤。马里兰如此不公正地虐待了他，他发誓要用诗歌玷污它的名字，让他的孩子的孩子的孩子都知道；这类暴行，可以淡化到演员尾白什么的程度？怎么说，他也不是通过推理过程提出这个问题的，而是借助某种洞察力，这种洞察力在头脑中闪耀着，就像他的羞赧在脸上泛滥着一样。借着这闪烁的光芒，要不了他对哈维嘀咕一声“我敢说”的时间，他就看到了，成千的无家可归的欢乐或悲伤的鬼魂，决意在大众的内心生存，直到永远：欢庆的日子、斋戒的日子、念碑和仪式，所有这一切都是对无以计数的光荣和灾难的献礼，使自己的光荣和灾难相形见绌。它们又被无动于衷的人们全部遗忘，或者亦步亦趋地守着，虽然正是他们自己一手确定起来的。一种令人不安的景象，诗人对此的反应，也没少多少不安。不久前，对人们在这样一个世界上所付出的努力，他的精神世界会咬牙切齿。他并非不能用寓言双行体诗抨击人生的变幻无常：心灵，他会宣布，是熬不住的寡妇，在她高尚的丈夫（无论是胜利还是悲剧）临终的床前，她发誓永远不会忘记他，但是她未来得及穿上丧服，某个缠人的拉皮条问题就在她身上起劲了。在随后的岁月里，尽管她也少不了礼节性地探望丈夫的坟墓，却和一系列卑鄙的人事浮沉上了床，虽说没一个配得上她关怀。但是，现在，尽管这类变化无常仍然刺痛着自己的感觉（也就是说，他的虚荣心，因为他自我认同为死去的丈夫），他却说不准，这类变化无常是否有两重的正当性："时间是为活人流逝的，"它似乎说，"时间会改变一切。只有对死人来说，环境才永远不变。"这一看法，意味着对过去的一种判决，意味着对过去与现在的关系以及过去对现在的重要性的一种判决；这一判决，他最近有一半同意，但仅仅只是一半而已。

捕兽人接着往下讲："几天后，我又见到了比利。从三一教堂出来——啊，我发誓，只是过了一个星期！他穿着男式紧身裤，戴着佩鲁基假发，一副绅士模样，身上一点儿熊油影子也没有。尽管有些人弄不准他是哪号人，教区长却同他在门口握手，同他幽默打趣，说有多亲热就有多亲热！我靠上去，我听到他同两个烟草种植园主谈着话，用的是比你们在总督府听到的更花哨的文辞。对方不是别人，就是叫他上过当的那两个家伙，但是，从他们的样子上根本就猜不出来这些：一个邀请他入教会，另一个正就下一年的烟草行情同他展开争论。

"'这一位是朗姆比利先生，'他们对我说，'作为一个虔诚的绅士，像模像样，就如他对烟草一窍不通一样。'一看到我，比利笑笑，欠欠身，说：'我已经赢得荣誉了，谢谢你们，先生们。罗塞克斯先生够慷慨，借我一间小茅屋使用，直到我有自己的房子。'我们两个非常热情地握握手，你知道，周围不下五六个人，好生羡慕我，他们多么嫉妒我得到他的垂青啊！比利说，他有一两处要拜访，待拜访完毕，他希望我去他那儿吃饭。他走开后，他的追求者把我围起来，就像花花公子团团围住一个新受封的骑士一样。从他们那里我了解到，教会河圣母有一天离开了罗克西的家，消失了。此后一直没有消息，直到比利·朗姆比利进了城，一身英国衣服，并且宣布她是他的新娘。有些人说，他把她关起来了，于是又传开，说看到他在壁炉火上折磨她。但是，另一些盯梢他的人说，她想什么时候离开他的屋子，什么时候就可以离开，而和他待在一起，完全是出于她的自愿。对那些甚至要求他举行一个像样的基督教婚礼的人，他的回答是，自己巴不得那样做呢，可是，他的妻子很满意他自己主持的印第安人婚礼，不愿意另举行别的什么婚礼，再说，他也不想强迫她。

“无论怎么说，虽说打他第一次出现，还没过多长时间，而且这里那里还有一些对他不利的风闻，但是，比利看上去已经赢得了教会河每一个女人的心，以及几乎所有男人的敬意。他有宏大的计划，打算改进从烟草市场到刑法条例的所有一切，人家是这么说的，并且尽管没有人说出口——我是罗塞克斯家中一员，你知道——很清楚，大家盼望着比利迟早和我的兄弟哈里作对。他们已经改变了光对一个人效忠。比利太强壮，而且雄心勃勃，哈里爵士太嫉妒他的权力，两个人很难不大打出手。不但如此，人们还谣传，是哈里逼布罗姆利小姐逃跑的，因为他曾经想占她的便宜，并且每个人都猜测，时机一成熟，比利会找那家伙算账的。

“我们去小屋的路上——我忘了告诉你们，我是第一个受邀去他屋子的人，于是，人们就更羡慕起来——我坦诚地告诉他，我听别人说了他些什么，要他说说哪些是事实，哪些是想象出来的，但是他满脑子关于太阳底下一切事情的问题，哪有心思给我一个像样的答案。为什么烟草种植园主不可以组成一个协会，他想知道，和贸易和种植园的王室代表们谈生意？谁是帕莱斯特里那？我认为一个四十岁的男人学羽管键琴太迟了吗？为什么哥白尼认为太阳待着不动，而它和它的行星却有可能在宇宙中一起移动？如果一个基督教的遁世修道者，最终能够从克制欲望中享受到乐趣，他就不允许纵容它们克制欲望，同时又克制欲望来纵容他们，那么这不就是让他住手吗？”

玛丽·蒙格毛丽摇摇头。“太像我的查理了，愿他灵魂安宁！尽是那个魔鬼自己的一袋子问题，别人的答案没有让他满意的！”

埃比尼泽催捕兽人讲讲布罗姆利小姐的情况。“才脱虎穴，又入狼窝，从来就是世界上天真的人的命运！天真就像青春，”他忧伤地说，“给了我们，仅仅是为了消耗，却从其丧失中领会其真正的含义。”

“这才让它宝贵起来，不是吗？”麦克沃伊面带笑容地说。

“不，”玛丽反对，“这才证明它的空虚，照我的思路看。”

“我弄不懂证明了些什么。”埃比尼泽说，“我只知道情况如此。”

罗塞克斯接着说，他看到小屋（他已经不再认为是自己的了）焕然一新，窗户都新装上了真正的玻璃，屋子四周空地上的灌木丛都清理掉了。门厅里摆着一台新制成的日晷，也许是该地区唯一的一台。一座三角墙上设了一个平台，主人可以随时观看行星和恒星。

“他在路上提到说，他前天晚上射到了一只雄鹿，正等着星期一，像一个正儿八经的基督徒那样屠宰它，但是到我们绕着小屋走的时候，我看到一个蛮人妇女，胳膊肘子都快伸进雄鹿血淋淋的尸体，在卸下排骨和后臀肉。她穿着脏兮兮的鹿皮，像蛮人老妇女的装束；她头发粗糙、蓬乱，棕色的皮肤油腻腻的，像熏猪肋条肉。我们走近的时候，她背冲着我们，并不搭腔理睬。我当时就想就她的勤劳挖苦一下比利——告诉他，让异教徒为他破坏安息日的规矩，是耶稣会教义里令人愉快的一贯做法——但是，我话还没有出口，他就用蛮人的话对她讲起话来，她转过身来的时候，我看清，她哪里是什么印第安女人。我只能猜想，她就是著名的教会河圣母！”

埃比尼泽和麦克沃伊露出惊愕的神情。

“千真万确，先生们，”罗塞克斯接着讲，“哪个文明人头一回看到一个蛮人，确实要叫他顿一下，因为这会让他回顾一下自己历史的卑微起源：但是，像他这样的一个人，堕落回野蛮状态，机遇是多么的少之又少，如果看到了，又是多么令人困惑，因为，这一定会让他明白个透，向文明和文雅攀登的路，是多么的狭窄和崎岖。既然是这样，一步不留神——看样子是这样——攀登者就会一头栽回原来的状态。在我们当中最文明的人身上，你们难道不知道——在这位库克先生身上，或者你们随便什么人身上——这珍贵的文明——啊，先生们，看到像比利·朗姆比利妻子这样的一个人……”他停了停，又重新开始，“我的意思是，先生们，就像耕耘我们的田地，在我是这样看的，井井有条，目标明确——确确实实结出丰硕的果实——但是，这仅仅是无底洞的表层，不是吗？锄上两锄头，就可以锄到没有碰到过的土壤，在这层土壤下，是一千英里的万古不变的岩石，再往下，就是世界核心那里的熊熊烈焰！

“明智的人，我看，在教会河圣母这样的人的身上，看到自己远行的蛮人的影子时，一定会思考这些事情。她穿着印第安的衣服，这我已经说过，从头到脚脏得像头猪。她用染料把皮肤擦成棕色——看起来是这样——再抹上熊油，这种脏又和鹿血掺和在一起，叫她身上发出地道的蛮人的气味，在门外的寒冷空气里也能闻得到。她连看都没看我一眼，眼光一直不离开比利，像是盯着一件失而复得的宝贝。应比利的要求，她停下砍鹿肉，拿两块肉慢慢走开，去做午饭。”

屋子的内部，罗塞克斯接着说，他发现，女主人有多么脏，它就有多么干净。女主人冲着火炉，一身棕褐色，浑身散发出强烈的气味。午饭后，整个下午，她怪里怪气地坐在壁炉的地毯上，一副印第安人的样子，在一个陶钵里碾面粉，只是在比利对她说话的时候，才嘟囔几个词。而且，虽然她的举止和状况跟奴隶似的，捕兽人却未曾看出她有什么受胁迫和恫吓的地方。

“总的来讲，”他说，“她不再是一个英国姑娘了，好一个地地道道的蛮人。我猜想，他是身上涂着熊油、腰系着魔法袋找到她的，干了一些蛮人谈情说爱的勾当，还少不了强奸，于是她完完全全换了脑筋。”

“你说得没边了。”玛丽断然地说，“他是用自己爱的习俗征服了她，她就立刻摒弃了英国人的德性。我**知道**准就是这样。”

“唉，我还是讨厌那个魔鬼！”埃比尼泽说，“即使是说，给我们的天真总是要丧失的，毕竟——任何情况下，也不是**因此**——它的全部意义是在于献出，不是吗？让它被夺走，不管你愿意不愿意，被强夺走——”他努力构想那场战斗场面：他设想自己处于布罗姆利小姐的位置，被人按倒在森林里冷冰冰的蔷薇上，刀架在脖子上，外衣被撕开，寒风袭击着屁股和私处，压在身上的是光着身体、涂得油光光、皮肤黑黝黝的凶残蛮人，一张亨利·伯林盖姆的面孔及一双爬行动物的眼睛。“上帝诅咒他！还不知道一副怎样得意扬扬的胜利样子！”

“什么怎样？”罗塞克斯有些惊讶，“得意扬扬，你是说？啊，得，好，他不会得意扬扬，你知道。不，朋友，你忘了比利·朗姆比利向上爬的一段距离，要比那个姑娘向下沉的一段距离大。啊，甚至距离大得比她本来的位置还要高，我打赌！这样一个文明的、正儿八经的绅士，是绝不会对此征服得意扬扬的；但是确实是这场征服，在我看来，提高了他的素质。事实是，先生们，他的妻子一直是他的耻辱：他恳求她洗干净身子，像一个英国太太一样装扮起自己；他渴望加入教会，举行一个基督徒的婚礼；没有什么事比今晚就起航去罗马，或是哪个英国大学，更能使他感到快活。但是，她可听不下这些，她痴迷于肮脏而野蛮的生活方式。可怜的比利，现在又是个很有名望的人，既不能抛弃她，又不能强迫她的意志！”

玛丽·蒙格毛丽摇摇头。“我多么了解她的心，还有他的心！我每天夜里赶着马车来回走动，心里一直嘀咕一件事，现在又嘀咕了：在心灵深处，人是一个蛮人，只是外表一层文明？还是野蛮只是文雅人身上一点儿淡淡的污点，像天使屁股上的小脓疮一样，不时发发作？”

至少，对一门心思想着过去遇过的暴行的埃比尼泽，这个问题无论怎么说，也不是毫无干系或兴味的，但是，无论是他还是其他的人，都没有冒昧做出反应。

十二、行人们向北朝教会河进发。麦克沃伊比一个贵族还贵族，诗人无可奈何地被加封了爵士

不一会儿，哈维·罗塞克斯就结束了自己的故事，大伙在主人提供的谷物壳床褥上就寝，又从玛丽的马车上拿来足够的毯子，让埃比尼泽和麦克沃伊美美地睡了一觉，两人好久没有这么睡过觉了。但是，诗人有好几个小时睡不着，因为他想着布罗姆利小姐、他的姐姐、他的重大使命以及他刚刚听到的故事。第二天早晨，他们吃着用大浅盘盛上来的炒蛋和麝鼠肉——他们发现这些菜虽然不大入眼，但吃起来却很受用——埃比尼泽这会儿说："我先前有足够的理由，要找到鹅之喙，或者说比利·朗姆比利，因为找到他，就可以解除我良心上两条英国人性命的负担，但是我现在听到了，布罗姆利小姐堕落到怎样的程度，却是纯粹因为对我姐姐的忠诚，我就更迫切地要找到那家伙，并且想办法挽救她。她是因为我的缘故毁掉了人生，背这个责任，我都快给压疯了！"

"不，朋友，"麦克沃伊规劝道，"我尊重你的情感，上帝知道，但还是放下吧！你一定要不惜任何代价拯救契卡梅克里那我们的人质，你是这样说的，你让我惭愧地拥有同样蠢透了的名誉：如果朗姆比利看到你要追走他的妻子，你以为他还有可能顺着我们？要是他和我们翻脸——千真万确——我们两个搭上不算，你还必须负责二十万人的性命。有迪克·帕克以及另一个家伙做他们的首领，美洲的全部军事力量也奈何他们不得！"

"我想起来就怕得发抖，"玛丽·蒙格毛丽从炉火那边说，"不要忘了，库克先生，不论是什么鬼把戏让那个女孩沦落到现在的困境，

但她可是自个儿愿意留在那里的。”突然，她烦躁地叹了一口气，召唤一个想象中的法庭，来审判诗人的执迷不悟，“哎呀，先生们，世界就要爆炸了，他倒打心里纠缠起一个可怜婊子的不幸！”

埃比尼泽笑了笑。“谁说透镜的哪一端就适合于观察？有天晚上，伯林盖姆和我在菲尔兹的圣贾尔斯观察天空的星星，我说，人的问题，虽多得像地球上的山峦一样，从永恒和无边无际的天体来看，却什么都不算。亨利回答说：‘确实如此，埃本，但在我们生活的下界里，问题像山一般多，一点儿不错！’无论怎么样，我打算能为布罗姆利小姐做点儿什么，就做点儿什么。我不会起诉比利·朗姆比利犯了强奸罪——这在马里兰的法庭上，简直是虚幻的抱负——他也不会反对我的介入，如果我能为他的遭遇从罗塞克斯那里讨个说法。”

他们与捕兽人道别，坐上玛丽的马车向教会河出发，天色还早。尽管路上用了五个小时，太阳还没完全爬过中天，他们就到达了那小小的居民点。

“那边有一家酒馆，”麦克沃伊说，他指指前面一段距离外的一座整洁的小屋。

“哎，我们过去吧，别管中意不中意的，”玛丽说，“是哈里爵士的屋子。”她解释说，哈里·罗塞克斯，哪个来该地的，不首先在他那里报个到，讲清楚自己的贵干，他就一定会大发雷霆。“他对我的事务再清楚不过。你们两个只需说我带你们去剑桥，为总督办差就行了。”

“听着，他真是个专横的杂种！”埃比尼泽叫起来，“他有什么权利打探别人的事？”

“哎，得，”玛丽回答说，“首先，他背能扛五英担的粮食——人家是这么说的——扭断一个人的脖子，就像你折断一根大麦秆子。其次，他拥有小客栈和河那边的磨坊，附近一半的种植园主都欠他的钱。”她接着说，那家磨坊同州里大部分磨坊一样，一开始是应巴尔的摩勋爵的命令修建的，一部分资金是由州里拿的，政府在磨坊一直是有份的。哈里·罗塞克斯对此也很清楚，但是由于圣玛丽城离教会河很远，总督议会手头要紧的事又多得照应不过来，腾不开手来管这档事，于是他就毫无顾忌地大事小事一把抓。人家来磨面粉，他就索高价，并且一蒲式耳[①]总是扣下一帽子，他很早就发了财。后来，他又盖了小客栈，又以田地抵押的形式，向该地区的烟草种植园主放贷款，这样，无论市场行情怎样波动，他每年总要赚许多利润。如果烟草价格不错，连本带息都可以收回来，磨坊加工费就提高，酒馆里就没穷没尽地少不了喜气洋洋的种植园主。如果市场行情不好，他就用没收抵押的形式，扩大自己拥有土地的数量，为邻居们的日常生活加工粮食，并向种植园主出售朗姆酒，让他们借酒浇愁。这就难怪，眼下他是该地区最有钱的人，就是在全州也算得上一个：他在教会河的权力位置就是这样，而自己的妻子也成了远近几十里唯一真正的贵妇人。至于怎么获得这种权力地位的，城里的人只能猜想。大家一致要用他的假头衔招呼他，哪怕在磨坊里一边还遭着暗暗的抢劫呢。并且，不论他什么时候挥舞自己喜欢佩戴的那把剑，都马上远远避开——有时候在磨盘那里就挥舞起来，以显示自己的级别——并且整体上毫无反抗地服从他的这种卑劣行径。

“除了显贵与要人，哈里爵士看不上世上其他任何一切，”她准备收场，“也不怕州里的任何哪个人——除了圣玛丽城派来的两个长官，有些人认为，这两个人是被派来检察磨坊和渡口的。”

他们在小店门口停住脚，看到招牌上的纹章图案颜色十分鲜艳：**天蓝色**的底子，四周镶嵌着**深褐色**的小环（或者是形状似磨子的小圆圈）——抑或是上下用**白色**贝壳装饰的**红色**小花朵。他们正在仔细琢磨，突然从屋内传来一阵喧嚣——一声陶器摔碎的声音，有一女人尖叫“嗷，嗷!”，一个男人的叫喊声，又有一声吼叫：“我要打烂你的头，约翰·汉克！**啊呀**！别动，去你妈的，老子还要给你一顿呢!”从门里蹿出个年轻的殖民地居民，双手紧紧抱着没戴帽子的头，夺路逃

① 英制容积单位，1蒲式耳≈36升。

命。挨着脚后跟的，是一个头发蓬乱的公牛一样的家伙，又是跳又是蹦的，一头黑发，衬衫敞开，眼睛斜视着，脸上青一块紫一块的；右手挥舞着一柄剑（不是绅士的双刃长剑，而是亨利·摩根肢解牛的大弯刀），左手里紧紧抓住一个几乎发了疯的女孩的胳膊——他们很快就听出来，就是她的尖叫声报幕的。他要是没有左手里这个不便，那个逃脱的小伙子丢掉的恐怕不仅仅是佩鲁基假发。尽管有这不便，头发都竖了起来的手持剑的家伙——埃比尼泽认为是磨坊主罗塞克斯本人——也差一点儿给自己罪恶累累的罪状名单上添上一条杀人罪。

“呀！跑？汉克！”他吼着，不再往前追，“再来教会河，老子我要把你碾成骚公猪屎！”

“只是闹着玩的，父亲！”女孩叫道，“不要这样！”危机过后，她多是尴尬，少是惊恐。

“见鬼！”麦克沃伊对埃比尼泽小声说，“好一个漂亮的女孩！”

磨坊主转过身冲着她。“我知道闹着玩！你当我没看见，他醉醺醺的，手往哪儿放，你还冲他笑着呢？**所有的公狗都跟上了发情的母狗！**我要是整不了你，还有你那个婊子妈妈，我他妈的就见鬼去！”他用剑背猛地一剁她的屁股。

“哎哟！”她反抗，“你是地狱里放出的魔鬼！”

“你是温彻斯特的一只母鹅！”他又挥动剑，狠狠地顺着她的大腿往上拍了一下。埃比尼泽一脸通红，麦克沃伊霍地跳起身，似乎要跳下去帮姑娘一把。但是，尽管女孩对自己的遭遇大声抗议，她的抱怨却绝没有一点儿凄苦的味道。

“嗷！我向基督保证，我一定要趁你睡着的时候宰了你！”

“我不把你整个够，你才不会呢！”

第三下打的是第一次打的地方，但是女孩拼命挣扎，又咬了磨坊主的手腕，终究只是臀部挨了一下，自己也挣开了身。

“嘿！再来打我呀，瞎了你的眼！”她没有立马跑开，而是待在一段距离之外，奚落他一会儿，“瞧瞧他挥剑的样子，专门对付手无寸铁的女人！瞧你那副驴样子！”

“瞧你那副婊子样！”

“你这个缩头乌龟！喏，要是比利男孩剥了你的头皮，我们才巴不得呢！”

磨坊主怒吼着，向她冲去。女孩一阵小跑，领着他绕马车兜圈圈。他追了一会儿，停下来，显然根据过去的经验，拿她的灵巧没奈何。她也停下，眼睛亮亮的，喘着气。她鼻孔翘起来，下巴也一副鄙夷的神态，冲着他的方向啐口痰。

“小丑！”她一甩淡褐色的头发，转过身体，沿着大街向磨坊走去。她父亲嘴里嘟哝一声，把武器收起来，慢慢跟在后面走，一副遮遮掩掩的保镖模样，根本不是袭击者的派头。

“亨丽埃塔·罗塞克斯，”玛丽咯咯地笑，“可不是一个可爱的孩子？”

但是，埃比尼泽和麦克沃伊被眼前的一切吓呆了。好一会儿工夫，埃比尼泽才能够说出话来表示自己的愤怒，数落磨坊主的小肚鸡肠。麦克沃伊的火气更大，并且很是颂扬了一番那位年轻的小姐。

“圣母啊！多么了不起的灵魂，埃本！那个仗势的蠢货可没捞到什么便宜！她一点儿也不畏缩！面对凶恶的摧残，一滴泪都没有！我在此发誓，我一定要她摆脱那头畜生。瞧我不亲手宰了他！”

埃比尼泽对伙伴的义愤表示惊讶，麦克沃伊羞得脸都红了。

“你爱怎么想就怎么想，”他嘟哝着，“见你的鬼！她有海伦的脸，阿伽门农的心，就是那个女孩！热情和想象，本·奥利弗总看做女人最大的美德，噢，真是个少见又少见的人物！”

“最好别碰亨丽埃塔。”玛丽一副好心地规劝，“你看见小伙子汉克的下场，只是摸了她一把。喏，就是三一学院的院长本人，不带一份贵族身份介绍信，也别想追哈里爵士的女儿。”

麦克沃伊的鼻子哼了一声，皱起眉头，沉思起来。

他们打算直接去磨坊，不但可以在罗塞克斯那里报到，玛丽还可以从磨坊主妻子那里打听一下比利·朗姆比利和他新娘的情况：一路上，为了麦克沃伊，她老是谈亨丽埃塔的情况。那孩子二十四岁，和她母亲一样性情活泼。母亲年轻时候是一个出名的美人，就是今天，她眨一下眼，徐娘半老的标致也足以使任何一个男人垂青。女儿早就过了嫁人的年龄，但磨坊主过于看重自己从妻子那里偷来的头衔，绝不允许亨丽埃塔在当地的小伙子中挑个丈夫。他硬是撑着，要为她找个出身贵族的求婚人。时间一年又一年地过去，监护人的工作越来越难如意——尤其是罗塞克斯太太，非但不分担丈夫的苦心，反而在爱情事业上和亨丽埃塔联合起来，而且还时刻乐意和女儿一起，投入她们能够设计出来的任何爱情冒险活动。

“但是，尽管她们很机巧，花招也有的是，情人的候选人不下二十个，但哈里爵士日夜都盯死了她们。他到酒馆，她们就做他的女招待，大多数情况是这样；他在磨坊，她们就是他磨面粉的帮手。他们甚至睡在一个房间，哈里爵士的大弯刀始终挂在床柱上。这么多年来，她们只有一次没让他管住——哎呀，大约有两个星期的时间，人家现在还议论着呢!”

他们离磨坊——从外表看，同时也是个家庭住所——还有一百英尺远，哈里·罗塞克斯就走出门，两眼瞪着他们，双手叉着腰。与此同时，他们看到楼上的一扇窗户里，两个女人蛮有兴致地看着他们。玛丽·蒙格毛丽向她们的挥手还了个礼，埃比尼泽却一阵战栗。

“你说，他怕视察磨坊的长官，就像害怕瘟疫一样?”麦克沃伊思忖起来。突然，他把一只手放在玛丽的胳膊上。“听着，你是一个不错的家伙，玛丽，你愿意帮我玩一场小小的游戏吗？你也会的，埃本？我已经欠你一条命了，你愿意再给我一次面子吗?”他向两个不太相信他话的伙伴解释说，他所希望做的是给那个粗鲁的磨坊主来一剂自己开的药吃；要是失败了，也没有什么大不了的，可要是成功了——

“基督，我们试试看吧!”他急匆匆地说，因为他们几乎就在磨坊主能听见的距离之内，“你自己的事，像往常一样去交代，玛丽，关于我们的事，你只说，暴风雨后你在路上凑巧给我们搭了便车，其他一概不知道。不，你还要说你怀疑我们恐怕有点儿来头，打一开头，我们就神秘兮兮的，不太愿意透露自己的姓名和事务。”

“不会得逞的，小伙子。”玛丽警告说，但是，她的双眸已经对一场恶作剧的前景闪闪发亮了。

“求求你，约翰，”埃比尼泽小声地说，“我们没时间搞轻薄的冒险活动。想想伯特兰和凯恩船长——”他不敢再表示反对，怕被别人听到了。麦克沃伊的表情却十分坚决。爱尔兰人突然对磨坊主的女儿有了兴趣，埃比尼泽觉得，这不光是一种常规的不仁之举，以及对他们庄严使命的践踏，而且也是对琼·托斯特的不忠不义，虽然琼已经明确放弃了麦克沃伊，爱上自己了，而且自己在某种与其说是性，毋宁说是名声的意义上，一直就对琼不忠诚。他一言不发，痛苦地等待要发生什么事。

“下午好，哈里爵士！”玛丽招呼一声，从马车上爬下来，“路过这里，来问候一声罗克西。”

磨坊主不理她。“他们是谁？”

“他们？”玛丽惊奇地眼光往后一扫，好像刚刚注意到自己的旅客，“啊，你是说**他们**！我在暴风雨后，在林波海峡附近遇到的两个家伙。”她补充说，声音小得只够诗人听得见，“他们说是到教会河办点儿事，但是不肯说个究竟。罗克西在家吗？”

“在是在，但你不能去见她，”磨坊主说，眼光还盯着面前的两个男人，“你不适合和一个贵妇人混，即使她是个背信弃义的母狗。忙你的去吧！”

“瞧你说的。”她等着麦克沃伊从车上爬下来，后面是埃比尼泽。“如果你们在北边还有事，”她眨一下眼，对他们说，“我带你们去那里，很方便的。我去那边的客栈，要待到明天或后天。”

“你太厚道了，太太，”麦克沃伊略微欠了一下身子，“我为我们自己以及总督大人向你表示谢意。要不了多久，我们会实实在在回报你的。”

“你是谁？”罗塞克斯问，“来教会河干什么？”

麦克沃伊转过身，没有一点儿害怕的样子，倒是从头到脚仔细打量磨坊主，一副故作夸张的怀疑神态。

“快说，妈的！”

埃比尼泽看到磨坊主开始气得黑胡子直颤抖，就忍不住要结束这场恶作剧，免得为时过晚，无法弥补，但是他还没来得及鼓起勇气，麦克沃伊就开口了。

“我听这位太太叫你哈里爵士？”

“是的，除非你是聋子，又自命不凡。”

麦克沃伊以责备的眼神看玛丽。“莫非是你奇怪的幽默，夫人，或是你们两个人之间的恶作剧，假装说这个眼里冒火的蠢货是哈里·罗塞克斯爵士？”

头顶上，两个女人已经打开窗子听下面人讲话，这会儿传来一阵倒抽气声和一声窃笑；就连不屈不挠的玛丽也因爱尔兰人的鲁莽大为惊愕。

“怎么？”磨坊主叫起来，“他说我不是哈里爵士？”他的手飞向大砍刀刀柄。

“不，本，不要拔剑！”麦克沃伊冲埃比尼泽嚷，埃比尼泽已经在旁边吓得哆嗦了，“噢，你把匕首丢在马车里了？”他头往后一甩，大声笑了起来。每个人，包括磨坊主和他家的女人们，都惊得目瞪口呆。

“不错吧，小磨坊主，”麦克沃伊严肃地说，居然上前拧住磨坊主的胡子，“我的朋友本杰明爵士叫你尝点儿苦头，是小菜一碟，像你这号家伙，他给国王当差时遇上的不下两百号。现在，带我们去见哈里爵士，不要再固执，否则的话我要叫他把你打得皮开肉绽。”

“随你的便，先生，”玛丽插话，对磨坊主的苦难显然心里乐滋滋的，“这位就是哈里·罗塞克斯爵士。以我的性命担保，先生，管他皮开不皮开——那边就是他的妻子和女儿，先生，她们会发誓证明的。”

窗子里的女人高兴地证明是事实，但是，麦克沃伊还是假装有一点儿不相信。

“要是你是哈里·罗塞克斯爵士，你怎么会打扮得像个磨坊里的丑角苦力?”

“你说什么？哎，你不知道，先生们——”他向玛丽乞求救急。

“哎，哈里爵士只是一时冲动，先生。”玛丽说，“磨坊打开头就是他的衣食饭碗，后来他才娶了罗塞克斯太太，他可不是忘了低下出身的那号人，他可是个好哈里爵士。”

“啊，哎，就是，就是，她说得全对。”经过这么一解释，他就轻松了，但是，罗塞克斯对提及他的身世，多少有些怏怏的，“你们是——我听到你说是给总督办差的，先生们?”

“不妨这么说，哎。”麦克沃伊说，“我无妨一开始就告诉你，我们的委任状在暴风雨中随船员和船沉到海里去了，圣玛丽城签发出一份新的委任状之前，如果你愿意的话，可以阻止我们进屋。”

磨坊主的眼睛睁得老大。“你们是尼科尔森派来的长官?”

对此，麦克沃伊未置可否，只是说，在他身份没有合法化以前，他认为最好别再谈这件事。

“无论如何，”他的语调不像先前那样严肃，“我出来不光是办尼科尔森的差事。我的名字是麦克沃伊——在伦敦是管贸易和种植园的——白厅的乔纳森爵士，是我的父亲。”

“别说啦，”磨坊主大为惊奇，还没有完全打消疑虑，“我实在不能说，我有幸认识白厅的一位乔纳森·麦克沃伊爵士。”

“真使人丢面子，我确信。”麦克沃伊略欠身，“但是，我不敢打消希望，罗塞克斯太太或许熟悉这个名字，能为我们解围。”

这一贸然之举，又惹得楼上窗子里一阵反应。麦克沃伊抬眼看上面的两个女人，罗塞克斯太太（埃比尼泽看出来，确实是玛丽声称的徐娘半老的美人）顽皮地点点头，一脸笑意的亨丽埃塔赶忙行一个屈膝礼。

麦克沃伊指指埃比尼泽。“这个厉害的家伙，是我的朋友本杰明·奥利弗爵士，凭着他的眼明手快，可能是最年轻的一位贵族。女士们，我给你们介绍一下这位本杰明爵士：战场上的一头雄狮，卧室里的一只山羊！”

对这场欺骗和一番比喻，埃比尼泽感到脸红，但是仍然机械地朝女士们欠欠身。

“说实在的，”麦克沃伊接着说，“本杰明的父亲正在访问种植园，处理自己的事务，我就领着这位羞怯的朋友来乡下转转。无须说，他在英格兰是听说过罗塞克斯太太一家的。”

“瞧你说的！”磨坊主用一根食指自豪地擦擦鼻子，“在英格兰听说过罗塞克斯太太的家庭！啊，罗克西，你听到这位绅士在说什么吗？英格兰的贵族都在谈论我们家！下来！”

罗塞克斯太太迫不及待地在门口接待了客人。

“这是我的妻子罗克西，”磨坊主自豪地说，“东海岸最最高贵的贵妇人。”

“夫人真迷人。”麦克沃伊说，叫埃比尼泽惊恐的是，他用恋人似的方式拥抱夫人，并热烈地吻了她。

“得了！”磨坊主大叫一声，拔出剑，“听着，见你的鬼，住手！你到底干什么，冲我的人来了！”

麦克沃伊放开被弄糊涂了的对方，假装很生气、很惊讶。“你丈夫为什么大惊小怪，夫人？难道是因为他不了解白厅的礼节？难道你没有把宫廷的规矩教教他？”

罗塞克斯太太叫人突然拥抱，也吓昏了头，算是脑筋转得快，终于承认她自己本人也有可能对白厅最近的交往礼节生疏了。

“我要砍了这个色狼的头。”磨坊主威胁，举起剑来。

“我亲爱的朋友，”麦克沃伊说，态度安详，一副高高在上的样子，“在宫廷里，一个像样的绅士第一次见到哪位贵妇人，都要拥抱她，是这习惯；只有一个乡巴佬或者恶棍，才假惺惺地鞠躬侮辱她。”他接下来说——罗塞克斯根本没捞上反抗的机会——他虽然完全理解，州里的这些地方绅士们要跟得上伦敦社交界是非常困难的，但是他仍然因此认为，最为重要的是他们应当心胸开阔，卑恭地老老实实地接受指导。

“收起你的剑，没有哪个绅士会无缘无故地拔出剑来。客客气气地把我们引见给你的女儿吧。”

罗塞克斯犹豫不决，显然又想跟得上宫廷礼节，又不情愿把亨丽埃塔送到来访者的怀抱。但是，他妻子替他处理了这件事。

“亨丽埃塔，下来吧!”她隔着门厅没好气地说，“绅士们会认为你无礼的!”

女孩立即从门柱后头走了出来，对两位绅士行屈膝礼，娇滴滴地把自己献给麦克沃伊行她的白厅礼节，这一次，爱尔兰人行礼的劲头比上一次更足。这边，罗塞克斯太太走到埃比尼泽面前，说：“我们非常高兴有此荣幸，本杰明先生。”因此，不论他愿意不愿意，他都只好照样拥抱和亲吻了夫人，并且对眼光热辣辣的、浅褐色头发的女儿也照样做了。后者叫麦克沃伊狂吻了一下，这会儿还一脸通红呢。磨坊主在一边站着看，惊恐归惊恐，也是无可奈何。

玛丽·蒙格毛丽一脸乐呵呵。“我就在那边的客栈，有什么事就叫我。”她大声说。

“你现在就去把马关到棚里，把她一天的饲料和看管费这会儿就付给我。”罗塞克斯没好气地说。

玛丽照他说的做过以后就离开了，但是临走前，她和罗塞克斯太太两人交换了一下眼神，埃比尼泽注意到了。有一会儿时间，她的丈夫正冲着麦克沃伊乱吹一气，凡是到教会河的马待半天多的时间，他就要收一天马棚的费用，这时候，罗塞克斯太太就看着玛丽，好像要说：“这个莽撞的小伙子，真的能骗了我丈夫?”还有：“我能相信，他们的意图就是他们看上去的样子吗?”玛丽的反应是眨眨眼，那样的放肆和淫荡，让诗人一肚子疑虑。

十三、总督派往风磨坊和水磨坊视察的使者，各有心腹事，说起话来常有弦外之音

麦克沃伊表示想见识一下磨坊操作过程，解释说，虽然自己过去几个星期里磨坊是看得够多的，但在伦敦长大的本杰明爵士可能会觉得那里的设备很有趣。

“哎，确实有趣，年轻的先生们。”罗塞克斯表示同意，“很荣幸让你们去看看！罗克西，你和亨丽埃塔回去吧，我领两位绅士到磨坊转转。”

“哦，求你，父亲，”亨丽埃塔不服气，“我们和你一道去，多好玩！我们不怕和绅士们一道爬梯子，是吗，母亲?”

“不，去你的!”磨坊主叫起来，“走开，当心我拿鞭子抽你——”

“别再说一个词。”麦克沃伊态度坚决地说，“渴望时不时地冒一点儿险，是一个出身高贵的夫人的标志，你不这样看吗？挽着我的胳膊，亨丽埃塔，放松一些。”女孩立即挽住他的胳膊，罗塞克斯太太挽住埃比尼泽的胳膊。磨坊主接下来的任何劝诫，都被麦克沃伊关于磨坊的一系列尖锐问题取代了。

“一个绅士怎么下得身子磨起面粉?”他们走进磨坊的时候，他提出这个问题。

“啊，是这样的，先生——”罗塞克斯不自然地笑笑，“就像玛丽说的——离开的蒙格毛丽小姐，我的意思是——你不妨说，我开磨坊完全是出于乐趣，难道你看不出？这有失我的身份，我向你们保证，但话说回来，一个人总得干点儿什么事来打发时间。我一直是这样想的。”

“嗯。”

走在他们后面，埃比尼泽看到，爱尔兰人用自己背着罗塞克斯的那只手大胆地搂住亨丽埃塔的后背，在女孩的肋骨上调皮地戳了一下。他一脸煞白，但是罗塞克斯太太虽然也像自己一样看得一清二楚，却只是捏了他的胳膊一把，笑一笑。至于亨丽埃塔，对献殷勤的冒失举止虽表示惊讶，却没有一丝一毫愤慨的样子。当她的那个护送者重复一次时——同时问磨坊主，既然他的工作是为了消遣，为什么要索要如此高的加工费——她实在忍不住欢乐了。她抓住他的手，他马上大胆地搔她的手心。罗塞克斯太太呢，非但没有像诗人预料的那样对勾引女儿的家伙暴发一阵母亲应有的愤怒，反而是叹口气，用指甲掐他胳膊。

“打住。”麦克沃伊说，打断磨坊主的一番解释：磨坊的收入用于改善公共事务，如盖了自己的客栈，自己还正在河那边建烟草仓库，“我有一个十分迫切的私人问题，如果你乐意听的话。”

带着一副恶作剧的表情，他大声地冲着罗塞克斯的耳朵耳语起来，说自己急于想知道，对那个地方的改造是否包括建造一间厕所，如果是的话，一个人可以在哪里急匆匆地找到它。

“哎，天哪，屋子后面，先生，”吃惊的磨坊主回答，“或者，你可以随便在磨坊引水槽里撒尿，就像我常干的那样。我的意思是——”

“够了，你的好客把我弄晕了。我就去借用一下你的磨坊引水槽，并且永远感激你。等会儿见，大伙儿，你们接着转转！我一会儿就赶上你们的。”

于是，他突然离开他们，两位女人惊讶地看着他的背影。几分钟后，他回来了，拍拍罗塞克斯的后背，夸奖他是个诗人兼哲学家，居然能在一个磨坊引水槽里找到那样美妙的德行，另一只手招待亨丽埃塔享受一顿偷偷摸摸的欢宴，扭她、拍她、戳她、捏她。她又是欢乐，又是激动，又要向父亲遮掩，差一点儿忙活得晕过去。

“那家伙胆子够大的，不是吗?”罗塞克斯太太对埃比尼泽小声说。诗人窘迫地注意到，夫人的呼吸急促了，猜想她是羡慕女儿选了个更富有冒险精神的伙伴了。但是，尽管他想亲密地询问罗塞克斯太太关于布罗姆利小姐的问题，他还是没兴致偷鸡摸狗地调情，也做不到使形势少一些危险，而与他们和比利·朗姆比利的迫切事务多挂点儿钩。他身子发硬，当他们排成一列沿着给料漏斗附近的狭窄通道往前走的时候，罗塞克斯太太模仿起亨丽埃塔与麦克沃伊的举止，把一只闹着玩的手滑进他裤子的口袋，他的血液都发凉了。他们从磨坊的后部走出来时，他大为轻松，面前就是马厩。

“看到了，先生们，”哈里·罗塞克斯说，“你们会一致同意，本州再没有哪家磨坊比这家保养得更好了，不是吗，而且管理得更有条理?”

“第一点，你也许说得差不多，”麦克沃伊说，“要说第二点——但是打住，在没接到委任状之前，我什么职责都不会履行。我得说，在这儿转悠真开心，我到过马里兰的许多家磨坊，但没有哪一家比得上这儿令人愉快。”

磨坊主自豪地吐口痰。“听到了吗，罗克西？我不是经常说，一个绅士知道一些磨坊的活不是什么丢面子的事?”

麦克沃伊接着说，眼睛肆无忌惮地冲着亨丽埃塔：“我们爬阁楼的时候，我尤其注意到一只漂亮的给料漏斗。就我能看出的而言，它几乎还没有用过。”

埃比尼泽心往下一沉，连亨丽埃塔也对这个比喻感到脸红，但是磨坊主似乎没能领会，因为他叫起来：“碰上一个眼尖的家伙了，我敢说！我自己做的那只给料漏斗，先生，时间不长，我可自豪死了。很可惜，你没有伸手进去摸一摸，看看互搭接头多么丁是丁卯是卯的。”

“确实可惜，”麦克沃伊同意，“你尽管放心，我不会再次错过机会的。”

这一比喻化成实现的可能性，使亨丽埃塔的胆子变得更大，她坚持认为，光用手在里面摸一摸，不足以发现那一具容器真正的美妙之处，因为它的美妙之处是在它发挥本来的功能上：麦克沃伊先生只有把自己的谷物放在里面加工，才能够真正领略它的妙处。爱尔兰人愉快地回答，再没有什么事让他更高兴的了，尽管他听到当地的种植园主们抱怨加工费太高。

"他们撒谎，统统撒谎！"罗塞克斯叫起来，"让他们了解了解郡里其他类似机器设备的情况，然后再乱嚼舌根！"

这时候，罗塞克斯太太参与对话，站在自己丈夫一边。"那只小进料漏斗也不是这里唯一的了不起的家什。或许，你太不专心，没能注意到它们，麦克沃伊先生，磨石本身倒是最最了不得的。"

"啊，这才是实际情况，先生。"罗塞克斯热切地说，"你也许从梯道那边很清楚地看到了。它们每天都要被使用，将近四十年了，这些磨石，它们一年比一年好使。"

罗塞克斯太太说，本杰明爵士观察这些奇妙的家什，位置要比麦克沃伊好，并且补充说，它们一年比一年好使，仅仅说明了生意上的一句至理名言：**磨子越老，磨得越好**。

"说真的，"亨丽埃塔辛辣地提出，"需要一根非凡的轴来配这些磨子。父亲还在用的那一根已经破了。"

埃比尼泽咬紧牙关。他向四周看看，有没有什么机会结束这段**双关语**，注意到玛丽拴阿佛洛狄特的马厩空了。

"听着，蒙格毛丽小姐的马不见了，是不是她不带我们就走了？"

"才不会呢，她才不这么快就离开呢，"罗塞克斯太太说，"我们还没抽时间谈谈话呢。"

磨坊主说没有什么好担忧的，但是麦克沃伊坚持到客栈找到玛丽，核实一下马有没有跑掉。一会儿工夫，他就回来了。玛丽拿着牲口套索，显得非常生气和吃惊。

"真的，哈里先生！"他叫起来，"莫非你总是让人家的马闲着到处跑，只要漫天要价就不管了？"

有一会儿，磨坊主忘了自己的身份，脸沉下来，手摸上剑。"说话客气点儿，小崽子，否则我——”

“马在哪里，先生？”麦克沃伊逼他，“本杰明爵士和我多亏了这位太太把我们从沼泽地里带出来，才捡了条命，我跟尼科尔森总督也会这么说的。你觉得我们会站在这里，眼看着由于你的疏忽，让马给丢了？”

“啊，我可怜的阿佛洛狄特！”玛丽哀号起来。

“**我的**疏忽！”磨坊主叫起来。

“对，是你的疏忽，你是马厩的主人。拔剑吧，你这个家伙，要是你敢！你面对的可不是哪个胆小的种植园主，而是威廉王一个顶呱呱的手下。”

“不，得了，绅士们，得了！”磨坊主恳求，“你认为是我故意把马放走的？你们一直可都看见我的！”

埃比尼泽突然明白了发生的一切，心往下一沉。

“我没有这样指责，”麦克沃伊说，“但是，你得为那匹马负责。一个真正的绅士从来不会允许发生这档事，更不推诿其中的责任。我说的对吗，罗塞克斯太太？”

尽管看上去并不全然明白爱尔兰人的动机，罗塞克斯太太还是附和说，照料好客人的财物是一个像样的绅士首先要关注的事。有一会儿工夫，罗塞克斯看起来要揍她。

“见你的鬼，先生们，没哪个比我还绅士！我是教会河最最顶呱呱的绅士！”

“那么就去找阿佛洛狄特好了，”麦克沃伊语气断然，“否则，你就要自己跟总督大人解释了。”

“找她！我的天，那破马这会儿已经在去剑桥的半路上了！”

“这种顾虑可远远吓不住你诚实的绅士，我相信。”

“先生，求求你，”罗塞克斯太太挽住麦克沃伊的手臂，“在圣玛丽城，对我的丈夫不要太过分了！和我们去喝杯茶，你以及本杰明爵士，我相信太阳下山之前，他就会找回马来的。”

“太阳下山之前!”罗塞克斯喊起来，“我可没有说，要跟在那头畜生屁股后面跑！我的意思是——见鬼，那么，我要去找回该死的畜生！但是，必须有人帮我。”

“我和你一块儿去，”玛丽立刻自告奋勇，“我了解阿佛洛狄特的习性，要是找不到她，我可安不下心。”

磨坊主对这一安排绝没有一点儿满意，但是，尽管他的脸色表明他极不情愿，他还是同意玛丽领他去马厩后面的一片森林。埃比尼泽看着他们离去，心里一阵惊慌。

“我看，我得帮他们去找。”他说。

麦克沃伊笑起来。“不，女士们，老实告诉我：本杰明爵士是英格兰最大的胆小鬼还是最大的出气筒？我可明明知道，他做了一大帮私生子的父亲，可是你们要是听他的话，你们会当他是处子呢。”

“住嘴，约翰。该是卸掉伪装的时候了。”

“是时候了。”麦克沃伊马上接过话头，但是并不是透露他们的真实身份和职务。他承认，是他自己把蒙格毛丽小姐的马放跑的，就在他假装去磨坊引水槽的当儿。他也跟玛丽说了，玛丽对此消息一点儿也不感到惊慌，她告诉他，阿佛洛狄特立刻就会到不远处的一家农庄上，她经常把马拴在那里的马厩里，并且提出要领哈里·罗塞克斯白兜两小时的路，再去找到她。

“女人中总是有好货色。”罗塞克斯太太说，“这样，那么，绅士们，我们去喝茶吧，亏得我丈夫责任心这么强。”她挽住埃比尼泽的胳膊；麦克沃伊已经搂住亨丽埃塔的腰，把她拽到身旁。

“不错，罗塞克斯太太，”诗人孤注一掷了，“有一件急迫的事，我想和你谈谈——”

“看，现在，麦克沃伊先生！”磨坊主妻子打趣地说，“你的朋友和你一样急吼吼！哎哟！在我年轻那会儿，男人们总是更深奥难测些——好事也好，坏事也罢。”

“不，是你不愿意弄明白！”埃比尼泽表示反对，“我可一点儿不是你想的样子。”

“那么我就开始理解了，嫩小子！”

“求求你，听我说——”

“住嘴，本杰明爵士。”麦克沃伊笑起来，可是埃比尼泽却看到，他眼里有惶恐的神态，“你的孟浪使亨丽埃塔实在不好受，得了，罗塞克斯太太，我觉得，我们还是不喝茶为好，免得你可爱的女儿再脸红；如果你容许，我要她再带我从磨坊里走一趟，更仔细地观察一下我只是扫了一眼的地方。”

对这一大胆的建议，罗塞克斯太太只是说：“我可不想妨碍人执行国王大人的公务，先生；不过，要是依据你的使命，你决定视察并使用一下那台机器，我提请你记住两件事……”

“无论什么事，夫人，我听你的吩咐。”

“那么，第一，尽管我们听你说过，你从前视察过许多磨坊，但你必须记住，这个磨坊可不习惯被人视察。它对我很宝贵，甚至珍贵，先生。虽然我丈夫说是他的，却压根儿就不是他建造的，而是作为我的嫁妆落到他手里的，可以这么说。第二，我们得考虑名声，你要干的事虽然没什么大不了，但是要是大家知道了，一些不怀好意的舌头就会嚼出是非来。总而言之，看也好，试也好，麦克沃伊先生，只是要文静些、慎重些，不要出了一个给国王办差官员的格。”

麦克沃伊欠欠身。“我以性命保证，太太。”

“还有你，亨丽埃塔，”罗塞克斯太太语气更严肃，“记好了，磨坊对生手是很危险的。”

“我认为，我了解里面的一切，母亲！”

“那就好，但要注意脚下，避开麻烦。”

两人记住这一建议，离开了。罗塞克斯太太转身对着埃比尼泽，自豪地笑了笑。

“把我抱进屋里去，本杰明爵士，我们来处理你的急事，看叫你丢了魂似的。”

埃比尼泽叹口气。外面很冷，他既没有疏忽罗塞克斯太太的美貌，勾人奢望的邀请也听得很清楚。但是，他们一在客厅落座，他就宣布，他不是什么本杰明·奥利弗爵士，或任何别的哪位爵士，他和他的伙伴也没哪位是以官方的身份出游的。

“至于我的真实身份，我羞于说出来，但我还是乐意说出——”

“你当然不会!”罗塞克斯太太命令，话里有些激动，“在我看来，你对世道的认识还很嫩，与你年龄不相称。你认为我是一个婊子，先生，随便和逛窑子的哪个家伙都干?”

“请不要这样说，不，太太!”

“你已经看到了，我的丈夫是一个多么粗俗无礼的家伙，”她愤愤地接着说，“我年轻那会儿，有好一段日子，就是看不上所有的男人，同时也讨厌我自己身上激起他们情欲以及我自己情欲的东西。正是出于蔑视人生，我才嫁给了哈里·罗塞克斯，这样，他每次像个森林里流口水的野兽一样强迫我的时候，他就会双倍地巩固我对他们男人的看法。”

“哎呀，太太！我几乎不知道该怎么想！无数次，我怜悯女人的命运，痛斥男人的粗鲁，但是在我看来，男人在这些关节上，十有八九是天性的奴隶。但是无论怎么说，我向你保证，并不是所有的男人都像你丈夫一样粗俗。”他停下来，被无意的侮辱弄得心里不知如何是好，“我的意思是——”

“没关系。”罗塞克斯太太脸上温和起来，她笑笑，把手放在埃比尼泽的手上，“你刚才跟我说的话，我内心一直都明白的。不久，我就看到我们婚姻的荒谬之处了。但是，我过去是，现在还是，是另一种荒谬的受害者，像家传的病一样，打我父亲那儿染上的：我太高傲，总是不肯放弃已经开始的伟大事业，即使我知道是不会有什么结果的，只能带来痛苦和反感。非但没有承认自己铸成的大错，索性离开马里兰，反而决定硬撑下去。我发誓，我会不失时机地拯救自己，把好男人与坏男人分开来看待。这，先生，就解释了你为什么会坐在我面前，也说明了你无疑会认为我们两个毫不羞怯地鼓劲的东西——我为亨丽埃塔惋惜，比为我自己惋惜还惋惜。因为和这样一个嫉妒而警觉的独断君王生活在一起，绝不是出于她自己的选择。尽管我承认我们举止像婊子，先生，可是我恳请你记住，我们并不是：我打开门迎接的是一个爵士；就连贞洁的桂妮薇尔[①]也为一个爵士脱下了裤子！你这会儿只要告诉我，你只是那个代理人的儿子本，或者是哪个船员——这算不上什么骄奢淫逸，本杰明爵士，不是吗？”

她一边说着，一边心神不安地玩着埃比尼泽的手，用食指指甲抚摸埃比尼泽的每一个瘦骨嶙峋的指尖，到头来，她抬起诱人的棕色眼睛，皱皱眉头，心血来潮地祈求对方，不老实地小声笑了笑。埃比尼泽双颊发烧，鼻子与眉毛直打战。

“亲爱的夫人——”该是采取行动的时刻了，他必须立刻抱住她，或者一下子跪下，坦露自己的激情——但是，尽管内心深处情感的矛盾争执与他曾经在其他激情焕发的僵局中所燃烧的情感大不一样，他还是无法做此时此刻呼唤他去做的事情，“请你原谅，夫人，不要生气——”

罗塞克斯太太吃了一惊，脸上的神情先是迷惑，立即就是不相信，接下来就是激愤。

“请你不要误解——”

“这不大可能，你认为呢？”她愤愤地说，“或者，你要告诉我，你是个乔装打扮的基督教圣徒，碰不得人家丈夫的名誉！”

“他是一个粗俗的人，”埃比尼泽让她放心，“不管他长出什么角，老歼总让他得大于失——”

“实际情况很显然，”她甩出一句，“你的朋友偷走小母马，留给你骑的是一匹大破马！”

---

① 桂妮薇尔（Guinevere），又译格温娜维尔，传说中的英国亚瑟王的王后，圆桌骑士兰斯洛特的情妇。

“不，夫人，千真万确！我不希望和麦克沃伊换位子，相信我。”

“听听这恶棍的话！他觉得我们两个味道臭，也不顾忌在我们面前这样讲！你还说我的丈夫长老趼？”

到这个时候，埃比尼泽说话一直很客气，甚至很腼腆，怕伤了夫人的自尊心。但是，心中涌起的所有奇怪的激情中，有一种奇特的自信的感觉，以前在一个女人面前还从来没有体验过。他没想搞清楚是在哪里获得的，借助于它的力量他抓住她的手，不顾她的反抗，紧紧地压在自己的心窝。

“摸摸我的心！”他命令，“是基督徒的心跳吗？你相信我能坐在这里无动于衷？”

罗塞克斯太太不做声。一种说不清的、恼怒的鄙视，代替了她一开始的火冒三丈。

埃比尼泽仍然抓住她的手，接着说：“你不是孩子了，罗塞克斯太太。你当然可以看得出，你用激情征服了我！我一生中仅仅两次这样激情燃烧过，而且两次都——基督啊，记忆让悔恨折磨着我！——两次，我都差一点儿强奸了我所爱的女人！见鬼，你真漂亮——你是我在马里兰见到的最美丽的女人！你是亨丽埃塔的模子，她不过是你的复制品！”

听到这番声明，磨坊主妻子只能撅着嘴生气。“那你怎么没了男人气？”她忍不住好笑，埃比尼泽也不禁 脸涨红，甚至就在她说话的当儿，她也注意到他的状况，丝毫不是没有男人气，“或者好一点儿，我明明看到你有激情，是什么让你退缩的？是怕我丈夫吗？”

埃比尼泽摇摇头。

“那又是什么恼人之处？”她的声音表明她又生气了，“是怕我和许多其他的婊子一样，有梅毒？真是个了不起的谨慎的强奸者，千真万确，要叫被强奸的人拿出健康证明书来！”

“别这么说，你诋毁自己了，夫人！我对天发誓，这是我人生中最难得的机遇：谁能得到你的垂爱，谁就得到了一件宝贝，世上的人就一定会敬畏他、嫉妒他！接受这样一件美妙的礼物，真是少有的、非同一般的荣幸；拒绝你，真是少有的、非同一般的痛苦，哪怕我的拒绝没有一点儿羞辱人的味道——”他停下来，笑了笑，“亲爱的夫人，你哪里知道，你的渴望对我会产生怎样整体上的特殊影响啊！”

他的态度如此真诚，他的恭维如此精巧，罗塞克斯太太的脸又一次软了下来。她再次要对方给一个解释，甚至威胁说，如果诗人对她不讲实话，她就把他当骗子抖搂给自己的丈夫，可是她的语调与其说是生气，不如说是爱抚。

“你斥责自己太鲁莽，”埃比尼泽说，“并且说我因此轻视你；但是实际情况是，夫人，你抓住主动权，成了我的征服者了。我敬慕你的恩惠，我欣赏你的姿色，但是，两者之外 ——我该怎么说呢？在我看来，你有足够的机敏和智慧，来对待我大错特错的天真，这种天真会叫我们的冒险活动失败的……”

“哦，呀，本杰明爵士，这可不是强奸者口里说出的话！”

“不，听我把话说完！我不会透露我的姓名，纵使你一定要我那样做，但有一件事你必须知道。有件事，我没跟哪一个没有你文雅的女士说过，以防她伤害我；但是，你，夫人——啊，这么做很蠢，但是，我可以想象出，你会惊讶的、着魔的，甚至是欣喜的——但是，绝对会很温柔，尤其是，表示赞赏。哎，一定会非常赞赏，就像我一样，如果——”头脑中痴痴地想象着那幅画面，埃比尼泽本可以讲得更具体，但是磨坊主妻子突然打断他的话，坦然宣布说，她的好奇心现在和她的热情一样高，要是他拒绝满足前者，就同拒绝满足后者一样，他一定就会看到她当场死去，并且承担相关后果。

“上天不容。”诗人笑起来，仍然惊奇自己说话是那样轻松自然，“实际情况只是，我亲爱的罗塞克斯太太，尽管我二十八岁了，我却天真得像个孩儿，并且发誓要保持下去。”

这一预言，就自己的声明对磨坊主妻子可能产生的效果而言，在某种程度上起了作用：她端详他的脸，看有没有不诚实的迹象，显然没有发现，于是，用谨慎的口吻说："你是打算告诉我——同时你又不是神甫？"

"既不是罗马的，也不是别的什么教的。"埃比尼泽说。他接着向她解释说，自己怎样一开始就是个害羞的笨拙的孩子，到头来终于视自己的天真为必需的美德；怎样在一年前（尽管看上去是几十年!）自己升华了它，这归功于自己某种矢志于艺术的倾向，追求某种生活方式的决心，甚至于把它与自己生命的本质等同了起来；又是怎样通过一年最可怕的磨难，付出了不光丧失了财产，也许还有人类的生命的巨大代价，自己最终做到了把它保持得完好无损。他不得不慎重考虑自己的天真一事，已经有一段时间了，并且尽管矢志升华它的美德以及一想到它有丧失的可能就颤抖不已，它已经变成了自己的第二种天性，他还是发现自己在情感上不再颂扬它了；与人疏远，可以这么说，听他们指指点点。实际上，当罗塞克斯太太颇有兴致地要他解释一下他奇妙的天真的时候，他不得不承认，除了与性爱相关的事，他已经不能再叫自己是天真的了，这不但令她，而且也令自己感到惊讶。

但是，夫人并不就此感到满足。"你的意思是，你不知道你的朋友和亨丽埃塔在刚刚过去的一个小时内干了些什么？"

埃比尼泽一脸通红，不光是对方提到了另一对，而且还意识到（他很乐意向罗塞克斯太太承认），即便在性爱的意义上说，他的天真也仅仅只能从他贞洁的机械性上来理解——实际上本身（尽管他不会细说）并不像他希望的那样不够格。

"实际情况是，那么，"罗塞克斯太太坚持说，"你抱着的天真，一再被挑呀啄呀，直到你一点点儿都不剩了。"

"我必须承认是这样，太可惜了。"

"那可怕的碎片也就意味这么多？"

埃比尼泽叹气。他心灵深处那位挑剔的听众不久前也提出了同样的问题，在他说话的时候，以回答问题的方式，观察到一个令人惊讶的事实：他的天真质量的降低，突然间似乎显得，是随着他对它价值小看了的过程一起进行的；尽管他仍然凭习惯的自然力量赞美它，他却惊奇地注意到，在这般冷静评估的时候，一想到完全丢掉天真，他的触动实在很小。这样，他就叹叹气，略微笑笑，回答说："实际上，我对它已经冷淡了，夫人。不，还不只呢：我已是厌倦天真了。"

"喏，那就不要再说了！"她的嗓子低沉而沙哑，双眸亮起来，她伸出双手，让他抓，"给你，结束你的天真吧！"

但是尽管他抓住她的手，向她表示自己的手由于欲望和感激在颤抖，却不愿意拥抱她。

"我以前珍视的一切，都失去意义了，"他客客气气地说，"想到它迟早会来的，就是你所谓的结束，像死亡一样，一定会来临，并且，有可能绝不会在如此愉快的环境下，唉，我就嘀咕：这个故事道德意义是什么呢？整个宇宙都是虚妄的？贞洁而献身圣职的人，不是虚伪的疯狂？或者，这个世界缺少什么，我们就必须提供什么？我勇敢地向马里兰进发——这一趟天真和艺术的骑士们的差事——确实，我现在明白，她甚至都不是一座建在沙上的大厦，而是建在黑暗洞穴的巨大的西风上的大厦。因此，我心中有一个声音在呼喊：'倒塌吧！'在这座大厦的前面，就巍然耸立起另一座大厦；透过它的虚无，看到堕落的人的一切高贵之处。它可不仅仅是空中楼阁——另一种声音说——而是思想的殿宇，雅典的神龛，具有非凡才能的人躲在那里，逃避比奥瑞斯忒斯的愤怒还要大的复仇女神的愤怒——"

"够了！"罗塞克斯太太听得云里雾里，但是并非不友好，"既然你绝不领情接受我，那我收回我的邀请。但是，不要指望我理解你这一通洞穴呀楼台呀什么的。用教会河人们讲的英语说出你的意思。否则，我搞不懂受到了怎样的屈辱！"

埃比尼泽摇摇头。"确实有高尚的地方，因拒绝而变得虔诚！但也有一处自相矛盾，因为同一种赋予我的恩惠，让我有勇气说清楚了自己的意愿，同时也给它一记送命的耳光！"

"你就往下说吧，这可是我渴望听到的东西，不是恭维的。"

这样就安了心，埃比尼泽说，尽管此时此地，向她展示自己天真的遗迹，既是乐事也是荣幸，但还是决意剥夺自己这一乐趣，因为无论怎样崇高，终究缺乏正确的意义。

“以前我走进生活的陈列室时，”他说，“童贞是一面高雅的旗帜，我向它致意，它光彩照人，焕然一新。现在已经风雨沧桑，经战斗的洗礼而被撕破，就连扛旗子的也会把它误当成一块破布。虽然如此，它仍然是一面旗帜，最终赢得了堪为标准的尊严：既然我必须失去它，我就不能把它弃在路边，而必须在战场上光荣地还给别人。”

诗人自己对这般别出心裁的想法并没有什么不满意的，倒是认为可以接受地避开了羞辱，同时既做到了真诚，又做到了明晰。但是磨坊主妻子是否也接受自己的好意见，他却从来不知道，因为就在他准备问问她的时候，她霍地从位子上一跳起来，脸色煞白。小路那边刚刚传来一阵奔跑的脚步声。

“愿上帝留着你交出旗子的那一天，”她说，声音里一阵惊恐，“我丈夫进门了！”

十四、磨坊主妻子两次失去知觉，一次由磨坊主造成，而绝对与把生活比成无耻的剧作家的诗人无关

罗塞克斯太太一阵惊慌，与她的性格极不相称，使埃比尼泽大为惊骇。一看到磨坊主举着剑冲进来，他差一点儿就遇上了在普利茅斯海王酒馆遇到的厄运。

"哎哟，亲爱的！"罗塞克斯太太叫起来，向丈夫跑过去，"到底怎么回事？"

"怎么回事，看我不把你这婊子的头同他的一道砍下！"

他使劲推开她，好去抓吓得发抖的诗人，但是她紧紧缠住他，像树藤缠住橡树，死死不放，埃比尼泽这才好不容易穿过了客厅。

"住手，哈里，你弄错了！"她恳求，"你疑心太大，要是我和他之间有什么事，叫上帝劈了我！"

"是我要劈了你！"磨坊主吼叫，"管他官员不官员，他脸上明明没安好心的样子！"

"上帝作证，先生！"埃比尼泽恳求，"罗塞克斯太太和我只是在聊天！"但是，尽管他的话没有扯一个字的谎，他的脸色还是把自己戳穿了。磨坊主转过来的时候，他跳着躲开。

"站着别动，该死！"

磨坊主停下来，猛地用手背给了妻子一掌，她叫了一声，一头栽倒在地板上。"现在，我们要看看你昏了头的五脏六腑！"

埃比尼泽努力用客厅里的桌子保护自己不被肢解。

"放他走！"罗塞克斯太太尖叫起来，"你要抓的是另外一个人，趁他还没干亨丽埃塔！"

这句话无疑救了诗人一命，因为哈里·罗塞克斯已经一只手掀翻了桌子，把埃比尼泽逼到一个角落了，但是一提到亨丽埃塔——他明显给忘了——磨坊主就气得鼻孔冒烟。他转向妻子，埃比尼泽马上确信，她要承受自己刚刚躲过的命运。

“他带她去了森林，”罗塞克斯太太马上说，“并且发誓说，要是本杰明爵士和我有哪个敢对他眨一下眼，他就把她给宰了！”

就像受伤的熊闻到了猎手的气味，磨坊主沉沉地吼叫一声，冲出门外。

“快去磨坊！”罗塞克斯太太冲埃比尼泽嚷，“叫亨丽埃塔溜进森林，我和哈里要在那儿找到她，你和你的朋友藏到玛丽的马车里去！”

诗人巴不得听从她的吩咐，但是一走出客厅，磨坊主离开没多会儿，他们就眼看着计策泡汤了。玛丽·蒙格毛丽拉着找回来的阿佛洛狄特，一路气喘吁吁地跑进门前庭院，正赶上磨坊主冲出去的当儿；与此同时，尽管埃比尼泽从屋前的头排台阶那儿看不到麦克沃伊或亨丽埃塔，他们两个当中却有一个——或者两人都——一定从磨坊里看到了是什么骚动，因为尽管罗塞克斯一头冲着森林方向奔去，玛丽因为不知道其中的计谋，丢开手中的缰绳，没命地跑向磨坊，一路叫起来：“回去！哈里爵士来了！”磨坊主猛地转过身，气喘吁吁地跟在后面。磨坊里传出一声尖叫，紧接着，罗塞克斯太太又回应了一声。夫人跑了几级台阶，似乎要截住丈夫的样子，不承想绊了一跤，或是晕了过去，一头栽到地上。

埃比尼泽发觉自己也在狼奔豕突，只是根本不清楚要去干什么。他离磨坊的门要比罗塞克斯近一点儿，无疑可以赶在他前面。可自己赤手空拳的，这么干无济于事，等于是白搭上一条命。可是，他也做不到就站在旁边，或者只顾自己逃命，让麦克沃伊——也许还有女孩——等着送死。因此，他只是一路小跑，毫无目标地跑进院子，罗塞克斯瞥都没瞥一眼跑过去的时候，他转过身来，拉开十码的距离，安全地紧随其后。

与此同时，玛丽不见了，等到罗塞克斯一走进磨坊（从那里立刻传来亨丽埃塔的尖叫声），玛丽就从拐角处慢腾腾走出来，心烦意乱极了。

“我的天，库克先生，我干了能干的一切，但是我们走得越远，他就越嫉妒，最后他发誓，就是国王亲自叫他再往前走，他也不干了！不，不要进去，先生，你会送命的！啊，基督，瞧那边躺着罗克西，被杀了！”

她赶忙跑过去看倒地的罗塞克斯太太，想必是给剑刺了个穿膛过了。埃比尼泽不听她的建议，还是急急向磨坊里跑。罗塞克斯已经开始爬梯子，是通往狭窄小道和那只进料漏斗的。麦克沃伊从第二个梯子上面的横档往上爬，梯子打漏斗通到阁楼。在阁楼边缘那里，站着美丽的亨丽埃塔，裙子半挂在身上，嘴里尖叫着。

“嘿！再往前跑呀！”磨坊主从平台那边喊。埃比尼泽意识到，情人们被困住了。

“把梯子掀下来！”他冲麦克沃伊喊。爱尔兰人听到他的喊声，跳起来照他说的做，这会儿罗塞克斯已经在爬梯子了。但是，尽管梯子既没有钉死，又没有拴在固定的位置上，它的纵梁却被死死地卡在阁楼上伸出的地板托梁上，从麦克沃伊的位置徒手是无法掀动的。磨坊主费劲地爬着第二档、第三档、第四档，手里拿着大砍刀，眼瞅着猎物在那里挣扎。

这会儿，埃比尼泽也来到了平台上，眼前的情况叫他胆战心惊。“抛东西，约翰！把他砸下去。”

麦克沃伊没命地向阁楼四周张望，要找到什么可投掷的东西，最后只找到没什么杀伤力的柏木板墙筋，也许有三英尺长，一面有三英寸厚。他站稳了一会儿，要往外扔。罗塞克斯没再往上爬，等着躲开上面扔下来的东西，嘟哝着，奚落着。接下来，麦克沃伊改变了想法，把板墙筋的一端插到梯子最高一档的后面，用阁楼边缘做支点，压住另一端拼命往后一压。噼啪一声。埃比尼泽屏住气。但是显然，梯子横档和杠杆哪一样都没断。麦克沃伊两脚各抵住一根梯子纵梁，利用机械力上的优势，再次往后翘。又是噼啪一声。埃比尼泽看到，梯子向外移动了一英寸左右。磨坊主一时间拿不准是冲上梯子顶端，还是趁没被掀翻就爬下梯子，只是把梯子抓得更紧，嘴里诅咒着。杠杆移动了角度，让麦克沃伊立脚点不怎么稳当；这时刻，既可以把梯子推下去，也可以把梯子吊起来，亨丽埃塔赶紧过来帮了一把。第三次努力成功了，终于把梯子从托梁上移动开来。它向前略倾了一下，并没有马上往后倒下去。就在麦克沃伊要把梯子掀翻的当儿，磨坊主稳稳踏回平台上。

麦克沃伊笑起来。“爱情战胜一切，大人！现在就杀了我们，先生！”

罗塞克斯振作起来，冲着阁楼上挥舞着剑。“干得不错，该死。我上不去，你也休想下得来，我们倒要看看你该死的爱情多长时间就能把你噎死！能抵得住最猛烈的进攻，不见得抵得住围攻！”

从与磨坊主站着的同一个平台的远处，埃比尼泽看着这一切。他没有想到的是，他自己的位置远远算不上安全。他整个注意力都冲着阁楼上的情人们，想起麦克沃伊根本不知道罗塞克斯太太说的诱拐的事，突然心生一计，只是没时间深思熟虑地斟酌一番。

“恳求你，先生！”他冲着磨坊主嚷，嗓门故意扯得老大，好让情人们听到，受点儿提示，“不要惹他发怒，我求你，你的女儿还在他手里！无论他怎么亏待了你，让他离开，总比你眼见着他杀了你的亨丽埃塔强，再说，说不准他孤注一掷，淫荡地折磨她起来——”

他没再往下说。罗塞克斯无论是听到了诗人给麦克沃伊的建议，还是注意到了诗人的在场，他显然还是认为诗人也没干好事。他转过身来，挥动着手里的大砍刀，说：“谁给男人安了角，谁就得挨角抵！”

埃比尼泽赶忙跑向附近一个梯子，由平台跑下地面，飞奔到前院门厅，只见玛丽和磨坊主妻子正在焦虑地张望。但是无论怎样仓皇，罗塞克斯太太照样不缺少智慧；埃比尼泽还没跑到门口，她就跑到了掀翻了的梯子旁。

“这会儿，亨丽埃塔！趁他追本杰明爵士，快爬下来！”

她的命令是如此的喧哗和欠考虑，显然仅仅是为了分丈夫的神。如果真是这样的话，算是立竿见影：磨坊主在平台上跑了一半，马上就打住脚，愤愤地看看她，又看看阁楼。

“我要把你们全部碎尸万段!”

埃比尼泽看到墙边靠着根钩状的钢条，像是火炉的通条，顺手抄起来，赶紧跑去护卫罗塞克斯太太。

“快去客栈，”他命令玛丽，“把所有的人叫来，这个杂种又逞凶了!”

“妙极了!”麦克沃伊从阁楼上喊，“让他绕着磨子抓你，埃本，直到我爬下来。他一个人对付我们所有剩下的人。我这里有把镰刀，可以对付他的切肉斧头!”

他这样说着，一边冲磨坊主砸墙面板，把刚找到的镰刀别在腰带上，腿盘上支撑阁楼两根柱子中的一根，摆好一有机会就滑下来的架势。玛丽消失了，去跑她的差事。罗塞克斯太太一边警觉地防着丈夫，一边努力要把倒地的梯子竖起来。罗塞克斯尽管没被麦克沃伊扔的东西伤着，却似乎由于过分愤怒就快中风了。他犹豫不决好一会儿后，把注意力集中到埃比尼泽身上，埃比尼泽被他脸上的愤恨吓得直打战。

“二对一不会太长的!”他向平台的边缘迈了两步，接着，看到埃比尼泽准备跑开，就转过身，来到平台中央，爬起了栏杆。很显然，他打算要么跳下去，要么由磨盘爬下来，以阻止埃比尼泽扮演特洛伊城墙上赫克托耳所扮演的角色。

“啊，不!”罗塞克斯太太立即叫起来，趁她丈夫还没来得及跳下栏杆，她就冲过去，往后一拉连接着外面是水轮的磨盘轴的杠杆。头顶上的大石块轰隆隆掉下来，滚动了一下，罗塞克斯猛地一挺身体，脚底就没地儿站了。

“上帝诅咒你!”他吼叫一声，几乎要哭了，“上帝诅咒你们每一个人!”

他一只手抓住栏杆，甩回一条腿，跨过栏杆，想再上平台，但是不行了：他扭动着身体要上去的时候，大腿内侧的刀鞘把他挂在了栏杆间；为了摆脱，他肚子往回收，并且努力用拿着砍刀的那只手的指尖撑住。指尖马上滑开了，或者是不情愿，还是做不到放开手中的剑，他再重新尝试抓一次，身子往后一颠簸。两个女人都尖叫起来，埃比尼泽的神经一阵刺痛。摔的高度不算高，姿势却是致命的：头冲下，冲着下面的磨盘撞个正着；鞋后跟还搭在平台的栏杆上。

“猛揍他!”麦克沃伊冲埃比尼泽嚷。可是没有必要了，磨坊主的头和肩滚过石块，不省人事地躺在地上。亨丽埃塔变得歇斯底里，她的母亲呢，也不再尖叫了，只是静静地把离合杠杆往前推，移开石头，这才问一声埃比尼泽：“他死了?”

诗人轻手轻脚地检查了一番。磨坊主是后脑勺撞上石头的，后脑一片血迹，但人还有些气。

“看上去还活着，但已经是不省人事了。”

玛丽·蒙格毛丽谨慎地向门里看看：“感谢上帝，恶棍死了! 没一个胆小鬼愿意来帮一把，大家都受够了他的罪，瞧诗人大师自己的这一招!”

“不，”麦克沃伊说，终于回到地面，“他耍了自己，哈里爵士，他还没死呢。”他拾起大砍刀，抵上磨坊主的喉头，“如果你同意，罗塞克斯太太……”

但是，尽管磨坊主妻子没有就丈夫的事故表露任何情感，却不允许他挨这致命一击[①]。“把我女儿接下来，先生，如果乐意的话，我们要让我的丈夫躺到床上去。”

所有在场的人都表示惊奇，只有埃比尼泽除了表示惊奇之外，还表示义愤。

---

① 原文为法语。

“这个恶棍随时都会醒过来，再对付我们的！”麦克沃伊表示反对。

“我相信，他回过神来之前，你和本杰明爵士早就离教会河老远了。”

“那你自己怎么办，太太？”埃比尼泽问。

“还有亨丽埃塔！”麦克沃伊说。

罗塞克斯太太回答，无论丈夫怎样逞威，也不过揍她们两个一顿，她们以前已经过习惯这类挨揍的生活了。

“如果你喜欢挨鞭子，倒是千好万好，”麦克沃伊不客气地说，“但是不允许那魔鬼动亨丽埃塔一个小指头！如有必要，我要带她离开此郡！”

“是留是走，随亨丽埃塔的便。”罗塞克斯太太说。

玛丽看看没知觉的磨坊主，摇摇头。“我就是搞不懂你，罗克西！我原本发誓，看到这个畜生死，你会乐坏的，教会河有哪个又不是这样呢！当然，你不是那号奇怪的人，喜欢尝鞭子的味道，是吗？或者，也许是号心肠软的家伙，连受伤的毒蛇也能打动你同情它？”

罗塞克斯太太烦躁地向朋友打一下手势。“我讨厌他，玛丽。男人中就数他最粗俗，最残忍。我这一辈子没少受他的折腾，还有，亨丽埃塔也尝尽了他的苦头。我嫁给他的时候，就知道没什么好日子过。上帝为我的罪惩罚我一点儿不冤枉，我没权结束这场惩罚。”

这席话让埃比尼泽感动，但是，他不怕得罪她，斗胆指出，她过去毫无顾忌地与人通奸。

“这又能说明什么呢，”她尖刻地问，“除了说明凡人有时候偏离圣人的道路？不错，我是寻乐，欺骗了他；同样不错的是，我非常高兴看到他倒下去（尽管我拉杠杆的动机不是想杀死他），而且，看到他进了坟墓会加倍地高兴。但是，可不是我要把他送到那里，也不允许任何一个人谋杀他。”

玛丽哼哼鼻子。“见鬼，我是在听罗克西·罗塞克斯说话，还是在听玛利亚说话？怎么说，也不要让那个恶棍养好身体，如果你对所有其他的人类还有点儿爱心的话。”

但是，罗塞克斯太太态度坚定，吩咐亨丽埃塔——现在衣装回了位，被从阁楼上救了下来——帮她一把，把仍然不省人事的磨坊主抬进他的卧室。女孩心中无主地看看麦克沃伊——麦克沃伊眼睛瞪着她——拒绝服从母亲的话。

“我求你原谅我，母亲，救他，我才不愿意动一根手指。他死了才好。”

母亲皱了皱眉头，转念一想，笑了起来，说，要是亨丽埃塔有意置自己于麦克沃伊先生的“保护之下”，那么，他们两个可以立即带着她的祝福离开，但要趁着罗塞克斯还没有醒过来。接下来，使埃比尼泽和麦克沃伊感到惊讶的是，她用法语低声而快速地吩咐了一些事，诗人只听到词组**免除结婚预告**和副词**快**。亨丽埃塔羞得一脸通红，像个处女，并且第一次用更清晰的法语回答说，她虽然有理由相信，麦克沃伊巴不得与自己**订婚约**，但是，在她进一步了解到他在生活中的地位之前，并不打算做他的情妇。“就目前而言，”她用英语接着说，“我打算待在这儿，和你一起承担不幸。我要是惹出什么不幸来，那就见鬼去吧！”

“说得好！”玛丽鼓起掌，“我也不会，罗克西。”

“我也不会，”麦克沃伊加入进来，“我也不会像一只老鼠一样，趁猫没醒来就溜走。我的意思是，我带着这把剑，站在他的卧室外面守卫，要是你允许的话——或者在那边森林的边上，要是你不愿意的话——要是他再火气冲天碰亨丽埃塔一下，那就是他在世上的最后一碰了，如果不是我的最后一碰。”

“我一个人没法搬他进去，搬不动，”罗塞克斯太太向埃比尼泽恳求，“我请你帮一把，先生。”

感觉到自己对磨坊主的现状也负有部分的责任，埃比尼泽就同意了。两个女人一阵简短的法语对话，让他脑子奇怪地嗡嗡作响，因此他几乎没听见其他人的反对意见，直到他们离开磨坊时，玛丽说一句："哪来的这一次对魔鬼的关怀，罗克西？曾经有一次，你抛弃他，巴不得他被杀死呢！"

"是那次给了我教训，"罗塞克斯太太说，"否则的话，我才不救他呢。要是他们把他扔给鲨鱼，我想，我也会不活了。"

从客栈到磨坊一路上，聚集着许多村民，打探打架的结果。看到磨坊主被征服的那副德性，他们发出一阵欢呼，对此，罗塞克斯太太打发玛丽警告他们说，他们的高兴在某种意义上说还为时过早。其他一些人进了屋子，亨丽埃塔和麦克沃伊留在客厅，这边，罗塞克斯太太和诗人把重荷抬进主人的卧室。磨坊主没有一丝一毫的迹象要从昏迷中苏醒过来，妻子为他清洗和包扎伤口的时候，他也照样没有一丝动静。

"我要把他的头包扎起来，再给他找个大夫。他要是能活，他就活；要是死了，也就死了。无论怎么样，我都欠你的人情，迁就我的愿望。"她停下来，注意到诗人一脸慌张，"哪儿不对劲，先生？"

"只是好奇。"埃比尼泽回答，"如果你觉得自己欠我的人情，亲爱的夫人，那就请你允许我提一个冒昧的问题，还了这份人情：你和你的女儿，曾经被一个叫托马斯·庞德的海盗抓住过吗？"

女人大为惊愕，这本身就清楚地回答了。她以新的眼神打量着埃比尼泽，一肚子惊奇，好像自言自语："啊，可我先前怎么就没想起？你被风雨磨破的衣服以及一艘沉船的故事！但是，你抓住我们，是将近六年前的事了，在詹姆斯敦和圣玛丽城之间——你怎么就能够想起来？"

"不，夫人，我不是什么海盗，"埃比尼泽笑起来，"从前也不是，否则的话，怎么可能我还是个处子，你觉得呢？"

罗塞克斯太太脸一红。"自然，我们的丑事不会是英格兰谈话的话题，你也不是本州一个当地人。你是怎么知道这件事的？"

"它要比你想象的出名，"诗人打趣地说，"我向你发誓，我是打我老师那儿听来的，是在去普利茅斯的马车上。”

“不，先生，不要再叫我丢人了！说实话吧！”

埃比尼泽向她保证，他说的正是实话。“这位老师是一个古怪而可怕的家伙。当年，无论在汤姆·庞德的船上，还是在艾萨克·牛顿的书房里，就是到这会儿我也弄不清，他骨子里到底是个魔鬼还是个哲学家。我到这儿来，正是为了寻找他以及他的蛮人兄弟，原因太重大，说起来都叫人颤抖，又是如此迫切地要告诉他——啊，得，你很快就会自己看出来的，我会解释的。这个家伙，亲爱的夫人，你曾经帮了他大忙，尽管你不知道；考虑到你对他的功劳，他才从海盗那里救了你的命，保住了你的贞操。你曾经听说过亨利·伯林盖姆的事吗？”

罗塞克斯的脸更红了，合计着无论是丈夫还是客厅里的一对都没听到，她起身关上卧室的门。埃比尼泽为自己的鲁莽表示歉意，请求原谅，实在是使命太急，否则是不会随便讲的，并补充说，亨利·伯林盖姆（他让她明白，实际上就是她的救命恩人以及*昔日的*情人）真的没有和别的任何人说起这件事，自己呢，当时听到这件事的时候，也只对罗塞克斯太太及其女儿发表了一通最亲密、最体贴的看法。磨坊主妻子冲门扫了一眼，心神颇为不安。

“尽管宽心好了，”埃比尼泽说，“你不必挂心亨丽埃塔的名誉问题：麦克沃伊对此一无所知。”

“在我看来，他已经知道她不是个处女了，无论怎么说，”罗塞克斯太太坦率地说，“但是，我必须告诉你，先生——*本杰明*——尽管无须谈什么贞操不贞操，我们也没什么可取的地方，你的老师真是个非同一般的情人，打那以后，我从来没听说过他，也没哪个讲起他。极有可能，你对我们那次冒险想错了……”

埃比尼泽尴尬地垂下眼睛，承认说，自己确实在那件事上受了误导——不仅只是涉及眼前的两位女士——直到最近，关于伯林盖姆的令人好奇的真相，自己才了解到了。

“以上帝的名义，太太，这一大堆事我必须跟你讲！伯林盖姆的一番探求，你发挥了不小的作用！我履行重大的任务，而你要发挥另一种作用！生活是一位多么无耻而神奇的剧作家，每天设计着连乔叟也不敢想象的巧合和薄伽丘也解不开的复杂问题！”

罗塞克斯太太同意这一看法，并且表示，她要和亨丽埃塔说几句话，免得女儿不必要地担惊受怕，之后就乐意听埃比尼泽把故事讲完。“在我看来，我丈夫眼下不会有多大的危险，再说无论你的事情有多么严重，我确信是可以待到明天处理的。今晚听听故事，将是一个令人愉快的夜晚，本杰明爵士。”

“啊，好，我们还没有谈用假名的问题吧?”他大胆地用胳膊搂住罗塞克斯太太的腰，“我不是什么本杰明·奥利弗爵士，麦克沃伊也不是什么总督大人马里兰的风磨坊和水磨坊的官员；你没有听到玛丽叫我‘诗人大师’?”

他感觉到磨坊主妻子身体一僵，就抽开胳膊，猜想她不高兴这种亲昵之举。为了掩饰自己的尴尬，他假装是他的职业惊扰了她。“啊，这会儿，一个诗人不比一个爵士使人喜欢？要是碰巧他有一个可炫耀的头衔呢，像**马里兰的桂冠诗人**?”

罗塞克斯太太把目光移开。“一个伪装又换一个伪装。”她草草地说。

“不，我发誓！我是埃比尼泽·库克，就是曾经觊觎**马里兰桂冠诗人**头衔的那一位。”

磨坊主妻子似乎更多地感觉到气愤，较少地感觉到怀疑。“你为什么对我撒谎？我碰巧准确地了解到，马里兰的桂冠诗人这会儿正在莫尔登，和他父亲待在一起，并且无论在哪个细节方面，也不像你的模样。”

埃比尼泽笑起来，尽管被她的态度弄得有些窘迫。“那些不怀好意的家伙出钱雇了一两个新手骗子，我认为没什么大惊小怪的。虽然他们的动机令我胆战心惊，但是对他们的那一套做法，我倒是习以为常了。看着我的脸，我亲爱的罗克西：我凭一切我珍视的东西发誓，我是菲尔兹和莫尔登的埃比尼泽·库克。”

罗塞克斯太太转过脸来冲着他，一副紧张和不信任的神情。“我的天啊，要是我们——”她转身向门走去，手还按着门把手，就和她丈夫一样，不省人事地晕倒在地上。

十五、在追求多重目标的过程中，诗人遇上一个并非野蛮的蛮人丈夫，以及一个并非开化的英国妻子

埃比尼泽马上招呼亨丽埃塔和麦克沃伊，两人赶忙跑过来，玛丽·蒙格毛丽又帮了一把，才把罗塞克斯太太抬到亨丽埃塔房间里的床上。一会儿后，用氨盐水使她苏醒过来的时候，她通过玛丽传话说，埃比尼泽应当即刻离开她的家，而且永远不要再回来。

“你是个诡诈的骗子，埃本！”麦克沃伊打趣，尽管自己同别人一样，对夫人为何提出这样一个要求也是一头雾水，“在那边的卧室里，你究竟想干什么好事？”

“我对天发誓，什么也没干！”诗人反抗说，“求求你，玛丽，告诉她，我这就走，但是我必须要搞清楚，我究竟怎样得罪了她，同时渴望她的原谅。”

玛丽传了话，回来报告说，罗塞克斯太太既不想解释什么，也不想听到任何抱歉的话。“她说：‘那个人并没有做什么不对的事，可是，我就是容不下他待在我家里。’——她就是怎么说的！要是我见过类似的事情，魔鬼抓了我去，你觉得呢，亨丽埃塔？”

女孩也表示同意说，这般激情的蛮横无理，太不合母亲的性格了。

埃比尼泽叹了口气。“得了，我必须立刻离开，另找场子睡觉了。求你不要把我往坏处想，罗塞克斯小姐，务必想办法弄清楚这究竟是怎么回事，因为不弄清并且纠正它，我心里是不会安宁的。”明天早晨，他接着说，他得找什么交通工具到烟草嘴湾去，无论自己在那里要完成的双重任务是成功还是失败，他都会尽早回到教会河的，他诚心希望，回来的时候罗塞克斯太太已经宽容他了，就算还不肯原谅，

至少也要说清楚自己的失礼之处。“你最好待在这儿，”他告诉麦克沃伊，“要是我们两个都去，比利·朗姆比利会认为他受到了挟持。”

“你是说比利·朗姆比利?”亨丽埃塔问。

“是的，”玛丽肯定，“但是，你必须忍耐一下好奇心，等到麦克沃伊先生和我把整个故事告诉你。”她又冲着埃比尼泽说：“是你必须原谅罗克西，库克先生。这个糟糕的下午叫她走了魂。明天，你一定要允许我用马车送你。我十分希望亲自见一下比利·朗姆比利，原因我几乎没有必要说，我或许可以帮着劝他加入我们的事业，也未必是不可能的事。”

埃比尼泽非常感激地接受她的意见，还有两英镑钱，自己的钱已经用光了。他吩咐玛丽要随时告诉他罗塞克斯太太态度或磨坊主身体的任何变化，说完就离开了。他独自一人走向客栈，心神甚为不定，一群村民几乎像迎接英雄一样迎接他。他们待在那儿不回家，为的是打探磨坊那边的消息。埃比尼泽宣布，到目前为止，罗塞克斯毫无转好的迹象，大家毫无掩饰地一阵快活——而客栈掌柜——磨坊主的一个雇员，坚持客栈免费供诗人晚餐和就寝。

吃饭的时候，埃比尼泽苦思冥想罗塞克斯太太奇怪的举止。针对罗塞克斯太太之所以了解莫尔登的情况，并且对自己的名字产生强烈的反应，他能想出的唯一的推测是，罗塞克斯与威廉·史密斯那个修桶工有干系，并且加入了米切尔船长的罪恶勾当。终于，他鼓足勇气向掌柜走去。

“听我说，朋友，你听说过埃本·库克吗，就是习惯称自己为马里兰桂冠诗人的那个家伙?”

“埃本·库克?”对方脸上一亮，“噢，我听过，先生，就是那个在库克岬同比尔·史密斯一道开妓院的家伙。”

诗人心里一阵刺痛。看上去，自己的推理有一定的道理。“哎，就是他。可你从来没有见过他的面，是吗?”

“还说呢，本杰明爵士，只见过他一次。有好几天了——”

埃比尼泽皱皱眉，因为正打算透露自己的身份。“你说你见过他？”

“哎，我见过，先生，仅仅一次，他当时就站在你这会儿站的地方。一个相貌平平的家伙，没有什么使他突出的地方。大家认定，他是来找一个从莫尔登跑了的婊子的——是一个活泼的婊子，你不知道吗——但是，我承认，他没对我提起那件事。”

掌柜的咧着嘴笑。“他找的是圣母，我们大伙都很清楚。要是他早来几天，我们会领着他找到的。但是，他来的时候她已经做上了朗姆比利的太太，你不知道，我们中的魔鬼才会领他去比利妻子那儿呢，尽管她只是一个一般的婊子。幸运的是，哈里先生当时不在场……”埃比尼泽要对方描述一下布罗姆利小姐的情况，掌柜的再次申述他的信念，她是从莫尔登逃出的一个妓女。诗人没有坚持相反的看法，一是因为他不想疏远掌柜的，二是因为他忽然有了一个惊愕的念头：有没有可能，教会河圣母根本不是真正的布罗姆利小姐，而是可怜的琼·托斯特？故事的某些特征确定无疑说明了这一点：女孩拼命维护自己的贞洁（他抛弃她的那天晚上，琼不是提到要在伦敦过共同禁欲的生活?），一派自我独立的派头和不屈的意志（这自然不会使人想到娴静端庄的布罗姆利小姐），她可以让人理解地把比利·朗姆比利混同于亨利·伯林盖姆，还有，哎呀，甚至是她最后屈服于一个印第人的诱拐。但是，也许最能显示实际情况的细节是“布罗姆利小姐”发狂地坚持自己的名字是安娜·库克的那会儿：琼，给绝望逼疯了，兴许会不但在客栈里，而且在内心里与自己戴着的戒指的主人认同起来，或许对那个人嫉妒得不得了——这给他猛烈的一击，好像实际情况确实就是这样，他的良心因此一击而呻吟起来。

但是，他当前的目标无论相比较而言是怎么的微不足道，却使得有必要推迟这些考虑。他改变了暴露自己真实身份的念头，而通过另一种不同的途径来达到自己的目的。“我真正关心的不是什么埃本·库克，我只是想看看你是不是对世道有见识的，不妨这么说。我到本州，是个陌生人，朋友，但是据说这里的单身汉不比伦敦单身汉睡觉的时间长，亏得是有一串像莫尔登这样取乐的地方。很自然，一个男人想知道，像这样一个令人快活的地方，是否……”

他留给掌柜接下话茬的机会。掌柜的眼神很愉快，但是摇摇头。

“不，不幸得很，本杰明爵士，老哈里爵士从来不敢在这个地方正式开窑子，怕的是哪个男孩把他的亨丽埃塔当婊子干了。”

诗人不愿放弃自己的推论——但是，客栈不是真正的妓院，倒是让他有些轻松，因为他几乎不知道，还有什么别的法子可以让自己自然而然退出对对方的前一番询问。

“不过，我也不会让你认为在教会河就找不到乐事。”掌柜的继续说，“如果我说，你必须要找的女人就是你今天下午坐她马车的那个人，你感觉如何?”

“不!”

“我发誓!”掌柜一脸扬扬得意的神态，“她的名字叫玛丽·蒙格毛丽，多塞特巡回供应的妓女——她现在只干女修道院院长了，你明白的——我敢打赌，要是肯出台面费，她一定会找到——嘿，你看!说谁谁就到!”

埃比尼泽顺着掌柜的眼光望过去，只见玛丽刚迈进屋，着急地四下里张望。她看到了他。她走近他桌子的当儿，掌柜的打了个招呼，热诚地向她致意，并且眨一眨眼说，本杰明爵士有事要和她磋商。

“我佯装错把这家客栈当成妓院。”他们刚能说上话，埃比尼泽就解释说，并扼要地告诉他自己的假设及其告吹的经过。

“我可以省掉你一番虚构，要是你早先问我。”玛丽说，“我发誓，库克先生，我不知道可怜的罗克西着了什么魔!”

“她情况更糟，这么说?”

“她成了疯子的嫡亲堂姐妹了!”她接着说，磨坊主比先前无所谓好，也无所谓坏，但是罗塞克斯太太在埃比尼泽走后，非但远未恢复平静，反而一步步变得神魂颠倒，不通人事：一会儿咒，一会儿哭，一会儿又呆木头似的。玛丽试着讲亨利·伯林盖姆以及比利·朗姆比利的故事给她分分神，只引来再一阵破口大骂。亨丽埃塔自己也被骂了，还被撵出房间去。

“在我看来，事情不是你惹起的，”玛丽断言，“否则的话，她为什么对亨丽埃塔也一通严厉劲儿？而且，她似乎对自己也激愤，就像对任何其他人一样。她揪自己的头发，抓自己的脸颊，连自己出世都给咒上了！不，库克先生，我比先前更相信，白天发生的事件惊得她没了魂，没有什么神秘的了。我担心今天夜里，她是要伸开腿，永远合不拢了。”

埃比尼泽不相信，却拿不出什么更可取的假设。他要了两杯啤酒，玛丽把新闻广播给其他的客人之后，他告诉她，他相信教会河圣母实际上是琼·托斯特。一开始她对此嗤之以鼻，后来越听兴致越高，又是惊讶，又是迷惑。

“我没有什么好反对你的，”她最后承认，“尽管我看不出她为什么选中**梅格·布罗姆利**这个名字。同时，横竖都一样，我敢说。”

“我确信就是她！”诗人宣称，眼眶里噙着泪水，“见鬼，玛丽，看我让那个女孩遭了些什么难！但愿上帝让我今夜就到她身旁，请求得到报应！但愿上帝——”

玛丽脸上一副惊恐的表情，让他没有接着说下去。像掌柜的一样，埃比尼泽说话的当儿，她冲埃比尼泽的身后看去。她也看到一个人走进来，而她的反应让人看起来十分害怕。埃比尼泽身上起了鸡皮疙瘩。

“莫不是哈里·罗塞克斯？”他小声说。

“我的上帝啊！”玛丽低声地感叹一声，埃比尼泽做好准备面对最坏的局面，侧过身来自己看看究竟。新来的人不是哈里·罗塞克斯，而是一个身材矮小的绅士，其他的客人起身向他致意。诗人的心提到嗓子眼，蠕动着嘴唇想叫一声“**亨利！**”，但却及时控制住自己，意识到此人不是“尼古拉斯·洛”伯林盖姆，而是圣贾尔斯的伯林盖姆变老了十五岁，被马里兰的太阳晒得皮肤棕红：也就是说，压根儿不是伯林盖姆……

“是我的查理·马塔森起死回生了!”玛丽大声叫起来。

“不，玛丽，”埃比尼泽小声说，“是比利·朗姆比利!”

屋里的每个人都为玛丽的叫声吃了一惊。朗姆比利中断跟别人打招呼，带着迷惑的笑容向这边看过来。他的两个朋友嘀咕着什么，他没有理他们，而是朝诗人的桌子走过来，站在那里，仍然面带笑容，向埃比尼泽略欠一下身子，对一脸煞白的女人说起话来。

“请你原谅，夫人，我必须知道，你刚刚是否叫**查理·马塔森**的名字。”他的声音，埃比尼泽注意到，音色与伯林盖姆的一样，但是大陆口音重于英国口音。

“你活脱脱一副你兄弟的模样!”玛丽回答说，并不顾场合地哭泣起来。其他的客人走过来，看有了什么不妥，比利·朗姆比利礼貌地要求他们允许他自己打探个究竟，他们就走开了。

“我可以坐下来吗，先生？我谢谢你。现在，我亲爱的太太——”

“请让我解释一下，先生。”埃比尼泽斗胆说，“真不知道是什么风今晚把你吹来了。”

“我完全同意，”比利·朗姆比利说，“至于解释，是没有必要的了。我亲爱的太太，你有可能是蒙格毛丽小姐吗?”

玛丽先是惊愕，马上又是疑惧。“哎，朗姆比利先生，你千万不要把我往坏里想，我发誓——”

“你和马塔森的死毫无干系。让我来发誓，蒙格毛丽小姐，除了马塔森，没有谁与马塔森的死相关。他是毁在自己手里——我理解这一事实——他是反复无常的，可是，我知道，他死的时候，心里还想着你。”他笑笑，“但是你说说，你怎么就知道，我是他的兄弟？仅仅是由于我们兄弟之间的相像之处吗?”

玛丽仍然惊魂未定，给不出一个合适的答复，于是埃比尼泽说：“我们打捕兽人哈维·罗塞克斯那里听到你的冒险经历的，先生——”

“可爱的哈维！一个十足的绅士！这样看来，你们是知道我从前叫*考宏科普利兹*，鹅之喙，但是，这也并没有说明全部事情。”

“我的差事会说明剩余的部分。”埃比尼泽说，“我专程来到教会河，是为塔雅克契卡梅克给你捎个信。”

第一次，比利·朗姆比利的宁静心态被扰乱：他眉头蹙成一团，眼睛里射出怒火，叫诗人胆战心惊，他无数次在伯林盖姆的眼睛里看到过同样的愤怒目光。

“塔雅克契卡梅克没有什么我在意听的消息。”他没好气地说。

“或许没有，先生，”诗人马上表示同意，“但是我必须告诉你，作为一个绅士，你绝不会不乐意听我的话。我向你发誓，本州每一个男人、女人以及孩子的命，都捏在你的手里！”

比利·朗姆比利注视着掌柜端上来的一杯啤酒。他的火气似乎恶化成倔犟。

“你是讲要打仗了。我才不想呢。”

埃比尼泽早就预测到会有这难堪的场面。他叹口气，对印第安人的冥顽不化似乎没奈何。“很好，先生，我不再冒犯你的德行。我只希望，我和你兄弟伯林盖姆的交情，会让他不至于像你这样听不进别人的话。”

一句话产生了预想的效果：比利握起他的一只手，张着大口瞪着他，似乎不敢相信自己的耳朵。

“这又是我父亲在搞什么损招？”

“损招是我出的，先生，只是想劝劝你，听我讲一系列迫切的问题。我讲的一切都是事实。我很乐意地告知塔雅克契卡梅克，你的弟弟亨利·伯林盖姆三世，既没有死，也没有失踪，他在英格兰做了我六年的教师，这会儿，离这里没有多远。”尽管他担心疏远对方——对方可叫自己吓得不轻——但他的重大责任还是叫自己突然间失去了耐性，“见你的鬼，先生，收起你的怀疑吧。我维护的是人类，不是契卡梅克！你认识这个戒指吗？哎，是夸撒布拉格的，那是他躲在悬崖上时给我的，为了感谢我救了他的命。啊，你以前听说过这件事吧？那么你就知道，我留下来服侍他的人，也欠我一条命——一个被五花大绑的黑人奴隶，名字叫德雷克派克，我相信，该是你的一个朋友！你以为我是求你统率那场魔鬼的起义，来拯救我伙伴的性命？我到这儿来是为一个计划，先生，不是来求人的。是为了既拯救英国人，又拯救阿哈特瑚珀人的计划！”他停下来，以控制住自己，又用较平缓的语气说，“而且，关于你妻子的事，我希望和你以绅士的方式谈一谈。我有理由认为，她是一个对我非常珍贵的女人。如果你还拿不准我的好意，你得知道，我们可以在这里详谈，却不怕你的仇敌磨坊主罗塞克斯的打扰：他今天下午和我以及我的伙伴打了一仗，这会儿正躺在死亡的门槛上呢。”

比利·朗姆比利大为惊愕。“我的天，先生，你简直让我透不过气来！我的父亲，我的妻子，我长期失散的兄弟——你让我的世界都翻了个儿！”他笑起来，“很清楚，我误解了你，我卑恭地请求你原谅，先生——”

“库克，埃比尼泽·库克，莫尔登的。”诗人轻松地注意到，自己的名字对比利·朗姆比利没有什么意思。

“库克先生。”印第安人热情地握他的手，“我一开始就得说，库克先生，与谣传恰恰相反，我的妻子对我来说很宝贵，就像你说的对你那样，并且，她的状况（我猜想你是清楚的）可叫我操大心了。事实上，我今晚上来这里，是要讨罗塞克斯太太高见的——感谢上帝！”

玛丽到这会儿已经控制住了自己的感情，解释说，罗塞克斯太太身体不好。她道了安，回到病人那里去了。

“如果你还打算拜访朗姆比利夫人，”她冲埃比尼泽说，“明天早上头一件事，我就拉你去。”

“不，”比利·朗姆比利反对，“你今晚就得做我的客人，先生，并抽空给我讲讲这些令人惊奇的事；不这么干我可饶不了！还有你，蒙格毛丽小姐，如果你真的要走，请代我向罗塞克斯太太表示关怀和问候，告诉她我改日再去请教她。但是，你和我，得马上就讲讲马塔森的事——明天，或许？我有许多事要问，要讲！”

玛丽几乎激动得说不出话，还是表示了一番谢意，就离开了小客栈。比利凝神地看着她，一直到看不见了，这才摇摇头。

“我打赌，她曾经是个美人儿！就是现在，尽管——我不敢自以为了解她，库克先生，但是，我相当了解我的兄弟，我坚信。”他转过身来，冲诗人一笑，“现在，先生，你有什么要说的？如果你关于我妻子的事情，不是要和我争我妻子的爱，那么我们这就出发去烟草嘴湾。不到四英里的路程，我的马也是上乘的。真令人惊奇，关于我兄弟的事！”

埃比尼泽真的入了神。他先前不怀疑，一想到遇见比利·朗姆比利，自己是多么的焦虑，但是这会儿，比利的随和叫自己的焦虑烟消云散。仿佛是令人扫兴的一场久别之后，自己又和伯林盖姆重逢了一般——这个伯林盖姆，其出类拔萃之处毫不含糊；其关怀仁善之处，一眼就看得出来；简言之，他就是那个乐呵呵、办事很有效率的伯林盖姆，曾经在马格达林学院给自己解了围。仍然剩下的问题是，怎样诱导他拯救伯特兰和凯恩船长的命，而更令人头痛的问题是，怎么面对琼·托斯特；但是，当着比利·朗姆比利的面——他的王子身份，他独特的权势——埃比尼泽不能感到悲观，更不能绝望。相反，他应该赶走自己的委靡不振，他的脸色因强烈的感激和良好的感觉而发红。埃比尼泽穿上大衣，这边，比利·朗姆比利（他没有脱下大衣）向全屋的人声明，蒙格毛丽小姐一开始的激动反应只是由于认错了人：她把他误认成自己去世的兄弟，查理·马塔森，就是那个误入歧途，因谋杀威廉·提克先生及其全家而上了绞刑架的人。埃比尼泽对比利的坦率大为惊讶。比利显然认识在场的人，尽管这一番透露内情使他们感到震惊，他们也不过嘟哝一声，似乎是表示同情，而不是敌意。

“现在，”比利叫起来，“来一些闲言碎语祝福过你们妻子之后，让我再用一杯酒祝福你们这些绅士们！”他一边吩咐给表示赞赏的客人们上酒，一边又另外买了一桶，带在马车上喝，声明说哈里·罗塞克斯爵士给打碎头的日子，可不能不庆祝庆祝。这一建议立即得到一阵高声呼应。两位男士道了晚安，爬上比利的马车，埃比尼泽觉得自己成了客栈里每个人羡慕的对象。

他们在磨坊略微逗留了一下。埃比尼泽把他们使命的主角介绍给麦克沃伊，又说了眼下的计划，同时了解到，罗塞克斯太太总算被哄睡着了，而磨坊主的状况却没有任何改进的迹象。接着，他们沿着一条漆黑而狭窄的小路向西边出发了。夜里一片宁静，下着露水，透过树丛，诗人看到天津四、织女星以及牵牛星呈三角状分布在天空，虽然它们所归属的星系树木挡着看不见。

"我们一路只需半个小时。"比利说，"如果我可以提要求的话，请暂时略去我父亲给我捎的信，因为我这就能猜出说了些什么。可是我必须听听自称是我兄弟的那位绅士的情况，同时依我看，最好在到我家之前，谈谈我妻子的情况。但是且慢，我们可不该干着嗓子就谈论起这些重大问题，头一件要做的事情是，打开酒桶夫人的处女膜！"

"我的天，"埃比尼泽笑起来，"与其说你是亨利·伯林盖姆的普普通通的兄弟，还不如说是他的孪生兄弟！有多少回，我急死了要听他给我带来的消息，或者告诉他我自己的消息，还得坐在那儿干等着，一直到他让我满意为止。"

他们品着酒，上等的牙买加酒。酒下了肚，诗人十分惬意。印第安人和他两个人都盖上围毯，再加上喝点儿酒，外面又没有起风，舒服得好像在四月的天气里，哪里像是什么十二月的节令。两匹马在结了冰的小路上悠闲地往前赶，马车轮嘎吱嘎吱地响，有点儿刺耳，倒也还令人愉快。埃比尼泽任身体随弹簧的振动上下颠簸，讲述起伯林盖姆的探索以及自己微妙的故事。如果说先前讲的时候多少要为自己捏一把汗，那么在现在这样的环境下，却变了一件愉快的事儿。他一边说，一边叹气，但叹息声里却有一种其故事会给听众带来非同寻常的快意的把握。他一概不提自己的疑虑、难言之处、失望的地方以及惊讶感触，倒是藏着掖着的，一路讲到撒尔芒船长解救伯林盖姆，伯林盖姆少年时代做水手，当吉卜赛吟游歌手以及在剑桥做学生，伯林盖姆在菲尔兹圣贾尔斯任职以及自己姐弟俩对他的情意，伯林盖姆身为政治特务以及不情愿的海盗在各州冒险，伯林盖姆拯救罗塞克斯家的两个女人，伯林盖姆寻找身世的徒劳之举，最后是诗人自己最近对此秘密的破解。

“问题是，”快要讲完的时候，他断言说，“谁是亨利爵士和亨利三世之间的那个人，我朋友的肤色又怎样变得白得像英国人，无论是亨利爵士的《私人日志》，还是约翰·史密斯船长的《秘史》，都没有提及到哪个伯林盖姆太太。就连《秘史》的最后一部分，你们的人称为《英国魔鬼书》，也没有回答这些问题，因为亨利爵士及波卡塔沃图丝的任何后代，一准是英国人和阿哈特瑚珀人的混血儿——就像塔雅克契卡梅克的实际情形一样。”

“就我们掌握的情况来看，这和从前一样，还是个谜，”比利坦言，“但是，我一点儿不怀疑，这个人确实是我的兄弟。真奇了！”

“哎，几乎同样奇怪的是，我碰巧遇上了问题的主线。”他谈到与伯林盖姆一起去拜访耶稣会士托马斯·史密斯，后者给他们讲了菲茨莫里斯神甫的事。“我看了塔雅克契卡梅克屋子里约瑟夫神甫的箱子，了解到大王娶了那个殉道者的后代，我就找到答案了：正是根据平均分配的原则，他们的结合不但会有像你一样的后代——像你的父母一样，血型是混合的——而且还有纯血种的印第安人以及纯血种的英国后代，数量相等。简言之，一个是马塔森，一个是伯林盖姆。”

“瞧你给我带了份什么礼物！”比利平静地叫起来，“一个兄弟，顶替可怜的马塔森！我永远感激你，先生！可是，他眼下在干什么，过去东跑西跑地跑了那么多地方，我在哪儿可以找到他？我想马上就找到他，无论是在马里兰的剑桥，还是在英格兰的剑桥。”

埃比尼泽心里合计着马上就要请人家帮忙，就回答说，伯林盖姆仍然在从事州里的政治活动，是巴尔的摩勋爵的一个手下，为了完成勋爵交代的任务，他一次又一次地为了正义事业不惜冒着生命危险。虽然很难称赞一个最近改道投了约翰·库德（就埃比尼泽所了解的一切来看，伯林盖姆可能就是天字第一号叛乱分子兼叛乱分子总头目）的反面人物，但是，诗人揣摩，更有可能的是，比利·朗姆比利会同意一项他失散已久的兄弟所看中的计划。

“至于他现在哪里，我说不准。文明的事业把他带到哪儿，哪儿就是他的家。我想找到他，心情之迫切，并不比你差，因为我知道他会赌上性命去阻止一场大屠杀。”说到这里，尽管他原先保证不讲的，这会儿也忍不住讲起自己了解到的将来会发生战争的险情，以及契卡梅克那赎救伯特兰和年长船长的条件。“需要一个与夸撒布拉格及德雷克派克权力相当的儿子，统率阿哈特瑚珀人参加起义。我乞求你或者亨利——要是两人，就再好不过——以和平仁善的名义，迁就他，担起阿哈特瑚珀王的职责，利用你的势力，为印第安人、黑人以及白人谋取利益。这是不成问题的，在我看来，只要你——”

“哎，先生，你保证不谈这档事，你保证的！”比利举起手，“我们接着谈我妻子的情况吧。未讲之前，我不妨先认为，你是熟悉我们求爱经过的？”

“噢，是从哈维·罗塞克斯和蒙格毛丽小姐那里听到的，他们又是从哈里爵士妻子那里听到的。”

“两个来源都绝妙。如此看来，你无疑知道，我也和你一样，对布罗姆利小姐的自甘沉沦大为惊愕了。到现在，我既不是一个基督教徒，也不是本州的居民，先生，因此，不能如我所愿的那样，像模像样地娶她。可话又说回来，即使有可能，她也绝不愿意那样做。除了我举行的阿哈特瑚珀人的仪式，她再没有别的奢望——因为我们有一方是英国人，所以无论是我还是马里兰的法律，都认为这种仪式是不正规的。”

“那么，实际上，她压根儿就不是你的妻子，除非按照习惯法？”

比利承认说，实际情况就是这样令人非常不痛快。“我坦白承认，你也知道的，我准备按古老的阿哈特瑚珀人仪式干了她后，把她诱拐走。我藏在哈里爵士磨坊附近的森林里，通过弄出一些噪声，把她引到窗户前，我立即就让她看到我。这样做的目的只是想吓唬吓唬她，可是布罗姆利小姐非但远远没有晕厥过去，反而自个儿走了出来，并且在我主动要袭击她的时候——得了，我发誓说根本无须袭击就足够了：她自愿地就跟我一起来了，而且自愿地留了下来。并且，无论我怎样要求她应该像一个正儿八经的淑女那样过日子，她呢，还是变成了一个蛮人——还不止这些呢。比这还要糟的是：简直是一只野兽，既不说话，也不梳妆！你听到人家说我在火炉上折磨她？我向你发誓，连伤害她一根头发我都不愿意，但是她不知从哪儿听来，说印第安人丈夫习惯把刁滑的妻子捆绑在生材做柴的炉火边，好治治她们的坏脾气，她于是要我用类似的方式用绳子绑着她，在壁炉火上用烟熏。”

埃比尼泽咂咂舌头。“哎呀，可怜的女人！”

比利仔细地打量他，抖一抖缰绳。“我告诉你这些事是有原因的，我的朋友。我可以想象出来，就布罗姆利小姐和我本人，人们有一些令人不快的看法。有可能的情况是，尽管你的样子很真诚，你却有可能是她的兄弟或者未婚夫，是来为她被诱拐复仇的——关于她过去的生活或以往的亲戚朋友，她什么都没跟我说过。”他接着说，他并不想暗示他在这件事上就毫无责任。无论布罗姆利小姐过去情况怎么样，正是他无意地在罗塞克斯的客栈里袭击了她，并且后来还蓄意要强奸她。她弄到现在这副德性，都可以追溯到自己袭击她，把她给吓坏了，也不是没有可能的事。但是，他深深地爱着她，一心盼她好，愿意做任何事来改进她的状况，或者以别的方式履行自己的职责。

埃比尼泽被对方真诚而友好的态度弄得有劲使不出。尽管一想到琼的堕落，自己就痛苦得落泪，他却攒不起怒气来斥责琼的诱拐者。“比我更正经的男人或许认为都是你的错，”他却这样说，“现在只告诉我一件事：那女孩带着什么戒指没有？”

“戒指？噢，她有一个，她这会儿亲吻它，那会儿又诅咒它，只是不愿意谈及它。是银质什么的，我觉得，是用来避邪的，因为上面有ban 或 bane 这样的字眼：B-A-N-N-E。”

有一会儿，埃比尼泽迷惑了；后来，他意识到了文字上的回文。“啊，上帝！果然不出我所料！我可不仅仅是那女孩的未婚夫，朗姆比利先生，我是她的丈夫，我来到这儿，除了其他的原因不说，就是要把她从你的魔掌下解救出来！但是，我还是相信，你该挨骂的地方要比你想象的少。正是我，要比其他任何人，对琼·托斯特——琼·托斯特，而不是梅格·布罗姆利，才是她真实的名字——落到这样惨兮兮的地步负有责任。如果你真心爱她，可怜她，那应该是你来惩罚我，而不是恰恰相反。”他先前怡然自得的感觉一下子跑光了。他给比利讲了他与琼·托斯特的关系，自己对她的滔天的不公，并且认为她逃离莫尔登以及现在神志不清的状况，都是自己一手造成的。

印第安人很有兴趣地听着，表示同情。“你必须原谅我，如果我的这个问题问得不像话，先生。”诗人说完的时候，他说，“我相信我听你说到，尽管你娶了那个女人，你却还是个处子，是这样吗？妙极了！但是，在我看来，你的意思是，托斯特小姐，或者叫库克夫人——一个绅士怎样称呼的？——也许不是只有你亲近过她，并且，其他人，我们就这样说吧，没有你那样关注她的声誉……是这样的吗，还是我误解了你的话？”

埃比尼泽笑笑。“没有必要旁敲侧击，先生。在伦敦时，她是个妓女。”

“我知道，”比利嘟哝一声，但是他的眉头暗示，就此问题他并不完全感到满意，“自然，你十分确信这些事？”

诗人无法抑制一阵残忍的好笑。“也许，你不熟悉有教养的女人们的套路，先生。一个机灵的婊子可以把自己一路卖到地狱大门口，而且让魔鬼也相信，自己头一个干了她的处女膜。”

“确实。那戒指看上去就是某种证据……”他让句子声调慢慢降下去，有点儿茫然困惑的味道，“嗨，不要再苦思冥想，那边就是我的小屋了。”

小路把他们带出森林地带，进入一片较开阔的无林地带，北面就是狭窄的海湾。靠近这边的水边上，盖着一座小屋，灯光昏暗，户外还有些别的附属小建筑。他们把马在马厩里拴好，向房屋走去。想到就要面对琼·托斯特，埃比尼泽心里越来越紧张；他打定主意，最得体的步骤是，只是介绍一下自己，卑恭而无歉意，看看她一开始做何反应。

走到门槛上，比利·朗姆比利打住脚步，一只手放在诗人的肩上。“让我们把话说清楚，我的朋友：你打算把我的——也就是说，**你的妻子**，我认为——你是打算为她好，把她从我这儿带走？”

“正是。”埃比尼泽承认。

“用武力，如果必要的话？”

“我一没准备好动武，二也不愿意动武，先生，我唯一的武器就是规劝。可话说回来，没有多大可能她还能听进我的话。在这样的情势下，你也没有必要邀请我进屋，我不会起诉的。”

比利咧着嘴笑。“你真是一个高尚的家伙！得，那么，既然我们两个都爱这个女人，并且两个都觉得要为她今天的这副德性负责，那就让我们置个人的得失于不顾，一门心思考虑她的状况吧：我们各自说说自己的情况，让她做出选择。我们两个，她或许一个都不要，也没个准。”

埃比尼泽同意他的看法，再次感到很有意思，主人在如此短的时间里，可以达到这样高的文明水平。他们走进了小茅屋，门旁边有一支蜡烛在闪着，壁炉上的火快要灭了。屋里笼罩着黑暗，冷飕飕的。

“**叶哈康格瑞妮珀！**”比利唤道，并低声解释说：“她要我叫她这个名字。**叶哈康格瑞妮珀！**”

这会儿，从壁炉前的一条木板凳上，传来一阵嘟哝和骚动声。一个女人坐起来，背冲着门，揉揉眼睛，搔搔蓬乱的头发。她的衣服很破旧，脏兮兮的，嘴里嘟哝着，在身上搔来搽去，像猴子捉虱子。看到这个糟糕的场面，埃比尼泽觉得头一阵眩晕。她又搔搔头，一边从板凳上站起来，蜡烛光从她的银戒指上反射了一下。反射算不上很明显，却让诗人完全乱了方寸。他一下扑倒在她的脚下。

“琼·托斯特！啊，基督！我对你犯下多大的错呀！”

一听到他的声音，女孩上气接不了下气；一看到他向自己扑过来，她尖叫了起来，赶紧抓住板凳边支撑自己。接下来，该轮到埃比尼泽呻吟和踉跄了，因为尽管她的模样已经改变了，而且蜡烛光闪闪烁烁的，眼里的泪水也叫自己的视线模糊，但她转过身来的时候，他还是看得很清楚，那位比利·朗姆比利夫人，既不是琼·托斯特，也不是梅格·布罗姆利小姐，而是自己的亲姐姐安娜。

十六、关于文化势能的保存，提出了一个笼统的看法，阐释得既滔滔不绝又漫不经心

无论是因为从未遇到过类似的情况，还是太惊讶，安娜惊叫了一声之后，就完全说不出话来。姐弟俩情不自禁地紧紧抱在一起，终于重逢了。埃比尼泽以她的名字安慰自己，并且向被弄得稀里糊涂的比利·朗姆比利一把鼻涕一把泪地解释开来，她是自己的孪生姐姐，根本不是什么妻子。就在这会儿，他却感到她在他怀里身子发硬。立即，他的记忆里就充满了可怕的事件，是打伯林盖姆那儿听来的，又想起关于阿哈特瑚珀王子求婚的事情，这会儿又多了一层恐惧感。拥抱变得更尴尬。她推开他，热泪盈眶地倒在板凳上，埃比尼泽没有一点儿阻止她的意思。

“她真是你姐姐?”比利问。

诗人点点头。“你必须试着理解，”他说，说得颇为吃力，“对我俩来说，这是很痛苦的时刻……我哪能弄得清怎么会……”

“会有时间的，”比利说，“这会儿，我在这儿碍所有人的事。我得向你们道声晚安，到时候来叫你们吃早餐。”

“不!”安娜突然间说出话来，眼泪在她脏兮兮的脸上流出道道痕迹来，“这个人是我的丈夫。”她向埃比尼泽宣布。

“确实如此。”诗人嘟哝，“必须走的是我。”

“我绝不允许。”比利坚持说，“不管你们之间有什么过节，都是家庭内部的事，总该有个了断才是。无论怎么说，我已打算好一段日子了，要睡在谷仓里。我有理由相信，近来哪个贼在那里偷东西。”借口虽不令人信服，却没谁揭穿。比利用手深情地摸了一下安娜的头。

“求你用宽容和诚意处理好家庭的纠纷；姐弟相互之间不喜欢，太可惜了。抬起你的眼！还有你，先生，你叫这个女人开口说了话，我已经够感激你了，更为感激的是，你让我能够用合适的方式回报你给我带来了我兄弟的消息。我只求你不要忘了我们先前的约定：明天早上，你必须告诉我从布拉兹沃思岛上带来的消息，我们得掂量一下需要做哪些事。”

安娜耷拉着脑袋，一言不发。埃比尼泽尽管为自己不情愿反对比利的意见感到尴尬，却太急着要和姐姐私下谈一谈，于是就眼看着比利往屋里的火上添了一些木柴，然后走向冷冰冰的谷仓。他几乎不敢看安娜，一想到她的状况，自己就要抽泣。有一会儿，他们各自坐在板凳的一头，看着壁炉出神，偶然吸吸鼻子，擦擦眼泪。

“你去过莫尔登？”他终于斗胆开口。他从眼角看到她表示否定地摇摇头。

“在剑桥码头，我遇上一位斯波尔德斯先生……”

“这样看来，你知道我的丑事了。你一定遇上过……我的妻子也在那儿，既然你现在拿了她的戒指。”他嗓子眼发痛，眼泪又滚了出来，非常冲动地转脸面对安娜，“我被迫娶了她，否则我就得病死，和我们母亲一样的遭遇。但是不是她自己做的，安娜，你不要把她往坏处想。不错，她是个妓女，但她追我追到马里兰，完全出于爱情——”他又讲不下去了，想起了伯林盖姆的断言，安娜来马里兰，也是出于同样的动机，“正是由于我的缘故，她才染了梅毒，吸上鸦片。她为了和我在一起，遭受了无法想象的耻辱。我病倒的时候，又帮我疗养，从来没对我提过什么要求——哪怕是我的童贞也好，我发誓！她的唯一愿望——所有的其他愿望都泡汤了——是我们一起逃回伦敦，像姐弟一般生活在一起，直到她苦难结束为止。我呢，安娜，我却辜负了那个高尚的女人，实在抬不起头做人了！我一个人偷着溜掉了，不管她死活！你看不起的绝对应该是我，而不是可怜的琼·托斯特！”

“看不起？”安娜似乎惊奇，“我怎么能呢，埃本？你是受骗丢掉了莫尔登，结婚也是面子账，当时无法逃避。我希望你没有抛弃她——一个人，真是活受罪了！”

她觉得一通感慨之后应当停下来一会儿。接着，她又避着他的眼睛，慢条斯理地问起他怎么没有回伦敦。莫非他知道她在马里兰？他明白十几年来，她一直爱着亨利·伯林盖姆，那么，来马里兰是想嫁给他？正是伯特兰可怕的消息，还有斯波尔德斯的，还有琼·托斯特的，以及对找到亨利或弟弟心灰意冷，以及受了一次绝似伯林盖姆的蛮人的袭击而惊魂落魄，才使自己沦落到今天这个地步，他理解吗？她流起一阵羞愧的眼泪，埃比尼泽抓住她的手，却没想回答她的问题。

“我的故事可有的说呢，”他轻声轻语地说，“这两天来，我不停地对不同的人讲述其中不同的部分，都烦死了。千真万确，安娜，要说的太多了！还记得我们第一次分开一个晚上，你哭了。并且说我们永远不可能再赶上对方了——我做梦都想到话里的含义！现在，无所谓什么时间或空间把我们分开了，我们仿佛是在两座孪生山顶上，中间隔的是一道深渊！我们必须趁还没离开这个茅屋，跨越这道深渊，虽然说要花上一个星期的时间——比利给我们几个小时做开场，真是君子风度——但是，在我看来，最好还是先听听你和琼之间发生了什么，莫尔登现在的情况怎么样——现在父亲也赶到那儿了——因为，哪怕我故事最末节的部分，也得要一个小时去摆弄。”作为示范，他说，比利·朗姆比利和亨利·伯林盖姆两人之间的相像，比任何其他兄弟的相像神奇不到哪里去。安娜几乎目瞪口呆，她请求再多提供一些信息，但是埃比尼泽固执地不肯让步。

“请告诉我，”他说，“你压根儿没见到亨利？我讲之前，必须了解这些事。”

“压根儿没见到，”安娜叹口气，“在剑桥或者圣玛丽城，也没有哪个见到他：他们已经忘掉他的名字了。”她只好忍着自己的问题，讲起自己在圣贾尔斯的寂寞难熬，她越来越担心伯林盖姆不会发现自己的身世（她说，他视这一发现为他们结婚的先决条件），她最终决定留下他们的父亲自个儿发牢骚，去莫尔登找埃比尼泽，要么劝说伯林盖姆放弃自己的计划，要么看看能帮上他什么。

说到这里，埃比尼泽打断了她的话，把她的脸转过来冲着自己的脸，对她说："最最亲爱的安娜，在你弟弟面前，不要感到害羞！联结我们的桥梁必须用爱和真诚架起，否则它一定会倒塌的。"他心里想的是她发誓要为他保留的情感，就这一情感，他认为首先达成一种认识是当务之急。然而，他突然想起伯林盖姆的话，至少安娜本人也只是模糊地为她奇怪的情感所困惑，或者也许根本对此并不清楚究竟。她困惑的神态似乎证实了伯林盖姆的话。"我的意思是，"他拙劣地补充，"亨利认为必须对我讲些隐情的时候，事情就僵了……实际上，我倒是了解了关于他自己的一些事，你是——"他不能再讲下去。安娜和他一样，脸涨得通红，用手捂住眼睛。

"我丈夫在每个方面都像他，你是知道的，"她说，"总而言之，我贞洁的程度不比你小，天真的程度也不比你大。"

"不要再讲这件事了！"埃比尼泽恳请。

"再讲一件事。"她把手从眼睛上拿开，认真地看着埃比尼泽。埃比尼泽有把握，她要坦言她不正常的感情了——因为自己怀疑，在某种程度上，自己也拥有这种感情。伯林盖姆一再这样肯定地认为，因此，这会儿想起来，越发叫人惊惧——但是，她却说，他千万不要认为在与亨利·伯林盖姆的事上，她是幼稚的。亨利最大的乐趣是在他们两个人身上，难道她没有看出来？亨利在圣贾尔斯，放荡地说起从芦笋茎到鸟啊狗的，都分雄性和雌性，好一派滔滔宏论，难道不是让她一次又一次感到反感？"在我看来，了解别人比了解自己要容易些。"她说，"亨利的性格方面，很少有我不了解的。"她第一次露出了笑颜，忽然想起什么事来，脸又红了，"我能斗胆告诉你他疏忽的一件事吗？你们两个离开伦敦之前，我问他，你为什么如此看重你的贞操，却偏偏在我渴望打破自己贞操的时候！我还说，你要是他的话，那我们俩可真要跟天真挥手告别了。"

埃比尼泽很不舒服地晃动了一下身体。

“他的回答是，”安娜接着说，看着埃比尼泽的脸，“你内心深处藏着对一个女人伟大而秘密的激情，可这个世界就是不许你拥有她，因此你就乐意做一个处子，而不再另行选择。”

“有一定的道理，”诗人同意，“尽管如此，世界不允许我拥有琼·托斯特的程度，可没有约翰·麦克沃伊设置的阻力大，并且——”

“打住，我还没说完。我得承认，埃本，亨利的消息使我妒火中烧，尽管我清楚我们每个人迟早都要结婚的。我们一直是那样的亲热，你知道……无论怎么说，我务必要知道那个女人的名字，她在你的心上，像是盖在专利书上的印，可是你为什么从来不向你自己的姐姐说心底话，她可是曾经知道你的每门心思的。亨利回答说，你自己本人也不知道她是谁，就算知道的话，习俗的力量也会堵了你的嘴，因为你激情迸发的对象是——是你姐姐！”

埃比尼泽挺直身板。“亨利这么说的？基督！这个人可谓邪恶至极！安娜，你可知道，他也对我同样的讲到你？我知道你与他的那档事，你清楚——是在我知道他性无能之前——我可嫉妒得冒起烟来——”

他突然打住，但是话里的含义清清楚楚，两人都明白。顿时，屋子里的气氛又紧张，又与他们从前体验过的不一样。他们坐在板凳上的位置一时间很别扭。安娜装着挠腿，就势把自己的手从埃比尼泽的手里滑开，眼睛看向别处。

“这样看来，”她说，不得不清清嗓子，“他对我们讲的话，不是没有一点儿道理。”

有一会儿，两人都没开口。这种沉默是痛苦的，埃比尼泽想不出什么法子打破。幸运的是，还是安娜救了急，用一种温和的、很讲究的声音，仿佛什么岔都没打过，讲起她从圣贾尔斯一路出来的经历，再没有提及她的动机是要和亨利·伯林盖姆到一起。诗人的心亮堂了。

“打一六八七年以来，他的活动，我一点儿消息都没有听到。你和我是那一年在伦敦离开他的。去年春天，他来看我，就像他后来在去普利茅斯的马车上看你一样，化装成彼得·塞耶上校。我最终相信了他的真实身份，他就给我讲起他在各州游猎冒险的故事，以及他在弗吉尼亚发现了几个同姓的人，还有就是他参与其中的一些政治阴谋活动。”

关于最后一点，埃比尼泽详细地询问了她，坦言怀疑伯林盖姆对自己没怀好意，并且更重要的是，自己对巴尔的摩勋爵事业的正义性以及库德事业的邪恶性，都感到有疑虑。当时，有必要改变一下自己原来的计划，讲讲亨利假装查尔斯·卡尔弗特以及约翰·库德，以及他由对前者的效忠转向对后者的效忠。伯特兰·伯顿认为，伯林盖姆自己就是约翰·库德。有证据显示，库德、巴尔的摩勋爵、伯林盖姆以及安德鲁·库克本人——或者是他们某种程度上的联手——介入了肮脏的经营妓院和贩卖鸦片交易，对此，安娜已经从本杰明·斯波尔德斯那里有所了解了。最后，埃比尼泽还谈到自己非常怀疑，根本就不存在巴尔的摩和库德，除非是伯林盖姆冒名顶替的，或者只是形式上另有其人，对推卸给他们的阴谋活动根本没有插手，甚至毫不知晓。

玛丽听得很有兴致，对伯林盖姆的行为并没表示有多大的惊奇。“至于巴尔的摩勋爵以及约翰·库德是真实的还是虚构的，”她说，“我说不上。可话又说回来，大家都是这么说的，要是一点儿真实的成分都没有，也确实叫人难以相信。我也说不清楚两个人是作对还是联手，或者在一些事上敌对，在另一些事上携手，也说不清哪一方拥有正义。但我有理由认为，就亨利对这些事情的真正兴趣来说，他不站在这些人中的任何一方。他也不是真正地改弦易辙，这一回跟着这一个，那一回又跟着另一个。他真正崇拜和效忠的，我确确实实认为，是尼科尔森总督。”

“尼科尔森！”埃比尼泽鼻子里哼一声，“从我听到的情况来看，既不是这样一种人，又不是那样一种人。他不是天主教徒，但却在豪恩斯洛荒原为詹姆士挺身出战；他做过埃德蒙·安德罗斯的助理，却同埃德蒙观点如此不一致，到了互相瞧不上的份儿上；巴尔的摩勋爵选中他担任特殊使命的皇家总督，认为尼科尔森会支持自己，可是，尽管尼科尔森似乎也关注惩罚库德，等到他行使起职权来，却是巴尔的摩勋爵根本就不存在的样子——说真的，他也许就不存在。”

埃比尼泽嘴上明确表示反对姐姐的看法，心里却越来越相信，安娜新的假设是有可能的，直到后来，一番阐述开始显得本身就是证据。伯林盖姆早先就透露说，他的目的是使库德和安德罗斯与尼科尔森作对，以便巴尔的摩坐收渔利——也就是说，“两头斗，中间实惠”。可是，难道尼科尔森不是真正处在中间的人，而巴尔的摩处在一头？从有关尼科尔森的各种说法来看——如对空想家和恶棍的极不耐烦，他的固执己见，大胆妄为，性情暴躁，以及办事有力度——尼科尔森性格对伯林盖姆的吸引力，更有可能比查尔斯·卡尔弗特对他的吸引力大。而且，尽管不是一个理想主义者，尼科尔森（这会儿埃比尼泽考虑起此事）却也许是唯一有影响的人物，为推动比如种植园地区的文化及改良事业，确实做过一点儿贡献：在担任弗吉尼亚代理总督期间，建了威廉和玛丽学院，并且还公开表示过自己打算用公费在安妮·阿伦德尔城建一所类似的学院。就连他一些不怎么可取的地方——比如说，他的私生子出身，女人们避开他的那些淫荡的癖性，还有人们传说的偷鸡摸狗以及违反常理的行为——埃比尼泽也很容易设想，在伯林盖姆的眼里，也是颇有吸引力的。总的说来，开始是可辩驳的事情，到头来，只成了遭抱怨的对象。

“亨利为什么开头不告诉我，却告诉了你？”

“犯不上我为他作答复，”安娜息事宁人地说，“但是，他确实不信任你的热情，埃本，包括对童贞的热情，对巴尔的摩勋爵使命的热情。你知道，在圣贾尔斯他习惯扮演什么样倡导者的角色。和亨利在一起，人根本摸不准自己的位置究竟在哪里。”

这番解释几乎没有什么可以安慰诗人的地方，但是安娜接着讲述下述经历时，他是一言不发。她到圣玛丽城，发现伯特兰在那里乔装马里兰桂冠诗人，这些埃比尼泽已经从伯特兰本人口里听说过了。

“我不得不在教会河上岸，”她说，“雇辆马车去剑桥，打算从那儿再去莫尔登。在剑桥码头附近，我看到一个不像样子的老乞丐和一个邋遢女人在说话。我一点儿不知道他们是谁，却无意中看到那个女人手上戴着这个戒指——”

“啊，上帝！”

“她正把戒指给那个乞丐看，他放开嗓子笑了起来，她勃然大怒，叫起来：‘见你的鬼，本·斯波尔德斯！他是我的丈夫，或许是哪个恶棍把他带走了！’”安娜说，认出了自己的戒指，根据自己从伯特兰那里了解到的消息，那个面目可怕的女人一定就是她的弟媳妇。而提到埃比尼泽被恶棍带走了，使她大为惊讶。她走到两个人面前，介绍了自己。那个女人尽管一直是在为埃比尼泽辩护，这会儿却一口骂起埃比尼泽是一个胆小鬼、骗子、软蛋货，愤愤地把戒指往安娜脚下一扔，就走开了，还说趁新的婊子头目安德鲁·库克还没出来找她，回到莫尔登去。这一消息，连同斯波尔德斯的见证——说埃比尼泽抛弃妻子，和哪个绅士一道去英国了——让安娜晕了过去。斯波尔德斯让她苏醒过来，对她讲了莫尔登的现状：修桶工威廉·史密斯已经把它改成各式罪恶的巢穴了。主人安德鲁前一天带了一群陌生人赶到了那里，甚为挂念女儿的下落，对埃比尼泽丧失庄园大为发疯，看到事情闹到了如此的地步，他恼得不能自拔，中了风似的。他暂时卧病在床，所有的时间都用来诅咒所有的人类。但是，尚未清楚的是，他是否就真的不能夺回自己的庄园，他的愤怒是否仅仅只是由他自己的韵事惹来的魂不守舍引起的。类似不清楚的还有，他是否或者在什么方面，自己插手了威廉·米切尔船长的活动。

埃比尼泽摇摇头。“哎呀，结果会怎么样？”他讲了剑桥法庭的情况——在那里，他无知地把库克岬拱手让了人——并解释说，和他一道登上“朝圣者号”的另一个人就是伯林盖姆。“但是，我的故事必须等到你的故事讲完了才讲，包括我们怎样碰到比利·朗姆比利，以及我来这儿的原因。你接着又做了些什么？又回到教会河？”

“唉，”安娜说，“没着实把握了父亲的心思，我是不敢去莫尔登的，也不敢留在剑桥，否则的话他一定会听说到的。我求斯波尔德斯，不要说见过我的事。他答应不会说出了解到的一切，因为库克岬与他的切身利益也有不小的瓜葛。于是我就化名梅格·布罗姆利，在教会河暂且住了下来，心里盘算着可以安全地待到去父亲那里之前，身上带的钱是足够花的，说不准还会找到一些有关亨利下落的线索。”讲到这里，她又流下眼泪，“剩下的，你该清楚了……”

埃比尼泽尽力安慰她，尽管自己心里也谈不上安宁。发现埃比尼泽和伯林盖姆并没有永远地失踪，安娜对自己的现状羞得不能见人。只有当初彻底的绝望，才能开脱自己今天的现状。另一方面，她也不会与比利·朗姆比利断绝关系。

“你必须记住，”埃比尼泽说，“在上帝的眼里，或者依据马里兰法律，他并不是你的丈夫，哪怕是根据阿哈特瑚珀人的习俗他也不是，因为你们并没有圆房。”

“我会和他像模像样成婚的。”安娜回答说，“至于圆房一事，对我们的情况，是过分挑剔了！”

埃比尼泽表示非常喜欢比利，但是坚信安娜当时选择他，根本谈不上负责任，她现在也没有什么道德上的义务一定要和他保持关系。“比利自己也保证了这一点：你听他提到的‘交易’，是我们达成的协定，你离开或留下，随你的便。至于亨利，毕竟——”

他没有进一步说下去，心里清楚，他的情况还是朝不保夕。正如埃比尼泽所担心的——尽管她不愿意提醒他——他对伯林盖姆的忠诚还是模棱两可，安娜却明确地说：“我向比利发过誓，埃本，你要让我违背誓言？就是我们要分手，也是他提出，而不是我提出。我将尽量做他的一个好妻子。”

埃比尼泽感到非常失面子，没说什么话。他本来来教会河的使命突然间显得比先前更为重要。既然尽管很疲惫，他们中却没有一人可能睡得着觉，他就建议把比利从谷仓叫回来，在天亮之前把自己所处的困境和打算告诉他们。他只是解释了一下说无数的性命受到威胁，安娜就同意了他的建议，并且坚持自己去请比利过来。

她并没有马上就回来。埃比尼泽一个人待在屋里很不舒服，冲着壁炉的火光叹气。他心潮澎湃，其中，他明确认为，有嫉妒的想法，而且挥之不去。说到底，自己为什么反对安娜和比利·朗姆比利的婚事？比利看上去可是拥有其兄弟的一切优点，而断无其兄弟的哪怕一个缺点。

两人最终走进来的时候，比利匆匆过去和埃比尼泽握手。

“你的到来收到了我永远不会收到的效果，”他非常激动地说，“不论结果怎样，我的朋友，我得感谢你，你让她恢复了原来的状况。”

安娜在脸盆里洗脸和洗手，哀叹自己的头发和衣服。对此情景，他敬畏地摇摇头。现在他的情人是一个标准的英国女孩，她以及埃比尼泽在他面前，似乎使他有点儿害羞。他提出要为他们弄点儿吃的，安娜坚持说，煮食物不是一个丈夫的差事，把他弄得好不困窘。

他很不自在，连埃比尼泽都感到好笑和同情。“基督！安娜，怎样对待蛮人这一该诅咒的习惯，谈话前总要吃点儿什么东西?”

这一没有恶意的指责，产生了神奇的结果：其他两个人笑起来，比利倒有些自在起来；烟斗拿了出来，在餐具柜里找到一瓶酒。他们以最大的兴味吃起小排骨和麝香葡萄干。安娜蛮有兴致地说到——为了比利——当天晚上谈话中比较突出的内容，尽管她的话使埃比尼泽比先前更想知道，是什么事使她在外面耽搁了这么长时间，但两个男人还是自始至终用爱怜的眼神看着她把话说完。

“菲尔兹圣贾尔斯的安娜·库克!”比利感到惊奇，“这需要适应适应!”

印第安人压抑的，甚至是局促的声音和举止，深深地触动了诗人。他觉得，告诉比利有关安娜对伯林盖姆的爱恋是没有必要的。为了使自己从这一点上分开神，他给自己提出这样的问题：根据牛顿教授的观点，物质势能保存在宇宙中，那么，“文化势能”——姑且这么说——是否以相同的方式保留在一群人中？他不清楚是否有某种没有发现的补偿定律，根据这一定律，比利达到了文明状况，安娜就沦为野蛮状况，而安娜的情人如此虔诚地希望她所取得的向文明的进化，就必然又使他沦入野蛮？他合计，很有可能是这么回事，于是就搁下此问题，不再探究。饭一吃完，又点上烟斗，他叹口气说：“这一小时，是我离开伦敦以来度过的最愉快的一小时。但是，我的愉快是带有内疚感的：我在这儿歇歇脚，麦克沃伊向他的新情妇献殷勤的当儿，为我们两条性命做人质的两个人却在布拉兹沃思岛上的小茅屋内哆嗦着。”他看着比利，希望得到他的认可，“如果你同意，朋友，我这会儿就讲我的使命。”

比利耸耸肩，和伯林盖姆耸肩的方式相差无几。安娜手里的酒瓶抖了一下。“在我看来，我是能预想到的。”他说，接着，很冷静地向安娜解释了情况，最后讲到他自己的身世以及两个兄弟的命运。“我父亲上年纪了，”他最后说，“在体力和势力上都不是德雷克派克和夸撒布拉格的对手。除此之外，在儿子事情上，他还有双重不幸，他们不光注定不能延续香火，而且还似乎被迫背叛了自己的人民，虽有抱负，却同样命运不济。”又轻声冲着埃比尼泽说，“如果我斗胆再猜测一下，你和你的伙伴不知怎样落入了我父亲手中。你留住了命，是由于你保证把他年久失散的儿子带回他身旁，或者是那个最近失踪的儿子，或者是两个儿子，好让他（们）率领阿哈特瑚珀人去打仗。是这样的吗？”

“正是如此，”诗人承认，“塔雅克契卡梅克对你的失足非常伤心，但是救了我命的，是我给他带来了亨利·伯林盖姆的消息。恕我鲁莽，你的爷爷亨利爵士很显然有一次学会了克服生理上的障碍，因为他做到了让波卡塔沃图丝怀上你父亲。现在，契卡梅克相信，就像亨利爵士的生理缺陷隔代遗传到他的孙子们身上，他的神效补救措施也同样隔代遗传了——”

“圣茄子仪式。”比利笑着承认，“我认为只是一种粗俗的迷信活动。无论怎么说，我对此一无所知——真是不幸又不幸！”

“不，你兄弟亨利也许会，契卡梅克这么认为，因为他和亨利爵士的血型和肤色是一样的。”

“不论关于神奇的茄子的这一秘密是什么，”安娜漫不经心地说，“如果确实有你提到的效用，亨利·伯林盖姆对此知道的并不比比利多。”她立刻意识到自己说漏了嘴，脸顿时红起来。

“呀，这是再清楚不过了，”埃比尼泽马上补充说，“否则的话，到这时候他就会娶妻生子了，不是吗？”

但是，看上去很明显，比利并没有错过安娜话里的含义。他什么都没说——首先，埃比尼泽故意没给他捞上机会——但是，他的样子变得更深沉，甚至愁眉不展。埃比尼泽并不比安娜轻松些，也后悔走了嘴，因为他意识到，说话不谨慎已经提前毁了他要干的事。但是，他却强打精神继续说，好像什么事都没有发生过，只是尽最大可能避免提及伯林盖姆。

“我是有麻烦的，”他说，“你差不多已经猜出来了。如果在三十天之内——现在略微少了几天——我不能把契卡梅克的儿子带回给契卡梅克，可怜的伯特兰和凯恩船长就会被割断手足，拉到柱子上烧死——同时，我也许过诺，要是我做不到，我也会去死得同样惨。”

“我已不再是阿哈特瑚珀人了。”比利嘟哝，“当初我要是打算继承父亲的职位，我就不会离开他了。我也看不出用你朋友的性命换马里兰白人的性命，有什么可取的地方。”

“无论怎样，战争是要发生的，”诗人坚持，“除非契卡梅克不插手发动。我的目标并不是给他带回一个好将军，而是阻止战争本身。”

对此，比利更没好气地回答说，尽管他对自己的人民有对不住的地方，却不至于沦落到背叛他们的份儿上。

“我考虑的不是背叛，”埃比尼泽反驳，对事情弄到这样的地步一点儿不满意，“我的目标不是背叛阿哈特瑚珀人，而是拯救他们——”

比利一身汗毛都竖了起来。“你以为你们蹩脚的军队是夸撒布拉格和德雷克派克的对手？到了夏天，你们总督的头皮会挂在我父亲帐篷的横梁上！”

“先生，请你听我把话讲完！如果德雷克派克和卡斯提纳先生以及赤身印第安人联起手来，英国人将会被撵出美洲，紧接着，把法国人也撵出去就算不上什么难事了，我敢保证。但是，我恳求的不是为了英国人。我恳求的是为了人类，为了文明跨越野蛮的深渊。就想想这些吧，先生：你在两星期之内学到的东西，需要两千年或更长的时间去积累，真是一杯醇美的酒，不是吗？但是，人们在沼泽地耕耘了二十多个世纪，是怎样的艰辛和悲惨啊！你喝得心满意足，把残渣扔掉，而你的人民却如此的饥渴难耐？我承认，英国人是虐待了你们，但是，把他们撵出去就等于把你们自己带回了黑暗。”

比利不做声。

“得了，我考虑的是，”埃比尼泽有点儿扫兴地说，“我待在你父亲城市的时候，注意到夸撒布拉格和德雷克派克之间争得厉害了，他们不再视契卡梅克为一个有价值的首脑人物，可以这么说，两个人争着都要支配三人领导小组。但实际情况是，两个人都不具备当国王的全部条件，你认为呢？夸撒布拉格拥有印第安人的忠诚，但是他长处归长处，机敏和圆滑却不够；德雷克派克是一个优秀的家伙，但目前还没有多大力量……”

“你的目光够犀利的。”比利承认，“塔雅克契卡梅克老了，他们俩求之不得呢，因为论智慧，论人才，塔雅克都比他们有胜算。”

“完全正确！”诗人叫起来，“可是，他毕竟老了，这就是我们机会之所在！你是他的儿子，是他天才与权力的继承人。如果他让位给你，那么，让夸撒布拉格和德雷克派克相互反目，就是小菜一碟。三人当中，只有你一个人可以独撑全局。千真万确，比利，你能够给你的人民带来多大的幸福啊！发动战争的权力仍然操在你手里。在公众明亮的眼睛里，任何哪个头脑清醒的总督都会停止对付你。诉诸武力会被真诚的谈判所取代，我们两个民族可以互相吸收对方文化的长处——”

“为什么不去另求你的好朋友伯林盖姆?”比利打断对方的话，“兴许，你姐姐可以想出什么妙法子劝服他的。”

“哎，亲爱的比利!”安娜叫起来，“我还没有捞到机会解释——”

“我会求伯林盖姆的，”埃比尼泽插话，“但不是求他回到契卡梅克那里。一者，从生长的经历和外貌上看，他是个英国人，在你人民的眼中也是陌生人，绝不会赢得他们的信赖；二者，他和尼科尔森总督走得很近，在各州都有很大的影响，他从事起你的事业来，在安妮·阿伦德尔城要比在布拉兹沃思岛做得出色。”他苦思冥想，决意要找到其他的理由，“见鬼，比利，你并不是老是住在那儿！你的地位稳了，你的人民就无须在那里躲着藏着了，你可以无妨就在这里发号施令，像现在一样住在这儿。至于安娜，她已经表白——”

“够了，”比利很不友好，从板凳上站起身，“这房子是哈维·罗塞斯克的，不是我的。这个女人，我猜测，是我兄弟的。”

“得了!”安娜恳求，“我不会离开你。”

“那就跟我去契卡梅克的城。”比利冷冷地说，“看阿哈特瑚珀妇女不把你撕成碎片。”他向埃比尼泽欠一欠身，“我祝贺你，先生，两个目的都达到了：你姐姐现在明白了过来，她不是什么印第安人；我也明白过来，不是什么英国人，几天之内，我就回到布拉兹沃思岛上去。”

安娜顿时大哭起来。“不，如果你不再是英国人，你必须认我是你法定的妻子!”

“关于这一点，库克小姐，阿哈特瑚珀人的法典规定得清清楚楚：塔雅克想娶多少外地女人做小老婆就可以娶多少，但是他的妻子必须没给任何别的男人碰过。晚安!”

埃比尼泽求他不要走开，但是比利（他现在要求叫他考宏科普利兹）就是不同意。“天就要亮了，我们还没有睡上一会儿，”他说，“今天我得收拾一下我朋友的东西，明天我们回到教会河，从那里去布拉兹沃思岛。”

他离开小茅屋，不许安娜跟着他。一见此状，安娜一阵抽泣，又一面骂自己太粗心。埃比尼泽自己的感触是复杂的。一方面，他真诚地感到歉意，比利的自尊心受到了如此的伤害，于是担心因这个缘故，自己的策略会失败。但是，说来说去，毕竟找到了姐姐，并在某种意义上拯救了她，接下来，他似乎也会同样地完成拯救同伴性命的使命。他费了不少口舌劝安娜少苦恼些。对他有利的是，好歹两人都困倦了。看上去是好几个小时的劝慰之后，安娜终于不哭了。清晨，第一缕淡淡的光线出现时，她已在板凳上睡着了。

十七、诗人无意中碰上一个亲戚，听一段牢不可破的城堡的故事，并且自己就身处一座牢不可破的城堡

整个下午和晚上，埃比尼泽和姐姐两人都尽全力要重新获得比利的友情，但是尽管他的怨气似乎打消了，他却顽固地坚持自己的立场，并且他在小茅屋四周走动时，实际上无视他们的存在。不苟言笑不只是比利身上发生的唯一变化：一夜之间，可以这么说，他抛弃了自己的装束，又变回了印第安人。他用印第安斗篷和鹿皮裤子换下了自己的英国服装（安娜醒来，把自己破旧的衣服换成了像样的英国服装）。他的举止一副森林中人的样子，不是一个种植园主的模样。连他的皮肤似乎也神奇地变黑了，正如安娜小心洗刷自己之后，一身亮堂起来。那一天过得很艰难，埃比尼泽好容易盼到黑夜来临了，比利还是到谷仓就寝，他和安娜，像童年时代一样，隔着床谈了好长时间。第二天早晨，比利关上小茅屋和其他附属建筑的门，套上马，一声不响地把他们送到了教会河。他自己不愿意走近小居民区，在离客栈四分之一英里左右的地方停了下来。

“我就在太阳底下等你们个把小时。”他两天来总算开了口，“你和你姐姐待在一起，想救人质，叫你的伙伴来我这儿。”

埃比尼泽一再坚持，他答应契卡梅克自己要回去的；要是磨坊主还没有完全恢复过来，安娜和罗塞克斯太太待在一处会绝对安全；派麦克沃伊代替他回去，别人看他也好，自己觉得也好，横竖都是个胆小鬼。但这一切都无济于事。

“一个小时已经过去一会儿了。”比利说，转身就走开。安娜向他道别，他根本没有还个礼。

埃比尼泽本打算稍稍靠近村庄，哈里·罗塞克斯或许在周围忙着生意，省得撞上他。可是一走到客栈，他就清清楚楚看到麦克沃伊及一大群人聚集在附近教堂的庭院里。安娜提起披风，遮起脸，省得被认出是教会河圣母。两人向聚集的人群走过去。

“埃本！”麦克沃伊一认出他就叫起来，“我的基督！见到你回来太好了！我担心你偷那个蛮人的新娘，叫他整死了！”他注意到安娜，吓得一脸煞白。“是你吗，琼？”他小声说。

埃比尼泽笑笑。“这一遭可比我预想的事多得多，约翰。他的新娘不是琼·托斯特，却是我姐姐安娜，现在已不是他的妻子了。”

“我的天哪！”

“这会儿没时间多解释。”埃比尼泽瞥了一眼教堂门四周的热闹，“既然你没有藏起来，我想，哈里爵士还卧床不起呢。”

“不，埃本，不再卧床不起了，”麦克沃伊认真起来，“你刚好赶上他的葬礼！”他说，磨坊主一直就没从昏迷中苏醒过来，他跌下来的那天夜里就咽了气。罗塞克斯太太不再胡乱嚷嚷了，却似乎无动于衷到了麻木的程度。人们不确信她真的明白发生了什么。亨丽埃塔见母亲那副德性，自然学乖了点儿。所有的村民都因除掉了暴君而喜形于色。

“我和他们的感触一样。”安娜动感情地说，“他是一头禽兽！但我为罗塞克斯太太及亨丽埃塔感到难过，她们对我挺好的。她们现在在哪里，麦克沃伊先生？”

麦克沃伊回答说，她们在教堂里，葬礼就要开始了，并且建议说他们三个人也该进去到个场。

“你应当去。”埃比尼泽对安娜说，“但你和我有更要紧的事处理，约翰。比利·朗姆比利就在拐弯那边等着我们，要去布拉兹沃思岛。可不敢耽搁他。”

安娜听弟弟的话，抽身走了。埃比尼泽尽可能三言两语地向麦克沃伊解释了一下眼下的局势。“我们只能祈祷，比利会尽一切可能阻止那场战争，”他最后说，“但无论如何，我们必须营救伯特兰和船长。”

“呀，什么时候，埃本！从那里我们要上哪儿去？”

“安娜发誓说，亨利·伯林盖姆是尼科尔森总督的一个助手。”诗人说，“不管他是不是，在我看来，我们得火速赶到安妮·阿伦德尔城，通知总督起义的事。接下来干什么，我就不知道了。”他犹豫起来，不清楚怎样提及比利最后通牒的话题，倒是麦克沃伊替他解了窘。

“最好我们两人去一个，埃本，另外一个留在这里。昨天听到谣传说，一个很出名的海盗，叫埃弗里，或者阿弗里什么的，正要路过这里去湾头，沿途还寻找些供给呢。他不大可能是从开阔水域来的，可是当地人都操起了武器，女人们也需要一些保护。你也想和你姐姐待在一起，不是吗？”

“啊，约翰——”

“一句话都不要说了！你知道，我欠你一条命多么让我难受，埃本。给我这个机会，略微还一下人情债。”

埃比尼泽叹口气，承认说自己不大可能不同意，因为比利似乎对自己有成见。他答应照看好亨丽埃塔，并发誓说，如果四天以后人质还不能安全回来，他就领马里兰的军队去打布拉兹沃思岛。麦克沃伊打算就此离开，不再节外生枝。埃比尼泽陪他一路走到比利的马车前，一肚子疑虑，目送他离开，又回到教堂庭院。

尽管村民们激动了好一阵子，随后的几天对埃比尼泽和安娜来说，倒算是过了几天清静日子。实际上，对海盗的一场虚惊（缘起尼科尔森总督的通告，说朗·本·埃弗里的船“番西亚号”以及戴船长的双桅帆船“约西亚号”，都已经出现在马里兰的水域了）最终发现原来是因祸得福。一者，谣传说海盗搜寻供给，大家多数时间门都不出了，再加上哈里·罗塞克斯的死分散了大家的注意力，于是，安娜就免了没完没了的尴尬场合；出于同样的幸运，埃比尼泽没有必要再假装本杰明·奥利弗爵士，或是透露自己的真实身份。二者，尽管亨丽埃塔对麦克沃伊危险的差事心里郁郁不乐，但“布罗姆利小姐”的到来，却使其大开欢颜，没过不久，就和她成了推心置腹的朋友。尽管安娜和玛丽·蒙格毛丽（这回也是个暂住的客人）相处得很融洽，罗塞克斯太太对孪生姐弟的到场却仍然显得烦躁。埃比尼泽盘算，要不是其他的女人坚持要有男人保护，她是不大可能接受他姐弟俩做客的。

她的举止奇怪，还自相矛盾：有他们相伴，她矜持，甚至有点儿敌意；可是，只要他们斗胆脚步一出门，她就似乎为他们的安全放不下心，而一看到他们回来，没有被海盗抓住，又显然如释重负。看来，埃比尼泽一开始担心夫人在丈夫摔死一事上记恨他，并没有多大根据。她领情他们安慰自己失去了丈夫，但同时又乐意承认，所有有关的人，包括她自己，都因哈里爵士的死亡更好了，并且坚持认为，无论是埃比尼泽，还是麦克沃伊，对她丈夫的死亡都犯不上要负一点儿责任。另一方面，听起诗人讲述自己从四月以来的游历，她几乎是一肚子烦躁，当埃比尼泽表达自己与姐姐团聚的欢乐时，她索性离开了房间。

“我就是搞不懂，”安娜那会儿说，“她以前那样体恤人，现在——好像看一眼我们俩都让她痛苦！”

“可不是，孩子，”玛丽·蒙格毛丽咯咯地笑，“很久以来，我就把她看成是一个谜了。除了上帝，谁都不知道哈里的死究竟怎样触动了她——她已经清清楚楚地告诉我，当年为什么嫁给那个畜生！”

“我们要耐些性子才是，”亨丽埃塔说，“尽量原谅她，安娜。”

“唉，要被原谅的应当是我们，”埃比尼泽接过亨丽埃塔的话，“你母亲是一个有见地的人，无论我们顶撞了她什么，显然不是小事情。”

亨丽埃塔笑笑。“既然我们承认是个谜，那我们就把传统的说法改动一下，以适合我们的现状：**不知者不怪——不是吗**[①]？”

这一桩事就算搁下了，尽管诗人觉得话里有话。

作为哈里爵士死后的报应，村民们决定让他的坟墓永远没有名分。罗塞克斯太太声明，打算最近就搬到安妮·阿伦德尔城。征得太太同

---

① 原文为法语。

意之后，人们拆除了水磨坊的机器设备，并且没有给爵士刻墓碑，只是在坟墓的前后各立了一块光光的磨石料。亨丽埃塔尽管毫不掩饰自己对摆脱了父亲的专横的欢乐，这些日子还是每天都很尽职地探望父亲的坟墓，时常是由孪生姐弟做伴的。罗塞克斯太太不愿意同他们一道去，说是怕遇上海盗。要出门，他们就得拔开门闩，他们一走后，她又给闩上。回来进屋的时候，他们在门上敲三下，还要说一声口令。类似的警戒措施，大多数其他的村民也采取了，因为哈里爵士过去总是习惯对他们讲，自己是如何如何在庞德船长手里遭了罪。从教堂到家，一路上人们看到每座房屋的窗户都用木条钉起来了。亨丽埃塔说，有些人把家里几乎所有的门都紧紧地钉死了，就留下一扇进出的门，还牢牢地闩上。

现在，埃比尼泽几乎难以相信，海盗们能够从切萨皮克湾的上游赶到这儿，也没有听到他们袭击英属哪个州哪一个村庄的事，但是，保护一屋子女人的重担却沉沉地压在心头。除了哈里爵士的大砍刀，他再没有别的什么武器，唯此，负担就越发重了，并且整个村庄惊恐兮兮的，没有哪个人不受到影响。因此，他们到达的第三天，在同安娜、亨丽埃塔以及玛丽·蒙格毛丽一起喝茶的时候，他建议说，他们应该学邻居的样子做。

"毕竟，我们只有一个男人，一把刀，万一海盗真的来了，他们是可以走两道门和十几扇窗户袭击我们的。"

由于某种原因，这建议让亨丽埃塔大为高兴。"我们的屋子就要成为牢不可破的城堡了，不是吗？"

"非常接近，如果你乐于这么看的话。真的，亨丽埃塔，我为你们的安全如此担忧，奇怪吗？"

"不，埃本，一点儿也不。实际上，我们家庭和牢不可破的城堡没少打过交道，还很倒霉呢。否则的话，我母亲也不会成为孤儿的，并且有可能，我们也根本不会姓罗塞克斯的。"

这句话引起了每个人的好奇，他们要求听个来龙去脉。

“啊，喏，我已经发誓，不对埃本和安娜谈我家庭的事——”她淘气地笑了笑，小声说，“但是，要是母亲睡着了，我乐意违背我的誓言——真是个奇妙的故事！”

她蹑手蹑脚地上楼去母亲的卧室，回来时候说她母亲还在熟睡。“现在我不知道，这一切为什么突然成了不可泄漏的秘密。埃本离开我们乘马车去比利·朗姆比利家时，我母亲要我发誓，在他面前不要提及她家庭的事。既然我一点儿不想违背母亲的愿望，你们必须发誓不要让她知道。你们发誓吗？”

他们发了誓，觉得她的诡辩十分好玩。亨丽埃塔端出一个说书人的派头，讲起她所谓的**牢不可破的城堡的故事**，开篇如是：

“从前，巴黎住着个伯爵，叫塞西尔·爱德华，很不幸生于一个胡格诺派教徒①的家门……”

埃比尼泽突然皱皱眉。“我说，亨丽埃塔，你听说过——”

“哟，哟，哟！”女孩很不高兴，“哎呀，埃本，你是敝州的桂冠诗人，自然清楚，只有一个粗鲁的家伙才会打断别人的故事！”

诗人笑起来，收住自己的话，表情仍然是一副若有所思的模样。

“我刚才就要说到那个家庭的坏名声，”亨丽埃塔兴味十足地说，“妈妈不会介意你们知道的。我经常听到她对别人说，为的是我父亲吹捧她家的高贵时，给父亲下不了台面。是这样的，尽管我知道，爱德华先生是位名副其实的伯爵，他的家世已无法考证，他家里长工和用人中间，传着一种不光彩的说法——”

“我的上帝，我猜对了！”埃比尼泽叫起来。他激动得差不多从椅子上站起身，接着又坐下去，面目一阵抽搐。“告诉我，亨丽埃塔，这个人是你的——让我想想——是你的爷爷？你讲的，就是多塞特郡的爱德华城堡，离库克岬不远？”

---

① 十六至十七世纪法国基督教新教徒形成的一个派别。多数属加尔文宗。

亨丽埃塔故意装出大为愤怒的样子。“我说，安娜，尊弟该好好管管！就算你听过这个故事情节，又有什么大不了的？”她将了埃比尼泽的军，“狄多[①]知道特洛伊的故事，埃涅阿斯再讲一遍的时候，不照样是斯斯文文地听，才不会拿鸡毛蒜皮的问题打扰人家呢。”

“但是你不明白——”

“叫他住嘴，安娜，不然的话，别想我再说一个字！”

到这份儿上，每个人都在笑埃比尼泽的尴尬，以及亨丽埃塔的假装生气的样儿——甚至还有诗人自己。

“好，好，”他说，“我这就不说话了。但我必须有言在先：要是你的故事和我猜想中的一样，我就免不了喧宾夺主，附上一个令人惊奇的结局！”

“那是你的权利，但愿最机灵的撒谎者获胜。可是，你得发誓不再打断我，否则，我要朗读我作的诗了。好了，我们回到那则家庭丑闻。我说，有一种说法，说塞西尔的母亲是个犹太女人，并不富裕，不过是罗马哪个贵族家的普通女仆或洗衣工。就在那一家里，有一个希腊人，曾经是那个伯爵孩子们的家庭老师，后来因为不成器，沦为一个男仆。据说，他弄大了犹太女人的肚子，然后被打发走了。随后呢，犹太女人打起一定要伯爵本人服服帖帖的算盘，倒叫他把自己私生子当成他亲生骨肉，在豪宅里养起来了。”亨丽埃塔指出，这一段事并没有说明爱德华先生是怎样从罗马人变成巴黎人，从天主教徒变成胡格诺派教徒，从非婚生之子变成贵族的。但是，她坚持认为，事情尽管有些离谱，但是不乏真实之处。关于身份神秘的变化，她调皮地补充说，他们的总督尼科尔森难道不是博尔顿公爵的私生子，再说，还不照样毫不逊色地改变了信仰和地位？

“不管他的身世如何，”她接着说，“我们知道的事实是，他既不是

---

① 狄多（Dido），迦太基的建国者及女王，拉丁史诗中说她落入埃涅阿斯的情网，因埃涅阿斯与她分手而失望自杀。

一个伪君子，也不是一个殉道者。甚至在南特敕令[1]颁布以后，胡格诺派教徒仍然继续受迫害。在这种情况下，他也拒绝加入天主教，而是从巴黎逃往伦敦，加入了奥利弗·克伦威尔的军队。妈妈说，他在多次战役中作战都十分勇敢，但就是记不起来具体是哪些战役。无论怎么样，他于一六五五年离开了护国公的军队——当年来得有多突然，这回走得就有多突然——来到了马里兰。”她叹口气，“接下来，是我《爱德华纪》中的一处败笔，埃本自然会充分利用作些诗歌的：你的尤利西斯或埃涅阿斯式的正统英雄，总是一路航行，一路磨难。但是塞西尔——尽管也是从东方航行到西方，像一个英雄应该的那样——却一路顺风又顺水。他准是先前在哪里发了一笔财，满满三船货，尽是家具、毛毯、铁制品、高级餐具、刀叉碗碟、华而不实的玩具以及其他零零碎碎的东西，都是打算在种植园盖好房子后用的。而且，他还把妻子索菲及其他家庭成员也带了过来：十五个仆人及妈妈，还有他唯一的孩子，当时才七八岁。那个时候马里兰只不过二十年的来头，当然从未见到过像我祖父这样的克罗伊斯[2]式的大富豪。一六五九年，领主大人特许给了他乔普坦克河畔的六百英亩土地，他连人带物搬过湾来，建了一座房屋。”

埃比尼泽困惑地摇摇头，但不是冲亨丽埃塔的故事。“不，埃本，你必须像你许诺的那样等着，”她说，“你们刚刚听到的，不过是序幕，现在，故事才真正开始呢。”

她说，先生的仆人中有一个老家伙，只知道叫阿尔弗雷德，跟着主人做奴仆，谁都记不清有多少年头。这位阿尔弗雷德，据说比爱德华夫人本人都还要了解塞西尔，所以他的主人讨厌他。塞西尔不至于

---

① 南特敕令（Edict of Nantes），1598 年纳瓦拉（中世纪时期位于西班牙东北部和法国西南部的王国）国王亨利四世在南特城颁布的法令，给予胡格诺派教徒政一定的政治权利。该法令于 1685 年废除。

② 克罗伊斯（Croesus，约前 595—约前 547），吕底亚末代国王，敛财成巨富。

蠢到看不到自己的德性，但他的地位倒是不妨碍他能够因自己的不足之处而惩罚别人。可是，他不敢打发掉这个仆人而一了百了，不仅是因为阿尔弗雷德对他的事情了解得很多，而且还因为这个仆人尽管身为仆人，却似乎一肚子非凡的计谋和远见。这样，先生从来不敢疏忽仆人提出的建议，因为像许多其他的人一样，他必要的时候明智得足以审时度势，如果没有聪明到足以自己装神弄鬼的话。但话说回来，可怜的阿尔弗雷德，从自己的服侍中，可没有捞到什么好果子吃：每次他的建议被采纳，主人对他的怨恨就增加一成。

“那会儿，塞西尔一头兴致，要迅速盖起他的房子来。他给爱德华城堡带来一船的木工、制橱柜的、泥水匠，甚至还有玻璃工匠，尽管他的窗玻璃和镜子还在从伦敦运到这里的途中。六个月之内，全家人及工作人员住在小茅屋里的当儿，一座雄伟的木质大厦就竖了起来，中间部分很大，还有两个侧翼。照理说，这样一批大军很快就会盖好房子的，不巧的是，爱德华老是害怕蛮人，就一而再再而三地把工程中止下来，叫人在房子周围围一个栅栏，或者在四周清理掉更多的树木，或者修建土木工事以防御印第安人进攻。当时，周围到底有多少蛮人，他们有多大的侵略性，谁也不知道，但是阿尔弗雷德当然可以及时给先生指出，如此这般的防御是不对劲的。但话说回来，我已经讲过，他毕竟是个识相的仆人，除非主人发问，他是不敢主动提出自己看法的，而塞西尔又是一门心思建栅栏、垒道以及半圆形外围工事，根本不会对其究竟能派上多大用场产生任何怀疑。确实，可以不时地看到印第安人出没在邻近一带：尽管他们并没有表露出什么恶劣动机，只不过图新鲜，来看看这里的热闹，但是，他们的出现让塞西尔又忙活了一阵，赶紧建筑锥堞、枪眼以及坑道。

“房子终于盖好了，就剩下窗玻璃还没安装，他带着索菲、阿尔弗雷德，乘上一艘小船，吩咐另一个仆人把他们渡到离岸几百米开外的地方，要从远处更好地审视一番爱德华城堡。

“‘那么，索菲，’先生说（如果桂冠诗人不反对，我打算杜撰一些独白来，好增加一点儿趣味），‘那么，喏，索菲，’他问，‘你觉得爱德华城堡怎么样？’爱德华夫人回答：‘很漂亮，亲爱的。’

“‘很漂亮，瞧你说的！’（你们难道看不到他像爸爸一样，脸都涨红了，而可怜的索菲低垂着眼睛？）‘很漂亮，瞧你说的！妙极了，无与伦比！还有我的栅栏！啊，我们牢不可破！’接着，他要征求一下阿尔弗雷德的意见，看爱德华城堡是不是仅仅只是漂亮而已。

“‘房子盖得是绝好，先生，’我能听到阿尔弗雷德说话——非常平静，你知道，‘确实很优雅。’

“‘嗯？你这样认为？这倒说得蛮不错！’”

对亨丽埃塔逼真地模仿伯爵及其胆小的仆人，埃比尼泽、安娜以及玛丽·蒙格毛丽都拍手称赞。

“‘但是，如果先生乐意注意到——’

“‘什么？注意什么？’

“‘我想的是印第安蛮人，先生……’

“‘噢，你想到他们？你听到了吗，索菲？他想到了蛮人，这个阿尔弗雷德！你以为我考虑的是别的事，傻瓜？他们是很少有机会攻破我的栅栏的！’

“‘没有任何别的什么，先生，但是我担心，他们没有必要攻破它。’

“‘怎么回事，请说？你想象他们有大炮？’

“这当儿，阿尔弗雷德准是清了清嗓子，很斯文地说：‘我听说，先生，这里蛮人围攻的时候，用的是射出去带有火的箭。尽管你把周围的树砍掉了，他们却可以（如果他们愿意的话）远远地站开在森林里，把这种箭射过栅栏，射进屋里——屋子一定马上就会着火，因为它是木头做的。先生会命令许多人救火，这样，栅栏那里的防御人手就严重不足了：蛮人立即就会扑到我们身边。当然，总是要设想他们是敌视我们的。’

“‘荒谬！’我敢说，塞西尔要揍仆人了，居然提及这样一种可能性。但是第二天，那些本来正准备回圣玛丽城的木匠们，发现自己要再干三个月，把他们刚刚盖好的房子重新修建一番。他们这次的活根本用不上木工，而是砌砖块。首先，先生派人去海滨勘探做砖块的泥土土质，找到一块好土质的泥土后，他派出一半人马挖呀，做呀，烧呀，另一半人马和泥浆，砌烧好的砖块。实际上，他要做的是在木质的屋子外面套上一座结构，门窗的位置都留着没动。到头来，花了四个月，而不是三个月的时间，才把活干完。在此期间，印第安人出现的频率比先前更高了，要么独自一人，要么成双成对。盖好的庄园，连妈妈也记得，是了不起的。

“最后一块砖砌上去的时候，爱德华先生把所有的工匠及家里的仆人招呼到房屋前集合。几个星期之前，其中有一个人——待会儿我会详细说到他的：他是个英国移民，十分珍惜主人的器重，把自己的名字由*詹姆斯*改成*雅克*——在附近的森林里发现了一个蛮人的弓和箭；这会儿，塞西尔吩咐他把一个饱含树脂的松节绑在箭尾下方，然后点着，学着印第安人的模样。

“‘现在点火，’他命令雅克，‘请冲我屋子射。’移民瞄了一下，一副蛮不错的射手的架势，从三十英尺开外的地方，就冲着大房子拉弓射了出去。箭撞到砖，滑下来，落到地上。

“‘*瞧！*’塞西尔对着阿尔弗雷德的耳朵嚷，‘他们现在还能伤着我们？’

“‘我看没有什么可能性，先生。只要蛮人们只关心射墙，我们就如巴士底狱一样牢固。’

“‘你又在捣弄什么新的蠢主意？’

“‘万一他们从森林里射箭过来，先生，’阿尔弗雷德斗胆说，‘他们一准会这样做，要是他们射得高——考虑到这些带火的箭很重，那就更有可能了。按理说，射得高，箭落到屋顶上可能性就更大，别忘了，屋顶还是木头做的呢。’

“有一会儿，塞西尔说不出话来。拿着弓箭的家伙嫉妒阿尔弗雷德在房主家的地位，主动提出要试一试他的主意；但是塞西尔一把夺过箭，打发大家走开，骂他们懒散，就是干不好事。第二天，大伙发现自己被吩咐去找石板，用来铺屋顶……

“不巧，在整个多塞特郡，找不到一块铺屋顶用的石板。大伙走遍了乡村和河岸，什么都没找到，倒是时不时遇到打猎的印第安人。这些情况，他们都高高兴兴地向主人作了汇报，主人吓得几乎不敢迈出栅栏一步，吸气骂，出气也骂阿尔弗雷德。到头来，他吩咐工人们用大而平的砖块盖尖尖的屋顶。屋椽子受了额外的重力，开始弯曲，必须用整根木头做成的梁来支撑。这番活，又花了一个月时间，还有数不尽别的麻烦事，因为地板和隔间的一些部分必须更动，才能放得下大梁。结束的时候，房子看起来就真的固若金汤，纵然看上去有点儿**怪里怪气**。正是在这一期间，劳工们打趣地叫它**城堡**，爱德华先生呢，因为再次高兴胜于恼怒，便把房产重新更名为**卡索哈文**[①]。再次呼唤大家聚集到大门口，又吩咐雅克向屋顶射了一根带火的箭。箭撞到瓦上，顺着屋坡滚了下来，停在一个檐口，上面的火灭了。

“‘怎么样，先生们？’塞西尔问，没有人作答。阿尔弗雷德眼睛看着别处。

“‘我要你说实话，否则当心挨鞭子：我的城堡**牢不可破**吗？你想往哪儿点火，我的雅克就往哪儿点火！’

“‘我可不想挨鞭子，先生。’

“‘那么你必须命令他。’

“雅克，我想象，太高兴了，几乎点不着一根新箭并拉开弓。‘向窗子里射，’阿尔弗雷德嘟哝一声，‘任何一扇窗户……’同时，用手臂示意两层屋子上的几排打开的窗户架。

“‘婊子养的！’塞西尔叫起来，这一次，他一把夺过弓，照着阿尔弗雷德就砍过来。算他躲得快，否则脑袋瓜子就开了瓢了。按他自己

---

① 卡索哈文（Castlehaven）由城堡（castle）和避风港（haven）组成。

说的，打爱德华一家人离开巴黎以来，他第一次在那天晚上吃了鞭子。接下来的一个星期里，一楼的窗户都砌上了砖。二楼的窗户封成了大炮射击孔似的堞眼。由于缺少光线和空气，在楼下生活实在受不了，可是，塞西尔倒觉得，在自己的堡垒里安全得不能再安全了，便笑嘻嘻地第三次把所有的人召集到一起，见证自己击败了仆人。

“‘我还有什么落下没做的？’

“‘没有了，先生，我想象不出还有什么。’

“‘哈，你们听到了，我的朋友们？阿尔弗雷德先生叫我放心，我安全了。我想，他不会再耽搁你们的。打点好，准备离开吧。’

“‘哟，先生，我不应当打发他们走。’

“塞西尔揪着仆人的胳膊。‘好，你不应当，是吗？你的主人可以听听为什么吗？’

“‘他们一走，先生，你就只剩下仆人和你自己来守这座房子了：一个门四个人。要是蛮人动了袭击我们的念头，会从四面八方向我们进攻——’

“‘抽这个家伙！’塞西尔叫起来，于是，他就被雅克和其他的人拖走了。劳工们的工头询问他的人是否可以离开。‘笨蛋！’塞西尔吼声如雷，‘把所有的门堵起来，只留一个，闩上两根牢固的闩！’

“一天后，最后一次修补工作结束了，再不要讨麻烦询问阿尔弗雷德，塞西尔把劳工们打发回了圣玛丽城。想必他们现在还在那里讲述他们那一桩奇特的故事呢。他们一离开，先生就进了城堡，察看了一下三个用砖砌起来的门，务必弄妥没剩下一丝一缝没堵好，还把两根大闩上下摇动，务必确信它们绝对顶用，又爬上黑黑的楼道，进了自己的客厅里——所有居住的房间一律设在楼上，只有塞西尔一个人睡在楼下，离开窗户裂缝老远的——把阿尔弗雷德招来。

“‘丝毫不担心蛮人的屠杀，难道不是件快慰的事吗？’

“阿尔弗雷德不做声。

“‘见你的鬼，先生，说话！难道我们所在的这座堡垒不是牢不可

破吗？'

"阿尔弗雷德走到一个孔前，扫视了一下下面的情况。

"'回答我！要是我的防御有什么疏漏的地方（自然是没有了），我命令你告诉我，不然的话，凭上帝作证，我要活剥了你的皮！'

"阿尔弗雷德不敢从窗户边走开，而是说：'有一处，先生。'

"塞西尔从坐椅上跳起来。'那就告诉我！'

"'我看最好不要，先生，因为，这个漏洞没法堵。'

"'你疯了！'爱德华先生小声说，'可不，我看出来了！你说这么多的事情，故意折磨我，硬是让我花钱花成穷光蛋！我可看出了你的诡计，先生！'他再次要求对方说出来，但是阿尔弗雷德不敢说。这会儿，前门有一声响声：有人进来了，两个人在房间里听到门闩放回原位的声音，还有轻轻的脚步声走上楼梯。爱德华差一点儿晕了过去。

"'蛮人进屋了！我们怎样逃脱？'

"阿尔弗雷德的表情是一副抱歉的样子。'有多少出口，'他说，'就有多少进口，先生。可要是只有一个进口，那就没有出口。'

"接着，爱德华夫人的声音从楼梯那边亲切地传过来：'塞西尔？你能叫阿尔弗雷德来闩一下门闩吗？我很难闩上。'

"她丈夫没回答，习惯了这般冷遇的索菲赶紧来到楼下。与此同时，阿尔弗雷德再次回到小孔那儿。这会儿，爱德华先生心里还在怦怦跳，从后面爬过来，用双臂夹住他。仆人上了年岁，身体又虚弱，主人正值中年，身体健壮，尽管洞口不是太大，塞西尔却很快把仆人塞了出去，阿尔弗雷德的头在下面新砌的砖地上摔了个粉碎。

"'他掉下去了。'塞西尔马上冲着屋里所有的人嚷起来，但是没人质问他。那天夜里，先生把自己的床铺从一层搬到阁楼，就在椽木下，尽管那里通气太差，他却在大梁旁边睡得很开心。下面，家里其他人睡着，唯一的一道门上了两根大闩。雅克，新来的仆人，叫主人放心，他绝对安全——塞西尔睡得可香了。"

最后一句话，亨丽埃塔说的时候，两眼闭着，声音平静中带着嘲讽。停了一会儿，安娜叫起来："就这么多，亨丽埃塔？"

女孩故作一惊。"自然是这样！也就是说，故事结束了——就是荷马又能补充些什么呢？奇特归奇特，总有些虎头蛇尾的。城堡不久就被一把火烧完了，是打里面烧的，我的祖父祖母也随火而逝了。妈妈给雅克救了。一些人怀疑就是雅克放的火。他在自己的房子里收养妈妈，直到妈妈嫁给爸爸，并且直到他去世的那一天，一直煞有介事地做妈妈的叔叔。你们不认为，一座城堡应当寿命更长些吗？"

三位听众既称赞故事素材好，又夸奖亨丽埃塔口才佳。尤其是埃比尼泽，深为她集魄力、美貌以及风趣于一身所打动，同时还惊奇地发觉，他的诸多情感中，还有些对麦克沃伊的嫉妒。

"故事讲得不错，"他说，"又像伊索的故事一样深刻。敞开大门，让海盗进来！"亨丽埃塔提醒他，他是答应要讲得超过自己的，于是诗人的语调由热情趋于严肃。"虽是一份苦差，我却乐意为之，因为它让你与安娜和我两人关系更亲密，非友情所能及之。"

"哎呀，快说吧！"安娜用焦急的眼神看着他。

"机缘骰子抛得要多巧就多巧，要多妙就多妙，"埃比尼泽说，"你的母亲，亨丽埃塔，就是我父亲曾经在乔普坦克河里救起的那个女人！她——她是我们的奶妈，我母亲生我们的时候去世了，她自己的孩子生下来就死掉了。直到我们四岁的时候，父亲把我们带回英格兰为止，她对我们做了任何一个母亲所能做到的一切！"他一席话说下来，眼里噙着泪水。

"我的天！"玛丽小声说，"是真的？"安娜和亨丽埃塔抓紧手，惊奇地相互对视着。

埃比尼泽点点头。"哎，是真的，这或许说明了为什么罗塞克斯太太对我们态度发生了突变。就在我出发的时候，父亲告诉了我这个故事：罗克珊[①]的叔叔——也就是那个恶棍雅克——准是与哈里爵士一路

① 罗克西是罗克珊的简写。

货的东西，因为他视她就如同哈里视亨丽埃塔，待到终究下不了手——她是不会依他的——他就把罗克珊赶出去饿死。”他很快地讲述了一下安德鲁解救罗克珊，以及罗克珊的不平常契约一事。“有一些谣传说，我母亲去世后罗克珊就做了我父亲的情妇。”他最后说，“某种程度上讲，是为了戳穿这些中伤，他才离开了库克岬，回了伦敦。我记得他讲过，罗克珊的叔叔很抱歉地找到他，祈求让她回到他身边，还承望为她安排一场美满姻缘呢。”

亨丽埃塔脸部肌肉抽搐。“和爸爸！”玛丽摇摇头叹口气。

“唉，”诗人承认，“那个雅克，显然欠哈里·罗塞克斯的债，希望这样了结自己的债务。真的说起来，罗克珊没有必要同意，但是她不久前告诉我，她当时已经恶心所有的男人，嫁给哈里爵士，实际上为了克制自己的性欲，满足自己对男人的厌恶感。她非常钟爱安娜和我，我敢说，她觉得被抛弃了，在某种意义上……”

“在任何意义上。”罗塞克斯太太的声音从大厅的楼梯上传下来，夫人本人下来了。埃比尼泽马上从椅子上站起来，为自己说话不谨慎深表歉意。

“你没有什么好内疚的，”罗塞克斯太太说，眼光越过他，扫到亨丽埃塔，“你总是这么淘气，亨丽埃塔，背后揭人隐私——”她没有再说下去，因为亨丽埃塔已经哭着跑过去，抱着自己的母亲，恳求原谅。但是，很清楚，女孩的激动不是出于对自己言语不当抱愧，而是由刚刚听到的事情所激发的同情与爱心引起的。罗塞克斯太太亲了亲她的额头，第一次真正地拿眼看孪生姐弟，眼光热切而痛苦。她克制住自己的情感，直到安娜也感激得上去拥抱她，她才喊道“我的宝贝！”，泪如雨下。

一时间，大家都哭了起来，好一会儿听不到任何别的声音。每个人都相互拥抱了对方。一番热血沸腾过后，每个人还在暗暗抽鼻子，埃比尼泽第一个开始讲话，道出了当时的氛围。

“这事叫人落泪啊。[①]’他说，一边擦眼泪。

但是，这一天叫人惊奇的事还没完。罗塞克斯太太拥抱了孪生姐弟，心里总算好受一些，要他们原谅她先前的冷漠——同时，也与埃比尼泽一样，避免提及任何与她无知地试图引诱他，以及她自己被安娜意想中的情人伯林盖姆诱拐的事，两件事中，任何一件都足以说明她精神上的痛楚——她加入他们之中一起喝茶，对埃比尼泽说：“你答应补上个结局，超过亨丽埃塔的故事，兑现得很好，埃本（上帝！我的孩子们怎么成这样了！有什么磨难他们没有经历过！）。但是我想，我可以再附上一则，把奖杯夺回来。这么说吧，那关于你父亲和我自己的‘邪恶的撒谎的流言’——确实是流言，并且很邪恶。但却不是谎言。可怜的安妮死后的三年时间内——安妮是他们的母亲，亨丽埃塔——安德鲁和我一起悼念她。但是，到第四个年头——千真万确，我爱他，并且徒劳地暗示过要嫁给他！——到第四个年头，我真的做了他的情妇。请你们为此饶恕我！”

孪生姐弟又拥抱她，说没有什么饶恕不饶恕的。“恰恰相反，”埃比尼泽坚定地说，“我父亲才需饶恕呢。我这会儿明白过来了，你为什么说在任何意义上讲，你都被抛弃了。”

“且不慌，”罗塞克斯太太说，“还有……”她抬起眼来，痛苦地看着玛丽，玛丽的脸上由眉头紧锁的深思神态，突然换成一副体谅的表情。

“啊，上帝，罗克西！”

罗塞克斯太太点点头。“你猜到了，亲爱的。”她抽一下鼻子，隔着桌子抓起亨丽埃塔的双手，眼睛紧紧盯着自己的女儿，一边说，“我一生中两次爱过男人。第一次爱的是本吉·朗，一个漂亮的农场男孩，住在雅克叔叔家附近。我给了他我的贞操，当时我十六岁，不久就怀上他的孩子。我做不到顶撞监护人的意愿时，他就出了海，打那天起

---

① 原文为拉丁语。

到现在，我再没有听到过他的消息。我想，正是他，到今天还珍藏在我心里——尽管我敢说，他早就发财娶了媳妇，或者早就去世了。”她略微苦笑了一下，又伤心起来，“我能向你证明，时间医治不了愚笨？一次又一次，安德鲁不在我身边的时候，以及哈里要虐待我的时候，我就向这位可爱的本吉祈祷，就像向神祈祷一样，直到这会儿，我衰弱的心还要颤抖，当一个陌生人来叫——”她冲埃比尼泽笑了笑，“特别是他叫他自己本杰明爵士的时候！”

“啊，基督，原谅我！”埃比尼泽恳求。罗塞克斯太太打一个手势示意无所谓什么原谅不原谅，又把注意力转向亨丽埃塔。“那就是我的初恋。安德鲁是我另一个爱的男人，并且爱得更深，但是哪怕是想到他，我都要发疯……”她停下来，稳一稳神，“这样说吧，亲爱的：第二次爱，实质上是和第一次一样，除了有两个重大区别。其一，你们已经知道，我的情人抛弃了我……”她捏了一把女儿的手，“其二，这一次，他的孩子活了下来。”

十八、诗人想弄清楚，人类历史是进化的，还是退化的；是呈突变性的发展，还是呈循环性的发展；是呈波动式发展，还是呈旋转式发展——是右旋转，还是右旋转；仅仅是一种持续，还是别的什么。已经拿出某种证据，只是缺乏明确性和决定性

罗塞克斯太太最后一句话的含义，又唤起了新一轮愉快而同情的相互拥抱。罗塞克斯太太向埃比尼泽和安娜表示歉意，说是不应该把自己的怨愤迁到他们身上，埃比尼泽和安娜呢，则又为父亲二十多年前非君子风度的举止向她表示对不住。亨丽埃塔恳求母亲原谅，自己实在不应该过去一直斥责母亲嫁给了罗塞克斯，母亲反过来恳请女儿说，自己对不住她，让她不是正出，还让她遭了两重的罪，一是让她受到哈里爵士的虐待，二是还要她相信自己是哈里的女儿。甚至玛丽也被扯了进来，因为由于这守口如瓶的秘密，在她与磨坊主妻子这么多年来的交情中，双方都时不时地引起了误会。屋里没有酒，所有的人都忏悔拥抱以后，就煮了一壶茶来庆祝团圆，并且又是感到难为情，又是控制不住感情，新相识的亲戚们一直谈到深夜。尽管承认对安德鲁·库克有着怨恨，罗克珊还是尤为关注他在伦敦的生活状况，以及他眼下十分令人怀疑的身份。那天夜里，安娜和亨丽埃塔睡在一起，一定是相互讲了掏心窝的话，因为埃比尼泽第二天早晨注意到，她俩毫不顾忌地在谈论亨利·伯林盖姆。早餐的时候，三个年轻人几乎快活得发了狂：埃比尼泽拿自己的休迪布拉斯讽刺诗换亨丽埃塔的讽刺诗，他发现后者对讽刺真正富有天赋；而安娜宣布，自己才不操心未来的事呢——就她自己来说，罗克珊也是她的母亲，就是永远看不到莫尔登，或是再也看不到父亲，自己照样心满意足。罗克珊和玛丽在

旁边看得心里乐滋滋的，不时地用裙边擦擦眼泪。

到晌午的时候，大家做出决定，麦克沃伊从布拉兹沃思岛一回来，夫人和女儿立刻就随库克姐弟俩去安妮·阿伦德尔城。罗克珊和亨丽埃塔要在那里待一段时间，等到这边磨坊主的田庄出售处理好，她们（亨丽埃塔有点儿害羞地暗示可能和麦克沃伊）乘船回伦敦，开始新的生活。埃比尼泽要把十万火急的消息送给尼科尔森总督，并且如果形势许可的话，恳求总督恢复自己对田庄的拥有权，理由是它正用于从事颠覆本州人民幸福的活动。如果他的请求达不到预期的效果，或者父亲还是铁石心肠，他就和安娜随罗克珊一家人一道离开马里兰，自己努力在伦敦找个活干。尽管孪生姐弟俩心里搁不下亨利·伯林盖姆以及琼·托斯特，还是暂时把二者排除在计划安排之外，因为前者的踪迹和后者的态度尚未可知。

正午后不久，麦克沃伊和伯特兰回来了，这使他们的情绪更高涨。麦克沃伊和伯特兰说，凯恩船长正在湾里的船上等着，他们想去哪儿，就把他们送到哪儿。麦克沃伊热情地吻了亨丽埃塔，还有她的母亲，伯特兰拥抱自己的主子，感激得说不出话来。

“你能想象到吗？”麦克沃伊笑着说，“那些家伙认为，我们是把他们丢在那儿玩完！他们看到我和老鹅之喙一道进去的时候，还认为我又被抓了，开始胡乱猜测起你！”他的脸沉下来一会儿，就在伯特兰对见到安娜小姐安然无恙表示高兴的当儿，他对埃比尼泽透露隐情说：“都亏了迪克·帕克和其他的人，我们才逃脱了出来。我们的朋友比利·朗姆比利又变成十足的蛮人了，立马就要把我们处死！”

埃比尼泽叹口气。“我就是这样担心的。我猜想，他会把阿哈特瑚珀人的怒火煽得更旺。”

“喂，”麦克沃伊掏出一只新的鱼骨戒指，和曾经救过埃比尼泽命的那一种差不多，“契卡梅克给我的，作为找回他儿子的纪念，迪克·帕克又给了伯特兰一只，战争打起来，我才不在乎它能顶什么用——考宏科普利兹主帅操舵，战争可比先前要来得快了。我打算一弄到买票的钱，就立马乘船离开这个多灾多难的州，亨丽埃塔也要和我一起走，哪怕我绑了她。”他脸通红，因为最后一句话正好赶上大伙说话都顿了一下的当儿，全部都听见了。

“我想，你没有必要这么干。”埃比尼泽笑起来，“我也不大可能同意你如此粗暴地对待我的妹妹！”接下来，他说起自己与亨丽埃塔的亲属关系，以及马上就要执行的计划。麦克沃伊目瞪口呆。“我发誓，我承认，埃本，你吓死我了！”他敬畏地看着亨丽埃塔，“不，在我看来，我得尽早地把她弄走，省得你又认出我是你的兄弟来！”

一番寒暄结束，罗塞克斯太太建议让伯特兰去叫船长来吃饭，同时也好防犯一下海盗，虽说海盗一事还是谣传，现在村民们却着实摆好阵势了。伯特兰对最后这句话大为惊愕，但是，麦克沃伊对此嗤之以鼻。

“要是周围有海盗，早就把我们抓走了。从林波海峡到教会河，一路上只见到我们乘的那艘船！再说，这会儿船长也不大可能在船上，他想自己去找一帮船员，要比伯特兰和我懂得操船。”

除了伯特兰和罗塞克斯太太，其他人都附和麦克沃伊，淡化了海盗的威胁。吃饭的时候，玛丽提出自己要监管磨坊的关闭和小客栈的出售（她自己对后者有一点儿兴趣），于是大家决定，如果可能，当天下午就乘船去安妮·阿伦德尔城。

“越早离开教会河越好。”亨丽埃塔说。麦克沃伊——或许并没有多大地考虑他人的利益——说，比利·朗姆比利的性格，使马上告诉尼科尔森当前的形势更为紧迫。

“但是，”罗克珊说，“一想到海盗，我就发抖。这里所有的人，除了玛丽，都被海盗抓过，刀山火海的，只是侥幸逃脱了，要是有下一次，不大可能有那么走运。”

“对。”诗人同意，“但是同样不大可能的是，一生中可以遭遇两次同样的厄运。”部分是为了调侃，部分是为了多少打消一些那个女人的惧怕心理，他接着讲起各种各样的历史观点——向后看的观点，如但丁和赫西奥德[1]的；戏剧性的观点，像希伯来人及天主教神甫的；向前看的观点，如维吉尔的；循环式的观点，像柏拉图和《便西拉智训》[2]的；波动式的观点，甚至是旋转式的假设，根据亨利·伯林盖姆的看法，基督学院的一位悲观的新柏拉图主义者，就持这样一种观点，认为历史循环的周期越来越短，随之，未来某个不可预测的时刻，宇宙会僵硬而爆炸，正如传说中叫奥维达（伯林盖姆是这么说的）的鸟，据说以越来越小的圆圈轨迹飞行，直到渐渐地消失在无穷的天穹。“真正而地道的循环论者，”他断言，“不应当害怕再次被海盗抓获，因为根据他的理论，他们会像从前一样从海盗的魔掌中解脱出来。如果你们担心我们会被抓住，并且被弄死，很明显，你们是相信事物的发展是呈某种向下旋转的趋势的——未进一步调查之前，我说不准是从右旋还是从左旋。”

这一通诡辩式哄骗，让罗塞克斯太太安了一回心。饭后，女人们把大箱小箱装到玛丽的马车上，由阿佛洛狄忒拉着穿过荒凉的小村庄，来到海湾那边的一处小码头。凯恩船长的船就靠在那儿。

“嗨，船长呢？”埃比尼泽问。

“他说，要是他一时半刻找不到船员，就让我们等着，”麦克沃伊说，“我看，在那边村子里可不容易找到任何人。”

他们把物品从马车搬到甲板上。这时候，玛丽·蒙格毛丽对埃比尼泽眨眨眼说，她到教会河没有达到自己的目的，她也得烦神去找一伙人。要是还顺手，她说，她的例行巡回，几天后就要去库克岬。她许诺，在那里，会向琼·托斯特为诗人的情况申辩，打听亨利·伯林盖姆的下落，有什么消息就一定传到安妮·阿伦德尔城。她祝他们出使总督那里一路顺风，既为了自己也为了他们。一番最真挚的道别

---

① 赫西奥德（Hesiod，约前8世纪），古希腊诗人，代表作有长诗《工作与时日》和《神谱》。

② 《便西拉智训》（Ecclesiasticus），亦译《德训篇》，是基督教次经的一部分。

之后——尤其是与罗克珊、亨丽埃塔以及埃比尼泽——她转身上了小路，向小村庄驶去。

埃比尼泽仔细端详了一番熟悉的甲板。“谢天谢地，天气晴朗。我上次坐这艘船，可是要了命了！”他注意到伯特兰一整天都是蔫的，这会儿也是无精打采，就打趣地问他，在爱神木丛林里，是否见到了摩尔人博阿布迪。

“见鬼，先生。”仆人抱怨，“我倒是宁愿和老汤姆·庞德回去，也不愿在马里兰兜圈圈。”

“咦，怎么了？”

伯特兰回答说，尽管自己对主子有一世的感恩——别的事不算，就只算主子把自己从布拉兹沃思岛解救出来——可是还不是才脱虎穴又入狼口，因为罗博特姆上校要是发现了露西小姐嫁的根本不是什么桂冠诗人，却仅仅是一个仆人，何况又占了他女儿的便宜，他不把自己打死才怪呢。

“你可伤得那女孩子不轻，”埃比尼泽说，“可我犯不上为此谴责你，再说，上校本人在这件事情上也远不是一点儿过错都没有。我看，打着这类幌子的婚姻，就是圆了房，也是能够取消的。我也不怎么担心露西会要求得到莫尔登。但是，我可怜那个可怜的婊子，第二次叫人骗得肚子大了。这是你的事，当然，但是我希望——*真要命*！”

麦克沃伊带着女人们在船尾那里等船长回来，突然传来一阵尖叫、抗议和诅咒的骚动。埃比尼泽马上过去看究竟发生了什么事，正撞上一个男人。看到这个人从小船舱里走出来，他腿肚直打战，伯特兰干脆吓得趴在了甲板上：是一个又短又粗的男人，一身黑衣服，一只手拎着手枪，一只手拄着乌木拐杖。

“啊，哎呀！”那家伙惊奇起来，“你看看谁在这儿，斯卡瑞船长？”

他的伙伴出现在船尾甲板上，也一手握手枪，一手拄拐杖。“咄！斯莱船长，瞧我们弄到的这些船工！”他靠上来，冲着埃比尼泽邪恶地笑，“我说，斯莱船长，他不是别人，就是那个上次在海王酒馆拉了一裤子的家伙！”

“就是他，”斯莱说，“趴在窝里的小狗，就是我们的朋友假桂冠诗人，那个是上次骗过我们搭车去普利茅斯的。”

两个家伙用人们可以想象出来的最令人讨厌的方式，表示对偶然撞上三个老熟人的高兴——他们已经认出，麦克沃伊就是那个上次过海时让他们吃尽了苦头的移民。凯恩船长绷着脸，应他们要求走上甲板，所有的人被集中到船中部。

“上帝饶恕我！”船长冲埃比尼泽嚷，“我想去雇用一批船员，这些恶棍就袭击了我！”

“得，得。”斯卡瑞船长规劝，“根本没法说你的船员，先生！我们的朋友埃弗里船长还在詹姆斯岛背风处，需要我们去海湾替他找个领航的，因为斯莱船长和我自己正往南方赶，所以我们答应替他找一个。”

“你要把我们怎么样？”埃比尼泽问。

“怎么样？”斯莱船长反问，“得，先生，你以为你是马里兰的桂冠诗人——嗯，你以为你的朋友约翰·库德就不会卖了你，嗯？要是我告诉你，他根本不是什么约翰·库德，只不过是库德的一个手下，你又有什么说的？你以为我不认识自己老婆的父亲？瞧，那个家伙在发抖！我看，他一会儿就要尿裤子！怎么处理那些叫人快活的娘儿们，斯卡瑞船长？”

对方咯咯地笑。“哎，我们可以把她们当饭给活吃了，斯莱船长，或者可以在每个家伙的肚皮上快活一番……”

“把女人放到岸上去。”诗人说，“你们和她们没纠葛。”

斯卡瑞船长承认说，他与这个星球上的任何哪个女人都谈不上什么纠葛，他对她们也没兴致，但是他不会把自己的个人口味强加于埃弗里船长及其船员，他们经历了一次长途的海上跋涉，不大可能禁得起三个这样有姿有色的女人的诱惑。他向斯莱船长建议，除了凯恩船长，所有其他的人全部带进船舱，其命运如何，就看海盗们的了。

由于从前没有遭到过海盗的洗劫，安娜·库克似乎仅仅只是让眼前发生的一切一时弄糊涂了，但是，罗克珊和亨丽埃塔紧紧抱在一起，再次体验她们的悲恸。对所有的祈求，绑架者们只是嗤之以鼻，囚犯们只得走下狭窄而没光线的船舱，里面散发着牡蛎的味道。麦克沃伊抱着亨丽埃塔，想安慰安慰她，埃比尼泽对安娜也这样做了。伯特兰和罗塞克斯太太两个只好独自应付自己的恐惧，并且，显然是照顾埃比尼泽的面子，她从未提起历史向下旋转状发展的理论，但是忧郁诗人的脑袋却叫这理论压着抬不起来。头顶上，他们听到斯莱和斯卡瑞达成一致意见，要把船从教会河开到钓鱼湾，以防哪个村民听到了囚犯的抱怨声，但是，要等到天黑，才一路驶向小乔普坦克河，去和埃弗里船长见面。

好一段时间他们都无精打采，绝望的程度就同他们的牢屋一样，没有一丝光亮，看不出一点点儿出路。船上路的时候，安娜开始抽泣起来。她弟弟被打动了，于是说："幸福是多么糟糕的事！我多么鄙视它！诸如我们过去几天的一段插曲——见鬼，它是我们生命沙漠轨道上的一眼泉！旅行时不相信自己的运气，为经历的苦难而惊愕，为面前的苦难而难受，只能一阵一阵地歇歇脚。枣子在肚子里，就像小卵石。水翻到舌头上，发出臭味。他的想象赋予了旅行的目的。在旅程中，谁不是朝圣者，谁就一定是流浪汉，痛苦对我们并没有什么大不了！对我们来说，这是没有目的的朝圣献身，命运给我们暂时缓解痛苦的时候，却又赢得了我们的愤怒，而不是我们的感激。把幸福的人指给我看，看他躲过了傻瓜的命，还能逃脱昏头昏脑的样！"

就算他的同伴理解了这一比喻，他们也是没有任何反应的。安娜建议说，三个女人尽早瞅机会自尽得了，也不要受海盗们的集体蹂躏。"倒不是说，我宁愿死也不愿受到侮辱。"她解释说，"我的贞操对我来说，已不算什么了，可是既然他们干完后，横竖还是要杀了我们，还不如这会儿死得干净，一了百了。要是埃本不愿意勒死我，我打算，他们带我们上甲板的时候，就扑到海里淹死。"

“喏，孩子，”罗塞克斯太太从黑暗的船舱那边斥责地说，“不要想这些馊点子！想想，汤姆·庞德抓到我和亨丽埃塔的时候，倘若我们自尽了，我们今天就不在这儿了！”

这句无意讽刺的话，惹得大家好一阵笑——虽然笑得很是拘谨——罗塞克斯太太坚持认为，任何事情——哪怕在海上漂泊十年，给海盗做小老婆——都可忍受得住，只要一个人寄希望于最终解脱。“我们还拿不准，他们一准会杀了我们，”她说，“千真万确，我们还没到被强奸的份儿上呢！”

感觉到安娜的决心已经开始动摇，埃比尼泽就抓住夫人的话不放。“你记得我们和亨利一起读欧里庇得斯[①]的时候，我们对《特洛伊妇女》是怎样的不屑？我们叫赫卡柏自怜的邋遢女人，安德洛玛刻要么是一个胆小鬼，要么是一个伪君子。‘如果她爱她的赫克托耳，那她为什么乐意皮洛斯[②]让她做了婊子？为什么不自绝以保全家庭的名声？’这些孩子是多么坚忍不屈的道德家啊！但我告诉你，安娜，我不再鄙视那些妇女了。我们赞美殉身。它既让我们感到羞辱，又是我们的楷模，但是我们这些堕落的人谁会拥抱它呢？而且，安德洛玛刻道德高尚，她的眼泪谴责男人性欲的喧嚣，她的叹息淹没了一千个英雄的号叫，她的达观平静使古希腊步入了名利场。”

埃比尼泽本人对这番议论的信服，并没有他希望安娜信服的程度大。仅仅为了逃避痛苦就自杀，他只能视其为懦弱，尽管他能理解并同情这种懦弱行为。另一方面，自杀为名节之举，像殉道一样，让他感觉不安。殉道者，在他看来，在一定意义上是违背天理的，因为盲目的自然既没有准则，也没有动机。正是基于这一看法，安德洛玛刻，

---

① 欧里庇得斯（Euripides，约前480—约前406），古希腊三大悲剧家之一，据传写有悲剧九十余部，现存《美狄亚》、《希波吕托斯》、《特洛伊妇女》等十八部。他的剧作对罗马和后世欧洲戏剧有深远影响。

② 皮洛斯（Pyrrhus），阿喀琉斯之子，在夺取特洛伊城时杀死特洛伊国王普里阿摩斯，并收赫克托耳之遗孀安德洛玛刻为妻。

像《便西拉智训》上说的一样，显得是更深邃的道德家，而打着印记的英雄总是像酒鬼或疯子。但是，违背天理，傲睨神明，可以这么说，普遍地体现在英雄行为中，而且特别地展示在殉道中，这正是他们最吸引人的品质。假使地球像伯林盖姆喜欢指出的那样，是“一团在黑夜中漂泊的尘埃”，那么，在这团尘埃上行走的人，身上总有一些无畏一切的东西，藐视人类的一切，他们为追求某种美好的价值而牺牲生命。死亡，冒死亡危险，甚至甘于从事任何事业，就是在长矛上挂起目的明确的旗帜——诗人如是断定——并且以同样的疯劲对幻想中的风车猛刺一刀。

但是，如果这些话根本就不是由衷的，他的目的却是由衷的。感觉到他的一番议论对安娜产生了一定的效果，几个小时后，船再次上路时——可以设想，是驶向詹姆斯岛——他又拾起话头。“我只求你们想想一件事：除了理性之外，你们究竟还珍视别的什么？假使我们安全地在安妮·阿伦德尔城，那么你们又会希望什么呢？”

“安安稳稳过一些年，”安娜毫不犹豫地说，“我已用不上庄园，甚至连丈夫也不需要，自从——自从亨利拒绝了我。经历了这一切以后，有无他们，又有什么关系呢？到时候，也许新的目标又向我们召唤，但是眼下，我倒希望过几年太平日子。”

埃比尼泽动了动身子。“这一抱负多么让我感动！但是且慢，我的观点是，如果生活中没有什么对我们有价值的东西，我们也不应该放弃对生活的追求。”

他觉得安娜在发抖。“这不值得！”

“也没有别的什么好值得的。”

她眼泪打湿了他的手。“如果我逃脱不了我将遭受的一切，那么我要变更一下我的愿望：但愿我们两个是地球上唯一生存的人！”

“夏娃和亚当？”诗人的脸火辣辣的，“但愿如此。我们还必须同时是神，建一个宇宙来装我们的花园。”

安娜捏紧他的手。

“我的意思是，”他说，“我们必须珍惜生命，不放过任何一个逃生的机会……”

安娜摇摇头。“要不了多久，他们就会刺穿你，把你扔到海里给鱼吃，我……不，埃本！这一时刻，就是我们未来的一切时光，这黑漆漆的洞就是我们仅有的花园。很快，他们就要把我们的童贞撕得粉碎……”

他感觉到她眼神盯着自己。“我的天！”

就在此时，上面传来一声喊声，远处也回应了一声：接上头了。

“快一点儿！”安娜叫起来。

诗人痛苦地呻吟。“你必须原谅我——”

安娜尖叫着，手和膝盖并用地爬过船舱。一会儿后，舱口盖打开，一盏灯从梯道伸了下来，埃比尼泽看到她在罗塞克斯太太的怀里颤抖着。

“喂，现在，”打灯笼的人说，“我绝对不想扫你们的兴，但是埃弗里船长希望你们六个人到甲板上说话。他说，要是你们不马上乖乖地来，先生们，他立马就给女士们一点儿厉害看。”

犹豫了一会儿，犯人们都遵命，亨丽埃塔和罗塞克斯太太也没少催。夜幕降临了，西边起了冷飕飕的大风。尽管头脑里像翻了海，埃比尼泽还是惊奇地注意到，船并没有抛锚，只是“船头向风难以调向”地维持着，一段距离之外，是只海盗船，上面的灯火几百码开外就可以看到。斯莱和斯卡瑞选带的船员并不多，犯人们被吩咐牢牢地站在船中部，船又上路了。诗人心一动：有可能他们不会被移到另一只船上？

凯恩船长恰巧打身边走过，证实了诗人的愿望。“我要领他们的船长沿海湾上行，”他小声说，“以防他的船被发现和被抢走。”他不能多说，因为海盗打发他去船尾料理主帆。斯莱船长和斯卡瑞船长用阴森森的口吻向犯人们道别，乘一艘小艇去他们自己的船——可以设想是和岛屿下风处的埃弗里的“番西亚号”泊在一处。周围一片黑暗，埃比尼泽看不清新主人，只听见他从舵那边吩咐两个手下中的一个留神三角帆，另一个——是一个消瘦、灰胡子的青年人，看上去更像一个乡巴佬，少像一个海盗——看好犯人。埃比尼泽走过去，把胳膊搭在安娜肩头，她往后一撤身子，好像他就是海盗。

“站开点儿，那边，好家伙，”卫兵威胁，“把那活儿留给我。”

女人们在船桅的下风处蜷缩成一团；两个年轻的还在抽鼻子，呜咽着，但是罗塞斯克太太见磨难尚未降临到她们身上，就恢复了足够的镇定，拥抱并安慰她们俩。无论海盗船长打的什么鬼主意，很明显，事态并不像斯卡瑞船长（是他从船舱里叫出犯人们的）让她们认为的那样急迫。有一个多小时的时间，三个男人站着一言不发，浑身颤抖，眼皮底下是卫兵的手枪。船快速向北驶向切萨皮克湾一片开阔的水域。又起了风，湾里的浪很大。一阵云雾向东飘去，月亮朦胧起来。终于，有声音从船舱那边喊起来：“好了，香农先生，把先生们带到船尾。”

由于对将要发生的事感到害怕，在最后时刻，埃比尼泽想吻一吻安娜。他犹豫起来，最终决定还是不要冒险惹卫兵不高兴，但是往船尾走去的一路上，他内心里一股劲地责骂自己太懦弱。借着罗盘箱微弱的灯光，可以看见凯恩船长心神紧张地站在船舵前，臭名昭著的朗·本·埃弗里的面孔也能看得清：是个眼神忧郁、小猎犬面孔的家伙，蓄着不短不长的胡须和卷曲的八字须，看上去倒是一点儿不让人生畏。

“晚上好，先生们。”他说，几乎没有打罗盘上抬起眼，“我不会耽搁你们多长时间的。你说船顶着横向吹来的风吗，凯恩船长？”

“偏离右舷头，”船长嘟哝，“如果我们不搁浅，你很快就会听到下风处的海浪声。”

“好极了。”海盗船长皱着眉，吸一口烟斗，“哎，有海浪声。你可是个难得的领航人，凯恩船长！这会儿，先生们，我只有一个问题要问问你们——啊，去他妈的烟草！”他连续吸烟斗，直到烟斗里的余烬变成黄色，“是这样。不过一个简单的问题，先生们，你们一次一个人回答，从那高个头家伙开始：你是，或曾经是一个能干的海员吗？”

那个叫香农先生的海盗用手枪抵了抵埃比尼泽，但是诗人可无须人催，看到他们主人绅士般的风度，他心里燃起希望，就像那烟斗里的余烬一样。“不，先生，我只是一个蹩脚的诗人，除了哼哼几句诗，再没有什么别的手艺，除了我那边的姐姐，再没有什么宝贵的东西，为了保全她的声誉，我愿意拿我的生命抵上！我能斗胆要你保证，就像一个绅士对另一个绅士恳求一样，那些女士不会受到任何伤害吗？”

“问第二位，香农先生。”

卫兵用枪捅一捅伯特兰。

“不，先生，凭上帝说，我不是海员的料，狗屁都不是，只是个仆人，诅咒自己来到这个世界。”

“很好。”埃弗里船长叹叹气，眼光仍然没离开罗盘箱，“那么你呢，先生？”

“这只是我第三次坐船，先生，”麦克沃伊立即回答，“第一次是作为移民，在伦敦叫斯莱和斯卡瑞绑架了出来。第二次是今天早晨，作为这只船的旅客。我向你发誓，我连坐的船的船首舱和船尾，哪对哪都分不清。”

“说得妙。”埃弗里船长首肯，“如此看来，我是不能让你加入我的船员队伍了。香农先生，你把这些令人快活的先生们领过船尾栏杆那边好吗？”

埃比尼泽全身一硬，像是受了一击，伯特兰已经跪下了。就连凯恩船长也一时半刻没明白过来究竟讲了些什么。卫兵用一只手枪朝着船尾栏杆方向挥了挥，一边用靴子踹浑身颤抖的伯特兰。

“下风处有一个小岛，”埃弗里船长说，“靠点儿运气，在海里顺风游会儿，你们是能对付得了的。数五下，香农先生，哪位先生磨蹭，就朝哪位开枪。”

“一，”香农先生开始数数，“二。”

麦克沃伊大骂了一声，踢掉靴子。“再见了，埃本。”他说，“再见了，亨丽埃塔！”他越过栏杆，纵身从船尾跳入海里。

“三。”剩下的两个人还在脱靴子，香农先生笑着冲他们数。一个女人打探的声音从船桅那里传过来，但是被风声压了下去。伯特兰最后抱怨了一声，跳过栏杆。

“四。”

埃比尼泽急忙跑向船尾栏杆。抱着一线希望，他转过身来对海盗船长叫：“我能得到你的保证吗，先生？关于那些女士？”

“我保证把你的女人挨个干个透，”朗·本·埃弗里说，“我保证。让我们的每一个船员把她们尝个够，先生，然后把她们切碎了腌制好，留着船上瞭望的时候吃。开火，香农先生。”

要是再给十秒钟的时间，埃比尼泽也许会冲到安娜面前，宁愿死在她的脚下，但是在突然命令的驱使下，他猛地跃过栏杆，脸冲着冰冷的海水，一头扎了下去。威胁、跳海以及寒冷三重的惊吓，使他几乎丧失了知觉，他痛苦地呕吐起来，咳出咽喉里的海水，漫无方向地挣扎了一会儿，看到船的灯光慢慢消失在黑暗里。海浪冲击颠簸着他。照这样漂游，正如他曾经在类似的海峡里经历过的，很快自己就会冻死。从船的方位和海水的流向辨别了一下方位，他拼命地向臆想中的东边的岛屿游去。

“喂，喂！”他喊了一声，盼着顺风可以听到人回答。一个像湾水一样冷得令人打战的想法袭上心头：要是压根儿就没有什么岛呢？要是朗·本·埃弗里是在残忍地打趣，挑起他们的希望呢？无论怎么说，要是确实有岛屿，那就会在附近，否则就只有死路一条了。顺风的海水把他向右边方向推，但他划水的力量跟不上，因此效率降低了一半。寒冷使他透不过气来。

一两分钟后，前面有人的喊声，他信心大增。“这边！我踩到水底了！”

“麦克沃伊？”他快活地叫起来。

“哎！不要停！不要放弃！伯特兰在哪儿？伯特兰！”

前面某个地方，差不多就在诗人的右边，又有人答应起来。不多会儿，三个人就一起上了海滩，气喘吁吁，浑身直哆嗦。海滩上一片漆黑，到处是卵石。

“感谢上帝，真是奇迹!”伯特兰叫起来，“两次要被海盗淹死，两次都安全上了海岛！我看，我们可以沿着海滩向前走，再次遇到德雷克派克!”

但是，麦克沃伊和埃比尼泽因女人们的劫难感到难受，顾不上庆幸自己的命运。诗人认为，最好不要提任何关于埃弗里船长临走时的威胁，因为他们无法阻止他那么干。麦克沃伊发誓，要用毕生的时间搜寻并除掉那个海盗。

身上穿着湿衣服，相比之下，海湾的气候是温暖的。“我们必须避开风，生堆火。”麦克沃伊说。

“我们没法生堆火。”埃比尼泽无精打采地指出。这会儿自己安全了，他满脑袋考虑的就是安娜的命运，以及他们最后的交锋。他开始希望自己已经给淹死了。

“趁我们没冻僵，搭个棚子吧。”麦克沃伊说。

他们赶紧上了正岛，方圆似乎不过几百英尺。他们看到火炬松、矮小的香桃木，还有许多矮灌木丛，但看上去不怎么适合搭棚子，再说，这些植物也不耐挡风。岛的背风斜坡倒是更舒适些，但就算在那里，身穿湿透的衣服，在风速为每小时四十英里的冬日里，也撑不了多长时间。

“哎呀，先生们，看那边!”伯特兰叫起来，冷得直抖，“是灯光!”

确实，靠东边一片水域的那边，似乎是哪间屋子窗户的灯光在闪烁。很难估计出离这儿多远，但是除非房屋架身小，麦克沃伊判断，否则的话，是在三四英里开外的地方。埃比尼泽表示不赞成他的看法，他就说，他们必须立即生堆火，如果必要的话，把整座岛烧着，好叫人来搭救他们，不然的话，等不到太阳升起，他们就玩完了。

“我们在岛上到处找找，”他建议，“要是找不到什么更适合的东西，哎，我们就挖一道深沟，躲在里面，用大树枝盖着自己。我看，我们的胳膊必须忙活了。”

他们打算一起去找，这样一来，倘若找到合适的材料，马上就可以利用起来。一个人走海滩，一个人沿灌木丛走，一个人沿浓密的丛林走。他们沿着背风的海湾向北走。但是，寻找似乎一无所获。每一根木材都是潮湿的，再说就算是干的，也没有哪个提出过打火的办法。而且，他们接近了岛的北端，植物也渐渐稀少起来，整座海岛似乎半英里的长度。

离岛北端不远的地方，一直沿着灌木丛走的伯特兰喊他们马上过去，他发现了一个奇观。“看看这，我的脚指头差点儿折断了！”

在他的脚边是一个长条形的黑乎乎的东西，再走近一看，是只搁浅的小艇。

“千真万确！”麦克沃伊大声喊，在里面捣鼓起来，四处查看查看。“还有一支桨呢！准是让风暴吹来的。”

“我怀疑它是不是能经得起海浪。”埃比尼泽提醒说，看到舱底有几英寸积水，“我们倒是可以做个棚子。”

“不。”麦克沃伊表示反对，“它一定不渗水，不然的话，里面的水早就漏完了，不是吗？听着，我们还是努力靠近远处的灯光吧！但且慢——我们只有一支桨。”

“有一种用法，叫*荡桨*……”埃比尼泽没有把握地建议，“天哪！约翰，听听那声音——好像是海发出的！五分钟后，我们就会被淹没。”

“但是，要是我们做到了，我们就安全了，”麦克沃伊提醒他，“如果我们待在这儿，极有可能天亮前就会冻僵，再说即使我们夜里冻不死，谁说得准，早晨就一定有人来救我们？”

他们很快地掂量了一下两种可能性以及第三种做法——派其中的一个人去叫人来营救其他的两人。

“得要一个人荡桨，一个人舀水，”伯特兰说，“我们宁愿死在一起，不要分开，你们说呢，先生们?”

“这样一来的话，我们就一块儿淹死，省得被冻死。”麦克沃伊说，“你的意见，埃本?”

诗人一惊，由同伴的奸笑，他看出来，麦克沃伊问这个问题是别有用心的。一时间，他忘了刺骨的寒冷，想起当日他坐在洛吉特酒馆的桌子旁，本·奥利弗、迪克·梅里威瑟、汤姆·特伦特以及琼·托斯特，所有这些人都与麦克沃伊的眼睛一起盯住他，让他左右不是。他再一次，就像当时一样，觉得做选择的重担在心里越来越沉，像一张棕褐色的大兽皮，从四面八方向自己盖过来。这会儿真是怪怪的：他感觉像一个老到的登山者跌回到一座险崖上，很久以前就是从那里掉下去的，差点儿没了命。打那以后又爬过无数的悬崖绝壁，眼都不眨一下，这一次却偏偏一身都凉了……

费了一点儿劲，他才把这些记忆赶走。“我同意，我们得试试能不能赶到屋子那儿。我们顺风又顺水，是好是坏，一小时之内就可以见个分晓。”

不管最后一句话怎么叫人心寒，大家还是起劲忙活开了。他们把小艇翻过来，倒干里面的积水，把它推下水。麦克沃伊的推断是正确的：舱底积着水，证明舭缘线和内龙骨缝是不渗水的。埃比尼泽从伯林盖姆那里学过划船，他建议，把在海滩上找到的一块板扳成两截，伯特兰和麦克沃伊每人各拿一截，船侧进水的时候，就负责往外舀水，同时防止船在顺风的海水里突然横转。

尽管对自己的安全不怎么上心，诗人倒是觉得肩头的责任分量不轻。他对自己将要做的事实在知之甚少，而他们按照他的建议行事——他们的性命即维系于此——却仿佛自己就是凯恩船长！但是，话又说回来，无论自己怎样不精晓航运，比起伯特兰或麦克沃伊，显然技高一筹。并且无论责任负担多么重，这次也不是头一回遇上：他冷静地应付它，就像面对一个自己十分了解的老对手，同时还在想，他的敏感最近是否变得有些坚韧了，就像一个泥瓦匠学徒的一双手，由于经常弄破弄伤的，终于硬邦邦的了。

“在我看来，你们两个最好坐在前头，保持船尾往上翘。要是荡桨不抵用，我们就像蛮人一样划水好了。”

他们爬上船，由于衣服再次被打湿，都筛子似的颤抖起来。埃比尼泽把小艇撑出浅滩水一百码左右，接着马上把桨放在船尾桨架上，开始划桨。幸运的是，一开始一英里左右的航程是在岛的背风方向。海水相对的平静使他有机会发挥正确的划桨的技巧，不至于桨收不好，给海水冲走了。但是，没多长时间，海岛被远远地抛在身后，不再庇护他们了。海水在船尾呼啸着翻腾——掀起的浪涛逐渐逐渐有四五英尺高，一阵一阵地向他们袭过来，小艇似乎稳不住了，随时随刻有翻船的危险。实际上，船似乎被海浪拖着往后退。埃比尼泽屏住气——巨浪真的袭击船尾了！可是，最后时刻，船尾总是被巨浪抛起来，小艇则在浪尖上向前猛冲，本来就微乎其微的出水高度一下子没有了，水溅过船帮，伯特兰和麦克沃伊没命地往外舀，让船浮起来。海浪接着往前涌，小艇似乎往后滑向无底洞。每一阵海浪，就是一阵新的惊恐。他们居然能够挺了过来，似乎不可思议。即使是通过某种神奇的力量，总算挺过了一场，但却丝毫没有给他们带来片刻的缓解。舵手的活尤为艰辛而棘手：尽管总的来说，小艇始终在向前行，但每一阵新的浪潮都让船往后退一些。埃比尼泽划不了船，不得不把桨当舵使，以防止船突然横转，同时还得向后操舵，因为水速比船速快。只有在波峰上时，他才可以划一两下——时间不可太长，否则，在另一次波谷时，船会偏荡。几个人很快就泄了气，无以言表。他们像着了魔似的苦撑着。月亮从疾驰的云雾中透了出来，只见三张失魂落魄的脸，大眼瞪小眼地冲着袭击他们的魔鬼。

转头回去是不可能的了，因为就是有哪路神通帮着把船掉个头，他们也做不到迎着风往回赶。约摸一个小时光景——或许实际上还不到二十分钟——又是豁出命干，又是死里逃生，可是前面的灯火，看上去并没有比先前近多少。更糟糕的是，灯火还似乎显然向北移动了。

伯特兰最先发觉这一令人沮丧的事实，让他几十分钟以来，第一个开了口。

“我的上帝！要是那是一艘船，也没有什么几十英里外的岛屿，那怎么办?”

麦克沃伊却提出另一个假设。“或许，风向已经略偏西北了。我们或许得沿海岸行好几英里。”

“甚至还有更好的一种可能性，”埃比尼泽说，“我不敢奢望——但是别急！你们听到声音吗?”

他们停下手里的活，侧耳听着，差一点儿又让海浪打翻了。

“呀，是拍岸碎浪声!”埃比尼泽欢快地叫起来，“无论是我们的航向还是灯火的方位，都没有改变。我们快要赶上灯火了!”他想要解释的是，尽管从小岛出发，但他们尽可能一直对着灯火方向航行，他们实际的航程有一点儿正冲着灯火的南方；四五英里的距离（或许是好几百英尺），使这一误差小得注意不到，但是，他们靠得很近的时候，航线与灯光之间的角度，就越来越接近九十度。然而，他还未来得及详细说明，一阵比先前更大的浪把船尾抛得老高，向左舷转过去，桨也从桨架上抛了出去。

“船横转了!”他警告。

其他两个人不管三七二十一，胡乱划起手中的木板。埃比尼泽啪的一声把桨搭回桨上，猛地用舵柄一压左舷，试图使船尾回到海水中，就像船倒驶时他所习惯做的那样。但是，他这么做已不是时候了，浪峰已经过去，小艇在波谷里一时没了出路：桨的摆动——实际上只一荡——使船尾更加横了过来。下一阵海浪正好从右舷扑向他们，让船又横转，船里进了一脚深的水。又一阵海浪，五英尺高的白浪冲着船舷就打了过来，他们又一次在冰冷的切萨皮克湾里胡乱地忙活开。然而这一次，他们的惊险是短暂的：他们的脚马上碰到了海草和污泥，原来离海岸还不到十几码的距离。他们胡乱地爬动着，不时被齐腰深的碎浪扑打着，终究上了海滩，已经几乎站不起身来。

“我们必须快一点儿。”麦克沃伊喘着粗气说，“会冻僵的。”

他们以最快的速度，磕磕碰碰，气喘吁吁，朝灯火方向进发。这会儿已经看清，那灯光是从一个大屋子窗户里发出的。离屋子不远，海滩与屋前草坪相接的地方，有一棵香桃木树，树脚下，他们看到一个十分显眼的白色东西，像一块竖立的大石块。埃比尼泽背上一阵刺痛。“我的天！”他叫起来，攒足最后一丝力气，奔向前抱住墓碑。微弱的月光倒是足以让人看清碑文：

安妮·鲍厄尔·库克

1645—1666

上帝愿你安息

其他两个人从后面跟了上来。“是什么？”

埃比尼泽转不过头来。“我的旅程结束了，”他哭起来，“我兜了整整一个圈子。那边就是莫尔登，去那边活你们的命吧！”

他们一肚子惊诧，谈起碑文，请求埃比尼泽不要太伤心。这并没有效果，他们就攒足力气，把埃比尼泽从坟墓上搀扶起来。一旦站了起来，他就没有再拒绝他们，但是他只剩下最后一丝魂魄。

“要是我没来这个世上，”他说，指着墓碑，“长眠在那里的女人今天就还会活着，和我姐姐生活在一起，我父亲也仍然是一位绅士风度的烟草种植园主，他们三个人就会幸福地住在那边的房子里。”

伯特兰冻得没命，就是想搭个腔也没有力气。麦克沃伊——也同样从头到脚直打战——搀着诗人胳膊往前走，一边说：“得了，像是我们的父亲亚当犯的罪，我们每个人头脑里都少不了；我们从来就不会找它，但它确实就在那儿，只要我们乐意活下来，唉，我们就必须将就着它。”

过去，埃比尼泽看惯了天黑后莫尔登一片乱糟糟的热闹景象，但这会儿似乎只有客厅里还有人忙碌着，屋子里其他的地方，还有庭院和附属建筑——他非常羞愧地朝烤烟房方向看了一眼——是一片漆黑，一派宁静。他们踏上空空的草坪，向前门走去。门朝西南，冲着那座坟墓和远处的海湾。麦克沃伊——无疑一是为了给自己打打气，一是为了安慰埃比尼泽——牙打着战接着说，那唯一的一盏灯光，是个好的迹象：毫无疑问，这意味着，安德鲁·库克已经把自己的房屋整理好了，正和儿媳妇一起，等着浪荡儿子归来呢。他看到他们会高兴得不得了，他们也会得到衣食，而警报则马上会发给安妮·阿伦德尔城，去截住朗·本·埃弗里。

“别说得这么早。”埃比尼泽摇摇头，“这种无稽之谈，离事实远着呢。”

麦克沃伊愤愤地甩开胳膊。“还是一副处子的派头，”他嚷起来，“只顾自己的损失，别人的压根儿不上心！跑过去，死在坟墓那边吧！”

埃比尼泽摇摇头。他想对受到伤害的伙伴解释说，他遭受的不只是自己的损失，还有麦克沃伊的那一份，还有安娜的，安德鲁的，甚至还有伯林盖姆的——从整个事态来看，他对这一切都负有不可推卸的责任——而且，损失带来的痛苦无论怎么沉重，与责任带来的痛苦相比实在是算不上什么。堕落的人遭受亚当堕落的痛苦，他想解释解释，要是知道的话——那堕落本身就使他了解了——亚当一定受了怎样的苦啊！但是，又是寒冷，又是绝望，此番哲学是没法探讨了。

他们到了房子前。

“敲门前，最好先从窗子往里面看看，”伯特兰说，“基督！安德鲁主子会对我说些什么，我可是受命做你指点人的呀！”

他们朝亮着灯光的客厅窗子移过去，可以听到屋里男人们的笑声和谈话。

麦克沃伊第一个赶到那儿。“几个人在打牌，”他汇报说，突然间，脸上爬上一种痛苦的表情，“我的天！那可是可怜的琼？”

伯特兰赶紧挨了上去。“哎，是那个女猪倌。那边戴佩鲁基假发的是主子安德鲁，可是——”这会儿，他也显出一副沮丧的样子，“我的天！埃本先生！是罗博特姆上校！”

这会儿，埃比尼泽也到了窗前，也亲眼目睹了此种再令人惊讶不过的奇观。琼·托斯特被磨难折磨吞噬得不成样子了，看上去俨然是一个麻风病疯子，手里拿着一坛啤酒，一拐一拐地向屋子中央的一张铺着绿色台面呢的桌子走过去，桌子周围是五个绅士在玩牌。兼律师、医生以及传播福音的牧师于一身的理查德·苏托，吸着烟斗，呼唤各式圣徒为他抓到的一手糟牌作证。修桶工（也就是发牌的人）威廉·史密斯坐在桌子边咧着大嘴笑，用嘴里叼着的烟杆指派琼给安德鲁·库克满上酒。伯特兰那位块头大而又乐天派的岳父乔治·罗博特姆上校，从托尔伯特郡赶来，似乎并不精心玩牌，而是一门心思放在别的什么事上。安德鲁·库克本人，和埃比尼泽最后一次看到他相比，瘦多了，老多了，但是眼光却更犀利了，左手抓着牌，目光像老鹰一样审视着其他的人，似乎他们不配做自己的对手，不过是他的猎物而已。最后，尤为叫人惊愕的是，在安德鲁不顶用的右手边的，一个家伙快活地开着玩笑，一副回到了洛吉特酒馆的德性——此人就是亨利·伯林盖姆，仍然是自称托尔伯特的尼古拉斯·洛时的模样。

“很好，先生们。”修桶工说，已经发完了一手牌，“我跟苏托先生共同有好运气，我确信。”

“换个说法，”伯林盖姆说，“我们到法庭上讲的多是事实，写诗作文的不抵什么用。”

苏托摇摇头，端出一副绝望的神态。“凭圣多明我[①]的麻雀起誓，伙计们！要是我们的案子有这一不公行为一半的不成立，我们就别指望从法庭茅厕里走出来，我发誓！”

“据我们所知，你无论如何都不会的，”伯林盖姆亲切地奚落对

---

① 圣多明我（St. Dominic，1170—1221），西班牙天主教修士，1215 年在法国图卢兹创立多明我会（又称布道兄弟会，1220 年起称托钵修会），1217 年获教皇批准在罗马设总会，自任总会长。

方，“因为争辩的真正案件是，你究竟要贿赂多少钱。”

“哎，年轻人，打住。”安德鲁·库克说，“这些贿赂呀，不公正呀，叫上校不入耳了！”他嘲讽地冲罗博特姆笑，“务请原谅我儿子的蛮劲，乔治。这是那个小子出名的缺陷，我敢说，你女儿也看出来了。”

窗子外面，伯特兰气都喘不过来。“你听到了吗，埃本主人？他称那个家伙是他的儿子！毫无干系的陌生人！”

“有些不对劲，”麦克沃伊同意，“但是，他们看上去都够平和的。”他没再瞎摆弄什么，敲起窗玻璃来。“喂！嗨！开开门，我们就快死啦！”

“不，基督！”伯特兰叫道，可太迟了。吃了一惊的打牌人，眼神朝窗户转过来。

“凭圣亚努阿里乌斯[①]融化的圣血起誓！”

“去瞧瞧，苏珊。”修桶工平静地发号施令。琼·托斯特把酒坛放在餐具柜上。

“埃比尼泽，我的孩子，”安德鲁·库克说，“把你的手枪拿来。”伯林盖姆把手里的牌翻过来，照吩咐去拿枪。

琼·托斯特开了门，灯笼打在前头。“是谁？”她有气无力地问。

“快跑！”伯特兰低声说，赶忙跑过草坪。

麦克沃伊往后一退，紧张地咬着下嘴唇。“你说怎么办，埃本？”他小声说，“我们最好先跑开？”

诗人既没有动弹，也没有回答。一看到那些人奇怪地聚在客厅里，他就惊得目瞪口呆，自己给带回了（也许更适当地称为复苏了）青年时代不堪一击的状况，童贞的护腿甲、桂冠诗人的护胸甲，都是为防

① 圣亚努阿里乌斯（St. Januarius，？—305），即圣真纳罗（St. Gennaro），意大利贝尼文托主教，那不勒斯主保圣人，305年殉教。在他被杀后血未凝固的一瞬间，人们把他的血收藏了起来。以后每年5月的第一个星期六和9月19日，凝固的血就会融化，持续几天后重新凝固。

止这一状况而穿的。除此之外，亲眼目睹父亲称呼伯林盖姆——不可思议！——“我的儿子”以及“埃比尼泽”，他立马就在原地冻僵了，不是因为海湾的冷风，而是因为曾经让他三次感到寒冷刺骨的同样的地狱的恶风——在马格达林学院，在洛吉特酒馆以及在布丁巷自己的房间里。

“是谁?”琼重复了一遍。

麦克沃伊从埃比尼泽身边迈出来，于是，客厅窗户露出的灯光照亮了他的脸。

“是我，琼·托斯特。”他吞吞吐吐地说，“是埃本·库克和约翰·麦克沃伊……”

琼大叫一声，抓紧门框，灯笼滑落到地上，熄灭了。她身后的门厅里，传来一个男人的声音：“是他妈的谁!”

“也许，我们最好还是逃吧。”麦克沃伊建议。但是，埃比尼泽这会儿甚至连哆嗦都不哆嗦了，站在原来的地方一动不动。

十九、诗人从地狱梦中醒来，受到尘世拉达曼提斯的审判

数不尽的世纪，在埃比尼泽看来，自己一直在魔鬼的王国里奔波。为了忏悔情欲和傲慢，他经历了双重的磨难。第一，先是永不熄灭的烈焰的煎熬，接着就是科赛特斯河[①]刺骨的寒冷，由地狱之王自己的翅膀扇起寒风。第二，虽不常见，但更痛苦的是亲眼目睹琼·托斯特和姐姐安娜的面孔完完全全搅和在一起。琼弯下腰冲着自己，脸上白白净净，充满活力，同在伦敦时一样：衣服崭新，梅毒也没有了；眸子明亮而温柔——实际上，她的脸根本不是她本人的，而是安娜·库克的！甚至在他看他姐姐的脸庞时，他看到她的眼珠发红，目光呆滞，牙齿在牙床里烂了，皮肤也因伤口化脓而脱了一层皮——直到最后，由于有一张琼·托斯特的脸庞，她成了琼·托斯特。于是，这一循环又会周而复始。这变来变去的，让他透不过气来。他掐自己的脖子，一把鼻涕一把泪痛哭起来，在烈火中或冰窖里，自己又是踢，又是蹬，骂出像普路托的 Papè Satan aleppe[②] 一样亵渎神灵的胡话。因此，不难想象，他最终睁开眼睛，发现安娜毫无改变，就坐在他的床边读着一本书时，他是如何的高兴。如释重负来得太突然，无法诉诸言表了。他立刻沉沉地又睡了起来，梦都没来骚扰他。

---

① 科赛特斯河（Cocytus），冥河的支流，为阴世五河之一，意为痛哭之河，凡死后不葬，亡魂即须在此河之滨彷徨一百年。

② 本句是但丁《神曲》地狱篇第七篇开篇普路托（即冥王）所说的话，意义难明，属何种语言亦未可知，对其有着多种解释。现代的注解有认为是某种向撒旦祈祷的咒符。据人民文学出版社出版的王维克先生的译本，有注作“你显出来，撒旦，在你的光辉之中”者。

第二次醒来，他清醒多了。他明白，自己有好一段时间病倒，神志失常了——究竟是一天还是一个月，管他呢——而且还明白烧已经退了。看到自己的姐姐在床边服侍他，他高兴得不得了，这会儿可以和她说说话了。

“最最亲爱的安娜！感谢你服侍我……”

他没有再说下去，一是因为姐姐高兴得哭了起来，从椅子上扑过来拥抱自己；二是因为他忽然间意识到，简直不可思议，姐姐怎么会在眼前，而且显然是安然无恙。

“说真的，我在哪儿？”他小声说，“你怎么会在这儿？”

“说来话长！”安娜啜泣，“你回到莫尔登的家了，埃本，感谢上帝，你终于活了过来！”她仍然拥抱着他，冲着门厅喊：“罗克珊！快来！埃本醒过来了！”

“还有罗克珊？”埃比尼泽闭上眼睛，攒攒劲。

“你身子骨虚，可怜的！哎呀，你不知道，我听到埃弗里船长干了些什么，我哭得好伤心，我又是多么想当时和你死在一处，我多么怕你在这儿撑不过去，坏了一场好奇遇——上帝！真是讲不尽啊！”

罗塞克斯太太和亨丽埃塔从大厅进来，两人都明显没因劫难而状况难堪。双方高兴地团聚了一场，埃比尼泽就听她们讲起如何从海盗手中逃脱的经历。

“真是上帝下了一道旨，确确实实，”罗塞克斯太太说得很轻巧，“否则，怎么解释过去呢？朗·本·埃弗里是教会河的本杰明·朗，我的第一个并且长期失踪的情人。”她说，打发掉三个男囚犯之后，那个海盗就把女人们传到船尾，兑现他玩女人的誓言，但是实际上她们只听了几句淫思色欲的话，因为一听到她的名字，他马上就询问起更详细的情况，打听到她娘家的姓，他的态度就全然变了。他为把男人们扔出了船舷道歉，说他们有希望安全到达夏普岛，随后他又冒着生命危险，改道去塞文河口，在那里和她们道了别，上了自己的船，让凯恩船长单独把她们带到安妮·阿伦德尔城。

“我们不知道他是否就是本杰明·朗。”亨丽埃塔承认，“他不愿意回答母亲的问题。但是，我想不出什么别的原因来解释他的行为——”

“当然是我的本吉，”罗塞克斯太太说，“那个可爱的男孩，三十年前去了海上，做了海盗。纯粹出于羞愧感，他不愿意承认那档事。”说到这里，她很平静，不屑一切辩解的神态。尽管这一巧合的可能性绝对很小，埃比尼泽不得不承认，他想不到什么别的假定理由，来更合适地解释朗·本·埃弗里突如其来的仁慈之举。他坐起身，挨个拥抱了她们每个人，对他的姐姐是一次又一次，然后往后一躺，精疲力竭。他在地狱的跋涉，他这会儿才明白，实际上是四天的时间，其间他生死两可。麦克沃伊和伯特兰由于受了风寒，也是卧床不起，虽说无论如何不至于昏迷。麦克沃伊这会儿已经恢复过来了，而伯特兰由于直到第二天早上才在谷仓里被找到，他的情况这会儿还很危急。

“谢天谢地！他们都活下来了。”埃比尼泽大声说，“父亲什么反应，还有伯林盖姆，还有修桶工，他们怎么样？楼下是他们的声音吗？”确实，楼下的房间里传来几个男人的声音，显然是在争执。

“哎，”安娜说，“是这么回事，他们都被软禁在这里，直到我们田庄的事解决好为止！尼科尔森总督对叛乱勾当和鸦片非法买卖大为惊讶，在你康复之前，对库克岬实施某种军事戒严。这会儿，每个人都相互斥责，谁也不知道谁的拥有权有效。”她解释说，他们一到安妮·阿伦德尔城，凯恩船长就同她们一起赶到总督的家，管不了时间早晚，就把他从床上打扰了起来，尽最大努力向他汇报他们被绑架的经过，布拉兹沃思岛上的情况，以及以莫尔登为区域总司令部所进行的邪恶勾当。多亏提到约翰·史密斯的文件，以及凯恩船长作为圣玛丽城一个持重公民的好名声，尼科尔森总督才初步相信了他们的话。两艘武装的大艇被派出去追寻埃弗里船长的“番西亚号”，议会主席本人，托马斯·劳伦斯爵士，顾不得天还没亮，就和女人们一起出发来了库克岬，总督授权他做自己的代理，处理有关本州利益的任何事务。

“哎呀，”亨丽埃塔笑起来，“我们随后可是快活了一场！”她说，安德鲁·库克遇到一连串这等巨大的惊奇，摸不着头脑，有一段时间她们很为他的神志担心。首先，他发现埃比尼泽还活着，高兴是高兴，却立刻又大发雷霆。同时，使他颇为尴尬的是，他已经向所有的人发过誓说，“尼古拉斯·洛”——其人实际上是两个星期前才结识的，并且告诉他说，埃比尼泽已经死了——就是**真正的**埃比尼泽·库克。并且还说，那个把库克岬拱手让给了别人的所谓的马里兰桂冠诗人其实是一个大骗子。安德鲁当时的惊愕真是一重又一重。二十四小时之内，他还了解到，自己的“儿子”，显然是总督手下一个高级特工人员。安娜被臭名昭著的朗·本·埃弗里抓获并已释放，并且——也许最令人窘迫——安娜把他的老情人罗克珊·爱德华带到身边，还有一个可以称做自己私生子的年轻女士！

“除了这些惊奇，”亨丽埃塔说，“诸如布拉兹沃思岛上的暴动之类的小事，他也甚为关注！真的，埃本哥哥，我们有个离奇古怪的家伙做父亲。”

“亨丽埃塔！”罗塞斯夫人呵斥，“我们赶快去告诉托马斯爵士，库克先生苏醒过来了，很快就会有力气和他说话了。”她以母亲般的慈爱吻了诗人，“感谢上帝这一切。”

安娜觉得很开心。“亨丽埃塔真是会逗乐。”两人又单独待在一起的时候，安娜对埃比尼泽说，“罗克珊警告她不要叫我们**哥哥姐姐**，或者说我们的父亲是**她的**父亲。可是，她偏偏要这样做，刺激刺激父亲。”她说，罗克珊自己也承认，安德鲁当时并不知道，一六七〇年离开她时，她已怀上自己的孩子。她忍着没有对他讲，以免他受胁迫娶了她，因此，他把她还给教会河的“叔叔”时，她感到双重的愤怒。“可是呀，哎，他是爱她的，”安娜说，“我们进来的时候，你应当看到，他见到她们高兴得不得了，几乎都没工夫拿眼看**我**，可是，很为撒手离开了她羞愧——千真万确，他真是羞愧死了！他绝不怀疑亨丽埃塔是自己的女儿。这些日子来，他先是要整个世界都原谅他，后来就斥责我们所有的人是小偷德性，没哪个不是贪得无厌，弄得他丢掉了莫尔登！好一副伤心的样子，哟，埃本，我们可一定要原谅他。”

看来，近来的一番经历已经叫安娜换了个样了。她脸色还像先前一样，又憔悴，又疲惫，可是从她的声音和举止看，她的心态变宁静了，能够面对难以面对的事物——总之，是一个可人儿，因为像罗塞克斯太太一样，她使埃比尼泽想到近来被赋予了一种神迹、一种灵感和一种神秘的德行的人。想起他们俩在凯恩船长舱底的最后一次交锋，血液就往他脸上冲，他羞愧地闭上眼，紧紧抓住她的手。安娜也随即抓住她的手，仿佛看透了他的心思，接着用平静的声调说，尽管罗克珊对安德鲁的抱愧反应很冷漠，并且说，本杰明·朗，或者朗·本·埃弗里，才是真正赢得她心的唯一男人，亨丽埃塔和安娜两人却一致认为，无论怎样说罗克珊也没有丢掉对安德鲁的那份爱，只不过很谨慎，不急着表白自己的原谅而已。

埃比尼泽笑笑，摇摇头。他身体虚得厉害，但是他觉得吉人自有天相，体力正在神奇地恢复。

“你和亨利怎么样，安娜?”他询问。

安娜低垂着眼。“我们谈过了，”她说，“就像这样，眼睛却看着别处。我和罗克珊及亨丽埃塔进屋的时候，他同爸爸一样，也是完全摸不着头脑。他很高兴我们脱了险，很想见到你。我私下里把我知道的他父亲和兄弟的情况都对他说了，还有你对本州安全的种种担忧。自然，他一肚子好奇，等不及要到布拉兹沃思岛去呢——你知道亨利是怎样一个性子的人——只是，他一定要等和你谈过了话。我们答应，不戳穿他的伪装，这你知道，连托马斯爵士也叫他‘洛先生’，父亲还认为他是本州最优秀的人——把他看成是你的一个朋友，为你的损失伤透了心，乐意帮父亲抢回莫尔登。我们三个人，我怀疑，互相之间会有一段时间非常尴尬……我和他的情况是没救了……”她抽一抽鼻子，忍住一滴眼泪，使自己的声音更快乐一些，“其他的人彼此非常融洽，或者至少相安无事，包括亨丽埃塔和约翰，罗克珊和父亲。甚至连伯特兰和罗博特姆，两人也立了某种停战协定。上校仍然发誓，伯特兰就是你，害怕丑闻而仍然坚持要求拥有莫尔登。露西呢，怀孕虽没多长时间，一想到自己会生下个私生子，就吓得浑身直打战。他们心里非常清楚，他们的要求是一场诈骗。他们像伯特兰一样，都要为此受到指责，但他们豁出去了。伯特兰不愿意马上承认实情，怕上校就地宰了他。真是一出绝妙的喜剧。”

埃比尼泽听到楼下一阵兴奋的喊叫声：已宣布他醒过来了。

“说说我妻子的情况。”他恳求，他看到安娜对这一句好不容易才说出口的话，竭力抑制自己的惊愕，却全然无效。

“她活不了多少日子了……”

“不！”埃比尼泽用一只肘子撑起身体，“她在哪儿，安娜？”

“看到你和麦克沃伊，她实在受不了。”安娜说，“她晕倒在大厅里，被抬到床上——对父亲来说，又是一个了不起的时刻，你可以想象得出，那一天他得知她就是你的妻子的情形（他曾经自己付了她六镑钱）。当他了解到她不是什么苏珊·沃伦，而就是你在伦敦遇到的那个女人，他又经历了另一回了不起的时刻，他发誓说，这桩婚事无效，又是大嚷大叫、骂天骂地的。可是，他没有因此辱骂她，要是仅仅因为亨利——”

“没关系！”埃比尼泽坚持说，听到许多人上楼梯的脚步声，“快，求你，安娜！她的情况怎么样？”

“那场晕厥只不过是压倒她的最后一根稻草而已。”安娜冷静地回答，“她的花柳病一直没有起色，也戒不了抽该死的鸦片的习惯，整个体质也没好转，很久以来在烤烟房里糟蹋坏了。苏托医生给她查过了，说她已经往坟墓那边赶了。”

“上帝！”诗人呻吟，“我必须马上去看她。我要先她一步走！”他不顾安娜的阻止，竭力要下床，可是一坐起身，头就晕起来，又倒到枕头上。“可怜见的！可怜的圣人，殉道的人啊！”

一群来访者的骚动打断了他的哀号。领头的是亨丽埃塔·罗塞克斯，最先进房间的是他父亲和亨利·伯林盖姆。

“亲爱的埃本！”亨利叫起来，赶忙走上来，抓住他的双手，“你们抛下我，干什么冒险的事去了？”他抬起头来，冲着安德鲁，安德鲁在床的另一边站着，很不自在，“告诉我实话，库克先生：一个不争气的儿子，还会拯救一个州？”

埃比尼泽只能苦笑，心里有说不尽的感触，如此强烈，无法说出话来。他和父亲对视着，沉默而痛苦。“我打心底里对不住你，父亲。”过了一会儿，他张开口，但声音马上就咽了回去。

安德鲁把左手放在埃比尼泽的肩上——是诗人记忆中头一回这般体贴。“我在圣贾尔斯对你说过一回，埃本：请求宽恕，是一个不争气的儿子的特权；而接受这样的请求，是一个不称职的父亲的义务。”冲着屋里所有的人，他宣称，“这孩子还在发烧。干你的差事，早了早好，托马斯先生。”

另外三个男人进了房：理查德·苏托，罗博特姆，最后是一位戴白色假发的绅士，一身宫廷气派，五十开外，冲安德鲁和埃比尼泽分别略略欠欠身子行个礼。

“我是托马斯·劳伦斯，先生，打总督府来，”他说，“十分荣幸见到你！原谅我打扰你养病，虽说不应该打扰你，但没有谁比你更清楚，我们的事务严重和紧迫到了什么程度——”

埃比尼泽挥挥手，表示没什么好客气的。“我姐姐已经告诉我你来了，这得感谢上帝和尼科尔森总督大人！我们的险情比任何人想象的都要大，先生，越早准备越好。”

“太好了。那么请问，你是否觉得身体能撑得住，今天下午与尼科尔森总督以及本人谈谈？”

“尼科尔森！”苏托惊叫，“凭圣西门[①]的锯子发誓，先生们！”安

① 圣西门（St. Simon），耶稣十二使徒之一，据说被锯子锯死殉教。

德鲁以及罗博特姆似乎也对议会主席的话感到不安。

托马斯爵士点点头。"这里的洛先生通知我，总督大人昨天去了牛津，得到库克先生得救的消息打算到莫尔登这边来。我们时刻盼望他的到来。你有什么要说的，先生?"

"我非常乐意，并且非常迫切向他汇报情况。"埃比尼泽说。

"很好。本州忘不了你的，先生!"

"我说——"罗博特姆已经一脸通红，眼睛睁得圆圆的，眼光不自在地从埃比尼泽扫到安德鲁，又扫到托马斯爵士，"我不怀疑，这个小伙子是个英雄，肩负重大的事业，等着和总督大人处理。我不希望自己看上去只顾自己的私人利益，或者显得对国王大人的秘密特工人员不领情，他们的工作要求他们更名改姓——"

"去你的，乔治!"安德鲁没好气，"这位洛先生，倒可能是总督的特工，或者是威廉王的，或者是教皇的，或者是别的什么的，但是，这小伙子，是我的儿子埃本，这就了结了。上帝宽恕我，我和洛先生的计划骗了你们所有的人，感谢上帝，让我的儿子从死亡中复活了过来，管它什么莫尔登不莫尔登的!"

"够了。"托马斯爵士打断他，"我提醒你，上校，州里对这里的田庄是甚为关注的。正是为了照看好它，我一开始才来到这里的。如果总督大人乐意的话，今天我们就可以就归属问题，召开个听证会，因为我们已经有库克先生在这儿了。"他还提请所有的人注意——尤其是理查德·苏托——在问题没有处理好之前，任何人不得擅自离开屋子。

"凭圣塞西莉亚[①]的管风琴发誓!"苏托反对，"这违反了**人身保护令状**! 我要拉你上法庭，先生!"

"你有权利，"托马斯回敬，"但是，不得离开库克岬。洛先生已经

① 圣塞西莉亚（St. Cecilia，? —230），罗马的基督教女殉教者、音乐主保圣人，据说她既能歌唱又能弹奏乐器，因拒绝崇拜罗马诸神而被斩首。

与特里普少校联系过了，自今天早晨起，这里就有卫兵把守。”

这一消息使大家普遍感到惊讶。罗博特姆上校捋着八字胡。苏托代表公民，祈助圣人希吉诺斯①和帕利卡普斯②，对此高压手段表示抗议。托马斯爵士接下来要求，除了安娜和“洛先生”留下，其他的人一律离开房间，因为安娜已具有弟弟护士的身份了，“洛先生”则声明，有必要一刻不离开主要证人床位一步。安德鲁不太情愿离开。“我们有许多话要讲，”埃比尼泽安慰他，“一时半刻说不完的。我这会儿饿得很，也困死了。”

“我去端肉汤。”父亲嘟哝一声，出去了。

埃比尼泽叹口气。“很快，他就一定会看破你是谁，亨利。我厌死了装东扮西的。”

“我会告诉他的，”伯林盖姆许诺，“我知道我的位置。真的，太神了，埃本！我等不及要拿到我父亲的书——他叫它什么来着？《英国魔鬼书》！阿哈特瑚珀人的国王！太神了！”他很有导师派头地伸出一根手指，笑了笑，“但是，不是现在，埃本，不，他不应当现在就清楚。我的计划是尽早去布拉兹沃思岛——明天，如果今天这里的问题能够解决——尽一切可能劝我的父亲契卡梅克和兄弟息怒——我兄弟他叫什么名字？”

对导师饱富特色的热忱，埃比尼泽不由得笑了笑。“考宏科普利兹，”他说，“意思是鹅之喙。”

“考宏科普利兹！多么美妙的名字！那边的事一了，我就回来，向你姐姐求婚，并请求得到我的朋友安德鲁的同意。如果他同意，我就告诉他我是谁，并再次向他恳求；如果他不同意，我就走我的路，永不再拿事情的真相打扰他。你们俩觉得这样可行吗？”

---

① 圣希吉诺斯（St. Hyginus），公元二世纪时希腊籍教皇，据《教皇志》载，他是教士等级制创始人。在位期间罗马出现诺斯替派异端。

② 圣帕利卡普斯（St. Polycarpus，69？—155？），主教，殉教者。他是使徒和早期神甫之间的重要人物。

埃比尼泽看着姐姐，等她作答。埃比尼泽看得很清楚，她同伯林盖姆的私人谈话，已经把事情安排得比《英国魔鬼书》还机密。埃比尼泽有把握，亨利不光对安娜和比利·朗姆比利之间，而且对安娜和自己之间所发生的一切，都十分清楚。她屏住气，摇摇头，眼睛老是冲着床罩。

“没用的，亨利……这究竟又会有什么结果呢？”

“不，出了埃本碰上了我身世这桩事，你怎么还能绝望呢？你只要让他身体恢复过来，他就会为我解开另一个谜：圣茄子之谜，或任何其他的什么？”他不再戏谑，却一本正经地补充说，“不久前，我向埃本建议，我们三个要在宾夕法尼亚同住一所房子。既然天意注定我受挫，社会习俗也不让你遂愿，那么我们索性不得志地在一起，又有什么不好呢？让我们像仁慈的修女一样，住在我们的隐修院里——哎，我要让你信仰宇宙哲学，我为不得志的真理寻求者开设的宗教，我们要发明许多精神上的修炼术——”

他顺着性子往下讲，直到埃比尼泽和安娜两人都不得不笑了起来，于是，他们之间的紧张气氛就暂时打消了。但是，安娜倒不想对这一建议做任何承诺。“还是以要事为先：从布拉兹沃思岛活着回来，既没有被剥了头皮，又没有改宗信他们的宗教，那时候，我们再考虑考虑，我们自己该怎么办才是。”

“你去约翰·库德那儿的朝圣之行结果怎么样？”埃比尼泽问伯林盖姆。

“唉，我的朋友。你得多多原谅我！我怎么能原谅自己这样经常欺骗你，除了我照直说过我根本不相信天真？听到这些，只怕又要伤害你了……”

“不会再有的，”埃比尼泽让他放心，“这些日子，我的天真是经过严格的技术处理的了！库德怎么样？你觉得他是你认为的那种救星吗？”

伯林盖姆叹口气。“我从来就没有找到他。”已经决定的打算，他说，是扮成库德手下的身份（以尼古拉斯·洛的身份），最好打探出时下一些流言飞语背后的真实情况，说是库德正在联合奴隶和有不满情绪的印第安人，准备发动一场暴乱，赶在尼科尔森依据一六九一年会议记录对他起诉之前，就先下手为强。但是，在圣玛丽城，就在暴风雨把埃比尼泽吹到布拉兹沃思岛那夜的第二天早晨，伯林盖姆就遇到了安德鲁·库克本人。他认为其是打米切尔船长那边来，去东海岸的。经过一番谨慎的打探，他了解到，安德鲁已经在米切尔船长家碰上了罗博特姆上校，一听到上校提及埃比尼泽是"我在圣玛丽城的女婿"，惊愕中一回过神来，就赶紧打探个中的究竟。

"得，朋友，"伯林盖姆接着说，"我当时不知道怎么想。我白白地找了你一整夜，后来才得到消息说，凯恩船长黄昏时出了航，船上有马里兰的桂冠诗人，还有一个皮包骨的高个家伙，看来是在暴风雨中掉到海里淹死了。你父亲了解到莫尔登的事态，一时一筹莫展：继承人和田庄都丢了。"看上去有可能，埃比尼泽要么死了，要么失踪了，伯林盖姆就以尼古拉斯·洛的身份把自己介绍给安德鲁，说"尼古拉斯·洛是桂冠诗人一个忠实的朋友"，并且还说，假装成埃比尼泽的正是自己，好掩护他的朋友逃脱。这一消息更使安德鲁火冒三丈；有一会儿工夫，伯林盖姆还以为安德鲁要揍自己（在凡斯沃宁根酒馆）。因此，为了让他息息怒，多少安慰一下他的损失；同时也使自己处于更便利的地位，打探孪生姐弟的消息；并且也为了自己复杂的意图，伯林盖姆就提出一个巧妙的建议：他将继续假装安德鲁的儿子。他们一道去库克岬，向人们宣布，让出莫尔登的人以及露西·罗博特姆的丈夫，两个家伙都是骗子，这样一来，上校和修桶工对莫尔登的拥有权就会无效。

"我们就肩并肩地来到这里，最友好的一对朋友，中途只毫无成效地拜访了一下教会河，是想核实一下我听到的一个风闻——你知道经过吗？难道没有讽刺意味？——除了这一趟打岔，我说，我们就一直待在这里，直到今天，等着你或安娜的消息。至于田庄，安德鲁和我威胁过史密斯和苏托，他们反过来又威胁过我们，最近，上校又一直威胁我们所有其他的人。没有哪一个敢上法庭，怕给扒下裤子打屁股，因为案子太复杂，或者怕弄得自己为这里的妓院和鸦片买卖负责任。老安德鲁和他们可能是什么关系——如果有的话——连我也说不准。”

“你自己不就是约翰·库德?”安娜半严肃地问。

亨利耸耸肩。“我曾经时不时地是。说到这一点，我曾经做了半天的弗朗西斯·尼科尔森，三个马塔渥蒙婊子加在一起，也做不到更精明。但是我发誓，尽管我很难相信这类著名的人物纯粹是虚构出来的，但直至这会儿，我也没见过巴尔的摩，或者是库德。也许，他们都是流言所诅咒的那样：魔鬼以及半神半人，或者别的什么；或者，他们可能是像我们自己一样的傻瓜，在真实基础上加上了传说；再或者，他们正是谎言及传说本身。”

“如果最后一点是实情的话，”埃比尼泽说，“天才知道其繁殖能力真是够快啊！我对着自己敝体陋骸，思考这些虚构人物的分量和威力，他们被一而再再而三地模仿和伪装，我觉得，他们实在是我凡夫俗子的十倍。”

伯林盖姆笑笑，表示赞同对方的看法。“我的小伙子上的学校，老师可比他先前的老师高出一筹。无论怎么说，弗兰西斯·尼科尔森确有其人，既不是什么库德，也不是什么卡尔弗特，他视尼克·洛是他知道的最机灵的间谍。要我提供更具体的情况，是不明智的。”

埃比尼泽的心里还有许多问题，就在这个时候，厨子——他认出来是那个他婚礼上抽泣的巴黎老妓女——把牛肉汤端了上来，伯林盖姆乘机脱开身。

“我必须负责做到，总督大人不在你家遭到不测，亲爱的。”他亲了亲安娜的嘴唇，一点儿不知窘促，就像丈夫亲妻子一般，接着，让诗人惊讶的是，他也亲了亲诗人，但是很谨慎，只是在额头，倒很像是父亲亲儿子，或者，在更表露感情的范围内，是兄弟亲兄弟。“感谢宙斯，你活了过来!”他小声说，“我不是曾经说过，堕落的时候会有一番不小的骚动？”

埃比尼泽笑一笑，不同意对方的看法，说，尽管自己遭受摧残，身心俱疲，是毋庸置疑的，但是，到目前为止，还不至于属于堕落之徒，同样不大可能的是他会加入他们的行列。伯林盖姆富有特色地耸耸肩，算是回应，就走开了。

“凭上帝起誓，我们其他的问题要严重得多，”安娜叹口气，“但是，对那个男人以及我们三个人，我就是搁不下心。”

“你要嫁给他？”弟弟问。

安娜也耸耸肩。“有什么用？还不是要离开他，就像我和他兄弟一样，然后生活在罪恶中。”在当时的环境下，这话说得尤其不中肯，姐弟两人各自好笑。

安娜又摇摇头。“我最担心的是，他一去布拉兹沃思岛，就不会回来了。”

这一想法，让埃比尼泽一惊。“你担心，比利·朗姆比利会出于嫉妒杀了他？我倒没想到这一点。”

“才不呢，”安娜说，“比利了不起是了不起，终究不是亨利的对手，危险就危险在这里呢。”

埃比尼泽明白了她的意思，哆嗦了一下：亨利和西方文明（毋庸说与英国殖民主义）的关系，是如此的微不足道和淡漠，与他如此复杂的思想和兴趣比较起来，就显得很狭隘了。他难道不已经是一个海盗，或者天晓得是哪个邪恶阴谋机关的特务？难道他不是赞美过各种倒错变态的行为，并且向埃比尼泽指出人类对暴力、毁灭以及劫掠的永久痴迷？不论伯林盖姆现在的意图是什么，他总会留在布拉兹沃思岛上，与德雷克派克和夸撒布拉格共筹共谋，这无论怎么说，也并非是不可思议的事。有了这三个狡诈而无所不能的对手——还不算上约翰·库德以及那个难以捉摸的卡斯提纳先生——只有上帝才能帮一把美洲的英属殖民地了。

牛肉汤对他恢复体力起了神奇的效用。喝完汤，他打发安娜去琼·托斯特那里，代他表示自己的抱愧之感，并恳求允许他同她见一面。

“她不愿意。”一会儿后，安娜就上来回话，“她说，她与我没什么过节，只是想安安静静地死去，何必再见到另一个男人，让自己痛苦呢。就连苏托医生也不大去她那里了。”

同经常听到有关她的消息做出的反应一样，埃比尼泽羞愧得心都痛了。但是，他认为这倒是个不错的迹象，至少表明，琼还没有陷入情感冷淡的境地。埃比尼泽对安娜说，敌对心理挥之不去，生命也就不会退场，只要他妻子活一天，他一天就不放弃希望，不是希望得到她宽恕，因为自己对此不配，而是希望当着她的面，袒露自己究竟是怎样卑劣地抛弃了她。他又叫来麦克沃伊。麦克沃伊和埃比尼泽有同感，对琼的境况表示同情。对朗·本·埃弗里神奇的身份（他说，这相当程度上证实了埃比尼泽的主张，生活是一位无耻的剧作家），他摇摇头。看到女士们安然无恙，他非常高兴。他随后扶着诗人下楼来到大厅，走进他和伯特兰·伯顿一起住的房间。

“可怜的家伙逃窜开，你不知道，怕罗博特姆以及你父亲打他大板子。由于琼昏倒在门厅里，你自己也冻僵得像块云石，大家又是一阵乱糟糟的忙活，直到第二天早上才找到他，他冻得快死了。即使是这样，他们还是要让他和仆人睡在一起，我和洛先生好说歹说，才让他和我睡在一起。我担心，风寒算是送了他的命了，可怜的家伙。”

他们发现伯特兰醒了，但远远谈不上身体健康。他的双颊让热度烧得红得厉害，消瘦凹陷，憔悴不堪。鼻子只剩下骨头，鼻梁像闪米特人[①]一样尖。他的眼睛还是往常那么圆，却毫无光泽，像只病态猫头鹰的眼睛，鼓了出来，要超过他的鼻子了。正如伯林盖姆急急忙忙走

① 闪米特人（Semite），西亚和北非说非亚语系闪语族诸语言的人的泛称。古代包括巴比伦人、亚述人、希伯来人、腓尼基人等，近代主要包括阿拉伯半岛和北非的居民、犹太人、叙利亚人和埃塞俄比亚居民的大部分。

到埃比尼泽床边一样，诗人现在也如此礼遇仆人。

“可怜的，你真该一直没离开我们。”

伯特兰笑了笑，面部肌肉扭曲起来。“我永远不该离开布丁巷，先生。”他说，一半是埋怨，一半是真心话，“你的仆人，最好当年和拉尔夫·伯索尔打一仗，也比做什么诗人、指点人强——无论有多大的天赋，尽管我们还快活过一场——那一天，我们是德雷克派克的神，认为我们已经找到了黄金城?”

埃比尼泽想说，他的仆人说起话来像是快完的人了，但是他控制住自己，免得这一比喻说法被视作一则预言。

“确实，那是美妙的一天。”他同意对方的看法，“我们会有许多许多这样的日子的，伯特兰，你和我。”他让仆人放心，无论是安德鲁，还是他自己，除了操心他的病情以外，没有任何别的想法，大家都祈祷他快点儿康复。“至于罗博特姆上校，他有足够理由怒气冲天。露西的境况也确实够惨的，但是，凭上帝起誓，一切都是他们自找的。无论怎样说，他们绝不会对你怎么样。振作起来，伙计，给我做指点人，或者，让我把你带回到贝茨那里去!”

但是，伯特兰还是摆脱不了自己的心境。他叹口气，由于发热烧得头脑不清醒，语无伦次地说起果仁酒、大熊星座以及女人的诡诈。他倒是想清晰表达自己的悔恨，没能及时猜出贝茨之所以激怒丈夫，是为了让他抽身逃脱，同时，又一味夸赞西波拉岛、幸福岛，还有巴斯沉陆。

“你必须承认，”他又诡秘地说，“装诗人我可有一套……”

“不是有一套，千真万确，”诗人流泪了，“是有天赋。”

伯特兰又陷入一阵谵妄。应安娜的建议，两个男人离开了，留下安娜和罗塞克斯太太照料他。埃比尼泽回到自己房间，休息了一会儿。醒来后，他觉得体力比先前恢复得好多了，认为如果有必要，自己乐意对上帝本人报告。

“我得请尼科尔森总督上来。”伯林盖姆说，“你睡着的当儿，他就来了。让每个人感到郁闷的是，他在同你谈话之前，不愿意听任何一句关于这田庄的事。我叫他等着，待你吃完饭再回来。”

尽管内心对见总督大人有忧惧，但埃比尼泽脸上还得挂上笑容。“我告诉过你，你的兄弟也有同样叫人受不了的习惯吗?”

“没有，那太妙了！我巴不得了结这厌人的差事，飞到他那里去呢!”

说完这句话里有话的话，亨利下楼去了。一会儿，他就跟在弗朗西斯·尼科尔森的后面，又回来了。尼科尔森是马里兰的皇家总督，和伯林盖姆身材一般，矮小结实，虽然岁数要大十几岁，也有些发福了。他穿着青紫色的平绒裤，戴着硕大的法国佩鲁基假发，指甲修得十分讲究，一张纨绔子弟的粉红娃娃脸；一个大下巴，一双黄蜂似的眼睛，说起话来特别冲，举止简慢，这一切都暴露出纨绔子弟的德性。他招呼没打一声，就大摇大摆走进房间——相当依靠银头拐杖的力量——透过眼镜，仔细地打量病人，又是热切，又是好奇，又是怀疑，仿佛埃比尼泽成了皇家委任状授予他的一只搁浅的鲸鱼，他倒反而弄不准鲸身上的油是否值得剥皮去取。伯林盖姆站在旁边，模样很愉快。托马斯·劳伦斯爵士气喘吁吁赶上来，关上身后的门。

“晚上好，大人，”埃比尼泽先开口，“我是埃比尼泽·库克。”

“见鬼，最好是这样!”总督叫道，他的态度唐突，但不至于不友好，也随大家说笑，“如此看来，你就是查尔斯·卡尔弗特的桂冠诗人，久仰久仰!”

“不，大人，从来就不是名副其实——”

“总督大人打趣呢。”托马斯爵士插一句，“洛先生已经告诉我们有关你委任的情况，库克先生，还有它给你带来的诸多磨难和欺诈。”

“倒不见得是个坏主意，”尼科尔森说，“尽管我发誓，巴尔的摩这么干也只是想逞逞王者的威风。只要给我时间，我自己在安纳波利斯——也就是我对安妮·阿伦德尔城的称呼——只要给我一年时间，在那里建所学校，无论这些吝啬的傻瓜喜欢不喜欢，我们就可以为我们自己在马里兰著书立说！哎呀，或许一个诗人可以多少找到些歌吟的材料，嗯，尼克？”

“我敢说。”伯林盖姆回答，并且应总督的进一步询问补充说，他已经和弗吉尼亚的哪个印刷商联系过了，如果尼科尔森有指示，就想办法把那家伙从安德罗斯手下挖过来，在马里兰开个门面。有一会儿，埃比尼泽似乎被忘却了，但是，没有任何圆场的话，总督就又转向他——确实，冲着他，那家伙的表情总是一贯很森严——要求绝不要拐弯抹角，直接详细告知有关“奴隶和蛮人的荒诞故事”。他毫无掩饰的怀疑态度，一开始使诗人很反感——他开始讲的时候，结结巴巴，疑虑重重，几乎连自己也怀疑起故事的真实性——但是，他很快就发现，总督的怀疑态度只不过是表面文章。“荒谬！”被告之德雷克派克与北方的头目有联系，尼科尔森会嗤之以鼻，但是，他淡红色的眉头还是关注地皱在一起。讲到伯林盖姆的真实姓名及身世，总督叫起来：“无法无天的欺诈，卑鄙无耻的谎言。”这时候，埃比尼泽就可以准确地把含糊不清的地方，说成是“听说过的最无稽的奇迹”。简而言之，尽管总督对诗人叙述中任何不利索的地方表示绝对的怀疑，埃比尼泽都很自信，就像伯林盖姆一样，总督是接受了自己的每一句话：不光是黑人—印第安人阴谋的重大危险性，以及妓女和鸦片买卖，而且还有诸如这样的细节，斯莱和斯卡瑞从事的移民非法贸易，安德罗斯的“海岸护卫”托马斯·庞德的掠夺抢劫行为（一听到这一点，他就兴奋地搓起手，心想，这回要为难对手了），“波塞冬号”船长米奇的表里不一——具有讽刺意味的是，尼科尔森最近才雇了他，乘“风驰号”巡视海防，对付非法贸易。

“凭圣母作证！”他最后发誓说，“派我来管制的，是怎样一窝豺狼和毒蛇！”他转身对着他的手下们，“你们说，先生们：我们要去巴巴多斯岛，把这个满是糟粕的州让给异教徒？还有你这个杂种！”他用手杖指着伯林盖姆，“你到处招摇撞骗，端着一个正派的托尔伯特绅士的架子，而同时一直就是个嗜杀成性的蛮人王子！哎呀！不得了啦！”

伯林盖姆冲埃比尼泽眨眨眼。尼科尔森总督在房间里走来走去好一会儿，用拐杖敲打着地板。到头来，他住了脚步，怒视着议会主席。

“好，见他的鬼，汤姆，我们得法办这个库德，不是吗？这个恶棍不会很难对付的，然后，我们就着手来武装军队。”他向埃比尼泽承认，“要是说实话，那么，我们裤子里的子弹，会比军械库里的还要多。”

托马斯爵士征求伯林盖姆的意见，挨了总督大人一顿臭骂：居然向一个“红皮肤的特务”征询意见。

“何时找到他，就何时法办他，先生，”伯林盖姆说，“但是，选什么法官，得慎重行事，即使是那样，他也会很容易逃脱掉的。”一六九一年会议记录的一部分，虽然是州里对付库德和“新教徒联合者”最致命的证据，却仍然有待寻找，他解释说；尽管这部分记录与他自己的身世的关系，可以设想没有多大的瓜葛（正是亨利·伯林盖姆爵士《私人日志》的那部分内容——威廉·史密斯不大明确地说过——才涉及英国人从波瓦坦那里逃跑的事），它作为证据，其重要性也许确实很大。“它在楼下那个粗俗的修桶工手里。”他最后说，“他无论如何就是不愿拿出来。但是，我们可以威胁他拿出来，我一旦读了它，我们就可以去找尊敬的库德将军。”

“我们就要拿到它，马上动手，”尼科尔森小声嘟哝，“就在今天。就算我被异教徒杀了，我也要看到恶棍库德比我先一步进地狱。”

“有一个更叫人头痛的问题，”伯林盖姆说，“你也和我一样清楚，要是黑人和蛮人真的动了杀机，过不了春天，他们就会把美洲的每一个白种人斩尽杀绝——尤其是他们有三四个上好的将领。”他的打算，他说，是无论如何都尽早去布拉兹沃思岛一趟，把自己介绍给塔雅克和考宏科普利兹；无论从哪个方面考虑，他们都有可能怀疑他的身份，因为他没有任何证明身份的依据，但是，万一他们奇迹般地相信了他，他就会想办法废黜他的兄弟，并且让夸撒布拉格和德雷克派克反目成仇。英国人的位置在美洲进一步巩固之前，他相信，运筹帷幄，制造摩擦，是拯救英国人唯一的武器。

“等不到你的戏开场部分演完，你就玩完了，”尼科尔森鼻子里一哼，“蛮人笨是笨，但是要是哪个英国人大摇大摆走过去，宣称自己是他们的国王，他们总不至于蠢到俯首称臣的地步。”

“哎，得，这可不是**任何一个**英国人都能拿下来的差事。倒不是说我有特殊的才能，先生——恰恰相反，扮这一角色，需要一个十分特别的**缺陷**，可不是吗，埃本？”接下来，他相当坦诚地描述了自己从亨利·伯林盖姆爵士（他祖父）那里遗传下来的天生的生理缺陷。他打算就把这一缺陷，在布拉兹沃思岛上当身份证书使用。总督又是惊愕，又是同情，又是低级趣味地从中体会到乐趣；但是，他说，印第安人中只要出一个自尊的怀疑论者，伯林盖姆的计划就会泡汤——“你认为，老尤利西斯觉得阉了西农[1]会达到自己的目的，他就屑于那么干？”他回敬——但是，至少就目前而言，他也拿不出什么更妙的良方。他转过身来，冲着埃比尼泽，一切傲慢和乖戾派头一扫而尽，问：“你还有什么要告诉我的，我的孩子？没有了？上帝祝福你的勇气，还要回报你经历的磨难：你做诗人，要是赶得上你做人的一半，你绝对不只是马里兰的桂冠诗人。”

让自己显出一番人情味之后，诗人还未来得及表白自己的感激之情，他就端起了身份。“好了，汤姆，我要求这个屋子里每一个男人和女人都到客厅集合，除了那个烧得发疯的可怜家伙。我们在这里举行一次漂亮的上议院法庭听审，查尔斯·卡尔弗特每当事情顺手的时候，就习惯这么干。我们要在月亮升起前，把这田庄的归属问题弄个水落石出。”

---

① 西农（Sinon），特洛伊战争中的一名希腊士兵，与奥德修斯有亲缘关系。其假装被特洛伊人俘虏，让特洛伊人将希腊人遗留的巨大木马作为礼物献给神。维吉尔在《埃涅阿斯纪》中写了关于西农的故事。

“很好，先生!”托马斯回答，“但我必须提醒你，哈梅克法官——”

“见他的鬼，就让他等着羡慕吧!”总督大声说，埃比尼泽不自觉地想起伯特兰曾经给他讲的一个诽谤人的故事，“动手干吧，尼古拉斯，小伙子——不，现在是什么？亨利？我的天！好一个马基雅维里！把那些教区居民带进来审判，亨利·伯林盖姆：汤姆得扮演老弥诺斯，我就是拉达曼提斯!”

二十、诗人这一天首先在法庭度过

由于莫尔登的归属问题至少好几天以来一直是每个人最为挂念的大事，所以没多长时间，尼科尔森总督就可以宣布他的特别法庭开庭。到庭的是当事人各方，还至少包括一个希望自己待在别处就好了的人：多切斯特郡军部的两个士兵，在离莫尔登不远的海滩上截住了威廉·史密斯，他说他只是透口新鲜空气，但脸上痛苦的表情说明根本不是那回事。两个法官端坐在装有绿色台面呢的桌子旁，背对着壁炉。其他的人被安排呈一个大圆圈围着他们。亨利·伯林盖姆拿了纸和笔，坐在尼科尔森的左手，对面是托马斯爵士，正从他的方位饶有兴味地扫视着聚集在一起的人。

埃比尼泽颇费些气力穿好衣服，来到这个场合，坐在安娜椅子的扶手上，位置是在半圆的最右边（从法官们的视角来看）。尽管他自然希望库克岬的所有权归还给父亲，但是，最近历经的一系列事件和自己发现的一些事，已经使他失去了这种焦虑感。他的激动只是对预料中将要发生的事情的激动。安娜新近养成了宁静祥和的心态，与此相吻合，她带了一点儿针线活，似乎全部注意力都放在上面，让人不免觉得她对田庄的处置毫不介意。她的右边坐的是安德鲁·库克，一直猛抽着烟斗，一团团烟雾似乎不是从烟斗里，而是从他的汗毛孔里冒出来。时不时地，他面有愠色地睁大眼睛，扫一眼自己的孩子们，仿佛担心他们有可能就在眼前消失掉，或者变成别的人。不看孩子的时候，他就不耐烦地往前面桌子那边看，一边呷着尼科尔森吩咐给大家轮着倒的朗姆酒。

他没一次把眼睛转向旁边的皮坐椅，那里坐着罗克珊·罗塞克斯、亨丽埃塔，还有麦克沃伊。大家嚼舌根，安娜对埃比尼泽说过，老情人已经和好了。两个人都不愿直接提起那档事——罗克珊严肃地保证，自己永远忘不了本杰明·朗；安德鲁严肃地保证，自己永远忘不了安妮·鲍厄尔·库克——但是，磨坊主妻子尽管持重有加，却格外充满活力了。她棕色的眼睛忽闪忽闪，似乎总是在玩味着什么私密的乐趣。安娜叫安德鲁尽量放宽心，就是父亲再结婚，无论是她，还是埃比尼泽，都不会认为是对他们母亲的蔑视。安德鲁听了，心里好一片迷茫，倒是建议女儿先解决好自己的婚嫁，才轮得上安排父亲的婚事。就是到这个时候，埃比尼泽也没有意识到，父亲一点儿也没有老到没有戏了，只不过五十五岁上下——伯林盖姆比孪生姐弟大多少，他就比伯林盖姆大多少，没有什么大的出入——并且，尽管胡子都灰白了，一只手也蔫了，最近体质也不大好，可是看上去还是有些阳刚的血气。

在罗克珊的旁边，也就是在圆圈的中部，坐的是新近团圆的一对情人亨丽埃塔和麦克沃伊。对他俩，倒没有什么流言可传的。他们毫不掩饰相互之间的感情，每个人都认定，他们的婚约很快就会宣布。他们的右侧，另外半个圆弧位置，依次坐的是理查德·苏托、威廉·史密斯、露西·罗博特姆——只有罗博特姆上校没有落座，他在女儿的椅子后面浮躁地走过来走过去。她的女儿羞愧地绷着脸。修桶工目光冲着脚上的鞋，阴沉着脸，无论苏托耳语些什么，他都不耐烦地点点头：他根本就不看埃比尼泽；也不看穿着苏格兰制服的卫兵，那家伙滑膛枪上了膛，五分钟前尼科尔森才提拔他做了警卫官。

没有法槌，总督将就着用拐杖在桌边敲一敲。

“得，见鬼，法庭现在开庭。值得我们信赖的朋友尼克·洛，想出了记录说话的巧妙规则，因此，我们在此指派他担任本次庭审的书记员。”

埃比尼泽看出来当时的情况会出现多种可能性。“要是大人不介意的话——”他斗胆进一言。

“我介意，”尼科尔森断然打断他的话，“很快你就有充分的时间发表你的高见。”

“我说的与书记员有关，”埃比尼泽坚持，“鉴于我们眼下处理的事情尤为复杂，而明确当事人身份又至关重要，我看，一开始就建立一条严格的原则是明智的：当事人各方必须使用真实的姓名，否则，法庭不要采取任何行动，也不要听证人的证词，以免法庭判决的合法性受到置疑。为此目的，我恳求总督大人让书记员发誓，说出他的真实姓名，并按此真实姓名指派他做书记员。”

可以理解，安娜对此建议大为惊讶，其他人——尤其是安德鲁——被弄得稀里糊涂。尼科尔森和托马斯两人，都欣赏诗人确立对自己情况有利的惯用计策。伯林盖姆也略微点了点头，表示领会埃比尼泽的其他意图。

“毫无疑问，这是最明智的做法。”尼科尔森同意，并对大家说，“特此宣布，尼古拉斯·洛，是我们好朋友的假名，可以这么说，现在在此以其真名实姓指定他为本庭书记员，他叫亨利·伯林盖姆三世——我没错吧，亨利？”

伯林盖姆又点了点头，表示自己的身份无误，但是，他的注意力像孪生姐弟一样，集中在安德鲁·库克身上，后者一听到这个名字，一脸煞白。

“哎呀！”麦克沃伊笑起来，忘记了身在何处，“是真的，亨利？这些日子可是奇事一桩挨着一桩！你听到了吗，亨丽埃塔——”

亨丽埃塔叫他小声点儿。安德鲁直愣愣地站起来，怒视着伯林盖姆。

“上帝作证！”他开口了，不得不停下来，欲言又止好几次，努力克制自己的情绪，“我要见到你下地狱，亨利·伯林盖姆——”

他朝桌子迈了一步；埃比尼泽走上前，抓住他的胳膊。

“坐下，父亲。你没有什么和亨利过不去的，过去也没有。要怪就怪我，而不是亨利和安娜。”

安德鲁盯着儿子的脸，一肚子不相信，又看了看抓住他的手。他没有再往前走的架势。

“哎，得了，安德鲁，”罗塞克斯太太说，“在那桩事中，你是被告，不是原告。就此而言，骗子没有立场起诉受骗。”

“我非常同意！”罗博特姆上校说，伯林盖姆冲他递了个古怪的眼神，他就不自然地清一清嗓子。

尼科尔森敲拐杖，要求安静。“你们很快会了结你们之间的过节。”他说，“坐下，库克先生。”

安德鲁照吩咐做了。罗克珊侧过身来，冲着他的耳朵嘀咕了几句。安娜钦慕地轻轻拍拍弟弟的手。埃比尼泽的脉搏仍然跳得很快，但亨利递来的一个眼神让他心中一阵温暖。可是，没多会儿，就轮到他受惊了：那个法国女厨子来到门前，嘴里嘟哝着什么消息，卫兵上前挡住她，并把消息传给总督。消息似乎有两部分内容，第一部分总督点点头，表示承认，冲第二部分骂了一句。

“你会很高兴地知道，罗塞克斯太太，”他宣布，“你的朋友埃弗里船长甩掉我们，正在往费城赶。我相信，他在那儿会找到避风港，绝不愁没有同伴。”

罗克珊回答说，自己过去是爱朗·本·埃弗里，最近还欠了他的人情债，但是，这些却没有让她对他的海盗行径视而不见。她要烦请总督大人回顾一下，向他汇报埃弗里形迹的正是她本人，不要对不存在的关系含沙射影，让她下不了台。

“我非常赞同。”安德鲁说。埃比尼泽和安娜吃惊地交换一下眼色。总督似乎为罗克珊的精神气打动了，点点头表示歉意。

“我还得知，我们有一个病人要求参加我们的庭审。伯林盖姆先生认为，她在各种关键问题上，都是举足轻重的证人。我要叫伯林盖姆协助警卫官，把她带到这里，然后庭审就开始。”

安德鲁、罗克珊、亨丽埃塔以及麦克沃伊——大家都冷静地注目埃比尼泽，消息让他的面庞习惯性地抽搐起来。有一会儿工夫，他害怕自己又会犯晕厥症，但是一看到琼出现了，他就从坐椅扶手上跳起身。琼被两个人架着胳膊带进来，像是土牢里拖出的囚犯。

“啊，上帝！”

所有的人都站起来，嘴里嘀咕开。安德鲁拍一下儿子的手臂，清了一两声嗓子，要儿子打起精神来。确实是一副令人不安的场景：琼的脸庞和衣服都干干净净——是安娜和罗克珊替她照料的——但是，她的脸让病魔折腾得面目全非，牙齿也不顶多大用了，双眼——当年，在洛吉特酒馆，是那样闪烁着热忱——充满血丝，一片黯然。她比亨丽埃塔·罗塞克斯岁数大不了多少，但是她的浑身虚弱，再加上粗糙的毛绒睡服以及蓬乱的头发，使她一副女巫或古代疯人的模样。对此景况，麦克沃伊哀吟起来，露西·罗博特姆双手捂住眼，理查德·苏托不舒服地吸吸鼻子，而他的主顾干脆就不看。琼身体太虚，直不起腰坐下来，只好裹上毛毯，半坐半躺在亨丽埃塔旁边的长椅子里。她如此呵护琼，说明麦克沃伊把一切都告诉了她。

等到在长椅子上安顿好了，她才眼睛盯住埃比尼泽，搭理埃比尼泽痛苦的在场。“上帝饶恕拯救我！”诗人叫起来。他在椅子前跪倒，手捂住嘴巴，哭泣起来。

“肃静！肃静！”尼科尔森呵斥，“你就坐在妻子旁吧，库克先生。要是我们不开始，事情何时能够了结呢。无论那个家伙怎么亏待了你，库克夫人，他为此深为抱歉，是清楚不过的。你希望他和罗塞克斯太太换个座位，还是就照原样?”

“**如果希望是黄油蛋糕，乞丐也会咬一口。**”琼回答，但是，谚语尖刻是尖刻，她的声音却微弱而嘶哑，“**我从来没有比希望吃晚餐的时候更糟糕。**”

“那么，随你的便，库克先生，”总督说，“但要快点儿。”

罗塞克斯太太把埃比尼泽拉到自己腾出的位子上，就在琼的头这一边，自己坐了安德鲁·库克递过来的一把椅子。安德鲁表情严肃地注视着儿子。琼看不到他，埃比尼泽仍然抓住琼有气无力的手，抬不起脸看其他的人。他的左侧，可以听到安娜的衣针咯嗒咯嗒地忙活着，声音好像在刺着他的神经一般。

“现在，”尼科尔森粗着嗓门说，“我相信，我们可以干正经事了。书记员可以向安德鲁·库克立誓，开始记录。”

“那家伙不可以向我发誓。”安德鲁说，“我情愿魔鬼对我发誓。”

“任何哪个人，只要不愿站起来，向前跨一步，接受立誓，”尼科尔森威胁说，“他都会在此时此地丧失对这可悲的田庄的所有权的申诉权。”

安德鲁不情愿地接受立誓。

“我反对，大人。”苏托说，“证人没有举起右手。”

“反对他妈的无效!”总督回答，“他的右手，不会比亨利的鸡巴举得多高些，这一点，除非无赖或昏了头的家伙，哪个看不出。现在，请坐下，库克先生：鉴于你们所有的人对本案都感兴趣，我们又没有正规的法庭来听证，我特此宣布，整个客厅为本庭证人席。你们可以坐在位子上回答法庭询问。”

“凭圣罗莎莉[①]的膝盖骨发誓，大人，”苏托不赞同，“谁是被告，谁又是原告?”

就此问题，总督同托马斯·劳伦斯爵士略微商量了一下，接着，爵士宣布，考虑到申辩和指控非同寻常的复杂性，诉讼将以法庭调查形式开始，问题一旦弄清楚，马上进行审判。

“这正是我们习惯在领主大人领导下做的事。”他说。苏托不再提什么反对意见，甚至尼科尔森叫大家破例集体领誓，他对此也没有异议。总督叫他们手拉手，一起宣读誓言，只有埃比尼泽一个人手里捧着《圣经》。

“好，那么，安德鲁·库克先生——”他看了一眼摆在眼前桌子

---

① 圣罗莎莉（St. Rosalie，1130—1166），意大利巴勒莫的主保圣人。据传，1624 年巴勒莫发生一场大瘟疫，她现身在一名猎人面前，指示猎人她骨头所在之处，让他找到骨头后带到城市中，由人群护送穿过城市。猎人照做后，瘟疫结束。

上的一份文书，“一六六二年三月五日，由你出了七千磅烟草的钱，给一个叫托马斯·曼宁的以及他的妻子格雷丝，你就拥有了这片土地，然后就在上面建了这座房屋，我可以这样理解吗？”

安德鲁确认了此交易的具体细节。

“从一六七〇年直至今年九月，这笔财产由一个叫本杰明·斯波尔德斯的为你代管，是这样吗？”

“是的。”

“这位斯波尔德斯在哪里？”尼科尔森问伯林盖姆，“难道他不应该来到本庭吗？”

“我们正在设法找到他。”亨利说，“他似乎是失踪了。”

总督大人询问了有关情况，安德鲁作证说，四月一日，应自己的吩咐，埃比尼泽从普利茅斯上船，来全权主管种植园，并且为了方便起见，自己授予儿子全权处理一切相关事务的权利。

“后来，他就于九月份，在剑桥的巡回法庭，把库克岬连毛带皮拱手让给了威廉·史密斯？”

“哎，是的，凭善良的圣瓦茨拉夫[①]起誓，”苏托语气断然地插话，“大人有文书作证。”

“他被人家骗了！”安德鲁嚷起来，“他根本不知道让出的就是莫尔登，而且，他根本无权处理这笔财产！”

“我看不出来。”苏托反驳，“一个种植园主处理自己的种植园，难道不是天经地义的事情？”

这时候，罗博特姆上校也投入战斗了。“整个问题都没挨到点子上，大人！把库克岬让给史密斯的家伙，是个彻头彻尾的骗子，正如库克先生本人讲过的那样。我女儿的申诉才享有优先权——那位真正的埃比尼泽·库克，于六月份在船上把这笔房产当赌注，输给了尊敬的乔治·塔布曼，塔布曼又把其所有权让给了我女儿，那时候，还没

---

① 即好国王瓦茨拉夫一世。

有生出来其他的诓骗呢!”

“真是光着屁股不要脸地撒谎!”苏托叫起来，安德鲁也附和。

尼科尔森站起来，用拐杖敲地板。“那就得了，见鬼！法庭调查结束。”

连伯林盖姆也对这一宣布感到吃惊。

“几乎还没有开始呢!”安德鲁反对，“你什么都没听清楚呢!”

“你不得扰乱法庭秩序，”总督说，“否则，就要被逐出法庭。我们一开始就明言，一旦确定了被告，法庭调查就结束，审讯就开始。调查结束!”

安德鲁没奈何地笑笑说：“如此说来，你同意我就是真正的被告，就等着这些贼去证实他们的谎言了?”

“一点儿都不是。”尼科尔森回答，“我才是被告——也就是说，马里兰是被告。我们就此连地产和房产一起没收，倒是你们所有人，看看能拿出什么理由，我们何以不能以国王的名义占有它们。”

“凭什么?”苏托问，“这有悖司法精神!”

尼科尔森踌躇了一下，直到伯林盖姆在他耳边说了些什么。伯林盖姆对总督这一动议，显然很高兴。

“是为了本州以及国王在美洲种植园的福利。”他说，这座房屋，被指控是某种邪恶的非法买卖的集中地，此非法买卖又被指控为本州犯煽动罪和叛国罪的坏分子所操纵。在对叛国者的指控进行裁决之前，没收叛国者以及涉嫌叛国者的财产，完全在总督的权限之内。

“凭圣瑟韦[①]的皮革厂发誓！根本没有谁指控谁!”

“确实如此，”总督同意，“在一个特殊的法庭上，又没有听证会，拿出一个如此严重的指控是有欠公正的。总而言之，在你们听证期间，你们所有的人都因涉嫌煽动，要被软禁在这里，我们解决了田庄所有

---

① 疑为法国的圣瑟韦（St. Sever)，他年轻时为牧羊人，后成为一名神职人员，曾任男修道院院长。

权的问题，才无须再听证。”

托马斯爵士本人也显然惊叹不已。

“这么干，没有先例！”上校抱怨。

“恰恰相反，”尼科尔森得意地说，“大法官霍尔特为威廉王从巴尔的摩手中把马里兰的特权抢过来，用的就是这个法子。”

马上就宣布对财产进行正式没收。托马斯爵士的身份由法官变成被告方律师。安德鲁、威廉·史密斯以及露西·罗博特姆，就成为联合原告方。**库克诸人与马里兰**之案件，被宣告待审。

“见鬼！那么，”总督笑起来，“法庭上守点儿规矩！”他随后裁定说，罗博特姆上校作为露西的律师，应当首先陈述一下自己的观点，因为他的申诉牵涉的时间，比其他人的都要早。上校非常不自在，讲到“波塞冬号”上赌博一事，那是桂冠诗人被抓之前的最后一次下赌，由此，库克岬的所有权转到烟草港堂区的乔治·塔布曼牧师手下。后来，塔布曼娶了露西（因为他重婚，随即婚姻无效），露西得到库克岬的拥有权，最后，露西又嫁给了桂冠诗人自己。

尼科尔森嘟哝着：“听着，罗博特姆上校，尽管你曾经跟过库德和科普利总督，你却是有责任心的人。如果我当初不把你看成是一个能够主持正义的朋友，我是不会让你去做海事法庭的法官的。你是个诚实的、有正义感的人，你为我们这个糟糕的州增光了……”

“谢谢你，先生，”上校嘟哝，“上帝知道，我关心的就是公正……”

“那么，就看看那边长椅上那个皮包骨头的家伙，承认说，他不比我多多少是你女儿的丈夫，也不是与乔治·塔布曼下赌的那个家伙！”

“我可从来就没说他是。”上校顶一句，“安德鲁·库克本人已经向大家宣布过了——”

“我们知道，他是在撒谎，”尼科尔森打断对方，“而且，我们还同你一样清楚，他为什么叫这里的亨利是他的儿子。”

对这一点，罗博特姆上校可来了劲。“他认为自己的儿子死了，就想用一个骗子来糊弄我。如果你不介意的话，先生，我的看法是，一个人不认自己死掉的儿子的话，也会十分情愿不认自己在世的儿子，并且，会乐意一而再再而三地这么干。我的看法是，先生，他了解到自己儿子怎样输掉了财产，他就和洛先生——或者伯林盖姆，管他呢——合计好来诈骗我们，并且，当我可怜的女婿和他的同伴出现了，而伯林盖姆先生也不得不暴露自己的身份时，库克先生就冷酷无情地贿赂那个仆人，让他假装他儿子的身份。我可以从‘波塞冬号’上找来足够的证人，确认我女儿的丈夫就是埃比尼泽·库克，而那个背信弃义的无赖，就是他的仆人；而且他们可以发誓，正如我这会儿一样，在船上，那个无赖一次又一次以他主子的身份自居。”

总督摇摇头。“我非常担心，乔治，你的女婿，就是楼上那个自行其是的仆人。对此耻辱，我深为惋惜，也同情你为一个见识不广的女儿受累了。但是，我完全相信，这里的这个小伙子，就是真正的埃本·库克。除了他父亲、姐姐以及伯林盖姆先生的证词之外，我这里还有一份伯特兰·伯顿——就是楼上房间那个人——的书面陈述，多亏了伯林盖姆有远见，趁那可怜的家伙没给热度烧垮，叫他写下的。我先读给大家听一听，然后给你们传着看一看，验证验证。”

接下来，他就宣读起一份自白书，上面签着伯特兰的名字。伯特兰确认，他有好几次假装是埃比尼泽，胆大妄为地与塔布曼下赌注，欺骗露西·罗博特姆，与她结婚。埃比尼泽尽管疲倦得撑不住，伯特兰这一忏悔的姿态倒是让他心里很受用。

“只不过又是一场骗局！”上校表示异议，“他们为了达到自己的目的，连一个要死的人的胡言乱语都要榨出道道来。”

“不，乔治啊，”尼科尔森温声细语地说，“他真是个仆人，叫伯特兰·伯顿。”

“哎呀！”露西呻吟一声。罗塞克斯太太赶忙安慰她。

“上帝作证！”上校握紧拳头，怒吼，“看看我女儿的样子，先生！不管欺骗不欺骗，婚事可是圆了房的。”

“绝对无可置疑，”总督表示同意，“我以为，除非你女儿申诉要求取消婚姻——这是她独有的权利——否则，马里兰没哪家法庭可以对此桩婚配提出异议。但是，她的丈夫是伯特兰·伯顿，不是埃本·库克。本法庭就此宣布，不承认她对该田庄拥有任何所有权，不论通过其婚嫁，还是凭塔布曼伪造的证据。你有那份伪造证件，伯林盖姆？”

亨利点点头。对罗博特姆的败诉，安德鲁和理查德·苏托嘴咧得老大地笑着。埃比尼泽虽然对父女两人大为同情，却松了一口气，其中一个竞争者终于退场了。总督建议上校何去何从随他的便。

“我这就走，”罗博特姆上校非常激动地说，“以免我把楼上那个撒谎的淫棍给宰了。上帝饶恕他！”

看到纠缠解决得对己方有利，安德鲁这会儿一副殷勤好客的样子，主动要送罗博特姆父女俩上马车，但是，上校拒绝了他的好意，自己领着眼泪汪汪的女儿，离开了客厅。

“就这样，”尼科尔森一抽鼻子，“得，我可以认为，大家对谁是埃本·库克谁又不是达成一致共识了吗？很好。至于史密斯先生与安德鲁·库克之间的纷争，在我看来，取决于三个主要问题，依序是法律问题、事实问题，最后还是法律问题。埃本·库克手里的权利，是否让他可以处置这个田庄？如果答案是肯定的，那么紧接着，他是在知情的情况下，还是在不知情的情况下，做出决定的？如果是后者，那么田庄的转让在法律上成立吗？我现在要你们就第一个问题发表意见，先生们？”

安德鲁发言。作为答辩，他提出说，虽然委派自己的儿子时，没有特别明确规定禁止儿子有权处置田庄，但没有哪个正常的人会对问题的实质提出质疑——他为什么要把年轻的儿子送到彼得·佩根那里，去学习管理种植园的贸易，如果他打算把马里兰的家产处置掉的话？但是，他补充说，要是有人就是挑剔他的意图，他可以拿出一六九三年自己立的遗嘱的副本作为证据，其中，他把库克岬留给孩子们，姐弟俩一人一半。法庭可以就此认为，他要自己的儿子处置掉财产吗？安德鲁结束的时候非常愤怒，脸都红了。讲完后，罗克珊点点头，认为他讲得在理，递上自己的亚麻布手帕，让他擦擦额头上的汗。

“请大人听好，”轮到苏托了，“我的当事人乐于承认安德鲁·库克的本意。我们丝毫不怀疑，那个年轻人没有被吩咐处置掉库克岬。凭大好人圣阿布东[①]起誓，先生，涉及的是**权利问题**，而不是**吩咐问题**：我认为，如果年轻的库克先生所受之权，法律上允许他处置财产，那么，是否要征得父亲的许可，是无关紧要的。”

总督揉揉鼻子，叹口气。“法庭接受你的观点。”

苏托还进一步让法庭认可，如果在田庄管理的过程中，埃比尼泽觉得有必要租赁、出售或者出让田庄的很小一部分，他的行为也是完全符合所谓的“处理一切相关事务”——毕竟因为种植园就是种烟草的，而烟草只是田庄的一小部分。这一点成立以后，他又说，适应于部分的东西，就适应于全部；从授权之事实的语言中推论出什么武断的限制，本质上是荒谬的。

“如果埃本先生有权出售一片烟草叶，”苏托总结说，“那么，他就有权出售整座田庄。”

作为反驳，安德鲁坚持认为，如此毫无限制地解释“一切相关事务”，事实上自相矛盾，因为如果所受之权可以处置掉整个田庄，那么这样一来，他等于也处置掉了自己所受之权。

“他确实这样！”苏托笑起来，“我们从来对此不表示异议！”

尼科尔森征求了一下伯林盖姆和托马斯爵士的意见。“我非常担心，”他随后宣布，“法庭在第一问题上，裁决苏托先生胜诉。司空见惯的做法是，有代理权的掌管人，可以以立契转让的形式，把田庄的一部分转让给立契的仆人，比如，他们契约规定的服侍期限已到期——如果我记得没错，斯波尔德斯和史密斯先生在剑桥法庭打官司，就属于此类情况。并且，尽管按惯例进行任何大宗财产转让之前，财产代理

---

① 圣阿布东（St. Abdon），天主教圣徒。多次出现在早期基督教日历及殉教史中，被罗马天主教会认为是天主教殉教者，但人们对他所知甚少。

人必须征询财产所有人的意见，但是，在没有任何相反规定的情况下，本法庭必须裁决如下：埃本·库克，在认为合适的时候，法律上有权利处置掉自己的整座田庄。”

安德鲁可受了重重一击。埃比尼泽在父亲递给他的眼神里，看到的多半是沮丧，少半是气愤，大为触动。

“至于第二个问题，”尼科尔森一本正经地继续说，“我只问一个问题，看看是否有任何不同意见。你的观点是，库克先生，那孩子是在自己并不清楚的情况下，把他得到的遗产让给了史密斯先生，是这样的吗？”

“哎，”安德鲁说，“埃本自己也会发誓的，就像——”他犹豫了一下，讨厌提伯林盖姆的名字，“就像本法庭的书记员以及这位不幸的年轻女士要做的那样，是史密斯先生胁迫我儿子娶她的。两人都亲眼目击了那次财产转让过程。而且，大人还可以查询巡回法庭的记录，今年九月份开庭的那一期——”

“我已经查过了。”总督说，“苏托先生，你打算就这一事实的问题进行异议，还是承认，财产转让人当时不清楚他转让的是什么？”

“我们没兴趣反驳这一事实，”苏托回答，“但是——”

“不，听着，暂且给我省了*但是*，先生。那么，现在是这样的：身为安德鲁·库克的代理人，埃比尼泽·库克完全有权把库克岬转让给威廉·史密斯，但是，各方人士一致认为，埃比尼泽转让财产的时候，根本不清楚转让的就是自己的财产。我现在要求，埃比尼泽·库克把当时转让的全部经过详细地描述一番，然后我们再了结这场讨厌的事务。”

诗人放开琼的手，应吩咐讲述起来。他尽最大努力，把当时的情景回忆起来：他是如何和亨利·伯林盖姆到剑桥，两人就天真和正义问题展开了争论，对哈梅克法官法庭行为的义愤填膺，介入*史密斯和斯波尔德斯*的官司，以及自己判决里的几点规定。

“我天真地试图将对正义的公然践踏拨乱反正，”他最后说，“但是，当我的天真被剥得皮毛都不剩的时候，我才明白过来，我不但没能匡扶正义，反而使罪孽永生：我不但让出了不属于我自己的东西——我是从道义上讲——而且，这样一来，我还毁掉了一个善良而忠实的好汉本·斯波尔德斯，并且，间接地，由于让出这所房屋，给威廉·史密斯开了罪恶的淫窝，还不知毁了多少别的人，上帝饶恕我这一切吧。”

“我理解，”尼科尔森干笑一声，“法庭可以就此推测，你对天真的估价，随后在某种程度上改变了？”

尽管知道这个问题没有什么恶意，埃比尼泽还是做不到回敬总督一笑。“可以。”他平静地回答，坐回到位子上。他很少像现在这样，对自己觉得心灰意懒，在过去，纵然身后有万般危险，他也可以偷闲沉思自己天真所招致的毁灭。他几乎没有注意到，这一次是琼主动拉了他的手。他偷偷抱愧地扫了姐姐一眼，姐姐表示同情的眼神明明在说，琼的姿态没能逃脱她的注意。

接下来，尼科尔森要求安德鲁·库克和理查德·苏托两人，就财产转让的合法性发表初步的意见。

“我讲三点，先生。”安德鲁说，“首先，我认为，哈梅克法官无权授权给我儿子，因为他没有一点点儿法律知识，因此，加给斯波尔德斯的判决是不合法律的。第二，即使判决在法律上生效，转让本身也是不合法的，因为转让人对实情并不清楚。第三，就算一次无知的转让被裁决为具有约束力，我儿子的条件也没有完全得到满足。也就是说，史密斯按要求，要为女孩苏珊·沃伦——被认定是他的女儿——找个丈夫，但是，我认为，先生，她和我儿子的婚姻是不成立的，原因有两条。第一，他是受胁迫结婚的；第二，她不是苏珊·沃伦，而是琼·托斯特。规定因此没兑现，财产转让就必须撤销。”

埃比尼泽非常佩服父亲的话有这么大的说服力，但是，最后一点却让他心绪不宁。“插一句，大人！”他恳请。

“这会儿不行。”尼科尔森说，“该轮到苏托先生发言。”

苏托首先想表明，根据司法惯例，在特殊的情况下，哈梅克法官有权委托生效中的法官权利，因为他事实上根本就没有放弃这一权利：换言之，他所做的，只是授予埃比尼泽宣布一项判决的特权，而此项判决，他不但当时已经批准，并且由此在法律上生效，而且，他本来还可以很容易地将它撤销。事实上，只不过是哈梅克采用了一次磋商做法，就如一个法官就一宗难断的民事案件，经常向专家和非当事人的第三方征求意见一样（而且，他低声对安德鲁补充了一句，必须承认，埃比尼泽是第三方，否则的话，财产转让就是在转让方了解实情的情况下进行的，那就没有反驳的可能性了）。苏托接下来要表明，根据常理和惯例，没有哪一个熟悉侵权行为的人会严肃质疑：合法签署的一项合法契约没有法定约束力；熟悉其中的条款，是签署人自己的责任。而且，认为本·斯波尔德斯违反契约，比库克父子先生也同样违反契约更值得指责，这是对正义的嘲讽。如果按照巡回法庭所提供的理由，威廉·史密斯应当得到整个莫尔登（少一英亩半土地），来补偿他经受的苦难，那么，自然，因为下列这一事实，此点不会少一分应当性，即，库克先生，而不是可怜的斯波尔德斯不巧拥有莫尔登——提请法庭注意，斯波尔德斯先生也有代理权，因此，在他剥夺修桶工的正当报酬时，正是代表安德鲁行使职权。至于关于婚姻一事的站不住脚的诡辩——

“请大人注意，”伯林盖姆这会儿插话，“我墨水用完了。”他让尼科尔森看看记录证词的纸张，“看看这里，我不得不把苏托先生最后的话只记录了一半。我请求大人允许我找一瓶墨水，并换一支好用的笔。”

一开始，总督大人的表情和苏托及安德鲁·库克的一样很不耐烦，但是伯林盖姆脸上的某种神态——埃比尼泽也注意到了，苏托却被自己的位置挡着没看见——让总督检查了一下记录证词的那一页。

“哎，好吧，真麻烦，但没法子——同时，我敢说，我不是唯一接到天母娘娘的传票到这里来的人。”他敲敲桌边，站了起来，“本法庭现在休庭半小时左右。可以随便离开客厅活动活动，但不许离开屋子。”

二十一、诗人获得庄园

法庭一休庭，理查德·苏托和威廉·史密斯两人立即就退到另一间房间里。伯林盖姆呢，绝不是去取墨汁，他乐呵呵地承认说，他的墨水还有半瓶，只是为了做做表面样子，才派卫兵去找点儿来。

"你究竟为何愚弄我们?"安德鲁问，"我对此强烈反感!"

伯林盖姆耸耸肩。"为安娜留份嫁妆。"亨利淘气地说。

"我不想丢掉库克岬我的那一份。"

"不，亨利，"安娜没好气地说，"拉倒吧!"

"我过会儿有话跟你说，年轻的女士，"安德鲁威胁，"这会儿——"

"这会儿，我们有危机呢，先生，"尼科尔森插话，"没有多少时间让你们制订计划。"

"危机？胡说！你听过我的辩论!"

"唉，苏托的反驳真是水泼不进。我想起哪个粗俗的比喻——"他向他们一欠身，就要离开。

"不，先生，"伯林盖姆忍不住，"听听这个很重要。"

"啊，哎——"尼科尔森晃动一根手指，"我提醒你们，我们宣布过，这是一个法庭，大家都相信，法庭应当公正无私。"

"书记员也应当是这样，"安德鲁尖刻地补上一句，"我无需你的帮助，自己就会打赢这场官司，伯林盖姆先生。"

"去你的狗屁官司!"亨利嚷起来，"谁拥有这块狗屎地方，我不比埃比尼泽或者你的女儿多在乎多少！我关心的是本州。"

“嗯?”总督在门口停下来,“怎么了,亨利?”

伯林盖姆叫所有的人围在桌子旁,商讨商讨。

“关于立法会议记录的那部分,”他说,“我们这里所有的人,除了你,库克先生,都知道它的性质和重要性——我要你们只需相信大人的话,要是找不到比尔·史密斯的这份文件,我们就会在比此案件严重得多的案子上败诉,而且,有可能搭上整个马里兰!立法会议记录齐全了,我们或许还是抓不到那个家伙,但是我们至少可以起诉他。”

“是这样,先生。”尼科尔森让安德鲁相信,“但是,怎么回事儿,亨利?”

伯林盖姆笑笑。“库克先生以及苏托先生的陈述,我们已经听过了,先生,你和我一样清楚,就他们的情形来看,库克先生每处都败了。”

安德鲁强烈反对这一看法。尼科尔森提醒伯林盖姆,要求法官在诉讼没完之前表态是不道德的。但是,他的微笑表明,至少对埃比尼泽来说,安德鲁的陈述,怎么说或许也没有诗人原来认为的那么有说服力。

“我认为,我这就应当告诉你,先生,”埃比尼泽对父亲说,“我无意不承认我的婚事,不论当时的情况怎样,琼的现状是我一手造成的——”他挥挥手,不听麦克沃伊的反对意见,“不,约翰,是我的责任,就是能得到一千座莫尔登,我也不会再抛弃她。”

他父亲指出她是一个染了病、快死的婊子,这也不顶用。父亲先发怒,后讲道理,再恳求,又发怒,一切都无济于事。埃比尼泽是铁了心。

“得了吧!”他父亲最后跳起来,“官司打赢了,你再娶她一次。见你的鬼去!我所恳求的一切就是,你要同意为你拯救莫尔登!”

埃比尼泽发觉自己陷入互有冲突的责任中,并且看不到什么办法来调和它们，心里很痛苦，直到伯林盖姆来帮他。

“这一切没一点儿挨上正经事，先生们，”亨利说，“如果苏托贼头贼脑的脑袋里有脑子，他会同意，那桩婚事是站不住脚的（请原谅我，埃本，你父亲也清楚，你们并没有圆房）。但是，要求成婚的规定，也出于同样的原因，是不成立的：琼·托斯特不是苏珊·沃伦，苏珊·沃伦也不是比利·史密斯的女儿，这不就结了！至于其他的观点，根本不成立。苏托只需依据惯例为自己辩护，就足够了。你同意吗，汤姆？你这会儿又不是法官。”

托马斯·劳伦斯爵士承认，安德鲁的申诉给他的印象是经不起推敲的，苏托的申诉相对说服力强些，但是他又补充说，他认为，库克先生疏忽了最有力的反驳做法。“如果**我**是你的律师，”他对安德鲁说，“我会对巡回法庭的**极端性**，而不是它的合法性进行申诉。承认斯波尔德斯是有过失，但是申诉、罚罪不应当那么重——也就是说，满足史密斯当初的契约要求，再添上费用，外加一些抚慰的东西。”

伯林盖姆摇摇头。“你不明白，汤姆。我们是不愿意苏托胜诉，但也不敢叫他败诉！”

“为什么不敢，请指教。”尼科尔森问。

“冷静地来看，先生，”伯林盖姆镇静地回答，“你和我以及托马斯爵士都很清楚，此法庭不比哪家妓院更合法。”

埃比尼泽表示对此大为惊讶，安德鲁当面斥责伯林盖姆说谎，托马斯脸涨得通红，总督尼科尔森阴沉着脸，一肚子不舒服。

“哎，得了，亨利！”他愤愤地向屋内扫了一眼，“我承认，这不是一个总督每个星期二常干的那类事——但是，已经干了，见鬼！如果我认为史密斯胜诉，史密斯就胜诉。如果我判库克胜诉，库克就胜诉，让辩护和惯例去见鬼！我就不相信，我们的朋友苏托会向国玺专员委员会①上诉。”

“我有把握，他不会，”亨利附和，“但是，哈梅克法官得知你有天晚上，自己坐在这个客厅里，擅自推翻了他巡回法庭的判决，你得忍着，他要在伦敦喧哗一番！安德罗斯可要不乐意了呢！”

“不要再说了。”尼科尔森吼了一声，“问题够清楚了。”他的语调暗示对安德鲁不妙。

“唉，上帝！”绅士叫了一声，“我得请你们回忆一下，先生们，我的话国玺专员委员会那里，同哈梅克的话一样吃得开！如果本法庭没有审判权，他们起诉我，你们也没有什么好果子吃！”

“确实如此，”伯林盖姆笑一笑，表示同意，“我已经给你讲清楚了。我们要得到田庄，也要得到《私人日志》剩余的部分，如果不指望太多的话。苏托明白，他当事人的情况是很险的——史密斯企图逃脱，就说明了这一点——他也知道，我和库克一家有点儿关系。他并不清楚史密斯的底细，尤其是我们对其罪恶和煽动罪的指控，因此，在我看来，他为史密斯辩护的唯一动机是，需要讨价还价的时候，给他更多的讨价还价的资本。”

尼科尔森很生气，摆弄着拐杖。“你本该在我们开庭之前就提到这一点，你知道！”

“那还为时过早，”伯林盖姆说，“我们已经打发走了上校，你完全有权马上没收库克岬——干得不错，实际上。”

“你倒体恤人！”

“但是，仅凭这样一条借口，你是不敢长久占有这份财产的，你也不敢在法庭上裁决，把它判给任何一方。这就是我要你休庭的原因。”

尼科尔森搔搔额头。“魔鬼把律师和法律书一块儿带走吧！要是没

① 国玺专员委员会（Lords Commissioners of the Great Seal），英国上议院中由多于一位的国玺专员组成的委员会，可行使大法官的职权。

他们，我会有怎样好的一个州！我们现在怎么办？”

伯林盖姆耸耸肩。“优秀的律师不打官司的时候，他们干什么，先生们？我们在庭外私了！”

“停！”埃比尼泽警觉起来，“他们来了。”

理查德·苏托和威廉·史密斯从旁边的房间里走出来。修桶工看上去心里拿不准的样子，他的律师仍然一副轻轻松松的神气。

“找到墨汁了，书记先生？太好了！凭圣路德维格[①]发誓，库克先生如此一番雄辩韬略，没有记下来，可惜，可惜了！”

围在桌边的人散开来。令埃比尼泽感到一些惊奇的是，安娜已经挪到长椅上，和琼谈得很热乎。埃比尼泽随父亲回到自己原先的位子上。安德鲁被事情的进展弄得垂头丧气，埃比尼泽上去扶着他的胳膊，领他轻轻在一个位子上坐下来，他并没有阻止儿子。

“劳驾，大人，”苏托问，“我可以接着申述吗？”

埃比尼泽注意到，伯林盖姆一直在与总督及托马斯爵士低声商量着什么。这会儿，伯林盖姆往坐椅背上一靠，冲埃比尼泽使了个眼神，仿佛根本没有什么要担心的事。

“你不可以。”尼科尔森说。

苏托的脸蒙上一层云雾。“大人？”

“法庭将另选时间，就你当事人的要求做出裁决，”总督说，“现在，我要带你们俩去安妮·阿伦德尔城监狱。你们被指控涉嫌谋反、煽动以及叛国罪，听了这里的蒂姆·米切尔告诉我的一切之后，我十分希望，在年内让你们上绞架。”

情绪消沉的修桶工甚至也惊讶得跳起来。“蒂姆·米切尔！”

“对，先生。”伯林盖姆笑笑，“比利船长骄傲和快乐的源泉，当他

---

① 圣路德维格（St. Ludwig），即圣路易（St. Louis，1214—1270），法国国王路易九世，是法国国王中唯一一个封圣的。

真正的儿子回来之前。”他一边说，一边手里忙活着没停，面目神奇地改变起来。他把擦了粉的佩鲁基假发取下来，换上黑色短假发，从嘴里取下一个奇特的装置，原来，他装了三颗假牙。尤为神秘的是，他似乎能够随意改变面部肌肉布局：就在他们眼皮底下，面颊的曲线轮廓、鼻子上的皮肤红肿块也改变了；他一贯紧锁的眉头也舒展了，但是，先前没有鱼尾纹的地方，这会儿起了鱼尾纹。最后，他的嗓门变沉变粗。他紧紧身体，身材好像缩短了至少两英寸。他的眼神变得更机灵——尼古拉斯·洛，在神奇的几秒钟时间里，摇身一变，成了蒂姆·米切尔。

“见鬼。”托马斯·劳伦斯爵士惊叫起来，总督本人——尽管人们猜测，他从前也一定见过自己的特工如此这般变过脸——也被触动了，摇摇头。

“算得上奥维德写的一页！”埃比尼泽惊叹。其他的人，脸上都露出差不多相同的敬畏表情——除了史密斯和苏托，两人早就目瞪口呆了。

“现在，史密斯先生，”伯林盖姆厉声说，“我看，要是我举证你，你是清楚要有什么纰漏了——如果你还看不出来，我允许你咨询一下苏托先生。他将在牢里和你做伴呢。”

修桶工似乎就要撒野，但是苏托知趣地挥手制止他。

“你觉得受不了了？很好！那么仔细听着：我打算揭发鸦片和妓女行当的整个非法经营，告发你们，其经营的收入乃是供约翰·库德——或许还有巴尔的摩——做捣乱活动的费用。无论哪个插手此事的人——”他冲安德鲁一笑，“都要受到制裁，不管有什么来头——”

“凭圣路易的假发发誓！”苏托抱怨，“把我们关起来算了，少在这里幸灾乐祸的！”

“肃静，迪克。”亨利举起一根手指，“这只是我为一项交易拉开的序幕。凭我的证词，总督大人已经吩咐托马斯爵士，对库德、比尔·米切尔，以及他手下任何拉皮条的叛国者进行起诉——但是，或许不包括你们。”

伯林盖姆说，要是修桶工拿出手头的《私人日志》——因为人们相信，其背面记载着库德短暂的就职期间一系列的财产没收以及起诉事实——那么，就取消对他们的指控。史密斯眯起眼睛，苏托的表情则表明，他心里在合计着。修桶工当场就拍板同意此项交易，但苏托拦住他。

“想想后果，比尔！”他警告说，“约翰·库德知道你拿出了文件，你以为你能活到下个月？再说，我看，既然法官大人提出这笔交易，他一定很看重那些文件。**能拿到十一个便士**，你又不是不知道，**就很容易拿到一个先令**……”

“把他们带走，卫兵，”尼科尔森不客气，“对不住，让你失望了，亨利，我总不能为了拿到你爷爷的日记，就同叛国者讨价还价。”

“等等！”苏托马上叫起来，“我们这就去给你拿该死的文件！但要立个书面保证。”

尼科尔森摇摇头。“我才不会这么傻呢。”

“呜呼！那就是这样，先生：这场交易，我们捞不到一点儿实惠不算，约翰·库德还要宰了我们的。保证我们安全到达弗吉尼亚，你们就会拿到文件。”

伯林盖姆又小声同总督和托马斯爵士商量一番。

“大人吩咐我，为你们签发安全出境证，”亨利说，“但不作为我们第一项协定的一个条款。如果史密斯放弃对这块田庄的一切要求，明早就送你们出马里兰。”

“上帝保佑你，先生！”安德鲁叫起来。

“见鬼！”苏托反对，“你把我们榨干了！”

尼科尔森咧着嘴微微一笑。“并且，我们送你去的不是弗吉尼亚，而是宾夕法尼亚。在弗吉尼亚，我可少不了对头。”

“人们说你是天主教徒，扯谎扯得没边！”威廉·史密斯惊叫，“你连一个像样的基督徒都不配！”

苏托叹口气。“我们别无选择，比尔。把文件拿来，我得起草一份转让书。”

其他的人好不痛快：安娜和埃比尼泽轻松宽心地拥抱起来；安德鲁有些尴尬地向伯林盖姆道歉，夸奖他计策高，尼科尔森、托马斯爵士以及约翰·麦克沃伊也如此这样一番；罗克珊和亨丽埃塔在旁边用赞许的眼光看着。只有琼·托斯特仍然一副无动于衷的神态，见此情状，埃比尼泽的欢快心境凉了半截。

修桶工在卫兵的监视下离开客厅，回来的时候，拿着一卷发黄的纸张，伯林盖姆急切地接了过来。他和托马斯爵士草草地看了一遍背面的文字，宣布这些证据与一六九一年立法会议记录结合起来足以对库德及其同党提起诉讼。接着，苏托、托马斯爵士以及总督商量放弃莫尔登一事以及把两人沿海湾送到宾夕法尼亚事宜。伯林盖姆把埃比尼泽拉到一边。

“你还记得我们去普利茅斯路上我给你讲的故事吗？”他激动地问，“亨利爵士和约翰船长是怎样被波瓦坦抓获的？”

埃比尼泽笑笑。“他们就国王的女儿做了哪桩淫荡的交易，大概是这样，可是，我们从来没听到结局怎样。这就是故事的其他部分吗？”

“哎，我看，我们的故事是有结尾了。让汤姆和总督对付那些无赖，我们来看故事。”

尽管客厅还是一片兴奋的气氛，两个人还是当时就读起了亨利·伯林盖姆爵士《私人日志》的第二部分，也就是最后一部分。故事接着第一部分，作者和约翰·史密斯船长被囚禁在波瓦坦王的村庄，等待天亮，到时候，船长按誓约要拿他们的生命冒险，尽力做城里最优秀的小伙子也觉得是无能为力的事：攻破波卡洪塔丝的处女膜。

亨利爵士写道：

两个高大结实的卫兵监视着我们，被吩咐要满足我们的每一个愿望，要是我们试图逃脱，便就地处死我们。一开始，我的船长津津有味、没完没了地讲淫荡的故事给我听，说在异域海岛上，他尝鲜过各种各样的少女，说得我最后厌倦起来，假装睡觉。但实际上，是偷偷地注意着他，整个一夜都没曾合眼。

差不多午夜时分，料想我已经睡熟了，船长从床上（同我的床一样的，摆在地上的脏兮兮的简陋小床）爬起来，招呼来其中一个卫兵，一阵嘀嘀咕咕，声音不至于太低，主要的内容我还是听见了。他不时向四周瞟一眼，看我是否睡着了。要说有多谨慎，我就有多谨慎。我一直斜眯着眼，耳朵竖得直直的，非常自在地监听着他们的谈话。史密斯说他饿了，这让我很吃惊，他在国王的宴会上吃得可够多，够整个詹姆斯敦人吃一个冬天的样子。他要求马上弄点儿食物来，那个蛮人不愿意劳神自己——在我看来是这样。船长告诉他自己最想要什么食物时，那个蛮人就更不愿意麻烦了。船长要的食物是：一只茄子（一种果子，有些人叫紫红果），外加一些掺茄子烹饪的玉米面粉，还有一些水。

“茄子！”伯林盖姆嘀咕。

他坚持说，白种人就是那样烹饪茄子的。我认为是谎言。

蛮人说，夜深了，时令也不合，却经不住船长一再强求（船长还从他那邪恶的口袋里掏出点儿小玩意儿收买他），终究答应从离国王屋子不远的公共仓库里偷来茄子和玉米面粉。蛮人走后，有一会儿时间，船长在小屋里来回走动，就像一个妻子临产的丈夫一样，务必要做到心里有把握，不时地探探我是否睡得很熟，没有受到一点儿惊扰。

蛮人回来，拿来两只干茄子、一碟面粉，还有一陶罐水。船长又回报他一件小玩意儿，问蛮人是否乐意到小屋外去，因为白种人（他是这么说的）从来都是私下里烹饪食物的。蛮人照吩咐做了，急着想要弄自己得到的宝贝小玩意儿，就自个儿离开了。船长马上就对茄子忙活开来，忙活的样子是我见到的最奇特的。说实话，我是如此惊讶，以至于几个星期后，我回到詹姆斯敦，在日记本里记录这件事的时候，还是难以相信，真的就发生过这档事。因为要不是亲眼目睹，我永远不会相信，除了是某种淫思乱想之外，还会是别的什么东西。那确实博大精深，非冷静而节制的人所能理解的，正是那些淫荡的人、迷恋肉欲的人的做法和激发兽欲的方子，也就是让维纳斯和酒神巴克斯比密涅瓦[①]技高一筹的那一套，并且让人们对感观之乐的技巧和完善之道投入了学者热诚的研究。我把这件事记录在册，自己都感到脸红，哪怕记录在日记最秘密的部分。我立誓，只要我活一天，任何人就不得擅自阅览。

"听着！"伯林盖姆惊讶，"这一页其他部分没有了，下一页也少一部分！你明白我们得到的是什么吗，埃本？"

"你说的是圣茄子的事情，就是塔雅克契卡梅克说到的？有一些联系，未必不可能……"

"我知道有联系……天！这究竟是什么意思？"

他们接着往下看，伯林盖姆的表情十分贪婪，又痛苦又急迫。埃比尼泽心里开始感觉不自在。

由于这个原因落下一截以后，故事又接着往下讲：

---

① 密涅瓦（Minerva），罗马神话中司智慧、艺术、发明和武艺的女神，即希腊神话中的雅典娜。

使我大为恼怒的是，几小时后我醒了过来，发现我真的是进入了我假装的状况，也就是说，睡得没鼻子没眼的……

“上帝诅咒他！”亨利叫起来。

我的睡眠被蛮人卫兵和屋子主人打断，一惊，发现太阳已经升起来了。小屋外面传来声音，蛮人们又是号又是叫的。我猜测，他们聚集在一起，看船长淫荡地一试他们的公主。我看船长的时候，他一身衣服，没有一丝一毫那茄子或其他东西的影子。我怀疑，在刚刚过去的夜里所看到的一切是否仅仅是一场异想天开的梦，就像许多面临死亡的人所经常遭遇的情形一样。

“那么，他确实目睹了，”埃比尼泽说，“无论发生了什么。”
“可是，又缺页了！”
日记继续记录：

不错，我们离开小屋的时候，有卫兵监视，被领着走向广场，船长走路有些困难，仿佛不愿意把步子迈稳，可是，这一状况也无妨归之于恐惧（人们相信这可以使一个人失去控制），或者是因为昨天夜里的任何奇特举止。前者似乎可能性更大，因为等在我们面前的一幕，绝不是什么好果子。

城里的人站成一个圈，把广场围着，奇怪地嚷着叫着。这个大圈子之内，又有十几个国王的手下围成一个小圆圈。这十几个蛮人身体强壮，披挂着羽毛，身体染得叫人毛骨悚然，除了这些装饰，什么也没穿，蹦着跳着，发出刺耳的尖叫声，挥舞着印第安战斧。小圈圈中央是国王波瓦坦，坐在一张高大的椅子上，高出围着他的人。在他眼皮底下，一块像圣坛一样的石块上，躺着波卡洪塔丝，一丝不挂，身下垫几张兽皮，算是异教徒的仪式。可是，尽管一丝不挂，公主似乎一点儿都不惊慌，反倒面带喜悦的笑容。我猜测，这种邪恶的婚配少女的做法，一定在蛮人民族中很流行，以至于习俗主宰一切，他们已经对此痴迷，尽情享受异教徒的邪恶。我战战兢兢，看到那些蛮人了不起的男子汉气概，一丝不挂地跳跃着，吆喝着，要船长发挥他的天赋（尽管他一向大言不惭，我私下注意到，皮肉之娱也只是将就）。对于他们没做成的事，他却能够做成，我看不到什么希望，说真的，我要是处在他的位置，连攒起试一试的男子汉的勇气都没有，因为一旦不中用，印第安人的战斧就会斧起头落。

他们眼光盯着我们，所有的蛮人热情倍增。站成大圈的人又是嚷，又是拍手，蛮人手下们跳来跳去，连波卡洪塔丝也在垫子上蠕动起来。就她被绑着的姿势来看，她身体的蠕动展示了她丰腴的四肢巴不得承受无论什么绝活。

我们被带进小圆圈内，立在维纳斯圣坛之前（看一眼，就让我脸红），蛮人马上抓住船长，猛一抽，他的裤子就下来了。我站着的地方，碰巧就在他身后，从这里观看发生的一切算是够不起眼的，但是前方所有的蛮人刹那间鸦雀无声。国王用手搭起凉篷，不让阳光刺眼睛，好看得清楚些。波卡洪塔丝尽管被绑着（像是用武尔坎为其不忠的情人锻造的铁链子绑着），这位公主，我敢说，扭过头来看，脖子快要扭断了，早先挂在嘴边的淫荡笑容这会儿无踪无影了。

船长侧身看看我是否在跟前。我最终看到了一切神奇之根，还有昨夜他神迹的效果——讲述起来，着实使我越了正常趣味和德行的轨，但是，不说出来，又对不住事实，让发生的事情终究是一团迷雾。为了一展风貌，船长的武器竖得笔挺，以前让人惋惜多于惊讶的东西，这会儿成了一台威力无比的机器：这就是他那魔鬼酿成的德性，这回可是柱石擎天，等着冲锋陷阵了，绝不下于十一英寸长，直径几乎三英寸——一件标致的上帝武器！并且就像涂了一层釉彩，散发出一阵丁香和香子兰的清香，显得像它的受害者躺在其上的石块一般坚硬。人群猛地一阵骚动。国王手下们无疑都曾经向公主求爱过，跪下来，像祈祷一样。国王也在椅子上一惊，为女儿将接受的命运忐忑不安。那位公主波卡洪塔丝干脆晕厥过去了。

船长立即跳着干起活来，对此，我只能说这些，其他无可奉告：我的天，我的天，上帝啊，蛮人女儿就是醒不过来，我的船长倒是为了天下人难为之事！见如此没了规矩，国王一会儿就恳请打住，免得送了女儿的命。他宣布船长获胜，撤销了悬在我们头顶的死刑，打发大伙儿离开，叫人把波卡洪塔丝抬回屋子，她三天时间生死未决。接着，为我们摆了宴会，会上波瓦坦说，他有意把女儿嫁给船长，因为部落中没有哪个蛮人能比得上他刚劲有力。船长不接受，国王气就上来了，退而求其次说，要是船长不传授他使自己变大的神通，我们就再回到小屋子里。船长只好答应，可把国王乐坏了，他已经很久很久没有这样的虚荣心了。我们是在最友好的气氛中，上路去詹姆斯敦的。一路上有一群蛮人送我们一程。

整个游历期间，谁都可以想象出，船长对我大吹大擂的，趾高气扬。我欠了他一条命，因为他的行为保存了我俩的性命。他说，如果我胆敢在詹姆斯敦透露我们是怎样获救的，他就会神不知鬼不觉地宰了我。我几乎不能不答应，因为是他救了我，可是这却是一只苦果子，我得毫无怨言地任他傲慢，吹胡子瞪眼。简言之，我佯装是被奥皮坎坎诺截留了，他独自遇上了那个国王。而且，他竟然还向我呈现一份被波卡洪塔丝拯救的书面记录，打算放在他骗人的《通史》中：其中，根本没提到他粗俗滑稽地尝鲜了公主，只是暗示说，公主为他的男子汉气概及漂亮的脸蛋神魂颠倒。这出闹剧和误解，我当时不得不佯装煞有介事，同时也被打动过，现在为了安慰我痛苦的良心，把它真实地记录在我的笔记中。对此，我祈祷上帝，千万不要让船长淫荡的眼睛看到了。

到这里，亨利爵士的《私人日志》就结束了，除了还有最后一段文字，注的日期是到达詹姆斯敦的几个星期后，也就是应征去致命的切萨皮克湾之行几个月之前：

一六〇八年三月：波卡洪塔丝，国王的女儿，终于完全恢复健康，带着一群随从来到城门，打听船长的消息。他尽量躲着她，尽管她不在场的时候，尽管在他的《通史》中，他对她是大赞特赞。事实真相是，他怕自己罪恶的冒险活动露了馅，我怀疑，他又不情愿娶她（并由此使她成为一个诚实的女人），又情愿再干她一次，以满足自己的情欲。一听他说话，我就倒胃口。我很讨厌他，他控制不住讲那淫荡的功绩，一定要私下咬我的耳朵说，她的花是他采过的最鲜美多汁的花朵，等等，等等。

至于公主，还在城门那里徘徊，一直是这样，并叫她的仆人整篮整篮地给船长送干茄子……

“我的天！”伯林盖姆最后叫起来，“总督大人，瞧瞧这里！”

尼科尔森在桌子那边笑，他与苏托的交易接近尾声了。“又发现对库德不利的事情了，嗯？”

“库德玩完了！”伯林盖姆回答，“这里，读一读，先生！都是关于神秘的茄子的事情，我曾经说到过。上帝，要是秘方还在那里就好了。涂上颜料和蜡，激起性欲，你不这样认为，埃本？那种‘用油掺的东西’听起来有点儿像丹毒……哎呀，这到底是什么方法？我可以以此拯救这个悲惨的州!"

"得了，你把我弄糊涂了!"尼科尔森反对说，和大家一样——除了埃比尼泽——完全摸不着头脑。等到向他解释了《日志》内容及其重大意义，他的脸严肃起来。"可不是闹着好玩的冒险，"他说，指的是伯林盖姆打算去布拉兹沃思岛，"即使有这个茄子名堂去糊弄他们……"

"我能办得到!"伯林盖姆坚持，"要是有了秘方，一个星期之内，我就可以做上阿哈特瑚珀人的王。**史密斯!**"他转身冲着心神不定的修桶工，"这些文件还缺少的部分在哪里? 我发誓，我们拿不到，你就休想离开本州。"

让埃比尼泽惊奇的是，修桶工还没来得及申述自己的困惑，琼·托斯特第一次开口讲话。

"吓唬他没用。"她说，"你要的东西，他根本不清楚，也没法在哪里找到它。是我偷了那些文件，还打算留着。"

伯林盖姆、尼科尔森以及托马斯爵士都恳请她拿出来，或者至少把约翰·史密斯船长那次在弗吉尼亚大获全胜的名堂透露出来。他们解释说，布拉兹沃思岛上的形势十分危急，亨利想方设法要先下手为强，阻止一场暴乱，但都无济于事。

"看着我!"女孩尖刻地嚷起来，"看看淫荡结出的果子! 十二岁叫人干了，二十岁染上了梅毒，二十一岁就成了活死人! 蹂躏、糟蹋、强暴，还有出卖! 女人的命运，已经糟透了。你们想我把杀人的方子传出去，还嫌女人遭的罪不够?"

伯林盖姆发誓说，绝不会使用那个方子来逞皮肉之快，而仅仅是向阿哈特瑚珀人证实自己的身份而已，但同样说服不了琼。

"**魔王已经恶心了，魔王要做和尚了。**"琼反驳，"终归有一天，你渴望那边的安娜给你怀个孩子，或者其他的女人……我自己绝不会为你弄出那邪恶的一块肉!"

"那么，他用的是什么饮剂!"亨利大声说，"或者是什么膏药?"

尼科尔森用拐杖敲地板。“我们必须知道，姑娘！开个价码！”

琼笑起来。“你想贿赂死人？不，先生，大大的公医蛭咬得可狠了，上帝知道；我才不会再给他添几颗牙齿！但是且慢——”她的举止突然变得机灵起来，就像苏托一样，“我可以开个价码，你说的？”

“如果不过分，自然是。”总督答应，“你要的钱，得我们掏腰包。”

“很好，那么，”琼说，“我的价码，是莫尔登。”

“不！”安德鲁敞开嗓门。

“不要这样，求求你了。”埃比尼泽恳请。直到这会儿，他才和安娜一样觉得，讨论的问题让人面子上下不来。

“这个价码太高。”伯林盖姆发表看法，好奇地看着她。

“想想我怎样叫人作践身子骨的，不算太高。”琼回答道。

现在，连麦克沃伊也加入反对琼的行列。“你要这田庄，究竟想干什么，我亲爱的？”他温柔地问，“你是用不上它了。要是你希望留给哪个人，哎，也许总督会为你安排的。”

琼把脸转过来，冲着他。她的表情缓和了下来，如果她的决心还没有让步。“你和我一样知道，我没有哪一个挂念的，约翰。你为什么问呢？是不是你忘记了拉皮条人最重要的原则？”为了其他人好听懂，她又重复一遍，“**你可以问一个妓女的嫖价多少，但不可问她为什么要那样的价钱**。我的价码，就是拥有库克岬，永远拥有它。你们可以接受，也可以不接受。”

尼科尔森和伯林盖姆交换一下眼神。

“成交。”总督说，“起草文件，汤姆。”

“不，我的天！”安德鲁叫起来，“这不合法！史密斯放弃要求，所有权就转到了我手里。”

“一点儿也不是。”伯林盖姆说，“转到了州里。”

“去你妈的，你这个家伙！你站在哪边说话？”

“站在州里这边，就这会儿。”亨利回答，“那些文件值两座莫尔登。”

安德鲁威胁要上诉到国玺专员委员会，但是总督可不会被吓着。

“我还很少像今天这么坚定，”他说，“我准备拯救本州的时候，你可以上诉至国王本人，或许还来得及，快一点儿。文件在哪儿，库克夫人?”

直到听到这有点儿陌生的称呼，埃比尼泽才有一点点儿明白过来，琼的动机是什么。一刹那间，虽说只有一点点儿明白，但他的后背一阵刺痛，他的心燃烧起来。

“你们的文件在哪里?”她反问一句，直到托马斯爵士把库克岬的所有权证书递到她手里，她才愿意做出行动。她不慌不忙，手伸进紧身胸衣，掏出一叠折得很紧的纸，递给伯林盖姆打开。原来就是《日志》缺少的那三页。

“见鬼！埃本，看这里!”亨利嚷起来，“他可以看，琼?”

“我没权阻止他。”女孩闷闷不乐地说，情感似乎又冷漠起来。

缺页上写道：

首先，他把许多水倒到面粉碟子里，用手指搅拌成糊状物。然后，把剩下的水倒入容器里。那个蛮人又足够仁慈，冒着寒冷给他生了一小堆火。他看到水烧得冒热汽、冒气泡了，就从口袋里（那必定是非同一般的大!）掏出各色配料，放进去。我能说出其中少数几个名目，因为我不敢让船长发现我是在假装睡着。后来，他吹起牛来，我才知道，是非洲黑摩尔人为某种目的（到现在我还是一无所知）而制成的十分珍贵的药方子。他是从他们那里学来的。也就是：马钱子皮（马钱子树皮，从中提取药用大戟的番木鳖碱及士的宁）、两三颗小干辣椒（黑摩尔人称为祖祖）、一些胡椒粒、许多整朵的干丁香花苞，还有一两粒香子兰籽使其味香。同时，他用水和几滴棉葵油烧制了另一副煎剂，我揣摩不透有什么用途。这几种药草和药剂，我得补上一句，他一直带在身上，不光是这回用上了，而且还作为他日常饮食的调味品，他在与摩尔人打仗的岁月里，学会了把饮食调得味道很浓。出于这一缘故，他总是说服船上的船主，船在印度靠港的时候，给他买点儿这些药剂带回来。

糊状物做好，两个容器里的水也烧得滚开，船长就开始忙活切茄子，方式尤为特别。一般人习惯的做法是从茄子一头横着切，好把茄子一片一片切得很薄。可是船长从腰间拔出刀，按垂直方向从头到尾切开，将茄子一分为二。接着，在每一半上挖个很深的槽，两半合起来的时候，就像一个铸铁模子的两半合起来一样，中间就有一个圆柱形孔，或许底直径有三英寸，深度有七八英寸，因为那只茄子特别的大。所有这一切，我越看越好奇，但是一定留心不让船长发现我是假装睡觉的。

奇特的混合物熬了一会儿之后，船长从火上端下来。第一个容器里面尽是药剂，船长搅拌了一番，就揉进面粉糊状物里，直到整个看上去成了灰浆的样子。他接着就脱下衣服，我一双好奇的眼睛还未来得及看清他的私处，他就捋起了上面的皮——以色列的孩子习惯把它奉献给耶和华——他的棒头就探了出来（诗人们将此比喻成伊甸园引诱夏娃的那条蛇），冲上面抹灰浆一样的东西，又用两半茄子夹起来。它在茄子里待了一会儿，此番经历一定很痛苦，因为方子里面的药剂和辛辣的东西很有刺激性。他的脸部肌肉确实在抽搐，好像他径直把家伙伸进了火里。他终于移开茄子，用棉葵油剂洗净泥浆状物，这时候我平静地观察到，他那家伙确实烧煳了！而且他连碰都不愿碰，怕引起疼痛。

这番情景，虽绝称不上有什么教化意义，但是对一个神志清醒而又道德高尚的人来说，我必须承认，我对此饶有兴趣，一者是出于自然而然的好奇心，二者是想自己探测一下船长堕落的程度。对一个信奉基督教的人，花时间研究邪恶，仍然是件愉快的事，对照自己的端正操行，他会心满意足（不带有邪恶的自负感）。无需再点破，奥古斯丁以及其他的神甫们见证过了：真正的美德，不在于天真，而在于完全识破魔鬼诡诈的把戏……

故事片段就此结束：亨利爵士竟然睡着了，又突然醒过来。

“我能做到！”伯林盖姆小声说，“我需要的，就是这些！”

埃比尼泽眼往别处看，不仅对故事反感，对其他更近在眼前的意象也甚为讨厌。他注意到，安娜尽管没读过《日志》，也清楚它讲了些什么：她低垂着眼，双颊红红的。

“得了。”总督宣布，从位子上站起身，“我看这里的问题解决了，汤姆。明天早晨，把那两个无赖装上我的船，保证他们安全抵达宾夕法尼亚。”

其他的人也活动开来。

“喏，桂冠诗人大师，”苏托隔着客厅讽刺起来，“聚会散了，你还不是同在圣贾尔斯一样，身无分文。”

安德鲁骂起来。尼科尔森不高兴地脸一沉。

“你弄错了，迪克·苏托。”琼从长椅上开腔。

每个人都转过身来，看着她。

“我没多少日子好活了，”她说，“妻子死后，财产就丢给丈夫。”

安德鲁喘不过气。“上帝！你听到了，埃本？”

除了苏托和史密斯，所有的人都对她说出心底话感到高兴。埃比尼泽冲过去抱住她，安德鲁高兴得落下眼泪。

“了不起的姑娘！她是个大圣人呢，罗克珊！”

但是，琼转开脸。“还有一个危险，我看得出来。”她说，“今天已经注意到了，像我们这桩靠不住的婚姻，是可能被撤销的，那样的话，我的遗产就要上法庭争执——因为婚姻还没有圆过房。”

大家马上静下来。孪生姐弟一脸煞白。

“我的天!”罗克珊小声说，紧紧抓牢安德鲁的胳膊。伯林盖姆一脸沉思的样子。

修桶工大笑起来，很刺耳。“　，哎呀！**哈！哈！**听到婊子的话了没，苏托？她就是那个巴比伦大淫妇，库克必须先干了她，才能拿到田庄！　，哈！用一根烟草杆碰碰她，我都不愿意!”

“我的孩子——”安德鲁艰难地对儿子说，“她有——花柳病，你又不是不知道——尽管我视莫尔登为自己的命，我绝不会怪你的——”

“且慢。”伯林盖姆插话，“你会染上她的梅毒，埃本，但总不至死，我看：或许只是哪种该诅咒的毛病，犯不上是法国人的那种病。哎呀，小伙子，莫尔登就看你的了——”

埃比尼泽摇着头。“这无关紧要，亨利。她不管有什么病，都记在我账上，谁叫我们爱情不顺利。我这会儿一点儿不喜欢我的遗产，只知道我必须得到它。我渴望的是**赎罪**，赎我对那个女孩、我的父亲、安娜，甚至还有你，所犯下的罪，亨利——”

“什么罪?”安娜不同意，走到他身旁，“地球上所有的人中，埃本，你是最没罪的！究竟是什么让琼跑遍了整个世界，你说，历经艰辛，除了你那让我对其他男人倒了胃口，又甚至让亨利神魂颠倒的德行——”她脸涨红了，意识到扯得太远，“你就是天真精髓之所在。”她平稳地收场。

“这正是我要受到控诉的罪行，”她弟弟回答，“天真之罪，有学问的人要受它的累。我们灵魂生来就带有真正的原罪：不是亚当后来**学会**的，而是他先就**有了**根子，然后才慢慢学着犯的——一句话，他曾经是天真的。”

他在长椅沿上坐下，抓起琼的手。“曾经有一次，这个女孩让我忏悔赎罪，我却抛弃她，加重了罪过。不论结果怎么样，我乐意接受第二次赎罪机会。”

“哎呀！”麦克沃伊说，“你打算好了？”

“是啊。”

安娜甩开胳膊，抱住他的脖子，就哭上了。“我多么爱你！我们四个人要住在这儿，如果亨利不会留在布拉兹沃思岛——”她声音低下去。伯林盖姆轻轻地从长椅上把她往后拉。

埃比尼泽吻着琼的手，终于，她转过憔悴的眼睛，看着他。

“你累了，琼。”

她闭上眼睛。“简直无法想象。”

他站起来，还拉着她的手。“我还没有力气背你进我们的卧室……”他尴尬地朝四周看看，面孔肌肉抽搐着。所有的女人都在落泪。男人们，或者摇着头，像麦克沃伊和总督大人；或者沉着脸，像安德鲁；或者仅仅皱着眉，不情愿地表示敬畏，像史密斯和苏托。

“我很荣幸代为之！”伯林盖姆叫一声，打破了着魔一样的状态。每个人都忙活起来，掩饰令人难堪的紧张气氛：安德鲁和约翰·麦克沃伊赶紧安慰自己的女人，托马斯爵士和总督大人收拾他们的文件，嘴里嚷着要烟抽，史密斯和苏托被警卫官送出客厅。

伯林盖姆双手抱起琼。“大家晚安！”他愉快地说，“告诉厨子，明天早晨要举行婚宴早餐，安德鲁！”向过道走去的时候，又笑着补充了一句：“留神堕落到怎样的深度，又添加了堕落的人数！来吧，安娜，这档差事，少不了一个伴娘。”

安娜绯红着脸，挽起埃比尼泽的胳膊，姐弟俩跟着咯咯笑着的导师，上了楼梯。

“啊，得了！”他们父亲的喊声，从客厅传过来，“我们可要好好庆贺一番，先生们，女士们！”冲着不在场的厨房仆人，他嚷开来，“**格雷丝？格雷丝！**见鬼，格雷丝，拿桶酒来！”

第四部　作者向读者表示歉意；桂冠诗人写下墓志铭

少不了有不怀好意的古文物研究者提出疑义，作者叙述起这篇冗长的故事来，比约翰·史密斯船长的胆子还要大，对主管历史的女神克利俄更为随便，因此之故，作者以担保事实的方式，特此提前给出三个第一流的答复，按与疑义的密切程度，依此排列。首先请记好，如伯林盖姆自己所说的那样，我们都是在创造我们的过去，差别只是在程度上，我们在往前走的时候，总是难免受到冲动和兴趣的支配；过去发生的一切，是留给现在的一块陶土，无论愿意不愿意，我们都必须雕刻它。因此，存在让我们所有的人成了实证主义者。而且，这位克利俄女神，作者找到她的时候，她已经是一个遭人蹂躏的、狡诈的妓女了。需要一个擅长舌战的诡辩家，有着和她一样的品质，分辨出谁是诱奸的，谁是被诱奸的。但是，无论如何，如果他在公共酒吧被判强占了妓女也许也坚持的微不足道的贞操，那么，作者倒乐意加入可以想象出来的最有意思的伙伴，也就是他的同伴诱奸者，包括诗歌、散文以及政治学领域最最高贵的人。总之，在这样一个酒吧里，凭这样一个指控判定有罪，是给艺术家和艺术品添面子，其重大性等同于被选入**禁书目录**[①]，或者，是受到世人时刻戒备的压制。

事实与想象双方相互对立的要求，艺术家，像尼科尔森总督，可以毫无顾忌地一笔勾销。但是，诉讼人的要求如果是形式上的，而不是实质性的，那么，他们带来的令人左右为难的困境，是很少有哪个讲过故事的人可以毫无损伤地从中解脱出来的。这就是作者目前的困境；这一点，读者是看得出的。

埃比尼泽·库克的**故事**已经讲完了。戏剧性场面只差他答复琼·托斯特的条件。至于这些条件各种各样的弦外之音，那是再清楚不过

---

① 指1559年天主教罗马教廷发表的禁书目录。

了。所有剩下的内容，都令人打不起精神：楼梯把他引向上面的洞房，同时也让他陡然滑到故事的**收场**。就**历史**来讲，另一方面，这个故事还有许多事情——完全基于不足的事实和纯然的幻想——作者虽难免受人中伤，但还得接着往下讲，相信读者有足够的兴味，了解孪生姐弟、他们的导师、伯特兰·伯顿、斯莱和斯卡瑞以及其他人的命运，只是顾不上故事形式的完美，权且讨好某种好奇心理罢了……

安德鲁·库克坚定地认为（那一夜豪饮和次日早晨婚宴早餐期间，他无数次表示），他们的麻烦已经随太阳落山而去，永远成了过去，太阳升起的时候，照耀的将不光是一个幸福而昌盛的家庭，而且也是一个更幸福更高尚的州——哎呀——这一信仰，无论怎么说，也没有被历史完全证实。也许除了威廉·史密斯那个修桶工，以及米切尔船长那个鸦片商人——两个人不久就从克利俄的舞台上消失了，直到今天，再没有听到他们的消息——我们故事人物中的任何一个人，不好说都非常幸福。有一些，确切地说，变得更加宁静；另一些人，或多或少，开始走下坡路；还有几个，索性过早地离开了人世。

汤姆·泰罗，比如说，就是那个做契约仆人生意的胖家伙，一许诺不再指控麦克沃伊，马上就给解除了在莫尔登的苦役。人们希望这番经历教会了他以后干一些少令人生厌的生意，可是，没出一个星期，他又在整个托尔伯特郡跑东跑西，兜售起移民生意。几年之后，在提尔曼岛上，被他的一个投资掐死了——一个大块头的苏格兰人，他追求自由的那股子热情比麦克沃伊丝毫不逊色，虽说没一点点儿麦克沃伊的足智多谋。本杰明·斯波尔德斯也没幸运到哪里去，纵然他“没有什么好丧失的”。安德鲁发现他在安纳波利斯的狱中，因小小的盗窃罪在那里坐牢。后来，又让他做起先前做过的库克岬掌管人，可是，他又是漂泊，又是绝望，身子骨彻底弄垮了，就在第二年冬天，一场疟疾永远地剥夺了他先前从未丧失过的唯一的东西。

可以说，生命也没有给罗博特姆上校留下多少岁月。一六九八年四月，他死于与斯波尔德斯同样的疾病。说起来有谁不惋惜，他的人生旅程终于耻辱——要是进行到底，会像成功一样别有韵致——而不是终于经济窘迫？他参与了一六八九年革命，在马里兰两位皇家总督手下做过议员。一六九六年，他和四个脑子同样灵光的政客仓皇逃往英格兰，因为尼科尔森对他们的首领进行起诉了。使他感到羞辱的另一件事情，是露西终究没找个丈夫嫁出去。她生了个女儿，同怀上时一样没有做到名正言顺，由他的遗孀在上校的田庄上带大。露西本人越来越不成样子了，抛弃孩子，堂而皇之地在烟草港做她诱拐者的情妇，就是那位尊敬的塔布曼先生，直到这位绅士及其同伙佩里格林·考尼牧师，因涉嫌酗酒、赌博以及重婚，于一六九八年被他们的主教判决暂缓执行惩罚。关于她后来的生活没有一准的消息，但是，人们还是伤心地听到说，罗塞克斯客栈（玛丽·蒙格毛丽从罗克珊手中买过来，与哈维·罗塞克斯合伙经营）有一个年轻的妓女，在下多塞特捕兽人中享有一定的声誉，因为**她屁股上有一个熊像**——可能是长有雀斑的大熊星座？

至少，上校省了再为女儿安排取消另一桩婚姻的心，因为她没来得及做母亲，就做上了寡妇。可怜的伯特兰，与埃比尼泽头脑清醒地待过最后一次之后，很长很长一段时间神志失常，谵妄中供起“好圣人德雷克派克”，一遍又一遍以布朗丹岛桂冠诗人的身份胡言乱语，说自己作践了贝茨·伯索尔和露西·罗博特姆的闺房，后来，他陷入昏迷状态，伯林盖姆和一个医生忙活了一场，也没能让他苏醒过来，三天后就死在了莫尔登的床上。埃比尼泽大为伤心，不仅仅是因为他总觉得自己应该为此多少担点儿责任，而且还因为他们患难与共的经历让他对自己的“指点人”产生了真诚的情感。但是，正如猩红热可以发散一个人的郁气，他失去伯特兰的痛苦被接踵而来的一系列痛苦冲消了。琼·托斯特，像每个人预料的那样，没挨到年关就走了——准确地说，是一六九五年十一月二日深夜——既不是鸦片中毒，也不是梅毒发作。没有它们，说真的，她会活下来；它们让她卧床不起，散了精神；但是，最后**致命一击**——正是那些恶毒的讽刺中的一种，曾经让埃比尼泽把生活叫作无耻的剧作家的——来于生孩子！话得从头说起：

库克岬失而复得（我们的情节就此而终）那晚之后，人们离开莫尔登，可忙活了一阵。次日，尼科尔森总督、托马斯·劳伦斯爵士、威廉·史密斯以及理查德·苏托乘船去了安妮·阿伦德尔城。卫兵也各自散了。伯林盖姆一直待到不能为伯特兰再做些什么，才独自踏上出使布拉兹沃思岛的险恶之行，答应春天回来娶安娜——她父亲已经同意这门亲事。约翰·麦克沃伊和亨丽埃塔，安德鲁也没少祝福，不久就在莫尔登的客厅里举行了婚礼（惹得厨房里的那个巴黎女用人高兴得落下眼泪）。哈里爵士的遗嘱一检验好，他们就乘船去了英格兰。与大家期望的相反，罗克珊也随他们一道走了，要么她一向对安德鲁的爱最终没有战胜自己的忧伤，要么她认为岁数太大，犯不上再纠葛了，要么粗野的磨坊主让她伤透了心，要么是别的什么不太明显的原因。安德鲁也随他们一起，把莫尔登留给儿子和本·斯波尔德斯照管。孪生姐弟高兴地猜测，罗克珊毕竟打算嫁给他们的父亲，只是叫父亲先尝尝当年自己受的那份苦头。但是，如果说安德鲁抱有希望要把她这道关攻下来，最终却未能如愿。她用自己田庄的收入携女儿女婿游历欧洲。麦克沃伊在威尼斯跟洛蒂[①]学音乐，但是对作曲明显不感兴趣。他和亨丽埃塔没急着要孩子，过着悠闲的生活，直到一七一五年九月，他们和罗克珊一起，还有其他五十个人，从比雷埃夫斯[②]出发，乘开往加的斯的船“渡尔都恩号”。此后，再没了他们的消息。

到春天，每个人都走了，只剩下孪生姐弟和琼·托斯特，莫尔登的生活变得平静起来。埃比尼泽确实染上了妻子的病，尽管实际上治

---

① 安东尼奥·洛蒂（Antonio Lotti，约 1667—1740），意大利古典作曲家。

② 比雷埃夫斯（Piraeus），希腊东南部港口城市。

不好，却用伯林盖姆早些时候给他的草药和药品控制着病情，不至于恶化，因此暂时没有大的不便。过了头两个星期之后，琼的健康已不容许再和丈夫同房。三个人把大部分时间用来读书、听音乐以及进行其他轻巧的娱乐活动。姐弟两人还像在圣贾尔斯时一般亲热，不同的是两人的关系难以言喻：他们感情邪恶的、有悖情理的方面，最近让他们担惊受怕不小，已经被忽视了，仿佛从来就没发生过。确实，从他们眼下生活的景况中不妨推断，整个事件只不过是伯林盖姆的一番想象，可是，明眼的人——或者讽刺一点儿说，如果哪个愿意的话——还是可以看得出，埃比尼泽是非常有兴致地向姐姐承认，自己早些时候对亨利的好意起过疑心，又很有热情地说，伯林盖姆“不只是个朋友，甚至不只是一个姐夫：他是我的*兄弟*，安娜，唉，打一开头就是这样”！再说，这个明眼的挑剔的人，冲安娜对没用的琼那份羞涩的尽力照顾的劲儿——她每天早晨帮琼梳洗——会投之一笑吗？

春分过了。四月份，伯林盖姆说话算话，回到莫尔登，服装和发式怎么说也是典型的阿哈特瑚珀人的。他说，多亏了那种神秘的茄子（由于季节关系，他用一个印第安的葫芦代替了）发挥了神奇的效用，他这次远征才取得了很大程度的成功。他十分迷恋新找到的家，对夸撒布拉格和精明强干的德雷克派克留下了深刻的印象——他补充说，两人的关系恶化叫人好不高兴。他有信心战胜他们，可是对自己的兄弟没什么把握。考宏科普利兹嗜杀成性，紫铜色的肤色也是他的优势。要除掉他，出于兄弟之爱也难以下得了手。亨利最后说，他计划在那里要干的事还没有干完。他已种下了不和的种子，娶了安娜后，他得回到岛上过夏天，收获理应成熟的果实。

他的出现扰乱了莫尔登平静的生活。随着春天的逼进，安娜越发焦躁起来，这会儿，她近于歇斯底里了：她坐立不安，谈话的时候没片刻心绪宁静；她的情绪像切萨皮克湾水面一样波动不居，难以预料。一句近于淫秽的话——像埃比尼泽说，他在农庄上斯波尔德斯的小屋里，见到过晒干的印第安人葫芦——就足以让她哭着跑到屋外去，但是偶尔也会非常不友善地拿弟弟的传染病打趣，设想——趣味非常低俗——茄子膏药对此病会有什么疗效。伯林盖姆非常有兴致地看着她的一言一行。

“你**确实**想嫁给我，安娜?”他最终问。

“当然!”她坚持，“但是，我得承认，最好等到秋天，那时刻，你已经彻底解决蛮人问题了……”

亨利冲埃比尼泽笑笑。“如你所愿，亲爱的。那么我想，我明天就走——**早去早回**，大家这么说来着。”

这次谈话是在早餐时进行的，伯林盖姆一天后才离开，其间发生了什么，埃比尼泽做不到置若罔闻。他一门心思要把那种想法从脑海里抹去（结果是，每次又更栩栩如生地跳了出来），表明他意识到那种事发生的可能性。他突然提出，要帮斯波尔德斯监管下午的烟草种植，表明他肯定了那种可能性。他那天夜里怎么也不能入睡——就算用棉花堵起耳朵，用枕头蒙住头——说明他怀疑有那个事实存在。第二天早上，安娜就是脚步不离房间，诗人向朋友话别的时候，还得代她捎上一份问候。

“秋天似乎远得很。”他终于开口。

亨利笑笑，耸耸肩。“不是走向堕落[①]。”他回答，“**再见**，朋友。我想，克雷芒教皇的预言会应验的。”

这就是他对诗人的最后一句话，不光是当天，那个季节，而且是永远永远。那天，过一些时候，安娜说她担心他这一辈子就会留在阿哈特瑚珀人那里了。又过了**很久很久**——是一七二四年——她承认，打发他永远离开的，不是别人，正是她自己，目的是——准确地，并且是独一无二地——自己好做弟弟的保护人。不管怎么说，除非埃比尼泽后来年月的某种幻想实际上就是事实，他们再没有见到过他们的朋友，也没有听到他的任何消息。无论是否归功于他的努力，那场大

---

① “秋天”英文为fall，又有堕落之意。

暴乱终究没有发生。可话说回来，一六九六年当年，似乎到了一触即发的份儿上，尼科尔森每月都对煽动罪进行起诉，甚至连在一六三四年为第一批移民提供了衣食的皮斯卡塔韦人也大为激怒——有人说是弗吉尼亚的安德罗斯激起的——抛开他们在马里兰南部的城镇，和他们的王奥考陶马卡思一起移居到西部山区，后来，要么饿死——因为他们习惯了种田，不习惯打猎——要么被北方的种族同化了。多亏卡斯提纳先生、弗龙特纳克[1]将军，也许还有德雷克派克这些人的努力，五个伟大的部落才被法国又从英国人手里完全争取了过来，而斯克内克塔迪及阿尔伯尼遭受到的大屠杀，要不是布拉兹沃思岛上的头目们被分化了，就会蔓延到所有的英属地。尼科尔森从来没有征集军队去攻打那个岛屿，本身就暗示，他与亨利·伯林盖姆保持着联系，并且是信得过亨利的。到十七世纪末，那地方还是不适宜居住的沼泽地，就像今天的情形一样。人们设想，阿哈特瑚珀人不管是在谁的领导下，也像南梯库克人一样，向北移居到宾夕法尼亚，最终被五大部落吸收了。夸撒布拉格、德雷克派克、考宏科普利兹以及伯林盖姆的最终命数如何，历史对此保持沉默。

孪生姐弟非同寻常的朋友走是走了，莫尔登的生活从此再没能恢复昔日的平静。安娜的精神状况一直高度紧张。到了五月，已经很明显，三个月前短暂的同居期间，琼·托斯特怀上了孩子。确实是件大事，要是让她十月怀胎，生孩子一定会要了她的命，而且，不论怎么说，生下来也是个有病的孩子。因此，尽管埃比尼泽做父亲的欲望突然间十分强烈，并且强烈的程度连自己也吃惊，但他还是不得不恳求立即堕胎。但是，不但他的恳求没有得到回应，而且仿佛是惩罚他那么做似的，夏天过了一半的时候，安娜承认，自己也怀上了。诗人搜肠刮肚，掏空辞藻，劝姐姐不要走绝路。

---

① 路易·德弗龙特纳克（Louis de Frontenac，1622—1698），法国驻新法兰西总督。曾扩展法国在北美领土及皮货贸易，击溃进攻魁北克的英国人。

“我——我是**堕落的女人！**”她总是这么哀叹，那词儿对她很有吸引力，“丢尽了脸！”

“丢尽了！”埃比尼泽同意，“就跟我来到马里兰以后的情形一个样！你必须把你的耻辱和我的联系在一起，否则，就看我跟你一起进坟墓吧！”

安娜就这样待在莫尔登，算是深居简出。与此同时，最让人丢脸的故事，在仆人和附近的种植园主们中间广为流传。有一次，埃比尼泽从剑桥回来，一脸苍白地说：“他们说，是我让你怀上孩子的！”

“你能指望别的什么？”安娜回答，“他们又不知道亨利，我又不大可能做斯波尔德斯的情人。”

“但凭什么就赖上我？”埃比尼泽嚷起来，“难道人生来就这样狼心狗肺的？还是上帝判定羞辱我们，好像我们真的做了——”

安娜冲着他那副局促的样子阴冷地笑笑。“我们总是一想到就脸红的事是什么？也许是那样，埃本。就算是这样，上帝的判决也是大有先例。蛮人和种田的总是普遍地怀疑，龙凤胎是否在娘胎里就干过了勾当。难道有可能，这会儿他们会认为我们是干净的？”

但是，看上去，没有哪一件羞辱的事，人们不能够最终挺过来。没有人来拜访莫尔登，埃比尼泽与家里用人以及地里干活伙计们的关系变得冷淡拘谨起来，但是，他也好，安娜也好，都再没提过自杀的事，哪怕开始清楚伯林盖姆是不会回来了。十一月，琼分娩死了，女婴也死了，是臀位分娩，就是比琼强壮得多的妇女碰上，也难以挺过去。埃比尼泽伤透心，把母女俩掩埋在海滩那边，就在自己母亲的坟旁。第二年一月，安娜临产。她短暂的分娩于深夜开始，没有专业的接生婆，厨子格雷丝（有一点儿接生的经验）以及诗人自己为她接生下一个男孩。安德鲁·库克不大可能再来马里兰，也不大可能从哪个第三方那里听到这则绯闻，埃比尼泽于是认为，最好不要让这件事给父亲的晚年投下什么阴影。他写信告诉父亲，琼在分娩时去世了，但他们的孩子——洗礼时已经给他起名**安德鲁三世**——活了下来，现由安娜照管。无须说，老人欢天喜地。

这一杜撰，一旦既成事实，就对埃比尼泽和他的姐姐产生了显著影响。羞辱是羞辱，安娜似乎身心上特别适合做母亲：怀孕期间，她身子养得好，分娩很容易。现在，乳房被奶水胀得大大的，她一面还是哀叹，一面却尽情地为孩子进食，就像孩子从她那儿尽情地吃奶一样。哺育孩子，让她发了福，红光满面。他们确实为孩子起名安德鲁，并且开始合计，一有可能就搬出莫尔登。“为了孩子……”

这就把我们带到故事的结局了。但是，我们得先打一会儿岔，了解一下头号恶棍约翰·库德和制裁了库德的没有规矩的总督的命运，以及巴尔的摩为夺回马里兰特许权——早被威廉王没收了——而进行的伟大奋斗历程。

库德，尼科尔森习惯称他为“政治学上的小弗格森，宗教学上的霍布斯”。一六九四年十一月，埃比尼泽还在莫尔登生病，身体日趋衰弱，总督就要求库德对公共收入开支做出解释，并且起诉他——别的不当行为姑且不论——为其处理暴乱一事向下议院非法索取过一笔四千磅烟草的报酬，偷走了一六九一年其刑事法庭记录，在就任新教联合会主席期间，侵吞公款五百三十二英镑两先令又九便士（还不提在担任波托马克河税官期间侵吞的四百多英镑，在担任委考米克河税官期间侵吞价值为七百英镑的汇票），同时，还假冒天主教神甫以及英国圣公会牧师，阴谋策划反对总督以及国王，并且亵渎圣父、圣子和圣灵。一六九六年七月，尼科尔森又根据新的证据，对库德进行起诉，针对几项指控，从各种官员和公民那儿搜集到证词，这时候，他的猎物逃往弗吉尼亚的安德罗斯处，寻求保护。在那里（谣传这么说，很少有人说曾经亲眼见到过他），与他的特工人员暗中勾结，尤其是杰拉德·斯莱和山姆·斯卡瑞——他派前者向伦敦的上诉法院法官们递交“起诉书”，控告尼科尔森，大肆指控总督，从奉行天主教教义、从事邪恶的勾当，到谋杀一个叫亨利·登顿的议会书记员，因为此人“是他恶劣行径的主要见证人”。尼科尔森尽管和海湾里的海盗、州界线上的法国人以及全州各地的印第安人有瓜葛，制止各种各样的瘟疫和流行病力度也不够，但是在其任职期间，他成功地做到了在安妮·阿伦德尔城（已更命为**安纳波利斯**）建了一所高校，维护自己，反驳斯莱的指控，最终，于一六九八年夏天，派出两艘大船和一百名士兵，要在波托马克河上缉拿库德和斯卡瑞。后者被逮捕，并被绳之以法，对此，他立即为自己辩护，说是受了上司的胁迫；但是，库德自己却逃脱了这一圈套。

人们会不舒服地了解到，就在这个时候，事情就从强悍的总督那里脱了手。在一项旨在一次性解决诸多问题的举措中，国王委派尼科尔森去替代弗吉尼亚的老对头埃德蒙·安德罗斯的职位。安德罗斯因为攻击威廉和玛丽学院的布莱尔博士，在王室失了宠，被贬职去西印度群岛做一个小总督。一六九九年一月（按旧历是一六九八年）正式交接，而几乎在同时，据说库德就得意扬扬地到了圣玛丽城。有些人说，他看错了纳撒尼尔·布莱基斯顿——尼科尔森的继任，也是库德自己姐夫的侄子——因为布莱基斯顿实际上于同年五月逮捕了他。另一些人坚持认为，这种天真之举不大可能，库德可是个鬼精的阴谋家。他们认为，这只不过是串通勾结而已。他们这种玩世不恭的看法，却似乎得到了证实。第二年七月，应库德自己的要求，他得到开释，到一七〇八年，实际上被准许在圣玛丽城的法庭上做起了律师。但是，另一种看法，不太那么愤世嫉俗，却更微妙，是由埃比尼泽·库克那时向其姐姐提出的：从早年审判斯莱船长以来，他指出，根本就没发现斯卡瑞船长的影子，也没有提到过他；以库德的名字被逮捕又开释的人就是斯卡瑞其人，他和布莱基斯顿或者别的什么人串通一气，难道就完全不在可能范围之内？埃比尼泽认为有可能，于是，就回到更基本的问题上：除却好几个化身，约翰·库德真的“确有其人”？或者，他只不过是他那些假想中的同谋纯粹捏造出来的人物？这样一来，就好推卸他们的责任，就像商人组建有限公司，好为他们的冒险经营作交代？

无论怎样，人们知道，约翰·库德从来就没有完成赋予自身的重大使命，那个令人捉摸不定的人物也没有意味道德的另一端，巴尔的摩勋爵——至少，他的一生没有做到。无论查尔斯·卡尔弗特的手段与动机如何不明朗，如果确有其人（并且，如果伯林盖姆没有完全不称职地代表他），那么，人们就可以认为，至少他迫切地要夺回家族对马里兰的所有权。承认了这一点，他一七一五年去世的时候，就一定感到双重的失望。其一，马里兰已经在第六位皇家总督的管制之下了；其二，他的儿子及继承人，本尼迪克特·伦纳德·卡尔弗特，两年前就声明放弃天主教，改信英国国教，代价是每年上缴四百五十英镑。就是这一变节，使家庭的命运陡然发生了戏剧性变化。查尔斯·卡尔弗特于二月二十日去世，遭抛弃的本尼迪克特成了巴尔的摩勋爵四世。不出两个月，四月五日，本尼迪克特自己也去世了，头衔传给他十六岁的儿子，也叫查尔斯。这位巴尔的摩勋爵五世，不光和他父亲一样是一个新教徒，而且漂亮而放荡，是个十足的弄臣，因长于拉皮条和动心计，很受王室赏识，最终成了威尔士亲王的卧室侍从。具备这些便利，一个月之内，他就完成了祖父二十年沧桑未竟的事业：一七一五年五月，乔治一世国王恢复了他对马里兰的特许权，它君主授予的原来的特权，几乎保留不动。

仅凭这些奇迹就可以证实——对作者来说似乎是——我们的诗人曾经指责克利俄情妇厚颜无耻，是足以成立的。看到这位年轻的巴尔的摩在一七二八年提出授予埃比尼泽·库克一顶货真价实的马里兰桂冠诗人头衔，人们有何感想？“向赫卡柏致敬！”如我们诗人习惯嚷嚷的那样，或者，按他一连串的比喻说法：把这位诗人的闹剧探究个底朝天，鸣笛拉开帷幕！

首先，读者必须知道，一六九四年冬天埃比尼泽在莫尔登养病期间，受灵感驱使，没有创作出他许诺过的《马里兰纪》，而是做了首休迪布拉斯式的讽刺诗，聊表自己的不幸，打那以后三十四年的时间，再没有写过一首诗。这一休闲期，是由于童贞的丧失，对自己天赋的不满，缺少灵感，身份的改变，还是其他微妙的原因，说起来都不过是无谓的猜测，要紧的是，令读者和埃比尼泽一样大为惊奇的是，就在这些年头里，他作为诗人的声誉，一年比一年响亮起来。对马里兰的讽刺诗原稿，人们还记得，在可耻地逃离莫尔登时，他就带在身上，并经伯林盖姆介绍，托付给“朝圣者号”船长。那会儿，埃比尼泽十分操心它的落处安全不安全，非得让伯林盖姆保证，船长务必将其交给伦敦哪个印刷商。可是，人事匆匆，他后来压根儿忘了那首诗，直到给安德鲁三世洗礼命名之后，生活总算安稳下来，他才又不大上心地记起来，想着那首诗的命运究竟如何了。

他小小的好奇心在一七〇九年得到了满足。其时，父亲寄给他一本《烟草经纪人》，由派特诺斯特街乌鸦招牌主人本杰明·布拉格出版。安德鲁随书附的信上解释说：“朝圣者号”船长把原稿递给了哪位其他的印刷商，该印刷商认为，出版此书不会有什么赚头，就当好奇的玩意儿传播开来。后来，传到了奥利弗、特伦特以及梅里威瑟手里——都是埃比尼泽昔日的伙伴——见是朋友的作品，就搅起一场噱头，印刷商们也心痒痒了。就在这个关头，本杰明·布拉格风闻这件事，明确声称，自己优先享有这首诗，因为其作者至今还欠他的人情，当年是拿了自己的纸张创作的。接下来你威胁我，我威胁你，最终，布拉格吓退了对手，拿到了原稿，六英镑一本出版了出来。第一个反响，安德鲁信上说，是巴尔的摩勋爵三世矢口否认曾经委派过埃比尼泽·库克——他根本不认识他——做马里兰的桂冠诗人或者别的什么玩意儿，并全盘否定诗的内容。还有谣传说，在国王要把马里兰归还给领主大人的时候，领主大人还对诗人的诽谤罪进行了起诉。但是，谣传终归不再传了，因为同年就出现了对该诗的一些好评，安德鲁的信中也附了一则：“对种植园陈词滥调溢美之词的一种反动，令人耳目一新……”部分内容如是：“……了不起的休迪布拉斯……洞察一切的机智……卡尔弗特之所失，乃诗意之所得也。”

“莫大的荣耀！”安娜读着谈着，喜悦起来，“千真万确，大手笔赢来的荣耀，埃本！”

但是，她的弟弟了解到自己突然出了名，尽管甚为惊讶，却并不是大有感触。实际上，对这则评价，他似乎讨厌甚于高兴。

“浅薄的傻瓜！”他大声说，“对诗歌到底说了些什么，门都没摸着！写这首诗，绝不是树我的名声，而是败坏马里兰的声誉。”

然而，在随后的岁月里，《烟草经纪人》在伦敦文人雅士中，声誉逐步增长——尽管不是其作者期待的那种声誉。批评家说，它是当时正时兴的讽刺狂诗的典范。他们大为欣赏它的韵律和风趣，大为赞美它的人物形象塑造，以及滑稽行为的描写——不是哪一个批评家真正把那首诗当回事！确实，有一个批评家，谈到巴尔的摩勋爵的愤慨时，说：

> 巴尔的摩既然如此急于要我们相信他先前巴拉丁领地的优美之处，却竟然在他瞧不上的这首诗成了马里兰优美之处之初步见证的情况下，不器重巴拉丁领地的头号诗人，真是咄咄怪事。实际上，并不是平庸的种植园，给了诸如库克先生那样优美的风趣……

这类赞许，既触怒又点拨了诗人，他一句话都听不进。一七一一年，老安德鲁去世，埃比尼泽只好乘船去伦敦检验父亲的遗嘱。他应邀接受布拉格和本·奥利弗的款待。奥利弗是布拉格印刷厂的合伙人（汤姆·特伦特，他们告诉他，已经放弃写诗，弃绝了圣公会，成了一个耶稣会士。迪克·梅里威瑟，写了一百首没有发表的颂诗和十四行诗，向死亡献媚，到底征服了黑衣女士。最终，胯下马猛地一下前脚站起，把他扔到大卵石上，他本意仅仅是调情的举止，黑衣女士却让其成了永久的拥抱）。他们恳请他写出诗的续章——《皮毛经纪人》或《烟草经纪人复仇记》——他没理会。

实话实说，他没有什么好写成诗的了。他在田庄上工作的时候，会时不时地想起一行英雄体，但是，经历了那么多的凄风苦雨，还过过平静安宁的日子，要么钝化了他的诗才，要么磨砺了他批评的功力：

他最终认为，《烟草经纪人》够不上什么艺术品，充满着粗鄙的愤怒、晦涩的比喻，以及生硬的或矫揉造作的曲折变化，后来的构思也没有一个让他觉得配行之于文。一七一七年，他认为自己尽了欠父亲的一切义务，把自己继承的那一半库克岬财产卖给了爱德华·库克——就是埃比尼泽曾经假装其身份而逃过了米切尔船长一难的那位可怜的戴绿帽的老家伙——安娜把她的那一半卖给了多塞特民兵里的亨利·特里普少校。“他们的”儿子安德鲁三世，这时候已经是二十一岁的小伙子了，好歹挺过了关于其身世的种种传闻。他们先是移居到肯特郡，又后移居到乔治亲王郡。为了谋收入，埃比尼泽——已是五十出头了——在州总税官亨利和贝内特·洛的手下，干一些文书杂活，靠的是坚决认为他们的兄弟尼古拉斯实际上就是亨利·伯林盖姆，才攀上关系的（作者非常难过地这么说）。安娜——可以这么说——却不允许自己介入这一骗局，尽管从弟弟那里享受着这一骗局的实惠。但是，埃比尼泽是一天比一天不能自拔了。就算确实是个骗局：尼古拉斯·洛，没一点儿像伯林盖姆过去装扮成他时的模样，与亨利以前的任何装扮也没相像之处，但是，洛却有差不多的年龄和个头，有稀奇的风趣，受过广泛的教育，甚至不时地还露出可以称之为“宇宙哲学家”的派头。而且，对埃比尼泽的暗示以及旁敲侧击的打探，他总是报之以诡秘的微笑，甚至耸耸肩……但是不！像安娜一样，我们得抵制妄念的诱惑：年龄已经使我们的主人公昏聩了，正如许多其他的人一样，没什么好再说的了。

一七二八年发生了两件事为我们的故事压台。老查尔斯·卡尔弗特的坟上，草已经长了多高，同我们六十二岁的诗人一样，已不能领略《烟草经纪人》具有讽刺意味的命运了：本篇诗歌，毫厘不爽地收到了他期望从一首《马里兰纪》中收到的效果，恰恰又是与其作者本人的初衷大相径庭。马里兰，部分是由于人人皆知这首诗，十八世纪早期赢得了堪与弗吉尼亚一比高低的声誉，优美而高雅，许多地位较高的家族都想到那里安家落户。鉴于这一事实，巴尔的摩勋爵五世

（前面提到的那个年轻的浪荡子，艺术方面的半吊子），感动得给年迈的诗人写了一封信，其内容通过下面一段可见一斑：

余祖父及同姓诸人，毕生功德无量，唯艺术甚为不谙。初欲授君桂冠诗人之誉，未果（吾辈甚信，初，实有其事，后否之矣）。盖莫能赏君之于马里兰之大德也。家荫蒙君功德，君当无鄙恭之不时矣。受其加封，盖君之德行之备久矣。兹授：马里兰桂冠诗人。

对此，埃比尼泽报之一笑。姐姐建议他还是领了，他摇摇头。

"不，安娜，马里兰的气氛可不适宜做诗人，我的才能也是撑不下去这顶帽子的。让巴尔的摩把这顶帽子留给称职的人戴吧，我呢，和诗歌是没有缘分了。"

同年，尼古拉斯·洛去世，诗人大为触动（因为他自己的骗局），打破誓言和多年的沉默，在《马里兰报》上发表诗歌"敬挽尼古拉斯·洛先生"。许多地方提及自己对那位绅士的复杂的情感。此后，或者是由于他感觉到自己才能日臻成熟，或者仅仅是由于一个人的誓言一旦打破，就像一旦失去了天真，那就无以逆转，索性充分发挥一场（读者不得不明断），于是，他笔头就闲不下来了：一七三〇年，他终于写出了人们期待已久的续章，《烟草重现》，或曰《种植园主的穿衣镜》。可惜，唉，没有前面的作品走红。第二年，他又发表了另一部讽刺诗，叙述的是培根在弗吉尼亚谋反一事，又把《烟草经纪人》修订一遍出版（这回语言不再那么犀利了）。一七三二年春天，六十六岁的诗人死于某种扁桃体周脓肿。他钟爱的姐姐（没多久也随他去了）整理他遗物的时候，在他的书信中发现一则墓志铭，虽然没有注明写的年月，本书作者还是认定是他最后的作品，特附在此，供有兴趣的学者参阅：

这里腐朽的，是一位装腔作势、矫揉造作的演员，
《烟草经纪人》的作者，
受过名不副实的赞赏。当心，如果你看到这则
墓志铭；看看耶稣！
切勿为尘世的荣华忙忙碌碌：
名誉是一个婊子，反复无常。
从你想象的贞洁的椅子上，把她赶开：
谁想硬向她求欢，谁就是傻瓜！

埃比尼泽·库克，绅士，马里兰桂冠诗人

可惜的是，他的后代觉得不适合以这样的碑文来使他们的先辈永垂不朽，还是在他的墓碑上刻上了通常的无聊话。但是，要么是他的忠告流传了开来，要么是他的抱怨非常合乎实际，马里兰的空气——无论怎么说，多切斯特的空气是免不了的——不大能培育妙笔生花的诗才，因为就作者所知，她的沼泽地，自打埃比尼泽·库克绅士——马里兰的桂冠诗人——以来，再没有哺育出哪一位诗人。

历史小说的终结：《烟草经纪人》

王建平

约翰·西蒙斯·巴思（John Simmons Barth），1930 年 5 月 27 日出生于美国马里兰州剑桥镇。巴思于 1951 年毕业于约翰·霍普金斯大学，获文学学士学位。在攻读硕士和博士学位期间，巴思写了第一部长篇小说《纳斯的衬衫》（*The Shirt of Nessus*，未出版）。1953 年至 1965 年，巴思先后在宾夕法尼亚州立大学和纽约州立大学布法罗分校执教，1973 年返回母校约翰·霍普金斯大学任教直至退休。巴思共创作了十一部长篇小说、三部短篇小说集和两部散文集，作为实验性写作的倡导者和实践者，巴思是一位有影响的小说家、德高望重的文学写作教师、文学讲坛上充满激情的演说家以及世界文学和当代文艺思潮的敏锐观察家和评论家。

《烟草经纪人》（*The Sot-Weed Factor*，1960）以 17 世纪美国马里兰州殖民时期的历史为背景，围绕着马里兰州桂冠诗人埃比尼泽·库克的生平事迹和马里兰州殖民时期民间流传的历史故事和人物传奇，以大量真实的历史事件、人物和文献为线索，考察美国马里兰州殖民历史。巴思构想的是一部八百多页的马里兰州殖民历史的滑稽史诗，书名取自库克的同名史诗。加拿大著名文学理论家诺思罗普·弗莱（Northrop Frye）称《烟草经纪人》是一部“解剖”历史的小说——一部宏大的、结构松散的小说，拥有多条线索、平行故事、框架叙述的鸿篇巨制。小说的主人公埃比尼泽·库克，在书中被称为“诗人和处子”，是一位马里兰州的纯真青年，立志创作一部英雄史诗，结果却看破红尘，最后将诗歌写成了一部长篇讽刺诗。小说以库克的成长经历为线索，展现了马里兰州的殖民历史，同时对历史书写本身的问题做了富于哲理的思考。

一、马里兰州美国殖民史

巴思之前创作的几部小说每一部都只花了一年时间，而《烟草经纪人》花了巴思四年。为了写作《烟草经纪人》，巴思在马里兰州档案馆查阅马里兰州殖民时期的档案和其他相关历史资料。此外，巴思还潜心研读18世纪英国小说。库克作为天真的烟草经纪人在北美新世界的历险，也是具有典型性的。除了生活和生意上的成熟外，库克也逐渐成为一位成熟的艺术家，开始找到了艺术的感觉和声音，发现了创作的主题和形式。

《烟草经纪人》的主旋律仍旧是马里兰州的家乡小调，情节的许多细节已经不是现代生活，而是纯真的悲剧性、经历的喜剧性、新世界与旧世界的矛盾、个人身份与民族性格的关系等。小说的风格是戏仿18世纪英国小说，特别是亨利·菲尔丁（Henry Fielding）。巴思想写一部与菲尔丁的《汤姆·琼斯》（*Tom Jones*）一样复杂的大部头的小说，小说的厚度将能够把小说的书名横着印在书脊上，而不是竖着排。

《烟草经纪人》是个飞跃，它把巴思带进了一片新的绿地。无论如何，构思、设计并写作《烟草经纪人》使巴思获得了前所未有的满足感。“也许正因为如此，《烟草经纪人》不论有多少缺陷，它始终是给我最大满足感的小说。每当我想起小说创作的经历，我就十分欣慰。”[①]《烟草经纪人》于1960年由双日出版社出版，此时巴思刚刚过完三十岁生日。该版本的封面上有著名画家爱德华·戈里作的画，所以这个版本后来成为人们竞相收藏的珍品。《烟草经纪人》还被译成德语、意大利语、波兰语和日语。翻译难度自然很大：这是20世纪中

---

① John Barth, “Foreward to the Anchor Books Edition”, *The Sot-WeedFactor*, New York: Anchor Books Doubleday, 1987.

叶用带有17世纪末英语腔的语言写就的美国殖民地时期的小说，小说中美国殖民地时期的文件档案的语言或多或少都带有伊丽莎白时代的英语特点。翻译这样一部小说委实不易。1967年，双日出版社又出版了《烟草经纪人》的平装本，比原来的版本少了六十多页，除了文字细节方面的润色外，并无大的改动。1987年，双日出版社重印了这个修订后的版本，这也是巴思本人喜欢的版本。

“烟草经纪人”里的“sot-weed”是美国殖民时期的俚语，指烟草，正如后来美国人称marijuana（大麻）为“麻”或“草”一样。烟草是17世纪殖民时期的美国引以为豪的新世界土特产，在欧洲大陆很受欢迎。烟草不仅很快成为北美大西洋中部沿岸殖民地的主要经济作物，在一段时期还具有一种可以流通的货币等价物的功能。烟草使欧洲和美国白人社会、殖民时期的马里兰州和弗吉尼亚州的经济和农业也因此带上浓重的烟草味。在美国殖民时期的英语语言中，“factor”指商业经纪人（这是巴思从字典上查到的第一个意思）。17世纪或18世纪马里兰州的sot-weed factor指的就是以在英国生产的货物来与殖民地交换买卖烟草的商人。①

二、后现代历史：真实与虚构

约翰·巴思的《烟草经纪人》是一部运用后现代主义史学模式探讨如何解构终极历史观的历史哲理小说。就其题材、史料和文化背景看，《烟草经纪人》是一部长篇历史小说，有着大量真实的历史事件、人物和历史文献。与通常意义上的历史小说不同，巴思在刻意书写17世纪美国马里兰州一段鲜为人知的历史时，在叙述中掺入虚构的人物和情节，从而引入史记与小说、真实与虚构之冲突这一主题，把历史

---

① John Barth, “Foreward to the Anchor Books Edition”, *The Sot-Weed Factor*, New York: Anchor Books Doubleday, 1987.

陈述置于后设性叙述话语之中。从这个意义上讲，它又是一部关于小说的小说。作品对史学一般性问题的探讨以及对历史真实性的质询，又赋予历史陈述以深邃的哲学深度，最后所引出的对人类历史发展模式的讨论更是发人深思。历史是进步、倒退、循环、起伏、旋涡式演进，抑或是循序渐进，史家哲人众说纷纭，迄今没有定论。在小说中，巴思把历史比作马里兰州民间传说中扶摇直上云霄的鹭鸟，“渐渐地消失在无穷的天穹”。而在小说的另一处，巴思又把历史和小说比作非洲沙漠中泉水边种类繁多的生物，彼此相安无事，繁衍生息。

表面上看，巴思阐述了一种较为通融、谦和的历史观，意在消解美国历史的沉重积淀。但《烟草经纪人》在探讨历史与虚构主题时，叙述中渗透着作者对终极历史观的疑惑和焦虑。约翰·巴思在解说历史事件的过程中，穿插进各种自相矛盾的历史观和史学模式，以阐述这样一种观点：从来就没有一种唯一正确、唯我独尊的书写、阐释、规定历史的方法。历史的真实受时间、地点、种族、习俗、成见等因素的影响。历史的真实性是主观的、相对的，不是一成不变的，其中充满了神秘、想象、虚构与荒谬。

巴思对历史真实相对论的哲学探索构成了《烟草经纪人》一书的主题。从宏观布局上，作品汇集了众多版本的历史教科书、图文资料、地方志、人物传记、旅行札记、档案、小说和诗歌片段，有真实的和虚构的历史，有公众的和个人的历史。例如，巴思在小说中引经据典，收入了马里兰州档案馆的资料，援引约翰·史密斯（John Smith）的《弗吉尼亚通史》（*Generall Historie of Virginia*），埃比尼泽·库克的长诗《烟草经纪人：一首滑稽模仿诗》，以展现马里兰殖民时期宏阔的历史背景。在这些史料中，还有约翰·史密斯撰写的《切萨皮克湾航行秘史》（*A Secret Historie of the Voiage Up the Bay of Chesapeake*）和亨利·伯林盖姆（Henry Burlingame）的《亨利·伯林盖姆爵士私人日志》(*The Privie Journall of Sir Henry Burlingame*)。书中更多的是民间口头流传的马里兰州殖民时期的历史故事和人物传奇。除了桂冠诗人库克描写马里兰州的诗歌，巴尔的摩勋爵和伯林盖姆三世也以各自独特的身世和角色进入马里兰殖民史。在纵向考察美国马里兰州殖民史的过程中，作者还插入了起始于1634年的马里兰基督教传教史，其中包括一名神甫口授的传教士菲茨莫里斯秘史。

透过纷乱的历史陈迹，读者可隐约窥见深层的历史动因。一方面，读者要从迷宫般的史料中理出头绪；另一方面，主人公埃比尼泽·库克也需要把杂乱无章的历史事件加以梳理，还历史本来面目，展现马里兰“真实的历史”。但问题在于，历史的真实究竟在哪里？库克的仆人伯特兰·伯顿认为历史不过是居心叵测的阴谋记录。他告诉库克：“历史就是阴谋”，“与其说马里兰的历史是进步、协议、文明的产物，还不如说是一种秘密交易”。巴尔的摩勋爵立志重新书写历史教科书，揭示人类文明史潜在的权力斗争史，他请库克撰写一部“真正的马里兰州殖民史，一部时间和阴谋都无法夺去的历史”。书写历史应当是一种创作，向全世界述说从未成文的历史故事。

不难看出，巴思锋芒所向乃是史学界和生活中积淀已久、根深蒂固的终极历史观。巴思指出，历史事实需要人的主观加工处理，筛选、取舍、组合是历史学最基本的方法。历史学家应强调想象力、创造力，主观模式和客观模式都是不足取的。历史是历史学家与历史事件之间持续不断的相互作用，是现在、过去和未来之间一场永无休止的对话。现在就是这样影响着我们对过去的看法，而我们对过去的看法又影响着现在。我们习惯于说“现在是全部过去的产物”，而这一般是指史学家“历史延续性”的学说。但这种看法只有一半是正确的。因为说过去（我们关于过去的想象的图景）是全部现在的产物也同样是真实的，并非谬论。我们形成关于历史的概念，部分是出于当前的目的和需要。巴思在书中援引了美国历史学家卡尔·贝克尔（Karl Becker）的比喻来表述三者之间的关系：“过去就像一块银幕，我们在它上面投下了对未来的幻想。”①

三、历史哲学的悖论

究竟什么是历史事实？在巴思看来，这似乎是个无法回答的问题。所谓事实必然通过记录者大脑的折射和反映。但巴思从根本上否认事实这一史学的基本概念。他认为事实并非现成的、固有的，它有待于人去发现。事实之所以成为事实只是相对于特定的文化和社会群体才具有意义。事实本身已包含分类、解释、评估、判断的成分。巴思认为，所谓历史事实本身是模糊的，具有极大的不确定性，即使最严密的阐释论证也有主观臆测成分。按伯林盖姆的说法，世界的出发点是人类的思维和想象。

巴思刻意要粉碎“事实的神话”。在一次采访中，巴思说，要承认某些物理事实的偶然性是件令人尴尬的事。在《烟草经纪人》中，巴思对历史和虚构的偶然性问题做了淋漓尽致的阐述，书中的历史事件与虚构故事之间的界线总是很模糊。亨利・伯林盖姆的真实身份也是个谜，他究竟是真正的伯林盖姆，还是托马斯・庞德？约翰・库德、彼得・塞耶、尼古拉斯・洛，究竟哪个是他的真实姓名？巴尔的摩勋爵对殖民地的真实看法如何？琼・托斯特又是何许人也？《烟草经纪人》中这类问题比比皆是，没有最终答案。库克发现，事实往往含有极大的虚构成分。普通人只能依赖感觉、记忆和经验，而史学家们不是忽略细节就是拘泥细节，因此史学家更需要超凡的想象力和悟性。

历史文献也反映出同样的问题。为了揭示历史哲学的悖论，巴思频繁援引历史文献，同时又提醒读者这些材料本身可能出处有误、为人编造或有意误读。马里兰桂冠诗人埃比尼泽・库克的长诗《烟草经

---

① 卡尔・贝克尔，《什么是历史事实?》，《现代西方历史哲学译文集》，张文杰等编译，上海译文出版社，224—242 页。

纪人：一首滑稽模仿诗》最初是一首以歌颂马里兰州为主题的诗歌，但该诗出版后则变成了一首揭露殖民时期马里兰州社会问题的政治诗，而当时伦敦的老百姓却将其误读为马里兰州居民揶揄政客的讽刺和幽默作品。1708 年库克又发表了《烟草经纪人》的续篇，描写马里兰州落后的经济状况与艰苦的市井生活，对马里兰的社会弊端只字未提。一年后，库克又重新改写《烟草经纪人》，为马里兰州人民和历史歌功颂德。巴思的小说收入了大量的史料文献，同时向读者提出尖锐的问题：究竟哪一个文本真实地描绘了马里兰州人民的生活境况？巴思揭示了历史文献的虚构性，库克本人对约翰·库德和巴尔的摩勋爵、对殖民地的态度，仅从马里兰州档案馆所记载的资料里是无法确定的。文学评论家爱伦·霍德林指责巴思对历史的处理不够严肃。巴思试图证明一个简单的悖论，即历史记录无法提供对历史事件的准确解释。伦斯·罗斯承认，即使在马里兰州档案中有关库克本人的记载也有多个版本，莫衷一是，就连库克本人的名字都有十几种不同的拼法。

巴思在作品中力图摒弃正统的史学观念并试图对历史重新界定，把鲜活的个体经历与固化的历史文献相融合。不过，巴思本人有时也难免陷入自相矛盾和概念混乱的怪圈，对美国历史的有意误读有矫枉过正之嫌。巴思认为，史家文人都应有历史责任感和使命感，要正视历史而不应回避历史。讽刺什么？肯定什么？评判的标准是什么？史学家既要承认历史的虚构性，又要承认历史的必然性。书中对约翰·史密斯就体现了这种两难处境。在《烟草经纪人》中，史密斯被描写成一个骗子、恶棍。显然，巴思并不满足于史书中把史密斯描写成侠客、骑士以及美人救英雄的传奇故事。巴思的小说取材于史密斯著的《弗吉尼亚通史》，而未采用史密斯本人的说法，因为库克的阐述并不能代表唯一真实的说法。在这里，巴思再次指出历史的悖论：既要以史为鉴，强调历史的必然性和必要性，又要揭示它的模糊性和欺骗性。罗兰·巴特说，《烟草经纪人》是一部特殊的历史符号，同时又是对历史的反拨。

亨利·伯林盖姆以自己的切身经历证明了历史的两重性。亨利说："没有传统的制约，就可以超然物外，凌驾于历史之上。"然而，亨利所谓超越历史不过是历史相对论的翻版。亨利是个主观主义者，他告诉库克，历史事件本身是不透明的，有虚构成分。他曾告诉库克，记忆不是历史，因为记忆充满了断点、矛盾和偏见。历史是处于微弱事实与作者想象之间的灰色地带。诗人和史家应超越题材本身的局限，题材的历史跨度越大，作者所能超越的空间也就越宽。在坚信普遍人性、永恒秩序的时代，亨利的主张显然是个时代错误。《烟草经纪人》不仅仅是一部关于17世纪美国马里兰州早期殖民史的小说，它还以现代人的视角洞察历史、阐释历史。巴思正是通过伯林盖姆和库克阐述了自己的历史观。

库克认为，对历史过程的肯定，仅仅承认历史事实的模糊性和相对性并不能真正地解决历史本身的问题，因为神话、传说、故事本身也包含一定的真实性，无法与事实严格区分开来。在这里，巴思和库克的历史观与专业学者的历史观大相径庭，史学家往往贬低历史故事和传奇的作用。从这个意义上说，巴思的历史观比起传统的历史学家的观点宽泛得多，较之20世纪主观主义学派如卡尔·贝克尔的史学观点也更为激进。巴思在小说中重申这样一个主题：历史是想象的产物。伯林盖姆告诉库克，诗人和史家都肩负着超越历史的重任。作为小说家，巴思在历史和浪漫主义艺术的集合点中找到了历史和小说的最终融合。库克自己从开始就指出了历史和神话的共融性，因此，他欣然接受了巴尔的摩勋爵要他写一部马里兰州演义的提议。作为诗人，库克对神话比喻和传奇情有独钟。库克的马里兰史诗讴歌了马里兰州创业时期一段艰苦卓绝的历史、定居者无畏的创业精神和智慧美德。库克认为，诗人可以使历史陈迹死灰复燃，没有诗人向全世界歌功颂德，阿伽门农的骁勇善战则无人知晓，史书长于陈述，却容易流于刻板、平淡。按巴思的理解，艺术家可以解决史学家解决不了的问题。这也是巴思的历史观和文学观的核心：历史是一门艺术。

在第三部第十八章中，巴思对历史小说和艺术的相互关系做了精确的表述。如遁入苍穹的鸷鸟，历史最终消失之际，便是新小说诞生之时。在小说中，历史文献被融入虚构的故事；在小说中，历史保持沉默。库克的史诗的真实是对历史真实的一种扬弃，又是事实与虚构的结合，库克的诗歌，史密斯和伯林盖姆的传奇、日记，史密斯和印第安酋长波瓦坦的神话故事，巴思的小说——凡此种种，均是历史。但历史的真实，如库克的长诗所示，是事实、传奇和虚构在读者心中的整合，它不同于历史教科书中的历史，但比史书更有意义。如此看来，历史与小说有着亲缘关系，从某种意义上说，所有历史都是虚构，而所有的小说也都包含历史。

《烟草经纪人》并不是要历史与小说言归于好，也不是要二者分道扬镳。巴思的问题是：从怎样的意义上一部好的小说才是一部好的历史？一部好的小说能否回答历史遗留的问题？具有讽刺意味的是，巴思尚属美国历史小说的主流作家，与19世纪美国作家如威廉·邓洛普（William Dunlop）、詹姆斯·库柏（James Cooper）和纳撒尼尔·霍桑（Nathaniel Hawthorne）的历史观一脉相承，既是历史陈述和虚构的结合，同时又超越二者。巴思并没有找到上述问题的满意答案，他所做的是以新的疑问重新审视历史。

（作者系中国人民大学外国语学院教授
比较文学与世界文学博士生导师）

图书在版编目（CIP）数据

烟草经纪人 /（美）巴思（Barth，J.）著；徐朝友，李自修译 .
—南京：译林出版社，2015.7
(大师坊)
书名原文：The sot-weed factor
ISBN 978-7-5447-5371-5

Ⅰ.①烟… Ⅱ.①巴… ②徐… ③李… Ⅲ.①长篇小说－美国
－现代 Ⅳ.①I712.45

中国版本图书馆CIP数据核字（2015）第054469号

著作权合同登记号　图字：10-2011-548号

书　　名　烟草经纪人
作　　者　〔美国〕约翰·巴思
译　　者　徐朝友　李自修
责任编辑　陆元昶
特约编辑　刘文硕
出版发行　凤凰出版传媒股份有限公司
　　　　　译林出版社
出版社地址　南京市湖南路1号A楼，邮编：210009
电子信箱　yilin@yilin.com
出版社网址　http://www.yilin.com
印　　刷　北京凯达印务有限公司
开　　本　960×640毫米　1/16
印　　张　64.75
字　　数　871千字
版　　次　2015年7月第1版　2015年7月第1次印刷
书　　号　ISBN 978-7-5447-5371-5
定　　价　167.00元（上、下册）
译林版图书若有印装错误可向承印厂调换